HAYMON verlag

Andrej Kurkow

Der unbeugsame Papagei

Roman

Aus dem Russischen
von Sabine Grebing

OpenUkraine
Arseniy Yatsenyuk Foundation

The translation was made possible thanks to financial assistance of Arseniy Yatseniuk "Open Ukraine" Foundation

Auflage:
4 3 2
2016 2015 2014 2013

HAYMON verlag
Innsbruck-Wien
www.haymonverlag.at

ISBN 978-3-7099-7012-6

Umschlag- und Buchgestaltung, Satz:
hœretzeder grafische gestaltung, Scheffau/Tirol
Umschlagmotiv: Julia Dvoeglazova

Gedruckt auf umweltfreundlichem,
chlor- und säurefrei gebleichtem Papier.

Prolog

Einst in den 20er Jahren des letzten Jahrhunderts floh ein neugieriger Engel aus dem Paradies in die UdSSR, um zu verstehen, warum die sowjetischen Menschen nach dem Tod nicht ins Paradies kamen. Nachdem er unten auf sowjetischer Erde einige Bauern getroffen hatte, die das Paradies auf Erden statt im Himmel suchten, schloss er sich ihnen an. Sie gingen daran, dieses Paradies gemeinsam zu errichten. Zu der Zeit gab es auch schon Kinder und es war sogar eine richtig ausgebildete junge Lehrerin unter ihnen, in die sich der Engel verliebte. Als einziges Problem ihrer Beziehung zueinander erwies sich Gott, denn die Lehrerin war überzeugte Atheistin, und sie war mit einem Kuss nur einverstanden, wenn der Engel laut erklärte, dass es keinen Gott gäbe.

Einst in den 20er Jahren des letzten Jahrhunderts erreichte ein offizieller Brief des Kreml ein kleines russisches Dorf: Unter den Bewohnern sollte der ehrlichste Mann ausgewählt und nach Moskau geschickt werden, wo er Volkskontrolleur werden und verantwortlich für Ordnung und Gerechtigkeit des sowjetischen Lebens sein sollte. In jenem Dorf lebte mit Frau und zwei kleinen Kindern nur ein einziger ehrlicher Mensch, Pawel Dobrynin mit Namen, und alle übrigen Dörfler hatten ihn mit seiner Ehrlichkeit so satt, dass sie ihn auf der Kolchosversammlung erwählten, um ihn loszuwerden. Dobrynin nahm brav Abschied von seiner Familie und fuhr nach Moskau. Dort gab man ihm eine Dienstwohnung und eine Dienstehefrau namens Marija Ignatjewna, die ihn freundlich empfing, und man schenkte ihm ein weißes Pferd. Man erklärte ihm, womit er sich fortan befassen sollte, und schickte ihn als Volkskontrolleur in den Hohen Norden, damit er überprüfte, wie ordentlich und gerecht das Leben dort verlief. Erst dort, im Hohen Norden, erkannte Dobrynin die ganze Bedeutung und Gefährlichkeit seiner Arbeit. Gerade noch knapp dem Tod entronnen, führte er seine Überprüfung des sowjetischen Lebens zu Ende und erhielt aus dem Kreml eine neue Aufgabe – das Leben am anderen Ende der Sowjetunion zu kontrollieren.

Einst im Jahr 1917 begriff der Varietékünstler Mark Iwanow, der Besitzer des Papageis Kusma war – eines Vogels, der über ein einzigartiges Gedächtnis verfügte und sich hunderte von Gedichten merken und aufsagen konnte –, dass das Leben dabei war, sich zu verändern. Zuvor waren der Papagei und er in Restaurants, Kabaretts und Theatern aufgetreten und hatten das wohlhabende Publikum mit lustigen Versen unterhalten. Doch nach der Oktoberrevolution musste Mark Iwanow das Repertoire von Papagei Kusma variieren, denn sie traten nun vor ganz anderen Leuten auf: nämlich Matrosen, Soldaten und Arbeitern. Nur gut, dass Papagei Kusma sich die Revolutionsgedichte Wladimir Majakowskijs und anderer Dichter leicht aneignete. Fortan reisten Mark und der kluge Vogel durch Sowjetrussland und traten auf Baustellen, in Fabriken und vor Armee-Einheiten auf. Ein interessantes Leben begann für die beiden, nur ein Gedanke bekümmerte Mark Iwanow regelmäßig: der Gedanke daran, dass Mark Iwanow ohne den Papagei Kusma ein Nichts war, einfach nur ein leerer Fleck.

Einst nach dem Ende des russischen Bürgerkriegs kehrte der ehemalige Maschinengewehrschütze Wasilij Banow in seine Heimatstadt Moskau zurück. Dort wurde er Direktor einer Schule. Mit großer Liebe befasste er sich mit den Kindern und strebte danach, sie zu frohen und zu Träumen fähigen sowjetischen Menschen zu erziehen. Aber als er von einem Schüler erfuhr, dass dessen Mutter, zum Beispiel, nicht zu träumen verstand, erschienen ihm seine Erziehungsbemühungen in der Schule zu wenig. Da beschloss Wasilij Banow, die Mutter des Schülers kennen zu lernen und ihr klarzumachen, dass es unerlässlich sei, den Kindern ein Beispiel erwachsenen Träumens zu geben. Sie begannen sich zu treffen, und Wasilij Banow lehrte diese stolze und schöne Frau, die in ihrem Leben nicht wenige Tragödien durchgemacht hatte, aufs Neue zu träumen. Und ihre immerwährende Freundschaft erweitete sich zu einer starken, ideologisch einwandfreien Liebe.

Eines Tages erfuhr Wasilij Banow ein äußerst gefährliches Geheimnis. Er erfuhr, dass Wladimir Lenin in Wahrheit nicht gestorben war, sondern auf den Wiesen unter dem Kreml in einer Laubhütte lebte. Ab sofort entbrannte Wasilij Banow für die Idee, dorthin zu gelangen, um mit dem Führer der Revolution persönlich über all die Dinge zu sprechen, die ihn bewegten.

Einst entstand aus hunderttausenden russischer und nicht russischer Soldaten, Bäuerinnen, Arbeiterinnen und Matrosen die sowjetische Nation. Darauf ging sie ihren Weg und entwickelte sich völlig abgeschnitten von der übrigen Welt und anders als diese. Nur ein Sowjetmensch konnte den sowjetischen Menschen richtig verstehen, ein Ausländer dagegen niemals.

Darum habe ich dieses Buch geschrieben – um aufzuzeigen, wie all die echten Sowjetmenschen damals dachten und lebten. Heute gibt es keine Sowjetmenschen mehr, aber ich habe sie noch angetroffen, erinnere mich gut an sie und liebe sie. Ich möchte gern, dass auch Sie sie verstehen und, wenn möglich, lieb gewinnen. Und wenn Sie sie nicht lieb gewinnen können, aber wenigstens verstehen, dann bin ich auch damit zufrieden!

Andrej Kurkow, Mai 2013

Kapitel 1

Vom Morgen an blies ein stürmischer Wind, und auf seinem Weg zum Flugplatz hatte der Volkskontrolleur Dobrynin Zweifel daran, ob er an diesem Tag noch aus Moskau abfliegen würde.

„Wieso hat man Ihnen denn keinen Urlaub gegeben?“, wunderte sich Viktor Stepanowitsch, der neben ihm saß. „Das ist nicht recht ... bei so einer verantwortungsvollen Arbeit ...“

Dobrynin zuckte mit den Schultern. Erschöpft fühlte er sich nicht. Müde war er wirklich, seine dienstliche Ehefrau, Marija Ignatjewna, hatte ihn nicht schlafen lassen, hatte ihn die ganze Nacht umarmt und geküsst ...

Sie fuhren hinaus aus der Stadt. Auf der einen Seite des Weges zog sich ein grauer Zaun entlang, dahinter ragten die Gebäude einer Fabrik empor.

Sie fuhren an das einstöckige gestreifte Häuschen mit dem Windmesser und den Antennen auf dem Dach heran.

Es war still auf dem Flugplatz.

Dobrynin erkannte ‚seinen‘ Bomberpiloten sogleich.

Der ihm vertraute Pilot stand von dem Tisch auf und lächelte fröhlich. „Guten Morgen“, sagte er und streckte ihm die Hand entgegen. „Na, fliegen wir zurück?“

Dobrynin nickte.

Beim Anblick dieses lebensfrohen Kampfpiloten hob seine Stimmung sich augenblicklich, schlafen wollte er nun nicht mehr, er wollte voll und ganz wach sein.

„Tee?“, bot der Pilot an.

„Gern!“, antwortete Dobrynin, während er am Tisch Platz nahm.

„Na, ich fahre dann mal, Pawel Aleksandrowitsch ...“, bemerkte Viktor Stepanowitsch von der Tür her. „Es gibt viel zu tun. Bis zum nächsten Mal, also!“

Dobrynin spähte in seinen Reisesack, und ein Gedanke regte sich in seinem Gedächtnis, als hätte ein Glöckchen geklingelt und ihn an etwas Vergessenes erinnert.

Der Volkskontrolleur versank in Nachdenken.

Ach, wäre er jetzt nur dort unten im Kreml, wo der eigenartige Stuhl stand, mit der Mechanik, die einem half, sich sogar an das zu erinnern, was man gar nicht gewusst hatte!

Vor Kummer schlug er sich mit der flachen Hand gegen die Stirn, da klingelte dieses Glöckchen lauter, und dem Volkskontrolleur fiel ein, dass er versprochen hatte, Kommandant Iwaschtschukin etwas zum Tee mitzubringen.

Nun wurde er traurig, denn er hatte rein gar nichts besorgt, hatte noch nicht einmal einen Laden betreten.

Vor dem Fenster ihres Häuschens hielt ein schwarzer Personenwagen.

‚Ob Viktor Stepanowitsch zurückgekommen ist?', überlegte Dobrynin und sah aufmerksam hin.

Die Tür ging auf.

„Ich habe es geschafft, Gottseidank!", ertönte eine vertraute Stimme.

Dobrynin hob den Kopf und erblickte den breit lächelnden Woltschanow.

Der Oberleutnant kam an den Tisch. Er setzte sich auf den freien Stuhl mitten zwischen den Volkskontrolleur und den Piloten und schenkte sich aus der Kanne selbst Tee ein, nachdem er sich seine Aktentasche auf die Knie gelegt hatte.

„Wie steht es mit der Gesundheit?", erkundigte sich Dobrynin.

„Oh, schon besser." Woltschanow wiegte den Kopf. „Letzte Nacht habe ich mal ganz ruhig geschlafen. – Ach, gut, dass ich dran denke!", meinte er und fuhr mit der Hand in seine Aktentasche. „Das ist für dich, für die Reise ..."

Auf dem Tisch vor Dobrynin erschienen drei kleine Packungen „Oktober"-Kekse und ein in Papier eingewickeltes Päckchen.

„Das sind belegte Brote", erklärte der Oberleutnant, auf das Päckchen blickend. „Vermutlich wirst du ja lange fliegen ... Und hier, da ist noch etwas für dich, vom Genossen Twerin!"

Der Volkskontrolleur nahm aus Woltschanows Händen ein dünnes Buch, „Lenin für Kinder“, zweiter Band, entgegen. Er schlug es auf und erblickte auf dem Titelblatt die Inschrift: „Dem lieben Genossen Dobrynin von Genosse Twerin“.

Da wurde Dobrynin froh und ruhig im Herzen.

„Auch ich habe hier ein paar Bücher gekauft!“, mischte sich plötzlich der Flieger in das Gespräch und wies mit weiter Geste in eine Ecke des kleinen Raumes, in der drei mit dickem Bindfaden umwickelte Packen Bücher lagen.

Woltschanow wurde neugierig.

„Was sind denn das für Bücher?“, fragte er den Flieger.

„Hauptsächlich Gedichte ...“, antwortete der. „Unser Kommandant mag Gedichte sehr, und ich ebenfalls. Eigentlich liest unsere ganze Einheit gern Gedichte. Manchmal organisieren wir Lyrikabende und lesen sie laut vor ...“

„Sehr gut!“, sagte Woltschanow beifällig. „Ich stelle mir zu Hause jetzt auch eine Bibliothek zusammen. Ich besitze ein Buch, das mir der Autor persönlich geschenkt hat. Gedichte von Bemjan Debnyj. Er wohnt bei uns im Kreml – ein guter Kommunist, aber ein schlechter Mensch.“

„Debnyj?!“, fragte der Flieger nach. „Den habe ich gelesen! Er hat viel über die Einnahme von Perekop geschrieben.“

Dobrynin versuchte sich den Namen des Dichters einzuprägen, damit er sich gelegentlich mit dessen Gedichten bekannt machen konnte.

Sie tranken ihren Tee aus. Woltschanow begleitete den Piloten und den Volkskontrolleur bis zum Flugzeug, winkte ihnen zu und lief, als die Motoren schon heulten, zu seinem Auto zurück, das am gestreiften Häuschen auf ihn wartete.

Das schmutziggrüne Bombenflugzeug nahm Anlauf und eine Minute später erhob es sich bereits über die Erde.

Dobrynin blickte aus dem runden Fenster. Dort unten blieb die gestreifte hölzerne Flugplatzbude hinter ihnen zurück, in der er vor zehn Minuten noch seinen Tee getrunken hatte. Dort unten blieb auch Moskau hinter ihnen zurück. Ihm wurde traurig zumute. Als würde er jetzt ein weiteres

Mal sein Zuhause verlassen, ohne zu wissen, ob er je wiederkehrte. Als würden seine Liebsten und Nächsten ohne ihn zurückbleiben ... Da regte sich mit einem Mal Selbstmitleid in dem Volkskontrolleur, und er spürte, wie ihm die Tränen in die Augen stiegen.

Das Dorf Kroschkino und Moskau verbanden sich in seinem Kopf zu einem großen Ganzen, voll der schönsten Erinnerungen und Gedanken; schon hörte er aus der Vergangenheit das Bellen seines verstorbenen geliebten Hundes Dmitrij über das nächtliche Moskau schweben. Das Dorf Kroschkino selbst befand sich nun gleichsam mitten in Moskau, denn wenn er in seiner Fantasie aus dem Kreml trat, dann sah er die heimatliche Bauernkate und seine Frau Manjascha, die auf der Schwelle stand. Und die Kinder, die inzwischen schon ein klein wenig gewachsen waren. Bei diesen Gedanken beruhigte er sich, denn so waren sie ja da, ganz nah, und jederzeit könnte er schnell bei ihnen vorbeischauen, in jeder freien Minute ...

Unterdessen lärmte das Bombenflugzeug mit den Motoren und pfiff mit den Propellern. Es bebte das Metall unter Dobrynins Füßen, es bebten die Wände der fliegenden Maschine, und davon wurde dem Volkskontrolleur noch trauriger zumute, denn er spürte und erkannte, wie wenig hier nun von ihm abhing, wie klein er inmitten des Himmels war. Wieder kam ihm die Gedichtzeile in den Sinn: „Allein ist man ein Nichts“. In diesem Augenblick, im Himmel, im vibrierenden, lärmenden Flugzeug, stimmte Dobrynin dieser Zeile zu, denn was vermochte er schon allein? Der Pilot vermochte viel mehr, aber auch der war nicht allmächtig, denn wenn etwas an der Maschine kaputtging, dann hieß es nur noch: gemeinsam abwärts! Doch Dobrynin verspürte keine Angst, nur eine kurze Trauer, und so kurz war sie, dass der Volkskontrolleur schon eine halbe Stunde später, als er noch einmal nachgedacht hatte, jene Gedichtzeile von sich wies. Und auch die Traurigkeit wies er von sich, als ein fremdes und nutzloses Gefühl. Nun begann er zu warten. Er wartete auf ihre Landung im hohen Norden, wo sein Freund, Retter und Gehilfe Dmitrij Waplachow ihn erwartete, wo Kommandant Iwaschtschukin allzeit bereit war zu helfen, wo ihm noch so viel Arbeit bevorstand, ehe er Genosse Twerin würde berichten können, dass das Leben im sowjetischen Norden überprüft und alle Ungerechtigkeiten korrigiert waren.

Das Flugzeug stieg höher und höher und brach durch einsame Wölkchen, die ihm auf seinem Weg begegneten. Dobrynin lenkte sich ein wenig von allem ab, indem er die erste Erzählung aus dem zweiten Büchlein las, das ihm Genosse Twerin geschenkt hatte. Die Erzählung hieß „Heimliche Bitte“, und es war darin die Rede davon, dass Wladimir Iljitsch Lenin nicht gern Geschenke bekam. Interessiert erfuhr der Volkskontrolleur, dass der Führer jeden Tag mit der Post Dutzende, bisweilen auch Hunderte von Pakete mit Geschenken von Arbeitern, Bauern und Soldaten erhielt.

Der Volkskontrolleur vertiefte sich ins Lesen und beachtete den Lärm und das Scheppern des Metalls um ihn her nicht weiter.

Die Erzählung handelte davon, wie Lenin eines Tages von weißrussischen Webern einen Brief bekam, in dem diese ankündigten, dass sie dem Führer ein Stück Stoff für einen Anzug schicken wollten. Lenin las den Brief, rief Bontsch-Brujewitsch und sagte zu ihm, dass es in Russland noch immer alte, schädliche Traditionen wie jene gebe, nach der die Bauern in vorrevolutionärer Zeit Gutsbesitzern und Statthaltern immer Geschenke schickten. Und um diese Traditionen zu bekämpfen, beauftragte Lenin Bontsch-Brujewitsch, zu Papier und Stift zu greifen und nach seinem Diktat an die weißrussischen Weber einen Brief zu schreiben. In dem Brief bedankte Lenin sich bei den Webern für ihre freundliche Aufmerksamkeit, bat sie jedoch, keinen Stoff zu schicken und zugleich allen Webern sowie auch den übrigen Arbeitern und Bewohnern dieses weißrussischen Städtchens weiterzusagen, dass er, Lenin, Geschenke überhaupt nicht mochte. Bontsch-Brujewitsch schickte den Brief ab. Die weißrussischen Weber erhielten ihn, lasen ihn alle gemeinsam und wiegten die Köpfe, ja, sie hatten wohl verstanden. Sie gingen hin, wie Lenin im Brief gebeten hatte, und sagten allen seine „heimliche Bitte“ weiter – man solle ihm keine Geschenke schicken. Zu der Zeit tauchte im Städtchen zufällig ein Soldat auf, ein Einheimischer, der von seiner Einheit hinter dem Ural auf Urlaub zu seiner Familie anreiste. Auch er vernahm die heimliche Bitte des Führers, und als er zu seiner Einheit zurückkehrte, sagte er sie allen Soldaten und Offizieren weiter, was sehr passend kam, weil diese sich gerade anschickten, ein Paket an den Führer zu organisieren. Sie begriffen, dass der Führer ihr Paket nicht brauchte, und vergaßen die Sache, nicht aber die Bitte des Führers; und bald trugen sie sie in ihre heimatlichen Städte und Dörfer weiter, in die sie zurück kehrten, trugen sie in die entlegensten Winkel Russlands. So erfuhr nach und nach fast das ganze Land von der heimlichen Leninschen Bitte. Mancherorts hatte man allerdings auch noch gar nichts von ihr gehört oder es gerade eben erst erfahren, vielleicht würde auch morgen erst jemand dort davon erzählen. Anders war es mit dem Ausland. Da kam die Bitte nicht hin, die Internationalisten hörten nichts von ihr, und so trafen bis zum heutigen Tag Pakete und Briefe, ganze Waggonladungen aus dem Ausland für den Führer ein. Bücher, Essen, Kleidung – alles schickten ihm die Kampfgenossen. Und Lenin schrieb ihnen nichts darüber, denn im Ausland herrschten die dortigen Gesetze und Traditionen, und man musste sie achten. Ganz wie man sagt: Ein fremdes Kloster betrittst du nicht mit deiner eigenen Regel!

Dobrynin las die Erzählung zu Ende, holte tief Luft und dachte nach. Interessante und unerwartete Gedanken begannen in seinem Kopf zu kreisen. ‚Ob Genosse Twerin wohl Geschenke mag?‘, überlegte der Volkskontrolleur. Und gleich darauf wandte er sich im Geist sich selbst zu und erkannte, dass er selbst sehr gern Geschenke bekam, dass aber leider niemand davon wusste. Hierauf fuhr Dobrynin mit der Hand in seinen Rucksack, um den Revolver zu betrachten, den Genosse Twerin ihm geschenkt hatte. Anschließend tastete er nach den Keksen, sein Geschenk von Genosse Woltschanow für die Reise, und dann spürte er noch etwas Flaches, Festes in dem Sack. Er zog es heraus, sah nach, und Tränen stiegen ihm in die Augen. Er hielt den Pass des Pferdes Grigorij in den Händen. Da wurde sein Herz schwer und die Erinnerungen strömten nur so auf ihn ein. Denn auch das Pferd war ja ein Geschenk gewesen.

In Dobrynins Kopf verwirrte sich alles, die Gedanken stockten, als seine Gefühle aufwallten. Mit zitternder Hand schob der Volkskontrolleur das Passbüchlein seines Pferdes, das im Norden zu Tode gekommen war, in die Innentasche seiner grünen Uniformjacke.

Er blickte aus dem runden Fenster und versuchte sich von seinem Kummer abzulenken. Unten grünte noch immer die Erde, von Straßen und Schienen zerteilt und wie in Stücke geschnitten. Ohne Eile fuhr ein Güterzug seines Weges, der Schornstein der Lokomotive qualmte. Von der anderen Seite her kroch ihnen eine lange Reihe roter Zisternenwagen entgegen, mit zwei aneinander gekopppelten Lokomotiven vorneweg.

‚Sie haben das Blut auf den Weg gebracht!', dachte Dobrynin. Denn auch das Blut seiner Genossen war ja darunter, jenes von Twerin und Woltschanow ... Nur seines, Dobryninsches Blut, war nicht dabei.

Und in Gedanken wunderte sich der Volkskontrolleur, dass ihn niemand gebeten hatte, Blut zu spenden.

Dobrynin machte es sich auf seinem Sitz bequemer und wandte sich vom Fenster ab. Da kamen ihm unter Tränen neue Erinnerungen. Er, auf dem weißen Pferd Grigorij, mit der Motorradeskorte durch Moskau ... Auf seinen Knien lag noch immer der zweite Band des Büchleins „Lenin für Kinder". ‚Ob er Tiere mochte?', dachte der Volkskontrolleur und schlug das Buch wieder auf. Er blätterte es durch und betrachtete die Bilder, und plötzlich sah er: ‚Lenin und die Katzen', gemalt von dem Maler Fajnberg, Illustration zu Seite sechsundfünfzig. Mit einem Mal wurde dem Volkskontrolleur da leichter ums Herz. Er vertiefte sich in das Bild und zählte, wie viele Kätzchen dargestellt waren. Fünf, stellte sich heraus: eines auf den Knien des Führers, zwei neben ihm auf seiner Bank, eines hockte auf der Erde und rieb sich an Lenins Hose, und noch eines versteckte sich am äußersten Ende des Bildes, rechts von der Bank unter einem Fliederbusch.

‚Seite sechsundfünfzig …', wiederholte der Volkskontrolleur, um es sich einzuprägen.

Ihm war jetzt nicht nach Lesen zumute, ihm war nach Schlafen. Vor ihm lag noch ein langer Flug. Drum wollte er ein wenig schlafen, und wenn er wieder zu sich käme, dann wollte er diese Erzählung auf jeden Fall lesen. Unbedingt.

Das Flugzeug flog parallel zur Erde auf sicherem Kurs.

Der Pilot war sich seines Könnens bewusst und schweigend stolz auf sich. Er überlegte, ob sein Passagier wohl merkte, wie gleichmäßig die schwere Kampfmaschine über das Himmelsgewebe dahin glitt.

Sein Passagier schlummerte. Er sah Sterne, gewaltige, rubinrote Sterne, ebensolche wie auf dem Kreml, nur hoch oben im Himmel. Von dort leuchteten sie heller als die Sonne.

Die Zeit zog sich träge dahin.

Im Magen des Piloten grummelte es, er sah auf die Uhr.

Mittagszeit.

Lang war der Weg nach Norden. Weit war das Land.

Spät abends, als er das Beben der schweren Maschine spürte, wachte Dobrynin auf. Er hörte, wie der Pilot mit der Erde sprach. Der Pilot sprach laut, und zur Antwort vernahm man ein Zischen, Knistern und eine durch all diese Widerstände kaum hindurch dringende Stimme.

„Drei große Feuer!", rief der Pilot. „Neben der Schneise … und eins direkt in der Schneise, damit ich gerade einfliegen kann!"

Aus diesem Gespräch erkannte Dobrynin, dass sie sich bereits ihrem Ziel näherten. Vor seinem Fenster war es vollkommen dunkel, doch direkt über dem Kopf des Volkskontrolleurs brannte ein einzelnes Lämpchen mit trübem Licht.

Dobrynin schlug das Buch wieder auf, das auf seinen Knien lag.

„Lenin und die Katzen“, las Dobrynin den Titel der Erzählung.

Die Buchstaben waren klein, dünn und zitterten im Halbdunkel, als wollten sie gleich herausfallen.

Er hob sich das Büchlein dicht vors Gesicht und las: „Lenin liebte Katzen sehr.“

Seine Augen begannen zu schmerzen, und bekümmert darüber, dass er nun doch nicht lesen konnte, klappte Dobrynin das Buch für bessere, hellere Zeiten wieder zu.

Bei der Landung trug es den schweren Jagdbomber im Schnee von der unsichtbaren Piste, und beinahe hätte er mit dem linken Flügel die mächtigen Stämme der Zirbelkiefern gestreift, die wie eine dichte Wand zu beiden Seiten der Landebahn-Schneise wuchsen.

Die Luft der nördlichen Nacht war kalt und wie zähflüssig. Der Schnee knirschte süß und rief Erinnerungen an die Kindheit wach.

Nachdem sie das Flugzeug auf der Piste stehen gelassen hatten, gingen der Pilot und Dobrynin langsam auf die drei nahen Lagerfeuer zu, deren Flammen erstaunlich rot waren, als brenne dort ein besonderes Material.

Als sie näher kamen, erkannte der Volkskontrolleur, dass es auch gar keine Lagerfeuer waren, sondern brennende Kerosinfässer.

Der Pilot hob die Nase in Richtung des Verbrannten und sagte: „Erdöl!“

Ein paar Menschen eilten ihnen entgegen. Im Halbdunkel der Nacht, das vom Schnee leicht erhellt wurde, schienen sie formlose, dunkle Flecken, bis sie auf Reichweite der ausgestreckten Hände herangekommen waren.

„Na, Bruder, willkommen zurück!“, dröhnte die Stimme von Kommandant Iwaschtschukin über dem Schnee.

Dobrynin, mit einer Hand seinen Reisesack an sich drückend, spürte, wie ihn mächtige Arme umfassten, und ihm wurde wärmer, als wäre die Kälte unter dem Druck dieser mächtigen Arme gewichen.

„Willkommen! Genosse Dobrynin! Ach, wie gut, du bist ganz zurückgekehrt!", freute sich Dmitrij Waplachow, der letzte Urku-Jemze. Er stand neben dem Kommandanten.

Glückliche Erregung erfüllte den Volkskontrolleur. Er trat einen Schritt vor und versuchte, seine beiden Freunde zugleich zu umarmen, doch die Arme waren zu kurz dafür, erst recht, da die Männer in dicken Pelzmänteln steckten.

Nachdem sie im Stabsquartier den Schnee von Kleidern und Stiefeln geschüttelt hatten, betraten sie den Gebäudeteil, den Kommandant Iwaschtschukin bewohnte. In seinem Zimmer standen ein quadratischer Tisch, einige Stühle, ein auf unbekannten Wegen hierher gelangter Schaukelstuhl, sowie ein Eisenbett mit Stangen und runden Messingkugeln an Kopf- und Fußende.

Der Tisch war festlich gedeckt.

Der Pilot, der das Zimmer als letzter betrat, seufzte glücklich, als er die aufgereihten Flaschen und Konserven und den hohen Stapel von Schokoladetafeln sah, die gewöhnlich zur Kampfration von Panzerfahrern und Piloten gehörten.

„Befehle, sich zu setzen!", bellte Iwaschtschukin, und seine Stimme schallte froh und übermütig durch den Raum.

Alle warfen ihre Pelzmäntel auf das Bett und setzten sich um den Tisch.

„Da sind wir also wieder beisammen!", sagte der Kommandant, schon im Sitzen, ruhig und gemütlich.

Dann warf er einen Blick auf die beiden Soldaten, die gemeinsam mit ihnen hereingekommen waren. Sie standen in ihren Pelzmänteln da und starrten angespannt auf den Tisch.

„Sergeant Warnabin und Schütze Sablin! Befehle, vom Fähnrich eine Flasche Trinkspiritus zu empfangen und festlich im engsten Soldatenkreis die Rückkehr des Genossen Dobrynin zu begehen."

„Jawohl!", bellten der Sergeant und der Schütze, beschrieben einen Kreis und verließen das Zimmer.

„Einschenken!", fuhr Iwaschtschukin in demselben Schwung fort. „Auf das erste Glas wird weder nachgespült noch hinterher gegessen!"

Seine Befehle wurden am Tisch strikt und widerspruchslos ausgeführt. Nach dem ersten Glas Trinkspiritus gelangte Dobrynin zu einer neuen Sicht der Dinge. Die Umrisse und Linien von Gegenständen und Menschen, die ihn umgaben, begannen sich aufzulösen und zu verschwimmen. Der Tisch wurde oval, er hatte sich auf unbekannte Weise von seinen eckigen Kanten befreit. Die Flaschen neigten sich, und vor Schreck, dass sie gleich von selbst umfallen würden, streckte Dobrynin seinen Arm nach der nächsten aus, um sie festzuhalten.

Der umsichtige Urku-Jemze, der noch nach dem zweiten Glas vollkommen nüchtern war, verstand die Absichten des Volkskontrolleurs nicht, nahm einfach die Flasche zur Hand und füllte Dobrynins leeres Glas.

Dobrynin nickte.

Was danach kam, wusste er später nicht mehr. Aber allem Anschein nach zu schließen, hatte sich nichts Besonderes ereignet. Jedenfalls erwachte er auf einer Pritsche in der Ein-Zimmer-Soldatenkaserne, in drei Decken gut eingepackt und zusätzlich mit einem Soldatenmantel darüber zugedeckt. Im Aufwachen sah er sich mit noch trübem Blick um.

Neben ihm schnarchte jemand, der sich eine Decke über den Kopf gezogen hatte.

Der Volkskontrolleur fuhr mit der Hand unter die Pritsche, und zu seiner Freude ertastete er dort seinen Reisesack.

Nach Aufstehen war ihm nicht zumute. Ohne hinzusehen, zog er das Büchlein aus dem Sack, schlug es, über sein gutes Gedächtnis selbst staunend, auf Seite sechsundfünfzig auf und begann zu lesen.

LENIN UND DIE KATZEN

Lenin liebte Katzen sehr. In Gorki, wo er sich nach seiner Verwundung erholte, gab es sehr viele streunende Katzen. Gewöhnlich ernährten sie sich in der Küche des Sanatoriums. Es fiel nicht viel für sie ab. Meist warf eine barmherzige Köchin dem ein oder anderen Kätzchen verstohlen einen Fischschwanz oder ein wenig Hühnergekröse hin. Doch der Chefkoch des Sanatoriums mochte die Katzen nicht und dachte sehr schlecht von ihnen. Er war der Ansicht, dass es vom medizinischen Standpunkt aus schädlich sei, streunende Katzen im Sanatorium zu haben. Und deshalb ließ er eine Sonderbrigade zum Einfangen streunender Haustiere aus Moskau kommen.

Eines Tages traf um die Mittagszeit ein Spezialauto im Sanatorium ein – ein geschlossener schwarzer Kleinlastwagen. Vier starke Männer mit großen Fangnetzen in den Händen stiegen aus. Und sie begannen, durch das Sanatorium zu laufen und die Katzen einzufangen.

Zur selben Zeit saß Lenin auf seiner Lieblingsbank im Park des Sanatoriums und streichelte ein paar Katzen. Da sprang plötzlich ein Mann mit einem Fangnetz zu dieser Bank und fing eine rote Katze ein, die in der Nähe in der Sonne lag. Das arme Tier zuckte und wand sich in den Maschen des Fangnetzes, doch der Mann stand zufrieden da und bedauerte vielleicht nur, dass sein Fangnetz so klein war, dass man nur eine Katze aufs Mal damit fangen konnte.

Da sagte Lenin zu ihm:

„Worüber freuen Sie sich, Genosse? Haben Sie Kinder? Wohnen Sie in Moskau? Seit welchem Jahr sind Sie in der Partei?“

Der Mann senkte den Blick zu Boden, denn er wusste ja, wer da vor ihm saß.

„Ich“, sagte er, „freue mich darüber, dass ich den Menschen Nutzen bringe.“

Den Blick hob er nicht.

„Was für ein Nutzen ist das denn? Beschäftigen Sie sich schon lange damit? Wie viele Katzen fangen Sie pro Tag?“

„Unter streunenden Haustieren gibt es doch viele tollwütige. Sie können Kinder beißen, und die Kinder sterben dann. Das ist doch nicht recht ...“, antwortete der Mann.

Lenin hörte ihm zu und streichelte weiter eine schwarze Katze.

„Ich gehe mal schnell, aber ich bin gleich zurück ...“, sagte der Mann und eilte mit der gefangenen Katze zum Auto.

Nach einer Minute kehrte er wirklich mit einem leeren Fangnetz wieder.

Während er fort war, hatte Lenin die schwarze Katze ganz leicht geschlagen, damit sie davonlief. Doch noch drei andere Katzen lagen in der Nähe an der Sonne.

Der Mann bedeckte mit dem Fangnetz die nächste Katze und hob sie über dem Boden hoch.

„Ein schönes Tier“, sagte der Mann bedauernd. „Aber das ist nun mal meine Arbeit.“

„Arbeiten muss man mit dem ganzen Herzen!“, sagte Lenin, indem er sich von der Bank erhob. „Gefällt Ihnen denn Ihre Arbeit?“

„Wieso?!“, fragte der Mann achselzuckend. „Hauptsache, dass sie Nutzen bringt. Ich bekomme mein Geld nicht für Nichts ...“

„Genau, ganz richtig!“, lobte ihn der Führer. „Hauptsache, dass sie Nutzen bringt.“

Und mit diesen Worten ging Lenin davon, ins Innere des Parks.

Der Mann aber stand da, sah dem Führer hinterher und dachte angestrengt über seine Worte nach. Während er nachdachte, versteckten sich die übrig gebliebenen zwei Katzen, die Gefahr erkennend, im Gebüsch, und so blieben sie am Leben.

Diese Geschichte hat sich im Sanatorium Gorki bei Moskau zugetragen.

Sie wurde nach den Worten der Köchin E.M. Pustowojt aufgezeichnet.

Die Erzählung bestürzte Dobrynin ein wenig, doch er verstand schon selbst, dass der Kopf nach jeder Trinkerei langsam und weniger gut als gewöhnlich arbeitete. Als er einige Zeit über den Inhalt der Geschichte nachgedacht hatte, glaubte er jedoch, im Verhalten des Führers die List zu erkennen, dank derer man nicht alle Katzen des Sanatoriums „Gorki" gefangen hatte. Da offenbarte sich dem Volkskontrolleur alles: Er begriff, dass Lenin einerseits die Ordnung achtete und unterstützte, weil er diesen Burschen nicht sofort aufgehalten hatte, aber dass der Führer andererseits auch die Tiere liebte, was sich in seinem folgenden Verhalten zeigte. ‚Das heißt', dachte Dobrynin, ‚man kann manchmal Gewitztheit beweisen, ohne die herrschende Ordnung zu stören ...'

Der letzte Gedanke war fast klüger als Dobrynin selbst gewesen, und der Volkskontrolleur staunte sehr über ihn. Dabei verstand er ihn ja – und verstand ihn zugleich doch nicht ganz.

Irgendwo hörte man ein Poltern. Danach ächzte jemand laut, fluchte kurz und verstummte.

Dobrynin kroch unter seinen Decken hervor und bemerkte, dass er vollkommen angekleidet geschlafen hatte.

In der Kaserne war es nicht gerade warm.

Seiner Erinnerung folgend, lief Dobrynin los und fand die Kantine. Er setzte sich an einen Holztisch.

In dem Fensterchen der Essensausgabe tauchte das erstaunte Gesicht eines Soldaten aus dem fernen Osten auf.

„Essen, ja?", fragte er.

„Ja", antwortete Dobrynin und rieb sich die Augen, aus denen er den Schlaf noch nicht heraus gewaschen hatte.

„Grütze, Fleisch, ja?", fragte der Soldat wieder mit hartem Akzent.

„Ja."

„Fleisch von Bär", erklärte der Kochsoldat. „Kein Knochen, aber Granatsplitter. Musst du vorsichtig essen ..."

Dobrynin nickte und wartete darauf, dass etwas vor ihm auf dem Tisch erscheinen würde.

Nach fünf Minuten erschien das Angekündigte. Perlgraupen-Grütze, die recht kalt, dafür von steif gewordenem Fett durchzogen war. Und Fleisch, schwarz-rötliches, das noch warm war.

„Und zu trinken?“, fragte Dobrynin.

„Kein Tee. Hat Kommandant geholt. Wasser im Eimer!“

Es war kein appetitliches, aber ein sättigendes Frühstück.

Als er seinen Teller ganz geleert hatte – mit Ausnahme der aus dem Fleisch gezogenen eisernen Granatsplitter –, stand der Volkskontrolleur vom Tisch auf und ging, um Oberst Iwaschtschukin zu suchen.

Mit dem Gefühl der Sattheit kam in Dobrynin zugleich der Wunsch zu arbeiten auf, arbeiten und zwar sofort.

Er fand Iwaschtschukin in seinem Zimmer, das gleichzeitig sein Büro war. Der Oberst saß am Tisch und hatte sich in ein Buch vertieft.

Dobrynin hustete einmal, um auf sich aufmerksam zu machen.

„Aha!“ Iwaschtschukin hob den Blick zum Volkskontrolleur. „Wie fühlst du dich? Hast du ausgeschlafen?“

„Ja, doch ...“

„Willst du frühstücken?“

„Danke, das habe ich schon ... Ich glaube, ich muss losfahren, arbeiten ...“

„Aber wohin denn?“, wollte der Oberst wissen.

Dobrynin zuckte mit den Schultern.

„Hauptsache, dass es etwas zu überprüfen gibt ... vielleicht ein Werk oder eine Fabrik?“

„Na, das haben wir hier in der Nähe nicht ...“ Iwaschtschukin überlegte einen Moment, und plötzlich fiel ihm etwas ein: „Hör mal, wie wäre es, wenn du die abgelieferten Felle überprüfst?“

„Ja, gut!“, stimmte Dobrynin zu.

„Ausgezeichnet!“, lächelte der Kommandant der Einheit. „Du fährst also nach Bokajgol. Dort gibt es auch eine Funkstation, da sitzt der Funker Petrow. Wenn irgendetwas ist, kannst du über ihn Kontakt mit uns aufnehmen."

„Wie komme ich denn dorthin?"

„Na, Bruder, werden wir dich etwa nicht hinfahren, wo du hin musst?" Der Oberst breitete die Arme aus. „Wofür haben wir denn unseren Panzer?"

Das beruhigte Dobrynin endgültig.

„Komm, ich zeige es dir auf der Karte!", sagte Iwaschtschukin, wobei er sich hinter seinem Tisch erhob.

Die Karte hing an einer Wand.

„Da, schau, hier sind wir!" Iwaschtschukin stach mit seinem dicken Finger in einen roten Punkt, um den herum sich ein dichter hellgrüner Fleck ausbreitete. „Und, siehst du, dort ist Bokajgol!"

Dobrynin, der dem Finger des Obersten mit den Augen folgte, staunte über die Entfernung, doch er schwieg.

„Nur Chulajba liegt näher, aber da warst du ja schon!" Iwaschtschukin breitete resignierend die Arme aus.

Der Volkskontrolleur nickte.

Eine halbe Stunde später stand der randvoll getankte Panzer vor dem Eingang zum Stabsquartier. Neben der Kampfmaschine trat ein kleiner Panzersoldat von einem Bein auf das andere.

Der Urku-Jemze verabschiedete sich herzlich von seinen Soldatenfreunden. Sogar der Fähnrich, der finsterste und ungeselligste unter den hiesigen Soldaten, auch er kam und umarmte Dmitrij Waplachow.

Dobrynin ging an der Ein-Zimmer-Kaserne vorbei und holte seinen Reisesack.

Er trat ins Freie, atmete die frostige Luft ein und lief schwankend zu dem Panzer, während er im Gehen den Pelzmantel festzurrte, den Iwaschtschukin ihm geschenkt hatte.

Auch der Oberst näherte sich, zwei Soldaten im Schlepptau, die eine Kiste mit Flaschen voll Trinkspiritus trugen.

„Wozu ist das?", fragte Dobrynin.

„Das ist Dmitrijs Haushalt!", antwortete der Oberst. „Das hat er ehrlich beim Kartenspielen gewonnen! Es wird euch unterwegs nützen!"

Der Abschied war kurz.

Nachdem sie die Kiste mit den Flaschen im Panzer verstaut hatten, kletterten die Soldaten wieder heraus, darauf stiegen Waplachow, Dobrynin und der Panzersoldat durch die Luke hinunter. Die schwere Maschine dröhnte los, fuhr ab und ließ das Militärstädtchen und seine Bewohner hinter sich zurück.

In der ersten Zeit fuhren sie schweigend dahin. Der Urku-Jemze war in trauriger Stimmung – man sah, dass er das Militärstädtchen und seine neuen Freunde ungern verließ.

Dobrynin dachte an die gigantische Größe der Heimat Sowjetunion. Und daran, dass das Herz der Heimat, Moskau, so viel wärmer war als der hohe Norden. Bald hatte er das Schweigen satt, er zog aus seinem Reisesack die Vollmacht auf Dmitrij Waplachows Namen heraus und hielt Dmitrij das Dokument hin.

Dmitrij strahlte, als er seine Vollmacht durchgelesen hatte.

„Ich kann jetzt also auch Russe sein?!"

„Wieso?", wunderte sich Dobrynin.

„Wenn ich nun der Gehilfe des Russen Dobrynin bin, dann kann ich auch ein Russe sein?!", wiederholte der Urku-Jemze seine unverständliche Aussage, die halb Frage, halb Feststellung war.

„Wozu möchtest du denn Russe sein? Du bist doch schon Urku-Jemze!"

Schließlich drangen die Worte des Volkskontrolleurs zu Dmitrij durch und machten ihn nachdenklich.

Der Panzer fuhr durch eine vor langer Zeit in die Taiga geschlagene Straßenschneise und ließ zwei Streifen Raupenspuren hinter sich im Schnee zurück.

Dobrynin war durstig geworden. Nach dem gestrigen Gelage herrschte solche Trockenheit in seiner Kehle, dass er, hätte ihm jemand einen Liter Obstsaft angeboten, diesen sofort geleert hätte, und das in einem Zug!

„Haben wir hier etwas zu trinken?“, fragte Dobrynin, zu dem Panzerfahrer nach vorn gebeugt.

„Was?“, fragte der Soldat zurück, weil er im dröhnenden Lärm des fahrenden Panzers die Worte des Volkskontrolleurs nicht verstanden hatte.

„Trinken! Trinken!“, wiederholte Dobrynin, zeigte dem Panzerfahrer, der sich ihm zuwandte, den offenen Mund und deutete zusätzlich mit der rechten Hand dorthin.

Der Panzerfahrer wies auf die Kiste mit dem Trinkspiritus.

„Nein!“, brüllte Dobrynin. „Etwas anderes! Haben wir denn kein Wasser?“

Der Panzerfahrer schüttelte den Kopf.

Mit einem tiefen Seufzer zog Dobrynin eine Flasche aus der Kiste. Er öffnete sie, setzte sie an und verzog nach dem ersten Schluck bis zur Unkenntlichkeit das Gesicht, so widerlich schmeckte dieses Gebräu.

Auf einmal blieb der Panzer stehen, und es wurde still.

„Was gibt es?“, fragte Dobrynin, als er sah, dass der Panzerfahrer an dem Sehschlitz klebte.

Der Soldat zuckte die Achseln und kletterte aus der Luke.

Dobrynin setzte die Flasche ab und blickte selbst durch den Sehschlitz.

Vor dem Panzer kreuzte ein breiter Streifen aus Spuren die schneeweiße Wegschneise.

„Vielleicht ist da eine Herde vorüber gezogen“, meinte Dobrynin achselzuckend. „Muss man denn deshalb gleich anhalten?“

Waplachow sah ebenfalls durch den Schlitz. Er sah genauer hin und stieg im nächsten Augenblick aus der Luke.

Dobrynin, der nicht allein im Panzer bleiben wollte, kletterte gleichfalls hinaus in die frostige Windstille. Unter seinen Füßen knirschte der Schnee.

Sie näherten sich diesem ausgetretenen Weg.

Und hier vergaß der Volkskontrolleur den unangenehmen Spiritusgeschmack im Mund – vor ihm im Schnee waren die Spuren Dutzender Menschen zu sehen, sie waren barfuß gewesen, man sah die Abdrücke der Zehen.

Dmitrij hatte sich hingekauert und untersuchte die Spuren angespannt.

Der Panzersoldat stand einfach mit offenem Mund da.

Dobrynin runzelte die Stirn, während er versuchte, eine Erklärung für den Anblick zu finden, was ihm aber nicht gelang.

Waplachow erhob sich, blickte aufmerksam in jene Richtung, in die die Spuren führten, und setzte sich langsam in Bewegung

„Wo willst du denn hin?“, fragte Dobrynin.

„Ich muss nachsehen“, antwortete Dmitrij, ohne sich umzudrehen.

Als er an die hundertfünfzig Meter gegangen war, blieb Waplachow stehen und kauerte sich von Neuem hin, um irgendetwas zu untersuchen. Dobrynin und der Panzerfahrer liefen zu ihm.

„Scheiße“, sagte der Panzersoldat wie zu sich selbst, als er sah, dass Waplachow tatsächlich ein dunkelbraunes Häufchen untersuchte. Es lag in der Mitte eines kleinen Kreises aus schwarzer Erde, die unter dem weggetauten Schnee hervorschaute.

„Sie sind vor drei Tagen vorbeigekommen!“, sagte Waplachow.

‚Du bist ja wirklich ein Fährtenleser!‘, dachte Dobrynin. ‚Das kannst du alles aus diesem Haufen herauslesen?‘

Der Panzerfahrer zuckte die Achseln. Auch er überlegte zweifelnd, wie viel man wohl aus der Scheiße, die jemand hinterlassen hatte, herauslesen konnte.

„Das ist mein Volk“, erklärte Dmitrij mit bebender Stimme. „Urku-Jemzen ...“

„Was, sie leben noch?“, fragte Dobrynin verständnislos.

Waplachow, der wieder aufgestanden war, nickte.

„Nur sie können barfuß im Schnee gehen ... Ich muss das überprüfen ... Einer muss in Pelzstiefeln sein!“, sagte er, sich erinnernd. „Wenn es auch Spuren von Pelzstiefeln gibt, dann sind sie es!“

Der Panzerfahrer und der Volkskontrolleur suchten den zerstampften Schnee mit den Augen ab.

„Nein, nein“, sagte der Soldat und stieß dabei eine Dampfwolke aus. „Hier sind alle barfuß gelaufen! Ojojoj, bei solcher Hundekälte mit nackten Füßen durch den Schnee!“

Dobrynin besah sich schweigend die Spuren und erkannte plötzlich deutlich die weichere Spur eines Fußes mit Schuhwerk.

„Hier!“, rief er Waplachow zu, der nicht weit entfernt stand. „Da ist einer!“

Dmitrij kam zu ihm und betrachtete die Spur.

„Sie sind es wirklich“, sagte er nach einer Weile. Aber es lag keine Freude in seiner Stimme.

„Dann fahren wir ihnen vielleicht hinterher? Und suchen sie?“, schlug Dobrynin vor.

Dmitrij schwieg.

„Auf gar keinen Fall!“, meldete der Panzerfahrer sich zu Wort. „Wir haben keine Karte, der Treibstoff reicht dafür nicht. Wir müssen nach Bokajgol fahren!“

Sie kletterten wieder in den Panzer. Die windlose Stille wurde vom Dröhnen der Kampfmaschine durchbrochen, die durch die Wegschneise weiterkroch und dabei an zwei Stellen den breiten Streifen der menschlichen Spuren zermalmte.

„Hör mal, wieso gehen sie eigentlich barfuß?“, fragte Dobrynin Dmitrij über den Motorenlärm hinweg.

„Das ist eine alte Legende“, antwortete Waplachow. „Die Urku-Jemzen sind kein nördliches Volk. Sie kamen aus dem Süden, um das Glück zu suchen. Urku-Jemzen suchen immer das Glück. Und ein Volk kann das Glück nur mit bloßen Füßen suchen gehen. Auf die Jagd kann man Pelzstiefel anziehen, aber das Glück suchen – nur barfuß. Das bedeutet, sie sind wieder losgezogen auf Glücksuche ...“

„Haben sie das denn schon früher gemacht?“, fragte Dobrynin.

Dmitrij seufzte tief.

„Ja, als ich noch nicht geboren war. Da kamen sie hierher, nach Chulajba ...“

Dobrynin nahm die angebrochene Spiritusflasche wieder zur Hand und hielt sie dem Urku-Jemzen hin. Dieser trank einen Schluck, ohne auch nur das Gesicht zu verziehen, und gab sie dem Volkskontrolleur zurück. Dobrynin trank gleichfalls.

‚Was für ein seltsames Volk!‘, überlegte er, während er die Flasche wieder in die Kiste stellte. ‚Barfuß im Schnee das Glück suchen?‘ Befremdet schüttelte er den Kopf.

Der Spiritus rann dem Volkskontrolleur ins tiefste Innere hinunter und erwärmte alles auf seinem Weg. Dobrynins Kehle brannte angenehm.

Der Panzersoldat sah sich um, blickte den Volkskontrolleur fragend an, und der begriff. Er nahm die Spiritusflasche wieder zur Hand – nur noch ein kleiner Rest war darin – und hielt sie dem Panzerfahrer hin. Der Panzerfahrer trank und stellte die leere Flasche zurück auf den eisernen Boden der Maschine.

Dobrynin spürte, wie die Wärme ihm in die Beine lief, die Venen anfüllte und wieder aufstieg. Eine süße Schwere drückte ihn in den unbequemen Sitz. Er schloss die Augen, und das Dröhnen der Kampfmaschine wurde plötzlich leiser.

Vor seinen geschlossenen Augen begann gleichsam ein Film, und sanfte Musik mischte sich mit dem Sausen des Windes. Ein Schneesturm trieb grosse Flocken durch die Straßen des Dorfes Kroschkino. In diesem Traum sah sich Dobrynin selbst, zu Fuß, auf dem Weg nach Hause.

Als er so die Straße entlang ging, hörte er auf einmal, wie jemand schrie: „Es hat ihn erschlagen! Es hat den Vorsitzenden erschlagen!“ Da bog Dobrynin zum Haus des Vorsitzenden ab und ging näher, dort hatte sich schon eine Menschenmenge um etwas versammelt, und an Stelle des Hauses gab es nur noch Trümmer. Plötzlich kam ein Rotarmist von den Trümmern her und sagte laut, so dass alle es hörten: „Hier ist es! Schaut!“ Er hob mit beiden Händen einen schwarzen Stein hoch, von der Grösse eines Menschenkopfes.

Zur selben Zeit flüsterte jemand Dobrynin von hinten zu: „Frohe Weihnachten, Pawel Aleksandrowitsch, frohe Weihnachten!“

Dobrynin drehte sich um, da stand ein ihm vollkommen unbekannter Genosse in schwarzer Lederjacke.

„Ich bin Atheist!“, antwortete Dobrynin ihm flüsternd.

„Ja, sehen Sie, das überprüfen wir gerade, Genosse Dobrynin!“, sagte dieser Mensch.

Hier sah Dobrynin, dass mit dem, der ihn überprüfte, etwas Unbegreifliches vor sich ging. Die ganze Gestalt begann zu zittern und durchsichtig zu werden, bis sie sich schließlich im Schneetreiben auflöste.

Dobrynin blickte sich um und hielt nach ihm Ausschau.

Und er sah, dass derselbe Genosse in der Lederjacke sich über den erschlagenen Vorsitzenden beugte, der im Schnee lag.

Es kam Dobrynin so vor, als würden sie sich unterhalten. Als erteilte der Vorsitzende gleichsam letzte Anweisungen. Und der Genosse in der Lederjacke lauschte und nickte.

Da hatte Dobrynin auf einmal genug. Ihm fiel ein, dass er in der Tasche seines Bauernpelzes Fruchtbonbons für seine Kinder bei sich trug, und in der Hosentasche einen Kamm für seine Frau. Und hier war dieser Menschenauflauf, keiner wusste wieso. Man schrie, der Vorsitzende sei erschlagen worden, doch dort unterhielt er sich mit jemandem. Dobrynin spuckte in Gedanken aus und ging zu seiner Hütte.

Zuhause küsste er seine Frau Manjascha und die Kinder und teilte ihnen die Geschenke aus.

„Wieso denn heute?“, wunderte sich seine Frau. „Bis Neujahr ist es doch noch fast eine Woche hin!“

„Ja, wirklich, wieso denn heute?!“, überlegte Dobrynin laut.

Er überlegte lange, und dann nahm er die Geschenke zurück.

„In fünf Tagen bekommt ihr sie!“, antwortete er streng den weinenden Kleinen, denen es gerade gelungen war, die Bonbons einen Augenblick in den Händchen zu halten.

Darauf trat er in den Hof hinaus, um ein wenig bei seinem geliebten Hund Mitka zu stehen. Inzwischen war es schon Abend geworden, und der Schneesturm legte richtig los, heulte und pfiff. Dobrynin trat zur Hundehütte, klopfte auf ihr Holzdach. Von drinnen ließ sich Mitka vernehmen und heulte nun gemeinsam mit dem Schneesturm. So wohl wurde es Dobrynin da ums Herz, so warm, ruhig und froh, dass ihm Tränen in die Augen traten, ob vom Wind und dem Schnee oder all den Gefühlen. Er hätte gern selbst losgeheult, damit Köter Mitka die Unterstützung seines Herrchens spürte. Obgleich Dobrynin verstand, dass Hunde ihre Hundeangelegenheiten hatten und Menschen die ihren, menschlichen, schämte er sich trotzdem nicht für seine Gefühle zu seinem Hund. Auch nicht, als er bemerkte, dass der Schneesturm gar kein richtiger war, nur der Wind wirbelte etwas Schnee vom Dach, und das war der ganze Schneesturm! Jetzt heulte Dobrynin aus vollem Herzen los. Mitka streckte seine schwarze Schnauze aus der Hütte, sah mit freundlichem, gutmütigem Blick sein Herrchen an, und von Neuem ging es los: hu-u-u-u-u-uuuuuuuu, und Dobrynin gleichfalls: hu-u-uuuu. So heulten sie gemeinsam in diesem Schneetreiben um die Wette ...

„He, Genosse Dobrynin! Genosse Dobrynin!“ Jemand rüttelte den schlafenden Volkskontrolleur an der Schulter.

Der Kontrolleur schlug die Augen auf, und der Soldat blickte ihn erschrocken an.

„Ist Ihnen schlecht?“, fragte er.

„Nein, gut ...“, antwortete Dobrynin.

„Sie haben im Schlaf geschrien ...“, stammelte der Soldat. „Vielleicht trinken Sie noch etwas, das beruhigt, ich weiß es von mir selber ... Spiritus, das ist schon was, das heilt sogar die Nerven."

„Was habe ich denn geschrien?", erkundigte sich Dobrynin.

„Hu-u-uuuuu!", wiederholte der Soldat. „Wie wenn der Schneesturm heult oder ein Zug kommt."

Dobrynin nickte.

„Sind wir etwa schon da?", fragte er plötzlich, als ihm bewusst wurde, dass der Panzer auf der Stelle stand und ringsum Stille herrschte.

„Jawohl", bestätigte der Soldat.

Dobrynin wandte sich um und sah nach Waplachow, doch Dmitrij schlief, eng zusammengekauert, auf dem unbequemen Sitz. Er schlief tief und fest und atmete nicht einmal hörbar.

„Also, dann steigen wir aus?", fragte Dobrynin.

„Ich gehe", sagte der Soldat. „Ich gehe schnell beim Funker Petrow vorbei, damit er dem Kommandanten funkt, dass wir angekommen sind. Ich frage, wo Sie wohnen sollen, damit ich Sie dann hinbringen kann. Danach geht's schon wieder zurück. Wir könnten ja auch noch gemeinsam ein Fläschchen ..." Den letzten Satz sprach der Panzersoldat ganz leise, fast flüsternd.

„Ja, nur lo-o-o-s ...", schnaufte Waplachow, ohne die Augen aufzuschlagen. „In Angedenken an mein Volk ..."

„Oh", staunte Dobrynin. „Wo hat er denn das so schnell gelernt?"

„Das war, als Sie fort waren ... im Städtchen haben sie eine Gedenkfeier ausgerichtet ... zum dritten Jahrestag, seit die Einheit aus dem benachbarten Militärstädtchen verschwand ...", antwortete der Soldat.

„Wie ist sie verschwunden?"

„Das weiß keiner. Der Winter war streng, und sie haben nicht mehr gefunkt. Im Frühling sind wir nach einem Schneesturm hingefahren, um nachzusehen. Die Stadt war heil, aber Menschen waren keine mehr da, auch ihre Sachen waren fort ... Alles völlig leer ... Sie wurden nie mehr gesehen ... Aber wer soll sie auch schon sehen, wenn ringsum gar niemand lebt ... Na gut, ich klettre jetzt raus, und Sie warten hier ...“

Der Panzerfahrer schob seinen schmächtigen Körper durch die Luke, und die Sohlen seiner Stiefel schwangen an Dobrynins Kopf vorbei.

Waplachow wachte auf und rieb sich die Augen. Er nahm eine Flasche, öffnete sie, trank ein wenig und hielt sie Dobrynin hin.

Dem Volkskontrolleur war nicht nach Trinken zumute.

Er stand auf und reckte sich, steckte den Kopf durch die Luke und sah sich draußen um.

Der Panzer stand vor einem Häuschen, über dem eine eisbedeckte Fahne hing, ein roter Eiszapfen, angefroren an der Tür.

Die Stille tönte so, wie sie es nur bei besonderem Frost tut, aber Dobrynin spürte den Frost nicht.

Die Tür in dem Häuschen mit der Fahne ging auf. Der Soldat trat heraus, ihm auf den Fuß folgte ein Mann in Soldatenuniform, die Augen schmal, das Gesicht rund und die Nase plattgedrückt.

Dobrynin kletterte hinaus, und das Metall des Panzers dröhnte unter seinen Füßen, bis er auf den Schnee hinunter sprang. Er ging zu dem Haus und streckte dem Soldaten die Hand hin.

„Volkskontrolleur Dobrynin“, stellte er sich vor.

„Funker Petrow!“, antwortete der schmaläugige Soldat.

Zweifelnd sah Dobrynin ihn an. So ein typisch russischer Familienname passte zu ihm nicht.

Der Funker zog, als er das Misstrauen spürte, einen Ausweis aus der Brusttasche seines Hemdes und reichte ihn dem Volkskontrolleur.

Der Ausweis war quadratisch, und in der linken unteren Ecke klebte eine Fotografie des Schmaläugigen. In reinstem Russisch folgte im Weiteren der Eintrag: „Armeefunker Petrow, Konstantin Samoilowitsch“. Darauf die Unterschriften irgendwelcher Vorgesetzten, und vor einer der Unterschriften ein gewichtiges: „Armeekommandeur ...“

‚Samoilowitsch? Petrow?‘, überlegte Dobrynin, noch immer ein wenig zweifelnd.

„Dann ist es wohl so! Es steht ja da – Petrow!“

Nachdem er seine Zweifel so überwunden hatte, streckte Dobrynin Petrow die Hand hin.

„Willkommen, treten Sie ein!“, sagte der Armeefunker und öffnete die Holztür.

‚Sein Lächeln ist trotzdem nicht russisch‘, dachte der Volkskontrolleur im Gehen, aber er unterdrückte diesen Gedanken gleich – sein Ausweis besagte, dass er Russe war, also war er Russe.

„Sind Sie allein?“, fragte Petrow Dobrynin, als er vor einem Ofenfass Halt gemacht hatte.

„Nein, ich habe meinen Gehilfen dabei“, antwortete der Kontrolleur.

„Na, ich denke, Sie werden es hier bequem haben. Sie wohnen in diesem Zimmer. Ich wohne nebenan, hier hinter der Wand. Wo ist Ihr Gehilfe denn?“

„Im Panzer“, sagte Dobrynin.

„Ich hole ihn!“, sagte der aufgeweckte Soldat, der an der Tür stand, und eilte aus dem Häuschen.

Ein paar Minuten später erschien Waplachow in der Tür und hielt die Kiste mit den Trinkspiritusflaschen in den Händen.

Funker Petrow musterte den Ankömmling eindringlich, dann tat er einen Schritt nach vorn und wechselte einen Händedruck mit ihm.

„Machen Sie es sich bequem, ich melde inzwischen Oberst Iwaschtschukin, dass Sie angekommen sind“, sagte er und verließ das Zimmer.

Das Zimmerchen war klein, aber warm, es wurde gut eingeheizt. An den Wänden standen zwei Eisenbetten, außerdem gab es noch einen kleinen ovalen Tisch, drei Stühle und eine Karte der Sowjetunion, die über die ganze Wand reichte.

Auf dem schmalen Fensterbrett des einzigen Fensters stand ein Blumentopf mit Erde, aber ohne Blume.

Nachdem er sich umgesehen hatte, setzte Dobrynin sich auf ein Bett und ließ seinen Reisesack auf den braungestrichenen Holzboden sinken.

Dmitrij stellte seine Kiste auf den Tisch und setzte sich gleichfalls, auf einen Stuhl neben Dobrynin.

Er sah müde und unglücklich aus.

„Was ist los mit dir?“, fragte ihn Dobrynin.

„Ich habe Kopfweh“, stöhnte der Urku-Jemze.

Der Panzersoldat schaute ins Zimmer herein, salutierte, teilte mit, dass er nun in die Stadt zurück fahre, und verschwand.

Vor dem Fenster dröhnte der Motor des gepanzerten Fahrzeugs los.

Der hölzerne Fußboden vibrierte unter den Sitzenden.

„Petrow ist kein Russe“, bemerkte Dmitrij plötzlich, wobei er seinen Chef müde von unten her ansah.

„Ich habe seinen Ausweis geprüft “, entgegnete Dobrynin. „Dort steht, dass er Russe ist ... Und was ist da auch für ein Unterschied?“

Waplachow antwortete nicht. Er war außerordentlich bleich.

Hier kam der Funker Petrow mit einem Teekessel in der Hand herein. Er stellte den Teekessel auf den Tisch und holte unter einem Bett drei große Tassen hervor.

„Alles in Ordnung“, sagte er. „Viele Grüße von Iwaschtschukin.“

„Danke“, erwiderte Dobrynin.

„Was ist, ist dem Genossen schlecht?“ Petrow wies mit dem Kinn auf Waplachow. „Vielleicht braucht der Kopf ein bisschen Behandlung? Gläser haben wir.“

Dobrynin setzte sich vom Bett an den Tisch hinüber und schob die Kiste mit den Flaschen ein Stück weit fort.

„Wir stellen sie auf den Boden, damit wir Platz haben!“, sagte Petrow vergnügt, während er die Kiste vom Tisch herunter hob. „Oder wollen wir gleich zuerst ... vor dem Tee? ... Hm?"

Von Waplachows Seite kam überhaupt kein Widerstand gegen diesen Vorschlag. Dobrynin schwieg gleichfalls, da zog Petrow eine volle Flasche aus der Kiste und leerte sie bis auf den Grund in die Tassen.

„Also, willkommen!", bellte er, schnaubte kurz auf russische Art und setzte energisch die Tasse an.

‚Er ist Russe!', dachte der Volkskontrolleur, während er den Funker aufmerksam betrachtete.

Dann wiederholte er selbst die gleiche Prozedur, doch der Spiritus schaffte es nicht auf einen Schluck hinunter, Dobrynin verschluckte sich, hustete – und zum Glück klopfte ihm der Funker einmal kräftig auf den Rücken, gleich wurde ihm leichter.

„Tee, schnell Tee!", sagte Petrow dazu, während er bereits den Tee einschenkte.

Waplachow trank den Spiritus langsam, als würde er nur jedes Mal nippen, doch als er die Tasse auf den Tisch stellte, war sie leer.

Petrow musterte den Urku-Jemzen betreten, und etwas Ungutes huschte durch seinen Blick, lag in den schmalen, wie ständig zusammengenkniffenen Augen.

Als er wieder zu sich gekommen war, wandte der Volkskontrolleur sich dem Tee und den Gesprächen zu.

Vor allem fragte er nach den vorbereiteten Fellen.

„Die Dokumente sind im Magazin", antwortete Petrow darauf. „Die Felle sind auch da, die Jäger aber sind mit ihren Anführern vor zehn Tagen fortgefahren und kommen frühestens in einer Woche wieder."

Danach erklärte Petrow, dass die Felle einzeln überprüft würden und jedes seine eigene Nummer habe, die mit Spezialstift auf die Lederseite geschrieben sei, und man anhand dieser Nummer bestimmen könne, wer dieses Fell bearbeitet hatte und wann das gewesen war.

Dobrynin überlegte kurz. Dann meinte er, seine Hauptaufgabe sei es, Menge und Qualität zu überprüfen, wer die Felle bearbeitet habe und wann, das interessiere ihn als Volkskontrolleur nicht.

Waplachow trank keine zweite Tasse Tee, obgleich der Funker auch ihm einschenkte.

Dem Urku-Jemzen ging es schlecht, nur mit Mühe hielt er den Kopf aufrecht, der sich aber zusehends weiter zur linken Schulter neigte.

„Lieben Sie eigentlich Gedichte, Genosse Funker?“, fragte der schon recht betrunkene Dobrynin auf einmal.

„Nein“, antwortete Petrow. „Ich liebe die Technik und das Funken, aber Gedichte – nein ...“

Da war im Kopf des Volkskontrolleurs etwas zusammengezuckt, und er wurde schlagartig ein wenig nüchterner. Die Antwort des Funkers war unerwartet gewesen. Und wie gern hätte Dobrynin doch in diesem Augenblick einem guten Gedicht gelauscht ...

Schwankend stand er vom Tisch auf, zog seinen Reisesack unter dem Bett hervor und begann darin zu wühlen, um das geschenkte Büchlein zu finden, betastete an seiner Statt aber eine Packung Kekse. Die zog er heraus, sah sie verwundert an und schlug sich im selben Augenblick gegen die Stirn: das hatte er doch Iwaschtschukin geben wollen!

„Oh, Sie haben etwas zum Tee!“, freute sich Petrow. „Kommen Sie, kommen Sie, alles auf den Tisch!“

Ungern legte Dobrynin seine „Oktoberkekse“ auf den Tisch.

Wieder tranken sie Tee, doch ein Gespräch entspann sich nicht. Petrow schlug ständig vor, noch eine Flasche Trinkspiritus zu köpfen, aber Waplachow schlief bereits, den Kopf auf den Tisch gelegt, und Dobrynin lehnte schweigend, mit kaum merklichem Kopfschütteln, ab.

Schließlich erhob sich Petrow, nachdem er seinen Tee ausgetrunken hatte, brummte zum Abschied etwas und ging hinaus.

Mit großer Mühe schleppte der Volkskontrolleur seinen Gehilfen auf das Bett und legte sich danach auch selbst hin.

Als er am nächsten Morgen erwachte, freute Dobrynin sich über seine eiserne Gesundheit, denn sein Kopf tat nicht weh und eigenartigerweise kam kein Wunsch in ihm auf, gleich wieder etwas gegen den Kater zu trinken. Waplachow hingegen ging es schrecklich. Er war gleichfalls aufgewacht und setzte sich im Bett hin, war aber außerstande aufzustehen, denn der Boden kam ihm sehr schwankend vor.

Am Ende hatte Dobrynin Mitleid mit ihm und füllte ein halbes Glas mit Spiritus, worauf Dmitrij sein Gleichgewicht wiederfand und aufstand.

Appetit hatte er keinen. Dobrynin aber drängte es mit Macht zur Arbeit, und er weckte den hinter der Wand im anderen Zimmer schlafenden Funker Petrow.

Petrow war ehrlich erstaunt, dass die beiden Ankömmlinge sich gleich an die Arbeit machen wollten, erst recht, wo einer von ihnen, Dmitrij Waplachow, sich durch eine bläuliche Farbe Gesichtsfarbe und einen seltsam nach innen gerichteten Blick auszeichnete. Er erkannte jedoch, dass der Kontrolleur hartnäckig und ernsthaft in seinen Absichten war.

Zu dritt traten sie auf die Straße hinaus. Aber was das für eine Straße war, das war schon eine andere Frage, denn das Städtchen bestand nur aus sechs Gebäuden, von denen das Fellmagazin das größte darstellte.

Ihre rotbraunen Pelzmäntel waren warm, doch sowohl Dmitrij, als auch Dobrynin spürten, wie der Frost sie in Wangen und Nase biss.

In dem Magazin herrschte dieselbe tiefe Temperatur wie auf der Straße.

„Hier, das sind die Register!“ Der Funker Petrow fasste einen Packen Rechnungsbücher, die auf einem Schreibtisch direkt neben der Tür lagen. Der ganze Raum war mit Fellen übersät, sie lagen und hingen dort in Bündeln, einige waren auch auf dem Boden verstreut und boten einen kläglichen, gerupften Anblick.

„Also, hier finden Sie sich ja dann selbst zurecht …“, bemerkte Petrow unbestimmt.

Dobrynin nickte.

Waplachow konnte nicht nicken. Ihm schien, dass, wenn er den Kopf nach vorn neigte, das Gleichgewicht verschwinden würde, das es im erlaubte, zu gehen und geradezustehen, und dass sein Körper vornüber fliegen würde – dem Kopf hinterher, der für das wacklige Gleichgewicht zu schwer geworden war.

Licht gab es im Innern nicht, aber zwei Fenster und die weit geöffnete Tür ließen alles erkennen.

Petrow ging davon.

Vorsichtig schlug Dobrynin das oberste Rechnungsbuch auf und prallte direkt zurück, so erschrocken war er über die endlosen Zahlen, die die erste Seite dieses Registers füllten.

Waplachow näherte sich seinem Chef, blieb neben ihm stehen und spähte ebenfalls auf die Seite. Vor seinen Augen begann es zu flimmern und zu tanzen, und er kniff die Augen zusammen.

„In Ordnung!“, stieß Dobrynin plötzlich hervor, setzte sich auf einen Stuhl und vergrub den Kopf in der ersten Seite des Registers.

Es war nun völlig still.

Waplachow wurde es übel, er lief schwankend in die kalte Weite hinaus und ließ den Volkskontrolleur in nachdenklicher Einsamkeit zurück.

Dobrynin, der die mit flimmernden Zahlen bedeckten Seiten durchblätterte, wurde immer ernster und begann den Sinn des Registers bereits ein wenig zu verstehen. Auf der letzten Seite studierte er aufmerksam vier Spalten mit Zahlen und freute sich, dass er der Sache so schnell auf die Spur kam: über den Spalten standen mit krakeliger Handschrift die Abkürzungen „schw.“, „w.“ und „versch.“ geschrieben, und über der letzten von ihnen prangte das vollständige, Dobrynin aus der Kolchosvergangenheit bekannte Wort „Gesamt“.

Das Bild war klarer geworden, nun mussten noch die Felle gezählt werden. Doch diese Aussicht machte den Volkskontrolleur, der bereits eine geistige Erschöpfung spürte, nicht recht froh. Sein Kopf neigte sich über der letzten, mit Zahlen vollgeschriebenen Seite des Buches immer tiefer, bis er sich schließlich einfach aufs Papier legte und ihm die Augen von selbst zufielen.

Aber der Kontrolleur schlief nicht lange. Als Erstes erwachte der entschlossene Wunsch, zu arbeiten, und gleich darauf öffneten auch seine Augen sich wieder. Ein wenig zornig auf sich selbst, stand Dobrynin vom Tisch auf, hielt draußen suchend Ausschau nach seinem Gehilfen und kehrte, als er Waplachow nicht fand, wieder ins Magazin zurück. Er begann bündelweise die weißen Felle von den Haken an Wänden und Decke abzunehmen. Dann warf er sie in der Nähe des Tisches auf den Boden, wo es nicht ganz so schmutzig wie anderswo war.

Als alle weißen Felle am Boden lagen, kauerte er sich hin und machte sich mit einem Seufzer ans Zählen.

Er nahm sie hoch, immer zehn auf einmal, stand auf, trat einen Schritt zum Tisch und machte auf einer frischen Seite des Rechnungsbuches mit einem Bleistift einen Strich. Dann kauerte er sich wieder hin und nahm sich die nächsten zehn vor. Unbemerkt verging die Zeit. Die Finger taten ihm ein wenig in den Gelenken weh, und natürlich waren die Hände von der Kälte schon bläulich-rot angelaufen, doch Dobrynin achtete nicht darauf. Auf dem frischen Blatt des Rechnungsbuches reihten sich die Striche in langen Linien, und wenn er sie ansah, freute sich der Kontrolleur und geriet geradezu in noch größeren Eifer, da er fühlte, dass die Sache gut voranging.

Als alle weißen Felle, gebündelt sowie auch einzeln, auf einen neuen Haufen übergewechselt waren, stand Dobrynin ein weiteres Mal auf. Etwas knackte in seinem Kreuz, doch er ging mit zufriedenem und ein wenig erschöpftem Lächeln auf dem Gesicht zum Tisch, setzte sich und begann seine

Striche zu zählen. Zuerst wollte er sie einfach abzählen, aber er war gerade bis ans Ende der ersten Zeile gekommen, als er sogleich vergaß, wie viele Striche es gewesen waren. Da begann er, sie durchzustreichen, sobald er zehn beisammen hatte. Jetzt ging die Sache schneller voran, und am Ende blieben ihm sieben nicht Durchgestrichene, drei Felle fehlten zu einer letzten Zehnereinheit. Er sah sich um und hoffte, noch irgendwo drei Stück zu erspähen, aber er sah keine und ging nun daran, die Zehnereinheiten zu zählen.

Am Ende kam er nicht ohne Mühe auf die Anzahl der vorliegenden weißen Felle – es waren 387. Dann sah er auf die vorhergehende Seite des Buches – dort war ein Bestand von 354 weißen Fellen verzeichnet. ‚Hauptsache, dass es nicht weniger sind!', dachte Dobrynin.

Nachdem er sich ein wenig erholt hatte, nahm der Kontrolleur sich die schwarzen Felle vor. Hier ging die Zählung bereits sehr zügig vonstatten, umsomehr, als viel weniger schwarze Felle da waren.

Es gab 154 davon, und entsprechend trug Dobrynin diese Zahl auf einer frischen Seite des Buches ein. Dann sah er nach dem vorherigen Eintrag – dort wurden 153 geführt.

Hierauf hängte Dobrynin, nachdem er beschlossen hatte, den Boden von den gezählten Fellen freizumachen, weiße und schwarze Felle an Haken, und jene, die nur ungebündelt am Boden herumlagen, schob er mit dem Fuß in eine ferne Ecke.

Nun blieben noch die „versch." zu zählen, was natürlich ‚verschiedene Felle' hieß. Sie waren tatsächlich auch verschieden, sowohl in ihrer Farbe als auch in ihrer Größe, und Dobrynin kam zu dem Schluss, dass sie wohl außerdem von verschiedenen Tieren stammten. Es gab da sowohl schwarzbraune, als auch graue Felle, ein riesiges braunes Fell – das musste von einem Bären sein –, sowie noch allerlei andere, die er nicht einordnen konnte. Sie zu zählen war nicht einfach, doch Gottseidank nahmen sie wenig Platz ein, und das hieß, es gab nicht viele davon.

Die Finger arbeiteten flink; die ersten zehn – ein Strich, die zweiten zehn – ein zweiter Strich, die dritten zehn – ein weiterer ...

Nachdem er ein riesiges Fell, offenbar gleichfalls von einem Bären, auf den Haufen der schon gezählten Felle hinübergelegt hatte, bemerkte Dobrynin darunter einen Stapel gelblicher Felle von regelmäßig rechteckiger Form, die mit einem Lederband zusammengebunden waren. Er nahm sie in die Hände, um sie durchzuzählen, ohne sie aufzubinden, doch da erblickte er auf einer umgeklappten Ecke ein seltsames Zeichen. Er wunderte sich, löste das Lederband und zog dieses Fell heraus, drehte die Lederseite um und erstarrte fassungslos – vor ihm auf dem Pergament aus alter Haut standen Zeile um Zeile säuberlich aufgereiht unverständliche fremde Schriftzeichen, schwarze Buchstaben oder irgendwelche Zeichen. Da zog der Kontrolleur die übrigen Felle aus diesem kleinen Stapel, und sie alle waren, wie Buchseiten, auf der Lederseite mit diesen Schriftzeichen vollgeschrieben. Da vergaß Dobrynin das Zählen, stand auf, legte diese Leder-Seiten auf den Tisch und kam ins Grübeln. Er sann über das Lesen und Schreiben nach, über die große Mühe, die ihn selbst das Erlernen der einzelnen Buchstaben des russischen Alphabets gekostet hatte. Und wie er abends nach der Arbeit mit den anderen Dorfgenossen in der Dorfschule im Unterricht gesessen hatte, in der Kampagne zur ‚Beseitigung des Analphabetentums'.

Die Zeit verging. Der Kälte zum Trotz bekam Dobrynin jetzt Hunger.

Er beschloss, die Rückkehr seines Gehilfen abzuwarten und in ihre zeitweilige Behausung zurückzukehren.

Um nicht tatenlos da zu sitzen, beendete er die Zählung aller Felle und verglich die Ergebnismenge mit dem vorigen Eintrag im Rechnungsbuch. Es war alles in Ordnung.

Waplachow aber tauchte nicht auf.

Dobrynin schlang seinen rotbraunen Pelz enger um sich und zog den Gürtel fest, darauf trat er in die Kälte hinaus und blickte sich um.

Es dunkelte schon ein wenig, man sah, dass der Polarabend angebrochen war, doch in der Ferne erkannte der Volkskontrolleur den aus unbekannten Weiten zurückkehrenden Waplachow. Er wartete, bis er bei ihm war, dann fragte er: „Wo treibst du dich herum?"

Waplachow sah aufgeregt aus. Der Rausch hatte anscheinend seinen Kopf verlassen, und sein Gesicht hatte eine frische Farbe angenommen.

„Ich habe mit einer alten Frau von hier gesprochen", sagte er. „Petrow ist kein Russe! Sie weiß es."

„Woher weiß sie das?", fragte Dobrynin erstaunt.

„Sie sagt, er ist sehr freundlich, er schenkt ihr oft Essen ..."

„Na, hör mal, Bruder, was soll das heißen!", empörte sich der Volkskontrolleur. „Ein Russe ist demnach böse?! Und du wolltest doch selbst Russe werden!"

„Das wollte ich ...", nickte der Urku-Jemze. „Aber die Alte hat gesagt, dass hier früher Russen waren, die schenkten einem nichts, sie nahmen nur weg ... sie sagten ‚Burajsy!' und nahmen den Leuten Sachen weg ..."

Dobrynins Miene verfinsterte sich. Ihm wurde unbehaglich im Kopf und im Herzen. Er dachte daran, dass auch er dieses Wort auf dem Markt im Norden gesagt hatte – so hatte es ihn der Komsomolze Zybulnik gelehrt ... Wobei es diesen Komsomolzen auf russischer Erde schon nicht mehr gab.

„Na gut", brummte der Kontrolleur unbestimmt. „Hier habe ich etwas Merkwürdiges gefunden. Du sollst es dir anschauen."

Dobrynin schritt durch die offene Tür des Magazins.

Drinnen war es dunkler als draußen, und dem Kontrolleur wurde nun klar, dass sie in diesem Halbdunkel nichts erkennen würden.

„Weißt du, was wir machen", sagte er. „Wir nehmen diese kleinen Felle mit nach Hause, und dort schaust du sie dir mal bei Licht an!"

Dobrynin nahm den wieder mit der Lederschnur verschnürten Stapel Felle, verschloss die Tür des Magazins, und sie gingen schwankend über den knirschenden Altschnee zum Haupthaus der Stadt Bokajgol.

In den Fenstern ihres Hauses brannte Licht, es brannte mit ungewöhnlich hellem, gelbem Schein. Und von irgendwoher vernahm man ein leises, doch unaufhörliches Summen.

„Na, wie geht es?“, empfing sie der Funker Petrow.

Er stand im Vorderzimmer in einem eigenartigen geblümten Morgenmantel, der ihm bis zu den Knöcheln reichte. Im Haus war es warm, es schien, als hätte er vor Kurzem beide Öfen eingeheizt.

„Alles in Ordnung“, antwortete ihm Dobrynin und zog wegen der unerwarteten Wärme seinen Pelz aus.

„Bei uns ist immer alles in Ordnung“, lächelte Petrow. „Der Tee ist noch heiß, möchten Sie etwas essen?“

Dobrynin nickte entschieden.

Fünf Minuten später saßen sie schon am Tisch und aßen zu Abend. Dobrynin verstrich mit Behagen fette, gelbe Butter auf einer dicken Scheibe Schwarzbrot, gab Salz darauf, dann biss er ein sehr großes Stück ab und trank süßen Tee hinterher. Auf dem Tisch lag auch noch ein eingesalzener Fisch, den der Volkskontrolleur nicht kannte und der durch sein rotes Fleisch auffiel. Petrow, der offenbar bereits satt war, aß nichts und trank nur Tee. Waplachow kaute ein Stück von dem roten Fisch und trank gleichfalls Tee, wobei er dem Funker hin und wieder angespannte Blicke zuwarf.

„Jetzt können Sie sich ein paar Tage ausruhen!“, sagte Petrow, während er an seinem Tee nippte. „Die Nacht bricht an, und die Nächte sind hier lang, das wissen Sie wahrscheinlich. Obwohl diese Nacht etwas kürzer wird ... sieben, acht Tage ...“

„Was summt da eigentlich so?“, fragte Dobrynin unvermittelt und mit Blick nach draußen.

„Ach das, das ist der Generator! Er liefert Strom für die Funkstation und das Licht. In fünf Minuten schalte ich ihn aus. Wozu brauchen wir in der Nacht Licht?“

Nachdem er seinen Tee ausgetrunken hatte, wünschte Petrow dem Kontrolleur und seinem Gehilfen eine Gute Nacht und ging hinaus.

„Nun schau, was dort geschrieben steht!" Dobrynin sprang vom Tisch auf, zog den Stapel rechteckiger Felle mit den unverständlichen Aufschriften unter seinem Bett hervor und hielt ihn Waplachow hin. Dmitrij knüpfte die Schnur auf und nahm die oberste „Seite" in die Hand. Sein Mund öffnete sich leicht, sein Gesicht nahm einen nachdenklichen Ausdruck an.

„Was steht da?", drängte ihn Dobrynin.

„Sehr schwierig", entgegnete der Urku-Jemze kopfschüttelnd. „Das ist auf alte Weise geschrieben ... Ich muss mich an diese Sprache erst wieder erinnern."

„Dann erinnere dich!", bat der Volkskontrolleur, dessen Gesicht nun äußerste Ungeduld ausdrückte.

„Ich kann nicht so schnell."

„Dann schlag dir gegen die Stirn!", riet Dobrynin. „Das hilft ungemein!"

Der Urku-Jemze sah seinen Chef an, und dann schlug er sich tatsächlich so gehörig gegen die Stirn, dass er die Augen zusammenkneifen musste.

Wieder blickte er auf die Lederseite.

Seine Augen weiteten sich, und ein Lächeln erschien auf seinem Gesicht.

„Na, fällt dir was ein?", fragte Dobrynin.

„An ein Wort habe ich mich erinnert, das hier!", Waplachow wies mit dem Finger auf ein Zeichen auf der ledernen Seite. „Das heißt ‚geheimer unterirdischer Weg' ..."

„Schlag nochmal! Na, gegen die Stirn!", sagte Dobrynin zu ihm.

Waplachow konzentrierte sich, holte mit der rechten Hand weit aus und schlug sich mit voller Kraft noch einmal.

In diesem Augenblick verlor das Iljitschlämpchen seine Helligkeit, es begann zu verlöschen, am Ende gab es nur noch einen rot schimmernden Leuchtfaden in der Dunkelheit, sowie die dunkelroten, schon verbrannten Kohlen im Ofen.

„Gute Nacht!“, drang aus dem anderen Zimmer die Stimme des Funkers Petrow herüber.

„Gute Nacht!“, antwortete ihm leise aber verärgert Dobrynin.

Als seine Augen sich ein wenig an die Dunkelheit gewöhnt hatten, suchte er mit dem Blick nach einer Öllampe oder einer Kerze, fand aber nichts. Der Urku-Jemze versuchte gleichfalls etwas zu tun, er trug die Schriftzeichen auf der Lederseite zum Ofen, die glühenden Kohlen gaben jedoch kein Licht. Es war unmöglich weiter zu lesen, was dort geschrieben stand.

Für alle Fälle ließ Dobrynin sich die Felle von Waplachow zurückgeben und steckte sie in seinen Reisesack, die er umgehend wieder unter das Bett schob. Er legte sich hin und ließ dabei die Sprungfedern quietschen. Nach Schlafen war ihm nicht.

Waplachow hingegen fühlte sich, sobald er auf seinem Bett lag, gemütlich und ruhig. Die Augen fielen ihm zu.

Dobrynin konnte nicht einschlafen. Wie im Fiebertraum eilten die Gedanken von einer Sache zur anderen, wobei sie von Zeit zu Zeit zu diesen geheimnisvollen Schriftzeichen zurückkehrten. Er dachte auch über den Funker Petrow nach, von dem die Alte gesagt hatte, er sei kein Russe, weil er sehr freundlich sei. Der Volkskontrolleur war im Namen der russischen Nation gekränkt. Woher, überlegte er, kann denn diese Alte wissen, wie freundlich Russen sind? Und gleich darauf überlegte er, dass er sie wohl besuchen und ihr etwas schenken sollte, damit sie nicht mehr derlei Garstiges über das russische Volk erzählte.

Es war still im Zimmer. Nur Waplachow wälzte sich dann und wann im Schlaf von einer Seite auf die andere und murmelte dabei vor sich hin.

Da schwang Dobrynin die Füße auf den Boden, stand auf und ging durch den Raum, wobei er horchte, ob nicht die hölzernen Dielen unter den Füßen knarrten. Nein, sie knarrten nicht. Still war es.

Er blieb vor dem Ofen stehen, kauerte sich hin und blickte in die erloschenen Kohlen; er fand einen Stecken direkt daneben, stocherte in der Asche und zog noch ein lebendiges, rotglühendes Kohlestückchen heraus. Das Metall des Ofens war warm.

Die Zeit verstrich langsam. Langsam, aber unaufhörlich. Immer mehr von ihr blieb in der Vergangenheit, rollte mit den durchlebten Stunden, Tagen, Wochen fort, dort hinüber. Wie viel Zeit war nun schon vergangen, seit er sein Haus und sein Dorf verlassen hatte? Ein Jahr? Zwei?

Dobrynin wusste es nicht mehr. Er hatte auf die Zeit nicht geachtet, weil er ganz und gar verschlungen wurde von den Gedanken an seine Arbeit und von der Arbeit selbst, die ihn jetzt mehr in Beschlag nahm, als einst seine Familie.

Plötzlich durchschnitt ein unverständlicher Laut die nächtliche Stille vor dem Fenster.

Dobrynin drehte sich dem Fenster zu – dort war es so dunkel wie zuvor.

Waplachows eisernes Bettgestell quietschte, während er sich wieder von einer Seite auf die andere drehte.

Dobrynin kehrte mit dem Blick zu dem rotglühenden Kohlestück zurück, aber da drang aufs Neue undeutlicher Lärm von draußen herein, und beunruhigt stand der Volkskontrolleur auf.

Er ging in das Vorzimmer des Hauses, öffnete die Tür ein wenig und spähte ins Freie.

In derselben Sekunde fesselte ein heller Lichtfleck seinen Blick. Ein starker Strahl leuchtete direkt in die geöffnete Tür des Fellmagazins, und Menschen flitzten in diesem Licht hin und her.

Das Herz des Volkskontrolleurs pochte heftig, Aufregung packte ihn, und mit einer hastigen Bewegung schloss er die Tür, lief ins Zimmer zurück und weckte Waplachow.

„Steh auf! Steh auf!“, sagte er. „Sie rauben das Magazin aus!“

Während der Urku-Jemze sich erhob, holte Dobrynin den Revolver aus seinem Reisesack, schlüpfte in seinen Pelz und zog den Gürtel fest zu.

„Was stehst du so da!“, fuhr Dobrynin den Urku-Jemzen an. „Los, komm!“

So leise sie konnten, liefen sie hinaus in die Kälte.

„Sollen wir vielleicht Petrow wecken?“, flüsterte Dobrynin, der stehengeblieben war, vor sich hin, antwortete aber gleich selbst: „Das schaffen wir doch allein.“

Sie liefen auf den hellen Lichtstrahl zu, der geradewegs in die offene Magazintür leuchtete.

Als sie ziemlich nahe herangekommen waren, machten sie Halt.

Fieberhaft überlegte Dobrynin, was nun zu tun war: den Revolver ziehen und alle verhaften, oder etwas Anderes? Aber was? Was konnte man in solch einer Situation sonst noch tun?

„Geh, weck Petrow auf! Er soll sein Gewehr nehmen und herkommen. Ich verhafte sie schon!“, sagte er schließlich zu Waplachow, und Waplachow eilte zum Haus zurück.

Dobrynin schritt derweil kühn, den Revolver in der Hand, auf das Magazin zu.

Aber erst einmal geschah gar nichts, niemand bemerkte den Volkskontrolleur überhaupt. Ein paar Männer flitzten wie zuvor zum Magazin und zurück, und man sah jetzt, dass sie Felle heraustrugen und sie auf einen in der Dunkelheit fast unsichtbaren Wagen luden. Der war es auch, der mit seinen Scheinwerfern den Eingang und das Innere des Magazins beleuchtete.

Nachdem Dobrynin eine Weile direkt neben dem Lichtstrahl gestanden hatte, füllte er seine Lungen mit Luft und schrie aus Leibeskräften: „Halt! Ich schieße! Sie sind verhaftet!“

Die Männer blieben stehen, sahen sich um und konnten offensichtlich nicht sehen, wer da gerufen hatte. Da trat noch jemand zu denen, die im Licht standen, flüsterte etwas, verließ den Lichtkreis wieder, und im nächsten Augenblick tauchte ein weiterer Lichtstrahl im Dunkel auf, schwach und dünn, eindeutig von einer Taschenlampe. Dieser Lichtstrahl hüpfte umher, bis er auf Dobrynins Gesicht inne hielt.

„Ich schieße!“, rief Dobrynin und kniff die Augen zu, denn mochte der Lichtstrahl auch schwach sein, in dieser Dunkelheit blendete er dennoch sehr.

Zwei Männer traten zu Dobrynin.

Aus schmalen Augen starrte sie ihn durchdringend und unfreundlich an. Dann sagte einer etwas zum anderen in einer Sprache, die nicht Russisch war, und hier erkannte Dobrynin die ganze Dummheit seiner Lage: Natürlich hatten sie seine Befehle gar nicht verstanden, sie begriffen nicht, dass er sie gerade verhaftet hatte. Und das hieß, er konnte sie überhaupt nicht verhaften.

Während er darüber noch nachdachte, entriss eine starke Hand ihm seinen Revolver, und die beiden schmaläugigen Männer gingen schnell beiseite. Er war nun allein, allein und ohne Waffe.

‚Was tun? Was tun?‘, dachte er fieberhaft.

Doch um darüber nachzudenken, war es bereits zu spät. Starke Hände packten ihn von hinten an den Schultern, drehten ihm die Arme auf den Rücken, und er spürte, wie sich um seine Handgelenke ein rauher, dicker Strick zuzog. Das ging in aller Stille vor sich, die Menschen, die ihn fesselten, schwiegen und verrichteten stumm ihr Werk.

Dobrynins einzige Hoffnung waren Waplachow und Petrow, falls sie rechtzeitig bewaffnet zurückkommen würden. Doch alles war still, und es sah ganz so aus, als eilte niemand dem Volkskontrolleur zu Hilfe.

Der Mann mit der Taschenlampe trat näher und blieb bei Dobrynin stehen; gemeinsam mit ihm trat noch einer zu dem Kontrolleur, von kleinerem Wuchs, ebenso schmaläugig. Dieser Kleingewachsene stach Dobrynin plötzlich mit dem Zeigefinger ans Kinn und sagte: „Gib Papiere, Waffe!“

‚Ihr Schufte‘, dachte Dobrynin, beschloss gar nicht erst mit ihnen zu reden und blickte finster drein wie ein Stier.

Der Kleingewachsene, der offenbar ihr Übersetzer war, fuhr dem Volkskontrolleur mit den Händen zwischen Pelz und Hemd und begann seine Taschen abzutasten. Er zog den Pass des toten Pferdes Grigorij und etwas Kleingeld heraus. Das Kleingeld warf er in den Schnee, den Pass schlug er auf. Der Strahl der Taschenlampe glitt über den aufgeschlagenen Ausweis, wonach der Kleingewachsene in seiner unverständlichen Sprache etwas zu dem Mann sagte, der neben ihm stand.

Dann geschah etwas Eigenartiges. Der Mann mit der Taschenlampe wurde zornig, begann den Kleingewachsenen anzuschreien, zog dann die Pistole und erschoss den Übersetzer. Der ächzte und fiel in den weißen Schnee.

Von dem Schuss ganz benommen, bemerkte Dobrynin nicht, dass er wieder allein in der Dunkelheit zurückblieb. Der Mann mit der Taschenlampe war irgendwohin verschwunden. Die Scheinwerfer des unsichtbaren Wagens strahlten weiterhin den Eingang zum Magazin an, aber Menschen waren keine mehr zu sehen.

Eine Haustür schlug zu. Dobrynin drehte sich um und erkannte menschliche Gestalten, die in seine Richtung marschierten. Er freute sich, weil er dachte, dass ihm nun Petrow und der Urku-Jemze zu Hilfe eilten.

Doch schon ein paar Augenblicke später trat Verzweiflung an Stelle der Erwartung.

„Petrow ist kein Russe!“, rief Waplachow im Näherkommen, schwankte in der nächsten Sekunde und fiel schwer mit dem Gesicht in den Schnee.

„Schweig!“, schrie der Funker, der ein wenig hinter Waplachow gegangen war.

Waplachow erhob sich merkwürdig ungeschickt, und als er genauer hinsah, begriff Dobrynin, dass man auch seinem Gehilfen die Hände gefesselt hatte.

‚Verrat!‘, dachte er.

Eine Minute später stand Waplachow neben dem Volkskontrolleur.

„Ich habe ja gesagt, dass er kein Russe ist“, brummte der Urku-Jemze leise. „Aber der Russe Dobrynin hat es nicht geglaubt ...“

Der Funker Petrow trat zu ihnen.

Plötzlich ertönte in der Stille eine Frauenstimme, die auf Nichtrussisch etwas sagte.

Sogleich antwortete Petrow in die Dunkelheit in demselben Nichtrussisch. Und er ging ein Stück weit fort.

„Was machen wir jetzt?“, fragte Dobrynin flüsternd seinen Gehilfen.

„Wir müssen fliehen“, antwortete Waplachow.

„Wohin denn?“, fragte der Volkskontrolleur.

Auf diese Frage konnte der Urku-Jemzen nicht mehr antworten. Wieder erschien in der Nähe der Strahl der Taschenlampe, beleuchtete das Gesicht von Dobrynin und sprang gleich weiter auf das Gesicht des Urku-Jemzen. Sie kamen zu dritt auf sie zu: der Mann mit der Taschenlampe, Petrow und eine schmaläugige junge Frau.

Gern hätte Dobrynin etwas Aufgebrachtes gesagt, um ihnen zu zeigen, was er von ihnen hielt, doch außer schlichten Beschimpfungen kam ihm nichts in den Sinn.

„Genosse Dobrynin, das ist leider schief gegangen!“, sagte der Funker Petrow plötzlich in entschuldigendem Ton. „Ich dachte, Sie würden schlafen ...“

Zorn packte da den Volkskontrolleur.

„Du Hund!“, schrie er dem Funker böse ins Gesicht. „Die Heimat hast du verkauft!“

Der Funker schaute finster drein.

„Meine Heimat ist Japan“, sagte er. „Und ich liebe sie genauso, wie Sie die Sowjetunion ... Wir sind keine Feinde. Wir sind japanische Revolutionäre.“

„Revolutionäre stehlen keine Felle!“, erklärte Dobrynin, wobei er dem Funker geradewegs in die Augen sah.

Petrow seufzte schwer.

„Man hat Ihnen nur nichts gesagt ... Im Kreml weiß man darüber Bescheid ...“, erklärte er verworren. „Wir haben da so eine Vereinbarung mit dem Kreml: Wir nehmen die Felle mit nach Japan und verkaufen sie, und für das Geld kaufen wir Waffen für die künftige Revolution ... Genosse Takae hier ist unser Ältester, er wird den Aufstand leiten." Petrow wies mit einer Geste auf den Mann mit der Taschenlampe.

Takae verbeugte sich.

Da Dobrynin spürte, dass die Gefahr vorüber war, entspannte er sich ein wenig.

„Weiß denn Genosse Twerin davon?", fragte er, weil er immer noch Zweifel hegte, was die Wahrheit von Petrows Worten anbetraf.

„Wer ist denn das?", fragte der Funker.

„Sein früherer Name ist Kalinin ..."

„Nein, Kalinin weiß das nicht", antwortete Petrow. „Starowojtow weiß es, Bereschnizki weiß es, Petrenko ..."

„Und wer sind die?", wunderte sich Dobrynin, als er die ihm unbekannten Namen hörte.

„Mitglieder des Politbüros und des ZK."

„Weiß es denn Woltschanow?", fragte Dobrynin streng.

„Und wer ist das?", fragte der Funker seinerseits.

„Ein Tschekist des Kreml ..."

„Er weiß es sicher." Der Funker nickte. „Ist Ihnen denn nicht kalt?"

„Doch", antwortete Dobrynin.

„Dann kommen Sie, wir gehen alle ins Haus und wärmen uns auf!"

Sie kehrten ins Haus zurück, wo schon mehrere Japaner um das Ofenfass saßen. Der Funker löste dem Urku-Jemzen und Dobrynin die Fesseln von den Händen. Dann nannte er alle Japaner beim Namen, einschließlich der jungen Frau, die sich bei Licht als sehr schön erwies, geradezu wie aus einem östlichen Märchen entsprungen.

Dobrynin sah sie lange an. Petrow erklärte, dass sie die Tochter eines Ministers war und bereit sei, gegen ihren Vater zu kämpfen, um dem japanischen Volk das Licht und das Glück zu bringen. Sie hieß Naomi. Zur Antwort auf Dobrynins Blicke verbarg sie ihre Augen, aber nicht das schüchterne Lächeln auf ihrem lieblichen Gesicht.

„Ich heiße Hiromi Josimura", lenkte der Funker Petrow schließlich die Aufmerksamkeit des Kontrolleurs auf sich.

Dobrynin nickte.

Der Urku-Jemze setzte sich an den Ofen und rieb sich die vom Frost und von der Fesselung mit dem Seil blau gewordenen Handgelenke.

Der Anführer des Aufstandes, den sie Takae nannten, verkündete allen etwas auf Japanisch, und ein Lächeln erhellte die Gesichter der Anwesenden.

„Jetzt werden wir Sake auf die Zukunft Japans trinken", übersetzte Hiromi-Petrow.

„Was ist denn ‚Sake'?", erkundigte sich Dobrynin.

„Das ist warmer Wodka", erklärte der Funker.

Dobrynin schauderte es.

Da Hiromi das bemerkte, sagte er, Sake sei ein japanisches Nationalgetränk, und wenn Dobrynin es ablehne, dann könnten die japanischen Revolutionäre gekränkt sein.

Dobryn seufzte schwer und nickte Hiromi zu. Gerade rechtzeitig war ihm die Erzählung eingefallen, wie Lenin einmal im Norden zu Gast gewesen war, jene Erzählung von der sehr scheußlich schmeckenden Nationalsuppe, die es zu schlucken galt. ‚Lenin konnte das also, und ich soll es nicht können?!', dachte Dobrynin erzürnt. Und er beschloss, so viel von dem warmen Sake zu trinken, wie man ihm geben würde.

Die Japaner unterhielten sich friedlich über etwas, die junge Frau mit Namen Naomi schwieg, wobei sie hin und wieder schüchtern zu Dobrynin herübersah. Dem Volkskontrolleur war von diesen Blicken und seinen Gedanken an sie bereits ganz heiß. Er zog schnell den Pelz aus und knöpfte die zwei oberen Knöpfe seines Hemdes auf, aber dann war ihm immer noch heiß, und um sich abzulenken, versuchte er an etwas anderes zu denken. Da fiel ihm ein, wie der Chef-Japaner den kleingewachsenen Übersetzer erschossen hatte. Dobrynin suchte Hiromi-Petrow mit dem Blick und fragte ihn, weshalb man den Übersetzer erschossen habe. Nachdem er einige Sätze mit Takae gewechselt hatte, wandte Hiromi sich an den Kontrolleur und erklärte, man habe den Übersetzer wegen seines unkorrekten Übersetzens erschossen. Er habe nämlich behauptet, Dobrynin hieße Pferd und sei in den Pferdeställen des Kremls geboren. Dann fügte Hiromi noch hinzu, dass sie den Übersetzer schon lange im Verdacht gehabt hatten, nicht genau zu übersetzen.

Dobrynin wurde nachdenklich. Eigentlich, erkannte er, hatten sie ihren Übersetzer umsonst erschossen, denn in seinem Hemd hatte ja wirklich der Pass des toten Pferdes gesteckt. Doch Dobrynin beschloss, ihnen nichts davon zu erzählen, um ihnen keinen Kummer zu bereiten und die allgemeine ruhige und fröhliche Stimmung nicht zu verderben, die auch ihn schon ergriffen hatte.

Auf dem Ofen stand ein metallener Krug mit einem Deckel. Hiromi nahm ihn, reichte jedem eine Tasse und begann Sake auszuteilen.

Als die Reihe an Dobrynin kam, straffte sich der Volkskontrolleur, wartete ab, bis Hiromi ihm einen halbe Tasse eingeschenkt hatte, und leerte das japanische Nationalgetränk auf einen Schluck. Zuckungen durchliefen seine Eingeweide, sofort geriet er noch mehr ins Schwitzen und kalte Schweißtropfen traten ihm auf die Stirn. Dobrynin schien es, als würden alle ihn ansehen, und innerlich rollte er sich wie ein verschreckter Igel zusammen.

Aber niemand außer Naomi sah zu ihm her, und sie blickte ihn freundlich an, als würde sie mit ihm fühlen.

Die Zeit verging. Es gab noch drei Trinksprüche auf die Zukunft Japans zu überstehen. Dann kam Hiromi zu ihm und ging neben dem Kontrolleur in die Hocke.

„Wir fahren jetzt ab!“, sagte er.

„Wohin? Womit?“, wunderte sich der bereits berauschte Kontrolleur.

„Nach Hause, nach Japan. Mit dem Propellerschlitten bis zur Küste, und am Meer wartet ein Fischkutter auf uns ... In einem Monat kommen wir wieder ...“

„Viel Erfolg!“, sagte Dobrynin, wobei er kaum die erschöpfte Zunge bewegte.

Und auf einmal durchschoss seinen berauschten, umnebelten Verstand wie ein Pfeil ein alarmierender Gedanke: ‚Sie fahren ab, und ich bleibe! Allein, den Urku-Jemzen nicht gerechnet, in dieser wilden Gegend!‘

Schlagartig wurde Dobrynin ein wenig nüchterner, er griff den Funker am Arm, zog ihn zu sich her und flüsterte: „Und wir, Genosse Petrow? Wohin gehen wir?“

Der Funker legte dem Volkskontrolleur die Hand auf die Schulter.

„Ich bin nicht Petrow, ich bin Hiromi Josimura ... aber ich bin Ihr Genosse, keine Angst! Die hiesigen Bewohner werden Ihnen ein Hundegespann geben und Ihnen sagen, wie man zum nächsten Städtchen kommt! Wir aber müssen los! Auf Wiedersehen!“

Waplachow, der nüchtern war, weil er keinen Sake getrunken hatte, stand auf und begleitete die japanischen Genossen zum Propellerschlitten, er wartete sogar in der Kälte, bis sie ihren Motor gestartet hatten und in die nördliche Nacht davongejagt waren.

Wieder im Haus, schleppte er fürsorglich seinen am Boden liegenden Chef auf ein Bett, deckte ihn mit einer Decke zu und legte Holz im Ofen nach. Dann holte er eine Flasche Trinkspiritus aus der Kiste, die in der Zimmerecke stand.

Das Prasseln des Feuers, das in dem metallenen Öfchen aufflammte, erfüllte das Zimmer. Dobrynin aber schlief tief und fest.

Waplachow machte es sich am Ofen bequem, schenkte sich eine halbe Tasse Spiritus ein, trank einen Schluck und versank in Nachdenken.

Die Nacht vor dem Fenster war wieder still. Seine Gedanken sprangen von den Japanern weiter zu seinem eigenen

Volk, das auf der Suche nach dem Glück irgendwohin über den Schnee davongegangen war. Er erinnerte sich an die vielen Dutzende nackter Fußspuren im Schnee und an seine seltsamen Gefühle beim Anblick dieser Spuren. Nein, er hatte sich nicht gefreut, als er schließlich erkannte, dass sein Volk noch lebte; er hatte sich nicht gefreut, aber geärgert hatte es ihn natürlich auch nicht. Er fühlte sich nur einfach unnütz. Wenn er mit ihnen gegangen wäre, dann wäre das etwas anderes gewesen. Die Mühen des winterlichen Weges hätten ihn wohl kaum geschreckt, wenn er gewusst hätte, dass sie alle gemeinsam wie eine große Familie in eine bessere Zukunft gingen. Doch da tauchte noch ein anderer, ein frevelhafter Gedanke in seinem Kopf auf: ‚Dir hat es doch gefallen, ein Ein-Mann-Volk zu sein! Es hat dir gefallen zu denken, du wärst der letzte noch lebende Urku-Jemze, der einzige!‘

Dmitrij trank noch einen Schluck.

Er spürte, wie ihm Tränen über die Wangen liefen.

Noch kürzlich hatte er einen Traum gehabt – Russe zu werden, Teil dieses großen, starken Volkes zu sein. Er dachte, sobald er erst Russe würde, würde er sofort an Kraft, Vernunft und Entschiedenheit gewinnen. Aber die Russen hatten ihm trotz all ihrer Freundlichkeit nicht erlaubt, Russe zu werden, und sie hatten ihm auch nicht erlaubt, mit Dobrynin nach Moskau zu fliegen. Sie nahmen ihn mit auf die Jagd, brachten ihm das Kartenspielen bei, gaben ihm gut zu essen und zu trinken. Doch auf jener Jagd hatten sie einen Bären getötet, und das hatten sie auf falsche Weise und grausam gemacht und damit die ewigen Traditionen der Beziehung zwischen Mensch und Natur verletzt. Daran hatte Waplachow erkannt, dass die Russen der Natur und besonders dem Wald fern waren, sie kannten die Gesetze des Lebens nicht, die jedem nördlichen Volk vertraut waren.

Dobrynin stöhnte in seinem betrunkenen Schlaf, wälzte sich von einer Seite auf die andere, und die Decke, mit der ihn der Urku-Jemze zugedeckt hatte, glitt zu Boden.

Waplachow erhob sich, nahm die Decke auf und deckte den Volkskontrolleur wieder zu.

‚Ein guter Mensch!', dachte er über Dobrynin.

Der Generator, der draußen hinter der Hauswand stand, hustete plötzlich und verstummte. Gleich darauf erlosch das Iljitsch-Lämpchen, und Dunkelheit senkte sich über die Bewohner dieses Zimmers, nur noch spärlich durchbrochen von einer müden Flamme, die an den verkohlten Holzscheiten im Ofenfass leckte.

Es wurde ein trockener Abend, und darüber freute Banow sich sehr. Er ging nochmals hinaus in den Flur und drängte die Putzfrau Petrowna zur Eile, indem er sie daran erinnerte, dass zu Hause die Enkel auf sie warteten.

„Ach, der Boden ist hier so schmutzig!“, sagte sie seufzend. „Und in dem Klassenzimmer da drüben ist es überhaupt ... die Aloe ist rot wie ein gekochter Krebs!“

„Was?“, fragte Banow nach und musterte die Petrowna scharf.

„Die Aloe ist rot!“, sagte die Alte. „Wahrscheinlich ist sie schlecht geworden!“

Banow schaute hinein ins Klassenzimmer und erblickte tatsächlich auf dem Fensterbrett eine hohe leuchtendrote Aloe. Nachdem er sie bestürzt betrachtet hatte, kehrte der Schuldirektor in den Flur zurück und sagte zur Petrowna: „Weißt du was, trag sie ins Arztzimmer und stell sie dort ans Fenster!“

Eine halbe Stunde später verabschiedete Banow die Petrowna froh. Er schloss die Schule ab, kehrte dann in sein Arbeitszimmer zurück und rief Karpowitsch an.

„Hör mal, komm doch gleich zu mir!“, sagte Banow zu ihm. „Es ist schönes Wetter, wir trinken einen Tee. Magst du die Höhe?“

„Ja.“

„Dann steigen wir aufs Dach. Dort oben gibt es viel zu sehen!“

„Gut“, sagte Karpowitsch. „In einer halben Stunde bin ich da.“

Banow verlor keine Zeit, stellte den Teekessel auf den Primuskocher, sah nach, ob Zucker da war, und holte Tassen heraus.

Die Uhr zeigte viertel vor sechs. Der Himmel war wolkenlos und versprach Sterne.

Banow empfing seinen alten Kampfgefährten unten und schloss hinter ihnen die Tür ab. Sie gingen im Arbeitszimmer vorbei und holten den Teekessel, den Zucker und die Tassen. Dann stiegen sie aufs Dach und traten hinaus.

Sie machten es sich an Banows Lieblingsplatz gemütlich, dort, wo er so oft mit Klara Rojd saß – ganz oben, von wo aus es nicht mehr weiterging.

„Wie geht es dir?", fragte der Schuldirektor.

„Na ja, es geht so", antwortete Karpowitsch ohne besondere Begeisterung. „Ich habe mich nur mit dem Dichter gestritten."

„Mit welchem Dichter?"

„Mit dem Kremldichter. Da wohnt so einer bei uns, Tatare vermutlich, Bemjan Debnyj ..."

„Und wieso habt ihr euch gestritten?"

„Ach!" Karpowitsch winkte ab. „Kleinkram! Laut Anweisung soll ich allen handschriftlichen Papierabfall, der im Kreml gesammelt wird, zum Abfall des NKWD bringen, und das habe ich auch getan, wie es sich gehört, kümmert mich ja nicht, was für ein Abfall das ist! Aber dieser Bemjan hat seine Gedichte verloren, sagt, sie hätten auf einer Fensterbank gelegen und der Wind hätte sie heruntergeweht. Also sage ich ihm, er soll zum Tschekistenabfall gehen und suchen, da sagt der Schuft, ich soll selbst hingehen und suchen ... Hol' ihn der Teufel!"

„Recht hast du!", pflichtete Banow ihm bei. „Völlig richtig gemacht!"

Auf dem Dach war es kühl. Ein ziemlich starker Wind wehte, der klare, wolkenlose Himmel aber schimmerte tiefblau, und hier und da zeigten sich die ersten goldenen Sterne.

Banow liebte solche trockenen Herbstabende auf dem Dach über alles, und je kühler und windiger es war, desto köstlicher erschien ihm dann der Tee. Mit der Wärme des Tees füllte sein Organismus sich in solchen Momenten mit ungewohnter, aber sehr angenehmer Wachheit und Kraft. Diese Kraft ließ Banow gleichsam von innen die Brust schwellen, und gierig betrachtete er die abendlichen verlassenen Gassen, auf Jägerart mit scharfem Blick, als hielte er Ausschau nach Feinden.

„Der Tee ist gut“, sagte Karpowitsch, nachdem er an seiner Tasse genippt hatte.

Banow nickte.

„Ich trinke immer Tee“, sagte er unbestimmt, gleichsam ins Nichts hinein. „Ja, ja. Sag mal, wie steht es eigentlich um den Kremlträumer?“

„Gut. Heute Morgen habe ich ihn noch gesehen. Er sitzt da, wärmt sich in der Sonne und träumt laut vor sich hin. Ich hätte ihm gern zugehört, aber ich hatte keine Zeit ...“

Banow sah Karpowitsch an und er erkannte, dass er diesen Menschen ein wenig beneidete. Das war ja doch allerhand! Mit einer Leichtigkeit, als ginge es um die allereinfachsten und gewöhnlichen Dinge, sprach er davon, dass er gerade erst diesen Morgen den Kremlträumer gesehen hatte, den seit langem alle für tot hielten! Wie viele Geheimnisse waren ihm zugänglich!

„Wassja“, sagte Banow erneut. „Könnte man es irgendwann so einrichten, dass auch ich ihn einmal sehe? Ihn nur einmal eine Minute lang anschaue?“

Karpowitsch dachte nach.

Banow sah ihn voll gespannter Erwartung an.

„Ich habe da einen Landsmann unter den Wachleuten“, begann Karpowitsch. „Ich versuche mal mit ihm zu reden. Morgen früh hat er Dienst, glaube ich ... Morgen rede ich mit ihm, und du ruf mich am Abend an!“

Am nächsten Abend rief Banow Karpowitsch an.

„Wir versuchen es!“, sagte sein alter Kampfgefährte, und der Schuldirektor freute sich. „Treffen wir uns in zwei Tagen, am Montag, um neun morgens auf dem Roten Platz an der Richtstätte!“

„Gut!“, antwortete Banow. „Ich komme auf jeden Fall.“

Am Montag spazierte Banow bereits um acht Uhr morgens um die Richtstätte herum. Noch am Samstag hatte er Vizedirektor Kuschnerenko angekündigt, dass er am Montag in den Kreml gehen werde und von dort vielleicht etwas später zurückkomme. Kuschnerenko war natürlich stark beeindruckt gewesen.

Zu dieser Stunde gab es auf dem Roten Platz kaum Menschen. Die Luft war morgendlich frisch, und überhaupt versprach der Tag gemäßigt warm und sonnig zu werden.

Um halb neun näherte sich dem Schuldirektor ein Milizionär. Er interessierte sich dafür, was Banow auf dem Roten Platz machte.

„Ich warte auf einen Genossen, er kommt um neun", antwortete Banow.

„Und was werden Sie anschließend tun?", fragte der Milizionär beharrlich.

„Anschließend gehen wir in den Kreml."

Der Milizionär nickte respektvoll, dann wies er mit der Hand auf die Richtstätte und erklärte: „Hier wurden Köpfe abgeschlagen!", und mit einem bedauernden Kopfschütteln entfernte er sich zu seinem Posten, genau zwischen der Richtstätte und dem Tor.

Um neun tauchte vom Tor her ein sehr sorgfältig gekleideter Mensch auf, und Banow erkannte zu seiner Verwunderung in diesem Menschen Karpowitsch.

„Ich grüße dich!" Karpowitsch winkte im Näherkommen. „Wartest du schon lange?"

„Nein", antwortete Banow. „Wieso bist du denn so angezogen?"

Karpowitsch trug einen dunkelblauen Anzug, dessen Sakko ausgezeichnet saß, wie bei einem Mitglied des Politbüros, nur die Hosen hingen ein wenig herunter, man hatte sie offenbar für jemanden genäht, der anderthalb mal dicker war als Karpowitsch.

„Ja weißt du, das wurde uns zur Verfügung gestellt ... es ist doch immerhin der Kreml ... Wenn ein Elektriker für eine

Stunde herkommt, auf einen Mast klettert und eine Leitung repariert, dann stellt man auch ihm für diese Stunde einen Anzug zur Verfügung! Es sind hier doch viele Ausländer, die Mitglieder des Zentralkomitees ..."

Banow hörte zu und nickte. Natürlich wäre es wohl seltsam, im Kreml einen gewöhnlich gekleideten, unansehnlichen Hausmeister mit seinem Besen zu erblicken!

„Ich habe sogar eine lederne Aktentasche!", ergänzte Karpowitsch.

„Wozu denn eine Aktentasche?"

„Für den handschriftlichen Papierabfall. – Also gut, gehen wir!"

Und sie gingen am Milizionärsposten vorbei, der ihnen freundlich zulächelte, und durch das Kremltor.

„Tu du nur so, als würdest du hier arbeiten!", bat Karpowitsch.

„Wie mache ich das?"

„Schau zu Boden, sieh dir nichts genauer an ... und lächle!"

Banow nickte und begann den Boden anzulächeln.

Eine Weile gingen sie auf einem betonnierten, schmalen Weg an der Mauer entlang in Richtung Fluss. Dann bogen sie zu einem niedrigen kleinen Gebäude ab, das sich hinter ein paar Blautannen verbarg. Sie traten durch die geöffnete Tür.

Drinnen roch es nach Feuchtigkeit. Eine Lampe brannte nicht.

„Warte hier!", bat Karpowitsch und verschwand in der feuchten Finsternis.

Er blieb etwa fünf Minuten fort.

Banow begann es widerwärtig im Hals zu kitzeln. Er hustete und hörte im nächsten Augenblick, wie ein Echo den Laut aufnahm und irgendwohin in weite Ferne davontrug. Ihm wurde unheimlich zumute.

Nach zwei Minuten war wieder alles still. Dann ertönten Schritte.

„Alles in Ordnung!“, erklärte Karpowitsch, als er neben Banow stehengeblieben war. „Mein Landsmann tritt jetzt seinen Dienst an, also können wir uns langsam hinbewegen.“

Karpowitsch durchschritt die Finsternis fest, als ob er jeden Zentimeter dieses seltsamen unterirdischen Weges kennen würde.

„Kann man hier vielleicht Licht anmachen?“, erkundigte Banow sich.

„Das kann man. Normalerweise mache ich es an, aber ... vielleicht kommt uns plötzlich jemand entgegen und sieht dich, dann würde es uns schlecht ergehen. Vorsicht, hier gibt es jetzt Stufen!“

Banow blieb stehen, hielt den Atem an und tat vorsichtig einen Schritt nach vorn. Er fand die erste Stufe und begann hinabzusteigen. Karpowitsch war bereits irgendwo weiter unten.

Plötzlich ertönte ein Krachen in ihrer Nähe, und die Erde unter Banows Füßen bebte. Vor Schreck setzte er sich hin und berührte den feuchten Beton der Stufen mit den Händen.

„Karpowitsch!“, rief er unterdrückt.

„Was?“, klang es aus der Finsternis.

„Was war das für ein Krachen?“

„Sie testen einen unterirdischen Zug! Man nennt das Metro. Bald wird man unter ganz Moskau herumfahren können.“

Wieder wurde es still.

Wasser gluckste unter Banows Füßen.

„Wir sind schon nah!“, sagte Karpowitsch. „Gleich kommt ein Postaufzug, mit dem fahren wir hinunter!“

Vier rote Lämpchen leuchteten in der Finsternis, und vor ihrem trüben Hintergrund tauchte die Gestalt Karpowitschs auf.

Banow lief zu ihm und blieb bei ihm stehen.

Karpowitsch verfolgte die Zeiger seiner Taschenuhr, die er vor eines der Lämpchen hielt.

„Jetzt muss es knacken“, sagte er geheimnisvoll.

Irgendwo oben knackte es tatsächlich, und im nächsten Augenblick hörten sie ein immer lauter werdendes Summen.

„Na?!“, stieß Karpowitsch angespannt aus. „Mach dich bereit!“

Der kleine, anderthalb auf einen Meter große, beleuchtete Korb eines Postaufzugs kroch langsam herab. Plötzlich erhellte sein grelles Licht Karpowitsch, Banow und den ganzen finsteren Gang, durch den sie gekommen waren.

„Los!“, kommandierte Karpowitsch unvermittelt, riss die Tür auf und sprang in diesen Korb hinein, sich wie ein alter Hase im Flug drehend.

Banow sprang ebenfalls, doch er drehte sich nicht rechtzeitig – er hatte auch einfach nicht daran gedacht –, und stieß sich im nächsten Augenblick schmerzvoll den Kopf an der eisernen Wand des Korbes. Während er sich die Beule am Kopf rieb, spürte er, dass seine Beine sich irgendwie von selbst anhoben.

„Zieh die Knie an!“, rief Karpowitsch, streckte sich sofort selbst nach ihm aus und zog Banows Beine mit Schwung herein.

Banow brach kalter Schweiß aus, als er sah, dass buchstäblich innerhalb einer Sekunde jener Raum, in dem sich eben noch seine Füße befunden hatten, verschwunden war. An seiner Statt war eine Betonwand erschienen, und der Spalt zwischen ihr und der Kabine des Postaufzugs war so kümmerlich klein, dass sie einander manchmal berührten, und das unangenehme Knirschen ließ die beiden Männer das Gesicht verziehen.

Als Banow sich ein wenig beruhigt hatte, fiel ihm auf, dass er und Karpowitsch auf Briefen und Paketen saßen.

„Geht da nichts kaputt?“, fragte er seinen alten Kampfgefährten und wies dabei mit dem Blick auf ein paar kleine Pakete, die bereits recht ramponiert aussahen.

„Nein!“

Der Direktor rutschte ein wenig weiter, machte es sich auf der Seite gemütlich und legte sich eines der Pakete unter den Kopf. Im Innern war etwas Weiches. Er lag da mit angezogenen Beinen und blickte auf einen Berg von Briefen, Paketen und Päckchen. Auf jeder der Sendungen stand ungefähr ein- und dieselbe Adresse, von unterschiedlicher Hand geschrieben, fast alle Handschriften aber erschienen kindlich. Dabei wusste Banow natürlich, dass, wenn ein analphabetischer Alter plötzlich schreiben lernt, auch seine Handschrift zunächst einer Kinderschrift gleicht. Auf allen Sendungen stand: „Moskau, Kreml“, im Weiteren sah es dann unterschiedlicher aus. Da gab es sowohl „Dem Führer des weltweiten Proletariats“, als auch „Für Iljitsch“ oder „An Wladimir Iljitsch“, und etwas Eigenartiges, nicht ganz auf Russisch geschrieben, später jedoch von irgendjemandes Hand durchgestrichen und von derselben Hand durch „An W.I. Lenin“ ersetzt. Es gab auch eindeutig ausländische Briefe mit schönen Briefmarken und Stempeln.

„Gibt es denn jeden Tag so viele Briefe?“, fragte Banow.

„Manchmal doppelt so viele“, antwortete Karpowitsch. „Es gibt auch Tage, da kommen nur Pakete.“

Banow nickte. Das Liegen war doch unbequem, und die gekrümmte Wirbelsäule schmerzte bereits. Ihm war nach einem Tee.

„Fahren wir noch lange?“, fragte Banow.

Karpowitsch blickte auf seine Uhr. „Zwölf Minuten“, antwortete er.

„So tief ist das da unten?!“, staunte der Schuldirektor.

„Was hast du denn gedacht!“

Staunend schüttelte Banow den Kopf. Da es nichts anderes zu tun gab, nahm er einen Brief in die Hand und betrachtete den Absender: „Wologda, 5. Sackgasse der Zweiten Internationale, Woloschtschuk Grigorij Stepanowitsch“.

„Liest er das denn etwa alles?“, fragte Banow.

„Natürlich! Er wartet immer ungeduldig auf die Post. Wenn es mal vorkommt, dass der Aufzug kaputtgeht und hier einen Tag lang feststeckt und die Post Verspätung bekommt, so ist er danach eine Woche lang schlecht gelaunt, brummt herum und regt sich auf.“

Banow war zusammengezuckt. Er stellte sich vor, dass der Aufzug gleich steckenbliebe und sie hier, man wusste nicht, wie viele Tage, unter der Erde sitzen würden!

Doch der Aufzug kroch langsam weiter abwärts.

„Wie lange müssen wir noch fahren?“, fragte Banow ungeduldig.

„Drei Minuten“, antwortete Karpowitsch. „Du vor allem schweig dort, egal, was passiert. Sag einfach nichts. Mein Landsmann an der Kontrolle weiß Bescheid, und die anderen werden denken, dass du mein Gehilfe bist. In Ordnung?“

Banow nickte.

Schließlich landete der Postaufzug in einer Art großem Zimmer. Sofort fiel das Atmen leichter. Im Zimmer war es hell.

Karpowitsch zog die Tür am Griff zu sich her, und die Tür ging auf.

Beim Aussteigen bückte Banow sich. Dann richtete er sich auf, sah sich um und erblickte zwei richtige Türen.

Karpowitsch versuchte, sich mit den Handflächen die Hosen zu glätten, die sich im Aufzug zerknittert hatten. Seine Miene war unzufrieden.

„Ach, was soll's!“ Er winkte ab.

Dann trat er zur Wand und drückte auf einen schwarzen Knopf, über dem geschrieben stand: „Ruf“.

Ein älterer Mann im dunkelblauen Anzug, dem gleichen, wie ihn auch Karpowitsch trug, trat ins Zimmer.

„Mein Landsmann!“, flüsterte Karpowitsch Banow zu.

Der Mann kam her und begrüßte den Kreml-Hausmeister mit Handschlag, musterte den Schuldirektor durchdringend, nickte ihm dann aber ganz freundlich zu.

„Die Aufstellung?“, fragte er Karpowitsch.

Der zog ein mehrfach gefaltetes Papier aus der Innentasche seines Sakkos und reichte es seinem Landsmann.

„Kommt, wir zählen!“, sagte der Landsmann. „Zuerst die Pakete!“

Banow begriff seine Aufgabe und reichte Karpowitsch aus dem Postaufzug die Pakete, der diese seinerseits seinem

Landsmann vor die Füße stapelte. Und der Landsmann zählte sie durch.

„Siebzehn", stellte der Landsmann fest, als alle Pakete erneut vor ihm lagen. Dann warf er einen Blick auf sein Papier und nickte befriedigt. „Keine Päckchen. Jetzt die Briefe."

Mit den Briefen zog sich die Sache hin. Banow zählte immer zehn ab, übergab sie an Karpowitsch, der ihre Zahl ebenfalls überprüfte und sie an seinen Landsmann übergab. Der zählte sie ebenfalls noch einmal und legte sie sorgsam stapelweise auf den Boden.

Die Prozedur nahm wenigstens eine halbe Stunde in Anspruch.

„Zweihundertneunzehn ...", stellte der Landsmann fest, nachdem er den letzten Stapel durchgezählt hatte. Er blickte auf sein Papier: „Zweihundertzwanzig!"

Und heftete den Blick sofort fragend auf Karpowitsch.

Karpowitsch drehte sich zu Banow um.

Banow bückte sich und spähte aufmerksam in den Postaufzug, doch der war leer.

Das Schweigen dauerte wohl drei Minuten an.

Nachdenklich auf den Lippen kauend, trat der Landsmann zur Wand, öffnete eine kleine Klappe und nahm den Hörer des Telefons ab, das sich dort in der Nische befand.

„Hallo! Geben Sie mir Oben!", sagte er knapp in den Hörer. „Hallo! Oben! Simytsch? Bist du's? Überprüfe den Beladeplatz des Aufzuges. Ein Brief fehlt ... Ich warte ..."

Nach diesem „Ich warte" setzte sich das Schweigen fort.

Banow begann zu frieren. Ungute Vorahnungen stiegen in ihm hoch, und er seufzte schwer.

Karpowitsch kaute an seinem rechten Daumennagel.

Plötzlich drückte sein Landsmann den Hörer fester ans Ohr, und sein Gesicht bekam Farbe – offenbar war das Schweigen am anderen Ende der Leitung vorüber.

Er lauschte nur und nickte, als könnte man das dort oben sehen, und irgendwann entrang sich ihm ein lauter Seufzer der Erleichterung, er blickte erschöpft Karpowitsch an und nickte ihm mit einem schwachen Lächeln zu.

Die Spannung fiel von Banow ab.

„In Ordnung“, sagte der Landsmann, nachdem er den Hörer aufgelegt und die Klappe zu der Telefonnische verschlossen hatte. „Woltschanow hat einen Brief genommen! Dieser Mistkerl!“ Die letzten beiden Worte flüsterte der Landsmann, offenbar sagte er sie nur zu sich selbst. „Wenn er es wenigstens in der Aufstellung vermerkt hätte! Nehmt Säcke und marschiert los!“

Banow wusste nicht, wo er Säcke hernehmen sollte. Er blickte sich um, sah aber nichts. Doch da öffnete Karpowitsch bereits einen in die Wand eingebauten Schrank und zog von dort zwei Leinensäcke heraus.

In einen legten sie die Pakete, in den anderen die Briefe.

„Los!“, sagte Karpowitsch, warf sich den Sack mit den Paketen über die Schulter und ging zu der linken Tür.

Hinter der Tür begann ein langer, gut beleuchteter Korridor.

Sie schritten an zwei oder drei Türen vorbei, bogen nach links, stiegen ein paar Stufen hinunter.

Erneut lagen Türen vor ihnen.

„Jetzt gehen wir hinein“, flüsterte Karpowitsch. „Du nickst dem Posten zu, ich werde reden.“

Hinter der Tür stand ein Mann von etwa fünfunddreißig Jahren, bereits ergraut, mager, in Uniform, doch ohne Abzeichen am Kragen.

Er musterte die beiden Eingetretenen wachsam.

„Die Post!“, sagte Karpowitsch und drehte sich leicht zur Seite, damit der Sack mit den Paketen zu sehen war.

Der Posten trat einen Schritt auf Karpowitsch zu, befühlte mit der Hand den Sack und ertastete die Pakete. Dann kam er zu Banow.

„Da sind Briefe“, erklärte Karpowitsch dem Posten von hinten.

Der Soldat nickte.

„Komm!", sagte Karpowitsch zu Banow, und sie gingen zu einer anderen Tür, hinter der die Sonne schien.

Verblüfft blickte Banow hoch zum Himmel, zur Sonne. Dann wandte er sich zu dem Gebäude um, aus dem sie gerade herausgekommen waren – ein gewöhnliches zweistöckiges Häuschen, die Wände in beruhigendem Grün gestrichen.

„Staune nicht!", zischte Karpowitsch, der seinen alten Kampfgefährten heimlich ansah. „Man beobachtet uns!"

Banow nahm sich zusammen, aber er spähte doch aus dem Augenwinkel ringsum und versuchte zu sehen, wer sie beobachtete. Doch er sah niemanden.

„Los!", flüsterte Karpowitsch, und sie betraten einen Pfad, einen gewöhnlichen, gut ausgetretenen, gewundenen Wiesenpfad, der an etwas aus der Kindheit erinnerte.

Die Sonne sengte, auf der Wiese leuchteten Flecken von Löwenzahn im Grün. Vor ihnen tauchte ein kleines Birkenwäldchen auf.

„Ist das nun etwa alles unter der Erde?", flüsterte Banow dem vorausgehenden Karpowitsch zu.

„Unter dem Kreml!", antwortete der ebenfalls flüsternd.

Hinter dem Birkenwäldchen erschien ein alter Eichenhain, etwas weiter weg wuchsen junge Tannen.

Unter einer Eiche, die dem Pfad am nächsten stand, bemerkte Banow einen riesigen weißen Pilz. Gern wäre er hingegangen und hätte ihn abgeschnitten, doch er unterdrückte seine Wünsche schnell. Interessiert blickte er nach vorn.

Der Pfad führte zu einem schmalen Flüsslein, über den eine kleine hölzerne Brücke geschlagen war. Dahinter begann ein Dickicht aus Haselnusssträuchern.

Zwar konnte man den Sack mit den Briefen nicht schwer nennen, Banows Hände aber waren doch schon taub geworden.

„Ist es noch weit?", fragte er flüsternd.

Karpowitsch schüttelte stumm den Kopf – nein, weit war es nicht mehr.

Als sie das Dickicht der Haselnusssträucher durchquerten, bemerkte Banow zwei reglos im Dickicht stehende Wachsoldaten.

Vor ihnen tauchten kleine Hügel auf.

„Wir sind fast da!“, flüsterte Karpowitsch.

Sie stiegen auf die Kuppe des ersten Hügels. Die Weite, die sich in dieser Höhe öffnete, war wunderschön und ganz unwirklich in ihrer Schönheit. Banow traute seinen Augen nicht: ein blauer Horizont, junger Wald auf der einen Seite, Wiesen und Hügel auf der anderen. Und da erblickte er am Hang eines anderen Hügels eine kleine Laubhütte, und bei der Laubhütte sah er einen Mann, dessen Gesicht ihm schrecklich bekannt vorkam.

‚Das kann nicht sein!‘, dachte Banow. ‚Das kann einfach nicht sein!‘

Als er von Karpowitsch gehört hatte, der Kremlträumer lebe, war es irgendwie leicht gewesen, den Worten seines alten Kampfgefährten zu glauben. Und auch das „er lebt“ hatte einfach und verständlich geklungen, doch jetzt und hier, als er mit eigenen Augen den Kremlträumer sah, auf einer Bank neben der Laubhütte in der Sonne sitzend, im braunen Anzug, genauer, in der Hose und der Weste seines braunen Anzugs, unter der Weste das hellblaue Hemd mit dem offenen Kragen – erschien ihm das alles irgendwie unwahrscheinlich, ganz abgesehen von diesem quälenden Abstieg im Postaufzug. Banow wusste nicht, wie man das alles erklären sollte.

„Komm, wir gehen hin und geben die Post ab!“, flüsterte Karpowitsch.

Als Banow so hinter Karpowitsch her zu dem Kremlträumer ging, fürchtete er sich. ‚Wie kann denn das sein, dass er lebt?!‘, zerbrach der Schuldirektor sich den Kopf.

Vor der Laubhütte blieben sie stehen. Banow spähte über Karpowitschs Schulter und begegnete dem Blick des Kremlträumers. Sofort wollte er sich wieder hinter Karpowitschs stämmiger Gestalt verstecken, doch der Blick, der gütige Blick des Kremlträumers aus leicht zusammengekniffenen Augen zog Banow in seinen Bann, und er erstarrte, Auge in Auge mit dem Mann, den die ganze Welt kannte.

„Aha, die Post?!", sagte der Kremlträumer froh. „Na, dann schauen wir mal!"

Karpowitsch stellte den Sack mit den Paketen vor ihm ab. Banow ging hin und stellte behutsam seinen Sack gleich daneben.

„Und Zeitungen? Gibt es heute Zeitungen?", erkundigte sich der Kremlträumer.

„Man hat uns keine mitgegeben", sagte Karpowitsch mit Bedauern.

„Na gut", der Kremlträumer nickte. „Geht ihr jetzt wieder rauf?"

„Ja", antwortete Karpowitsch.

„Hier, nehmt, ich habe da ein paar Briefe geschrieben ..."

Karpowitsch nahm aus den Händen des Kremlträumers einige Kuverts.

„Und Sie?" Der Kremlträumer musterte Banow scharf. „Sie habe ich hier noch nie gesehen! Sie sind ..."

„Mein Gehilfe!", erklärte Karpowitsch schnell.

„Aha", nickte der Träumer. „Na gut!"

„Auf Wiedersehen", verabschiedete sich Karpowitsch von dem Träumer.

„Ja, ja. Auf Wiedersehen, ihr Lieben!", sagte der Kremlträumer, ohne sich von der warmen, von der Sonne durchdrungenen Erde zu erheben.

Banow wandte sich ab und schritt in die Richtung los, aus der sie gekommen waren, doch da hörte er hinter seinem Rücken Karpowitschs unzufriedenes Flüstern: „Wohin denn? Wohin gehst du nur?! Halt!"

Der Schuldirektor blieb stehen und drehte sich um.

Karpowitsch wies mit der Hand in eine vollkommen andere Richtung.

Banow schwankte unschlüssig, ihm schien, dass er sich an den Weg erinnert hätte, auf dem sie her gekommen waren.

„Wir gehen einen anderen Weg!“, flüsterte Karpowitsch nachdrücklich und wies noch einmal mit unauffälliger Geste die Richtung.

Banow blieb nichts übrig, als seinem alten Kampfgefährten zu folgen.

Vor ihnen lag ein Hügel von etwa derselben Höhe, wie jener, an dessen Hang der Kremlträumer lebte.

Der Hausmeister und der Schuldirektor gingen hinunter, traten vorsichtig über eine schmale, sumpfige Stelle hinweg, die die Hügel am Fuße voneinander trennte, samt einem kleinen Bach. Und stiegen auf die Kuppe des nächsten Hügels.

„Setz dich!“, befahl Karpowitsch und kauerte sich selbst hin.

Banow setzte sich ins Gras.

„Hier bleiben wir erst einmal“, sagte Karpowitsch. „Von hier aus sieht man gut.“

„Was sieht man denn?“, fragte Banow nach.

Statt einer Antwort holte Karpowitsch einen großen Feldstecher aus seiner Hosentasche, hob ihn vor die Augen, drehte ein wenig und stellte die Schärfe ein.

‚Deshalb also hingen seine Hosen so herunter!‘, erkannte Banow und betrachtete die großen, schweren Linsen des Feldstechers.

„Nimm!“ Karpowitsch hielt seinem Genossen das Fernglas hin.

Banow sah hinein und nahm es sogleich wieder von den Augen fort – allzu ungewohnt war diese vielfache Vergrößerung der Gegenstände, und erst recht das unvermutet nahegerückte Gesicht des Mannes, der am Hang des benachbarten Hügels lebte.

Banow holte tief Luft und blickte noch einmal durch das Fernglas, jetzt schon ruhiger, und, wenn man das sagen kann, gelassener. Er sah, wie der Kremlträumer die Briefe las, wobei er die Lippen bewegte und auf vielerlei Arten lächelte, mal listig, mal kindlich aufrichtig und froh. Er las schnell, überflog einfach einen Brief nach dem anderen. Hier fiel Banow ein, dass jemand von den sehr alten Bolschewiken, die in seiner Schule aufgetreten waren, den Kindern erzählt hatte, dass der Führer nur auf eine beschriebene Seite zu schauen brauchte und sie schon wiedergeben konnte, und das sogar in mehreren Sprachen.

‚Also ist das wahr!', dachte Banow und bemerkte im nächsten Augenblick, wie das Gesicht des Kremlträumers außerordentlich ernst wurde.

Es sah so aus, als würde der Kremlträumer jenen Brief mehrmals lesen, bevor er ihn zur Seite legte, zu Füllfederhalter, Tintenfaß und Papier griff und schnell etwas zu schreiben begann.

‚Eine Antwort!', erriet Banow.

Als er zu Ende geschrieben hatte, beruhigte sich der Kremlträumer, las noch etwa zwei Dutzend Briefe und hob sich die übrigen, wie es aussah, für später auf. Nun nahm er sich die Pakete vor. Er öffnete eines, zog aus dem Karton ein Stück Stoff und begann es zu betasten und zu streicheln.

„Gleich weint er!“, sagte Karpowitsch plötzlich.

Verständnislos blickte Banow auf seinen Genossen, doch der winkte ab.

„Schau hin, schau hin, lass dich nicht ablenken!“, sagte er.

Erneut hob Banow das Fernglas vor die Augen.

Der Kremlträumer war aufgestanden, der Stoff in seinen Händen hatte sich entfaltet und stellte sich als Sakko heraus. Er versuchte es anzuziehen, doch das Sakko war riesengroß und reichte ihm bis zu den Knien. Der Träumer bückte sich, nahm die dazu gehörenden Hosen in die Hand, und da bemerkte Banow, wie dem Kremlträumer Tränen über die Wangen liefen. Er probierte die Hosen gar nicht erst an, auch so war zu sehen, dass sie für einen Menschen genäht waren, der doppelt so groß sein musste wie der Träumer. Aber gab es solche denn überhaupt?!

„Weint er?“, fragte Karpowitsch.

Banow nickte und beobachtete weiter.

Der Kremlträumer öffnete weitere Pakete und erstaunlicherweise lag in jedem davon ein Anzug, ein schöner, gutgenähter, aber sehr großer Anzug.

Der Träumer versuchte noch ein paar Sakkos anzuprobieren, doch hatte das keinen besonderen Sinn. Von der Größe her glichen diese Sakkos mehr einem langen Herbstmantel.

Der Träumer weinte.

Banow sah ihn an und verspürte Mitleid mit diesem Menschen.

„In fünf Minuten wird es regnen!“, kündigte Karpowitsch an, wobei er auf seine Uhr sah.

„Woher weißt du das?“, wunderte sich Banow.

„So ist es festgelegt. Immer um halb zwei regnet es hier“, erklärte Karpowitsch. „Jetzt bringt man ihm das Mittagessen, und wenn der Regen anfängt, wird er in seiner Laubhütte verschwinden und essen.“

Banow richtete erneut das Fernglas auf den Kremlträumer.

Hinter der Laubhütte erschien ein Soldat mit einem dreistöckigen Henkelmann in der Hand. Er begrüßte den Kremlträumer und trug den Henkelmann in die Laubhütte. Dann kehrte er zu dem Träumer zurück und begann die fortgeworfenen Anzüge einzusammeln und sie in einen Leinensack zu stecken. Nachdem er die Anzüge eingesammelt hatte, legte er die bereits gelesenen Briefe in denselben Sack. Danach sah er sich prüfend um, ob ihn niemand beobachtete, und reichte, als er niemanden gesehen hatte, dem Kremlträumer zum Abschied die Hand.

Der Träumer hatte zu weinen aufgehört, erhob sich, sagte etwas zu dem Soldaten und drückte seine Hand.

Der Soldat warf den Sack über die Schulter und verschwand glücklich lächelnd hinter der Laubhütte.

Die ersten Regentropfen fielen zur Erde.

Banow sah, wie der Kremlträumer besorgt zum eben noch blauen Himmel hinauf blickte und in seine Behausung eilte.

Die Tropfen wurden zahlreicher. Einer fiel dem Schuldirektor direkt auf die Nase.

„Gehen wir!“, beeilte sich jetzt Karpowitsch. „Für heute reicht es.“

„Könnten wir denn noch einmal herkommen?“, fragte Banow, während er seinem Genossen das Fernglas zurückgab.

„Wir werden sehen ...“, antwortete Karpowitsch.

Eine Viertelstunde gingen sie im Regen durch die Wiese, bis sie zu dem schon bekannten Pfad kamen, der sie zu dem zweistöckigen Gebäude zurückführte.

„Warum hat dieser Soldat denn seine Briefe mitgenommen?“, fragte Banow.

„So ist es festgelegt. Alle Briefe kommen anschließend in das Institut für Marxismus-Leninismus, und dort werden sie sicher studiert, denn es sind ja keine simplen Briefe!“

Banow nickte verstehend.

Sie betraten das schon bekannte Gebäude. Und stießen gleich hinter der Tür auf einen Wachposten.

Der Posten warf ihnen einen gleichgültigen Blick zu und sagte kein einziges Wort.

Wieder liefen sie durch den Korridor und gelangten am Ende schließlich in eben jenen Raum, in dem sie mit dem Postaufzug eingetroffen waren.

Das Zimmer war leer, offenbar war die Schicht von Karpowitschs Landsmann schon zu Ende gegangen.

Wieder stiegen sie in den Postaufzug. Karpowitsch zog die Tür zu und drückte innen auf einen Knopf.

Der Aufzug kroch langsam aufwärts.

„In siebenundzwanzig Minuten springen wir hinaus!“, kündigte Karpowitsch an, wobei er auf seine Uhr sah.

Die Zeit verging unerträglich langsam. Das Licht der starken Birne, die im Aufzug hing, stach in die Augen.

Banow versuchte sich so zu setzen, dass er der Lampe den Rücken kehrte, aber das gelang nicht.

„In einer Minute springen wir!“, kündigte Karpowitsch an.

In den engen Schacht des Aufzugs drang plötzlich ein modriger Luftzug herein.

Karpowitsch zog die Tür zu sich her, stieß sich mit den Füßen an der Rückwand ab und hechtete hinaus in den dunklen Fleck des hier beginnenden unterirdischen Ganges. Banow schaffte es gerade noch, ihm nach zu springen. Während er noch auf dem kalten Beton neben dem Schacht lag, blickte er zurück. Der Aufzug war schon nicht mehr zu sehen, nur das sich entfernende Summen drang noch ans Ohr.

Karpowitsch führte Banow nach oben und begleitete ihn sogar bis zum Tor, wo sie sich verabschiedeten.

„Ruf an!“, sagte der alte Kampfgefährte zum Abschied.

Der Schuldirektor stand noch eine Weile da und kam wieder zu sich. Eine Erschöpfung von ungeheurer Schwere hatte sich auf seine Schultern gelegt. Er hätte sich gern irgendwo hingesetzt und ausgeruht, aber er musste gehen, er musste in die Schule zurückkehren.

Und Banow ging los.

Kurz darauf stieß er auf die dicht gedrängte Warteschlange vor dem Mausoleum.

Er blieb stehen, betrachtete aufmerksam die Gesichter der Menschen, die in dieser Schlange standen, und wurde nachdenklich. Er dachte lange nach und beschloss dann, dass er unbedingt ebenfalls dort ins Mausoleum hinein musste, um mit eigenen Augen zu sehen ...

Er ging das Ende der Schlange suchen. Nach zwanzig Minuten hatte er es gefunden und stellte sich hinter den letzten Bürger, der einen dicken grauen Wollmantel trug. Dann fiel ihm die Schule ein.

„Bürger!“, wandte sich Banow an den vor ihm stehenden Mann. „Wissen Sie, wie lange man hier stehen muss?“

Der Mann in dem dicken grauen Wollmantel drehte sich zu ihm um.

„Wenn alles normal abläuft, dann kommen wir morgen gegen Abend rein“, sagte er.

„Man muss also bis morgen stehen?!“, entfuhr es dem staunenden Schuldirektor.

Der Mann sah Banow jetzt interessiert an.

„Kommen Sie etwa das erste Mal her?", fragte er und fuhr gleich darauf, ohne eine Antwort abzuwarten, fort: „Wir könnten uns absprechen! Stehen wir gemeinsam abwechselnd an. Ich heute für uns beide bis Mitternacht, dann Sie für uns beide bis sieben Uhr morgens, dann wieder ich bis drei ..."

„Gut." Banow nickte. „Das heißt also, ich kann jetzt gehen?"

„Ja", bestätigte der Mann. „Aber um zwölf müssen Sie wiederkommen. Die Schlange wird sich bis dahin weiterbewegt haben, Sie werden mich beim dritten oder zweiten Mast finden, sehen Sie, dort, bei der Biegung ..."

Banow blickte in die angezeigte Richtung, sah, wo die Schlange um die Ecke bog, zählte drei Masten ab und nickte, nachdem er sich ihren ungefähren Treffpunkt gemerkt hatte.

In der Schule war außer der Petrowna niemand. Die Petrowna wischte gerade die Böden im Erdgeschoss fertig. Heute war sie mit ihrer Arbeit sehr zufrieden. Niemand hatte sie zur Eile angetrieben, niemand nötigte sie zur Tür hinaus, und es war ihr gelungen, nicht nur die Böden, sondern auch die Fensterbänke zu putzen, was sie äußerst selten schaffte.

„Guten Tag, Wasilij Wasiljitsch!", lächelte sie, als sie Banow in der Tür erblickte. „Wie geht es der Gesundheit?"

„Gut, gut", sagte Banow. „Bleiben Sie nicht zu lange, die Enkel warten doch sicher?!"

„Ich gehe ja schon, ich gehe!" Die Petrowna wiegte ihren grauen Kopf hin und her.

Banow stand etwa drei Minuten neben ihr, bis sie ihre Sachen eingepackt und das Gebäude verlassen hatte.

Das Schloss knackte – die Schultür war verschlossen, und Banow schob sich den langen Schlüssel in die Hosentasche und stieg in den ersten Stock hinauf.

Auf dem Tisch in seinem Büro lag eine amtliche Nachricht aus dem Volkskommissariat für Bildung und Aufklärung, dem Narkompros, per Telefon diktiert.

„Übermittelt durch den Diensthabenden Butjenko, aufgenommen durch Vizedirektor Kuschnerenko", las Banow.

Er setzte den Teekessel auf, setzte sich an seinen Tisch und nahm den amtlichen Text zur Hand.

„Sich am 19. Oktober um 11 Uhr morgens im Kremlpalast einfinden. Mit sich führen: einige Doppelbögen Papier, Füllfederhalter, Pausenbrote. Es findet eine Versammlung der Schuldirektoren Moskaus und des Moskauer Gebiets statt, anschließend schreiben alle Direktoren einen Aufsatz zum Thema ‚Was sich in der Sowjetunion in den letzten zehn Jahren verändert hat'."

‚Was hat sich denn verändert?', fragte Banow sich, als er die Nachricht zu Ende gelesen hatte.

Während er eine Antwort auf die Frage suchte, bekam er Kopfschmerzen.

Dann kochte das Wasser im Kessel.

Er durfte nicht vergessen, um Mitternacht zur Schlange zurückzukehren.

Banow nahm den Telefonhörer ab und wählte die Nummer der Rojds.

„Hallo?", ertönte eine Frauenstimme am anderen Ende der Leitung.

„Hallo, Klara?"

„Ja. Genosse Banow? Wo haben Sie denn gesteckt?"

„Viel Arbeit ... Sehr viel Arbeit ...", antwortete der Schuldirektor. „Wie geht es Robert?"

„Gut, Genosse Banow. Könnte ich gleich zu Ihnen kommen? Es ist trocken draußen ..."

Banow seufzte tief. Gern wäre er ein wenig allein gewesen, aber das ließ sich, schien es, schon nicht mehr verwirklichen.

„Kommen Sie!", sagte er.

Eine halbe Stunde später saßen Banow und Klara auf dem Dach und tranken Tee.

Es wurde bereits Abend.

„Sie sind heute so aufgewühlt!", bemerkte Klara hellsichtig. „Ist etwas passiert?"

„Ja", wollte Banow sagen, verstummte aber sofort, als er erkannte, dass er kein Recht hatte, zu erzählen, was er gesehen hatte, erst recht gegenüber einer Frau. Aber dennoch wollte er die Neuigkeit gern mit jemandem teilen, und vorsichtig, fast flüsternd sagte er: „Klara, er lebt!"

„Wer?", fragte Klara.

„Er ... der Kremlträumer ... nun, der, welcher lebte, lebt und leben wird ..."

Klaras Augen wurden groß und rund.

„Wie?!", rief sie aus.

„Ich bitte Sie nur, erzählen Sie niemandem davon ... Ich habe ihn heute selbst gesehen ... durchs Fernglas ..."

Etwas schnürte Banow den Hals zu, als hätte er sich an seinen Worten verschluckt.

„Wo haben Sie ihn gesehen?"

Der Schuldirektor schüttelte nur ablehnend den Kopf und fügte dem Gesagten kein einziges Wort mehr hinzu.

Sie hatten ihren Tee ausgetrunken und stiegen bereits durch das Dachfenster hinunter, da fühlte sich Banow mit einem Mal nicht ganz wohl in seiner Haut. Ihm schien, als habe er Klara gekränkt, und da umarmte er sie in der Dunkelheit des Dachbodens, drückte sie an sich und sagte: „Vielleicht gehen wir ja einmal gemeinsam zu ihm ..."

Als Klara fort war, blickte Banow auf die Uhr. Es war beinahe elf.

In einer Stunde musste er wieder in der Warteschlange stehen.

Er fand den Mann in dem dicken grauen Wollmantel ohne Mühe. Die Schlange hatte sich gegen Mitternacht fast bis zur Biegung vorgeschoben.

Banow war müde, die Augen fielen ihm zu.

„Morgen früh bringe ich Ihnen Tee", versprach der Mann im dicken Wollmantel. „Ich habe eine Thermoskanne!"

Banow merkte sich seinen Platz – vor ihm stand nun ein alter Mann mit einem langen, schwarzen Bart, hinter ihm waren mehrere Bauern.

‚Ich versuche ein bisschen im Stehen zu schlafen', beschloss der Schuldirektor.

Wie gut, dass die Schlange sich nachts nicht fortbewegte.

Schließlich nahm Banow sich ein Beispiel an den Bauern, jenen, die hinter ihm waren, und setzte sich ebenfalls, wie sie, direkt auf den Gehsteig, zog die Knie an, legte die Arme darum und schlummerte auf diese Weise ein.

Als er erwachte, hörte er hinter seinem Rücken eine Unterhaltung.

„Und wenn er es ist?", sagte einer der Bauern. „Wie erkennst du ihn?"

„Ach, was, das sieht man sicher ... Ich hab eine alte Zeitung dabei!"

„Zeig!"

„Nein, die ist unten drin, wozu umsonst herauszerren?"

Banow drehte sich um, und augenblicklich verstummten die Bauern und musterten ihn misstrauisch.

Der Morgen brach an. Die Dämmerung begann sich aufzulösen. Doch die Laternen brannten noch.

Der Schuldirektor blickte zu der Uhr, die an dem nächsten Mast hing.

Zwanzig nach sechs.

In vierzig Minuten musste der Mann im grauen Wollmantel kommen und Tee bringen.

Die vierzig Minuten verflogen schnell. Tatsächlich kam der Mann sogar früher, um fünf vor sieben. Und er brachte nicht nur Tee, sondern auch ein belegtes Brot mit Speck, so dass Banow sogar frühstücken konnte.

„Na, gehen Sie und ruhen Sie sich aus!", sagte der Mann zu seinem kauenden Schlangennachbarn. „Kommen Sie um drei wieder, vielleicht sind wir dann schon ganz nah, dann stehen wir gemeinsam bis wir drin sind!"

Gegen fünf Uhr nachmittags hatte Banow sich dem Eingang zum Mausoleum bereits dicht angenähert. Die Bauern, die hinter ihm standen, schwiegen angespannt. Darüber freute sich der Schuldirektor ein wenig, weil er ihre unverständlichen Streitereien satt hatte, in denen am häufigsten zwei Sätze erklangen: „Er ist es!" und „Er ist es nicht!".

Der Mann im dicken Wollmantel, der vor ihm stand, schwieg ebenfalls. Irgendwann gegen halb vier war ihm schlecht geworden, und einer der Nachbarn aus der Schlange hatte seine Herztabletten mit ihm geteilt. Jetzt fühlte er sich scheinbar besser, war aber schrecklich bleich.

Die Schlange bewegte sich kaum merklich, jedoch stetig.

Hier war auch schon die marmorne Schwelle. Und eine Stufe.

Banow brannte vor Ungeduld, den Führer zu erblicken.

Die Bauern hinter seinem Rücken begannen wieder zu flüstern, doch da rief sie jemand zur Ordnung.

Langsam bog die Schlange nach rechts ab. Noch anderthalb Stufen, und er würde ihn sehen ... Aber nein, dort war noch eine Biegung.

Endlich sah Banow ihn. Er lag unter dem Glas, gelb, wie aus Kirchenkerzenparaffin. Während er langsam vorbeizog, beugte sich der Schuldirektor zu dem, der unter dem Glas lag, und sah ihm aufmerksam ins Gesicht. Etwas kam Banow dort verdächtig vor, und es gelang ihm, sich noch einmal tiefer hinunterzubeugen – tatsächlich erblickte er, so schien ihm, kaum merkliche kleine Risse, wie sie manchmal an alten Tontöpfen auftreten.

„Nicht echt!“, flüsterte Banow vor sich hin, und im nächsten Augenblick umgab ihn gleichsam vollkommene Stille.

Erschrocken sah er sich um – die Bauern blickten ihn starr und mit großen Augen an. Banow sah nach vorn, doch der Mann in dem dicken Wollmantel und vor ihm die ganze Schlange bewegten sich bereits aus dem Raum hinaus, also hatten sie die so unachtsam ausgesprochenen Worte nicht gehört.

„Nicht echt?“, fragte einer der Bauern flüsternd zurück, mit Blick auf den, der unter dem Glas lag.

Banow konnte nirgendwohin ausweichen, und er war ja auch davon überzeugt, dass er Recht hatte.

„Nein“, bekräftigte er flüsternd. „Nicht echt.“

Die Gesichter der Bauern hellten sich auf. Das Finstere und die Anspannung verschwanden, einer von ihnen lächelte sogar.

Banow beeilte sich, die Schlange einzuholen.

Die Bauern blieben zurück.

Den Mann im grauen Wollmantel erreichte er erst auf dem Pflaster des Roten Platzes wieder. Genau genommen gab es die Schlange dort schon nicht mehr, denn die Menschen, die aus dem Mausoleum kamen, wirkten nur noch auf sich selbst konzentriert, gingen langsam auseinander, zerstreuten sich allmählich. Jeder ging für sich allein und dachte an etwas Geheimes, doch vielleicht schien das auch nur so.

Banow ging ebenfalls allein, er ging langsam, und in seinem Kopf kreisten zwei Worte: NICHT ECHT!

***

Fünf Tage später brach eine trübe Morgendämmerung an. Zu der Zeit war Dobrynin und dem Urku-Jemzen das Brennholz ausgegangen und es war nur noch eine Flasche Spiritus übrig geblieben.

Die Tage in völliger Dunkelheit waren für den Volkskontrolleur zu einer ernsten Prüfung geworden. Zuerst hatte er versucht, etwas zu tun, und hatte das verbliebene Brennholz ganz klein gespalten, weil er den alten Kienspan neu erfinden wollte; es war jedoch dabei nichts herausgekommen, die Späne verbrannten im Handumdrehen und beleuchteten weiter nichts als sich selbst. Den elektrischen Generator in Gang zu setzen hatten weder Dobrynin noch Waplachow überhaupt erst versucht. Auf dem Gebiet der Technik waren sie ganz rückständige und ungebildete Menschen, und beide verspürten eine Mischung aus Furcht und Hochachtung vor jeder Mechanik, erst recht einer solchen, die Elektrizität hervorbrachte.

Aber nun wurde es vor dem Fenster langsam grau, die Dunkelheit zerstreute sich, und in der kalten Stille des Hauses, in der nur der von den Soldaten im Kartenspiel gewonnene Spiritus wärmte, freuten sich der Kontrolleur und der Urku-Jemze. Sie liefen beide ans Fenster.

„So, wir haben es überlebt", sagte Dobrynin heiser, nach einem Seufzer. „Jetzt können wir uns ja auf den Weg machen."

Waplachow nickte.

„Gehen wir zu der Alten?", fragte Dobrynin, wobei ihm gleichzeitig auch wieder einfiel, was diese alte Frau über das russische Volk gesagt hatte.

„Das müssen wir", sagte Waplachow irgendwann in die Stille. „Sie gibt uns Hunde."

„Nun gut", sagte der Volkskontrolleur wie beruhigend zu sich selbst. Und überlegte gleich darauf, dass er der Alten im Namen des russischen Volkes etwas schenken müsste. Aber so sehr er auch nachdachte, er kam auf nichts. Er kramte in seinem Reisesack, fand dort den Stapel Lederseiten mit den alten Schriftzeichen und seine Büchlein, doch er zog nichts dort heraus, was sich als Geschenk geeignet hätte.

„Ich schaue mal nach drüben!", sagte Dobrynin unbestimmt und ging in das Zimmer des Funkers „Petrow".

Das Zimmer war halb so groß wie jenes, in dem sie beide wohnten. Auf einem besonderen Tischchen türmten sich eigenartige eiserne Apparate, die die Funkstation bildeten. Gleich rechts daneben stand eine kleine Kommode und in der Ecke ein Schränkchen. Anstelle eines Bettes lag im Zimmer eine Matratze auf dem Boden, neben der ein Ofenfass schwärzlich von ausgebrannten Kohlen schimmerte.

‚Bescheiden hat der Japaner gelebt!', dachte Dobrynin.

Er schaute in die Kommode hinein und freute sich im nächsten Augenblick, als er verschiedene Säckchen mit Lebensmitteln entdeckte.

„He, Dmitrij, komm einmal her!", rief er laut, damit der Urku-Jemze im Nachbarzimmer ihn hören konnte.

Als der Urku-Jemze ins Zimmer gekommen war und den Inhalt der kleinen Kommode begutachtet hatte, lächelte er vielsagend.

„Was denkst du, würde die Alte sich freuen, wenn wir ihr das hier schenken?“, fragte Dobrynin.

„Auf jeden Fall!“ Der Urku-Jemze nickte. „Jeder würde sich freuen!“

„Ich rede aber nicht von Jedem“, unterbrach ihn der Volkskontrolleur. „Ich rede von der alten Frau, bei der wir die Hunde holen.“

„Sie wird sich freuen, ja doch.“ Waplachow nickte wieder.

„Dann los, such aus, was wir beide mitnehmen, und das Restliche geben wir ihr!“, befahl Dobrynin und ging hinaus ins große Zimmer.

Im großen Zimmer setzte sich der Volkskontrolleur auf sein Bett, blickte auf die Eisblumen am Fenster und versank in Nachdenken.

Verworrene Gedanken unterbrachen sich gegenseitig in seinem Kopf und führten sich überhaupt wie wilde Kinder auf, so, dass Dobrynin sie am liebsten angeschrien hätte, damit sie verstummten. Wieder stand ihm nun eine Reise bevor und wieder ging diese Reise ins Unbekannte. Was ließ er hier hinter sich zurück? Welchen Nutzen hatte es gebracht, dass er die Menge der abgegebenen Felle überprüft hatte, wenn diese Felle in ein fremdes Land davonzogen? Weshalb sollten Genosse Woltschanow und irgendwelche unbekannten Mitglieder des Politbüros wissen, was hier vor sich ging, während es dem Genossen Twerin unbekannt war? Warum hatte derselbe Woltschanow, der in seinem Wagen gekommen war, um ihn am Flugplatz zu verabschieden, ihm nichts von den japanischen Revolutionären gesagt? Die Fragen hagelten auf Dobrynin nieder, und die Gedanken, schien es, gehorchten nicht mehr und versuchten gar nicht erst, dem Volkskontrolleur zu helfen, sich in all dem zurechtzufinden. Da fiel ihm auch noch ganz unpassend sein vergangener Aufenthalt in Chulajba ein, und er dachte an den falschen Kommunisten Kriwizkij, den das nationale jakutische Gericht verurteilt hatte. Und wofür hatte man ihn verurteilt? Für das Verschwinden der Urku-Jemzen und dafür, dass er nachts den Japanern Felle übergeben hatte ... Hatte er denn nicht selbst ebendiesen Japanern unzählige Zobel übergeben? Man hatte Kriwizkij am Ende doch nicht etwa umsonst geopfert? Aber was war mit den beiden toten Kontrolleuren, die auf ewig im milchigen Eis zurückgeblieben waren? ‚Nein', dachte Dobrynin. ‚Unschuldig ist Kriwizkij nicht gewesen ...' Sogleich unterbrach jedoch ein anderer Gedanke den vorigen und wiederholte flüsternd: ‚Doch, das war er ... und die Kontrolleure sind zufällig umgekommen!'

Da schüttelte der Volkskontrolleur den Kopf und vertrieb die ermüdenden Gedanken. Er stand vom Bett auf, nahm seinen Reisesack und ging hinaus.

Er schaute in „Petrows" Zimmer.

„Was wühlst du da noch herum?", fragte er müde seinen Gehilfen Waplachow.

Der Urku-Jemze blickte hoch, er sah ratlos aus.

„Das ist alles gut, das sollten wir lieber alles mitnehmen!", sagte er.

„Sei kein Kulak!" Missbilligend wiegte Dobrynin den Kopf. „Alle Menschen sind Brüder, man muss teilen!"

Innerlich stimmte er dabei dem Urku-Jemzen zu. Aber die Kränkung, die der russischen Nation zugefügt worden war wog stärker, und so hatte er fest beschlossen, dieser alten Frau so viel zu schenken, wie er nur konnte. Es sollte ihr im Gedächtnis bleiben, dass ein Russe ihr das alles geschenkt hatte.

„Teil alles in zwei gleiche Hälften!", befahl er dem Urku-Jemzen.

Waplachow seufzte schwer.

Kurz darauf waren zwei gleich schwere Militärtaschen mit Lebensmitteln bereit und fest verschnürt.

„Also, gehen wir?", fragte Dobrynin.

Und Dobrynin warf sich eine der Militärtaschen zusammen mit seinem Reisesack über die Schulter.

Die zweite ergriff der Urku-Jemze.

Sie gingen hinaus in die Kälte.

„Da ... war doch noch eine Flasche Spiritus!", sagte Waplachow plötzlich aufgeregt.

„Ich habe sie mitgenommen, ich hab sie schon!", beruhigte ihn der Volkskontrolleur.

Frischer Schnee knirschte unter ihren Füßen. Er war nicht tief und sehr weich, so, dass die Füße sanft in ihm versanken, bis sie auf die feste Kruste aus altem Schnee stießen.

„Ist es weit zu ihr?", fragte Dobrynin, der hinter dem Urku-Jemzen ging.

„Nein", antwortete der, ohne sich umzudrehen. „Ihr Zelt steht gleich hinter der Stadt."

Sie gingen vielleicht eine Stunde. Als Erstes sahen sie die Hunde mit dem flauschigen Fell, die aufsprangen und mit den Schwänzen wedelten, dann erkannten sie auch das Zelt. Es war aus Rentierfellen genäht und deshalb aus der Ferne unsichtbar und verschmolz für das Auge mit dem Schnee.

„Großartige Hunde!", sagte Dobrynin vor sich hin. „Sie bellen nicht!"

„Weshalb sollen sie auch bellen? Wenn sie die Schnauze aufmachen, wird es kalt im Maul!", erklärte Waplachow.

„Mein Mitka hat bei jedem Wetter gebellt!", erinnerte Dobrynin sich. „Wenn sich nur irgendwo ein Fremder zeigte, dann hat er gleich so gebellt, dass alle Nachbarn aufgewacht sind ... Heulen denn eure Hunde gar nicht?", fragte der Volkskontrolleur plötzlich.

„Das kommt vor", antwortete Dmitrij. „Aber sehr selten. Weshalb sollen sie heulen? Hier ist das Leben gut, sie werden gut gefüttert, mit Trockenfisch und Fleisch ..."

Dobrynin hörte seinem Gehilfen schon nicht mehr zu. Er ging hinter ihm her, setzte seine Füße in dessen Fußstapfen, und war traurig dabei. Wie gern hätte er in diesem Augenblick ein richtiges Hundegebell gehört, um sich nur für eine Sekunde wie in seinem Dorf, zu Hause zu fühlen, um sich von dieser wilden Gegend abzulenken, in der seltsame, unverständliche Dinge vor sich gingen, mit denen er sich zurechtfinden musste.

Aus dem Zelt trat eine alte Frau heraus, in einem glockenförmigen Pelz, der mit Verzierungen bestickt war. Sie blieb stehen und steckte sich eine Tabakspfeife an, während sie darauf wartete, dass die Männer zu ihr kamen.

Es waren noch zehn Schritte bis zum Zelt, als Waplachow stehenblieb, sich leicht verneigte und etwas zu ihr in ihrer Sprache sagte. Sie antwortete ihm auf die gleiche Weise und kehrte in das Zelt zurück.

Im Inneren des Zeltes war es schummrig, nichts als ein kleines Feuer auf dem graubraunen Boden beleuchtete mit seinen Flammen die karge Einrichtung der nördlichen Behausung.

„Hier ist ein Geschenk“, sagte Dobrynin, wobei er die schwere Tasche von der Schulter nahm. „Vom russischen Volk!“

Die Alte sah den Volkskontrolleur an, ohne zu blinzeln, ohne ihren ernsten, starren Gesichtsausdruck zu ändern.

„Versteht sie Russisch?“, fragte Dobrynin und drehte sich nach seinem Gehilfen um.

„Sie sagt nein, aber vielleicht versteht sie es doch! Sie sind ein kluges Volk!“

„Dann gib ihr das hier und erkläre ihr, was ich gesagt habe!“, wiederholte Dobrynin und hielt die Tasche dem Urku-Jemzen hin.

Waplachow nahm die Tasche, stellte sie auf den Zeltboden neben das Feuer und sagte etwas in ihrer Sprache zu der Alten. Sie lächelte kaum merklich, und danach fragte sie etwas.

„Sie fragt: Ist das nicht ein Geschenk von Petrow?“, übersetzte der Urku-Jemze.

Dobrynin fluchte innerlich einmal kurz.

„Sag ihr, dass das vom russischen Volk ist!“

Der Urku-Jemze nickte und übersetzte ihr die Worte des Volkskontrolleurs.

Auf einmal wurde die Alte bekümmert und sah den Volkskontrolleur an. Offensichtliches Mitgefühl stand in ihren Augen.

„Was ist denn jetzt?“, fragte Dobrynin bestürzt.

Die alte Frau begann plötzlich zu wehklagen, worauf Waplachow sie unterbrach, und nachdem er einen sehr, sehr langen Satz gesagt hatte, holte er Luft, wandte sich zu seinem Chef und sagte: „Sie dachte, du seist der letzte noch lebende Russe, weil du ihr das von deinem Volk schenkst!“

„Ach herrje!“, sagte Dobrynin und lachte verlegen. „Was denkt sie sich nur alles aus! So, nun ist es gut, nimm ihre Hunde und frag sie, wie wir zur nächsten Stadt kommen.“

Der Urku-Jemze sprach noch lange mit ihrer Gastgeberin. Dobrynin war es allmählich leid, zu warten. Er trat ungeduldig von einem Fuß auf den anderen. Und plötzlich kam ihm ein Gedanke, der gar nicht so langweilig war wie die vorangegangenen. Was wäre, wenn man der alten Frau diese Zeichen auf den Fellhäuten zeigen würde? Vielleicht würde sie verstehen, was dort geschrieben stand.

Nachdem er das Ende des Gesprächs abgewartet hatte, zog er die Felle aus dem Reisesack, gab sie dem Urku-Jemzen und erklärte ihm seine Idee.

Der Urku-Jemze zeigte die Felle der Alten. Sie setzte sich mit ihnen ans Feuer und begann die Zeichen aufmerksam zu studieren.

In der eingetretenen Stille war nur noch das Zischen der Flammen zu hören und bekräftigte, dass das Leben weiterging.

Lautlos bewegte die Alte ihre Lippen, und Dobrynin schien es, als würde sie stumm diese alten Schriftzeichen lesen. Gern hätte er sie sofort danach gefragt, aber der Volkskontrolleur beschloss zu warten.

Endlich löste sie den Blick von den komplizierten schwarzen Zeichen auf der vergilbten Haut. Sie blickte ins Feuer, dann stand sie auf.

„Und? Was steht da?“, fragte Dobrynin, der vergessen hatte, dass die Alte ja nicht Russisch sprach.

Da sagte der Urku-Jemze etwas, indem er offenbar die Frage seines Chefs übersetzte.

Die alte Frau seufzte schwer und entgegnete ein paar Sätze, zwischen denen sie nachdenkliche Pausen machte.

Dobrynin heftete den Blick auf seinen Gehilfen und wartete gespannt auf die Übersetzung.

„Das ist auf Russisch schwer zu sagen ...“, begann Waplachow verlegen. „Dort ist sozusagen die Wegbeschreibung zu einem bestimmten Ort ...“

„Zu welchem Ort?“, fragte der Volkskontrolleur lebhaft.

„Sie hat gesagt, dass sie versteht, zu welchem Ort, dass sie es aber nicht sagen wird.“

Auf diese Worte hin war Dobrynin gekränkt. Da hatte er ihr im Namen des russischen Volkes ein Geschenk gemacht, und sie wollte ihnen nicht erzählen, was auf den alten Häuten geschrieben stand. Das war ja eine schöne Dankbarkeit! Am liebsten hätte Dobrynin ihr das Geschenk des russischen Volkes wieder weggenommen, wenn sie so gar keine Achtung für sein Volk hatte. Aber gleich darauf fiel ihm ein, dass das nicht anständig wäre, vor allem, da sie nach einer solchen Tat noch mehr Garstiges über die Russen sagen würde. Und da verrauchte seine Kränkung schnell wieder.

‚Das sind doch sowieso alles Märchen!‘, dachte der Volkskontrolleur. ‚Hol sie der Teufel!‘

Nachdem er der alten Frau stumm die Handschriften-Häute aus den Händen genommen hatte, umwickelte Dobrynin sie wieder mit der Lederschnur, legte sie in seinen Reisesack und sagte, zu seinem Gehilfen umgewandt: „Nimm die Hunde, und lass uns losfahren! Hier gibt es nichts mehr für uns zu tun!“

Fünf Minuten später traten sie zu dritt in die Kälte hinaus.

Die Alte blieb stehen und steckte sich ihre erloschene Pfeife an, danach erklärte sie Waplachow ruhig etwas und wies mit der Hand in die Ferne.

Darauf half sie ihnen, einen langen Holzschlitten unter dem frischen Schnee herauszuziehen.

Der Volkskontrolleur zählte die Hunde im Gespann. Es waren sieben.

Er sah sich nach Waplachow um – der stand da allein. Die Alte war irgendwo verschwunden.

„Wo ist sie?", fragte Dobrynin.

„Sie möchte ein Geschenk machen", antwortete der Urku-Jemze kurz.

„Dem russischen Volk?", wollte der Volkskontrolleur wissen.

„Nein, uns", antwortete Waplachow. „Sie sagt, vielleicht wird der Weg schwer!"

Dobrynin wollte noch etwas fragen, doch in dem Augenblick sah er die Alte. Sie kam aus dem Zelt und trug ein ungeheures Bündel in ihren Armen, das mit einem Lederriemen verschnürt war.

„Was ist das?", fragte der Volkskontrolleur den Urku-Jemzen.

„Rentierfelle, damit uns beim Fahren wärmer ist!", erläuterte Dmitrij.

„Aha, gut." Dobrynin nickte. „Sag ihr: Danke!"

Nachdem sie sich von der Alten verabschiedet und sich auf dem Schlitten bequem eingerichtet hatten, machten Dobrynin und Waplachow sich auf den Weg.

Leicht und flüssig glitt ihr Schlitten dahin. Einmütig liefen die Hunde im Gespann, und es schien, als würde es ihnen überhaupt nicht schwerfallen, die gar nicht so leichte Fracht zu ziehen.

„Sie kennen den Weg!", bemerkte Waplachow zufrieden. Vielleicht lobte er die flauschigen Hunde, vielleicht wollte er aber auch einfach die Tatsache seinem Chef mitteilen.

Die Sonne über ihnen war trüb-weiß und groß. Sie wärmte weder, noch leuchtete sie richtig.

„Wie lange müssen wir fahren?", fragte der Volkskontrolleur.

„Es mögen wohl zwei Tage werden, wenn kein Schneesturm uns zuweht", antwortete der Urku-Jemze bedächtig.

„Die Alte hat gesagt, dass es erst vor kurzem einen Schneesturm gegeben hat, also kommen wir vielleicht so durch.“

Der Wald ringsumher wich zurück, und an seine Stelle trat eine eigenartig offene Landschaft. Einsame Bäume ragten plötzlich inmitten des Schneefeldes auf, und diese Bäume waren stark und hoch, mit festen, dicken Ästen. Auf ihren Ästen lag Schnee.

Dobrynin blickte sich suchend nach Abwechslung um, aber alles ringsum war gleichförmig und altbekannt.

Nach einer Weile spürte der Volkskontrolleur die Kälte, die ihm in die Knochen und den ganzen Körper kroch, und er beklagte sich bei dem Urku-Jemzen.

Dmitrij hielt die Hunde an, indem er ihnen etwas Unverständliches zurief. Dann band er die Rentierfelle auf, die ihnen die Alte geschenkt hatte, und half Dobrynin, sich so darin einzuwickeln, dass nur die Augen und ein Teil der Stirn ungeschützt waren.

Sogleich wich die eisige Kälte.

Die flinken Hunde rannten aufs Neue los.

Lang war der Tag, ja wie es Dobrynin vorkam, schier endlos.

Plötzlich rief der Urku-Jemze den Hunden abermals etwas zu, und sie bogen nach rechts ab.

Dobrynin wurde nervös und blickte sich um, sah aber gar nichts Besonderes.

„Wohin fahren wir?“, fragte er den Urku-Jemzen.

„Das dauert nur kurz, nur eine Minute!“, sagte, sich halb zu ihm wendend, Waplachow. „Dort ist Ekwa-Pyris, wir müssen uns vor ihm verneigen!“

Als er aufmerksam voraus spähte, erblickte der Volkskontrolleur einen kleinen Hügel, und darauf einen einzelnen Pfahl mit einer Art Knauf oben darauf.

Sie fuhren dicht heran. Der Urku-Jemze stieg von ihrem Schlitten, trat an den Pfahl, verneigte sich und stimmte einen Klagegesang in seiner Sprache an.

Dobrynin wollte sich nicht auswickeln und die warmen Rentierfelle abwerfen. Er betrachtete den Pfahl nur aufmerksam, erkannte obenauf den Kopf des Führers und beruhigte sich so endgültig.

„Was sagst du ihm denn da alles?", fragte er.

„Danke dafür, dass mein Volk lebt!", erklärte der Urku-Jemze, der seine Verbeugungen schon beendet hatte.

„Und den weiteren Weg findest du?"

„Die Hunde kennen ihn!", antwortete Waplachow. „Wir sind ja nur ein wenig zur Seite abgewichen."

Leicht und flüssig glitt ihr Schlitten dahin. Nur die Kufen pressten aus dem Schnee dann und wann einen pfeifenden Laut heraus, ganz schwach und leise.

„Weißt du, dass Ekwa-Pyris Tiere liebte?", fragte Dobrynin plötzlich.

„Ekwa-Pyris liebt alle!", nahm Dmitrij das Gespräch bereitwillig auf. „Die Bären liebt er, die Menschen, die Walrösser und den Fisch liebt er ..."

„Auch die Katzen liebt er!", ergänzte Dobrynin.

„Was sind denn Katzen?"

„Na, Haustiere ..."

„Geben sie Milch?", erkundigte sich der Urku-Jemze.

„Nein."

„Fell?"

„Also, eigentlich ... ja, sie haben ein flauschiges Fell, aber ..."

Waplachow nickte, ohne sich umzudrehen.

„Und weißt du, wie Ekwa-Pyris auf Russisch heißt?", fragte der Volkskontrolleur, der munter geworden war.

„Wie?"

„Lenin!", antwortete Dobrynin.

„So kurz?"

Dobrynin nickte. „Er war ein großer Mann! Dabei bescheiden, überhaupt nicht gierig ..."

„Woher weißt du so viel über Ekwa-Pyris?", staunte der Urku-Jemze.

„Ich habe zwei Bücher über ihn."

„Gibst du sie mir zu lesen?", fragte Waplachow.

„Das mache ich", antwortete Dobrynin.

Leicht und flüssig glitt ihr Schlitten dahin. Immer seltener begegneten ihnen einsame Bäume auf ihrem Weg. Öfter leuchtete zu beiden Seiten nur weiße Schneewüste, unendlich und unbelebt.

Der Volkskontrolleur jedoch fühlte sich wohl. Die Rentierfelle ließen die Kälte nicht durch, und nur seine Augenbrauen und die Augen spürten ihre stechende Gegenwart.

„Außerdem bekam Lenin – Ekwa-Pyris bei euch – nicht gern Geschenke", erinnerte sich Dobrynin laut.

Ihm war nach Reden zumute. Der Weg vor ihnen war lang. Und das Kratzen der Kufen hatte der Volkskontrolleur schon rechtschaffen satt.

Der Urku-Jemze lauschte interessiert Dobrynins Erzählung darüber, dass Ekwa-Pyris nicht gern Geschenke bekam.

Unterdessen zog sich der Tag dahin, und die weiße Sonne hing scheinbar unbeweglich an ihrem Platz, gleichsam im Himmel eingefroren – wie jene zwei Volkskontrolleure damals im Eis.

Dobrynin hätte gern etwas gegessen, aber er stellte sich sogleich vor, wie er sich dafür auswickeln und die Hände unter den Rentierfellen herausziehen müsste. Seufzend beschloss er, noch ein wenig zu warten.

Ein weiterer starker Baum flog einsam an ihrem Schlitten vorüber und blieb in der Schneewüste hinter ihnen zurück.

Der Urku-Jemze stimmte leise eine Weise seines Volkes an.

Das Lied gefiel Dobrynin nicht, es war schwermütig und ihm außerdem vollkommen unverständlich.

Er hätte gern das russische Lied vom frierenden Kutscher gesungen, überlegte es sich dann aber anders, da er dafür den Mund hätte öffnen müssen und sich vielleicht erkältet hätte.

So sauste der Schlitten unter dem monotonen Gesang des Urku-Jemzen Waplachow dahin.

Auf einmal verstummte Waplachow.

Da er sich irgendwie schon an dieses endlose urku-jemzische Lied gewöhnt hatte, wunderte sich Dobrynin und rutschte auf seinem Sitz hin und her, um die Aufmerksamkeit seines Gehilfen auf sich zu ziehen.

Waplachow wandte sich jedoch von selbst um, und sein Gesicht drückte Bestürzung aus.

„Dort! Ein russischer Panzer!“, rief er mit der Hand nach vorn weisend.

Die Hunde rannten unbeirrt einmütig weiter.

Als Erstes erblickte Dobrynin leicht rechts vor ihnen, einen großen einzelnen Baum, und dann kurz danach den grünen russischen Panzer mit dem heimatlichen roten Stern auf der Kabinenpanzerung.

„Wahrscheinlich hat er sich verirrt!“, vermutete der Urku-Jemze.

Er ließ die Hunde direkt auf den Panzer zu laufen.

Als der Schlitten neben der Kampfmaschine Halt gemacht hatte, wurde es ungewöhnlich still.

Die Hunde legten sich in den Schnee, und nur einer von ihnen, ein weißer Laika, wandte seine Schnauze um und blickte mit in der Eisluft hängender roter Zunge gespannt die beiden Menschen an. Dmitrij half Dobrynin, aus den Rentierfellen herauszukriechen, dann packte er eines auf das andere, mit der Pelzseite nach unten, rollte sie zusammen und verschnürte sie mit dem Lederriemen.

Auf der Stelle fühlte der Volkskontrolleur sich schutzlos dem nördlichen wilden Klima ausgesetzt. Sein rotbrauner Pelz – das Geschenk von Oberst Iwaschtschukin – wärmte natürlich, doch seine Füße, die in Filzstiefeln steckten, froren.

Dmitrij Waplachow klopfte an die Kabine, das Eisen dröhnte einmal laut und verstummte. Niemand antwortete auf das Klopfen.

„Steig hoch, schau mal durch die Luke!“, befahl Dobrynin seinem Gehilfen.

Der Urku-Jemze kletterte auf die Kabine, zog die leicht angelehnte Luke zu sich her und spähte hinunter.

„Schlecht!“, sagte er und verzog den Mund.

„Was ist da?“, fragte der Volkskontrolleur, etwas Ungutes ahnend.

„Sie sind erfroren“, antwortete Waplachow beklommen.

Dobrynin kletterte gleichfalls auf die Panzerung, spähte in die Luke und spürte einen Kloß im Hals – im Innern des Panzers unten sah er drei Soldaten: Einer lag auf dem Rücken, die Beine linkisch angezogen; seine geöffneten Augen waren glanzlos wie Flusseis. Die beiden anderen saßen da zusammengekrümmt und hatten die Köpfe auf die Knie gesenkt. Von den drei reglosen Gestalten wehte Todeskälte herauf.

Dobrynin erstarrte, während er weiter hinab sah. Neben ihm kauerte Waplachow auf den Fersen, und auch er schwieg.

Die Stille um sie herum wurde dichter, wurde tiefer und tiefer, und erhärtete sich schließlich. Sie umstellte ihr Gehör wie mit einer weißen Wand. Dobrynin wurde unheimlich zumute.

Fünf Männer in dieser endlosen weißen Wüste – drei Tote und zwei Lebende. Und ringsum Stille; da war ein einzelner starker, vielästiger Baum, doch auch er war wie tot, war für die Zeit der Kälte eingeschlafen; da waren die Hunde, aber was hatte man von ihnen? Wenn man sie jetzt freilassen würde, dann würden sie auseinanderlaufen und alle einzeln ums Leben kommen; falls sie nicht zurück zu der Alten gelangten, natürlich. Da war die Sonne, reglos und eisig. Die Anwesenheit von Leben in all dem Schnee erschien als etwas Fremdes und Zufälliges, eine Art vorübergehendes Missverständnis.

Dobrynin spürte das. Ja, er dachte es nicht, sondern er fühlte es. Seine Gedanken waren gleichfalls erschrocken und erstarrt, und dieselbe unheilvolle Stille wie draußen hatte ihren Platz auch in seinem Kopf eingenommen. Eine Gänsehaut kroch ihm über den Rücken.

„Wir müssen sie begraben ...“, sagte er leise. „Auf würdige Art und Weise ... Gibt es hier irgendwo ein Militärlager?“

Der Urku-Jemze schüttelte den Kopf.

„Wie denn dann?“, fragte Dobrynin, mehr sich selbst, als seinen Gehilfen.

„Der Baum dort“, antwortete Waplachow gleichfalls leise und drehte sich um, um auf diesen einsamen Baum zu sehen.

Auch der Volkskontrolleur schaute auf ihn.

„Unter dem Baum?!“, fragte er verständnislos.

„Nein“, erklärte Dmitrij. „Man muss sie auf würdige Art und Weise ... wie wir das machen ... in ein Rentierfell wickeln und an den Füßen an starke Äste hängen.“

Dobrynin blickte den Urku-Jemzen seltsam und bitter an.

„Ist das auf würdige Art und Weise?“, fragte er zweifelnd.

„Wenn man sie auf der Erde liegen lässt, fressen Tiere oder der böse Geist Ojasi sie auf, aber so rührt sie niemand an“, erklärte Waplachow. „So haben wir das bei uns immer gemacht ...“

Dobrynin schwieg, während er nachdachte und das innerlich abwog. Am Ende stimmte er dem Urku-Jemzen zu, nachdem er zu dem Schluss gelangt war, dass es ihnen, wie man es auch drehte und wendete, nicht gelingen würde, sie anders zu begraben.

Beide stiegen in die Kabine hinunter.

Man musste die Toten irgendwie ins Freie ziehen, doch das stellte sich als nicht so einfach heraus. Zu zweit packten Dobrynin und Waplachow zu und hoben den Soldaten, der am Boden der Kabine lag, hoch – die tote Last seines Körpers zwang den Volkskontrolleur, alle Muskeln anzuspannen. Dennoch war die Anstrengung vergeblich. Ihn wie einen Baumstamm durch die Luke hinauszuschieben, gelang Dobrynin und Waplachow wegen der angezogenen Beine des Toten nicht. Die Luke war zu eng.

Sie ließen ihn wieder zu Boden. Als Dobrynin sich umdrehte, stieß er an einen der sitzenden toten Soldaten, und dieser kippte gleichfalls auf den Eisenboden, der unter dem Schlag laut erdröhnte. Dem Volkskontrolleur wurde übel, die Hände zitterten ihm, sein Herz pochte wild. Wieder wehte die Todeskälte ihn an.

„Wir müssen die Beine geradebiegen!“, sagte leise der Urku-Jemze, der sich über die Leiche gebeugt hatte.

Sie hoben den eingefrorenen Körper hoch und legte ihn mit dem Gesicht nach unten wieder ab.

Weiter redeten sie mit den Augen, keinem von ihnen war danach, die Worte laut auszusprechen.

Der Urku-Jemze kauerte sich hin, dann drückte er seine Knie auf den Rücken des Toten, während Dobrynin nach einem tiefen Seufzer die Stiefel des Liegenden packte und zu sich her zog. Ein Bein ergab sich mit einem unnatürlichen Knirschen und streckte sich fast vollständig aus. Nun packte der Volkskontrolleur das zweite mit beiden Händen und riss es zu sich her, so fest er nur konnte. Ein furchtbares Geräusch, als würde der Ast eines Baumes brechen, ertönte in der Kabine. Der Volkskontrolleur verzog das Gesicht und taumelte zurück.

Jetzt lag der Leichnam gerade.

Nachdem sie einen Augenblick Atem geschöpft hatten, hoben Dobrynin und Waplachow ihn aufs Neue hoch und schoben ihn nach draußen. Dann kletterten sie hinaus, legten ihn auf den Schnee und kehrten in die Kabine zurück.

Mit den beiden Soldaten, die im Panzer geblieben waren, mussten sie sich mehr als eine Stunde abquälen.

Endlich hatten sie die froststeifen Körper geradegebogen, die Soldaten aus dem Panzer gezogen und legten sie neben den Schlitten, zu ihrem Kameraden.

Die Sonne sah starr, mit verschleiertem, milchig-weißem Blick auf sie herab.

Die Hunde lagen ruhig im Schnee, als ginge die Kälte sie nichts an.

Der Urku-Jemze rollte die Rentierfelle auf, zog drei von ihnen heraus und breitete sie in einer Reihe nebeneinander aus. Danach legten sie jeden Toten auf ein eigenes Fell. Der Urku-Jemze zog ein Messer hervor und schnitt ein weiteres Fell, das er vom Schlitten genommen hatte, in lange Streifen.

Dann rollte er ohne Dobrynins Hilfe, mit sicheren Bewegungen, als habe er das schon mehr als einmal gemacht, die Toten fest in die Rentierfelle ein und verschnürte jeden mit den Lederstreifen an Schultern und Fußknöcheln. Er wählte noch drei besonders kräftige Streifen aus und band sie mit einigen Knoten an die in die Rentierfelle gewickelten Füße der Toten.

Darauf sah er Dobrynin an. Dieser hatte alles begriffen.

Sie trugen alle drei unter den einsamen Baum. Der Urku-Jemze kletterte auf einen unteren dicken Ast, sie hoben den ersten toten Soldaten hoch und legten ihn darüber, worauf auch der Volkskontrolleur denselben Ast erklomm. Danach stand Dobrynin, der mit Mühe das Gleichgewicht wahrte, auf dem unteren Ast, umarmte und hielt an den Schultern den kopfüber hängenden und in das Rentierfell gewickelten Körper. Der Urku-Jemze, der höher hinauf geklettert war, band das freie Ende des Lederstreifens um einen starken Ast, der dick wie zwei Menschenarme war.

„Fertig!“, stieß Waplachow aus, und Dobrynin ließ den Körper los. Die große Rolle aus Haut außen und Pelz innen, dieser weiche, vielleicht sogar gemütliche Sarg begann ein wenig zu schaukeln.

Der Volkskontrolleur blickte auf die im Schnee liegenden beiden anderen Rollen hinunter. Er wusste nicht einmal, welcher der Soldaten wo war. Da er ihnen früher nie begegnet war, kannte er sie ja nicht und konnte sie so schon gar nicht auseinanderhalten. Er konnte nur sagen, dass der, den sie als ersten aus dem Panzer gezogen hatten, älter gewesen war, während die beiden anderen noch halbe Kinder waren, einer braunhaarig und vermutlich Russe, der andere, dunkel, kam wohl von irgendwo aus dem Kaukasus. Er hatte nicht einmal nachgeschaut, ob sie Papiere bei sich trugen! So blieben sie also namenlos ...

Der Urku-Jemze war schon hinunter gesprungen und wartete auf den Volkskontrolleur, um das, was sie gerade getan hatten, noch zwei Mal zu wiederholen.

Die restlichen zwei Rollen hängten sie auf der anderen anderen Seite des Baumes auf, an unterschiedlichen Ästen.

Nachdem sie ein letztes Mal hinunter geklettert waren, hielten sie inne.

Dobrynin wanderte mit dem Blick vorsichtig und beinahe furchtsam über jeden Bestatteten. Er wollte zum Abschied etwas sagen, aber das Bild war zu eigenartig, um nicht zu sagen, absurd. Und nachdem er das rituelle „möge die Erde euch leicht sein ..." geflüstert hatte, wandte der Volkskontrolleur sich ab, unterdrückte die Tränen in den Augen und ging langsam, auf das Knirschen des Schnees unter seinen Füßen lauschend, zu ihrem Schlitten.

‚Was für Erde denn!', dachte er an die gerade flüsternd gesprochene Abschiedsformel. ‚Nichts als Schnee gibt es hier ...'

Und plötzlich hörte er monotonen Gesang. Er wandte sich um.

Dmitrij Waplachow stand vor dem Friedhofsbaum und sang ein trauriges urku-jemzisches Lied. Er sang leise, voller Inbrunst. Der Volkskontrolleur entsann sich, wie vor sehr langer Zeit, als er vielleicht fünf Jahre alt gewesen war, sein Urgroßvater starb. Großvater und Großmutter hatten damals aus dem Nachbardorf Klageweiber hergebeten, und den ganzen Tag hatten diese alten Frauen am Sarg des gelb gewordenen, bärtigen Ugroßvaters geheult, während er, das Kind, ihnen vom anderen Zimmer aus lauschte, die Worte aber nicht unterscheiden konnte.

Dobrynin blieb stehen und lauschte dem Lied des Urku-Jemzen. Die fremde Sprache war ihm unverständlich, aber die Worte und Laute hielt er mühelos auseinander und spürte Trauer, Wehmut und großen Gram in ihnen.

„End war pyn", sang Waplachow klagend,
„Saryn kun dewit,
Borajsat undur ban tewim,
Parsan tyn urul gan niwot,
Paran dun syktyn ban tewim.

Ekwa-Pyr yrwat kan naryn,
Par sajrat endo charan ten
Bar tebun niran bat yran
Borajsat undur ban tewim …"

Kapitel 3

Der Frühling kam, und im Neuen Gelobten Land taute die Wärme als Erstes den Schnee von dem Hügel oben fort, ließ aber das Weiß auf den Feldern ringsumher liegen, was den Hügel aussehen ließ wie einen Buckel der Natur.

Der vergangene Winter war nicht allzu streng gewesen. Die Siedler waren mit ihren Essensvorräten und auch mit dem Brennholz ausgekommen. Von allem war sogar noch reichlich übrig geblieben, doch galt es ja auch noch bis zur neuen Ernte durchzuhalten.

Mit den ersten Sonnenstrahlen tauchte der bucklige Buchhalter wieder im Hof vor dem Hauptkuhstall auf. Er kam mit seinem dicken Heft in der einen und einem Hocker in der anderen Hand heraus. Dieses dicke Heft war wohl die einzige vollständige Sammlung von Aufzeichnungen über das Leben der Bewohner des Neuen Gelobten Landes. Darin führte er eine eigene Seite für die Eintragung der Neugeborenen. Als Erstes hatte er seinen Sohn eingetragen, den er Wasilij nannte. Wasilij war nun beinah ein halbes Jahr alt. Er war bereits kräftig geworden, hatte an Gewicht zugelegt und lächelte oft, wobei er seine kleinen listigen Äuglein zukniff. Er war bucklig wie sein Vater, doch bislang war sein Buckelchen auf dem zarten kleinen Rücken noch kaum auszumachen. Die Sache bekümmerte allerdings weder seine Mutter noch den Buchhalter besonders. Diesem gab es anscheinend sogar noch mehr Recht mit seinen Überlegungen, die er manchmal abends den Genossen mitteilte, wenn sie um den Tisch am warmen Ofen herum saßen. Gern erklärte er dann nämlich, das Taube Taube zur Welt bringen, Blinde Blinde, und Bucklige gleichfalls Bucklige, denn sonst gäbe es ja wohl derlei körperliche Unterschiede unter den Menschen nicht. Bis zu Wasilijs Geburt hatten sie immerzu mit ihm debattiert, waren nicht einverstanden gewesen und hatten Beweise verlangt. Nach der Geburt jedoch hörten sie ihm nurmehr schweigend zu und widersprachen ihm nicht mehr.

Nach Wasilij waren noch zwei Kinder geboren worden: ein Junge und ein Mädchen. Sie wurden gleich nach Wasilij ebenfalls sorgsam eingetragen. Und jetzt, wo es auf den Frühling zuging, gingen schon an die fünfzehn Frauen schwanger, vielleicht auch mehr.

Aber nicht das beschäftigte den Buchhalter, als er auf seinem Hocker unter den ersten Sonnenstrahlen saß. Er dachte an die kommende Aussaat, an den Neubau von Ställen und an andere Pläne, mit deren Entwurf und Ausführung er das Leben im Neuen Gelobten Land erleichtern und verbessern würde.

Archipka-Stepan erfreute sich weiterhin der Verehrung und Hochachtung der Siedler, doch am Leben der Kommune hatte er keinen ernsthaften Anteil und war so etwas wie ein Ehrengast oder eine historische Gestalt, sozusagen der Urheber ihrer aller Ansiedlung auf diesem Hügel. Er lebte sein Leben wie alle, nur arbeitete er weniger, denn niemand machte ihm einen Vorwurf. Man bat ihn auch gar nicht, etwas zu tun, daher betätigte er sich mehr aus dem Wunsch nach Beschäftigung heraus, als der Ergebnisse wegen. Insgeheim war er dem Buchhalter sehr dankbar, der freiwillig und mit Freuden die ganze Last der Verantwortung für die Gegenwart und die Zukunft ihres Siedlervolks auf sich genommen hatte.

Der Frühling kam, und der Engel, der aus dem Kuhstall herausgetreten war, wärmte sich an den ersten Sonnenstrahlen und dachte an sein vergangenes Leben im Paradies. Er verglich es mit seinem heutigen Leben, dem Leben unter den Menschen, und fand viel Gemeinsames in diesen beiden Leben, wenn nicht äußerlich, so doch innerlich. Und doch erschien ihm das Leben im Neuen Gelobten Land eher vollständiger, denn es war ein Leben, das aus Handlungen, Gedanken und Gefühlen bestand, nicht aus der stillen, paradiesischen Seligkeit, an der seine früheren Brüder und Schwestern sich erquickt hatten. Auch die Natur selbst war hier von vielfältiger Schönheit und gleichsam ursprünglich; es liefen keine Rehe und Hirsche herum, die man zu jeder Zeit streicheln konnte, es setzten sich einem keine lieblich singenden Vögel auf die Schulter. Vielmehr war alles einfacher und grober, aber das tägliche Krächzen der Krähen, die über dem Neuen Gelobten Land kreisten, schien ebenso Musik zu sein wie das seltene Lied der Lerchen im Frühling. Und erst die Vielfalt der menschlichen Charaktere, die den Engel umgaben. Hätte er sich früher jemals vorgestellt, dass dieses unsichtbare Spinnennetz aus unterschiedlich hellen Strahlen, die in den Herzen der Siedler entstanden, ihn einspinnen würde, ihn in unkomplizierte, und doch nicht einfache Beziehungen mit den Menschen hineinziehen könnte? Die Menschen selbst blieben ihm allerdings in vielem ein Rätsel. Und besonders wunderte ihn der Umstand, dass sie längst von dem Engel wussten, der unter ihnen lebte, auch wussten, dass er direkt aus dem Paradies zu ihnen gekommen war, aber dass dies bei ihnen nicht das geringste Interesse hervor rief. Nur sehr selten kam jemand von den Siedlern, am ehesten Frauen oder betrunkene Männer, mit ein, zwei Fragen zu ihm. Aber auch diese Fragen waren einförmig. Am häufigsten fragten die Leute: „Gibt es Gott denn wirklich?" Wenn sie eine bestätigende Antwort erhalten hatten, nagelten sie den Engel dann mitunter fest und wollten hören, wie Gott so sei, ob er einen Bart trage, welche Farbe seine Augen hätten und dergleichen. Der Engel, der Gott nie gesehen hatte, versuchte den Siedlern jedes Mal den Unterschied zwischen Gott und einem Menschen zu erklären, aber stets gingen die Frager unbefriedigt davon, ohne den Engel zu Ende anzuhören. Vielleicht hielten sie, wie die Rotarmisten, den Engel einfach für einen Narren, aber auch hierin lag für den Engel ein Rätsel. Er konnte nicht verstehen, warum die Menschen glaubten, Narren und Verrückte seien Gott näher, als gewöhnliche gesunde Leute. So war es auch letztes Mal gewesen, als der betrunkene Brigadier der Bauarbeiter mit seiner Wattejacke, die noch schmutzig war vom vorigen Herbst, zu ihm gekommen war. Er hatte ihn ausgefragt, wie die Engel ihre Häuser bauten. Auf die Antwort, dass es im Paradies überhaupt keine Gebäude gebe, hatte er leise geschimpft, den Engel einen Einfaltspinsel genannt und gleich darauf, schuldbewusst nach oben blickend, Gott um Verzeihung gebeten. Er hatte dem Engel auf die Schulter geklopft und war nach Hause in seinen Kuhstall geschwankt.

Wenn der Engel an den vergangenen Winter dachte, konnte er nicht anders, als auch an Katja zu denken. Nicht nur, weil er die allerwärmsten Gefühle für sie hegte. Der Winter im Neuen Gelobten Land war, wie in jedem Dorf, eine Zeit der Ruhe und des Ausruhens, und mit seltenen Ausnahmen fror jede Tätigkeit in dieser kalten Zeit bis zum Frühjahr ein. Zwei Menschen waren diese seltene Ausnahme im Neuen Gelobten Land: der Ofensetzer Sachar, der unaufhörlich das ihm von nah und fern aus dem ganzen Kreis gebrachte Fleisch räucherte, und die Lehrerin Katja, die den Bauern keine Ruhe ließ und nicht zuließ, dass sie tatenlos herumsaßen und sich dem Trunk ergaben. Nahezu mit List und Gewalt holte sie manch lieben Tag bis zu dreißig Erwachsene, zusätzlich zu den acht Kindern, in ihren Unterricht, und lehrte sie dort nicht nur das richtige Schreiben von Buchstaben und Wörtern, sondern auch ganz allgemein nützliche Gedanken. Manchmal kam auch der Engel freiwillig hinzu und setzte sich in die hinterste Bank, um dieser hellblonden jungen Frau besser zusehen zu können. Ihr Unterricht war frisch und lebendig, doch sehr oft bestürzte es den Engel, dass viele der Sätze und Ausdrücke, die nach ihrem Diktat an die Tafel geschrieben wurden, einen unerfreulichen und sogar falschen Sinn enthielten. Der Engel litt jedes Mal sehr, wenn eine Bäuerin oder ein Rotarmist mit runden, unsicheren Buchstaben an die Tafel schrieb: „Die Bauern zünden das Haus des Gutsbesitzers an", oder: „Es gibt keinen Gott". Dieses letzten Satzes wegen kam es sogar zu einem Streit zwischen dem Engel und Katja, und durchaus nicht deshalb, weil der Engel sich dem Inhalt dieses Satzes widersetzt hätte. Denn so manche Auseinandersetzung hatte ihn schon gelehrt, dass man Katja mit einfachen Worten nicht von ihrer Überzeugung abbringen konnte. Nur hatte Katja dieses Mal, als die ganze Tafel mit derlei Sätzen vollgeschrieben war, gebeten, dass sie die von den Anderen beim Schreiben gemachten Fehler herausfinden und aufzeigen sollten. Da hatte der Engel wie ein einfacher Schüler die Hand gehoben. Und offenbar erwartete die Lehrerin, die für einen kurzen Augenblick auf einmal sehr erfreut ausgesehen hatte, etwas ganz Anderes, als sie ihn bat, zu zeigen, welchen Fehler er bemerkt hatte. Der Engel stand natürlich auf und zeigte allen, dass in dem Satz „Es gibt keinen Gott", das Wort „Gott", anders als jedes gewöhnliche russische Hauptwort, mit einem großen Anfangsbuchstaben geschrieben werden musste. Darauf trat in der Klasse ein längeres Schweigen ein, und niemand hob mehr die Hand. Katja fasste sich, redete sich in Schwung und rief beinahe mit erhobener Stimme, während sie alle ihre schweigenden Schüler davon überzeugte, dass mit großem Anfangsbuchstaben nur die Namen von Städten und Dörfern geschrieben wurden, darüberhinaus auch Vor- und Nachnamen von Menschen, besonders von Helden und Führern der Revolution. Von Gott zu reden, sagte sie, sei überhaupt dumm, da es ihn einfach nicht gebe, was aus eben dem Satz hervorgehe, mit dem der ganze Streit begonnen habe. Und deshalb sei es auch sinnlos, dieses Wort groß zu schreiben.

Es war im Grunde gar kein Streit gewesen, sondern einfach ein unerfreulicher Augenblick, sowohl für den Engel als auch für Katja. Und es verging wohl wenigstens ein Monat, bis ihre Beziehung sich wieder verbessert hatte.

In all dieser Zeit jedoch kam der Engel immer ins Klassenzimmer, setzte sich in die hinterste Bank und lauschte, manchmal mit uneingeschränktem Interesse, bestimmten Stunden, wenn Katja vom Aufstand des Spartakus berichtete oder von fremden Ländern erzählte, die sie selbst natürlich auch noch nie gesehen hatte. Dem Engel gefiel auch, dass die Lehrerin bei ihren Schülern auf die Ausrottung der Trunksucht, des Diebstahls und weiterer Sünden hinarbeitete. Das war zweifellos eine richtige und nötige Sache, denn im Neuen

Gelobten Land wurde im Winter täglich getrunken, und nur wie durch ein Wunder ging es ohne „Eisvögel" ab – so nannten sie hier die, die betrunken draußen erfroren. An diesem Wunder hatte Katja sehr großen Anteil, die mit den Bäuerinnen einen allabendlichen Rundgang im Neuen Gelobten Land organisierte, auf dem sie die im Schnee versackten betrunkenen Männer ausfindig machten und mit vereinter Anstrengung in den nächsten Kuhstall schleppten, wo sie sie bis zum Morgen am eingeheizten Ofen zurückließen.

Der Frühling kam, und der Schnee auf den Feldern färbte sich bereits dunkel, er machte sich bereit, in die Erde einzusickern und jedes hineingeworfene Saatkorn mit Leben zu erfüllen.

Es herrschte Krieg schon seit mehr als einem halben Jahr, doch Mark, der als Mitglied einer Künstler-Frontbrigade reiste, kam es vor, als sei viel mehr Zeit vergangen, seit Waldlichtungen, Podeste neben Schützengräben und Unterständen, Stabsquartiere und Frontkommandos zu den Orten seiner Auftritte geworden waren. Er hatte schon vergessen, wann er und Kusma zum letzten Mal allein aufgetreten waren. Jetzt, und eigentlich gar nicht jetzt erst, sondern seit Anfang des Krieges, hatte sich alles verändert. Verändert hatte sich die Herangehensweise an die Auswahl ihres Repertoires. Hier war das Allererstaunlichste geschehen – Genosse Urluchow aus dem ZK hatte auf Marks Ansicht gehört und ihm zugestimmt. Er war gleichfalls der Ansicht gewesen, dass für die Auftritte in Kampfpausen, in Lazaretten und Ausbildungskompanien satirische Werke viel geeigneter wären, die ein Lächeln hervorriefen und eine gute, muntere Stimmung erzeugten. So kehrten Mark und Kusma zu dem zurück, womit sie angefangen hatten – der leichten Satire und lustigen Versen. Damals hatte Urluchow Mark auch mit dem Dichter Twardowski bekannt gemacht. Die Bekanntschaft war kurz, doch für Kusmas Repertoire bedeutsam gewesen, und jetzt war der Papagei der König jedes ihrer Brigadenkonzerte, wenn er im Namen Wasilij Tjorkins dessen Heldentaten, Gedanken und Ansichten zum Besten gab.

Die Zusammensetzung der Künstlerbrigade wechselte häufig. Coupletsänger, Volkssänger und -sängerinnen, Künstler ungewöhnlicher Genres tauchten auf und wurden wieder abkommandiert. Es waren begabte Leute unter ihnen aber auch mittelmäßige, doch die Soldaten waren ein dankbares Publikum, und alles, was man ihnen auf der improvisierten Bühne hinter der Front zeigte, machte ihnen Freude.

Vorstellung, Abendessen, das Lächeln des Kochs und der Soldaten, manchmal ein Nachtlager in einer feuchten Erdhütte, die unausweichlichen hundert Gramm Schnaps

– wie konnte man anders, als sich daran gewöhnen –, und wieder der Lastwagen, holprige Straßen, Explosionen von verirrten Granaten und hier und da in der Nacht aufsteigende Raketen.

Im Frühling taute der Schnee. Gelegentlich mussten sie alle in den Schlamm springen und einträchtig den Lastwagen vorwärts schieben.

Kusma saß dabei im Wageninnern, in seinem Käfig, den ein fester Überzug aus Manteltuch bedeckte – ein Geschenk, das Mark und der Vogel eines Tages nach einem ihrer ersten Konzerte von einem Bekannten aus der Kleiderkammer bekommen hatten. Ein sehr nützliches Geschenk.

Und nun waren sie wieder auf der Straße unterwegs. Dieses Mal fuhren sie zum Regimentsstab. Bis zur Front waren es dreißig Kilometer. Sie luden ab, die Brigade war erneut klein an der Zahl: zwei begabte und von den Soldaten sehr geliebte Coupletsänger aus der Ukraine – der eine lang wie eine Bohnenstange, der andere kurz und gedrungen, hatte die Form eines Holzschräubchens, wie Mark gesagt hätte –, eine Sängerin russischer Volkslieder, der Dienstälteste ihrer Brigade: Petja Fomin mit seinem dressierten Pudel, und Mark mit dem Gedichte vortragenden Papagei.

Bis zum Abendessen waren es noch zwei Stunden, und der Diensthabende beim Stab, ein kleingewachsener Hauptmann mit buschigen Augenbrauen, befahl ihnen, ihre Sachen in der Bekleidungskammer zurückzulassen und sich auf ihren Auftritt vorzubereiten.

Sie dachten, der würde nach dem Essen stattfinden, doch sie hatten sich geirrt.

Die Stabsoffiziere wollten lieber nach der Vorstellung essen, wenn sie dann schon in guter Stimmung wären.

Das Gebäude der Dorfschule, das der Stab bezogen hatte, erwies sich als recht angenehm, und als sie sich ein wenig aufgewärmt hatten, gingen die Künstler direkt in den ehemaligen Kulturraum. Zu besprechen gab es nichts, die Reihenfolge änderte sich fast nie: als Erstes Volkslieder über die Heimat und über die Birken, dann die Coupletsänger, Petja Fomin mit seinen Fragen an den Pudel: „Na, wie viele Tage bleiben die Fritzen noch am Leben?“ Darauf der Pudel: „Wau-wau!“ „Richtig“, lacht Petja. „Und wie viele wir?“ „Wu-u-u-u-uuuuu!“, heult der Pudel. Am Ende darauf dann Kusma und Tjorkin.

Die Stabsoffiziere hatten sich rasch versammelt und die ersten zwei Reihen besetzt, noch sieben leere Reihen gähnten hinter ihnen. Aus der geöffneten Tür schaute ein junger Rekrut heraus. Auch der Hauptmann war da, in der ersten Reihe, sie saßen da und warteten.

Der Auftritt verlief glatt. Wie es sich gehörte, riefen die Volkslieder auf den Gesichtern der Offiziere innige Sehnsucht und Gedanken an Zuhause hervor.

Als letzter war Mark mit dem Papagei auf der Schulter herausgetreten.

Die Offiziere konnten schon nicht mehr aufhören zu lächeln.

Und der Vogel deklamierte hingebungsvoll, mit lustigen Schnörkeln, als würde er verstehen, welche Intonationen am komischsten wirkten!

„... reiben gut mit Schnaps ihn ein.
Schön verteilt der Schnaps sich richtig ...
Plötzlich wie im Schlaf spricht er:
Doktor, Doktor, könnt man mich nicht
damit auch von innen her ...“

Schon lachten die Offiziere lauthals, ihre Lippen bebten.

Zu Abend aßen sie alle gemeinsam in der Stabskantine an einem langen Holztisch. Wieder Schnaps und Weizengrütze, bei der man nicht wusste, ob mehr Brei oder mehr Butter darin war. Das Fleisch war kein gepökeltes Irgendwas, sondern richtiges Schweinefleisch!

„Na, denn ...“ Der schnauzbärtige Major erhob seine Tasse mit Schnaps. „Auf den Sieg!“

Neben Mark saß die Sängerin Bujalowa. Sie roch am Schnaps und verzog das Gesicht.

Mark wusste, wie es nun weiterging. Alle würden trinken, und auch sie zum Trinken zwingen – versuch mal einer, nicht auf den Sieg der sowjetischen Waffen zu trinken! Dann, nach der Grütze, würden sie die Bujalowa bitten zu singen, und danach würden alle Künstler der Reihe nach noch einmal auftreten müssen. Gegen Ende des Essens würde der Fahrer ihres Lastwagens wie üblich betrunken vom Stuhl fallen und die zu Hilfe gerufenen Soldaten würden ihn irgendwo hinlegen, wo er sich bis zum Morgen ausschlafen konnte ...

„Dein Papagei soll nochmal was ausspucken!“ Ein dicker Oberleutnant sah Mark an. „Los, nochmal irgendwelchen Scheiß!“

Mark war immer gekränkt, wenn er solche Worte hörte.

„Genosse Offizier“, sagte er und schaute bestürzt zur Bujalowa. „So dürfen Sie nicht reden ...“

„Wie alt ist denn dein Papagei?“, fragte jetzt der Oberleutnant.

„Sechzehn Jahre vermutlich“, antwortete Mark Iwanow.

„Dann ist er ja kein Säugling mehr und kann so Ausdrücke langsam verkraften, Scheiß drauf!“

Geduldig blickte die Bujalowa in ihren leeren Teller, die Grütze hatte sie längst aufgegessen und einen Zuschlag hätte sie nicht abgelehnt, aber man hatte vergessen, ihr noch etwas anzubieten.

„Bring ihm mal was Ordentliches bei, das sag ich dir als Stabsoffizier!“ Mit trübem Blick sah der Oberleutnant von Mark zum Papagei, der noch immer auf dessen Schulter saß, und wieder zurück zu Mark. „Soldaten fluchen gern ... das verstehst du doch, jeden Tag den Tod vor Augen ... wie soll man da nicht fluchen, Scheiß drauf ...“

Sie schliefen, ohne sich auszuziehen, in einem einstigen Klassenzimmer, jedoch auf Betten mit Matratzen. Sie deckten sich schichtweise mit Decken und Soldatenmänteln zu, die sie bei der Bekleidungskammer geliehen hatten.

Am Morgen saß Fahrer Wanja müde und noch bläulich vom Schnaps, wieder hinterm Steuer.

Und wieder die Straße, jetzt ging es in Richtung Front.

Stille, Schützengräben, verdreckte Gesichter, schmutzige Hemden, als würden die Soldaten im Schlamm des Schützengrabens schlafen. Sie waren herausgekommen, hervorgekrabbelt, hatten sich auf einer Lichtung versammelt. Ihr Kommandant war ein Leutnant. Eingefallene Wangen, unrasiert. Die Unterlippe stand vor, als hätte er sich mit jemandem geschlagen.

Wieder eine Vorstellung. Die Bujalowa sang ohne Vorwarnung „Mein Feuer glänzt im Nebel". Erst danach sang sie wieder von den Birken, dem heimatlichen Dorf.

Da saßen die Soldaten, junge und alte. Sie saßen da traurig und versonnen.

Darauf die ukrainischen Coupletsänger. Alles wie gewöhnlich. Gelächter, sie kamen hergeeilt und umarmten die beiden; wenn sie nicht rechtzeitig auswichen, schleuderten sie sie herum!

Und am Ende Kusma:

„Aber sag mal, eine Sache,
habt ihr die?
– Na, was?
– Die Laus.
Tjorkin lächelt und isst weiter,
bröckelt Brot ein, sagt: Durchaus."

„Genosse Künstler! Genosse Künstler!" Ein Soldat war direkt aufgesprungen, dunkelhaarig, um die vierzig Jahre alt. „Sie waren doch schon mal bei uns! Sie sind bei uns aufgetreten!"

Die übrigen Soldaten lachten und klatschten.

Mark sah den Mann an, der aufgesprungen war.

„Wo?", fragte er und nahm an, dass man diesen Soldaten von einem Frontabschnitt, an dem sie schon gewesen waren, hier her versetzt hatte.

„In Tambow! In der Schuhfabrik ‚Gigant'!", rief der Soldat.

Mark erstarrte einen Augenblick lang. Tambow? Ja, dort waren sie vor drei Jahren gewesen! Er trug ja noch heute die Schuhe, die ihm der Parteisekretär und die Werktätigen dieser Fabrik nach seinem Auftritt geschenkt hatten. Sollte er das dem Soldaten erzählen? Dann würde er sich freuen, dass Mark sich an ihre Fabrik erinnerte!

„Ja, ja, natürlich", nickte Mark. „Ich erinnere mich an die Tambower ‚Gigant'!"

Das Mittagessen kam aus der Feldküche – wieder Grütze, aber diesmal fast ohne Butter. Dafür Tee mit Zucker. Schnaps gab es zum Mittagessen keinen, und weiter fuhr Fahrer Wanja den Lastwagen ruhig und gleichmäßig, obwohl es ihn in den Schlaglöchern hochwarf, und mit ihm auch die Künstler, die im Innern saßen, und den Käfig mit dem Papagei, den Mark manchmal in den Armen hielt, manchmal auch neben seine Beine auf den Boden stellte.

Es war nicht weit zu fahren. Zwanzig Kilometer. Dort war noch ein Konzert und dort würden sie auch übernachten, in irgendeiner Erdhütte.

Der Schnee taute, Schlamm lag auf den Straßen. Marks schwarze Tambower Schuhe waren schon längst braun geworden vom festklebenden Lehm der Straßen.

Den langen Coupletsänger hat es in einem Schlagloch heftig mit dem Rücken an die hölzerne Kante geschleudert. Jetzt saß er und stöhnte. Der kleine, das Holzschräubchen, wie Mark ihn insgeheim genannt hatte, döste und achtete auf nichts. Die Bujalowa saß schweigend da und beklagte sich auch nicht.

Als sie ankamen, war es schon dunkel. Der Kommandant der Einheit, ein in die Jahre gekommener Hauptmann, hatte beschlossen, sich hinter einem Hügel gegen die Feinde zu verschanzen, und die Künstler sollten beim Schein des Lagerfeuers vor den Kämpfern auftreten.

Alles war normal verlaufen. Die Kämpfer hatten sich in einem engen Halbkreis versammelt.

„Wie viele Tage bleiben den deutschen Fritzen noch?“, fragte Petja Fomin.

„Wau-wau“, antwortete der Pudel.

Die Soldaten lachten.

„Und wie viele uns?“

„Wu-u-u-uuuuu!“

„So, Kusma, mach dich bereit!“, flüsterte Mark durch die offene Klappe des verdeckten Käfigs, und Dampf trat dabei aus seinem Mund – bis zum richtigen Frühling war es noch lang hin.

Die Coupletsänger waren aufgetreten. Sie hatten Hitler schön durch die Mangel gedreht, treffsicher, auf Bauernart, dazu noch mit ukrainischem Akzent – das war wirklich sehr lustig geworden.

Die Soldaten hatten sie gebeten, noch eine Zugabe herauszurücken.

Aber jetzt war die Reihe an Kusma. Mark hatte ihn aus dem Käfig geholt und ihn sich auf die Schulter gesetzt – die rechte, sollte der Teufel sie holen. Er würde nach dem Krieg versuchen, Kusma umzugewöhnen.

Plötzlich ein immer lauter werdendes Pfeifen, Feuer blitzte auf, es krachte. Irgendeine Macht warf Mark zur Seite, und eine Zeitlang flog er, die Augen himmelwärts gewandt, über der dunklen Erde und hielt den Papagei im Arm an sich gepresst. Dann schlug er krachend mit dem Rücken auf. Alles war taub, nur irgendwo in der Brust wurde es heiß, Füße hatte er keine mehr, und auch die Hände spürte er nicht mehr. Und das Atmen ging schwer.

„Der Künstler! Der Künstler ist verwundet!“, drang von irgendwo aus der Ferne eine leiser werdende Stimme an Marks Ohren. „He! Hierher!“

Und der Lärm, der ganze lebendige Lärm ringsum, die Stimmen, das Knistern des Feuers, alles, was gewöhnlich in der Luft klang, begann von Mark abzurücken, sich zu entfernen; schon verließen all die Laute wie ein Mensch dieses dunkle Zimmer, in dem er lag. Sie gingen wie ein Mensch hinaus und schlossen hinter sich die Tür. Mark blieb allein.

Um ihn her war es dunkel und still.

Vor dem Fenster fiel der erste Schnee. Auf der Fensterbank begann das Teewasser zu kochen. Und Banow saß an seinem Tisch und las bereits zum zweiten Mal den neuen Erlass des Narkompros. Der Erlass war schrecklich wortreich und trug zudem noch einen schwerverständlichen Titel. „Erlass über die Ausweitung der Einführung der freiwilligen Internatsunterbringung für Kinder im Schulalter auf dem gesamten Gebiet der UdSSR". Der Text des Erlasses, der acht Seiten in kleiner Schrift einnahm, war sogar noch verworrener als der Titel, doch sein Sinn begann sich dem Schuldirektor nach mehrmaligem Durchlesen endlich zu erschließen. Das Narkompros ordnete an, dass unter den Schülern regelmäßig agitiert werden sollte, mit dem Ziel, sie von der Notwendigkeit eines Eintritts in die Kulibinski- oder Suworow-Militär-Lehranstalten zu überzeugen. Es wurde verdeutlicht, dass das Einverständnis der Eltern zum Eintritt in die Lehranstalten nicht erforderlich sei und dass die Eintretenden (und das hieß, alle, die wollten, denn die Aufnahme in die Lehranstalten vollzog sich ohne Aufnahmeprüfungen) zur Fortsetzung ihres Studiums in andere Städte übersiedeln würden, wo sie eine umfassende staatliche Versorgung erwartete, einschließlich einer wöchentlichen Kino-Vorführung, regelmäßigen Ausflügen, dreimal täglicher Verpflegung und ähnlichem.

Nachdem er seinen Vizedirektor gerufen hatte, befahl Banow ihm, nach dem Unterricht alle Lehrer zu versammeln und ihnen den Erlass vorzulesen.

Als der Vizedirektor gegangen war, brühte sich Banow endlich einen Tee auf und vergaß die Arbeit.

Da klingelte das Telefon.

„Hallo! Genosse Banow!", erklang Klaras Stimme im Hörer. „Sie haben darum gebeten, dass ich Sie heute anrufe ..."

„Was ist denn heute für ein Tag?", fragte Banow zerstreut.

„Donnerstag", erklärte Klara, und in ihrer Stimme klang Verwunderung.

„Ah ja! Das habe ich vergessen! Entschuldigung, ich habe so viel Arbeit“, sagte er. „Ja, ich wollte doch, dass wir heute ins Museum gehen ...“

„Und wann heute?“

„Das Museum ist bis sechs geöffnet“, sagte Banow. „Treffen wir uns um drei ...“

„Soll ich zur Schule kommen?“

„Nein, nicht nötig. Lieber gleich irgendwo im Zentrum ... vielleicht auf dem Roten Platz?“

„Und wo genau?“, bohrte Klara weiter, und Banow verstand, dass sie Recht hatte, denn der Rote Platz war ja riesengroß.

„Bei der Richtstätte, einverstanden?“, schlug der Schuldirektor vor.

„Einverstanden. Um drei Uhr an der Richtstätte.“

Als Banow den Hörer aufgelegt hatte, rief er noch einmal Vizedirektor Kuschnerenko zu sich.

„Wann ist bei uns der Besuch des Mausoleums vorgesehen?“

„Ende April“, antwortete der Vizedirektor.

„Streiche das!“, sagte der Schuldirektor streng.

Kuschnerenko schielte argwöhnisch auf Banow.

„Streich es!“, wiederholte Banow. „Und trag für diesen Tag einen Ausflug zur Ausstellung der Errungenschaften der Volkswirtschaft ein. Verstanden?“

Um zehn vor drei stand Banow schon an der Richtstätte.

Vereinzelte Ausflügler und Besucher der Hauptstadt wanderten über den Roten Platz, dahinter floss der endlose Menschenstrom, der ins Mausoleum mündete. In Banows Nähe war niemand, keiner der Besucher der Hauptstadt interessierte sich für die Richtstätte.

Ein Milizionärsposten kam auf Banow zugelaufen.

„Was machen Sie?“, fragte er irgendwie eigenartig, aber höflich.

„Ich warte auf eine Genossin“, antwortete Banow.

„Und was machen Sie dann?“

„Wir gehen ins Museum“, sagte der Schuldirektor.

„Ich habe morgen frei“, bemerkte der Milizionär geistesabwesend. „Ich werde wohl auch ins Museum gehen. Im Museum war ich nämlich noch nie.“

Banow sah den Milizionär etwas erstaunt an.

„Hier wurden Köpfe abgeschlagen!“, sagte der Milizionär mit einem Seufzer und wies mit der Hand auf die Richtstätte. „Wir dagegen leben in einer glücklichen Zeit“, fügte er noch hinzu, drehte sich um und ging zurück auf seinen Posten.

Klara kam pünktlich.

Im Museum waren viele Bauern. Sie studierten aus nächster Nähe die Fotografien und Dokumente, persönliche Dinge des Führers und andere Gegenstände, die zur Betrachtung ausgestellt waren. Im ersten Saal stand in einer Ecke hinter einer Absperrung ein Schaukelstuhl.

Klara wusste bereits, dass Banow unter dem Kreml gewesen war. Der Schuldirektor hatte trotz allem beschlossen, ihr zu erzählen, was er gesehen hatte, nachdem er ihr zuerst ihr Parteiehrenwort abgenommen hatte, dass sie zu niemandem ein Wort sagen würde.

Im Museum betrachteten sie die Fotografien, während sie von einem Saal in den anderen gingen. Banows letzte Zweifel zerstreuten sich, als er sich die Bilder des Kremlträumers besah. Er war es wirklich!

Banows Erregung teilte sich Klara mit, manchmal blieb sie vor einem Foto stehen, blickte zu Boden und dachte an etwas Anderes, und in solchen Augenblicken trat Banow von hinten zu ihr und nahm sie behutsam beim Arm, damit sie sich aus den aufgewühlten Gedanken löste.

Sie sahen sich die Säle im Erdgeschoss an, danach die im ersten Stock und gingen dann in den zweiten hinauf.

Hier, im zweiten Stock, waren die Geschenke ausgestellt, die Iljitsch von den verschiedenen Völkern bekommen hatte. Natürlich zeigte man den Besuchern bei weitem nicht alle Geschenke, darüber hatte die alte Frau, die im ersten Saal saß, Banow und Klara sofort Bescheid gesagt.

Banows Interesse erlosch langsam. Ziemlich rasch durchschritten sie einen Saal, der mit Tellern und Vasen vollgestellt war, den Porzellansaal, gingen durch einen Saal mit Teppichen, darauf lokale Motive und der Führer selbst, und schließlich gingen sie durch einen Saal mit Geschenken der Völker des Nordens: Hier gab es einen aus Walrossbein geschnitzten Miniaturkreml und viele andere derartige Arbeiten. Zuletzt öffnete sich vor ihnen der Saal mit Geschenken der Weber. Hier blieb Banow stehen.

An den Wänden hingen schöne Anzüge aus bestem Stoff unter Glas, und unter jedem von ihnen sah man ein Schildchen. Alle Anzüge waren riesengroß.

Banow trat zu dem, der am nächsten hing, beugte sich vor und las auf dem Schildchen: „Geschenk der Fabrik ‚Rote Näherin', Stadt Lemberg".

Da dachte der Schuldirektor wieder an die Tränen des Kremlträumers.

Klara kam zu Banow, umarmte ihn und schmiegte sich an ihn.

„Ich verstehe trotzdem nicht", flüsterte Banow. „Warum sind sie so groß? Er ist doch klein!"

Klara dachte ebenfalls darüber nach, doch auch sie fand keine Antwort.

„Ich habe ja gesehen, wie er sie ausgepackt hat, er wollte sie anprobieren und hat geweint ..."

Klara hätte Banow sehr gern beruhigt. Sie sah, dass er aufrichtig mit dem Kremlträumer litt.

„Weißt du was", flüsterte sie nach einer Minute. „Kaufen wir ihm doch einen normalen, kleinen Anzug und schicken ihm den!"

Banow wandte sich um und betrachtete Klara mit Liebe und Begeisterung. Solch eine einfache und gleichzeitig ungewöhnliche Idee! Warum war er nicht selbst darauf gekommen? Offenbar konnte nur eine Frau mit ihrer Fürsorglichkeit sich ausdenken, wie man die Leiden eines anderen Menschen linderte.

Banow beugte sich zu ihr und küsste Klara auf den Mund.

Im nächsten Augenblick zupfte ihn jemand von hinten an der Schulter.

Er drehte sich um.

Vor ihm stand eine kleine alte Frau, vielleicht einen Meter fünfzig groß, in einem alten hellblauen Jäckchen und einem groben grünen Rock.

„Sie sind im Museum, Bürger!", sagte sie streng. „Vergessen Sie das nicht!"

Nach dem Museum gingen sie ins Staatliche Universalkaufhaus, ins GUM. Die Abteilung für Männerkleidung fanden sie sofort.

„Kann ich Ihnen irgendwie helfen?", fragte ein junger Verkäufer, der plötzlich vor ihnen aufgetaucht war.

„Ja", sagte Klara. „Wir brauchen einen Anzug in einer eher kleinen Größe ..."

„Für Sie?", fragte der Verkäufer Banow.

„Nein ...", entgegnete dieser verlegen. „Für unseren Genossen ... Wir möchten ihm ein Geschenk machen ..."

Der Verkäufer nickte verstehend und hörte zu.

„Er ist ungefähr so groß." Banow hob die flache Hand und maß gleichzeitig mit den Augen den Abstand zum Boden. „Sogar ein bisschen weniger ..."

„Die erste Größe!", sagte der Verkäufer bestimmt, nachdem er mit erfahrenem Blick diesen Abstand ebenfalls ausgemessen hatte. „Und welche Breite? Ist er eher dünn?"

„Ja, also, irgendwie so." Banow zeigte unsicher mit beiden Händen.

„Sechsundvierzig", sagte der Verkäufer. „Welche Farbe?"

Banow blickte fragend auf Klara.

„Etwas Gemütliches", meinte sie. „Eine eher nicht so offizielle Farbe ... Vielleicht dunkelgrün oder ein sanftes Dunkelblau."

„Ja, und auf jeden Fall mit einer Weste", ergänzte Banow. „Haben Sie Westen, mit vielen Taschen?"

„Natürlich!“, erklärte der Verkäufer stolz. „Bitte, folgen Sie mir.“

Der Verkäufer führte sie in eine andere Abteilung, in der in mehreren Reihen hunderte von unterschiedlichen Anzügen hingen.

‚Ich müsste mir auch einen Anzug kaufen‘, dachte Banow, verstand jedoch sofort, dass er für zwei Anzüge nicht genug Geld besaß.

„Sechsundvierzig, erste Größe …“, deklamierte der Verkäufer, der an einem langen Abschnitt mit Anzügen der benötigten Größe Halt gemacht hatte.

Klara befühlte den Stoff eines Anzugs.

„Reine Wolle!“, sagte der Verkäufer zu ihr.

Dann streifte sein ernster Blick die aufgehängten Anzüge entlang. Er zog einen heraus, darauf einen zweiten, hierauf einen dritten und legte sie auf einen Tisch, der daneben stand.

„So“, sagte er zufrieden. „Bitteschön! Ein zartes Grün, knitterfrei … dieser hier, der Dunkelblaue, ist nicht knitterfrei … und das hier ist jetzt die modischste Farbe – beige.“

Klara trat näher hin.

Banow gefielen alle drei Anzüge, aber welcher von ihnen besser war, wusste er nicht.

„Vielleicht den beigen?“, fragte Klara.

Banow zuckte die Schultern. Dann überlegte er, dass Klara wohl wirklich am besten wusste, welcher Anzug der passendere war. Sie war schließlich eine Frau.

„Ja“, sagte Banow. „Nehmen wir den beigen!“

Mit einem sorgfältig verschnürten Paket traten sie auf die Straße hinaus und blieben stehen.

„Werden sie das auf der Post annehmen?“, fragte Klara.

„Das sollten sie wohl“, meinte Banow unsicher. „Immerhin hab ich dort unten doch Pakete und Briefe gesehen …“

„Komm, wir gehen zum Hauptpostamt, dort nehmen sie es auf jeden Fall an!“, schlug Klara vor.

Auf dem Hauptpostamt mussten sie ungefähr eine halbe Stunde in der Schlange stehen.

In dieser Zeit schrieb Banow direkt auf das Paket die Adresse: „Moskau. Kreml. Für Iljitsch“ und wartete voller Ungeduld, ob die Postangestellte, die die Päckchen entgegennahm, irgendetwas sagen würde.

Endlich war die Reihe an ihnen, und der Schuldirektor schob sein Paket durch das Fenster.

„Iljitsch, ist das der Vor- oder Nachname?“, fragte die Angestellte der Päckchenannahme.

„Der Nachname“, stieß Banow hervor und verstand sofort, dass er nicht das Richtige gesagt hatte, die Frau stellte jedoch keine weiteren Fragen mehr, und Banow beschloss zu schweigen.

„Vermerken Sie den Absender!“ Die Frau, die hinter dem Fenster arbeitete, schob das Paket zurück.

Banow holte seinen Federhalter heraus, kritzelte rasch seine Adresse auf das Paket und gab es ihr zurück.

„Vierzig Kopeken“, sagte sie.

„So viel?“, staunte Banow laut. „Haben Sie sich da nicht geirrt?“

„Nein, ich habe mich nicht geirrt!“, antwortete die Frau barsch. „Ich arbeite schon seit zehn Jahren hier!“

Banow bezahlte hastig.

Auf der Straße seufzte er tief und sah erneut liebevoll Klara an. Er stellte sich vor, wie der Kremlträumer sich freuen würde, wenn er ganz unerwartet in einem der Pakete einen Anzug von passender Größe fand. Er stellte sich vor, wie er ihn anzog, sich betrachtete – ob er wohl einen Spiegel in seiner Laubhütte hatte? –, na, auf jeden Fall würde er seine Hosen betrachten, das Sakko, die Weste ... Ja! Ganz gewiss wäre er glücklich und niemals würde er erraten, dass eine Frau ihm dieses Glück geschenkt hatte. Eine Frau mit Namen Klara Rojd. Das würde ein Geheimnis für ihn bleiben ...

Hier dachte Banow darüber nach, dass jeden Tag Hunderte, vielleicht sogar Tausende von Geheimnissen geboren wurden und dass sie sozusagen unabhängig von den Menschen existierten und selbst nach ihrem Tode noch weiterlebten. Nur manche von ihnen wurden zufällig offenbart, alle übrigen schwebten sozusagen in der Luft, lösten sich in ihr auf, und die Menschen atmeten sie ein und aus, ohne es zu ahnen. Und fast alle Geheimnisse blieben auf ewig geheim.

***

Längst war der einsame Friedhofsbaum hinter ihnen zurückgeblieben, war inmitten der reglosen Schneemassen erstarrt.

Die schweigsamen Schlittenhunde eilten dahin, und die Kufen knirschten leise, während sie auf das weiße Blatt aus Schnee zwei feine Linien zeichneten.

Dmitrij Waplachow saß vorne, und hinter ihm, eingewickelt in die ihnen nach der Bestattung noch verbliebenen Rentierfelle, schlummerte der Volkskontrolleur.

Ein weiterer vereinzelter Baum flog vorbei und blieb links vom Schlitten zurück.

Vor ihnen lag die unkenntliche Grenze zwischen dem Schnee und dem ebenso weißen Himmel.

Waplachow hatte Hunger, und um sich von dem Hungergefühl abzulenken, sann er über sein verschwundenes Volk nach. Er begann sein Volk mit dem russischen zu vergleichen, um etwas zu finden, worauf er den Russen gegenüber stolz sein konnte. Nicht um sich zu brüsten, natürlich, sondern nur so, in Gedanken. Denn kürzlich hatte der Russe Dobrynin ja gesagt, dass man auf sein Volk stolz sein musste. Doch so sehr Dmitrij auch verglich, er sah keinen besonderen Unterschied zwischen Russen und Urku-Jemzen. Unterschiede gab es wohl, doch keinen besonderen und keinen wichtigen. Beide Völker waren klug und schön ... Nur gab es von den Urku-Jemzen natürlich zu wenige, und sie hatten weder Städte, noch Häuser. Sie zogen über die Erde und suchten schon seit Jahren das Glück ... Da überkam Waplachow anstelle des Stolzes ein Gefühl der Scham. Er begriff plötzlich, dass die Russen schon längst nicht mehr unterwegs waren, sie lebten zufrieden in Häusern, also hatten sie ihr Glück schon gefunden. Wenn sie das Glück aber gefunden hatten, und die Urku-Jemzen noch immer suchten, dann waren die Russen also doch klüger. Der Gedanke bedrückte Dmitrij. Er dachte nun wieder ans Essen, um sich von den Urku-Jemzen abzulenken, und leckte sich die Lippen in der Kälte, als er sich etwas Essbares vorstellte. Da erblickte er links vorne Rauch, der als Säule zum Himmel aufstieg. Der Rauch kam hinter einem Hügel hervor, und der Urku-Jemze freute sich. Er trieb die Hunde an, vorwärts, dorthin. ‚Wahrscheinlich Jäger', dachte er. ‚Oder Soldaten ...' Und entschied sofort, dass Soldaten besser als Jäger waren: Sie waren freundlicher, gaben einem auch mehr zu essen, sie hatten gleichsam ein größeres Herz. Mit einem Wort: Russen. Hiesige Jäger waren ja gleichfalls gute Menschen und konnten einem Essen und Nachtlager geben, aber das alles taten sie ohne Freude, ohne Lächeln ... Dmitrij mochte Lächeln sehr gern, doch irgendwie hatte es sich so ergeben, dass nur Russen in seinem Leben breit und mit allen Zähnen lächelten. Selbst seine eigenen Leute konnten es so nicht. ‚Vielleicht, weil die Russen größere Münder haben?', überlegte Dmitrij.

Die Hunde hatten den Schlitten schon auf die Hügelkuppe hinaufgezogen, und in der Senke dahinter erblickte Waplachow ein eigenartiges, langgezogenes Häuschen, aus dessen Schornstein Rauch zum Himmel flog. Es war umgeben von irgendwelchen dunklen Rechtecken, als hätte man den Schnee eigens von der Erde fortgekratzt. Er sah auch noch mehr unverständliche und aus der Entfernung schlecht auszumachende Dinge: als wären heilige Pfähle in gleichmäßigen Abständen in der Erde eingegraben, und etwas war zwischen ihnen gespannt, eine Leine vielleicht, oder aneinandergeknotete Lederstreifen.

„Ary-arys!", rief Dmitrij den Hunden zu, und sie liefen, so schnell sie konnten, den Hügel hinunter und auf die von Wärme erfüllte menschliche Behausung zu.

Dobrynin indessen schlummerte weiter. Er hatte es warm und wohlig, und gern hätte er, wie in der Kindheit, den Daumen der rechten Hand in den Mund gesteckt. Doch der Urku-Jemze hatte ihn gut verschnürt, es war schwierig, mit den Händen, die er auf dem Bauch gefaltet hatte, auch nur zu wackeln.

Nachdem der Schlitten an den Pfählen vorbeigefahren war, hielt er vor dem länglichen Häuschen. Waplachow blickte sich nach seinem schlummernden Chef um. Er stand auf, ging zu der hochgelegenen hölzernen Haustür, zählte sechs Stufen dabei, und klopfte einmal, aber kräftig, an. Während er wartete, wanderte sein Blick hinunter und ihm fiel auf, dass dieses Häuschen recht hoch über der Erde auf Pfählen stand, was den Urku-Jemzen gleichfalls wunderte.

Die Tür ging auf, und das erstaunte, bärtige Gesicht eines etwa fünfzigjährigen Mannes erstarrte in der Öffnung.

„Was ist da?“, schrie eine heisere Stimme drinnen im Häuschen, und dieser bärtige kräftige Mann drehte sich um und gab langsam, als glaubte er seinen eigenen Worten nicht, zur Antwort:

„Menschen ...“

Dann blickte er wieder den Urku-Jemzen an und entdeckte den Schlitten, der unten stand.

„Dmitrij, mach mich los!“, hörte Waplachow die Stimme des Volkskontrolleurs.

„Ich komme schon!“, antwortete der Urku-Jemze, lief schnell hinunter und wickelte vor den Augen des Bärtigen, der immer noch in der Türöffnung stand, seinen Chef aus.

Sie traten ein.

Im Innern war es tatsächlich warm und gemütlich, wenngleich von einer eigenen, einer Art provisorischer Feldlagergemütlichkeit. An den hölzernen Wänden des Häuschens standen eiserne Klappbetten, auf ihnen lag eine Vielzahl alter Rentierfelle mit wirrem, verfilztem Pelz. In der Mitte gab es eine große Holzkiste mit irgendwelchen Aufschriften, mehrere kleine Kisten um sie herum, und daneben einen vierfüßigen, quadratischen Eisenofen mit drei runden Kochplatten. Anstelle einer vierten Platte war da ein Blechrohr, das durch das Dach nach draußen lief.

Dobrynin sah auf die vier Bewohner des Häuschens, drehte sich um, schaute zu ihren Habseligkeiten, und seine Augen strahlten – in einer Ecke, auf einer eigenen Kiste, stand das metallene Gehäuse einer Funkstation, genau der gleichen, wie es sie im Zimmer des Japaners „Petrow" gegeben hatte.

„Setzt euch, hier an den Ofen, wärmt euch auf!", lud der Bärtige, der ihnen die Tür geöffnet hatte, den Volkskontrolleur und seinen Gehilfen ein.

Sie hatten sich alle bereits einander vorgestellt, und als er sich jetzt auf eine Kiste neben den Ofen setzte, wiederholte Dobrynin in Gedanken, wer wie geheißen hatte.

Der Bärtige, der hier auch der Chef war, hieß Iwan Kalatschew. Der Mann, der hinkte und dazu noch vollkommen kahl war, hieß Pjotr Dujew; der junge Mann – wenngleich er gar nicht so jung war, nur jünger als die übrigen – war Stepan Chramow. Der vierte, rundlich und mit blonden Haaren, war Ukrainer, und sein Name war Jurij Goroschko.

‚Ich habe mir die Namen also gemerkt', beruhigte sich der Volkskontrolleur im Stillen.

Diese Männer waren keine Soldaten, doch sie waren auch keine Jäger. Das erstaunte den Urku-Jemzen natürlich, aber er zeigte es nicht. Er versuchte nur, sich das neue Wort „Geologe" möglichst gut zu merken, wenngleich er noch nicht verstanden hatte, was es bedeutete.

„Stepan, bring mal ein bisschen Fleisch auf den Tisch!", riss der lahme Dujew seinen Kameraden freundschaftlich aus irgendwelchen Gedanken.

Chramow nickte, nahm einen Eimer, verließ das Haus und kehrte sehr bald zurück, worauf er den Eimer direkt auf den Ofen stellte.

„Tja, so leben wir hier also ...", meinte Kalatschew und breitete die Arme aus.

Der Urku-Jemze erhob sich ein wenig und besah sich die dunklen Fleischstücke im Eimer.

‚Ob das Bär ist?', fragte er sich misstrauisch und setzte sich wieder auf seine Kiste.

„Sind Sie schon lange hier?", fragte Dobrynin den Leiter der Geologenexpedition.

„Na, zwei Jahre werden es schon sein", antwortete der. „Wir warten, bis sie die Eisenbahn hergelegt haben, dann reisen wir wieder ab."

„Aha", bemerkte Dobrynin. „Das ist gut. Legen sie sie aus Moskau?"

„Nein, von näher, aus Tomsk, wahrscheinlich ..."

„Tomsk?", fragte der Volkskontrolleur nach. Die Stadt kannte er nicht.

„Ja, das liegt um die 1000 Kilometer von hier", erklärte der Leiter der Expedition.

„Und womit sind Sie hier beschäftigt?", stellte der Volkskontrolleur die Frage, die ihm schon lange auf der Zunge lag.

Die Männer wechselten Blicke untereinander und sahen mit einer gewissen Vorsicht wieder auf Dobrynin.

„Das ist ein Staatsgeheimnis", sagte Kalatschew fast entschuldigend. „Wir dürfen es leider nicht sagen."

„Aber im Kreml weiß man wohl darüber Bescheid?", erkundigte sich der Volkskontrolleur.

„Natürlich!", bekräftigte der Leiter der Geologen.

„Na gut", seufzte Dobrynin, dessen Interesse die Antwort unbefriedigt ließ.

„Zu Tisch, Kinder, Essen!", rief Goroschko sie fröhlich auf ukrainisch. „Wer teilt heute aus?"

„Das bist doch du!", sagte Chramow zu ihm. „Hast du das vergessen?!"

„Ach, wenn das so ist!" Goroschko griff unter eine Liege, zog einen Stapel Blechteller und Löffel hervor und verteilte sie auf den zwei großen Kisten, die ihnen den Tisch ersetzten. Dann beugte er sich über den Eimer mit Fleisch, schnupperte in den aufsteigenden Dampf, kaute ein wenig auf den

Lippen, während er die nötige Entscheidung fällte, und sagte schließlich: „Das ist gar!"

Sie schnitten das Fleisch mit zwei langen Messern in Stücke, und jeder erhielt eine ziemlich große Portion.

„Salz!", meinte Kalatschew, mit suchend unzufriedenen Blick über den Tisch.

„Ah, das habe ich vergessen!" Goroschko beugte sich aufs Neue zu der Liege hinunter und zog eine Blechdose mit Salz hervor. „So, hier ist es!"

Dobrynin hielt seinen Löffel in der Hand und überlegte, wie er das Fleisch damit essen sollte.

Schließlich fing er den Blick des Leiters auf und fragte schüchtern: „Gabeln gibt es keine?"

Kalatschew schüttelte den Kopf.

„Eine Gabel ist gut bei einem Überfluss an Nahrung, aber den gibt es bei uns nicht", sagte er. „Überhaupt essen wir das Fleisch mit den Händen, der Löffel ist nur für das Salz."

Nachdem er gewartet hatte, bis das Fleisch ein wenig abgekühlt war, nahm der Volkskontrolleur ein Stück in die Hand, biss ab und begann es zu zerkauen, was sich als gar nicht so leicht erwies.

„Ist das Bär?", fragte Dmitrij Waplachow, der ein Fleischstück in der Hand hielt, aber noch nicht daran ging, es zu essen.

„Nein", antwortete Goroschko kurz, während er kaute.

Sie aßen lange und dabei schwiegen sie.

Immer mehr Fragen stiegen in Dobrynin auf. Von der ungewohnten Anstrengung taten ihm das Zahnfleisch und seine Zähne weh. Und ihm wurde heiß, weshalb der Volkskontrolleur das nicht aufgegessene Fleischstück wieder auf den Teller legte, aufstand und seinen Pelz auszog. Der wurde jetzt nicht mehr gebraucht.

Als sie das gekochte Fleisch aufgegessen hatten, tranken sie zu Dobrynins Erstaunen anstelle von Tee die Fleischbrühe, nachdem sie noch Salz darangegeben hatten. Auch er trank die angebotene Tasse aus, und irgendwie schmeckte ihm diese Brühe sogar. Überdies hörte sein Zahnfleisch sofort zu schmerzen auf.

„So“, bemerkte der Leiter der Expedition und stützte sich mit den Ellenbogen auf die Tischkiste. „Sie haben ja noch gar nicht gesagt, wohin Sie unterwegs sind?“

„Ich müsste eigentlich zurück nach Moskau ...“, erklärte Dobrynin ein wenig unsicher. „Von einer Sache berichten ... Ich bin doch Volkskontrolleur ...“

Der letzte Satz rief eine Stille im Häuschen hervor, während der sich die Augen aller vier Geologen mit neuer Hochachtung auf den Sprecher hefteten.

„Wie kommen Sie denn nach Moskau?“, fragte Kalatschew nach einer Pause.

„Vielleicht mit diesem Zug, den Sie erwarten?“, überlegte der Kontrolleur laut.

„Also, bis sie die Gleise hergelegt haben, können noch ein, zwei Jahre vergehen“, sagte darauf der Geologe Chramow.

„Gibt es hier in der Nähe Soldaten?“, fragte der Urku-Jemze.

„Ganz nah nicht.“ Goroschko schüttelte den Kopf. „Aber wir stehen in Funkverbindung mit ihnen!“

Dobrynin versank in Nachdenken. Im Häuschen war es still. Nicht einmal das Geräusch des Feuers im glühenden Öfchen war zu hören.

„Wir haben hier unterwegs drei Soldaten bestattet!“, sagte der Volkskontrolleur plötzlich.

Die Geologen zeigten Interesse an dem Gehörten, und da erzählte Dobrynin ihnen in Einzelheiten, was sich zugetragen hatte.

„Wir müssen das den Soldaten funken“, sagte Kalatschew und blickte auf Goroschko. „Los, Funker, nimm Verbindung auf!“

Goroschko griff nach dem Kistchen, auf dem er bei Tisch gesessen hatte, zog es zu der Funkstation und nahm darauf Platz. Er drehte an den Knöpfen, setzte sich den Kopfhörer auf und hob im nächsten Augenblick den Zeigefinger der rechten Hand, damit hinter seinem Rücken kein Lärm gemacht wurde.

Dann legte seine rechte Hand sich auf die Tastatur, und das abgehackte Piepen des Morseapparats ertönte in dem Häuschen.

Nach einer Weile griff Goroschko zum Bleistift, der neben ihm lag, und begann Punkte und Striche in ein besonderes Heft zu schreiben. Bald löste er sich davon, drehte sich um und fragte den Volkskontrolleur:

„Wie ist denn Ihr Nachname, damit man es Moskau durchgeben kann?"

„Dobrynin."

Der Funker nickte, und der Morseapparat piepte wieder los.

Endlich nahm Goroschko den Kopfhörer ab, seufzte tief, um die Anspannung zu vertreiben, und drehte sich langsam um. Dabei blieb er auf seiner Kiste sitzen, jetzt mit dem Rücken zu seiner Funkstation.

„Na, was gibt es dort?", fragte Kalatschew.

„Ich habe alles durchgegeben. Von den Soldaten und dem Panzer wissen sie nichts. Es ist nicht ihr Panzer. Ihrer, sagen sie, steht schon seit einem Jahr an Ort und Stelle, er ist nämlich kaputt. Sonst ist bei ihnen alles in Ordnung, sie haben nur darum gebeten, dass wir Ihre Papiere überprüfen!"

Seine letzten Worte begleitete Goroschko mit einem direkten Blick auf Dobrynin, was den Volkskontrolleur kränkte und ärgerte – was war denn das, da lebte eine Handvoll Menschen in dieser Einöde, und dann ein solches Misstrauen!

Er zog seine Vollmacht aus der Brusttasche, hielt sie dem Funker hin und ließ den Urku-Jemzen die seine ebenfalls zeigen.

„Geben Sie her, ich schau es mir an!", schlug der Leiter der Expedition vor und streckte seinen langen, starken Arm aus.

Nachdem er aufmerksam beide Vollmachten durchgelesen hatte, presste er die Lippen aufeinander, gab die Papiere zurück und wiegte eigenartig den Kopf.

„Nun ja, man hat es mir befohlen, da habe ich sie eben überprüft ...", bemerkte Kalatschew, und in seiner Stimme hörte man eine Verlegenheit, die ihm sonst fremd war. „Genosse Twerin hat Ihnen die Vollmachten unterschrieben? Kennen Sie ihn?"

„Wir sind befreundet", gestand Dobrynin, der nun erkannte, dass alles in Ordnung war. „Wenn ich in Moskau bin, trinken wir im Kreml zusammen Tee."

„Ich habe auch nach dem Transport gefragt", mischte sich der Funker Goroschko ein, um seine Rede zu Ende zu bringen. „Flugzeug haben sie keines, und sie sagen, bis zur Eisenbahn schafft man es von hier auf keinen Fall ..."

„Ach, was soll,s", winkte auf einmal der lahme Dujew ab. „Ihr bleibt eine Weile hier, bald legen sie Gleise her, vielleicht in einem Monat, vielleicht in zwei, so haben sie doch zu dir gesagt, Wanja?"

Kalatschew nickte.

„Ein, zwei Monate ... das geht ja ...", überlegte der Volkskontrolleur laut. „Aber habt ihr auch genug Fleisch für unsere Hunde?"

Alle vier lächelten irgendwie eigenartig.

„Wir haben hier außer Fleisch und Salz überhaupt nichts zu essen", gestand der Leiter der Expedition. „Aber dafür reicht das Fleisch für das halbe Land!"

„Wanja, vielleicht bewirten wir unsere Gäste mal?", schlug der lahme Dujew seinem Chef unzweideutig vor, wobei er sich mit der Hand über die Glatze strich. „Sie werden doch ein, zwei Monate mit uns leben, es sind doch unsere Leute, Russen wie wir!"

Waplachow wollte widersprechen, wollte sagen, dass er nicht Russe, sondern Urku-Jemze sei, und gedachte sogar das Wort mit Stolz auszusprechen, aber dann schwieg er doch. Er wollte sie nicht auf unnütze Gespräche bringen, wo nun hier ein „Aufwärmen“ bevorstand, wie der Fähnrich aus der Einheit von Oberst Iwaschtschukin es ausgedrückt hatte. Und wenngleich es Dmitrij nicht kalt war, würde er ein solches „Aufwärmen“ nicht ablehnen.

„Nun ja, ich hatte auch schon daran gedacht ...“, gestand Kalatschew. „Es war mir nur irgendwie unangenehm, es vorzuschlagen, Genosse Dobrynin ist doch Volkskontrolleur ...“

„Ach, woher denn“, winkte der Volkskontrolleur da ab. „Sind wir denn keine Menschen?“

Chramow holte unter seiner Liege einen großen, vielleicht sechs Liter fassenden Topf mit einem Deckel hervor und stellte ihn vorsichtig auf die Tischkiste.

Er nahm den Deckel ab, und sogleich wehte ein eigenartiger, säuerlich-bitterer Geruch durch den Raum. Offenbar begann der Inhalt des Topfes in der übermäßigen Ofenhitze zu verdampfen.

„Wir brennen ihn aus Fleisch“, erklärte Funker Goroschko. „Sonst haben wir nichts. Aber es funktioniert. Der Geschmack ist natürlich ... nicht so ganz ...“

Chramow füllte die Tassen.

„Trinken wir auf unsere Heimat!“, schlug der Leiter der Expedition vor. „Trotz allem, wenn sie nicht wäre ... wenn die Oktoberrevolution nicht gewesen wäre, würde ich, wie mein Vater und mein Großvater, als Bauernknecht durchs Leben gehen!“

Der Selbstgebrannte aus Fleisch war recht warm. Aber er trank sich leicht, und schon war seine angenehme Wärme in den Beinen angekommen. Waplachow war gleich rot geworden und lächelte nun grundlos. Dann rieb er sich die Hände und fragte an den neben ihm sitzenden Dujew gewandt: „Leben denn viele Russen in solchen Häuschen?“

Dujew dachte nach und ließ den Blick über das Innere ihres Wagens wandern. Dann antwortete er: „Viele ... vielleicht eine Million, vielleicht mehr.“

Dobrynin kratzte sich den Hinterkopf, dann seinen schütteren Bart, und wieder hätte er Kalatschew gern gefragt, womit ihre Expedition sich denn nun beschäftigte; wenn das nun aber ein Staatsgeheimnis war ... und doch, er hätte es so gern erfahren, die Neugier setzte ihm zu ...

‚Das vorhin war irgendwie unschön', dachte Kalatschew, als er ausgetrunken hatte. ‚Ob er jetzt wohl gekränkt ist? Was soll denn das auch – Russen überprüfen die Papiere von Russen?! Wenn er ein Jakute wäre, dann wäre die Sache klar – zeig deinen Ausweis, aber so ...'

„Warum steht denn euer Häuschen auf Füßen?", fragte Dmitrij Waplachow.

„Damit es nicht eingeschneit wird. Wir haben hier oft Schneesturm, und wenn es nicht auf Pfosten stünde, würde es bis zum Dach zugeweht, aber so geht der Schnee nur bis zur obersten Stufe ..."

Waplachow nickte und dachte ein weiteres Mal, dass sie sich das klug ausgedacht hatten!

„Kann ich den Hunden ein wenig Fleisch hinausbringen?", fragte Dobrynin und blickte den Leiter der Expedition an.

„Ja, da im Eimer ist noch etwas, und es ist noch warm ...", antwortete Kalatschew. „Die Hunde mögen Warmes!"

Dobrynin schlüpfte wieder in seinen Pelz. Er zog sich die Fellmütze mit den Klappen über die Ohren und die Fäustlinge an, nahm den Eimer und trat hinaus.

Die Hunde lagen ruhig und friedlich im Schnee, als würden sie gleichsam alles hinnehmen: dass es kalt war genauso wie dass es nichts zu fressen gab.

„So, jetzt geb ich euch gleich was ...", sagte der Volkskontrolleur und lächelte. „Ein bisschen Fleisch ..."

Zuerst knirschte die hölzerne Treppe unter seinen Füßen, dann der Schnee.

Er kauerte sich vor den Leithund des Gespanns.

„Da, nimm ein Stückchen!" Es war kein Stückchen, sondern eher ein großer Klumpen von dunklem, noch warmem Fleisch, den er vor den Hund in den Schnee legte.

Da wurde der Hund lebendig, packte mit den Zähnen das Fleisch und begann zu kauen.

„Ich hatte auch einen Hund“, bemerkte Dobrynin, während er versonnen dem kauenden Hund zusah. „Der hieß Mitka, er war auch ein Großer, Starker, Lauter. Er ist gestorben. Jetzt sind noch meine Frau und die Kinder übrig ... Weit weg.“

Die anderen Hunde, so schien es, hörten dem Volkskontrolleur ebenfalls zu. Sie wackelten mit den Ohren und blickten mal auf ihren Fleisch fressenden Anführer, mal auf den Menschen, der vor ihm auf den Fersen kauerte.

„Und so bin ich nun hier her geraten ...“, sagte Dobrynin und im nächsten Augenblick dachte er: ‚Na bin ich denn betrunken, wieso spreche ich mit den Hunden?‘ Aber dann winkte er in Gedanken ab, sah in die klugen Augen des großen, starken Hundes und redete mit Kummer in der Stimme weiter: „Und so vergeht das Leben ... so viel möchte ich gern für unsere Heimat tun, aber ich schaffe es nicht ... Weil die Heimat riesengroß ist, und von hier kommt man nicht gleich wieder weg. Weißt du, vielleicht kommt erst in zwei Monaten ein Zug, wenn sie die Schienen gelegt haben ... Das heißt, zwei Monate lang kann ich der Heimat gar nicht nützen. Die Heimat hofft auf mich, die Heimat vertraut mir ... Meiner Manja haben sie für den toten Mitka einen anderen Hund versprochen ... Aber Mitka ...“ Es zwickte Dobrynin in den Augen, als ihm in der Kälte die Tränen kamen. „Aber Mitka ...“, wiederholte er traurig.

In dem Eimer lagen noch vier große Fleischstücke. Ein Messer hatte der Volkskontrolleur nicht, das hieß, er konnte das Fleisch nicht so verteilen, dass jeder Hund seine eigene Portion bekam. Da ging er hin und warf die Stücke so, dass je eines zwischen zwei Hunde fiel. Und das Erstaunliche war: Die Hunde sprangen nicht auf, stürzten sich nicht gierig auf das Fleisch, begannen nicht zu knurren und böse darum zu kämpfen. Je zwei von ihnen hieben ruhig und sogar freundschaftlich die Schnauzen in ein Stück, rissen ab, so viel sich löste, und kauten, ohne dabei einen Laut von sich zu geben.

Die Wärme aus dem Fleisch-Selbstgebrannten, die die Bewegungen von Armen und Beinen plump und schlaff machte, war in seinem Kopf angekommen. Aber das hinderte Dobrynin nicht daran, anzuerkennen, um wie Vieles klüger diese Hunde waren, als die Köter aus seinem fernen Dorf. Die hätten sich auf der Stelle in ein blutiges Gerangel gestürzt, und am Ende wäre alles Fleisch nur einem Hund zugefallen, wahrscheinlich Tus, dem Hund des Kolchosebrigadierhelfers Chomenka. Obwohl, Tus war alt, älter als Mitka. So dass auch er inzwischen wohl gestorben war ...

„Könnt ihr nicht mal ein bisschen heulen!“, bat Dobrynin leise die Hunde und spürte dabei, wie seine betrunkene Zunge sich den Worten widersetzte.

Kalatschew bat Stepan Chramow, die Tassen noch einmal zu füllen.

„Warum ist das Haus denn lang und nicht rund?“, setzte der wissbegierige Urku-Jemze dem lahmen Dujew noch immer mit Fragen zu.

„Bist du denn kein Russe?“, gab der leicht berauschte Lahme zurück, der es nicht mehr aushielt.

„Nein, bin ich nicht“, bekannte Dmitrij und spannte sich an, weil er nicht wusste, was er von seinem Gesprächspartner nunmehr zu erwarten hatte.

„Mhm, ach so“, brummte Dujew erstaunlich ruhig. „Wieso das Haus lang ist, fragst du? Weil es eben eigentlich kein Haus ist, sondern ein Waggon. Verstehst du, wie heißt du noch gleich ...“

„Dmitrij“, half der Urku-Jemze.

„Dmitrij? Und du bist kein Russe? Vielleicht etwa Jude?“

„Nein ...“

„Na schön, wart’s ab, du wirst schon sehen, jetzt trinken wir erst mal!“

„Du, Dujew, könntest mal eine Pause einlegen!“ Kalatschew sah den Kameraden streng an. „Wer hat dir erlaubt, so mit dem Gehilfen des Volkskontrolleurs zu reden?!“

„Was ist denn?“ Dujew war kläglich zusammengezuckt. „Was denn? Ich habe doch nur höflich ... Natürlich bin ich ein bisschen betrunken. Aber gut, ich lass eine Runde aus ...“

Darauf seufzte Dujew tief, fuhr sich mit der rechten Hand über die Glatze – das war so eine Angewohnheit von ihm – und sah wieder den Urku-Jemzen an.

„Ja“, begann Dujew aufs Neue. „Genosse Dmitrij, dies ist ein Waggon, da kann man unten Räder anbringen und ihn an einen anderen Ort fahren ... Verstehst du?“

Waplachow nickte. Er beschloss gleichfalls, die zweite Tasse auszulassen. Die übrigen leerten die ihren. Diesmal ohne Trinkspruch, denn jeder war mit seinen eigenen Gedanken beschäftigt.

Chramow dachte an den Zug, der bald kommen und sie von hier fort bringen würde, vielleicht nach Hause, nach Rjasan, vielleicht auch einfach an einen anderen, aber wärmeren Ort.

Goroschko grunzte, nachdem er den Fleisch-Selbstgebrannten mit einem einzigen langen Zug geleert hatte. Und er erinnerte sich an sein heimatliches Kosakendorf Labinskaja, das im russischen Nordkaukasus lag.

‚Der Volkskontrolleur bleibt irgendwie lange fort‘, überlegte Kalatschew und rutschte auf seiner Kiste hin und her. ‚Am Ende wird ihm noch schlecht, er erfriert, und die Verantwortung trage dann ich ...!‘

Der Leiter der Expedition stand auf und trat an das einzige Fenster, das direkt auf den Platz vor dem Wagen hinausging. Aber das vom Frost getrübte Glas verstellte Kalatschews Blick den Weg. Nun schnalzte er bedauernd mit der Zunge und blickte unlustig zur Tür – er verspürte keinerlei Wunsch, aus dieser warmen Gemütlichkeit nun in die Kälte hinauszugehen.

„Womit beheizt ihr denn den Ofen?“, fragte Waplachow.

„Mit Chemie“, antwortete Dujew geduldig, der schon spürte, dass er langsam Kopfschmerzen bekam.

„Womit?“ Der Urku-Jemze hatte das nicht verstanden.

„Das ist schwierig zu erklären“, sagte der Lahme bedächtig. „Kurz gesagt, er heizt ohne Holz: Man nimmt zwei chemische Stoffe, mischt sie, und daraus entsteht eine Wärme von großer Kraft. Klar?“

Dmitrij schüttelte den Kopf.

„Weißt du was, Genosse Dmitrij“, Dujew lächelte sogar. „Ich erzähle es deinem Chef, und der erklärt es dir nachher. Verstehst du, mir tut ein wenig der Kopf weh …“

„Gut“, stimmte Waplachow zu.

Draußen erhob sich unterdessen ein langgzogener Laut, der durch die Wände und bis zu den Bewohnern des Wagens drang. Kalatschew blickte besorgt zur Tür. Die übrigen erstarrten gleichfalls und horchten. Es war ein vertrauter, doch lange schon vergessener Laut. Irgendwie gehörte er nicht hier her. Aber natürlich war es ein russischer Laut, und jeder, außer dem Urku-Jemzen, verspürte ein Ziehen in der Brust, jeder bekam einen Kloß im Hals. Kalatschew hielt es nicht aus, warf seinen langen Rentierpelz über, öffnete die Tür einen Spalt breit und spähte hinaus.

Er sah, wahrhaftig zum ersten Mal in seinem Leben, heulende Schlittenhunde, und vor ihnen den Volkskontrolleur, der im Schnee saß und mit seiner ganzen Gestalt zugleich großes Heimweh nach der Vergangenheit und irgendein rätselhaftes Glück ausdrückte.

‚Schlittenhunde, die heulen?‘, fragte sich der Leiter der Expedition in Gedanken.

Er trat auf die hölzerne Treppe hinaus und schloss die Tür hinter sich, damit die Wärme nicht aus dem Wagen wich. Er stieg zu dem Schlitten hinunter und kauerte sich neben Dobrynin auf die Fersen.

„Zum ersten Mal höre ich im Norden das Geheul von Schlittenhunden!“, gestand er dem Volkskontrolleur. „Heulende Menschen habe ich schon öfter gehört.“

Eine seltsame Erkenntnis durchzuckte Kalatschew. Die Erkenntnis, dass das Geheul der Hunde wohl mit der Anwesenheit des Volkskontrolleurs zusammenhing. Aber wie?

Überhaupt, was für dumme Gedanken waren das? Kalatschew schüttelte den Kopf und sah wieder den Volkskontrolleur an.

„Ich hatte einen Mitka", begann Dobrynin, ohne den Blick von den heulenden Hunden zu nehmen. „Mein Hund. Vor kurzem ist er gestorben. Ich habe gerade im Kreml mit dem Genossen Twerin Tee getrunken, und da teilt er mir mit: ‚Bei den Deinen zu Hause geht alles gut, nur der Hund ist gestorben ...' Er sagt, dass er angeordnet hat, meiner Frau einen neuen zu bringen ... Aber was heißt das für mich?"

Kalatschew, der den angenehm schwermütigen Grundton des Augenblicks auf sich wirken ließ, zuckte mit den Schultern.

„Das heißt für mich, wenn ich nach Hause komme, lässt dieser Hund mich nicht auf den Hof!", sagte Dobrynin leise.

Unterdessen heulten die Hunde, einer stimmte beim anderen mit ein. Aber dennoch war dieses Heulen ein wenig schwach. Irgendwie unterschied es sich von dem Heulen russischer Hunde.

Darüber dachte Kalatschew nach, während er in den Himmel blickte. Im nächsten Augenblick begriff er alles: Der Himmel war hier tief, weiß, einfarbig, und an ihm gab es nichts, weder Mond, noch Sterne. Über den Grund dafür dachte er nicht nach, aber natürlich war das wegen der Kälte so. Und wenn es keinen Mond gab, dann hatten ja auch die Hunde nichts, das sie richtig anheulen konnten. Obwohl, jetzt heulten sie ja trotzdem!

Dobrynin hatte sich ein wenig beruhigt und wieder innerlich gefestigt. Er blickte den neben ihm kauernden Kalatschew an.

Wieder wollte er ihm gern die Frage stellen, deren Antwort ein Staatsgeheimnis darstellte. Aber Dobrynin hielt sich zurück. Und er war sich auch gar nicht sicher, ob seine Zunge alle Worte noch richtig aussprechen konnte.

Kalatschew hingegen wurde von einer inneren Kälte überfallen und fühlte sich hundeelend, woran der Frost überhaupt keine Schuld trug. Der Leiter der Expedition wusste, dass er eine große Schuld auf sich geladen hatte und dass er sich sehr bald nach der ganzen Härte des bolschewistischen Gesetzes dafür verantworten musste. Schon ein paar Monate hatte er die unerfreulichen Gedanken stets von sich fort geschoben. Doch jetzt, wo sich nach dem Willen des Schicksals ein Volkskontrolleur des Sowjetlandes bei ihm eingefunden hatte, wurde es Kalatschew unerträglich bedrückend zumute. Er erkannte, dass ihm nicht verziehen werden würde, aber dennoch wollte er gern wenigstens ein klein wenig sein Gewissen erleichtern. Und er beschloss, Genosse Dobrynin die Tat zu gestehen. Wer wusste, vielleicht wurde ihm davon tatsächlich nicht nur leichter ums Herz, sondern es mochte sich auch eine gewisse Milderung der künftigen Strafe ergeben?

Kalatschew sah hinüber zum Volkskontrolleur.

Der betrachtete traurig die heulenden Hunde und wiegte von Zeit zu Zeit den Kopf.

„Genosse Dobrynin", begann der Leiter der Expedition endlich. „Ich möchte Ihnen gestehen ... es gibt da eine unschöne Sache ..."

Hier verließen Kalatschew der Mut und die Entschlossenheit.

Dobrynin aber hatte sich ihm schon zugewandt und sah ihm mit keineswegs betrunkenem, sondern sogar sehr ernstem Blick in die Augen. Es war offensichtlich, dass er bereit war, Kalatschew bis zum Ende anzuhören.

Es schien sogar, als würden die Hunde jetzt leiser heulen, und ihr mehrstimmiger Chor begann zu zerfallen und sich in einer Stille aufzulösen, die jeden Laut überwand.

„Ich habe Moskau betrogen!", stieß der Leiter der Expedition in einem Atemzug hervor.

Dobrynins Mund ging auf. Unverständnis und Erstaunen verschmolzen in seinem Blick, und dieser Blick heftete sich direkt auf Kalatschew und drang bis in sein Innerstes vor.

Der Rausch begann aus Kopf und Körper des Volkskontrolleurs zu weichen.

„Wie denn das?", fragte er. „Wie konntest du Moskau betrügen, Genosse Kalatschew?"

Der Leiter der Expedition senkte schuldbewusst den Kopf. Schon bereute er sein Geständnis, aber jetzt konnte er nicht mehr zurück. Und es lebte ja auch noch die Hoffnung, die Hoffnung auf Erleichterung.

„Man hat uns nämlich hier abgesetzt und vergessen", begann Kalatschew. „Die Vorräte gingen zur Neige, und neue hat man uns keine geschickt. Hier ist völlige Einöde. Wir hatten einen Auftrag – Gold zu finden für das Land ... Ich wusste, dass beschlossen war, zu Orten, an denen man Goldvorkommen entdeckt hat, die Stichstrecken auf schnellstem Wege zu bauen. Da habe ich beschlossen, eine Funkmeldung zu senden, als hätten wir goldhaltige Erze an der Erdoberfläche gefunden. Nun ja, damit sie eine Strecke her bauen und uns von hier fort holen ... Allein würden wir doch nie von hier wegkommen ..."

„So, so, so." Dobrynin, der nüchtern geworden war, begann zu begreifen. „Und das Gold?"

„Woher soll es denn hier Gold geben? In den Senken ist doch ewiger Frostboden. Wir haben hier, außer in der Erde eingefrorenen Mammuts, nichts gefunden. Deshalb, Genosse Dobrynin, ..."

„Was sind denn Mammuts?", unterbrach der Volkskontrolleur den Chefgeologen.

„Urzeitliche Elefanten ... Das Fleisch haben wir gerade gegessen ... Es ist eine Million Jahre alt."

„Was für Fleisch?", schrak Dobrynin auf.

„Das, was wir gegessen haben ... Außer diesem Fleisch gibt es hier nichts in der Erde!"

Dobrynin horchte in seinen Magen hinein, ihm war von dieser Neuigkeit geradezu schwindlig geworden.

„Sterben wir denn nicht daran?", fragte er unvermutet kläglich, mit einer Stimme, in der Todesangst schwang.

„Wir essen es schon seit einem halben Jahr. Und wir sind nicht gestorben", gestand Kalatschew. „Ohne wären wir natürlich gestorben, weil es hier sonst nichts zu essen gibt! Sie verstehen doch, wenn ich nicht gelogen hätte, dann kämen Sie und wir alle hier ums Leben ... diese nahen Soldaten sind ja doch weiß der Teufel wo! Ich bitte Sie nur, wenn sie eintreffen, sagen Sie, dass ich Ihnen alles gestanden habe ...“

Dobrynins Schrecken verging. Er begriff, dass sein Organismus lebendig war und normal funktionierte. Der gesunde, besorgte Menschenverstand kehrte zurück.

„Sie müssen es denen auch gestehen!“, sagte er leise.

„Was?!“, entfuhr es Kalatschew; die Hunde waren endgültig verstummt. „Dann hören sie doch sofort auf, die Strecke zu bauen! Vielleicht sind sie schon ganz nah?!“

„Genosse Kalatschew, bist du Kommunist?“, fragte der Kontrolleur streng.

„Ja, natürlich ...“

„Und ich nicht!“, sagte Dobrynin. „Also musst du mich Ehrlichkeit lehren, nicht ich dich! Du musst ihnen die Wahrheit sagen ...“

Kalatschew seufzte tief. Sein Geständnis hatte zu nichts Gutem geführt, das hatte er schon begriffen. Nur was er jetzt tun sollte, wusste er nicht.

„Aber ich kann doch nicht ...“, stammelte er hastig, stand auf und ging zum Wagen, wobei er spürte, wie seine Hände zitterten und er innerlich vor Ärger bebte.

Dobrynin stellte sich gleichfalls auf die Füße und folgte ihm ins Haus.

Waplachow schlief auf seiner eisernen Liege, sorgsam mit ein paar Rentierfellen zugedeckt, obwohl es in dem Wagen nicht kalt war. Am Tisch schlief der lahme Dujew. Goroschko und Chramow spielten mit betrunkenen Stimmen das Städtespiel.

„Molotow!“, sagte Chramow.

„Woroschilowgrad!“, gab Goroschko zurück.

„Dybinsk!“

„Kommunarsk!“

„Kujbyschew ...“

„Hört auf!“, unterbrach Kalatschew düster das Spiel.

„Wieso?“ Goroschko hob den erstaunten Blick zum Chefgeologen.

„Euer Chef hat Moskau betrogen!“, antwortete der Volkskontrolleur ihm darauf. „Setz dich ans Funkgerät, wir werden bekennen!“

Bestürzt und mit weit aufgerissenen Augen starrte der Funker auf Kalatschew, der jedoch stand da, biss sich auf die Unterlippe, und sein schönes, männliches Gesicht trug den Stempel innerer Entrücktheit und Kapitulation.

„Soll ich?“, fragte Goroschko Kalatschew mit auf einmal nüchtern gewordener Stimme.

Dobrynin beugte sich indessen zu der Liege, auf der Dmitrij Waplachow im Schlaf schnaufte, zog dort seinen Reisesack hervor und holte den Revolver, Twerins Geschenk, heraus. Mit der Waffe in der Hand richtete er sich auf und sagte fest:

„Mach schon, los! Such Moskau!“

Er wies mit dem Kinn zur Funkstation.

„Such“, sagte leise und mit einem Kopfnicken auch Kalatschew.

Schwankend zog Goroschko seine Sitzkiste zu der Funkstation in der Ecke. Dort nahm er Platz, setzte sich mit zitternden Händen die Kopfhörer auf, drückte auf Schalter und drehte an Knöpfen.

„Wir haben dich doch wie einen Bruder aufgenommen!“, bemerkte Kalatschew bitter, ohne sich nach Dobrynin umzusehen.

Stepan Chramow lauschte den Vorgängen ruhig, dann flüsterte er wie zu sich selbst:

„Betrügen ist nicht gut ...“

Dobrynin bedachte ihn mit einem beifälligen Blick.

Im Raum piepte der Morseapparat los, Goroschko hatte die Frequenz eingestellt und sandte seine Rufzeichen in die Funkwelt hinaus. Der Kontrolleur horchte misstrauisch auf diese Katzenmusik, in dem Wissen, dass hinter jedem Laut ein Buchstabe oder ein Wort stand, die er beim Hören nicht verstand.

„Hab's!", rief der Funker plötzlich aus, als ob er selbst nicht erwartet hätte, so schnell Verbindung zur Hauptstadt der Heimat zu bekommen.

Dann wandte er sich zu dem Volkskontrolleur um und fragte schon finsterer:

„Also? Was soll ich mitteilen?"

„Teil mit!", sagte Dobrynin, wobei er in der Hand immer noch den Revolver umklammerte, dessen Lauf er zu Boden gesenkt hatte. „Wir gestehen, dass wir unsere Heimat betrogen haben. Gold gibt es hier überhaupt keines, es gibt nur Fleisch ..."

Goroschko verwandelte die Worte des Volkskontrolleurs in Punkte und Striche und schickte sie in unsichtbare Welten hinaus.

„ ... überdies sehr altes. Deshalb bitten wir, damit aufzuhören, die Eisenbahn zu bauen ..."

„Ja, wie denn das?", fuhr plötzlich Stepan Chramow auf. „Wir erfrieren doch hier! Genosse Kontrolleur!"

„Los, los!", rief Dobrynin dem Funker zu, der gerade innehalten wollte. „... bitten wir, mit dem Eisenbahnbau aufzuhören und nicht umsonst die Mittel des Volkes zu verschleudern ..."

„Stop!", rief plötzlich Goroschko. „Empfang."

Er begann, nachdem er zu seinem Bleistiftstummel gegriffen hatte, die Seiten des besonderen dicken Heftes mit gleichförmigen Zeichen zu füllen. Als er fertig war, begann er wieder etwas zu senden, doch schon nicht mehr nach Dobrynins Diktat, ja, man wusste überhaupt nicht, nach wessen Diktat. Dann traf wieder eine Antwort ein ...

„Was sendest du ihnen?", entrüstete sich Dobrynin nach einer Weile.

„Sie fragen nach dem Fleisch: was für welches da ist, und wie viel ...", sagte der Funker schnell, ohne sich von seiner Arbeit ablenken zu lassen.

Zehn Minuten später drehte er sich um, sah den Volkskontrolleur freundlicher an und fragte:

„Soll ich noch etwas durchgeben?"

„Ja, gib einen Gruß von Volkskontrolleur Dobrynin an den Genossen Twerin durch."

Der Funker tat es. Dann zog er langsam die Kopfhörer ab, sank nach vorn und legte sich direkt auf die Funkstation, entweder aus Erschöpfung oder weil er betrunken war.

„Na, und?", fragte der Kontrolleur. „Was haben sie gesagt?"

Der Funker regte sich, setzte sich mühsam aufrecht hin und wandte sich mit einem betrunken-glücklichen Grinsen zu ihnen um.

„Sie bauen die Eisenbahn!", sagte er und seufzte. „Bis jetzt haben sie sie noch nicht gebaut, aber nun werden sie es machen!"

„Warum?", fragte Kalatschew, der bis dahin geschwiegen hatte, erstaunt.

„Die Heimat braucht Fleisch, kein Gold! Auf Gold, sagen sie, scheißen sie, auf Fleisch aber nicht!"

In dem Schweigen, das hierauf eintrat, bekräftigte nur das Schnaufen des schlafenden Waplachow, dass es in dem Wagenhäuschen Leben gab.

Dobrynins Stimmung war merklich verdorben, denn er konnte nicht verstehen, wozu die Heimat altes Fleisch brauchte. Er legte seinen Revolver auf den Tisch, setzte sich selbst hin und stützte die Ellenbogen auf.

Auch Kalatschew setzte sich an die Tischkiste. Man sah, dass auch er längst nicht alles begriffen hatte. Goroschko, der ein paar Minuten über seiner Funkstation gelegen und gedöst hatte, rückte gleichfalls mit seiner Stuhlkiste zu seinem Chef.

So hatte sich die ganze Runde aufs Neue um den Tisch eingefunden, und nur Waplachow, der da lag, fehlte aus triftigem und leicht erklärlichem Grund.

Dujew schnarchte plötzlich einmal laut, und als Goroschko ihm auf die Schulter klopfte, hob er den Kopf vom Tisch und sah alle mit trübem Blick an. Er wusste ja nicht, was im Wagen vor sich gegangen war, während er im Sitzen geschlafen hatte.

„Chef!", blökte er. „Vielleicht noch mal eine halbe Tasse für alle?"

Kalatschew nickte. „Stepan, gib ihm noch was ... und auch den anderen!"

So goss Stepan noch Fleischbranntwein in die Tassen. Sie tranken. Doch eine finstere Stimmung beherrschte sie alle. Still war es um die Tischkiste. Still und bedrückt. Dobrynin nahm es sehr schwer, dass er zum ersten Mal in seinem Leben mit der Waffe anständige Menschen bedroht hatte, die, so konnte man sagen, heldenhaft im hohen Norden lebten. Er nahm es schwer, obgleich er wusste, dass das Recht auf seiner Seite war, und dass es zu seinen Pflichten als Volkskontrolleur gehörte, die Heimat und mit ihr auch Moskau vor Betrug zu schützen. Was wäre er für ein Kontrolleur, wenn er nicht so aufgetreten wäre, wie er es getan hatte?! Und doch war ihm unbehaglich, denn wie konnte er, nach allem, was vorgefallen war, nun mit diesen Menschen einfach so zusammen sitzen.

Dujew war, nachdem er ausgetrunken hatte, wieder eingeschlafen.

Kalatschew starrte in seine Tasse und dachte ernst über etwas nach. Nur auf dem Gesicht von Funker Goroschko lag weder Kummer noch Sorge. Sein Gesicht war gerötet und aufrichtig froh, was man von Chramow nicht sagen konnte.

„Aber trotzdem bauen sie doch jetzt die Eisenbahn!", brachte Stepan mühsam heraus. „Jetzt bauen sie sie wirklich ..."

Nachdenklich blickte Kalatschew zu Chramow und nickte, mehr zu sich selbst, wie um seine eigenen Gedanken zu bekräftigen. Dann sah er den Volkskontrolleur an, und Dobrynin hörte seinen Seufzer. Wieder wurde es Dobrynin schwer ums Herz.

„Du hattest recht!", sagte Kalatschew, wobei er dem Volkskontrolleur direkt in die Augen sah. „Ohne deine Prinzipientreue hätte uns der Tod erwartet ... Ich habe ja ebenfalls einen Revolver ... Und ich hätte ihn beinahe herausgezogen."

Nach diesen Worten legte sich seine Stirn in tiefe Falten. Er wurde finster und heftete den Blick wieder auf seine Tasse. Nun fiel ein Gespräch schon gar nicht mehr leicht.

Waplachow bewegte sich auf seiner Liege im Schlaf. Von diesem Hin-und Herrutschen fielen zwei oder drei Rentierfelle zu Boden.

Stepan Chramow stand auf und deckte den Urku-Jemzen fürsorglich wieder zu.

Dank seinem Schlaf befand Waplachow sich nun in der erfreulichsten Lage. Von dem Vorgefallenen wusste er gar nichts, deshalb blickten alle mit Wärme zu ihm hinüber.

„Genosse Twerin hat mir schon zwei Bücher geschenkt", begann Dobrynin nach einer weiteren Pause. „Sie sind irgendwie für Kinder, aber nicht ganz. Das hat er auch zu mir gesagt: dass man aus ihnen Vieles lernen kann ..."

„Wie heißen sie denn?", fragte Kalatschew, der froh war, über etwas zu reden, wenn es nur nicht über die Geschichte mit dem Betrug an Moskau ging.

„Sie heißen alle ‚Lenin für Kinder', dabei gibt es in verschiedenen Büchern verschiedene Geschichten. Sehr lehrreiche. Kürzlich habe ich so eine kurze Erzählung gelesen ... Auch irgendwie über Anstand und Ehrlichkeit ..."

Wieder seufzte Kalatschew tief, weil er die Worte ‚Anstand und Ehrlichkeit' als Anklage an seine Adresse auffasste.

„Und ...?", sagte Goroschko mit einem Schluckauf. „Lies vor!"

Dobrynin zog seinen Reisesack hervor, legte seine Waffe mit dem eingravierten Namen hinein und holte ein Buch heraus. Er setzte sich an die Tischkiste, blätterte darin und suchte die richtige Seite.

„Ah, da ist es!", sagte er, als er es gefunden hatte. „Soll ich vorlesen?"

Die Geologen nickten.

„Sie heißt ‚Wie Lenin einen Bedrücker der Bauern bestrafte'."

Lenin hatte einen Freund und Genossen, es war wohl der beste von allen – ein Kommissar der Nahrungsumverteilung. Da sagte man Lenin, dass dieser sein Freund die Bauern beraubte und nicht anständig lebte, das Gut des Volkes nicht achtete. Da rief Lenin ihn zu sich und sagte: „Mein lieber Freund, ist das wahr?" Und jener schwieg und senkte den Kopf. Und Lenin sagte zu ihm: „Den Bauern nieder zu drücken hast du kein Recht. Denn der Bauer ist eine große Kraft im Staat, von ihm kommt alles Brot. Deshalb, als meinen Freund, muss ich dich beispielhaft bestrafen." Lenin küsste diesen Freund, nahm Abschied von ihm, wandte sich ab und befahl ihn zu erschießen. So ein Mann ist Lenin. Er liebte die Gerechtigkeit.

Als er ausgelesen hatte, blickte Dobrynin die um den Tisch Sitzenden an. Alle, selbst der Funker Goroschko, wirkten nachdenklich und ernst. Alle dachten über das Gehörte nach.

„Eine gute Geschichte", sagte Kalatschew und nickte. „Sie ist richtig. Und du, Genosse Dobrynin, hast natürlich alles richtig, auf Leninsche Weise gemacht. Jetzt warten wir zusammen auf den Zug."

Dobrynin nickte. Er fühlte, dass ihm diese Geschichte zur rechten Zeit eingefallen war und er sie zur rechten Zeit vorgelesen hatte. Am Ende hatte Lenin ihn gleichsam selbst verteidigt. Die Anspannung war abgefallen.

Dujew wollte wieder losschnarchen, aber Goroschko stieß ihn heftig an.

„Gibt es dort noch so eine Geschichte?", fragte plötzlich Stepan Chramow.

„Da gibt es viele verschiedene", antwortete Dobrynin, während er in dem Buch blätterte.

„Dann lesen Sie noch etwas vor!", bat Stepan.

Dobrynin blickte fragend zu Kalatschew, um zu sehen, ob auch der Leiter der Expedition noch eine Geschichte hören wollte.

Kalatschew nickte freundschaftlich, und da wandte der Volkskontrolleur seinen Blick den Buchseiten zu. Er überlegte, welche Geschichte er vorlesen sollte, damit sie einen zweifachen Nutzen brächte: damit sie sowohl lehrreich wäre, als auch der aufkeimenden Freundschaft zwischen dem Volkskontrolleur Dobrynin und den Geologen der Expedition dienlich.

Kapitel 6

Als aus dem dichten Nebel Linien auftauchten, Konturen, weiße Wände und die Kopfenden von Nachbarbetten in einem Lazarettzimmer, erkannte Mark Iwanow, dass dies kein Traum und kein Wahn mehr war. Er erkannte, dass er lebte. Er drehte sogar den Kopf zur Seite und erblickte ein paar verwundete Kämpfer. Dem einen hatte man den Kopf verbunden, dem anderen die Hände, die auf seiner Bettdecke lagen.

Gern hätte Mark etwas gesagt, doch nur unartikulierte, unverständliche Laute entfuhren seinem Mund.

„Tanja! Tanjuscha!", rief der Kämpfer aus dem Nachbarbett da. „Der Künstler ist aufgewacht! Komm her!"

Tanja, eine magere kleine Krankenschwester im oft gewaschenen Kittel, beugte sich lächelnd über ihn. Aufmerksam sah sie in Marks geöffnete Augen.

Wieder versuchte er etwas zu sagen. Er strengte sich an. Und wieder wurde ihm unerträglich heiß, und die Züge des lieben Frauengesichts, das sich über ihn beugte, begannen zu verschwimmen und sich in dem Nebel aufzulösen, der erneut vor seinen Augen aufstieg.

„Es ist noch zu früh zum Sprechen für Sie, Genosse Iwanow! Sie sind noch sehr schwach!"

Ihre Stimme verschwand und entfernte sich im Nebel.

Zwei Tage später kehrte Marks Bewusstsein aufs Neue zurück, und diesmal, so schien es, für lange.

Eine ganze Weile blickte er an die Decke und gewöhnte sich an das Weiß, dann schielte er nach rechts und links.

„Schwester ...", flüsterte er mühsam.

Derselbe Nachbar, der schon auf dem Weg der Besserung war, hörte es wieder und rief: „Tanja! Tanja! Der Künstler ist aufgewacht!"

Wieder eilte sie herbei, beugte sich über ihn, fühlte seinen Puls.

„Kusma ...", flüsterte Mark. „Wo ist Kusma? Wo ist er?"

Weil er spürte, dass ihm wieder heiß wurde, verstummte er und versuchte sich zu entspannen.

Es gelang ihm. Mark verlor das Bewusstsein nicht. Er blickte an die Decke und zählte ihre Risse.

„Zwei Wochen lang hat er im Fieber nach diesem Kusma gerufen!“, erzählte sein Bettnachbar den Neuen, leicht Verwundeten. „Dabei gibt es diesen Kusma bestimmt schon nicht mehr. Vor ihm hat Einer hier gelegen und im Fieber ständig nach einer Mascha gerufen. Später hat sich herausgestellt, dass die ganze Familie bei lebendigem Leibe im Zug verbrannt ist ... kamen auf dem Weg in die Evakuierung in einen Bombenhagel ...“

Bisweilen wurden die Stimmen der verwundeten Kämpfer lauter und Mark hörte jedes Wort, bisweilen entfernten sie sich, dann klangen sie dumpf, wie aus einem Erdloch, und selten einmal wurde ein Wort für Mark verständlich.

Hin und wieder kam ein Arzt, legte sein Ohr an Marks Brust und horchte auf etwas, durch die vielen Schichten aus Verbänden hindurch, die man schon tagelang nicht gewechselt hatte.

Als er von Neuem ein wenig Kraft in sich spürte, sah Mark sich aus dem Augenwinkel um und flüsterte, jetzt schon lauter als vorher: „Kusma! Wo ist Kusma?“

Tanjuscha kam herbeigeeilt, beugte sich über ihn und beruhigte ihn.

„Ihr Kusma kommt, er kommt ganz bestimmt!“, sagte sie.

Dabei seufzte sie tief und wechselte einen Blick mit einem der verwundeten Kämpfer.

„Er ist kein Mensch ...“, flüsterte Mark. „Kusma ist kein Mensch ...“

„Was denn dann?!“, fragte Tanja verwundert.

„... a ... a ... ei ...“, brachte der Künstler mühsam heraus, der sich bereits erschöpft hatte und spürte, wie ihn der Kopf zu schmerzen begann.

„Was?“ Tanja beugte sich ganz nah zu seinen Lippen.

„Papa ... gei ...“, versuchte Mark deutlicher zu sprechen.

In Tanjas Augen blitzte ein Funken der Erkenntnis auf und sie lächelte.

Mark bemerkte diesen Funken und sah ihr hoffnungsvoll ins Gesicht. Er zog sogar seine Hand unter der Decke hervor und streckte die bleichen, gelblichen Finger nach Tanja aus.

„Wo ist er?“, flüsterte er mit letzter Kraft.

„Ist er grün und hellblau?“, fragte die Schwester.

Mark nickte zur Bestätigung.

„Den pflegt der Leiter des Lazaretts ...“, sagte Tanja.

Marks Kraft reichte nicht mehr aus, um das Gespräch fortzusetzen, und er richtete seinen Blick wieder an die Decke, heftete ihn auf die gekrümmten Linien all der großen und kleinen Risse.

Als Tanja am nächsten Tag erneut im Zimmer war, nahm Mark das Gespräch wieder auf.

„Holen Sie den Leiter des Lazaretts!“, bat er die Schwester.

Sie holte ihn.

Der Leiter des Lazaretts, ein Oberstleutnant und Militärarzt, ein grauhaariger, schöner Mann mit edlen Zügen, stellte einen Hocker an Marks Kopfende und setzte sich.

„Was ist mit ihm?“, fragte Mark.

„Die Leber ist verletzt“, antwortete der Oberstleutnant. „Ich bin kein Tierarzt, aber ich tue, was ich kann. Sie haben ihn anscheinend im Moment der Explosion stark gedrückt. Sie wurden doch gemeinsam eingeliefert ... Und er hat einen Granatsplitter abbekommen, in einem Flügel hat er ein Loch ...“

„Bitte, melden Sie Moskau ... dem ZK ... dem Genossen Urluchow, dass wir hier sind ...“, bat Mark.

„Mache ich“, versprach der Oberstleutnant.

Ein paar Tage später brachte Tanjuscha eine alte Frau mit dicken runden Brillengläsern ins Zimmer.

„So, Genossen Kämpfer“, lenkte sie die Aufmerksamkeit aller auf sich. „Jefrossinja Fjodorowna vom Artel der Invaliden ‚Roter Oktober‘ ist zu Ihnen gekommen.“

Die Soldaten wurden munter und sahen neugierig auf die beiden zugedeckten Körbe, die die Alte fest in den Händen hielt. Sie dachten, man schicke ihnen Lebensmittel. Doch die Alte beeilte sich nicht, die Körbe aufzudecken. Sie erzählte den Kämpfern, dass ihre zehn Enkel an den Fronten kämpften und zwei von ihnen mit Medaillen für Verdienste im Kampf ausgezeichnet wurden. Und dann ging sie, nachdem sie einen ihrer Körbe am Eingang auf dem Boden abgestellt hatte, zu jedem Bett und schenkte jedem der Kämpfer ein Paar gestrickte Fäustlinge.

„Damit euch wärmer ist, wenn ihr die Deutschen schlagt!“, erklärte sie.

Danach führte Tanja sie in das nächste Zimmer. Die Kämpfer waren wieder ruhig geworden. Mancher, wie Mark, blickte an die Decke, mancher schrieb einen Brief an die Seinen. Es war still im Zimmer.

Da kam plötzlich der Leiter des Lazaretts herein.

Er nahm einen Hocker und setzte sich wieder ans Kopfende des Bettes zu Mark Iwanow.

„Es gibt Antwort aus Moskau“, sagte er, verhalten lächelnd. „Vom Genossen Urluchow. Man wünscht Ihnen baldige Genesung, und befiehlt, Kusma nach Moskau in die zentrale Tierklinik zu bringen ...“

Mark war bestürzt.

„Und ich? Ich bleibe hier allein zurück?“, flüsterte er erregt und verworren.

„Nein, Sie fahren auch bald, in einem Lazarett im Hinterland wird man Sie auskurieren und Ihre Lunge wiederherstellen ...“

„Das kann ich nicht ...“, flüsterte Mark und Tränen traten ihm in die Augen. „Kusma und ich sind schon dreizehn Jahre zusammen ... Er stirbt ohne mich ... Bringen Sie ihn nicht weg ...“

„Aber Sie haben doch selbst darum gebeten, es dem ZK zu melden!“ Der Oberstleutnant war ernst geworden. „Ich habe mein Versprechen erfüllt, jetzt muss ich den Befehl ausführen ..."

„Schicken Sie mich mit ihm nach Moskau!", bat Mark heiser flüsternd. „Ich flehe Sie an!"

Der Oberstleutnant schwieg. Er schwieg und dachte nach.

„Wie kann ich Sie dort hinschicken? Sie sind nicht mal Major, dass man Sie in Moskau behandeln würde! Verstehen Sie?"

Mark sah an die Decke und Tränen liefen ihm über die Wangen.

„Wissen Sie, was", versuchte der Leiter des Lazaretts ihn zu beruhigen. „Ich überlege mir etwas, aber ich verspreche nichts ... Wenn Sie schon wieder gesund wären, dann könnten Sie den verletzten Vogel begleiten ... Aber so ... Ich überlege ..."

Mit einem schweren Seufzer erhob sich der Oberstleutnant und verließ das Krankenzimmer.

Kapitel 7

Zu Sommeranfang, als die Aussaat beendet war und das Leben im Neuen Gelobten Land sich ein wenig verlangsamte, begann Katja die Siedler wieder abends zum Unterricht zu versammeln, der hinten in einem Winkel des Hauptkuhstalls abgehalten wurde, und ihnen das Lesen und Schreiben beizubringen. Wieder schrieben Kinder und Erwachsene allerlei Wörter und Sätze an die Tafel, und wenn sie danach müde waren, lauschten sie und merkten sich verschiedenstes nützliches Wissen.

Zum ersten Sommer-Unterricht kam auch der Engel. Er setzte sich in die hinterste Bank und sah zu, wie Katja Petroleum in die Lampen füllte und sie dann an den in die Wand geschlagenen Haken aufhängte, damit sie alle mehr Licht hatten.

Die erste Stunde begann dieses Mal mit Verspätung, und außer den Kindern, dem Engel und dem buckligen Buchhalter waren nur Frauen gekommen. Männer gab es keine, aber Katja ging sie auch nicht holen, weil sie wusste, dass ein müder Mann kein Wissen brauchte.

Lange Sommertage zogen sich dahin.

Derweil lebten die Siedler ihr Leben und ließen es sich gut gehen, während sie nach der wachsenden Ernte sahen. Sie badeten im Fluss, fingen Fische, gingen zum Beerensammeln und auf die Jagd in den Wald, und am Abend machten einige von ihnen sich zur nächsten Unterrichtsstunde in den Hauptkuhstall auf.

Eines Tages aber, Ende Juni, trafen die Siedler, die zum Unterricht kamen, auf eine weinende Katja. Als sie sie beruhigt hatten und ausfragten, erfuhren sie, dass jemand an diesem Tag Katjas Buch des ausländischen Schriftstellers Jules Verne über die Zukunft gestohlen hatte. Unterricht fand natürlich keiner statt, und bald wussten alle Bewohner schon, was passiert war.

Kaum hatte der Buchhalter von dem Diebstahl gehört, nahm er sogleich sein dickes Heft und eilte zu Katja. Er brachte von ihr in Erfahrung, welche Größe und welche Farbe das gestohlene Buch hatte und wovon darin die Rede war. Nebenbei sagte er ihr, dass sie solche Bücher sorgfältiger aufbewahren müsse, in einer Truhe oder an einem geheimen Ort. Zugleich aber begann er schon laut zu überlegen, wie man den Dieb ausfindig machen und das Gestohlene zurückbringen konnte. Seine Überlegungen beschränkten sich jedoch am Ende auf den Vorschlag, zu warten, bis der Dieb dieses Buch von selbst herausholen und es lesen würde, wofür sie nur so tun mussten, als hätten sie alle den Diebstahl vergessen. Mit diesem Vorschlag war allerdings keiner der Anwesenden einverstanden.

„Man muss die Sachen von allen, die lesen können, überprüfen!“, sagte eine sommersprossige Schwangere, die im Unterricht stets ganz vorne saß. „Vielleicht findet es sich ja bei einem von denen!“

„Wie viele gibt es denn bei uns, die lesen und schreiben können?“, fragte eine andere Frau sie spöttisch. „Na, der Buchhalter, der Engel, und das ist wohl alles! Vielleicht kann auch der Brigadier noch das ein oder andere ...“

Hier war der Buchhalter aufgefahren und führte die Frauen zu seinen Sachen, damit sie sie, bitteschön, durchsahen. Zum Glück befanden sie sich auch gleich im selben Kuhstall. Kurz darauf kamen alle zurück zu Katjas Schulecke und überlegten dort gemeinsam weiter.

Der Engel, der ein wenig später eingetroffen war, lauschte den Gesprächen eine Weile und fragte plötzlich, ob der Dieb nicht irgendwelche Spuren hinterlassen hätte. Katja dachte nach, erinnerte sich, und da hellte ihr Blick sich auf.

„Ja“, sie nickte. „Er ist auf mein Heft getreten!“

„Wieso hast du das denn nicht gleich gesagt?“ Der Buchhalter breitete die Arme aus. „Na, zeig mal!“

Katja bückte sich und holte ein etwas zerknittertes Heft unter dem Tisch hervor. Sie schlug es auf und alle konnten selbst beim trüben Licht der Petroleumlampe den Abdruck eines nackten Fußes mit einem quer verlaufenden weißen Streifen an der Sohle sehen.

„Wer läuft denn bei uns zur Zeit barfuß herum?“, fragte der Buchhalter.

„Das machen doch fast alle!“, antwortete ihm die Schwangere. „Wer mag denn im Sommer für nichts und wieder nichts seine Schuhe abnutzen?“

„Das stimmt allerdings auch“, sagte der Buchhalter und seufzte.

Der Engel nahm nun das Heft mit dem Fußabdruck und trat an die Lampe.

„Lass nur“, sagte der bucklige Buchhalter traurig zu ihm. „Was bringst du schon aus einer Fußsohle in Erfahrung!“

„Anscheinend war es jemand, der hinkt“, bemerkte der Engel, ohne auf den Buchhalter zu hören. „Das ist eine Narbe, an der Fußsohle. Vielleicht fällt euch ein, wer hier bei uns hinkt?“

Die Frauen strengten ihre Köpfe an, dachten nach und überlegten.

„Nein. So ein richtiger Hinkefuß war nur der eine Rotarmist, aber der ist schon im letzten Winter verschwunden“, erklärte die Schwangere. „Dann hat auch noch Glaschkas Pjotr eine Weile gehinkt, weil er auf die Sense getreten ist und sich in den Fuß geschnitten hat ...“

„In den Fuß geschnitten?“, wiederholte der Buchhalter erfreut. „Wo schläft er hier?“

„Nicht hier, er und Glaschka schlafen im dritten Kuhstall hinter dem zweiten Ofen“, sagte eine Junge im weißen Kopftuch.

„Komm, du zeigst sie uns!“, befahl der Buchhalter ihr.

Sie fanden das Buch zehn Minuten später – auf der Schlafbank eben dieses Pjotr lag es, unter der korngefüllten Matratze.

„So.“ Der Buchhalter sah die Zeugen der Entdeckung des Buches zufrieden an. „Jetzt müssen wir es allen sagen und Gericht halten, um den Dieb beispielhaft zu bestrafen! Habe ich Recht?“

Durch die Stille des frühen Sommerabends hallte der laute Schall der Eisenschiene, die der bucklige Buchhalter eigenhändig mehrmals mit einem schweren Hammer schlug.

Das Volk war schnell versammelt.

„Heute hat es bei uns einen Diebstahl gegeben!“, erklärte der Buchhalter den Siedlern, die sich bei ihrem Gong zusammengefunden hatten. „Der Lehrerin wurde ein Büchlein über die Zukunft gestohlen ...“

Hier machte er eine Pause und hörte, wie die Versammelten untereinander flüsterten und sich empörten.

„... Und da wollte ich euch fragen, was wir mit dem Dieb tun sollen, wenn wir ihn finden. Was meint ihr?“, brachte der Buchhalter seinen Gedanken zu Ende.

„Na, wir müssen ihn ins Gefängnis stecken!“, rief ein Bauer.

„Ordentlich verprügeln, bis er nicht mehr aufsteht ...“

„Die Hände abhacken!“

„Also, ein Gefängnis haben wir hier nicht“, antwortete der Buchhalter auf die Rufe. „Und fürs Verprügeln, dafür braucht es kein Gericht. Er muss so bestraft werden, dass es eine Strafe ist, nicht einfach eine Prügelei! So, dass er selbst es begreift, und es auch anderen eine Lehre ist ... Vielleicht weiß jemand, was es sonst noch auf der Welt für Strafen gibt? Hm? Vielleicht die Lehrerin?“ Und der Buchhalter blickte in das verweinte Gesicht von Katja, die neben ihm stand.

Katja wischte sich die Tränen fort, trat einen Schritt nach vorn und erklärte: „Also wenn früher, beim Zaren, auch nur das Kleinste passierte, dann ging es ab ins Arbeitslager oder ins Gefängnis, und wenn man den Zaren bekämpfte, dann kam man in die Verbannung, nach Sibirien ... Und noch früher gab es noch ein ganz anderes Gesetz: Beim ersten Mal Stehlen wurde die rechte Hand abgehackt, beim zweiten Mal die linke. Danach kamen dann die Füße dran ...“

„So ist es richtig!“, rief jemand aus der Menge der Siedler. „Die Hände abhacken, und fertig!“

„Ja, man muss ihm die rechte Hand abhacken!“, schrie eine von den Frauen. „Habt ihr denn den Dieb gefunden?“

Der Buchhalter antwortete nicht.

„Ja, was beschließen wir jetzt? Stimmen wir ab?“, fragte er. Die Versammlung lärmte zustimmend. „Wer dafür ist, dem Dieb die rechte Hand abzuhacken, der soll die Hand heben!“, sagte der Buchhalter.

So viele Hände hoben sich da, dass dem Buchhalter klar wurde – andere Vorschläge würde es nicht geben.

„Aber was macht ihr denn“, rief der Engel bestürzt und lehnte sich ganz weit vor. „Wie kann man ihm denn die Hand abhacken?“

„Jetzt warte doch mal“, unterbrach ihn der Brigadier. „Sagt lieber, habt ihr diesen Dieb schon gefunden, oder suchen wir jetzt gemeinsam?“

„Wir haben ihn“, antwortete der Buchhalter.

Alle verstummten angespannt.

„Glaschkas Pjotr war’s.“

„O Gott!“, rief eine Frau und fiel ohnmächtig um.

„Das ist Glaschka“, flüsterte jemand neben dem Engel.

„Wo ist er denn?“, fragte ein anderer laut.

„Da ist er ja, schaut!“ Die Siedler stießen einen kleingewachsenen Mann nach vorn, der, als er in der Mitte des Kreises stand, den Blick zu Boden senkte und reglos stehen blieb.

„Wozu hast du denn das Buch gestohlen?“, fragte ihn der Buchhalter streng.

„Ich wollte lesen“, antwortete Pjotr, ohne den Kopf zu heben.

„Was, kannst du etwa lesen?“, rief jemand aus der Menge.

„Ja“, murmelte der Dieb.

„Auch schreiben?“

„Das auch ...“

„Aber er lügt doch!“, sagte eine kleine runde Frau. „Er wollte sich das Buch wohl zum Zigarettendrehen zerrupfen ...“

Während die Siedler durcheinander riefen, ging der Engel zur Lehrerin.

„Katja“, sagte er. „Sie dürfen ihm doch nicht die Hand abhacken! Vielleicht wollte er dieses Buch wirklich nur lesen?“

„Das werden wir jetzt überprüfen“, sagte Katja absichtlich laut, damit alle es hörten. „Wenn er lesen und schreiben kann und ohne Fehler an die Tafel schreibt, dann vergebe ich ihm!“

„Ah, das ist fein!“ Der Buchhalter wurde lebhaft und fand die Ermittlung eine interessante und lehrreiche Beschäftigung. „Kommt, wir gehen alle!“

Sie führten Pjotr in die Klasse, Katja zündete die Petroleumlämpchen an. Dann gab sie dem Dieb ein Stück Kreide.

„Also, schreib“, sagte sie.

Pjotr schien sich dafür bereit zu machen. Er hob die rechte Hand mit der Kreide, die er zwischen den Fingern zusammen presste, stellte sich seitlich hin und blickte von unten herauf die Lehrerin an, als wartete er, was man ihm zu schreiben aufgeben würde.

„Wir sind keine Sklaven, keine Sklaven sind wir“, sprach Katja langsam und deutlich.

Pjotr stand reglos da und hatte den Blick wieder gesenkt.

„Was machst du denn!“, drängte ihn der Buchhalter.

Pjotr setzte die Kreide an die Tafel und drückte, wie es aussah, so stark mit ihr, dass die Kreide in seiner Hand zerbröckelte.

„Er hat gelogen!“, seufzte jemand.

Pjotr hatte allen den Rücken gekehrt, als er sich mit dem Gesicht zur Tafel wandte. Er stand da und schwieg. Nur seine schmalen Schultern zuckten.

„Und jetzt?“, fragte der Buchhalter alle.

„Na was schon“, dröhnte der Bass irgendeines Bauern. „Abhacken, und fertig! Er ist ja doch ein Dieb, völlig klar!“

Hier fühlte der Buchhalter ein gewisses Mitleid mit diesem kleinen und, wie man sah, zu gar nichts tauglichen

Männlein, das selbst für einen Diebstahl nicht Besseres gefunden hatte, als irgendein Buch, und das sich von der Anschuldigung nicht befreien konnte. Der Buchhalter blickte auf seine bebenden Schultern, den schwächlichen Rücken. Dabei wurde ihm unfroh zumute. Wäre es jetzt irgendein kräftiger Bursche von den Bauarbeitern oder den Rotarmisten gewesen, und hätte dieser Bursche so etwas wie einen Räucherschinken gestohlen, dann täte es einem nicht leid, beide Hände abzuhacken! Aber der hier war von hinten gesehen das reinste Kind!

„Brüder!", ertönte da die Stimme des Engels. „Was tun wir denn da, wenn wir eine Hand abhacken! Vielleicht wird er ja nie mehr stehlen und er wird ehrlicher werden, aber eine neue Hand wächst ihm nicht mehr ..."

„Ja", unterstützte der Buchhalter jetzt eifrig den Engel. „Vielleicht bestrafen wir ihn ein wenig anders, damit er uns nicht so Leid tut? Vergeben tun wir ihm nicht, das ist klar. Aber vielleicht geht es irgendwie, ohne dass wir ihm die rechte Hand abhacken?"

Hier verstummte der Buchhalter und dachte nach, er suchte in Gedanken nach anderen Strafen. Da kreuzte sein Blick den von Archipka-Stepan, und dem Buchhalter schien es, als würde Archipka wissen, wie man vorgehen sollte.

„Dann soll Archipka entscheiden!", sagte der Buchhalter, und Dutzende von Augen hefteten sich auf Archipka.

Der kaute, blickte auf den immer noch mit dem Rücken zu Allen dastehenden Dieb und sagte: „Ja, vielleicht hacken wir ihm nicht die Rechte ab? Mit der Rechten arbeitet und isst der Mensch doch. Vielleicht lieber die Linke?"

„Ganz richtig!", sagte der Brigadier. „Die Linke ist natürlich besser, sonst bleibt ihm ja die Linke übrig, und Linkshänder ist er doch keiner! Wer ist dafür?"

Wieder hoben sich viele Hände, und der Brigadier, der dieses lange Verfahren schon sichtlich satt hatte, packte den Dieb am Ellenbogen und zog ihn zum Ausgang des Kuhstalls.

„Helft mit!“, bat er die Männer. „Wir bringen ihn zur Winterküche, wir bestrafen ihn, und fertig! Damit es allen anderen eine Lehre ist.“

Der Dieb, der bleich wie ein Septembermond war, bewegte rasch seine kurzen Beine und hatte sich den Männern, die ihn am Ellenbogen zogen, ganz ergeben.

Die Sonne war bereits untergegangen, aber die Dunkelheit hatte sich noch nicht verdichtet.

Bei dem großen Hackklotz, auf dem sie Brennholz spalteten und Schlachtfleisch zerteilten, blieben die Männer stehen. Sie warteten, bis die übrigen dazugekommen waren. Weder der Engel, noch die Lehrerin, noch die gute Hälfte der übrigen Siedler waren jedoch unter denen, die den Hackklotz umringten.

„Los!“, befahl der Buchhalter, der sein dickes Heft unter den Arm geklemmt hatte, dem Brigadier. „Wer führt die Strafe aus?“

„Das kann ich machen!“, schlug der Brigadier vor und rollte sich schon die Ärmel seiner ewig schmutzigen Wattejacke auf.

„Zieh doch die Jacke aus, da schlägt es sich bequemer!“, riet einer der Bauarbeiter dem Brigadier.

„So geht es auch, ich hab mich so an sie gewöhnt!“, antwortete der Brigadier und nahm das Hackbeil vom Boden neben dem Klotz. „Er soll die Hand hinlegen!“

„Hörst du, leg die Hand hin!“, wiederholte ein Mann, der neben ihm stand, Pjotr direkt ins Ohr.

Pjotr beugte sich langsam zu dem Hackklotz, starrte mit aufgerissenen Augen auf dessen Oberfläche, dann stützte er sich mit der linken Hand darauf.

„Wieso hast du dich denn so hingestellt?“ Der Brigadier begann zornig zu werden, er hatte die ganze langwierige Geschichte bereits satt.

Pjotr ging in die Hocke, legte seine linke Hand auf den Klotz und heftete den Blick auf sie.

„Schau nicht hin, du Dummkopf!“, schrie der Brigadier ihn an.

Pjotr wandte sich ab.

„Und ...?“ Der Brigadier sah den Buchhalter an und umklammerte das Beil mit beiden Händen.

„Also, wir bestrafen dich beispielhaft für Diebstahl, verstehst du?“, erklärte der Buchhalter.

Pjotr schwieg.

„Verstehst du das?“ Der Brigadier beugte sich drohend über den Dieb.

„Ja ...“, stammelte der kaum hörbar.

„Los!“ Der Buchhalter winkte dem Brigadier, und der holte aus und ließ das Beil auf den Klotz sausen.

Ein entsetzlicher Schrei ertönte, und der Dieb, der hoch in die Luft geschossen war, rannte röchelnd und schreiend auf den Abhang des Hügels zu. Dabei wedelte er mit den Händen, mit der rechten und der nicht vollständig abgehackten linken, die an den Sehnen baumelte. Und die ganze Zeit schrie er, schrie Unzusammenhängendes ...

„Wieso hast du sie denn nicht ganz abgehackt!“, unterbrach der Buchhalter das angespannte Schweigen.

„Das Beil ... ist ja völlig stumpf ... man hätte es wenigstens richtig schärfen müssen ...“, rechtfertigte sich der Brigadier. „Was steht ihr so da!“, brüllte er plötzlich die in der Runde stehenden Männer an. „Fangt ihn ein, die Hand muss ganz ab!“

Die Männer liefen los, verteilten sich über den Abhang und fanden den nicht zu Ende bestraften Dieb mehr seinem Schreien nach, als mit den Augen.

Sie holten ihn ein und brachten Pjotr wieder auf den Hügel, zum Hackklotz.

„Leg die Hand richtig hin!“, bat der Brigadier einen der Männer.

Der schob die unterhalb des Ellenbogens nicht ganz abgehackte Hand so hin, dass der Brigadier richtig draufhauen konnte.

„Hier braucht es gar keinen Schwung mehr“, sagte der Buchhalter.

Der Brigadier nickte und neigte sich näher zu der Hand. Er legte sie selbst noch einmal zurecht, sah nach, wo die nicht durchtrennten Sehnen waren, und schlug sie mühelos durch. Dann schubste er die Hand von dem Klotz.

Pjotr war zur Erde gefallen und lag dort still, wie ein Toter.

„Tragt ihn zu Sachar, er soll den Stumpf ausbrennen, sonst fließt bis morgen früh das ganze Blut aus!“, sagte der Buchhalter zu den Männern.

Die Männer hoben den Dieb auf und gingen.

„Das war's, ich geh schlafen!“, sagte der Brigadier, hieb das Beil in den Klotz und schritt los zum Hauptkuhstall.

Der Buchhalter bemerkte, dass er allein am Hackklotz zurückgeblieben war. Er sann über etwas nach. Und hörte plötzlich das Quietschen einer Tür, anscheinend waren die Männer bereits bei Sachars Räucherei angelangt.

Er lehnte sich an den Hackklotz und blickte in den Himmel.

Die Dunkelheit war schon dicht geworden, nur die Sterne waren darin sichtbar. Helle und matte, große und kleine, sie zitterten, glitzerten, sprangen vom Himmel und stürzten zu dieser Erde herunter, doch ehe sie ankamen, erloschen sie auf halbem Weg und verschwanden vor den Augen.

‚So ist das also?„ dachte der Buchhalter verwundert. ‚Dann sterben sie wohl da oben am Himmel auch? Ich muss die Lehrerin fragen ... Das ist sehr interessant ... Vielleicht, wenn man vom Himmel herunter schaut, leuchten wir hier auch, solange wir lebendig sind, und wenn wir sterben, erlöschen wir genauso und sind nicht mehr zu sehen ...‘

Die nächtliche Dunkelheit wurde immer noch dichter, und ausser den Sternen konnte der Buchhalter schon nichts mehr erkennen. So saß er da auf dem Klotz, umgeben von einer geheimnisvollen, erkalteten, bis zum Morgen verstummten Welt. Er saß da und sann nach.

Die Zeit verging. Der Sommer jenseits des Polarkreises unterschied sich kaum vom Winter. Draußen war es kalt wie zuvor, und im Innern des kleinen Waggons ebenso warm, manchmal sogar fast heiß.

Dobrynin und Waplachow hatten sich mit den vier Geologen herzlich angefreundet. Sie waren so etwas wie eine Familie geworden. Jeder hatte bereits seinen festen Platz an der Tischkiste, seinen Löffel mit dem in den Griff eingeritzten Namen, seine Tasse.

So lebten sie in der Erwartung des künftigen Zuges. Sie aßen ihr merkwürdiges Fleisch, tranken nicht weniger merkwürdigen Fleischbranntwein und wärmten sich an dem Ofen, den geniale sowjetische Chemiker eigens für den unwirtlichen hohen Norden erfunden hatten. Auch Waplachow wusste mittlerweile, dass die Wärme in dem Ofen dadurch entstand, dass man dort zwei Stoffe hineinwarf: einen von erdiger Farbe, und einen zweiten, gelblichen. Dann goss man Wasser darüber und schloss diese Öffnung sofort, während es drinnen schon schäumte, zischte und es im Wagen unglaublich warm wurde.

Monat um Monat zog dieses Warten sich hin.

Die Hunde waren bereits einer weniger geworden – aus unerklärlichem Grunde hatten sie ihren Leithund zerfleischt. Und mehrere Schneestürme von unglaublicher Stärke hatten den Wagen hin und her geschüttelt. Alles hatte es unterdessen gegeben. Nur die Eisenbahnschienen hatte man noch nicht bis zu ihnen verlegt.

Ab und an, wenn das Fleisch fast aufgegessen war, das sie unter dem Eingang stapelten, zogen alle sechs sich warm an, packten Spitzhacken und Äxte und gingen los, um dort, wo es am leichtesten war, Stücke erstarrter Mammuts aus dem Eis herauszuschlagen. An dieser Stelle legten sie ein großes Quadrat frei. Sie arbeiteten nicht lange, und in wohl anderthalb Stunden versorgten sie sich mit dem Vorrat für die nächsten drei Wochen.

Manchmal funkten sie nach Moskau, um zu erfahren, welchen Wochentag sie hatten und was es beim Eisenbahnbau Neues gab. Die Nachrichten waren immer tröstlich und gaben ihnen Hoffnung.

Und eines Tages, es war ein Dienstag, piepte die Funkstation von selbst los und gab dem Funker irgendein Signal. Goroschko stürzte hin, nahm auf seinem Kistenhocker Platz, und nachdem er zum Bleistiftstummel gegriffen hatte, begann er die Mitteilung zu notieren. Gespannt saßen die Übrigen da und warteten auf die Neuigkeiten. Spalte um Spalte füllte sich die Seite des großen Heftes mit Strichen und Punkten, aber außer dem Funker konnte damit niemand etwas anfangen. Endlich ließ Goroschko den Kopfhörer auf den Metallkasten der Funkstation sinken, las noch einmal den Funkspruch durch und drehte sich zu seinen Genossen um.

„Der Schienenverlegezug, und hinter ihm noch ein Zug, hat schon irgendeine Gerade erreicht, also die, die zu uns führt. Jeden Abend um sieben Uhr sollen wir jetzt eine Rakete von beliebiger Farbe pfeilgerade nach oben schießen, zur Orietni ... Oriteni ..."

„Orientierung?", sagte ihm Kalatschew vor.

„Ja!" Goroschko nickte mit Blick auf seine Seite. „Es wird befohlen, mit der Vorbereitung des Fleisches für den Abtransport zu beginnen ... Was war da noch?" Der Funker nahm das Heft mit dem Funkspruch in die Hände. „Dem Genossen Dobrynin einen herzlichen Kreml-Gruß und Glückwunsch zu seinem Sohn ... man fragt, wie er heißen soll? Marija Ignatjewna geht es gut ... Der Krieg ist ausgebrochen ... Es wird befohlen, Panik zu vermeiden und bereit zu sein ..."

„Krieg?", wiederholte der Volkskontrolleur bestürzt. „Mit wem?"

„Mit den Feinden, wahrscheinlich", antwortete Kalatschew ruhig. „Na und wenn schon, wir werden siegen! Und dir gratulieren wir zu deinem Sohn!"

„Mein Sohn?", fragte Dobrynin, immer noch sehr nachdenklich, zurück. „Danke ..."

„Freust du dich denn nicht?", wunderte sich der Leiter der Expedition.

Dobrynin schwieg. Er dachte an Marija Ignatjewna, an das Porträt des Soldaten in ihrem Schlafzimmer, daran, dass nicht weniger als ein Jahr seit ihrer letzten Begegnung verstrichen war. Jetzt gab es da einen Sohn?! Obwohl, dachte der Volkskontrolleur sogleich, Marija Ignatjewna war ihm schließlich keine Ehefrau wie Manjascha. Marija Ignatjewna war seine dienstliche Ehefrau, ihr Sohn war also gleichsam Dobrynins dienstlicher Sohn ... Obwohl ... Hier verwirrte sich der Volkskontrolleur in seinen Überlegungen endgültig. Da fielen ihm auch noch Manjascha und die Kinder ein. Von ihnen hatte man ihm ja überhaupt nie die kleinste Nachricht überbracht, das war, als würde es sie gar nicht geben ...

„Aber es ist doch besser als ein Mädchen!" Goroschko zuckte die Schultern, weil er außerstande war zu verstehen, weshalb sein Kamerad sich nicht freute. „Mit einem Sohn hast du keine Sorgen, was kann es da für Sorgen geben?!"

„Hast du schon beschlossen, wie er heißen soll?", fragte an dieser Stelle der lahme Dujew, der sich an den Tisch gesetzt hatte und sich über die Glatze strich.

„Nein, das habe ich noch nicht", antwortete Dobrynin.

„Du musst ihm einen guten Namen geben!", bemerkte Dmitrij Waplachow. „Damit er deinem Sohn später gefällt."

Dobrynin sah den Urku-Jemzen mit verhaltenem Unverständnis an.

„Wir könnten alle gemeinsam beratschlagen!", schlug Stepan Chramow vor. „Das ist doch ein Festtag für einen Mann! Nicht jedes Jahr wird einem ein Sohn geboren!"

„Richtig!", stimmte Dujew ein. „Die Sache muss gebührend gefeiert werden."

„Wir geben ihm gleich einen Namen und funken ihn dann nach Moskau!", trug Funker Goroschko sein Scherflein bei.

„Aber ja." Kalatschew setzte sich gleichfalls an die Tischkiste. „Und die Heimat braucht Soldaten. Die Feinde sind doch zahlreich. In diesen Krieg schafft er es nicht mehr, aber zum nächsten kommt er gerade recht! Auf jeden Fall wird er ein Verteidiger der Heimat!"

Die Tassen und der Topf mit der trübe-braunen Flüssigkeit erschienen auf dem Tisch. Sie stellten einen Eimer mit Fleisch auf den Ofen und warfen in den Eimer eine Handvoll Salz.

„Also, auf deinen Sohn!" Der Chefgeologe hob seine Tasse.

Sie tranken aus und ächzten.

„Vielleicht möchtest du ihn Iwaschtschukin nennen?", schlug der Urku-Jemze vor.

„Aber das ist doch ein Nachname!", rief Chramow verwundert.

„Aber er ist wunderschön!" Waplachow lächelte verzückt, selbst seine Augen wurden noch schmaler bei diesem Lächeln. „Bei uns gibt man Vor- und Nachnamen gleich auf einmal ..."

„Sein Nachname ist klar – Dobrynin!", bemerkte Dujew. „Aber Vornamen hat er immer noch keinen ..."

‚Was für ein Dobrynin ist er denn schon, zum Teufel!', dachte der Volkskontrolleur. ‚Obwohl auch Marija Ignatjewna jetzt den Namen Dobrynina trägt ...'

„Weshalb sagst du nichts, du, als der Verursacher des Ereignisses?" Kalatschew war nach der ersten Tasse fröhlich geworden. „Du hast es vollbracht, jetzt muss es einen Namen bekommen! Fjodor vielleicht, so hieß mein Opa ..."

‚Was soll denn mein Kind mit deinem Opa?', dachte Dobrynin, und gleich darauf: ‚Was heißt denn hier „mein" Kind!'

„Nenn ihn Wanja!", riet Goroschko. „Ein zärtlicher russischer Name."

Sie tranken noch jeder eine Tasse, das stachelte die Freunde nur noch mehr an. Um die Wette begannen sie Namen vorzuschlagen. Dobrynin aber wurde zornig. Erst schwieg er, dann sprang er auf und schrie: „Ach, geht doch alle zum Teufel!", warf sich den Rentierfellmantel über und lief hinaus zu den Hunden.

Man trank ohne ihn weiter. Niemand war beleidigt, man vergaß einfach den Auslöser des Festes für eine Zeitlang.

Der hockte sich vor die im Schnee liegenden Hunde hin und klagte ihnen seinen Kummer. Er bat um Rat, bat sie, ein wenig zu heulen. Jedoch die Hunde schwiegen. So vieles hatte er den Hunden bereits aus seinem Leben erzählt, aber ihnen war das egal. Da wurde Dobrynin traurig und immer trauriger und dachte an sein Pferd. Jenes, das Genosse Kalinin ihm geschenkt hatte, noch bevor er zu Twerin geworden war. Irgendwo im Reisesack lag noch sein Pferdeausweis. Irgendwo lag er ... Und nun tat es Dobrynin so Leid um das gefallene Pferd, dass ihm Tränen in die Augen stiegen. Mochte es auch schon lange her sein, nun aber fiel es ihm von Neuem ein, so deutlich und klar. Und er dachte an jene Sülze, die Kriwizkijs Stellvertreter, der örtliche Schamane gekocht hatte ...

‚Ah', winkte Dobrynin in Gedanken ab. ‚Ich nenne das Kind Grigorij! Was ist an dem Namen schon Schlechtes? Er ist doch gut. Und wenn er groß ist, schenke ich ihm den Pferdeausweis und ich erzähle ihm, was für ein schweres Leben ich hatte ...'

Nachdem er endgültig beschlossen hatte, dass der Name des Sohnes Grigorij sein sollte, kehrte Dobrynin zurück in den Wagen und setzte sich auf seinen Platz.

Waplachow lag bereits auf seiner Liege, erschöpft und betrunken. Am Tisch, den Kopf über sein nicht aufgegessenes Fleisch gebeugt, schnaufte leise Dujew, der gleichfalls außerordentlich leicht und schnell betrunken wurde. Die übrigen kauten Fleisch.

„Na, und, hast du etwas beschlossen?", erkundigte sich Funker Goroschko, während er etwas aus den Zähnen heraus stocherte, das da nicht hingehörte.

„Ja", antwortete der Kontrolleur ruhig. „Ich nenne ihn Grigorij."

„Ein guter Name", bemerkte Kalatschew zustimmend.

Chramow bekundete mit einem Nicken sein Wohlgefallen.

„Vielleicht geben wir es gleich durch?", schlug der Funker vor.

„Morgen“, sagte Dobrynin. „Wozu die Eile …“

Nach diesem kleinen Gespräch zog Dobrynin sich Fleisch aus dem Eimer, zerschnitt es und machte sich gleichfalls ans Kauen.

„Willst du noch mehr Fleisch?“, fragte ihn Goroschko.

„Nein!“, antwortete Dobrynin.

„Dann bringe ich das den Hunden hinaus!“, sagte der Funker, nahm den Eimer und verließ den Wagen.

Kapitel 9

Nach dem ersten Schnee regnete es während einer ganzen Woche.

Banow saß tagelang in seinem Büro über dem „Pädagogischen Poem“ von Makarenko. Das „Poem“ erschien ihm ein wenig langweilig, aber geduldig las er es Seite für Seite, wobei er nützliche Gedanken heraussuchte und sie sich einprägte.

Manchmal ließ er sich von dem Buch ablenken und dachte nach. Er dachte daran, dass er einen neuen Anzug kaufen musste, obwohl gleichzeitig etwas in ihm dagegen protestierte. Er hatte sich einfach sehr an den grünen Stoff seines Uniformkittels gewöhnt, auch wenn er in der letzten Zeit immer öfter statt dieses Kittels ein schwarzes, einfach geschnittenes Sakko trug. Das tat seiner Anhänglichkeit gegenüber der grünen Farbe keinen Abbruch. Es war eine Farbe, die seine Gegenwart mit seiner soldatischen Vergangenheit verband.

Frei strömten Banows Gedanken dahin, mühelos sprangen sie von einem Gegenstand zum anderen.

Die Tür zu seinem Büro öffnete sich kurz einen Spaltbreit, und der Schuldirektor sah Vizedirektor Kuschnerenko, der hereinschaute und sogleich wieder verschwand.

In der letzten Zeit benahm der Vizedirektor sich ein wenig eigenartig, ja verdächtig.

Gestern hatte er gefragt, warum Banow nicht Radio hörte.

Vor zwei Tagen hatte er sich sehr dafür interessiert, worüber Banow im Kremlpalast in seinem Aufsatz geschrieben hatte. Banow hatte ihm kurz geantwortet, indem er ihm das Thema des Aufsatzes nannte, doch Kuschnerenko, so schien es dem Schuldirektor, war damit nicht richtig zufrieden gewesen. Was wollte er denn in Erfahrung bringen? Und wozu? Ja, selbst wenn Banow ihm seinen Aufsatz nacherzählt hätte, wäre er wahrscheinlich doch unzufrieden geblieben. Denn es war ein kurzer Aufsatz geworden, nur anderthalb kleine Seiten.

Banow erinnerte sich an jene paar Stunden, die er in dem riesigen Saal des Kremlpalastes zugebracht hatte. Still war es gewesen, nur die Füllfedern hatten gekratzt.

Nicht weniger als tausend Schuldirektoren waren dort versammelt gewesen, alle in Anzügen, alle mit Aktentaschen. Interessant war, dass, als man die Pause verkündete, alle Direktoren – na ja, nicht ganz alle, vielleicht nur die, die in seiner Nähe saßen – vollkommen identische Wurstbrote herausholten.

Banow lächelte.

Er legte das Buch beiseite.

Sah auf die Uhr.

Rief Karpowitsch an.

Draußen vor dem Fenster regnete es heftig.

„Und, wie steht es dort?“, fragte Banow Karpowitsch.

„Dort?“, wiederholte Karpowitsch und begriff sofort, woran sein Kamerad dachte. „Dort ist alles gut.“

„Hast du vielleicht etwas herausgefunden ... wegen meines Besuchs mit Klara?“

„Es geht am Donnerstag“, flüsterte Karpowitsch. „Treffen wir uns am selben Ort um neun. Komm mit einer Aktentasche, damit es seriös aussieht. Sie soll auch eine mitnehmen. Klar?“

„Ja“, antwortete Banow.

„Also bis dann.“

Am Donnerstag sah Banow, der als Erster eingetroffen war, in der Nähe den ihm schon bekannten Milizionärsposten. Der Milizionär hatte Banow anscheinend ebenfalls erkannt und kam auf ihn zu.

„Warten wir auf die Genossin?“, fragte er freundlich.

„Ja“, antwortete Banow.

„Und wohin anschließend? Ins Museum?“

„Nein“, antwortete Banow und blickte auf seine Aktentasche. „In den Kreml ...“

Der Milizionär blickte ebenfalls auf Banows braune Aktentasche.

Der Schuldirektor fühlte sich unbehaglich. Die Aktentasche war recht alt, noch am Morgen hatte Banow eine halbe Stunde mit dem Versuch zugebracht, sie mit Hilfe seiner braunen Schuhcreme aufzufrischen. Nun schienen Banows Aktentasche und seine Schuhe gleichsam Verwandte zu sein, als wären sie Bestandteil eines ungewöhnlichen Anzugs.

Der Milizionär hatte das mit der Aktentasche offenbar erraten. Er berührte sie mit dem Finger, roch dann an seinem Finger und lächelte.

„Eine gute Idee!“, sagte er zustimmend. „Ich bin immer noch nicht im Museum gewesen ...“

Banow beschloss die Unterhaltung fortzusetzen, umsomehr, als der Milizionär ihm gefiel, allem Anschein nach war er ein einfacher, herzlicher Bursche.

„Hatten Sie keine Zeit?“, fragte Banow.

„Einen freien Tag hatte ich ...“, bemerkte der Milizionär. „Aber ich wurde beauftragt, die Neujahrsglückwünsche zu schreiben ...“

„Dafür ist es aber früh!“, staunte Banow.

„Lieber frühzeitig ... Ich muss ja hundertvierzig Glückwünsche schreiben.“

„Haben Sie so viele Freunde?“ Banow lächelte.

„Nein“, antwortete der Milizionär. „Es sind die Glückwünsche unserer Abteilung an die anderen Abteilungen. Das ist nicht kompliziert, aber es nimmt viel Zeit in Anspruch.“

Banow nickte verständnisvoll.

Da kam Klara, in den Händen eine rote Lederaktentasche, die ganz neu aussah.

Der Milizionär verabschiedete sich höflich und kehrte auf seinen Posten zurück.

Bald darauf erschien Karpowitsch in seinem dunkelblauen Dienstanzug.

Zu dritt betraten sie den Kreml. Rasch und geschäftig klapperten Klaras Absätze auf dem betonierten Weg an der Innenmauer des Kremls entlang. Banow und Karpowitsch gingen geräuschlos neben ihr.

Schon war da auch das vertraute niedrige Gebäude hinter den blauen Tannen. Die Tür stand weit offen.

„Wir müssen zu Fuß hinuntergehen“, sagte Karpowitsch, nachdem er im Innern des Gebäudes Halt gemacht hatte. „Der Aufzug ist kaputt gegangen, und ohnehin passt man zu dritt ja auf keinen Fall hinein.“

Sie gingen einen Korridor entlang, bogen nach links und tauchten in völlige Finsternis ein.

Feuchte Luft kitzelte in der Nase.

Klara nieste, und ein dumpfes Echo lief irgendwohin über unsichtbare Gänge und Stufen abwärts.

Für den Weg nach unten brauchten sie ungefähr eine Stunde. Banows Augen gewöhnten sich an die Finsternis, er konnte sogar die Gestalten der vor ihm gehenden Klara und Karpowitsch unterscheiden.

Schließlich endeten die Stufen.

Karpowitsch öffnete eine Flügeltür. Dahinter war es hell.

Ein leerer Raum. An den Wänden Plakate über die Wachsamkeit und über die Liebe zur Heimat. Eine weitere Tür mit einer Aufschrift: „Passierschein vorzeigen!“.

Banow warf Karpowitsch einen fragenden Blick zu.

„Da ist jetzt niemand“, beruhigte ihn Karpowitsch. „Gehen wir!“

Hinter dieser Tür schien die Sonne. Als Klara über die Schwelle trat, kniff sie die Augen zusammen.

Banow blickte sich um – es war wunderschön, gleichsam ewiger Sommer. Grünes Gras, Bäume, Löwenzahnblumen ...

Diesmal gingen sie schneller und, so kam es Banow vor, auf einem anderen Pfad zu dem Hügel, an dem der Kremlträumer lebte.

„Halt!“, flüsterte Karpowitsch und hob den Zeigefinger an die Lippen.

Banow horchte.

Irgendwo nicht weit von ihnen tönte eine einsame menschliche Stimme.

„...ückliche Kinder ... flanieren ... sonnige ...“, drangen Wortfetzen an Banows Ohr.

„Er träumt!“, flüsterte Karpowitsch vielsagend. „Also, Hals- und Beinbruch. Ich warte hier! Aber macht nicht lange!“

Banow nickte und nahm Klara bei der Hand. Sie gingen der Stimme nach.

Der Kremlträumer wunderte sich überhaupt nicht, als er sie erblickte.

Banow wollte ihn begrüßen, doch als er an dem Träumer einen vertrauten beigen Anzug erblickte, freute er sich so, dass er das vergaß.

„Guten Tag!“, sagte Klara und lächelte freundlich.

Man sah, dass sie sehr aufgeregt war.

„Tag, Tag!“, antwortete der Träumer, ohne vom Gras aufzustehen. „Woher kommen Sie? Setzen Sie sich! Möchten Sie einen Tee?“

Banow war bestürzt und geriet in Verlegenheit, Klara hingegen hatte sich fest in der Hand. Sie setzte sich.

„Wir kommen aus Moskau“, sagte sie.

„Sehr gut!“, sagte der Kremlträumer und rieb sich die Hände. „Und, wie ist es da?“

„Gut“, nickte Banow.

„Es wird noch besser!“ Der Kremlträumer hob den Zeigefinger der rechten Hand hoch und zeichnete gleichsam mit ihm ein Ausrufezeichen in der Luft. „Wissen Sie, was für ein Leben es bald geben wird?!“

„Nein ...“, flüsterte Banow.

Klara saß reglos da, ihr Mund stand ein wenig offen.

„Ein herrliches Leben wird es geben! Nicht nur in Moskau! Ich glaube, dass es auch in Petrograd eines geben wird, und in Samara! Überall!“, sagte der Kremlträumer beseelt. „Für die Kinder wird man schöne Paläste aus Glas und Holz bauen, man baut sie ja jetzt bereits, das weiß ich. So werden sie auch heißen: Paläste der Kindheit! Die Kinder werden dort hinfahren, die verschiedensten Spiele spielen, und man wird sie dort Schreiben und Musik lehren! Einfache Schulen wird es bald nicht mehr geben! Einfache Schulen sind nicht imstande, den neuen Menschen zu erziehen. Ist es nicht so?“

Banow nickte mechanisch, und der Kremlträumer, der auf sein Nicken hin lächelte, fuhr fort.

„Sie, von welcher Volkszugehörigkeit sind Sie?“, wandte er sich an Klara.

„Von den Deutschen ...“, antwortete sie.

„Bald wird es so eine Volkszugehörigkeit nicht mehr geben! Es wird überhaupt keine Völker mehr geben! Alle werden einander Brüder und Schwestern sein, und die Menschen teilt man nur noch in drei Gruppen ein: Männer, Frauen und Kinder ... Dann gehören viele Vorurteile der Vergangenheit an. Mir hat da einmal ein Alter aus dem Ural geschrieben, dass er die Juden nicht mag, da habe ich ihn gefragt, ob es Juden im Ural gibt, und erfahren, dass es keine dort gibt! Aber wie kann man jemanden nicht mögen, den es gar nicht gibt? Verirrungen sind das alles, jahrhundertealte Verirrungen! Ich verstehe selbst gut, woher solche Veirrungen kommen! Zum Beispiel mochte ich das ukrainische Brot nicht, wissen Sie, es ist so schwarz! Ich mochte es nicht, und wenn ich beschränkt und ungebildet bin, dann sage ich, dass ich die Ukrainer nicht mag, ihr Brot schmeckt nicht gut! Ich habe das an mir selbst erlebt, als ich im Norden bei einer Familie von Küstenbewohnern zu Gast war. Sie haben mir zum Mittagessen eine Suppe gegeben ... nie habe ich etwas Scheußlicheres gegessen, aber ich habe nichts gesagt und auch den Nachschlag noch aufgegessen ... Danach hat sich mir drei Tage der Magen umgedreht, da, hier hat es wehgetan“, er wies auf seinen Bauch. „Und wenn ich ungebildet wäre, würde ich sagen, dass ich diese Eismeerküstenbewohner nicht mag, aber ich bin ja gebildet!“

„Von allen Künsten wird der Film die wichtigste werden“, fuhr der Herr der Hütte zu träumen fort. „Aus allem werden wir Filme machen, jeder Schritt jedes Menschen wird auf Zelluloid gebannt ...“

Banow döste ein. Der Weg herunter war nicht leicht gewesen, und er war rechtschaffen erschöpft.

„Was ist mit Flugzeugen?“, fragte Klara plötzlich.

„Flugzeuge?!“, wiederholte der Kremlträumer begeistert. „Flugzeuge wird es sehr viele geben. Jede Kolchose wird ihr Flugzeug haben, mit dem die Agronomen und einfachen Bauern herumfliegen und nachsehen werden, wie ihre Saaten aufgehen. Ich habe vor ein paar Tagen einen Brief von einem Piloten bekommen ...“

Banow schlief. Er träumte vom Winter, Kinder auf Schlitten fuhren einen Hügel hinunter. Aus den Schornsteinen der niedrigen Holzhäuschen stieg Rauch in die frostige Luft. Rotarmisten hatten ihre Gewehre zu einer Pyramide aufgestellt und bauten mitten auf der Dorfstraße eine Schneeburg. Auf einer anderen Straße trugen zwei bärtige Männer in Lederjacken einen Tannenbaum, hinter ihnen gingen noch zwei Rotarmisten mit Waffen in den Händen.

„... Die Kinder werden ebenfalls in Flugzeugen fliegen. Das bringt man ihnen von sechs Jahren an bei, und in drei Jahren wird jedes sowjetische Kind sein eigenes Fahrrad erhalten haben, völlig umsonst. Bezahlt von den Schulgewerkschaften ...“

Im Traum schlich Banow hinter den Männern her, die die Tanne trugen.

„Hier!“ Einer von ihnen wies mit der Hand auf eine alte, baufällige Bauernkate mit einem Strohdach, das von einer dicken Schicht Schnee bedeckt war.

Sie betraten den Vorgarten und klopften an die niedrige Tür.

Eine alte Frau öffnete, ihr Kopf war mit drei oder vier alten Kopftüchern umhüllt.

„Wohnt hier Pelageja Jerschowa?“, fragte einer der Männer in Lederjacken streng.

„Das bin ich, mein Sohn“, antwortete die Alte.

„Alles Gute zum Neuen Jahr!“, sagte der Mann. „Als Witwe und Mutter an den Fronten des Bürgerkriegs gefallener Söhne haben Sie Anrecht auf einen kostenlosen Tannenbaum!"

„Ach, danke, Kinder, kommt rein, kommt rein!"

Die beiden mit der Tanne nahmen ihre Ohrenklappenmützen ab und gingen mit der Tanne hinein. Die Rotarmisten blieben vor dem Haus.

Banow verbarg sich beim Nachbarhaus und schaute.

Die Rotarmisten rauchten Selbstgedrehte.

„Es ist schon ganz schön kalt!", sagte der eine, wobei er von einem Bein auf das andere trat.

„Schau! Schau!" Der andere wies plötzlich zum Himmel. „Da fliegt etwas! Hinlegen!"

Ein lauter werdendes Pfeifen erschreckte Banow, und er warf sich ebenfalls in den Schnee.

Ein Donnern, Krachen, menschliche Schreie ertönten.

„... und daher werden die sowjetischen Menschen unsterblich sein, und das wird viele ausländische Verbündete anziehen", träumte der Herr der Laubhütte weiter. „Dieses Mittel werden natürlich nicht alle erhalten, nur jene, die selbstlos für das Wohl der Heimat gearbeitet haben, wenn sie das Pensionsalter erreichen, das bis dahin auf vierundvierzig Jahre bei den Männern und fünfunddreißig Jahre bei den Frauen herabgesetzt sein wird. Auf diese Weise erlangen die sowjetischen Menschen, wenn sie in Pension gehen, Unsterblichkeit und können sich um ihre Obst- und Gemüsegärten kümmern. Haben Sie einen Gemüsegarten?"

„Nein", antwortete Klara.

„Das macht nichts", beruhigte sie der Kremlträumer. „Sie werden einen haben!"

... Als das Donnern verklungen war, trat drückende Stille ein, doch hier sprang die Tür auf und die beiden in den Lederjacken rannten heraus und blickten sich erschreckt um, einer umklammerte sogar einen Revolver in der Hand.

Banow hob den Kopf und sah dorthin, wo eben noch der Donner geklungen hatte. Hundert Meter entfernt erblickte er die Überreste eines ordentlichen Blockhauses, das buchstäblich noch vor wenigen Minuten dort gestanden hatte. Auch die beiden Rotarmisten eilten zu den Trümmern und begannen mit den beiden in den Lederjacken, den Schutthaufen zu untersuchen.

„Los! Los!“, kommandierte einer von ihnen. „Da, hier, ein Bein! Ja! Zieh am Schenkel! So! Und los!“

Und alle vier packten jemanden an den Armen, trugen ihn zur Seite und legten den Körper auf den Schnee.

„Wir müssen weiter suchen!“, kommandierte der eine in der Lederjacke.

Sie fanden noch jemanden. Banow konnte nicht sehen, ob die, die man unter den Trümmern herauszog, am Leben waren oder nicht.

„Was war das denn?“, fragte der eine in der Lederjacke.

„So ein Ding ...“, begann der eine Rotarmist zu erklären. „Schwarz, wie ein Stein ...“

„Ja, anscheinend ein Stein!“, bekräftigte der zweite Rotarmist.

„Der Kolchosvorsitzende ist erschlagen worden!“, rief eine Frau, und zu den Trümmern strebten Nachbarn und Kinder herbei und drängten sich um die beiden Körper im Schnee.

Banow wurde mutig, rappelte sich ebenfalls auf und ging hin.

Der Vorsitzende und seine Frau waren tot.

„Gut, dass die Kinder draußen gespielt haben!, sagte eine Frau. „Ach je, jetzt sind sie Waisen ...“, heulte sie dann auf und schlug die Hände vors Gesicht.

„Nicht doch, Genossen!“, warnte einer der beiden in Lederjacke. „In unserem Land gibt es keine Waisen! Wir nehmen sie zu uns, schicken sie in die Suworow-Lehranstalt ...“

„Aber da sind doch zwei Mädels und ein Bub!“, nuschelte ein alter Nachbar.

„Die Mädchen in die Kulibinski-Anstalt, den Buben in die Suworow!“, zog einer der beiden in Lederjacke einen Schlussstrich unter das Gespräch.

„Oh! Hier ist dieses Ding!“, rief plötzlich der Rotarmist, der in den Trümmern gegraben hatte.

Alle drehten sich zu ihm um.

Der Rotarmist hielt einen schwarzen Stein von der Größe eines Menschenkopfes in den Händen.

„Schwer ist er!“, sagte der Rotarmist, während er zu der Menge kam, und gab ihn jemandem zu halten, um das Gesagte zu beweisen.

„... Haben Sie vielleicht zufällig heutige Zeitungen dabei?“, fragte plötzlich der Träumer und sah auf Banow. „Genosse! Genosse? Hm?“

Banow schlug die Augen auf. In seinem Kopf rauschte es, denn schläft man etwa anständig im Sitzen?

„Zeitungen von den letzten Tagen haben Sie nicht zufällig?“, fragte der Träumer.

„Nein, nein, die habe ich nicht mitgebracht ...“, stammelte der Schuldirektor.

„Vielleicht wissen Sie auch so Neuigkeiten? Was gibt es denn dort oben?“

Banow strengte sein Gedächtnis an. Das einzige, woran er sich gut erinnerte, war der Erlass über die Umbenennung von Genosse Kalinin in Genosse Twerin.

„Der Genosse Kalinin wurde in Genosse Twerin umbenannt ...“, erklärte Banow und versuchte sich an weitere Neuigkeiten zu erinnern.

„Umbenannt?“ Der Kremlträumer interessierte sich für diese Neuigkeit. „Wissen Sie zufällig, mein Lieber, ob man nur ihn umbenannt hat, oder noch irgendeinen anderen?“

„Anscheinend nur ihn ...“, antwortete Banow.

„Hm ... vielleicht haben Sie etwas gehört ... Vielleicht hat man mich auch umbenannt?“

Banow straffte sich.

„Aber nein!“, sagte er voller Hochachtung. „Nein, wie könnte man denn ...“

„Na, vielleicht wurde das nur nicht bekanntgemacht ...“, fuhr der Kremlträumer fort. „Ich bekomme da nämlich neuerdings Briefe, anscheinend an mich, aber auf dem Kuvert steht ‚Moskau, Kreml, für Ekwa-Pyris' ... das klingt doch schon sehr unrussisch, aber die Briefe sind eindeutig an mich ..."

Banow wusste nicht, was er antworten sollte.

„Vielleicht ist das ein Versehen?", fragte Klara.

„Vielleicht", sagte der Träumer, doch seine Miene drückte nun äußerste Besorgnis aus. „Da kommen sehr viele solcher Briefe! Auf einen, sehen Sie, habe ich geantwortet und irgendwie automatisch ebenfalls so unterschrieben – Ekwa-Pyris ..."

„Vielleicht wird so Ihr Name auf ausländisch übersetzt?", schlug Klara vor.

„Aha ...", nickte der Kremlträumer. „Ja ..., wahrscheinlich ist das eine Übersetzung ..."

„Sie haben so einen schönen Anzug", sagte Klara, die beschlossen hatte, den Träumer von bedrückenden Gedanken abzulenken.

„Gefällt er Ihnen?", freute er sich. „Die Weste ist einfach großartig, Sie werden es nicht glauben: elf Taschen. Solche Westen gab es nicht mal vor der Revolution!"

‚Wieso „nicht mal"?', überlegte Banow, sagte aber nichts.

Plötzlich ertönte ein Pfiff.

„Ein Vogel?" Der Träumer hob den Zeigefinger in die Höhe.

Banow horchte aufmerksam.

Wieder ertönte ein Pfiff, lauter bereits, und im nächsten Augenblick hörte man hinter der Laubhütte jemanden leise vor sich hinsingen.

Banow sprang auf die Füße und sah Klara so angespannt an, dass sie sich ebenfalls erhob.

„Rennen wir!", flüsterte der Schuldirektor und lief voraus, dorthin, wo sie sich von Karpowitsch getrennt hatten, auf die andere Seite des Hügels.

Hinter der Hügelkuppe fiel Banow auf die Erde.

Klara setzte sich atemlos neben ihn.

Als sie Atem geschöpft hatten, krochen sie zum höchsten Punkt des Hügels und spähten von dort aus.

Vor dem Träumer stand ein Soldat mit einem dreistöckigen Henkelmann. Er erzählte dem Alten etwas, und der lächelte zur Antwort. Dann, nachdem er sich umgeblickt hatte, drückte der Soldat dem Träumer die Hand und klopfte ihm irgendwie freundschaftlich auf die Schulter.

Fassungslos sah Klara Banow an.

„Wie kann man denn so was tun?“, fragte sie.

Banow zuckte die Schultern.

Die ersten Regentropfen fielen zur Erde.

Der Kremlträumer eilte mit seinem dreistöckigen Henkelmann in den Händen in seine Laubhütte.

Banow und Klara erhoben sich und gingen, um Karpowitsch zu suchen.

Kapitel 10

An den Abenden brummten über dem Hügel des Neuen Gelobten Landes abermals Flugzeuge, sie flogen tief, in großen Schwärmen auf die untergehende Sonne zu. In der ersten Zeit hatten alle Bewohner die Köpfe verdreht und staunend mit den Blicken diese hier früher nie gesehenen eisernen Vögel mit den roten Sternen an den Flügeln verfolgt. Aber am dritten Tag schwand das Interesse an den vorüberfliegenden Flugzeugen, und dann schenkte man ihnen keine besondere Beachtung mehr.

Das Leben ging weiter, die Felder um das Neue Gelobte Land herum grünten. Ruhig floss der kleine Fluss, an dessen Ufer täglich der Schornstein von Sachars Räucherei rauchte, in der außer dem Räuchermeister selbst jetzt auch der einhändige Pjotr lebte. Sachar hatte ihn gesundgepflegt und ihn dann bei sich behalten, und jetzt versuchte dieser kleingewachsene Mann, erfüllt von Dankbarkeit und Liebe gegenüber Sachar, ihm auf jede erdenkliche Weise zu helfen und nützlich zu sein. Dabei packte er jede Sache an, für deren Ausführung eine einzelne rechte Hand genügte. Zum Glück gab es in der Räucherei ausreichend davon, und Sachar hatte schnell gespürt, wie mit dem Auftauchen eines Helfers die Arbeit gleich besser voran ging.

Nun konnten sie zu zweit in wenigen Minuten noch in der heißen Rauchkammer des Ofens das schon geräucherte Fleisch herausnehmen und das frische an die gusseisernen Haken hängen. Abends saßen sie an dem Holztisch am Fenster, tranken allerlei Kräutertees und genossen beide bisweilen mehr ihr Schweigen, als nichtssagende Unterhaltungen.

Im Häuschen war es immer warm und trocken und roch stets wunderbar angenehm und appetitlich. Gar nicht davon zu reden, dass sie abseits der Kommune für sich allein aßen und dafür keinerlei Vorwürfe zu hören bekamen.

Vor dem Schlafen ging Pjotr gewöhnlich an den Fluss, um sich zu waschen.

Eines Tages, als die Flugzeuge schon verstummt waren, hörte Pjotr, als er ans Ufer kam, Stimmen, und er versteckte sich. Er war ein scheuer Mann und wich allen unnötigen Begegnungen mit den Menschen aus, erst recht, seit er anstelle der Hand den langen und nutzlosen Stummel besaß.

Er versteckte sich, hockte sich am Wasser ins Gras, und als seine Augen sich an die beginnende Dunkelheit ein wenig gewöhnt hatten, erblickte er zwei Badende im Fluss. Es waren der bucklige Buchhalter und seine Frau, eine angenehme Frau mit einem runden Gesicht. Da gab es kein Gespräch zwischen ihnen, nur leises Prusten und Ächzen. Und plötzlich fragte der Buchhalter: „Hör mal, wird Wasiljok da drüben sich nicht erkälten?“ „Ach was“, antwortete seine Frau. „Es ist doch warm, und es geht kein Wind.“

‚Ich warte, bis sie weg sind, dann gehe auch ich ins Wasser‘, beschloss Pjotr und legte sich auf den Rücken, um in die Sterne zu schauen. Doch da sank sein Kopf auf etwas Weiches, und im selben Augenblick plärrte ihm Kinderweinen direkt ins Ohr. Vor Schreck sprang er auf die Füße.

„Geh hin“, drang die Stimme des Buchhalters herüber. „Hörst du, er ist aufgewacht!“

Pjotr schlich, ohne sich nach dem aufgewachten kleinen Buben umzusehen, auf Zehenspitzen zurück in ihr Räucherei-Häuschen. Nur die Tür quietschte, als er eintrat.

Sachar lag bereits auf seiner Bank, zugedeckt mit einem langen Stück Tuch, das jemand aus der nahen Kolchose ihm einmal als Bezahlung gebracht hatte.

„Na, fertig gebadet?“, fragte er.

„Nein“, antwortete Pjotr. „Da sind Leute ...“

„Dann schlaf ...“

Pjotr legte sich auf seine Bank, die an der anderen Wand stand. Er streckte sich auf dem Rücken aus und sann nach. Er dachte an Glascha, die ihn gleich nach dem Gericht verlassen und sich seither kein einziges Mal nach ihm erkundigt hatte. Er hatte sie in der letzten Zeit ein paar Mal gesehen, aber auch das nur von fern. Sie war schwanger, und davon wurde Pjotr traurig zumute – da würde nun ein Kind geboren, und später würden die Leute zu ihm sagen, dass sein Vater ein Dieb gewesen war ... Was für ein Dieb war er denn? Nur rauchen hatte er wollen ...

Ein Klopfen an der Tür störte Pjotrs Gedanken. Er richtete sich auf.

„Mach auf", sagte Sachar heiser. „Sicher wollen sie zum Wodka was zu kauen haben. Gib ihnen den überräucherten Hasen, der in der Vorratskammer gleich hinter der Tür hängt, ihnen ist das ja egal."

„Bin gleich da!", sagte Pjotr, als er zwei menschliche Gestalten im dunklen Flur erblickte.

Er fand den Hasen, kehrte zur Tür zurück und reichte ihn den Ankömmlingen.

„Nein, nein, wir kommen einfach nur so ...", erklang die Stimme des Buchhalters. „Wir wollten ein bisschen reden ..."

Als Sachar das hörte, setzte er sich auf und blickte erstaunt zur Tür.

„Es geht ein Wind, da dachte ich, wir bringen das Buckelchen lieber ein wenig ins Warme", fügte der Buchhalter hinzu.

Pjotr trat beiseite, und die Gäste kamen herein.

Sachar zündete das Petroleum in der Lampe an und hängte sie wieder an die Decke über den Tisch.

Alle setzten sich. Die Frau des Buchhalters hielt ihren Kleinen im Arm, aber als sie sich gesetzt hatte, legte sie ihn auf ihre Knie.

„Wir haben hier gebadet ...", sagte der Buchhalter. „Da haben wir beschlossen, vorbeizukommen, wir sind doch noch nie hier gewesen ..."

Sachar erhob sich schweigend, verschwand in der Vorratskammer und brachte eine grob geschnittene Fleischkeule von dort mit. Er legte sie auf den Tisch.

„Brot gibt es keines", sagte er bedauernd.

„Ach, das macht nichts!" Der Buchhalter winkte ab und schnupperte an der Keule

„Esst nur, esst!", sagte Sachar.

Sie kauten das Fleisch, und die Frau des Buchhalters versuchte sogar dem schlafenden Wasiljok ein Stück in den Mund zu schieben.

Dann stellte Sachar den Kupferteekessel mit Himbertee zum Aufwärmen auf den Ofen.

Allmählich entspann sich ein Gespräch.

„Nimmst du uns das Ganze nicht allzu übel?“, fragte der Buchhalter Pjotr vorsichtig.

„Nein“, sagte Pjotr.

„Hättest du nur ein wenig auf die Zukunft gewartet, dann wäre alles gut ausgegangen“, sagte der Bucklige. „Denn in der Zukunft werden alle alles haben, und zu stehlen hätte gar keinen Sinn, denn man würde es ohnehin von sich selber stehlen, verstehst du? Dort, in der Zukunft, wird auch jeder Bücher zum Zigarettendrehen haben, so viel er will. Und sogar noch mehr, damit man sie gegen irgendwas tauschen kann, verstehst du?“

Pjotr nickte. Er nahm ihnen tatsächlich nichts übel, das lag nicht in seinem Charakter. Er trauerte um seine verlorene Hand, aber er wusste, dass er selbst an dem Vorfall schuld war, und deshalb murrte er nicht.

Danach redeten sie von den Sternen. Der Buchhalter sprach seine geheimsten Gedanken aus.

„Ja“, stimmte Sachar ihm zu. „Ich habe selbst gesehen, wie sie hier herunter fallen. Anscheinend wollen sie hier her, diese Sterne ...“

„Ja, anscheinend“, wiederholte der Buchhalter und nickte. „Vielleicht geht es ihnen dort nicht gut? Wieso würden sie sonst vom Himmel herunter springen?!“

Der Tee aus wilden Himbeerblättern legte sich ihnen angenehm süß auf die Zunge.

Sachar schnitt noch mehr von dem Räucherfleisch ab.

Das Kind wachte auf und weinte ein bisschen.

Die Frau beruhigte das kleine Buckelchen, und es schlummerte friedlich weiter, eingetaucht in seine Kinderträume.

„Ich glaube ja, dass wir, wenn man vom Himmel aus schaut, ebenfalls leuchten“, fuhr der Buchhalter fort. „Solange wir leben, leuchten wir, und wenn wir sterben, erlöschen wir … Also, so wie sie … Wir sind doch auch zuerst sozusagen hierher geflohen, und auf dem Weg, wisst ihr noch, wurden so viele von den Steinen erschlagen … Hm?“

Sachar nickte stumm und dachte an jene schreckliche Nacht.

„Wickel deinen Kleinen in das Tuch dort drüben und leg ihn ein bisschen auf die Bank“, sagte der Räuchermeister zu der Frau, während er sich aus seinen traurigen Erinnerungen riss. „Dann können deine Arme ein bisschen ausruhen …“

So saßen sie bis zum Morgen, und nicht der leiseste Wunsch zu schlafen kam in ihnen auf. Das Gespräch, der Tee, und die Keule, alles tat wohl, und während sie das empfanden, wurden die Menschen, die um den Tisch saßen, von Wärme und Interesse für einander erfüllt. Erst gegen Morgen gingen sie auseinander, als die nächtliche Dunkelheit sich in unsichtbare stille Gassen zerstreute. Pjotr ging hinaus und begleitete den Buchhalter mit seiner Frau und dem Kind. Tautropfen glitzerten im Gras, und über dem Fluss hing, wie eine Spiegelung seines Laufs, ein schwankender Pfad aus Nebel.

Pjotr brachte die Gäste bis zum Fuß des Hügels, dort verabschiedete er sich von ihnen.

Der Buchhalter drückte Pjotr die Hand und schritt bergauf. Hinter ihm folgte seine Frau mit dem Kind in den Armen.

Pjotr stand dort noch ein wenig, dann ging er wieder zurück.

Der Buchhalter, der auf den Schultern bereits die Schwere der schlaflosen Nacht spürte, dachte im Gehen nach. Er dachte darüber nach, dass, wenn er damals nicht Mitleid mit Pjotr gehabt hätte, er ihm an diesem Morgen zum Abschied hätte die linke Hand drücken müssen. Aber wie drückte man die?

Während er darüber nachdachte, drehte der Buchhalter seine Handflächen vor sich hin und her und versuchte sich einen solchen Händedruck vorzustellen.

Schon begannen ihnen die Signalraketen auszugehen, von denen sie eine ganze Kiste gehabt hatten, als Chramow unerwartet, nach einem weiteren Schuss in den Himmel, in den Wagen hereingeeilt kam und glücklich schrie:

„Sie sind in der Nähe! Da war eine Rakete! Sie sind ganz nah!"

„Was hatte die Rakete für eine Farbe?", fragte Kalatschew.

„Grün!", sprudelte Chramow hervor.

„Und was für eine hast du abgeschossen?", erkundigte sich Dujew.

„Rot!"

„Gut", seufzte der Volkskontrolleur zufrieden. „Gut, dass wir sie mit einer Roten empfangen haben! Sehr gut."

Froh versammelten sie sich alle, schlüpften in ihre Fellmäntel und Pelze, zogen die Ohrenklappenmützen auf und die Fäustlinge über und liefen hinaus.

Als die Hunde so viele Menschen aus dem Wagen eilen sahen, gerieten sie in Aufregung. Sie sprangen hoch und wedelten mit den Schwänzen.

Sechs Männer blieben unten vor dem Wagen stehen und erstarrten.

Sie hörten etwas. In der grauen Luft dieses unbestimmten Tages hinter dem Polarkreis konnte man ferne mechanische Klänge vernehmen.

„Habt ihr gehört? Habt ihr gehört?", rief der lahme Dujew mit hochgereckter Hand, damit sie ihn beachteten. „Habt ihr gehört? Sie haben Schienen gelegt! Ich weiß es! Ich hab als Kind gehört, wie sie Schienen legen!"

Dobrynin lauschte noch aufmerksamer. Ein Lärm lag in der Luft, doch einzelne Klänge hätte er nicht unterscheiden können.

Waplachow hustete, und da blickten sie ihn voller Vorwurf an. Sogleich verschloss sich der Urku-Jemze mit seinem Fäustling den Mund und wandte sich ab.

„Bald geht es nach Hause!", sagte Stepan Chramow träumerisch.

„Es ist kalt ...", bemerkte Kalatschew leise.

Dobrynin beugte sich zu dem Hund hinunter, der ihm am nächsten war, und streichelte ihn.

„Siehst du", sagte er leise, damit seine Gefährten ihn nicht hörten. „Es ist geschafft! Wir haben es geschafft ..."

Als erster kehrte Goroschko zurück in den Wagen. Hinter ihm folgten, einer nach dem anderen, auch die Übrigen, und als letzter ging Chramow hinein, der sich, träumend oder auf die Klänge horchend, draußen noch ein wenig Zeit gelassen hatte.

Drinnen im Wagen befahl Kalatschew, dass Goroschko Verbindung mit Moskau aufnehmen und über alles berichten solle.

Das Drehen der Knöpfe und das Ausrichten nahm wenigstens eine Stunde in Anspruch, doch schließlich war eine Verbindung hergestellt, und zwischen der Hauptstadt des Sowjetlandes und der irgendwo im Unbekannten verlorenen Expedition streckte sich eine unsichtbare Linie aus Punkten und Strichen aus. Die liefen dabei in beide Richtungen. Im Wagen notierte sie Jura Goroschko, und irgendwo dort im Kreml nahm ein namenloser Regierungsfunker die Mitteilungen auf.

„Sie erbitten die Namen aller Expeditionsteilnehmer, für die Erteilung von Orden!", rief Goroschko Kalatschew zu und drehte sich um.

„Na, dann gib sie ihnen! Kennst du denn unsere Namen nicht?"

„Soll ich ihnen alle geben?", fragte der Funker zurück und schielte hinüber zu dem Urku-Jemzen.

Kalatschew verstand Goroschkos Zweifel, unterbrach ihn aber einigermaßen scharf:

„Alle sechs Namen."

Der Funker gab sie durch. Er nahm den Kopfhörer ab.

„Morgen melden sie sich!", sagte er, ohne sich umzudrehen.

Am nächsten Tag – und ‚Tag' nennen konnte man ihn nur, weil alle aufwachten und aufstanden, nicht etwa, weil die Natur dafür irgendwelche Anhaltspunkte gab – piepte die Funkstation los und rief den Funker zu sich. Es geschah dies gerade nach dem Frühstück, auf das in letzter Zeit nur der Urku-Jemze verzichtete.

Goroschko eilte hin, griff nach dem Kopfhörer und nahm auf seiner Hockerkiste Platz, in der Hand den Bleistift, vor sich das aufgeschlagene Heft. Wohl eine Minute wartete er angespannt, dann raschelte das Blatt unter seinem Stift los.

Mochte auch klar sein, was man ihnen an diesem Tag mitteilen würde, so saßen doch fünf Männer im Wagen und warteten mit Ungeduld auf die Nachrichten, während sie den sechsten beobachteten, den einzigen unter ihnen, der die geheimnisvolle Funksprache beherrschte.

„So ...", seufzte der endlich, legte den Kopfhörer auf die Funkstation, drehte sich mit dem Heft in den Händen auf seiner Kiste um und blickte froh und gefasst auf Kalatschew.

„Na, was gibt es, rede!", befahl Kalatschew.

„Befehl der Regierung der Union der Sozialistischen Sowjetrepubliken", begann Funker Goroschko seine Punkte und Striche zu verlesen. „Für mit Lebensgefahr verbundenes Heldentum und erfolgreiches Ausführen ihrer Mission für die Heimat wird die Gruppe der Geologen, bestehend aus vier Personen: Iwan Kalatschew, Pjotr Dujew, Juri Goroschko, Stepan Chramow, sowie die Gruppe der Volkskontrolleure, bestehend aus zwei Personen: Pawel Dobrynin und Dmitrij Waplachow, mit dem Leninorden ausgezeichnet. Darüberhinaus wird jedem der Titel: „Verdienter Geologe der UdSSR" verliehen. Darüberhinaus wird der Gruppe der Geologen, bestehend aus Iwan Kalatschew, Pjotr Dujew und Stepan Chramow der Staatspreis erster Klasse zuerkannt für die Durchführung einer Reihe von Experimenten zur Erforschung der Speisequalitäten von Fleisch, sowie der Erarbeitung von Methoden überlanger Aufbewahrung von Fleisch- und Fischprodukten. Moskau. Kreml. Genosse Twerin."

Hier machte Goroschko eine Pause, in der er mit einem Blick, der nicht mehr ganz so froh war, noch einmal die Funkmeldung überflog.

„Das ist dann alles?“, fragte Dujew.

„Aber nein!“, antwortete Goroschko, während er weiter seine Funkmeldung studierte. „Es scheint, an einer Stelle haben sie meinen Namen ausgelassen ...“

„Das klärst du später, lies weiter!“, befahl Kalatschew.

„... wo war das ... ach, hier ... der Personalbestand der geologischen Expedition stellt sich nach beendeter Mission dem stellvertretenden Leiter der Politabteilung des Schienenverlegezuges, Genosse Bruse, zur Verfügung, welcher Genosse Kalatschew einen Brief mit weiteren Anordnungen übergeben wird ... Herzlichen Gruß an Genosse Dobrynin von Genosse Twerin. Marija Ignatjewna ist damit einverstanden, den Sohn Grigorij zu nennen. Die Geburtsurkunde wurde im feierlichen Rahmen ausgestellt. Geben Sie Mitteilung über die Beendigung des Baus der Stichstrecke. Ende ...“

„So“, sagte Kalatschew nach einer längeren Pause. „Ich gratuliere allen anwesenden ... Ordensträgern!“ Hier strahlte der Leiter der Expedition aufrichtig und umfing alle mit seinem Blick. „Außerdem gratuliere ich euch natürlich zum Erhalt des Titels ‚Verdienter Geologe der UdSSR‘ mit Übergabe des entsprechenden Abzeichens ... Obwohl ich nun schon zwei Mal Verdienter Geologe bin ... Und natürlich gratuliere ich Genosse Dujew, Genosse Chramow und mir selbst zur Zuerkennung des Staatspreises Erster Klasse ...“

„Aber hier haben sie ja meinen Namen ausgelassen“, stammelte Goroschko gekränkt. „Ich war doch Mitglied der Expedition von Anfang an ... auch dieses Fleisch habe ich von Anfang an mit euch gegessen ...“

„Also, erstens, Genosse Goroschko, hast du das Fleisch nicht von Anfang an gegessen, sondern erst am vierten Tag“, wandte sich Kalatschew dem Funker zu. „Und außerdem bist du auf der Expedition als Funker, nicht als Geologe dabei.

Deshalb darfst du keinesfalls gekränkt sein! Genosse Dobrynin hier hat ebenfalls Fleisch gegessen, jedoch keinen Preis erhalten, und er ist, glaube ich, nicht gekränkt! So ist es doch, Genosse Kontrolleur?"

Die Frage erwischte Dobrynin ein wenig plötzlich. Er hatte nämlich soeben gerade gedacht, dass sie alle gemeinsam ihr Leben riskiert hatten, den Preis aber nur drei bekamen. Aber es meldeten sich in ihm auch verständigere Gedanken. Immerhin hatte man ihnen allen Orden gegeben und allen Titel verliehen. Dass man den Preis nur den Geologen gegeben hatte, nun, so hatten ja die Geologen dieses Fleisch gefunden, nicht er, Dobrynin. Auch Goroschko hatte wohl kaum nach Fleisch gesucht ...

„Nicht doch, worüber sollen wir gekränkt sein!", sagte Dobrynin betont entschieden. „Wenn sie es so gemacht haben, dann heißt das, so ist die Vorschrift, und darin liegt die Gerechtigkeit ... sie haben doch alle auf anständige Weise belohnt ..."

Hier wusste Dobrynin nicht mehr weiter. Deshalb verstummte er.

Goroschko saß mit hängendem Kopf da und blickte zu Boden.

Da mochte Dobrynin den Funker schon gleich nicht mehr. ‚Er ist gierig!', erkannte der Volkskontrolleur und pries in Gedanken seinen Gehilfen Waplachow, den niemals etwas kränkte, der nichts verlangte und sich sogar jetzt genierte, seine Freude über die Auszeichnung kundzutun. Und Dobrynin drehte sich zu dem Urku-Jemzen um und drückte ihm die Hand. „Ich gratuliere!", sagte er. Man sah, dass Waplachow von der Mitteilung und auch dem feinfühligen Verhalten seines Chefs und seiner Geologen-Freunde sehr berührt war. Auf seinem bleichen Gesicht erschien ein etwas erschöpftes, schwaches Lächeln. Er war noch immer krank, doch selbst über seine Krankheit beklagte er sich nicht.

Bald fand die langersehnte Begrüßung des Zuges statt. Gleichsam aus dem Nirgendwo kam er hervorgekrochen und legte die letzten Schienen auf den Frostboden direkt bis wenige Meter vor den Wagen der Geologen.

Der Schienenverlegezug setzte sich aus einem Kranwagen, der Lokomotive als solcher, zwei geschlossenen, beheizbaren Waggons und einigen offenen, niedrigen Güterwagen zusammen, auf denen die zum Verlegen bereiten Schienen lagen. Der Führer des Zuges, Genosse Taufenbach, war ein Deutscher.

Sobald die letzte Distanz mit Schienen überbrückt war, befahl er allen, sich im ersten Waggon zu versammeln, in dem die Leitung des Zuges lebte und arbeitete und in dem auch eine Funkstation stand. Dort wurde ein großer Schreibtisch gedeckt. Auf ihm erschienen außerordentlich schnell, man konnte sagen: vor den Augen der staunenden verdienten Geologen, eingesalzener Fisch, Tassen, Trinkspiritus und dergleichen. Die einzige Unannehmlichkeit war, dass man an diesem Tisch stehen musste. Hocker waren nicht genug vorhanden, und um die vollkommene Gleichheit zu wahren, hatte man sie einfach in einer Ecke des Waggons gestapelt.

Taufenbach, der ein kleingewachsener und, ungeachtet der ledernen Fliegerjacke, die ihn erstaunlich rund erscheinen ließ, vermutlich magerer Mann war, berührte mit den Fingern der rechten Hand sein rotes Schnurrbärtchen und überließ Genosse Kalatschew das Recht auf den ersten Trinkspruch.

„Also ... auf Ihre Ankunft!“, erklärte der Leiter der Expedition kurz und knapp.

Es klirrten die Blechtassen aneinander. Es lächelten die strengen, schönen Gesichter der Männer, die in ihrer Mehrheit bärtig waren, mit Ausnahme des glattrasierten Taufenbach und seines Stellvertreters aus der Politabteilung, Genosse Bruse.

Nach einem Schluck Spiritus fühlte Dobrynin, wie Munterkeit und Hoffnung sich in ihm ausbreiteten. Auf den Schluck hin nahm er sich ein Stück gesalzenen Fisch, schob es gierig in den Mund und begann es zu zerkauen, samt

Gräten, die sich ihm ins Zahnfleisch bohrten und zwischen den Zähnen steckenblieben. Doch als der Volkskontrolleur die unangenehmen Stiche spürte, arbeitete er nur noch stärker mit den Kiefern und betrachtete voller Liebe und gutmütiger Neugier die Gesichter der ihm bisher noch unbekannten Menschen, die hier um den Tisch standen. Ein eigenartiger Hunger nach neuen Gesichtern war in der Zeit seines langen Zusammenlebens mit den Geologen in ihm aufgekommen, doch war Dobrynin sich darüber erst jetzt, nach der Ankunft des Zuges, klargeworden. Der Zug bedeutete die Fortsetzung seines Lebens und damit auch die Fortsetzung seines Dienstes an der großen Heimat, in dem ja der ganze Sinn seines Volkskontrolleurslebens bestand.

Mit dem Zug waren etwa zwölf Arbeiter eingetroffen. Außer Taufenbach und seinem Stellvertreter stand noch ein weiterer eindeutiger Nicht-Arbeiter hier mit am Tisch: Er trug eine Brille, einen leicht herausgewachsenen Bürstenschnitt, hatte schmalen Lippen und eine schmale Nase. Der Mann hieß Professor Sikalski, wie Dobrynin kurz darauf erfuhr, stammte aus Moskau und war mit dem Zug zu ihnen geschickt worden, damit er die Fäulniswiderstandsfähigkeit des ausgegrabenen Fleisches prüfte. Dies herauszufinden war von großer Bedeutung, um den richtigen Transport und die Marschroute zu organisieren.

Es war wohl kaum eine halbe Stunde vergangen, da wusste Dobrynin bereits aus der lauten Vielstimmigkeit am Tisch, dass einen fernen Vorfahren des Genossen Taufenbach jemand aus dem Gefolge Peters des Großen einst aus Deutschland nach Russland gebracht hatte, dass Sikalski wenige Tage zuvor in diesem Zug fünfundvierzig Jahre alt geworden war, dass die Arbeiter vor beinahe einem Monat, beim Verlegen der Schienen auf sibirischer Erde, einen eigenartigen Kinderfriedhof entdeckt hatten, auf dem kleine Jungen in Uniform mit den Buchstaben ‚Su' auf den Ärmelstreifen begraben lagen. Genauer, sie waren nur mit Schnee zugeschüttet gewesen. Auch noch vieles andere erfuhr Dobrynin aus diesem bunten Strauß von Gesprächen, die ab und an von schnellen Trinksprüchen, wie zum Luftholen, unterbrochen wurden. Alles interessierte den Volkskontrolleur: auch die Nachrichten aus dem Feld, und dass der Krieg weiterging und die Rote Armee an allen Fronten vorsätzlich zurückwich und damit die Feinde in tödliche Fallen lockte, wie sie es schon damals mit der Armee Napoleons gemacht hatten, und dass nun das Blut besonders nützlich war, das man kürzlich während der Kampagne im ganzen Sowjetland bei der Bevölkerung gesammelt hatte.

Als die Aufmerksamkeit des Volkskontrolleurs nachließ, mehr, weil seine Ohren erschöpft waren, nicht, weil er das Interesse verloren hätte, bemerkte er, dass in der Ecke des Waggons einige Festteilnehmer an der Wand in einer Reihe auf den Hockern saßen und schlummerten, unter ihnen auch Dmitrij Waplachow. Eben dort bemerkte Dobrynin überdies noch einen freien Hocker. Leise verließ der Volkskontrolleur den Tisch und ließ sich auf dem Hocker nieder. Er lehnte den Rücken an die Wand, im Rentierfellmantel war es warm und gemütlich – obgleich die Luft im Waggon ebenfalls warm war. Denn auch hier stand jene Erfindung der sowjetischen Chemiker: der Ofen, der weder Feuerholz noch Kohle brauchte. Ein wahrhaftiges Glücksgefühl kroch ihm ins Herz. Und der Volkskontrolleur schlief ein.

In seinem Traum fielen irgendwelche schwarzen Steine auf weißen Schnee. Sie fielen, verbrannten den Schnee mit einem Zischen und verschwanden irgendwo in der Erde. Lange hielt dieser Steinregen an, und die Menschen in seiner Nähe gewöhnten sich an ihn. Sie gewöhnten sich auch daran, dass diese schwarzen Steine hin und wieder auf Häuser fielen und einen von ihnen erschlugen.

Nachdem alle wieder aufgewacht waren, hielten sie im Waggon des Zugleiters wieder eine allgemeine festliche Versammlung ab, auf der im Grunde dieselben Trinksprüche wie am Vorabend erklangen, nur dass diesmal niemand trank.

Unter den Ovationen der Arbeiter überreichte Genosse Bruse dem Genossen Kalatschew einen Brief aus Moskau. Dann sprach Professor Sikalski, während er hin und wieder seine Brille zurechtschob, die ihm von der dünnen Nase rutschte. Er sprach über die Bedeutung der ihnen gestellten Aufgabe, über Sorgfalt und über besondere Verantwortung, Hingabe und großes Vertrauen. Aus seiner von unlebendigen Worten durchsetzten Rede verstand Dobrynin, dass sowohl die Geologen als auch die Arbeiter ‚bis auf besondere Verfügung des Kreml' hier bleiben würden. Sie sollten ‚alle Kräfte einsetzen zur maximalen Zutageförderung von Fleisch aus gefrorenem Grund' und sollten es für das Verladen auf einen bereits unterwegs befindlichen Güterzug vorbereiten, der dieses Fleisch in die Hauptstadt, an die Front und in andere Städte bringen sollte. Es würden, erklärte Sikalski, solche Güterzüge bereits zusammengestellt und regelmäßig eintreffen, um Fleisch zu holen, wobei den Arbeitern jedoch ‚genügend Zeit verbleiben' werde, um das Fleisch für ‚den jeweiligen Folgezug' vorzubereiten, da man die Strecke eingleisig verlegt hatte. Und bis ein beladener Zug zum Knotenpunktbahnhof zurückgekehrt und ein neuer eingetroffen sei, würden mindestens acht Tage vergehen.

Der ungeöffnete Brief aus dem Kreml zitterte in Kalatschews Händen, der Sikalski sehr aufmerksam lauschte. Während er aus den Worten des Professors zusehends mehr über seine Zukunft erfuhr, erbleichte er, seine Lippen verzogen sich, sein Blick war erloschen und zutiefst unglücklich. Dasselbe konnte man auch von den drei übrigen Geologen sagen. Funker Goroschko, der auf dem Hocker saß, auf dem er am Vorabend eingeschlummert war, rieb sich die Tränen fort, die ihm über die runden rosigen Wangen liefen.

Nach der Versammlung begaben sich die Geologen in ihren eigenen Wagen, umgehend folgten ihnen auch Dobrynin und sein Gehilfe.

Sie setzten sich um ihre Tischkiste. Erst hier, in seinem eigenen Wagen, öffnete Kalatschew den Brief, nachdem er das Siegel abgerissen und vor sich auf den Boden geworfen hatte. Er las schweigend.

„Und, was?“, flüsterte Dujew.

„Dasselbe, was auch der Professor gesagt hat ...“, brummte Kalatschew vor sich hin. „Sogar mehr ...“

„Von uns steht dort nichts drin?“, fragte Dobrynin.

Der Leiter der Expedition schüttelte den Kopf.

„Lies vor!“, bat Goroschko, der offenbar immer noch auf etwas Gutes hoffte. „Vielleicht haben sie dort etwas Wichtiges ausgelassen ... Vielleicht haben sie ja zufällig ihre Namen ausgelassen!“ Er wies mit dem Kinn auf den Volkskontrolleur und den Urku-Jemzen.

Kalatschew seufzte, hob die Blätter mit dem maschinengeschriebenen Text näher an die Augen und las vor.

Es ging dort nicht allein um die Organisation der Fleischförderung und -verladung. In diesem Brief war auch die Rede von dem Eintrag des Ortes in dienstliche und geheime Karten, sowie davon, dass im Weiteren in allen Dokumenten, Briefen und Funkmeldungen der Ort als „Fundort Fleisch“ zu bezeichnen sei. Offensichtliche Auslassungen von Namen konnten sie nicht entdecken, überhaupt wurden dort nur die Geologen erwähnt, von dem Volkskontrolleur kein Wort. Und darüber war Dobrynin, vielleicht zum ersten Mal in seinem Leben, sehr froh. Er wollte nicht in diesen Gegenden bleiben. Sein Herz weinte, es sehnte sich nach Russland, nach Grün, nach anständigen Sonnenaufgängen und Sonnenuntergängen, nach bellenden und heulenden Hunden.

An der Wagentür klopfte es, Taufenbach und Bruse kamen herein.

Nüchtern und sachlich erstellten sie gemeinsam mit Kalatschew einen Arbeitsplan für die nächsten drei Tage. Hauptpunkt in diesem Plan war die Organisation des Alltags der Arbeiter, die mit dem Zug gekommen waren und nun in Fundort Fleisch blieben. Dafür musste einer der beiden geschlossenen Waggons mit Hilfe des Kranes neben dem Wagen der Geologen aufgestellt werden, wobei alle Besonderheiten des

Ortes und des Klimas zu berücksichtigen waren. Das hieß, man musste den Waggon auf Pfosten stellen und einen hölzernen Aufgang anbauen. Anschließend würde der Schienenverlegezug abfahren, und in zirka acht Tagen würde der erste Güterzug für Fleisch in Fundort anrollen. Sie besprachen noch einige kleinere Fragen und kamen zu einem Ende. Als er bereits aus dem Wagen gestiegen war, rief Genosse Taufenbach den Volkskontrolleur für einen Augenblick zu sich.

„Viele Grüße aus dem Kreml!“, sagte er von unten zu Dobrynin herauf.

„Vom Genossen Twerin?“

„Nein, vom Genossen Woltschanow. Er hat ein Päckchen für Sie mitgegeben. Kommen Sie mit, holen Sie es sich ab!“

Zu zweit eilten sie Bruse hinterher und betraten den Waggon des Leiters.

Während Dobrynin sich ein wenig an dem Öfchen die Hände rieb, zog Taufenbach von irgendwo eine kleine Postschachtel hervor und legte sie auf seinen Schreibtisch.

„Hier, Genosse Dobrynin. Das ist für Sie“, sagte er.

Der Volkskontrolleur ging hin. Die Schachtel hatte keinen Deckel, an seiner Statt lag eine dicke Schicht Zeitungen obenauf, alles jedoch war meisterlich verpackt und mit festem Bindfaden verschnürt.

Dobrynin knotete den Bindfaden auf. Er zog die Zeitungen heraus. Darunter lag ein doppelt gefaltetes Blatt aus einem Heft, mit großer, unregelmäßiger Handschrift vollgeschrieben, und im Weiteren drängten sich dicht an dicht Teepäckchen und die Dobrynin vertrauten Kekse ‚Auf dem Posten‘.

Als Erstes begann der Volkskontrolleur den Brief zu lesen.

Grüß dich, lieber Genosse Dobrynin! – stand dort. – *Mit Freude habe ich von deinem Aufenthaltsort erfahren und habe deshalb befohlen, dir dieses Päckchen zu übergeben. Entschuldige, dass es nur Tee und Kekse gibt. Ich wollte noch Zucker dazulegen, aber man hat mir wieder keinen ausgegeben, schon den zweiten Monat trinke ich Tee mit Kompott. Du weißt, was das jetzt für Zeiten sind – wir haben Krieg hier, und deshalb schicken wir alles, was wir können, an die Front. In Moskau ist es warm. Es regnet viel. Ich habe mich mit dem Kremldichter gestritten, mit Bemjan Debnyj. Er ist ein solcher Schuft! So viel Niederträchtiges stellt er an, und immer kommt er damit durch. Er hat auch angekündigt, sich über mich zu beschweren. Wer weiß, vielleicht kommst du hierher, und es gibt mich dann schon nicht mehr – sie erschießen mich noch wegen diesem Stück Scheiße. Kürzlich gab es da auch noch Unannehmlichkeiten wegen einem Kurzschluss im elektrischen Netz. Ich habe einen strengen Verweis bekommen. Denn während der Überprüfung der Treue – erinnerst du dich an die ÜT? – hat die Umwickelung am Apparat gebrannt und der Strom hat zufällig drei Mitgliedern des Politbüros einen tödlichen Schlag versetzt. Ich dachte, ich komme ins Gefängnis, aber es ging so ab. Aber einen Verweis haben sie mir trotzdem erteilt. Die Arbeit ist unmöglich. Jede Minute droht die Erschießung – die Apparate für ÜT und ÜW werden nicht repariert, es gibt keine Ersatzteile, und täglich müssen auf ihnen vierzig bis sechzig Oberste und Generäle überprüft werden, die an die Front fahren, nicht gerechnet noch all die Spionageabwehrleute. Tja, so siehst du, was ich zu tun habe … Dann ist hier noch Marschall Luganskijs Pferd verendet, während er im Sanatorium war. Mir hat man befohlen, bis zu seiner Rückkehr das Gleiche zu finden. In den Nächten habe ich die Kavallerieregimenter abgesucht. Mit Müh und Not haben wir eines gefunden, hatten Glück dabei. Wir haben es rechtzeitig in die Kremlreitställe gebracht. Jetzt ist dieser Marschall schon wieder da, gut, dass er nichts gemerkt hat, wer weiß, was sonst alles losgewesen wäre. Zu Taufenbach habe ich gesagt, dass du mit ihm nach Moskau zurückfahren sollst. Ich gratuliere dir zur Geburt des Sohnes Grigorij! Twerin ist krank, aber wird nicht behandelt. Er sitzt rund um die Uhr in seinem Büro. Der Kommandant des Kreml hat vergessen, ihm Tee zu bringen, da hatte ich Mitleid mit dem Alten und habe ihm ein Päckchen von meinem gebracht. Er tut einem doch leid. Niemand liebt ihn … Na gut, soweit! Wenn du in*

Moskau bist, komm unbedingt vorbei, dann trinken wir Tee und essen Wurst dazu.

Gruß, Woltschanow.

Als Dobrynin den Brief gelesen hatte, faltete er ihn doppelt zusammen und steckte ihn in die Tasche seines Pelzes. Er nahm das Päckchen unter den Arm und wollte hinausgehen, als Genosse Taufenbach ihn anrief: „Sie wollen schon gehen? Sie können das Päckchen auch einstweilen hier lassen, sonst machen es Ihre Geologen dort schnell leer!"

Kurz überlegte der Volkskontrolleur, dann legte er das Päckchen wieder auf den Tisch.

„Genosse Woltschanow hat uns darum gebeten, dass wir Sie von hier mitnehmen", fuhr der Leiter des Schienenverlegezuges fort. „Also bringen Sie Ihre Sachen herüber, wir fahren morgen bereits ab."

Dobrynin kratzte sich am Hinterkopf. Er hatte ja nur den einen Schultersack.

„Fahren Sie bis Moskau?", fragte er Taufenbach.

„Nein", gab dieser zurück. „Bis zum Knotenpunkt. Dort steigen Sie auf etwas Anderes um ... Wir helfen Ihnen, machen Sie sich keine Sorgen!"

Nachdem er noch ein wenig überlegt hatte, beschloss Dobrynin schließlich, den Geologen alles dazulassen, außer zwei Packungen Keksen und zwei Packungen Tee. Diese nahm er heraus, bat den Genossen Taufenbach, sie irgendwo zu verwahren, und trat mit seinem Päckchen unter dem Arm in die Kälte hinaus.

Die Geologen freuten sich über den Tee und die Kekse. Sogar Funker Goroschko lächelte dem Volkskontrolleur zu, und sie kochten sogleich von dem Tee. Sie gaben dem Urku-Jemzen zu trinken, dem es schon ein wenig besser geworden war, dann setzten sie sich um die Tischkiste, bliesen auf ihren heißen Tee und kauten die süßen quadratischen Kekse; auf jedem kleinen Quadrat war ein kleiner Rotarmist mit einem Gewehr zu erkennen.

Die Stille, die dieses Teetrinken begleitete, war keine schwere. Alles erinnerte an Abschied, und im Grunde war dieses Teetrinken ja auch ein Abschied. Dobrynins Abschied von Genosse Kalatschew und seinen Feunden, von einem langen Abschnitt seines Lebens, der nun in der Vergangenheit verschwand. Der Abschied von Kälte, Schnee und Eis, die dem Volkskontrolleur nie lieb geworden waren. An das, was kommen würde, dachte Dobrynin nicht.

Dujew wollte wie beiläufig den Fleischbranntwein erwähnen, doch das griff niemand auf, und nichts störte die feierliche Strenge des Augenblicks.

Auch die Funkstation schwieg.

Dobrynin fühlte, wie ihm Tränen in die Augen stiegen. Schnell rieb er sich die Augen mit den Fingern. ‚Das darf ich nicht!', dachte er. ‚Ein echter Kommunist fühlt doch nichts. Hat nicht Woltschanow das gesagt?'

Da dachte Dobrynin, dass er immer noch kein Kommunist war. Nicht nur, weil er kein Mitglied der Partei war, sondern auch, weil er nicht nichts fühlen konnte. Er konnte nicht wie ein Stein sein, den man mit dem Hammer schlägt, während er schweigt und nur die Splitter davon fliegen.

Von diesen Gedanken wurde es dem Volkskontrolleur traurig zumute. Wieder fühlte er, wie Tränen in seine Augen stiegen. Aber er rieb sie nicht mehr fort.

Wunderbar sind die sowjetischen Menschen. Besonders wunderbar sind sie dabei in Zeiten großer Not. Und bisweilen scheint es, je mehr Not herrscht, je mehr Unglück über das sowjetische Volk hereinbricht, umso besser, umso gütiger wird es. Doch das Volk ist etwas Großes, Unsichtbares, das man nur auf Transparenten und Plakaten erfährt. Die Menschen aber, sie sind lebendig, sie sind bereit, dir in jeder Stunde zu helfen, dich zu unterstützen, für dich, einen vollkommen Unbekannten, alles zu tun, damit du glücklich wirst.

Das dachte Mark Iwanow, als er im Krankenzimmer der Zentralen Tierklinik neben seinem lieben, guten Gefährten Kusma lag, der nun auch noch sein Kampfgefährte geworden war.

Das Krankenzimmer war nicht groß. Außer Kusma und seinem Herrn lagen auf kleinen Betten zwei kranke Hunde und eine kräftige, flauschige Langhaarkatze, sowie, in einem Spezial-Käfigbett, ein weißes Eichhörnchen. Was sie für Krankheiten hatten, wusste Mark nicht, er konnte sie ja nicht danach fragen.

Der Künstler war noch recht schwach, aber seine Gesundheit hatte sich doch gebessert, und das Bewusstsein verlor er nun nicht mehr.

Er lag da und drehte sich schon von einer Seite auf die andere, wobei er hin und wieder mit dem Blick seinen Zimmernachbarn begegnete. Er dachte nach und staunte noch immer darüber, wie leicht es nun so gekommen war. Nicht sein, Iwanows, Verdienst war das gewesen, sondern die erstaunliche Güte der Menschen hatte alles bewirkt. Jene des Oberstleutnants, des Lazarettleiters, und selbst die des Genossen Urluchow aus dem ZK, der seine Zeit auf Telefonate mit all den Leuten verwandt hatte, die Mark die Erlaubnis zu geben hatten, sich gemeinsam mit Kusma in der Tierklinik auszukurieren. Und hier, in dieser Tierklinik, sorgten sich alle Mitarbeiter um die Gesundheit und seelische Verfassung des einzigen Menschen in ihrer Abteilung. Eben hier kamen Mark die vertrauten Gorki-Worte in den Sinn: „Ein Mensch, wie stolz das klingt".

Die Tür zum Krankenzimmer ging auf, und die alte Helferin Anna Wladimirowna schob sich vorsichtig herein. Sie hatte es vom ersten Tag an auf sich genommen, für Mark zu sorgen. So holte sie sich auch dieses Mal ein Hockerchen, setzte sich ans Bett des verwundeten Künstlers und blickte ihn mit ihren freundlichen Augen an.

„Hier habe ich dir einen Apfel mitgebracht, mein Lieber!", sagte sie. „Wie gehts dir heute? Vor drei Tagen, als sie dich gebracht haben, warst du blasser als jetzt ..."

„Es geht schon gut ...", antwortete Mark leise.

„Es gibt eine gute Nachricht für dich." Die Alte lächelte listig, als hielte sie hinter ihrem Rücken einen Brief für ihn bereit. „Soll ich's dir sagen?"

„Ja", bat Mark.

„Sie haben dich für das Essen einer Gruppe zugeteilt ..." Sie machte eine Pause und fuhr fort: „Jetzt bist du bei uns ‚Raubtier'. Hundertdreißig Gramm rohes Fleisch am Tag ..."

„Aber ich kann doch kein rohes Fleisch ...", bemerkte Mark besorgt.

„Wozu bin ich denn da?", entgegnete Anna Wladimirowna lächelnd. „Ich hab hier einen Petroleumkocher im Kämmerchen, ich werd es dir braten und dann essen wir zusammen ... Für Jefrem Mironytsch war das ja nicht leicht. Zwei Tage hat er sich geplagt und gesagt: ‚Tragen wir ihn als großes Hornvieh ein, was dann, füttern wir ihn dann etwa mit Hafer?' Aber siehst du, er hat es gefunden, hat herausbekommen wie wir dich am besten unterbringen."

Nachdem sie ein wenig so geplaudert hatte, ging die Alte wieder aus dem Zimmer, wobei sie vorher noch rasch nach den Hunden, der Katze und dem Eichhörnchen sah.

Mark drehte sich zur Seite, damit er Kusma besser sehen konnte.

Der lag auf dem Tisch in einer Art Spielzeugbett, überall bis auf Kopf und Hals, bandagiert.

„Kusma!", rief Mark leise. „Kusma!"

Der Vogel schielte nach seinem Herrn. Er öffnete den Schnabel und hielt ihn so eine Weile offen, dann klappte er ihn zu und wandte sich ab.

Mark lächelte.

„Kusma, rede!", bat er.

Schon lange hatte Mark diesen Satz nicht mehr gesagt, und jetzt war ihm, als stimmte der Tonfall nicht und auch seine Stimme hätte sich verändert. Vielleicht trug Kusma jetzt auch gar nichts mehr vor. Womöglich hatte er nach der Verwundung alle seine erstaunlichen Fähigkeiten verloren?

Kusma schwieg.

„Kusma!", rief Mark wieder und lauschte dabei seiner eigenen Stimme. „Kusma, trag Tjorkin vor!"

Wieder schielte der Papagei nach seinem Herrn, doch den Schnabel öffnete er nicht.

Mark geriet in Aufregung und fühlte, wie ihm heiß wurde und die Luft nicht mehr zum Atmen reichte.

Er lag da, blickte an die Decke, beruhigte sich und drehte sich erneut auf die Seite. So beschloss er, es dem Vogel selbst vorzutragen.

Er erinnerte sich an ein Stück irgendwo aus der Mitte und begann zu deklamieren:

„Ernst zur Sache geht das Prügeln!
Das Gesicht ist feuerrot,
aber auch der Deutsche drüben
keucht und japst in echter Not ..."

Er machte eine kurze Pause, holte tief Luft, und weiter:

„Abstand noch ein Zentimeter“ –

Da fühlte Mark sich auf einmal gestützt und emporgehoben, er blickte hinüber zu Kusma – sein Schnabel war geöffnet und bewegte sich. Mark senkte die Stimme und fuhr fort:

„Stirn an Stirn, wie eng es ist.“

So war es wahrhaftig: Kusma sprach die Verse ebenfalls, und das machte Mark ungeheuer froh.

„Scheußlich ist der deutsche Gegner
und er stinkt aus dem Gebiss“,

sprachen sie beide und sahen dabei einander an.

Gemeinsam sagten sie noch einige Strophen auf. Marks Herz jubelte.

Danach lag er wieder auf dem Rücken und blickte an die Decke.

Zwei alte Frauen kamen herein und brachten einen Hund fort, jenen, der an der Wand gelegen hatte. Sie brachten ihn zur Operation. Der Hund blickte Mark irgendwie traurig an.

Anna Wladimirowna erschien mit der ersten gebratenen Fleischration.

„Weshalb gibt es so wenig?“, fragte Mark erstaunt, während er die zwei braunen, angebrannten Stücke betrachtete, die in einem etwas seltsamen, tiefen Napf mit den blauen Buchstaben „ZKTK“ lagen.

„Es ist beim Braten eingeschmort, mein Lieber, und ich hab auch ein Stückchen gegessen ...“

Das Fleisch schmeckte angebrannt, aber Mark war trotzdem zufrieden.

„So geweint habe ich damals, ach was hab ich geweint!“, sagte Anna Wladimirowna und erzählte davon, wie erst kürzlich im Nachbarzimmer das Pferd von Marschall Luganskij gestorben war. „Tagelang haben hier die Ärzte gewacht, die Armen sind nicht mal zum Schlafen nach Hause gegangen ... Sie haben es nicht retten können ...“

Die Alte ächzte und seufzte noch ein wenig, dann ging sie wieder davon.

Eine Stunde später erschien im Zimmer eine Frau in einem weißen Kittel über einem langen grünen Mantel. Sie erblickte Mark, riss den Mund auf und lief hinaus.

„Wieso ist ein Mensch dort?“, drang ihre empörte Stimme durch den Flur.

Zur Antwort ertönte undeutlich eine Männerstimme.

Mark lauschte angespannt.

„Ist er nicht ansteckend?“, fragte die Frau im Flur.

Auch die nächste Antwort konnte Mark nicht verstehen, doch die Frau kam erneut ins Zimmer und war schon ruhiger. Sie ging zu dem Bettchen mit der Katze, zog einen Hocker heran und setzte sich.

„Na, wie geht es dir“, fragte sie, während sie die Katze streichelte. „Palmirotschka, du fehlst uns allen so, auch dem Garik, dem Pjotr und der Maschenka! Der Arzt hat gesagt, wir können dich jetzt in fünf Tagen holen!“

Darauf zog sie ein Päckchen aus ihrer schwarzen, glänzenden Handtasche, faltete es auf und begann die Katze mit fein geschnittenen Stückchen gut durchgeräucherter Wurst zu füttern. Der Duft der Wurst erfüllte das Zimmer.

Mark schluckte, wandte sich ab und starrte wieder an die Decke.

Der Hund, der zu seiner anderen Seite lag, regte sich.

Mark blickte zu ihm hinüber. Es schien ein echter kaukasischer Schäferhund zu sein. Mit zwei breiten Riemen war er an seinem Bett festgebunden und lag mit der Schnauze zu Mark gewandt, das hieß, er sah auch die Frau, die Katze und die Wurst.

‚Armer Hund!‘, dachte Mark.

Ohne Mark ein Wort zu sagen oder auch nur zu ihm herüber zu sehen, ging die Frau hinaus.

Mark dachte schlecht von der Katze. Er hatte sie nie gemocht, diese flauschigen Haustiere.

Anna Wladimirowna schaute wieder herein, offenbar hatte sie eine freie Minute.

Sie blieb bei dem Hund stehen.

„Niemand kommt dich besuchen, mein kleiner Raul!“, murmelte sie zärtlich. „Das Herrchen ist an der Front, und das Frauchen hat sich wohl mit irgendeinem Kerl eingelassen. Ja, das Herrchen liebt dich, aber diese ... pfui ... armes Hündchen!“

Der Hund sah die Alte innig und kläglich an als wäre sie seine Mutter.

Nachdem Anna Wladimirowna ihn noch ein wenig bedauert hatte, setzte sie sich zu Mark ans Bett.

„Wie geht es dir? In einer Stunde bringe ich dir Fleisch, ja? Wie geht es deinem Vögelchen?“ Sie drehte sich nach Kusma um. „Er ist so lustig! Ich glaube nicht, dass wir hier je solche bunten hatten! Ich weiß noch, ein Falke lag hier, eine Eule, aber solche wie er nicht ...“

Als die Alte eine Stunde später wieder im Zimmer erschien, mit einem Napf, in dem ein paar kleine gebratene Fleischstückchen lagen, schlief Mark. Er träumte von der Front und den Auftritten ihrer Konzertbrigade.

Die Alte setzte sich auf den Hocker an sein Bett, stellte sich den Napf auf die Knie und wartete ein paar Minuten.

Dann blickte sie zu dem Papagei hinüber und aß ohne Hast das Fleisch, das sie mitgebracht hatte, selbst auf.

Bis zum Knotenpunktbahnhof fuhr der Schienenverlegezug nicht weniger als vier Tage. Sie machten nur ein einziges Mal Halt – an jenem Ort, an dem im Schnee inmitten von mächtigen Zirbelkiefern, die hier in ehrerbietigem Abstand voneinander wuchsen, die kleinen Jungen in Uniform begraben waren. Oder genauer, mit Schnee zugeschüttet lagen.

„Wir müssen sie durchzählen!", sagte Taufenbach, nachdem er von dem Wagen heruntergesprungen war.

Alle sechs – der Lokführer mit seinem Gehilfen, Taufenbach und Bruse, Dobrynin und Waplachow – stiegen sie aus dem Zug und zertraten den Schnee von einem weißen Hügel zum nächsten. Manchmal scharrten sie ihn an einer Stelle ein wenig fort, um zu sehen, ob es ein Grab oder nur ein Ameisenhaufen war, den der Winter mit Schnee überzogen hatte.

Sie zählten. Und kamen auf zweiundvierzig kleine Jungen.

Als der Zug bereits wieder anfuhr, setzte sich Taufenbach, nachdem er sich die Hände an dem chemischen Öfchen gewärmt hatte, an den Tisch, zog einen dicken Tintenfüllfederhalter aus der Jackentasche und schrieb einen Bericht von zwei kurzen Seiten über ihre Untersuchung des unbekannten Friedhofes.

„Tja, so ist das", sagte er zu Dobrynin und setzte einen fetten Punkt. „Ein Bericht, das ist eine bedeutende Sache, und besonders in diesem Fall. Es stellt sich vielleicht heraus, dass das ein Verbrechen gewesen ist, und dann sind wir die einzigen Zeugen. Ich trage auch Sie für alle Fälle hier ein."

„Natürlich", stimmte Dobrynin zu. „Und tragen Sie auch Genosse Waplachow ein!"

An dem Knotenpunktbahnhof führte Taufenbach den Volkskontrolleur und den Urku-Jemzen in das Gebäude des Eisenbahnerkollektivs. Es schien das einzige Wohngebäude an diesem Ort zu sein. Weiter, hinter ihm und zu seinen beiden Seiten erstreckten sich lange Lagergebäude, und die Erde ringsum war, wie von Tannennadeln, von Schienen übersät, die zusammen führten, auseinander liefen, ineinander übergingen. Buchstäblich bei jedem Schritt musste man auf den Boden zu seinen Füßen achten.

Der Leiter des Eisenbahnerkollektivs, hinkend, kleingewachsen und in einer kurzen Schaffelljacke, führte sie, nachdem er die Vollmachten des Volkskontrolleurs und seines Gehilfen gelesen hatte, in den ersten Stock in ein kleines Zimmer hinauf. Fünf militärisch hergerichtete Betten standen dort, und am Kopfende eines jeden stand ein Nachttisch.

„Hier werden Sie erst mal wohnen", sagte der Leiter. „Dies sind unsere Gemächer für Verantwortliche Mitarbeiter. Essen werden Sie unten, dort haben wir eine Gemeinschaftskantine. Essen wird um sieben Uhr dreißig, zwei Uhr und sieben Uhr ausgegeben. Haben Sie Ihre eigenen Löffel?"

Dobrynin schüttelte den Kopf.

„Macht nichts, ich besorge Ihnen welche!", versprach der Leiter und verließ ihre „Gemächer".

Dobrynin suchte sich ein Bett am Fenster aus. Dmitrij setzte sich auf jenes daneben.

„So", sagte Dobrynin zufrieden. „Hier ist es warm, und wir bekommen zu essen. Wir warten den Zug nach Moskau ab und dann fahren wir ..."

„Fahre ich auch mit?", fragte Waplachow mit schlecht verhohlener Vorfreude.

„Ja", entgegnete der Volkskontrolleur fest. „Das Flugzeug hat man damals nicht genehmigt, aber mit dem Zug fahren alle ..."

Es klopfte an der Tür.

Dobrynin und Waplachow wechselten leicht erstaunte Blicke.

„Wer ist da?", fragte der Volkskontrolleur.

Wieder kam der Leiter herein. Er brachte zwei Löffel, zwei Tassen und ein Stück Schmirgelpapier.

„So, ich habe Ihnen alles besorgt", sagte er und hielt es dem Volkskontrolleur hin. „Die Löffel sind ein wenig angerostet, putzen Sie sie lieber ..."

Dobrynin nickte verstehend.

„Bald gibt es Mittagessen, verspäten Sie sich nicht! Bei uns wird wunderbar gekocht!"

Die Tür schloss sich aufs Neue. Als sie wieder zu zweit waren, teilten Dobrynin und Waplachow das Schmirgelpapier in zwei Hälften und gingen daran, die Löffel von dem Rost zu säubern, der sich recht tief in das Metall gefressen hatte.

Das Essen erschien Dobrynin wahrhaftig als ein Fest. Der heiße Hirsebrei verbrannte ihm den Mund, doch es gelang dem Volkskontrolleur einfach nicht, langsam zu essen. Der rostige Löffelgriff kratzte an den Fingern – bis zum Mittagessen hatte Dobrynin nur das vordere Ende vom Rost säubern können. Dmitrij hingegen hatte nur seinen Griff geputzt, nun knirschte ihm hier und da mit dem Brei auch ein braunes Rostkrümelchen zwischen den Zähnen.

Nachdem sie dem Brei noch süßen Tee hinterher getrunken hatten, gingen Dobrynin und Waplachow den Genossen Taufenbach suchen, um noch ein wenig mehr zu erfahren. Während sie über unzählige Gleise hinweg stiegen und sich mitunter an Schwellen stießen, wären der Volkskontrolleur und sein Gehilfe beinahe unter einen selbständig dahinrollenden Güterwaggon geraten. Sie konnten gerade noch zur Seite springen, darauf schöpften sie eine Weile Atem und gingen mit noch größerer Vorsicht weiter.

Taufenbach fanden sie in seinem Wagen, der Schienenverlegezug stand an seinem alten Platz.

„In zehn Tagen geht ein Zug nach Moskau", teilte der Deutsche ihnen mit. „Bis dahin können Sie sich hier ruhig aufwärmen. Bruse und ich fahren ab und verlegen die nächste Stichstrecke. Morgen nehmen wir alle neuen Arbeiter des Eisenbahnerkollektivs mit, für ein paar Tage gehört dann aller Brei in der Küche euch."

„Wohin geht denn die Stichstrecke?", erkundigte sich Dobrynin.

„Direkt nach Norden, Richtung Turuchansk. Dort hat eine Expedition viel Fisch entdeckt: Ein Fluss ist bis auf den Grund eingefroren, und mit ihm auch der Fisch. Sie haben gemeldet, es gebe auf einen Kubikmeter Flusseis bis zu sechzehn Kilogramm Fisch. Wahrscheinlich übertreiben sie, aber man hat uns befohlen, schnell eine Strecke zu legen ..."

Dobrynin nickte verstehend.

„Wie befördern Sie denn den Fisch?", fragte Waplachow.

„Das wird Sikalski entscheiden, wenn er von Fundort Fleisch zurückkommt. Vermutlich in Eisblöcken. Aber das ist ja nicht unsere Aufgabe. Wir legen nur eine Einspurbahn, und diese Einspurbahnen sind ja auch nur alle provisorisch ..."

„Wie, provisorisch?", wunderte sich Dobrynin.

„Sie liegen einfach ohne Befestigung auf der Erde oder auf dem Frostboden. Wenn es einmal ein wenig wärmer wird und die Erde sich absenkt, dann bricht die Schiene, also muss sie repariert werden ... Aber ein, zwei Jahre halten sie, immerhin ..."

„Wie erfahren wir denn, welcher Zug nach Moskau fährt?", fragte der Volkskontrolleur.

„Das sagt Ihnen der Kommandant, er weiß Bescheid."

Die Tür zum Wagen ging auf, und Genosse Bruse trat ein, hochgewachsen, mit von der Kälte geröteten Wangen. Er sah sehr unzufrieden aus.

„Was gibt es?", empfing ihn Taufenbach.

„Eine minderwertige Brigade hat man uns da organisiert ...", antwortete Genosse Bruse beherrscht. „Zehn ehemalige asiatische Baumwollbauern und drei russische Säufer. Ja, und noch einen degradierten Oberst ..."

„Den ernennst du zum Brigadier!", riet Taufenbach.

Bruse nickte.

„So, dann gehen wir!" Dobrynin stand vom Tisch auf, weil er die Herren des Wagens mit seiner Anwesenheit nicht von ihrer Arbeit abhalten wollte.

Nach einem köstlichen warmen Abendessen kam der Leiter zu ihnen in die „Gemächer". Und hier hatten sie nun endlich die Gelegenheit, sich miteinander bekanntzumachen.

Der Leiter hieß Fjodor Kosolobow. Er stellte sich als selten gesprächiger Mensch heraus, und ins Gespräch mit ihm vertieft saßen sie bis Mitternacht beisammen. Weil Dobrynin noch immer gierig auf Nachrichten aus dem sowjetischen Leben war, stellte er Frage um Frage, während Kosolobow mit Enthusiasmus antwortete und ab und an auch noch Zeit fand, zu scherzen oder kleine Geschichten zu erzählen, über die der Volkskontrolleur lachte, bis er Bauchschmerzen bekam. Hin und wieder lachte auch Waplachow, jedoch sehr viel seltener. Denn wenn ein Witz des Leiters zum Beispiel von den Frauen handelte, dann verstand ihn der Urku-Jemze; hatten sich da nun aber zwei Rotarmisten betrunken und anstelle der zum Erschießen verurteilten Saboteure eine Gruppe Vorzeigearbeiter erschossen, die sich zu einem Foto für die Tafel der Ehre versammelt hatten, und fotografierte dann der aus der Gebietshauptstadt angereiste Fotograf die Saboteure – darüber musste Waplachow, warum auch immer, nicht lachen.

„Wie heißt denn eigentlich dieser Bahnhof?", fuhr Dobrynin mit seinen Fragen fort.

„PKB-542", antwortete Kosolobow. „Das ist so eine Abkürzung – provisorischer Knotenpunktbahnhof ..."

„Weshalb denn provisorisch?", forschte der Volkskontrolleur weiter.

„Die Schienen sind schlecht, deshalb provisorisch. Gerade haben wir erfahren, dass der Krieg zu Ende geht, da wurde nun entschieden, in ganz Deutschland und in den Ländern, die zu Deutschland gehalten haben, alle Schienen abzumontieren. Sie werden zu uns gebracht und hier verlegt. Nach unserem Sieg können die Deutschen ja dann, wenn sie wollen, bei uns Schienen kaufen oder sie gegen Lebensmittel eintauschen!"

Dobrynin hörte zu und kam aus dem Staunen gar nicht mehr heraus.

„Jetzt hole ich uns Tee!" Der Leiter sprang hoch und eilte aus den „Gemächern". Offenbar fürchtete er, dass die Gäste sich vielleicht schon schlafen legen wollten; solange sie aber mit ihm Tee tranken, konnten sie noch ein wenig weiter reden.

So geschah es auch. Dobrynin und Waplachow legten sich erst gegen Morgen schlafen, und natürlich verschliefen sie dann das Frühstück. Erst zum Mittagessen standen sie auf.

In der Kantine des Eisenbahnerkollektivs waren sie die einzigen Esser. Die Frau, die ihnen ihre Teller mit Brei durch das schmale Fenster der Essensausgabe schob, staunte, als sie hörte, dass zwei Portionen verlangt wurden.

„Sie sind nicht mit weggefahren?", fragte sie und versuchte dabei, ihre Gäste genauer zu mustern.

„Nein", antwortete Dobrynin ihr kurz. „Wir warten auf den Zug nach Moskau!"

„Ah, ihr wartet auf den Verschiedenäugigen!", sagte sie. „Ich verstehe ..."

Als er am Tisch saß und seinen nunmehr vom Rost gänzlich befreiten Löffel aus der Tasche zog, fiel Dobrynin wieder ein, was die Köchin gesagt hatte. Er überlegte, dass ‚der Verschiedenäugige' wohl der Name des Lokführers sein musste.

An der Stelle erschien noch ein Mann in der Kantine, stämmig, mit einem Schnurrbart und einem breiten und flachen Gesicht. Er nahm seinen Teller mit Brei und setzte sich, ohne zu fragen, an den Tisch zu ihnen.

Dobrynin wartete darauf, dass der Mann zu reden anfangen würde, dieser schlang jedoch, ohne seine Tischnachbarn zu beachten, den Brei hinunter und ging.

Später erfuhr Dobrynin von Leiter Kosolobow, dass der Mann, der sich zu ihnen gesetzt hatte, der Funker gewesen war. Weiter erfuhren sie auch noch, dass er eine Gehirnerschütterung erlitten hatte und nicht ganz normal war. Gelegentlich schrieb er Briefe an seinen vor langer Zeit gestorbenen Großvater und verschickte sie per Funk an alle. Sie hatten schon drei Mal die Anordnung erhalten ihn zu entlassen, aber einen anderen Funker hatte man ihnen nicht geschickt.

„Außerdem", sagte Kosolobow, „redet er nicht. Als der Krieg ausbrach, hat er sich selbst die Zunge abgebissen, damit sie ihn nicht an die Front holten. Sie haben ihn trotzdem geholt, und trotzdem hat er Glück gehabt. Die Feinde haben den Zug zerbombt, mit dem er zur Front unterwegs war. Fast alle sind ums Leben gekommen, aber er hat nur eine Gehirnerschütterung davongetragen. Jetzt sitzt er hier und schreibt seine Briefe."

Am nächsten Tag, als Dobrynin und Waplachow hinunter in die Kantine gingen, saß der Funker bereits beim Essen. Der Volkskontrolleur und der Urku-Jemze holten bei der Köchin ihre Teller und setzten sich schweigend zu ihm an den Tisch. Das hatte Dobrynin so beschlossen, womit er Achtung und zugleich Selbstachtung zeigen wollte. Wiederum aßen sie schweigend und trennten sich.

Später schaute irgendwann der Leiter zu ihnen in die „Gemächer" herein.

„Na, wie war das Essen?", fragte er freundlich. „Nach dem Essen müsst ihr unbedingt ein Stündchen ruhen. Damit ihr euch hier auch wie im Sanatorium fühlt."

Nachdem er noch fünf Minuten über alles und nichts geredet hatte, richtete er plötzlich eine Bitte an Dobrynin. Die Bitte bestand darin, dass er am nächsten Morgen eine Arbeitskontrolle bei der Köchin des Kollektivs durchführen sollte, es kam Kosolobow nämlich so vor, als sei Butter aus dem Brei verschwunden.

Zur Frühstückszeit, als die Köchin gerade zwei Teller durch das Fenster schob, traten der Leiter und Dobrynin mit seiner Vollmacht in ihre Küche. Waplachow stand in der Kantine und verdeckte das Ausgabefenster. Nachdem sie die Vollmacht des Volkskontrolleurs gelesen und erfahren hatte, worum es ging, brach die Frau in Tränen aus und begann zu versichern, dass das, bei Gott, nie mehr vorkommen werde. Und als der Leiter die strengen Strafen zu Kriegszeiten erwähnte, fiel die Köchin zu Boden, zog aus irgendeiner Schublade eine Stange Butter von wohl acht Kilogramm, legte sie in die Hände des Kommandanten und schluchzte aufs Neue los. Dabei fasste sie Kosolobow um die Knie und erzählte allerlei traurigen Unsinn über hungrige Kinder, über das hartnäckige Drängen des Funkers und über den beinlosen Großvater, den sie jeden Tag zum Abort hinaus trug.

All dieses Heulen und Wehklagen mitanzuhören machte Dobrynin ganz traurig. So ging er einfach hinaus und ließ den Leiter die Sache mit der Butter und der Frau allein regeln.

Ein paar Minuten später kam auch Kosolobow heraus, trat an das Fenster der Essensausgabe und klopfte ungeduldig. Im nächsten Moment wurden wieder Teller mit Brei vor ihren Augen herausgeschoben, doch nun zerlief in jedem Teller ein großes, an die fünfzig Gramm schweres Stück gelbe Butter.

Sie frühstückten in dem Gefühl des Sieges, als hätten sie eine echte Schlacht gewonnen.

„Was machst du denn nun mit ihr?", fragte Dobrynin vor seinem letzten Löffel mit Brei.

„Was soll man schon mit ihr machen?" Der Leiter zuckte die Achseln. „Sie ist doch nur eine Frau!"

Dobrynin nickte.

Waplachow verstand es nicht, machte sich aber keine Gedanken. Er mochte heißen Brei ebenfalls sehr gern, und der Brei mit Butter erschien ihm als eine Art Wunder, ein Zeichen dafür, dass Ekwa-Pyris ihnen half. Deshalb dachte Waplachow, während er die angenehme, zärtliche Wärme im Mund spürte, an den ewig unsterblichen Ekwa-Pyris, seine Weisheit und seine Güte.

Ein paar Tage später betraten nach dem Mittagessen der Leiter und ein älterer, breitschultriger Mann in hohen schwarzen Filzstiefeln, mit wattierten Hosen und einer dicken Wattejacke ihre „Gemächer".

„So, macht euch bekannt", sagte Kosolobow. „Das hier ist Genosse Kurilowez. Mit ihm fahrt ihr bis Moskau ..."

Der Volkskontrolleur und der Urku-Jemze schüttelten Kurilowez die Hand.

Und da erkannte Dobrynin, dass dieser Mann tatsächlich verschiedenäugig war. Außer, dass er schielte, besaß er auch Augen von unterschiedlicher Farbe: eines grün, und das zweite braun.

„Dann fahren wir heute abend“, sagte der verschiedenäugige Kurilowez. „Ich darf nicht lange stillstehen.“

„Wir essen noch etwas zusammen, danach bringe ich euch zum Zug!“, versprach Kosolobow, und sie gingen wieder hinaus.

Froh packte Dobrynin seine Sachen in den Reisesack, dann nahm er das zweite Büchlein „Lenin für Kinder“, das auf dem Nachttisch lag, und wollte es gleichfalls mit dazu packen, aber er zögerte. Er schlug es an der Stelle auf, an der er mit dem Lesen aufgehört hatte, setzte sich wieder auf sein Bett und wandte den Rücken dem Fenster zu, damit das Licht gut auf die aufgeschlagenen Seiten fiel.

„Ich bleibe noch ein bisschen liegen?“, bemerkte Waplachow fragend.

„Ja, schlaf ein wenig, ich wecke dich rechtzeitig!“

Er selbst beschloss, die nächste Erzählung zu lesen. Die Geschichte hieß: „Erster Zweifel“. Dobrynin hielt den Atem an und begann zu lesen:

Dieses trug sich unweit des Dorfes Kokoschkino zu, wohin die Familie Uljanow im Sommer in die Ferien fuhr. Der Sommer war warm, durchdrungen vom Gesang der Grillen und anderer Insekten, durchwärmt von freundlichen Sonnenstrahlen. Familie Uljanow wohnte in einem großen Holzhaus mit schön geschnitzten und verzierten Fensterrahmen. Im ersten Stock schliefen die Kinder, im Erdgeschoss die Eltern. Schnell flogen die Tage vorbei. Die glückliche Kindheit war angefüllt mit Spielen, Spaziergängen, Schwimmen und Fischfang. Immer öfter aber sann der junge Wolodja Uljanow über ernstere Dinge nach, als das Spiel: über die Gesetze der Natur, über das Leben der Menschen. Manchmal liebte er es, heimlich aus dem Haus von seinen Brüdern und Schwestern fort zu laufen und durch die malerische Umgebung des Dorfes zu streifen. Besonders gern folgte er dabei den Eisenbahngleisen, auf denen von Zeit zu Zeit starke schwarze Lokomotiven vorbeifuhren, die die Luft mit Tuten und dem herben Duft von Kohlenrauch erfüllten und das eine Mal Passagierwagen, das andere Mal Güterwagen oder Militärwaggons hinter sich herzogen. So ging Wolodja auch an diesem Tag, nachdem er heimlich fortgelaufen war, an der Eisenbahn-Trasse entlang. Er trug ein Matrosenhemd und blaue kurze Hosen. Er ging so und sann nach, und plötzlich sah er, dass an einer Stelle sich eine Schiene von der anderen gelöst hatte. Wohl zehn Zentimeter stand sie zur Seite heraus. Da erkannte Wolodja, dass es unweigerlich zu einem Unfall kommen musste, wenn hier ein Zug darüber fuhr. Und er beschloss, an der Stelle stehen zu bleiben und zu warten, um den Unfall zu verhindern – gut, dass die Bahnstrecke hier geradeaus ging und es keine Kurven gab, hinter denen der Zug unerwartet hervorspringen konnte. Wolodja wartete wohl eine halbe Stunde, da plötzlich hörte er das bekannte Tuten. Direkt auf die Schienen stellte er sich, zog sein Matrosenhemd aus und begann es zu schwenken. Die Lokomotive näherte sich. Da aber sah der Lokführer den Jungen auf den Schienen und hielt den Zug an, dass die eisernen Räder kreischten. Und aus den Fenstern der Passagierwaggons schauten die Leute und dachten: „Warum stehen wir mitten im Wald?“ Der Lokführer kam zu Wolodja heraus. Der Junge zeigte ihm, was es da gab, und dachte dabei: „Jetzt rufen sie wohl eine Brigade und werden die Strecke reparieren.“ Der Lokführer aber wischte sich die Hände an seiner blauen Uniform ab, besah die Stelle von allen Seiten, ging zurück in seinen Führerstand und brachte von dort einen großen eisernen Hammer. Weit holte er aus, und mit gewaltiger Kraft schlug er auf die zur Seite herausstehende Schiene, dann noch einmal, mit aller Kraft! Lange schlug er mit seinem Hammer zu, und doch wurde die Schiene nicht vollkommen gerade. Da beugte der Lokführer sich darüber, maß den Spalt mit dem Daumen und blickte dann auf seine eisernen Räder. „Ach, wir kommen irgendwie drüber!“, sagte er, winkte ab und kletterte in seine

Lokomotive hinauf. Lange ließ er es tuten, und die Fahrgestelle knirschten los. Wolodja sah dem vorüberfahrenden Zug zu und dachte: „Wie hinfällig ist doch unser Reich. Und das Volk ist stark, aber unverständig!“ Auf einmal sah er, dass der letzte Waggon des Zuges ein besonderer Waggon war, er führte auch eine Wache mit, und aus dem Fenster dieses Wagens sah ein alter schnauzbärtiger General des Zaren den Knaben an. Er lächelte, und dann winkte er sogar. Auch Wolodja winkte ihm zur Antwort, doch der Blick des Knaben war streng und ernst. Dem General des Zaren war es nicht gegeben zu erfahren, was für einen Knaben er aus dem Fenster seines Wagens gesehen hatte und woran dieser Knabe, als er den General sah, dachte.

Gut sind die sowjetischen Menschen. Besonders gut sind sie dabei im Herbst, wenn auf den vom Feind nicht eroberten Feldern die reiche Getreideernte eingeholt wird, die für die Soldaten, für die Generäle und auch für die einfachen Evakuierten ausreichen muss. Und sie reicht ja aus! Ganz bestimmt reicht sie aus!

Das dachte Mark Iwanow, als er in der Küche seiner Moskauer Dienstwohnung saß.

Vor ihm wurde eine Tasse frischgekochter Tee kalt, dahinter standen eine leere Zuckerdose und der leere Käfig des Papageien, während Kusma oben auf ihm saß und sich mit seinen starken Krallen an der Kuppel aus Drahtgeflecht festhielt.

Vor dem Fenster lag die dunkle feuchte Nacht.

Mark hatte Hunger, er wollte nicht trinken.

Auf seinem Tisch aber stand nur eine Tasse Tee und wurde kalt. Schon stieg kein Dampf mehr von ihr auf.

Mark nippte an dem Tee und sah zum Fenster hinüber, das von der Straßenseite her angelaufen war.

Es war so weit. Er und Kusma waren nun gesund und konnten aufs Neue die Aufgaben der Heimat erfüllen. Sie wussten nur noch nicht, wo man sie hinschicken würde. Und ob sie erneut als Mitglieder von Konzertbrigaden an der Front entlang reisen würden oder ob man sie in die entgegengesetzte Richtung schickte – um die Moral im Hinterland zu stärken.

Mark trank noch einen Schluck von dem kalt gewordenen, kaum mehr lauwarmen Tee und sah zu Kusma.

Der Vogel sah traurig aus: sein schöner Schnabel war gesenkt, in den Knopfaugen nichts von dem früheren Feuer, keinerlei Lebenshunger. Der verheilte Flügel lag nicht ganz am Körper an.

‚Das macht nichts‘, erklärte Mark dem Papagei in Gedanken. ‚Wir werden schon noch kämpfen, Kusma! Wir werden schon noch kämpfen!‘

Glaubte er denn selbst an das, was er da dachte? Nein. Es war mehr das übliche Pathos, das jeder Sowjetmensch aus den Zeitungen aufsog und sein Leben lang in sich trug, und es für Siegeswillen und ähnliche kämpferische Eigenschaften hielt. Aber vielleicht war auch alles umgekehrt ...

Die letzten Tage und Nächte waren grau und neblig gewesen.

Mark Iwanow und Kusma gingen nicht auf die Straße hinaus und hielten die Lüftungsklappen geschlossen – sie mussten jetzt auf ihre Gesundheit achten, und Mark, der das sehr gut verstand, achtete für sie beide darauf.

In den nächsten Tagen würde Genosse Urluchow aus dem ZK anrufen und Mark die Entscheidung bekannt geben, wohin sie fahren sollten. Wie schwer es ihm doch fiel, im Herbst auf Tournee zu gehen!

Vielleicht würden ihnen die Papiere, die der Arzt in der Zentralen Tierklinik geschrieben hatte und in denen ihrer beider, Kusmas und Marks, Gesundheit, geschildert wurde, vielleicht würden diese Papiere, die nun bei Urluchow lagen, ihnen das Leben in der nächsten Zeit erleichtern?

Mark träumte ein wenig. Es war ein einfacher, aber doch zu vorkriegshafter Traum.

Er wäre gern auf die Krim gereist, ins Sanatorium „Ukraina", wo schneeweiße Statuen von Werktätigen die Fassaden des Verwaltungsgebäudes zierten. Wie schön war es doch dort!

Urluchow rief am nächsten Tag nachmittags an.

„Wie geht es Ihnen, Genosse Künstler?", fragte er.

Mark hätte sich sehr gern beklagt, doch eigentlich ging es ihm ja nicht schlecht.

„Wissen Sie, Genosse Urluchow, das, was Sie uns geschickt haben, ist schon aus. Seit gestern leben wir nur von Tee ... Ohne Zucker ..."

„Es ist Krieg, Genosse Iwanow, es ist eben Krieg!", antwortete der Chef. „Satt ist zur Zeit niemand, und wird noch auf lange Zeit keiner sein!"

„Aber Kusma muss wieder zu Kräften kommen, Genosse Urluchow! Zwei Strophen schafft er gerade, danach ist er ganz außer Atem ... Wenn er irgendwelche Graupen bekommen könnte ... Genosse Urluchow!"

„Ihr hattet doch noch ein Kilo Hirse vor zwei Tagen!", entgegnete Genosse Urluchow verwundert.

„Ich habe es aufgegessen ...", gestand Mark leise und sah kläglich den Telefonhörer an.

„Was flüstern Sie da? Was ist mit den Graupen?"

„Ich habe sie aufgegessen!", sagte Mark ein wenig lauter und hielt den Hörer zugleich ein Stück von sich fort.

„Sie sollten sich schämen, Genosse Künstler. Dem kranken Vogel essen Sie das Futter weg, nach all den Jahren, in denen Sie zusammen aufgetreten sind!"

Mark schämte sich wirklich. Er sah zu Kusma hinüber, doch der saß auf der Kuppel des Käfigs oben, rührte sich nicht und schwieg.

„Genosse Urluchow", flehte Mark. „Ein letztes Mal noch ... Lassen Sie ihm etwas bringen, ich schwöre, ich esse kein einziges Körnchen mehr ..."

„Na gut. Schwören Sie nicht!" Urluchow am anderen Ende der Leitung seufzte schwer. „Warum habe ich Sie eigentlich angerufen? – Ach ja, ich wollte Ihnen Bescheid sagen. Sie ruhen sich noch eine Woche aus, dann geht es los in den Ural! Dort treten Sie in Fabriken während der Schichtpausen auf. Die Leute arbeiten in Sechzehn-Stunden-Schichten, verstehen Sie?"

Mark nickte stumm.

Kapitel 15

Seit einer Woche bereits schneite es im Neuen Gelobten Land, Schnee rieselte ununterbrochen in gewaltigen Flocken vom Himmel und deckte alles zu; und wäre selbst einer auf die Dächer der von Menschen bewohnten Kuhställe geklettert, dann wäre er auch dort bis an die Knie im Schnee versunken. Die Menschen saßen an den Öfen, wärmten sich und warteten einfach das Ende des Winters ab, der eben erst begonnen hatte. Alles war für diesen Winter bereit, für das Vieh gab es Futter, für die Menschen Essen und Brennholz. Und deshalb herrschte zufriedene Ruhe im Neuen Gelobten Land.

Die Frauen saßen auf ihren Schlafbänken und legten die Säuglinge an die Brust. Manche der Männer spielten das Steinchenspiel mit Kopfnuss, andere spielten Karten, die dritten tranken in aller Stille ihren Selbstgebrannten und kauten Brot und Fleisch dazu, das sie sich vom Frühstückstisch abgezweigt hatten.

Die Kinder, jene, die schon größer waren, schauten aus den Fenstern, die man im späten Herbst in die Wände des Kuhstalls geschnitten hatte. Das Glas, das sie im Austausch gegen Rauchfleisch aus der nahen Kolchose geholt hatten, war recht trüb, aber die Jungen und Mädchen schauten trotzdem gern dort hindurch nach draußen.

Im Hauptkuhstall hatten sich in der Nähe des Ausgangs der Brigadier und zwei weitere Männer eingerichtet. Aus lauter Langeweile und auch um etwas Gutes zu tun, fertigten sie Rodelschlitten an, klopften mit Hämmern und quietschten mit Hobeln an einer langen, grob zusammengezimmerten Werkbank.

Eine Frau, die in ein dickes wollenes Kopftuch gehüllt war, schaute in den Kuhstall herein und rief: „Glascha! Bist du hier?“

„Mach die Tür zu!“, brüllte der Brigadier sie an, der den Kopf von der Werkbank gehoben hatte. „Entweder kommst du rein, oder raus!“

Die Frau trat erschrocken ein und schlug die Tür hinter sich zu.

„Glascha!“, rief sie wieder.

„Was gibt’s?“, antwortete eine Frauenstimme.

„Komm in die Küche, Stepanida ist krank geworden!“

„Ich komme“, sagte Glascha ruhig.

Wieder wurde es still, nur manchmal tönte das Tischlerwerkzeug.

„Es hat aufgehört zu schneien!“, rief ein paar Stunden später Fedja, der älteste der Siedlerjungen, er war schon dreizehn Jahre. „Los, wir fahren Schlitten!“

Und die Kinderhorde strömte aus dem Kuhstall und zog alle Rodelschlitten hinter sich her, die an der Wand neben der Tür gestanden hatten. Die Tür ließen sie offen stehen, der Brigadier fluchte und schloss sie persönlich, worauf er auch noch den Riegel vorschob, damit sie nicht einfach in den Kuhstall zurück konnten.

Die Rodelschlitten sausten nur so den Hügel hinunter.

Und welche Schönheit erblickte man ringsumher. Die Felder – ein endloses weißes Tuch, auf der anderen Seite des Hügels – die blaue Schlange des gefrorenen Flusses und der weiß-grüne Wald, der da majestätisch und reglos stand.

Froh und frei tobten die Kinder. Schon taute wohl bei allen der Schnee im Kragen, aber sie lachten und schrien. Plötzlich wurde der kleine Stepka ernst, streckte einen Arm nach den Feldern aus und sagte: „Schaut mal, was ist da?“

Da sahen die Kinder aufmerksam hin und erblickten einen schwarzen Punkt, der sich unendlich langsam auf das Neue Gelobte Land zubewegte.

„Ein Bär?“, vermutete einer.

„Ich sag es schnell meinem Vater!“, rief Fedja und rannte über den Schnee zum Hauptkuhstall.

Dort war die Tür verschlossen. Fünf Minuten lang trommelte Fedja dagegen, während der Brigadier drinnen stand und lachte. Dann öffnete er doch.

„Na, wie, ist dir etwa kalt?“, fragte der Brigadier.

„Nein, aber da kommt ein Bär, glaub ich!“, sprudelte Fedja hervor, drehte sich um und rannte wieder davon.

„Ich geh und schau mir das an.“ Der Brigadier schloss den obersten Knopf an seiner Wattejacke und zog sich die Mütze über.

Als er bei den Kindern eintraf, musterte er diesen schwarzen Punkt, doch was das sein mochte, erkannte er nicht. Allerdings war er jetzt neugierig geworden, und er stand auf dem Schnee, obwohl seine bewegungslosen Füße in den Filzstiefeln fast einfroren. Endlich wurde der Punkt größer, und der Brigadier erkannte in diesem Punkt einen Menschen mit einem Kasten. Der Atem stockte ihm, und mit schnellen Schritten lief er, ohne die tauben Füße zu spüren, in den Kuhstall zurück.

Bald darauf strömte das Volk aus dem Kuhstall, und schon kamen sie auch aus zwei anderen Ställen heraus, um zu sehen, was da im Winter für ein hastiges Treiben draußen herrschte.

Jetzt sahen alle schon den Menschen, der irgendeinen Kasten trug. Das Gehen fiel ihm schwer, und eine Frau rang die Hände: „Ach, er schafft es nicht, der Arme!“

„Wieso schafft er es nicht?“, unterbrach sie ärgerlich der Buchhalter.

Der frühe Winterabend senkte sich schnell herab. Wenn auch der Schnee die ganze Nacht weiß blieb, so wurde doch alles oberhalb des Horizonts dunkel und war dann fast nicht mehr zu sehen.

Es war noch nicht völlig dunkel geworden, da stöhnten die Leute plötzlich auf. Sie sahen, dass der Mensch in den Schnee gefallen war, sich dann mit Mühe aufrichtete und, tief in der weißen Schneedecke versinkend, weiter ging.

„Man muss ihm helfen, das ist es!“, sagte der Buchhalter.

„Wie willst du ihm denn helfen?“, fragte einer der Bauern.

„Na, wie wohl – ihm entgegen gehen und helfen“, erklärte der Bucklige.

„Wer geht? Gehst du vielleicht?“, fragte der Bauer boshaft.

„Nein, ich gehe nicht“, sagte der Buchhalter ruhig.

Während sie so redeten, stöhnten die Frauen wieder – abermals war der Mensch der Länge nach in den Schnee gestürzt.

Da eilte der Brigadier, nachdem er den Burschen etwas zugerufen hatte, den Hügel hinunter, und einige Burschen mit Rodelschlitten folgten.

Die Dunkelheit hatte den Schnee schon erreicht, und auf dem Hügel oben sahen sie nun weder den Brigadier, noch die Kinder, noch diesen auf sie zu marschierenden Menschen mehr. Doch sie blieben in der Kälte stehen, den einen hielt die Neugier fest, die anderen die Sorge um die Menschen.

Nach einer halben Stunde erschien am Fuß des Hügels der Brigadier mit den Kindern. Ein paar Bauabeiter eilten hinunter zu ihnen, und gemeinsam zogen sie alle nun auf den Rodelschlitten diesen fast erfrorenen Menschen und seinen schwarzen Koffer ins Neue Gelobte Land.

„In den Kuhstall mit ihm, an den Ofen, er muss aufgewärmt werden, solange er noch lebt!“, kommandierte der Brigadier.

Die halbe Nacht hindurch rieben sie den fast Erfrorenen mit Selbstgebranntem ab, und auch, als er zu sich gekommen war, hörten sie nicht mit Abreiben auf.

„Da haben die Weiber mal einen Kerl in die Finger gekriegt!“, bemerkte der Brigadier, der ihnen zusah und ebenfalls am Ofen stand, nur auf der anderen Seite.

Gegen Morgen schliefen alle ein, nachdem sie zu ihren Schlafbänken auseinander gegangen waren und zuvor noch den schon aufgewärmten Ankömmling mit einem mächtigen Pelzmantel zugedeckt hatten.

Als erste erwachten die Kinder, betrachteten den im Schlaf leise schnarchenden Ankömmling ausgiebig und machten sich dann an den großen Kasten, den er mitgebracht hatte.

Sie klappten die Verschlüsse auf und erblickten staunend eine echte Ziehharmonika in diesem Kasten. Sogleich hob der Älteste, Fedja, der wusste, was für ein Ding das war, sie heraus und zog den Balg auseinander. Ein heiserer trauriger

Ton erklang, und die Kinder sahen sich erschrocken um, ob sie nicht jemanden geweckt hatten. Aber im Kuhstall schliefen alle, und da legte Fedja das Instrument vorsichtig auf den Boden neben den schlafenden Unbekannten. Er selbst ging fort, ans nächste Fenster.

Vor dem Fenster schneite es wieder, und davon fröstelte es den Burschen plötzlich. Er kehrte zum Ofen zurück, an dem der Unbekannte schlief, öffnete die Tür und sah nur rötlich schimmernde Kohlen. Da warf er von dem Brennholz hinein, das direkt daneben aufgeschichtet war, schloss die Tür und blieb an diesem warmen Platz sitzen.

Die Eingangstür knarrte, eine Frau aus der Küche kam, wanderte durch die Reihen von Schlafbänken, weckte noch zwei weitere Frauen, und gemeinsam verließen sie den Kuhstall.

Danach erwachte der Engel. Er trat zu dem nächsten Öfchen, warf Holz nach und setzte sich ebenfalls, wie Fedja, ein wenig zum Aufwärmen daneben.

Frühstück gab es für alle im zweiten von Menschen bewohnten Kuhstall. Während der Ankömmling auf seinen heißen Haferbrei blies, betrachtete er neugierig den Raum.

„So lebt ihr also?“, fragte er den Brigadier, der neben ihm saß.

„Jawohl“, antwortete der. „Wir leben gut, erzähl lieber von dir, wer du bist, und woher du kommst.“

Alle am Tisch verstummten in Erwartung der Erzählung. Der bucklige Buchhalter legte sogar seinen Löffel voll Brei zurück in die Schüssel.

„Was soll ich erzählen?“, sagte der Ankömmling achselzuckend. „Ich heiße Demid Polubotkin, habe in Moskau gelebt, dann hat man mich in den Kulturpalast einer Kolchose geschickt, nicht weit von hier, ins Dorf Nischnjaja Koloda. Von dort bin ich hergelaufen ...“

„Wieso hat man dich hier her geschickt?“, fragte einer der Männer.

„Die Kultur verfestigen.“

„Womit verfestigt man die ... das denn?“

„Nun ja, womit, mit Liedern, Tänzen ...“

„Also singst du etwa auch?!“, rief der Brigadier aus. „Ja?“

„Ja, ich singe auch“, sagte Demid Polubotkin stolz.

„Dann singst du uns vielleicht nach dem Frühstück etwas vor?“, fragte der Buchhalter.

„Nein“, Demid schüttelte den Kopf. „Dafür ist eine besondere Stimmung nötig, man muss im Innern froh sein ... es ist ja etwas anderes als Graben ...“

Der Brigadier nickte.

Der Buchhalter runzelte die Stirn.

„Aber vom Leben in Moskau kannst du uns vielleicht erzählen?“, fragte irgendein Bauer.

„Das kann ich“, sagte Demid.

„Also, dann machen wir es so“, bemerkte der Brigadier. „Es sollen ja alle hören ... Du erzählst es uns in der Schule, ja?“

Demid war einverstanden, und da verkündete der Brigadier nach dem Frühstück allen, dass am Abend in der Schule über Moskau erzählt werde.

Später spazierte Demid durch das Neue Gelobte Land, betrachtete mit Interesse die Bauten und ihre Bewohner, und als er gerade zum Hauptkuhstall, in dem man ihm eine Schlafbank zugewiesen hatte, zurück kehrte, stieß er auf eine hübsche, hellblonde junge Frau, die Filzstiefel und einen großen Bauernpelz trug und ohne jede Mütze ging.

„Sind Sie der aus Moskau?“, fragte sie, verlegen lächelnd.

„Ja“, antwortete Polubotkin.

„Katja, die Lehrerin.“ Die junge Frau streckte ihre Hand aus.

„Dema“, stellte Polubotkin sich lächelnd vor.

„Werden Sie uns heute von Moskau erzählen?“

„Ja“, Dema nickte. „Das werde ich.“

„Das ist gut“, sagte Katja, lächelte noch einmal anmutig, ging davon und ließ Polubotkin ein wenig ratlos zurück.

Im Gehen drehte sie sich noch einmal um und folgte ihm mit dem Blick, bis er im Kuhstall verschwunden war.

‚Er ist lustig', dachte Katja. ‚Und hat so ein Kugelbäuchlein, dass es direkt vorsteht! Bestimmt isst er gern!'

Am Abend erzählte Polubotkin vom Leben in Moskau. Von der berittenen Miliz, von den Geschäften, vom Kino.

Es war sehr viel Volk zusammengekommen. Sie lauschten ihm aufmerksam, mit angehaltenem Atem, und nur manchmal unterbrach einer der ungebildeten Bauern die Erzählung mit einer einfachen Frage und versuchte zu klären, was das genau für Dinge waren, von denen Polubotkin erzählte.

„Was ist denn das, Kino?", ertönte eine leise Stimme.

„Kino, das ist eine Illusion, das ist wie das echte Leben, nur passiert im Leben alles nur einmal, und im Kino kann man es viele Male ansehen ..."

„Was ist eine Illusion?"

„Warte." Hier stoppte Polubotkin den Frager bereits. „Also, zum Beispiel Fotografien, kennt ihr die?"

Einige nickten.

„Und das ist genauso, nur ist es in Bewegung. Klar?"

Natürlich war das nicht klar, aber die Erzählung selbst gefiel den Siedlern besser, als allerhand Erklärungen.

Durch Demid erfuhren die Siedler auch vom Kreml und von dem Kremlträumer, davon, dass die Moskauer sich morgens und abends die Hände wuschen und es in jeder Wohnung eine Toilette gab ... Die Frauen seufzten auf, als sie das hörten. Hier unterbrach der Brigadier die Erzählung, indem er erklärte, dass der Gast nun müde sei und es für die Frauen Zeit war, zum Abendmelken zu gehen.

Als die Siedler auseinandergegangen waren, trat der Brigadier zu Demid und sagte zu ihm: „Du hättest auch mal etwas Schlechtes von Moskau erzählen sollen, sonst sitzen sie da, sperren die Mäuler auf und das Wasser läuft ihnen im Mund zusammen!"

„Wie könnte ich das denn, von Moskau erzählen und etwas Schlechtes sagen?", wunderte sich Polubotkin aufrichtig. „Das ist doch das Herz der Heimat!"

„Weshalb hat man dich denn von dort weggeschickt?"

„Man hat mich nicht weggeschickt, sondern ausgesandt ... Weil es in Moskau zu viel Kultur gibt, und an anderen Orten, besonders in den Dörfern, überhaupt keine."

Der Brigadier kratzte sich hinter dem Ohr und überlegte. Dann sagte er: „Na dann sing lieber, als hier Märchen zu erzählen!"

„Wenn ich in der Stimmung bin, dann singe ich schon", antwortete Polubotkin zornig. „Aber wenn ich eben nicht in Stimmung bin ..."

Der Brigadier, der offenkundig übel gelaunt war, wandte sich um und ging davon, ohne noch ein Wort zu Polubotkin zu sagen.

Die Tage verstrichen. Polubotkin hatte sich im Neuen Gelobten Land eingelebt, schlief, aß und tat sonst nichts, nicht einmal von Moskau erzählte er mehr. Er sagte, er sei nicht in Stimmung. Unter seiner Bank lag untätig die Ziehharmonika in ihrem Kasten. Auch er selbst lag oft da, blickte an die Decke und genoss die Wärme im Raum.

Da kam einmal der Buchhalter zu ihm, setzte sich auf seine Bank und sagte streng: „Sieh mal, du lebst hier nutzlos schon eine Woche ..."

„Wie, nutzlos?", fragte Demid ein wenig erstaunt.

„Du bringst keinerlei Nutzen, du isst und schläfst nur. Du hast ja sogar einen runden Bauch, obwohl du selbst nicht fett bist."

„Lass du meinen Bauch in Ruhe!", erzürnte sich Polubotkin. „Ich habe extra so einen, damit es, wenn ich singe, kräftiger klingt."

„Ich will deinen Bauch gar nicht." Der Bucklige winkte ab. „Ich will, dass du Nutzen bringst. Du musst dir dein Essen erarbeiten ..."

Demid wurde nachdenklich.

„Was soll ich denn machen?", fragte er ernst, weil er einsah, dass es doch nicht recht war, wie die Made im Speck zu leben und keinen Finger zu rühren.

„Das Erarbeiten wird für dich wohl schwierig, vielleicht ersingst du es dir lieber? Für jeden Tag ein Lied, einverstanden?“

Dieser Gedanke rief bei Polubotkin keinen Widerspruch hervor. Darauf beugte der Buchhalter sich noch zu ihm und fragte flüsternd: „Kennst du vielleicht zufällig die Adresse von dem Kremlträumer? Wir haben hier beschlossen, ihm einen kleinen Brief zu schreiben und etwas Räucherfleisch zu schicken.“

„Habt ihr etwa eine Post?“

„Nein, wir schicken das so, jemand aus dem nächsten Dorf nimmt es mit. Unser Räuchermeister räuchert Fleisch für sie, und mit seiner Hilfe verabreden wir so etwas dann.“

„Ich kenne die Adresse“, nickte Polubotkin. „Ich kann auch ein Kuvert beschriften.“

„Und wann wirst du singen?“

„Ich brauche die richtige Stimmung ...“, sagte Demid schon sanfter, da sah er in den Augen des Buchhalters so viel Misstrauen ihm gegenüber, dass es ihm direkt den Hals zuschnürte. „Aber bald habe ich sie ... in den nächsten Tagen ...“

„Sieh zu, dass du es nicht zu lang hinziehst!“, sagte der Buchhalter zum Abschied und ging.

Nach dem Mittagessen erklärte Polubotkin dem Brigadier, dass er nun schon bereit sei, im Neuen Gelobten Land die Kultur mit einem Lied zu festigen, er brauche nur einen Platz, an dem es viel Raum und Weite gebe und ein gutes Echo entstehe.

Der Brigadier ging durch den knirschenden Schnee auf dem Hügel herum und bestimmte diesen Platz – am Hackklotz, der neben der Winterküche stand, um Brennholz zu spalten und Schlachtfleisch zu zerteilen. Dort gab es auch Weite, denn der Blick öffnete sich auf die verschneiten Felder und die andere Seite des Hügels, wo am Fluss die Räucherei stand und weiter entfernt der Wald anfing.

Der Brigadier zeigte Polubotkin den Platz, und sie stimmten überein, dass es ein guter Platz war und Polubotkin am nächsten Tag nach dem Mittagessen singen werde. Darüber gingen sie auseinander.

Zur selben Zeit saßen der Buchhalter und Sachar in der Räucherei am Tisch und ersannen einen Brief an den Kremlträumer, während Katja, die auch dort war, ihn sorgfältig auf Papier schrieb.

In diesem Brief erzählten sie vom Neuen Gelobten Land, davon, wie sie lebten und was sie aßen. Sie schrieben, dass sie mit ihrem Leben zufrieden seien und fragten um Rat, was und wie man etwas in ihrem Leben verbessern könnte. Am Ende fügten sie auch noch hinzu, dass sie jetzt in ihrem Neuen Gelobten Land auch Kultur hatten und sich morgen Lieder anhören würden.

Dann klebten sie aus Papier ein Kuvert zusammen, steckten den Brief hinein und brachten ihn zu Polubotkin, damit der die Adresse darauf schrieb.

Demid schrieb bereitwillig mit seinem eigenen Bleistift auf das Kuvert: „Moskau, Kreml. An den Kremlträumer."

Der folgende Tag war sonnig und windstill. Der Schnee glitzerte und knirschte unter den Füßen der Siedler. Aus dem Schornstein der Räucherei stieg eine gerade Rauchsäule in den Himmel.

Nach dem Mittagessen kamen die satten und glücklichen Menschen bei der Winterküche zusammen, vor der die Lieder erklingen sollten, die Polubotkin versprochen hatte.

Bald erschien auch Polubotkin. Er legte den Kasten mit der Ziehharmonika auf den Schnee, stieg auf den Hackklotz, ließ den Blick über die Umgebung wandern, und sogleich erschien auf seinem Gesicht etwas Adlerhaftes. Als er sich sattgesehen hatte, stieg er herunter, zog die Ziehharmonika heraus, bewegte die Finger über ihre Knöpfe und entlockte dem Instrument Musik. Dann lehnte er sich an den Klotz und dachte nach.

Immer noch strömte Volk herbei, aber der Brigadier, der daneben stand, trat von einem Fuß auf den anderen und zeigte seine Ungeduld.

„Na, fang schon an!“, sagte er, nachdem er zu Demid getreten war.

Polubotkin erklomm mit der Ziehharmonika in den Händen den Hackklotz.

„Russische Lieder!“, verkündete er.

Der Engel, der als einer der Ersten gekommen war, suchte Katja mit dem Blick, traf aber ständig auf den gleichgültigleblosen von Archipka-Stepan.

„Also, ich fange an!“, kündigte Polubotkin an, holte tief Luft und zog die Ziehharmonika auseinander.

Die Musik rollte in einer großen Welle den Hügel hinunter.

„Unendlich erstreckt sich das Schwarzmeer ...“, erscholl Demids Stimme über dem Neuen Gelobten Land, und alle hätten sich beinahe hingesetzt vor Erstaunen über diese nie zuvor gespürte Macht.

Der Wind bläst mit Macht geradeaus
Genosse, wir fahren von fernher
Und weit fort liegt unser Zuhaus ...

Die verzauberten Siedler standen da und rührten sich nicht. Das Lied flog über die Felder, wirbelte wie ein unsichtbarer Schneesturm umher, und den Leuten war es, als würde etwas in ihnen erwachen, etwas Furchtloses und Unbesiegbares. Jemand dachte: „Und wenn das die Seele ist?“ und sah heimlich zu dem Engel. Der gleichfalls verzauberte Engel aber stand da und sah zu Katja. Und Katja sah zu ihm. So wohl war ihnen da, eingehüllt in dieses mächtige Lied, so froh, als würde dieses Lied für sie beide erklingen.

‚Ich werde ihn umschmieden‘, dachte Katja fest überzeugt. ‚Dann gehört er mir für immer!‘

‚Du Liebe‘, dachte der Engel. ‚So viel Güte leuchtet in deinen Augen, so viel Wärme!‘

Die Musik der Ziehharmonika, mit dem Lied verflochten, verwandelte sich in einen Wind, den nur die menschliche Seele spüren konnte. Die gerade Rauchsäule, die aus dem

Schornstein der Räucherei aufstieg, bog dieser Wind nicht um, er trieb nicht den Schnee von den Wipfeln der Kiefern im Wald, der hinter dem Fluss stand.

Der bucklige Buchhalter strömte vor Liebe über und betrachtete mit dem liebevollsten Blick seinen Sohn Wasiljok, der in den Armen seiner Frau schlummerte.

Und Demid Polubotkin stimmte bereits ein neues Lied an:

„Herrlicher Baikal, du heiliges Meer
Auf einer Lachstonne will ich dich zwingen ...“

Noch lauter klang seine Stimme, die sich hoch hinauf über den Hügel erhob.

Auf dieses Lied hin trat Sachar aus seiner Räucherei und stand da mit offenem Mund, hinter ihm schaute auch Pjotr aus der weit geöffneten Tür.

Archipka-Stepan sah dort hinunter, zu Sachar und Pjotr hin.

Er dachte daran, dass er, ein entflohener Kolchosbauer und Enkel eines Leibeigenen, die Menschen ins Glück geführt hatte, hierher, auf diesen Hügel. Und jetzt lebten die Leute hier und freuten sich dieses Lebens und wunderten sich nicht darüber.

Hier bemerkte er, dass zwischen den nahen Kiefern einige bärtige Männer in verschnürten Bauernpelzen heraustraten, nicht gemeinsam, sondern jeder einzeln. Unter der Schnur, wie in einem Gürtel, hatten sie Äxte und Messer stecken. Diese Männer kamen heraus, blieben stehen und lauschten gleichfalls dem Lied.

‚Holzfäller oder Räuber‘, dachte Archipka-Stepan, aber er dachte es ohne Argwohn, eher mit Liebe. ‚Wer sie auch sind, es sind doch russische Menschen, und eine russische Seele haben sie auch, sonst wären sie bei dem Lied nicht aus dem Wald gekommen.‘

Als Demid das zweite Lied zu Ende gesungen hatte, beschloss er, sich ein wenig zu erholen. Er setzte sich auf den Hackklotz.

Die Männer, die aus dem Wald gekommen waren, warteten ein wenig auf ein nächstes Lied, und als keines kam, verschwanden sie wieder im Wald. Nicht gemeinsam, sondern jeder einzeln, als würden sie einander gar nicht kennen.

Kapitel 16

Nach einer Woche Regen schneite es abermals.

Banow saß an seinem Tisch, trank Tee mit Honig und betrachtete die neuen Instruktionen, die mit einem Kurier vom Narkompros gekommen waren.

Es klopfte an der Tür.

Der Lehrer Moschaikin kam herein.

„Genosse Direktor", sagte er. „Hier ... das hat meine Mutter gesammelt, es hilft sehr bei Erkältung."

Banow nickte.

Der Lehrer legte ein Tütchen mit Kräutern auf den Tisch des Direktors und ging hinaus.

Im selben Augenblick klingelte das Telefon, und der Direktor nahm den Hörer ab.

„Hallo ... hatschii ... hallo!", rief er. „Was? Was für Angaben?"

Man rief aus dem Narkompros an und bat darum, die Angaben der Schüler zu schicken, die sich entschieden hatten, in die Kulibinski- oder Suworow-Militär-Lehranstalten einzutreten.

„Gut", sagte Banow in den Hörer, nachdem er verstanden hatte, worum es ging. „Ich bereite alles vor!"

Er rief seinen Vizedirektor und erkundigte sich danach, wo diese Angaben waren, und es stellte sich heraus, dass sie bereits seit zwei Tagen auf seinem Direktorentisch unter einem Stapel anderer Papiere, Rechnungen und Lehrerberichte lagen.

Banow entließ Kuschnerenko und sah sich die Listen der Schüler an.

„Nur hundertzweiundfünfzig", flüsterte er vor sich hin. „Nicht sehr üppig."

Da fiel sein Blick auf einen vertrauten Namen.

„Robert Rojd, Klasse 7B. Suworow-Lehranstalt", las er und versank in Nachdenken.

Ein Hustenanfall krümmte Banow von Neuem, schmerzhaft zerriss es ihm den Hals, und der Direktor goss sich noch eine Tasse Tee ein, verrührte zwei Löffelchen Honig darin und schluckte.

Einen Augenblick lang wurde ihm leichter.

Der vergangene Donnerstag fiel Banow ein, als er und Klara auf dem Hügel unter dem Kreml zu lange geträumt hatten und Unannehmlichkeiten gerade noch entgangen waren. Zwei Stunden hatten sie im strömenden Regen nach dem richtigen Pfad gesucht. Karpowitsch war irgendwo verschwunden, doch wie durch ein Wunder war es ihnen gelungen, das bekannte grüne, zweistöckige Haus zu erreichen, die richtige Tür zu finden, und nach den endlosen Treppen und dunklen Korridoren waren sie schließlich oben angekommen. Vollständig durchnässt, hatten sie den Kreml beinah im Laufschritt verlassen und waren zwanzig Minuten später zu Klara hinaufgestiegen.

Sie hatten Atem geholt, Klara hatte sich umgezogen und etwas aus der Kleidung ihres vestorbenen Bruders herausgeholt, damit auch Banow sich umziehen konnte.

Danach hatten sie jeder hundert Gramm Wodka gegen die nahende Erkältung getrunken, aber das hatte nicht geholfen. Bereits am nächsten Morgen hatte Banow gekrächzt und zu husten begonnen.

Doch das war nicht das Ärgerlichste. Am meisten bekümmerte Banow, dass er unten auf dem Hügel seine braune Aktentasche vergessen hatte. In der Aktentasche lagen irgendwelche Schulpapiere, nur was genau, das wusste Banow nicht mehr. Er begriff jedoch, dass, wenn erst jemand die Aktentasche entdeckte, für ihn sehr ernste Unannehmlichkeiten entstehen könnten.

Klara hatte er davon nichts gesagt. Er versuchte Karpowitsch am Telefon zu erreichen, aber dort nahm niemand den Hörer ab. Das war ebenfalls verdächtig, denn nach Karpowitschs Verschwinden hatte Banow von seinem alten Kampfgefährten nichts mehr gehört noch gesehen.

Als er mit Mühe das Ende des Schultages erreicht hatte, erlaubte er der Petrowna nicht einmal, die Böden zu wischen.

Er verschloss die Schultür, stieg in den ersten Stock hinauf und rief Klara an.

„Klara? Hallo!", sagte er. „Weißt du, dass Robert in die Suworow-Lehranstalt will?"

Klara wunderte sich nicht. Sie hatte es bereits gewusst.

„Soll er ruhig gehen, er ist schon groß", antwortete sie. „Kommst du heute Abend? Ich mache dir ein Senfpflaster ..."

„Gut", sagte Banow, verabschiedete sich und legte den Hörer auf.

Gegen Abend wurde das Wetter wilder, und der Schnee wirbelte in dicken weißen Flocken.

Banow ging durch die dunkle Gasse und hielt mit den Händen seinen Mantel zusammen, der aus einem alten Soldatenumhang genäht war. Er war nur mit einem einzigen Knopf geschlossen, die übrigen waren schon verloren gegangen.

Klara erwartete ihn. Auf dem Herd stand heiße Kohlsuppe.

„Wo ist denn Robert?", erkundigte sich Banow.

„In der Theatergruppe."

„Und was proben sie da?", fragte Banow.

„Etwas über Atheismus ...", antwortete Klara.

Sie setzten sich zum Essen.

„In Europa gibt es Streiks", teilte Klara plötzlich mit. „Das haben sie im Radio gebracht."

Banow antwortete nicht. Sein Mund war voll mit Kohlsuppe, und es interessierte ihn auch nicht besonders, was in Europa vorging.

„Robert fährt am Freitag", begann Klara kurz darauf. „Nach Jakutsk. Dort wird er leben und lernen. Zieh um, komm hierher ... Das Zimmer von Schkarnizkij ist jetzt leer. Du kannst es nehmen."

Banow überlegte. Nach der heißen Kohlsuppe fühlte sein Hals sich warm und angenehm an.

Nachdem er einen Moment überlegt hatte, nickte er.

Klara lächelte scheu. Sie stand auf, ging zum Herd und sah nach, ob die Kartoffeln schon gar waren.

„Noch ein bisschen“, sagte sie im Umdrehen. „Und weißt du, was ich gefunden habe?“

„Was denn?“

„Hier, schau!“ Klara nahm ein Buch vom Küchenregal und reichte es Banow.

„Die Nationalgerichte der russischen Eismeerküstenbewohner“, las Banow auf dem Umschlag und blickte fragend auf Klara.

„Weißt du noch, wie er uns am Donnerstag von der scheußlichen Suppe erzählt hat, die ihm die Küstenbewohner gegeben haben?“

Banow strengte sein Gedächtnis an. Er wollte nicht zugeben, dass er fast die ganze Unterhaltung verschlafen hatte. Für alle Fälle nickte er.

„Hier, ich habe diese Suppe gefunden. Sehr wahrscheinlich ist sie das.“ Klara schlug das Buch an einer Stelle auf, an der ein Lesezeichen steckte. „Hör zu: nehmen Sie vier Walrossaugen, viel Salz, Leber und Nieren vom Lachs, bringen Sie zwei Liter Wasser zum Kochen ...“

‚Ein Walross hat doch nur zwei Augen‘, dachte Banow.

„Hörst du zu?“, fragte Klara.

„Ja, ja, ich höre zu“, erklärte Banow.

Klara musterte ihn scharf.

„Die Kartoffeln sind bestimmt schon fertig!“, sagte sie, klappte das Buch zu und drehte sich zum Herd um.

Nach dem Essen packte Klara Senfpflaster auf Banows Rücken und Brust.

Banow wurde es ganz heiß. Er streckte sich auf dem Sofa aus und schlief ein.

Der Zug, den der verschiedenäugige Genosse Kurilowez befehligte, schien Dobrynin ein wenig seltsam zu sein. Er bestand lediglich aus der Lokomotive, einem Tender und einem geschlossenen Wagen dazu, der im Innern in zwei ungleiche Teile geteilt war: ein kleines Vierbett-Dienstabteil mit Tisch, Fenster und chemischem Ofen, und eine Ladefläche, auf der dröhnend und donnernd mehrere Fässer unterschiedlicher Größe von einer Wand zur anderen über den Holzboden rollten. Wenn der Zug hielt, hörten auch die Fässer zu rumpeln auf, und im Wagen trat göttliche Stille ein.

In den ersten paar Stunden ihrer Reise schwieg der Volkskontrolleur und ertrug das Rumpeln der Fässer, weil er annahm, dass nicht viel Zeit vergehen werde, bis der Verschiedenäugige bemerkte, dass die Fässer nicht befestigt waren. Verblüfft über die Ruhe des Genossen Kurilowez, hielt Dobrynin es dann aber doch nicht aus und bemerkte etwas Entsprechendes zu ihm. Hier blickte auch der Urku-Jemze, den der Lärm anscheinend ebenfalls ermüdete, seinen Chef zustimmend und beifällig an.

Die kurze und klare Antwort des Verschiedenäugigen aber verdross den Volkskontrolleur. Kurilowez erklärte, das diese Fässer schon seit einem halben Jahr über den Boden rollten, und wie lange sie noch rollen müssten, sei unbekannt, denn diese Fracht gehöre der Regierung, anders gesagt, in den Fässern werde Portwein für die Führer des Landes spazierengefahren.

„Wozu wird er denn im Zug herumgefahren?" Der Volkskontrolleur konnte diese Frage nicht zurückhalten.

„So wird er auf wissenschaftliche Weise gestärkt. Jedes Fass muss mindestens zweitausend Kilometer herumfahren, eher noch mehr. Dann verändert sich der Geschmack des Weins zum Besseren ..."

Da erkannten Dobrynin und der Urku-Jemze, dass sie diesen Lärm den ganzen Weg über würden aushalten müssen, und die Erkenntnis betrübte sie.

Nach ein, zwei Tagen hatten sie sich jedoch daran gewöhnt und achteten bald überhaupt nicht mehr auf die Bewegung der Fässer.

Manchmal hielt der Zug an, meistens zur Mittagszeit, wenn der Verschiedenäugige sich auf dem chemischen Öfchen meisterlich als Koch betätigte und heiße Suppen aus Wasser, grauem Mehl und getrocknetem Fisch zubereitete. In solchen Momenten kam zum Essen auch der Lokführer, Kurilowez' Jahrgangskamerad und alter Genosse. Der Lokführer hieß Wasja Murowannyj. Er stammte aus demselben Dorf wie der Verschiedenäugige, und besonders gefiel Dobrynin, dass ihr Dorf Murowannyje Kurilowzy hieß und man unter seinen Bewohnern nur zwei Nachnamen antraf: entweder Murowannyj oder eben Kurilowez.

Beim Essen versammelt erzählten sie alle gern, vertrauten einander ihre Vergangenheit und ihre Gegenwart an. Nach etwa zwei Wochen stellte sich heraus, dass sie nichts mehr hatten, worüber sie reden konnten, und da schlug Dobrynin vor, statt zu reden, vor dem Essen jeweils eine Erzählung aus dem Buch zu lesen, das Genosse Twerin ihm geschenkt hatte. Der Lokführer und der Verschiedenäugige waren einverstanden, ganz zu schweigen von dem Urku-Jemzen, der einige Geschichten auswendig kannte.

Damit alles seine Richtigkeit hatte, begann Dobrynin das Buch abermals ganz von Anfang an zu lesen. So geschah es: jeden Tag eine Geschichte, dann Mittagessen, und dann wieder das Tuten der Lokomotive, das Knirschen der eisernen Räder und das Rumpeln der auf dem Boden hin und her rollenden Fässer, das allmählich die mechanischen Geräusche des Zuges übertönte.

Einmal während des täglichen Mittagessens – an diesem Tag hatte Dobrynin vor dem Essen allen die Erzählung „Der

Ofensetzer" vorgelesen – stellte der Verschiedenäugige, nachdem er ein paar listige Blicke mit Lokführer Murowannyj gewechselt hatte, Dobrynin einige Fragen über die Arbeit eines Volkskontrolleurs und schlug ihm dann unerwartet vor, eine Kontrolle des Portwein-Rollens durchzuführen. Zunächst geriet Dobrynin in Verlegenheit, immerhin handelte es sich doch um Wein für die Führer ihres Landes. Aber da erklärte der Verschiedenäugige, dass sie nur mittels einer Überprüfung feststellen könnten, ob der Wein nun genug gerollt sei oder nicht, und sollte er bereits ausgerollt haben, dann könnten sie gleich direkt und ohne alle weiteren Umwege nach Moskau fahren.

„Du bist doch dazu berechtigt!", legte Kurilowez ihm am Tisch dar. „In deiner Vollmacht steht doch geschrieben: alles überprüfen und kontrollieren! Richtig?"

„Nun ja", stimmte der Volkskontrolleur zu, nachdem er ein wenig nachgedacht hatte. „Aber dazu müssen wir doch die Fässer öffnen?"

„Nur eines, das allerkleinste", sagte Kurilowez. „Das da, auf dem ‚Marschall Luganskij' steht."

„Ist das denn etwa sein Fass?", fragte Dobrynin erschrocken.

„Naja, irgendwie ist es seines, aber er ist doch ein schwerkranker Mann ... bis wir hinkommen, haben sie ihn doch schon, naja, mit allen militärischen Ehren ..."

„Nach dem Überprüfen müssen wir das Fass nur wieder zumachen, und fertig!", bemerkte plötzlich Waplachow und spürte umgehend die begeisterten, wohlwollenden Blicke des Verschiedenäugigen und des Lokführers auf sich.

„Ohoho!" Murowannyj strahlte breit von einem Ohr zum anderen. „Warum gibt Gott dem einen einen Kopf und dem anderen nur Hände?"

Der Vorschlag des Urku-Jemzen wurde angenommen. Sogleich rollte der Verschiedenäugige das kleine Fass in ihr Abteil und holte einen großen Literkrug. Gemeinsam mit dem Lokführer stellte er das Fass behutsam auf den Tisch, und sie kamen nachgerade ins Schwitzen, während sie den hölzernen Stopfen aus dem Deckel zogen. Dann hoben sie, wiederum zu zweit, das Fass an und neigten es so, dass der herausfließende rote Wein augenblicklich den Krug bis zu den Rändern füllte. Er lief über und bildete eine kleine Pfütze auf dem Tisch.

„Halte doch nicht so hoch!“, rief der Verschiedenäugige verstimmt.

Sie stellten das Fass zu Boden.

Dobrynin nahm den Krug in die Hände, hob ihn an die Lippen und sah Kurilowez fragend an.

„Los, los, probiere, und dann sagst du uns, ob er genug gerollt ist!“, sagte der.

Dobrynin seufzte und nahm einen großen Schluck. Im Mund war es sogleich angenehm und süß.

„Na, und?“, fragte der Lokführer.

Dobrynin überlegte einen Augenblick, dann trank er noch einen Schluck.

Darauf fragte er: „Wie kann man das denn feststellen?“

„Vielleicht probiere ich mal?“, bat der Urku-Jemze.

Froh streckte der Volkskontrolleur seinem Gehilfen den Wein hin, es war allerdings vom Wein kaum noch die Hälfte im Krug.

Waplachow trank alles auf einen Zug aus und stellte den Krug zurück auf den Tisch, direkt in die Weinpfütze hinein.

„Und?“, fragte jetzt der Verschiedenäugige.

Der Urku-Jemze zuckte die Achseln.

„Es schmeckt sehr gut“, sagte er. „Sogar süß!“

Ein Schweigen trat ein, in dem Dobrynin sich ein wenig unbehaglich fühlte. Da stellte sich nun heraus, dass er, der Volkskontrolleur, weil ihm die nötige Bildung fehlte, das Rollen des Weines nicht überprüfen konnte. Er schämte sich. Natürlich hätte er gern gesagt, dass der Wein offenbar schon ausgerollt sei und sie ihn gleich direkt nach Moskau fahren könnten. Aber im nächsten Augenblick dachte Dobrynin daran, dass sie diesen Wein in den Kreml brachten, und dort würde Marschall Luganskij oder irgendein anderer fragen: „Wieso ist der Wein denn nicht, wie es sich gehört? Wieso ist er nicht ausgerollt?“ Und man würde ihm sagen: „Wie kann das sein, Volkskontrolleur Dobrynin hat es überprüft und gesagt, er sei schon genug gerollt!“ Lange hätte Dobrynin sich noch mit seinen Gedanken und Zweifeln geplagt, doch da erlöste ihn der Verschiedenäugige.

„Na, los“, sagte er. „Ich probiere ihn selbst. Ist ja nicht das erste Mal!“

Der Lokführer und Kurilowez hoben das Fass hoch und füllten den Krug erneut. Der Verschiedenäugige konzentrierte sich, wurde ernst, nahm den Krug und leerte ihn in drei Zügen. Danach stellte er ihn auf den Tisch und horchte in sich hinein, nur seine geschlossenen Lippen bewegten sich.

„Und, wie?“, fragte der Lokführer.

„Es scheint, ein wenig fehlt noch ... Man muss ihn noch etwas spazierenfahren ...“

„Ach ja?!“, wunderte sich der Lokführer.

„Probier selbst!“, schlug der Verschiedenäugige dem Lokführer vor.

Wieder füllten sie den Krug. Der Lokführer trank ihn aus, schmatzte gleichfalls mit den Lippen und wiegte den Kopf.

„Er muss noch einen Monat gerollt werden, bevor man ihn jemandem zu trinken gibt“, sagte er.

Darauf steckten sie den Pfropfen zurück an seinen Platz, schlugen kräftig mit einem Bremsklotz drauf, und der Verschiedenäugige rollte das Fass in das Frachtabteil des Wagens davon.

„Ich werde schlafen!“, erklärte plötzlich Dmitrij ruhig und glücklich, mit einem Gähnen. Dann stieg er auf seine obere Pritsche und legte sich dort still wie ein Toter für lange Zeit hin.

Fünf Minuten später beschlossen auch der Lokführer und Kurilowez, sich ein wenig auszustrecken.

Nur Dobrynin blieb wach und saß am Tisch, auf dem die Weinpfütze rot glänzte.

Er blickte aus dem Fenster, vor dem reglos und in völliger Stille die winterliche Natur stand. Er sah hinaus und dachte daran, dass noch ein Monat vergehen würde, bis dieser Wein ausgerollt war und sie in Moskau einfuhren, wo er die Genossen wiedersehen würde, die seinem Herzen lieb waren: Twerin, Woltschanow und natürlich Marija Ignatjewna, auch den Hausmeister Wasilij, und den Sohn Grigorij, auch wenn dieser Sohn nicht seiner war.

Die Gedanken wurden mehr und mehr sichtbar, wie ein richtiger Film, und der Volkskontrolleur bemerkte gar nicht, wie er einschlief, merkte nicht, wie er seine Arme direkt in den auf dem Tisch verschütteten Wein legte und den Kopf auf die Arme senkte. Und aus dem Schlafzimmer hörte Dobrynin, der an dem Schreibtisch im Arbeitszimmer seiner Dienstwohnung döste, das unangenehme, heftige Weinen eines Säuglings.

Kapitel 18

Die Zeit kroch langsam dahin wie der verbeulte Gasik-Jeep auf den schlaglochübersäten Straßen des Hinterlandes.

Es wurde Abend. Es war durchdringend feucht.

Mark Iwanow, der sich in seinen Soldatenmantel gehüllt hatte, drückte den Käfig mit Kusma und dem Überzug an sich und hüpfte gemeinsam mit ihm auf dem sprungfedergespickten Rücksitz des Wagens auf und ab. Neben ihm hüpfte in den Schlaglöchern Genosse Parlachow in die Höhe, sein „Hüter" vom ZK. Genosse Urluchow hatte ihn dem Künstler zur Seite gestellt. Zum Schutz und als Hilfe, hatte er gesagt, doch nun, nach den ersten fünf Auftritten auf dieser endlosen Tournee durch das Hinterland, wusste Iwanow genau, wozu dieser wortkarge und finstere Mensch sich ständig an seiner Seite befand.

Vor ihrem ersten Auftritt hatte sein Hüter dem Künstler angekündigt, dass Mark fortan an vor der Einfahrt in jedes der Verteidigung dienende Werk oder Objekt mit seiner Hilfe eine Augenbinde anlegen müsse, damit er nicht zufällig etwas sah, was ihm als Außenstehendem nicht zu sehen bestimmt war. Von da an war es losgegangen: noch ehe ein Fabrikzaun in Sicht kam, zog Hüter Parlachow einen schwarzen Stoffstreifen über Iwanows Augen und führte ihn wie einen Blinden untergehakt weiter über Treppen, auf die Bühne oder auf irgendeinen unsichtbaren Platz, an dem Kusma vortragen sollte. Ewig untergehakt, bis zum nächsten zufälligen Transport, der sie zum nächsten Ort brachte, an dem Kämpfer des unsichtbaren Hinterlandes selbstlos tätig waren.

Diesmal hatten sie Glück mit dem Transport: ein Prokuror des Sonderkollegiums, der gerade bei demselben Objekt gewesen war, hatte vorgeschlagen, sie nach Solikamsk zu bringen. Der Prokuror fuhr mit seinem eigenen Fahrer, einem jungen Burschen von sehr finsterem Äußeren. Die Entfernung von Molotow bis Solikamsk war beträchtlich, doch darüber machte sich Mark keine Gedanken. Er war glücklich, dass er seine Mitreisenden sehen konnte, dass er durch die Scheibe der Wagentür flüchtige Blicke in die sich draußen verdichtende Dunkelheit werfen konnte. Marks Augen waren von der Augenbinde so ermüdet, dass jetzt selbst die Dunkelheit allzu hell erschien und unangenehm schmerzte. Aber bei wem und worüber sollte er sich beklagen. Es war schließlich Krieg.

Die Räder des Gasik-Jeeps drückten ein Krachen aus den Bohlen einer hölzernen Brücke.

Mark wurde lebendig und drängte sich weiter nach vorn, drückte die Nase an die Scheibe der Tür.

Irgendwo in der Ferne schimmerten Lichter, und ihr kaum erkennbarer Widerschein zitterte auf dem fernen Wasser.

„Was ist das für ein Fluss?", fragte Mark und starrte auf den Rücken ihres Fahrers.

„Koswa", antwortete der Prokuror. „Es ist noch weit."

Die Brücke und der Fluss blieben hinter ihnen zurück, und nur die Nacht begleitete sie und verließ sie keine Sekunde.

Sein Hüter Parlachow schnarchte schon und wurde nicht einmal in den Schlaglöchern wach. Der Prokuror vorne mochte wach sein, war aber tief in sich selbst versunken und achtete vermutlich gar nicht darauf, dass man ihn gerade irgendwohin brachte, dass er auf dieser nächtlichen, zerschlagenen Straße ins ferne Solikamsk fuhr.

Nur der Fahrer drehte das Steuer mit sicherer Hand und kurvte beim Fahren um besonders tiefe Spurrinnen herum. Manchmal hob und senkte er die Schultern und verdrehte den Kopf, um den steifen Nacken zu lockern. Nach hinten wandte er sich nicht um.

Mark seufzte traurig. Er fühlte sich einsam und schloss mit einem Seufzer die Augen. Nur seine Hände umklammerten noch fester den Käfig im guten Mantelstoff, in dem sein enger Kampfgefährte, das vielleicht einzige ihm nahestehende Wesen saß.

Solikamsk erreichten sie erst am nächsten Tag gegen Abend. Nachdem sie sich von dem Prokuror und seinem

Fahrer verabschiedet hatten, standen sie allein inmitten der grauen, in der Dunkelheit fast unsichtbaren Stadt.

„Bleib hier und rühr dich nicht!“, befahl Marks Hüter und tauchte ins Dunkel ein.

Mark stand da und wippte langsam auf den Füßen hin und her, den Käfig samt Überzug noch immer an seine Brust gedrückt.

„Wie geht es dir da drin, Kusma?“, fragte er mit zitternder Stimme.

Aus dem Käfig drang kein Laut heraus, und das machte Iwanow Sorge. Schon überlegte er, den Käfig aus dem Futteral zu lösen und hineinzuschauen, ob sein Gefährte noch am Leben war, doch gleich darauf erkannte der Künstler, dass das für den Papagei doppelt gefährlich wäre, und er unterließ es.

Er unterließ es, aber er war nervös und grübelte, wobei er selbst fror. Er hatte Angst, dass sie irgendein Nachtlager finden würden, er dort den Käfig herausholte – und Kusma wäre tot!

„So, komm mit!“, erklang neben ihm die Stimme seines Hüters Parlachow.

„Wohin?“, fragte Mark.

„Baracke Nummer fünfundvierzig der Fabrik N., klar?“

„Ja.“ Mark nickte, erspähte in der Finsternis von Solikamsk die Gestalt seines Hüters und ging hinter ihm her.

Die Baracke war aus Holz und hatte zwei Stockwerke. Eine morsche Treppe krachte so unter ihren Füßen, als ob sie im nächsten Augenblick zusammenbrechen wollte.

Die alte Frau, die sie mit einer Kerze in der Hand zu einer dienstlichen Kammer im ersten Stock führte, plauderte im Gehen: „Nur sind dort die Fenster mit Brettern vernagelt, ihr Lieben ... jaja, mit Brettern vernagelt, also legt euch lieber mit den Füßen zum Fenster ... sonst werdet ihr noch krank in der Zugluft ...“

Nachdem sie die Kerze auf einen Hocker gestellt hatte, ging die Alte hinaus. Mark sah als Erstes nach dem Papagei.

Er lebte. Vor lauter Freude achtete Iwanow gar nicht darauf, wie feucht die strohgefüllte Matratze war. Er legte sich hin, ohne sich auszuziehen, einfach im Mantel, und wartete auf den Schlaf.

Am Morgen erwachte er von einem Lärm, der von der Straße hereindrang.

Parlachow war nicht da. Nachdem er sich die Augen gerieben hatte, griff Mark in seinen Reisesack, holte dort das Säckchen mit der Körnermischung und den Fünfzig-Gramm-Messbecher heraus, schöpfte einige Körner und streute sie in den Futtertrog im Käfig.

Kusma betrachtete gramvoll seine Kriegsration. Und darauf blickte er seinen Herrn an.

Aus irgendeinem Grunde schämte sich da Mark, auch wenn er sich dem Vogel gegenüber jetzt gar nichts hatte zu Schulden kommen lassen. Er schöpfte noch einen halben Becher heraus, gab Kusma die Körner und verließ das Zimmer, um Wasser zu suchen.

Bis er die alte Frau gefunden und eine Tasse eisiges Wasser von ihr geholt hatte, war eine Viertelstunde vergangen.

Marks Hüter saß schon auf seiner Pritsche, auf der die gleiche strohgefüllte Matratze lag. Er saß da und schien auf Mark zu warten.

„Die Vorstellung ist in der Schichtpause, um eins", sagte er. „Frühstücken dürfen wir in der Arbeiterkantine in der Baracke Nummer 13 ..."

Mark freute sich, als er von dem Frühstück hörte. Gewöhnlich mussten sie mit nichts als einem Mittagessen auskommen.

„... aber dort werden drei Ingenieure im Geheimauftrag frühstücken, also musst du die Augenbinde anziehen ...", beendete Parlachow seine Mitteilung.

Iwanow seufzte schwer – essen hatte er mit verbundenen Augen bislang noch nicht müssen. Doch er hatte Hunger.

Nachdem sie den Vogel in der Kammer zurückgelassen hatten, machten Parlachow und Iwanow sich auf die Suche nach der Baracke Nummer dreizehn. Sie brauchten nicht lange zu suchen. Bevor sie den einstöckigen Holzbau betraten, zog sein Hüter Mark die Binde über die Augen.

„Siehst du noch etwas?", fragte er.

„Das rechte Auge sieht ein wenig …", gestand Iwanow.

„Oben oder unten?"

„Unten."

Parlachow zog die Binde etwas herunter.

„Und jetzt?", fragte er.

„Jetzt sehe ich nichts mehr."

„Dann halte dich fest, und los!", kommandierte sein Hüter.

Wie gewohnt hängte Mark sich bei Parlachow ein.

„Stufe!", warnte sein Hüter auf ihrem Weg in die Arbeiterkantine. „Vorsicht, Schwelle! So. Ich setze dich jetzt hier her … setz dich hier. Los, na setz dich!"

Mark wäre gern so schnell wie möglich mit dem Hintern auf einen Hocker gestoßen, aber er ließ sich vorsichtig absinken. Endlich stieß er an. Er entspannte sich.

„Was gibt es denn zum Frühstück?", fragte er.

Doch niemand antwortete ihm. Parlachow war wohl schon zum Fenster der Essensausgabe gegangen.

Nachdem er eine Minute reglos da gesessen und auf das Innenleben der Arbeiterkantine gehorcht hatte, zog Mark die Fäustlinge aus, schob sie in die Taschen seines Mantels und rieb die Handflächen aneinander, bis die Haut ein wenig Wärme spürte.

Metallgeschirr klirrte neben ihm. Mark schrak zusammen und erstarrte erneut.

Irgendwelche Geräusche waren in diesem Raum zu hören, doch keinerlei Gespräche, nicht einmal ein Flüstern!

„Da bin ich wieder!", ertönte in seiner Nähe die Stimme des Hüters Parlachow.

Direkt vor Iwanow knallte eine gefüllte Schüssel schwer auf den Tisch.

„Hol die rechte Hand raus!", bat Parlachow.

Mark gehorchte.

„Was gibt es denn?“, fragte der Künstler leise.

„Hirsegrütze mit Sparfett!“, antwortete Parlachow und setzte sich.

„Gibt es auch Tee?“

„Ich hab doch welchen mitgebracht!“, erwiderte sein Hüter leicht gereizt.

Mit der linken Hand ertastete Mark die Schüssel, rückte sie vor sein Gesicht und zog sie näher an den Rand des Tisches heran. Er begann zu essen. Die Grütze war heiß, und daher schmeckte sie gut.

„Sind viele Leute hier?“, fragte Mark einen Augenblick später.

Parlachow drehte ringsum den Kopf und antwortete nach einer Pause: „Achtzehn.“

Mark nickte.

Er aß noch drei weitere Löffel Grütze.

„Gibt es auch Frauen?“, fragte er Parlachow wieder.

„Alle hier sind Frauen“, antwortete der.

„Dann sind diese geheimen Ingenieure also nicht da?“

„Anscheinend nicht.“

„Dann kann ich vielleicht die Binde abnehmen?“

„Unmöglich!“, sagte Parlachow streng. „Und wenn sie plötzlich hereinkommen und du sie siehst?“

„Ja ...“, stimmte Mark dem Argument zu und widmete sich wieder seiner Grütze.

Danach fuhr er langsam mit der linken Hand über den Tisch und suchte den Tee. Er fand ihn. Er trank einen Schluck, und da wurde ihm wunderbar wohl.

„Wir nehmen Kusma von der warmen Grütze mit, ja?“, schlug er seinem Hüter vor.

„Nimm nur!“, sagte dieser.

„Aber worin denn?“

„Nimm es halt in die Hand!“, warf Parlachow hin.

Mark trank seinen Tee schnell aus.

Danach seufzte er schwer. Mit der rechten Hand griff er in die Schüssel mit der nicht aufgegessenen, noch warmen Grütze, schöpfte eine Handvoll heraus und erstarrte. Er dachte nach.

„Hilfst du mir?", wandte er sich wieder an den Hüter.

„Womit denn?"

„Den Handschuh über die rechte Hand zu ziehen, damit die Grütze nicht kalt wird ... in meiner rechten Tasche steckt der Handschuh."

Schlecht und recht zog Parlachow ihm den Handschuh über die rechte Hand. Nur gut, dass man Mark Fäustlinge gegeben hatte, die drei Nummern zu groß waren. Die Hand bewegte sich frei darin und die Grütze floß nicht aus der Faust.

Sie traten auf die Straße. Dort endlich nahm der Hüter die Binde von Marks Augen und sie kehrten in ihre Baracke Nummer fünfundvierzig zurück.

Kusma schien sich über die warme Hirsegrütze sehr zu freuen. Er pickte sie mit Appetit und Hingabe auf. Mark saß bei ihm, beobachtete den geliebten Vogel und freute sich mit ihm.

Später probten sie ein wenig und brachen auf zur Fabrik N.

Kaum tauchte am Ende einer Reihe aus grauen Holzhäusern ein ebensolcher grauer Holzzaun auf, zog Parlachow Mark wieder die Binde über die Augen, Mark hakte sich bei seinem Hüter ein, und sie gingen, nun schon langsamer, weiter.

Einem Menschen, der nicht wusste, worum es sich handelte, wären die beiden als merkwürdiges Paar vorgekommen: beide in Uniformmänteln, einer aber mit verbundenen Augen und einem Käfig im Futteral in der linken Hand. Es gab jedoch niemanden. Die Straße war verlassen und still.

„Vorsicht, Stufe und Schwelle!", warnte der Hüter und zog Mark mit sich nach links.

Sie befanden sich in der Pförtnerloge. Mark hörte, wie Parlachow einem Soldaten ihr Eintreffen mitteilte und seine und Marks Papiere ausbreitete. Dann waren sie wieder unterwegs, jetzt schon auf dem Gelände der Fabrik N. Hier hörte Mark fortan alle Augenblicke: „Stufe, Treppe, Stufe abwärts ..."

Endlich machten sie Halt.

„Wo sind wir?", erkundigte Iwanow sich flüsternd.

„Im Saal der Fabrik", antwortete Parlachow knapp. „Gib mir den Käfig!", befahl er eine Minute später schon lebhafter.

Kurz darauf spürte Mark Kusmas scharfe Krallen auf der rechten Schulter.

„Geht es schon los?", flüsterte Mark fragend.

„In ein paar Minuten. Es haben sich noch nicht alle versammelt!", flüsterte Parlachow ruhig zurück.

Mark wartete reglos. Die schon gewohnte, und doch so unangenehme Dunkelheit der Augenbinde ließ ihn die Augen schließen. Wo stand er in diesem Augenblick? Wer schaute auf ihn? Was war er für sie? Vielleicht hatte jener Dicke auf der Krim, im Sanatorium „Ukraina" ja Recht gehabt, der später gemeinsam mit der Statue erschlagen wurde? Was hatte er damals gesagt? Dass Mark ein Schmarotzer sei? Nur ein Parasit des Vogels?

„Liebe Genossen selbstlos Werktätige der Fabrik N!" Parlachows Stimme riss Mark aus seinen quälenden Überlegungen. „Die Heimat denkt an euch, die Heimat weiß von eurem Heldentum! Hier wird jetzt, in diesen Minuten der Schichtpause, der Moskauer Künstler Iwanow mit seinem Papagei Kusma vor euch auftreten. Möge dieser kurze Auftritt euch helfen, für einen Augenblick die Mühen und Entbehrungen zu vergessen und an eure Lieben zu denken, an jene unter ihnen, die unser großes Land vor dem faschistischen deutschen Feind verteidigen!"

Mark konzentrierte sich, ohne die Augen zu öffnen. Er wartete auf die Pause. Dann sprach er recht laut: „Also, Kusma, trag vor!"

Mikrofon gab es hier natürlich keines, doch an der Lautstärke von Kusmas Stimme erkannte Mark, dass es ein kleiner Saal war.

„Da draußen ist Mitternacht, der Tag ist beendet,
die Kerze verlischt schon, und hoch stehn die Sterne“,

deklamierte Kusma.

„Und du, meine Liebe, du schreibst mir und sendest
den Brief an des Krieges Adresse: ins Ferne.“

Mark lächelte. Ihr Auftritt begann anständig. Noch kein einziges Mal hatte Kusma ihn je im Stich gelassen, und dennoch spürte Iwanow die Aufregung vor jedem Auftritt: immerhin hing er wirklich stark von dem Vogel, von diesem schönen, klugen Vogel, ab ...

Kusma indessen fuhr, ohne zu stocken, fort:

„Doch ich bin mir sicher: zur vordersten Linie
wird solch einer Liebe der Durchbruch gelingen ...
So weit liegt zu Hause. Das Licht unsrer Zimmer
Glimmt hinter dem Rauch des Krieges im Morgen.
Doch dessen gedacht wird, erwartungsvoll immer,
der ist auch im Rauche des Krieges geborgen.“

Da hörte Mark ein Frauenschluchzen und wurde auch selbst gleichsam von der zu Tränen rührenden Wärme dieses Gedichts durchdrungen. ‚Utkin ist wahrhaftig ein großer Dichter!‘, schoss es ihm durch den Kopf. Auf einmal verflog dieser Gedanke und ließ den Künstler, der nichts sah, allein mit den weiblichen Schluchzern zurück. Ihm wurde schwer ums Herz, und Tränen stiegen ihm in die Augen. Eine löste sich von seinem linken Auge und rann langsam über die eingefallene, an diesem Tage nicht rasierte Wange. Die Träne blieb in den spärlichen Stoppeln hängen. Seine Hand zuckte und wollte die Träne wie von selbst vom Gesicht wischen, doch seine Konzertdisziplin, ein gleichsam angeborener Instinkt, ließ es nicht zu.

Und so vergaß Mark diese in den Bartstoppeln hängende Träne. Er sann darüber nach, dass er nie einen Brief bekam und es im Grunde auch keinen gab, der an ihn denken konnte, niemanden, der ihm Briefe schreiben konnte.

Da erinnerte sich Mark an die liebe, hellblonde junge Frau, die das Essen in der Kantine der Moskauer Wasserleitungsarbeiter ausgab. Vielleicht liebte dieses Mädchen ihn? Vielleicht dachte sie an ihn? Denn nicht zufällig hatte sie ihm doch stets größere Portionen als den anderen aufgetan?

Kusma fuhr unterdessen fort:

„Dann kommt für uns beide ein ruhiger Abend,
wir schmiegen uns Schulter an Schulter und lesen
noch einmal die Briefe als Chronik der Liebe
und fühlen, wie stark unsre Hoffnung gewesen."

Der Papagei verstummte, aber Mark bemerkte es nicht. Mark war tief in sich selbst versunken.

Da rüttelte ihn eine Hand an der linken Schulter und rief ihn in die Wirklichkeit zurück.

„Von wem war das Gedicht? Hörst du? Von wem, sag es!" Parlachows warmes Flüstern blies ihm ins linke Ohr.

Mark kam zu sich, erkannte seinen Fehler, hustete sofort, um die Stimme frei zu machen, und verkündete: „Sie hörten das Gedicht von Josif Utkin ‚Du schreibst' ..."

Im Raum klapperten Hocker und Stühle, die über den Holzboden hin- und her geschoben wurden. Nun gingen die für Mark unsichtbaren Zuhörer und Zuhörerinnen an ihre großen und kleinen Maschinen in der Fabrik N davon.

„Gib ihn mir rüber!", sagte Hüter Parlachow, während er Kusma von der rechten Schulter des Künstlers nahm und zurück in den Käfig setzte.

Mark war erneut tief irgendwo in sich selbst versunken. Ihm kam der Gedanke, dass sie für ihren zehnminütigen Auftritt mehr als einen Tag und eine Nacht hierher gefahren waren, und jetzt würden sie irgendwohin weiter fahren ... Aber Mark war bewusst, dass es wichtig war, hier her und auch an die anderen Orte zu fahren, an denen sie gewesen waren oder noch sein würden. Selbst wenn irgendwo die Schichtpause nur fünf Minuten dauerte und Kusma in dieser Zeit nur ein halbes Gedicht würde vortragen können, so mussten sie es trotzdem tun: die Frauenschluchzer, die in Mark Iwanows Gedächtnis nachklangen, waren der unumstößliche Beweis dafür. Mochten diese Frauen lieben, mochten sie sich an ihre Lieben erinnern und an sie denken, so, wie vielleicht eines Tages eine schöne Frau an ihn denken und wegen ihm schluchzen würde, wegen Mark Iwanow, der sich ebenfalls immerzu in der Ferne befand. Fern von Moskau und manchmal auch von sich selbst ...

Kapitel 19

An welcher Stelle der Zug des Verschiedenäugigen unter die Erde hinabgetaucht war, hatte Dobrynin nicht bemerkt. Danach waren sie noch mehrere Stunden durch vollkommene, hallende Dunkelheit gefahren, bevor der Zug an einem von elektrischen Lampen hell beleuchteten Bahnsteig gehalten hatte.

Pawel Aleksandrowitsch Dobrynin saß in seinem Arbeitszimmer und dachte an den gestrigen Tag, der seltsam und in manchen Einzelheiten, die der Volkskontrolleur bemerkt hatte, etwas unverständlich gewesen war.

„Trinkst du einen Tee, Pawluscha?“, ertönte vor seiner Tür die Stimme von Marija Ignatjewna.

„Später!“, antwortete Dobrynin.

Direkt vor ihm auf dem Tisch stand ein schwarzer Telefonapparat. Mit der linken Hand schob Dobrynin ihn an den Rand des Tisches.

Er erinnerte sich daran, dass bei seiner Ankunft ihn ein magerer, spitznasiger, sehr bleicher Mann empfangen hatte. Er hatte einen Orden am Hemd, war in Soldatenuniform und gut geputzten Stiefeln. Unter der Erde war es warm gewesen. Da hatte der Volkskontrolleur an den leitenden Funktionär Viktor Stepanowitsch gedacht und hatte den, der ihn in Empfang nahm, gleich gefragt, wo er jetzt sei. Der Soldat zuckte die Achseln. Er hatte nie von Viktor Stepanowitsch gehört. Dann war Waplachow aus dem Waggon gestiegen, und der Soldat war in Verwirrung geraten, als er den Urku-Jemzen erblickte. Er war für eine Zeitlang davon geeilt und wieder zurückgekehrt, er hatte nervös gewirkt, Waplachow nach seiner Erlaubnis zur Einreise in die Hauptstadt gefragt und war wieder davon geeilt, als er verstanden hatte, dass Dmitrij keine solche Erlaubnis besaß. Er kam erneut zurück, und erst darauf führte er sie, ein wenig ruhiger, durch finstere Gänge, die von roten Notlichtern nur spärlich erhellt wurden. Als sie sich von ihrem Zug entfernten, hatten sie gehört, wie die eisernen Gelenke der Fahrgestelle aufs Neue losknirschten und den Zug, in dem Murowannyj und der Verschiedenäugige Kurilowez zurückblieben, weiter, irgendwohin vorwärts schoben. Schließlich waren sie aus einem unauffälligen einstöckigen Gebäude auf dem Gelände des Kremls herausgetreten, einem Gebäude, das wie ein ordentlich aus roten Ziegelsteinen gemauerter Schuppen aussah. Vor dem Häuschen hatte ein schwarzer Wagen mit Fahrer bereitgestanden. Nachdem er für Dobrynin die Wagentür geöffnet hatte, hatte der Soldat den Urku-Jemzen nicht hinein gelassen und gemurmelt, der werde in einem anderen Wagen fahren.

Seitdem hatte niemand Pawel Aleksandrowitsch in seiner Dienstwohnung angerufen, niemand war mit Post oder einem Befehl gekommen.

Hausmeister Wasilij, der unten saß, hatte den Volkskontrolleur sofort erkannt, war zu ihm her gestürzt und hatte ihn umarmt.

Marija Ignatjewna war noch nicht da gewesen. Nachdem er seinen gar nicht zum Wetter passenden warmen Pelz abgelegt und die Schuhe ausgezogen hatte, war Dobrynin durch alle Ecken der großen Wohnung gewandert. Er konnte nicht einschätzen, wie viel Zeit seit seiner letzten Ankunft in Moskau vergangen war. Aber in der Wohnung war alles unverändert. Nur im Schlafzimmer stand ein hölzerner Kinderwagen. Auf dem Boden darunter lagen Kinderrasseln, bunte, in leuchtenden Farben angemalte Blechkugeln. Daneben gab es auf einem Stuhl einen Stapel gewaschener Windeln und Kinderkleidung.

Am Kopfende des breiten Bettes, an der Seite, auf der Marija Ignatjewna schlief, stand auf der Spiegelkommode immer noch das gerahmte Porträt des schönen Fliegers. Nur waren jetzt zwei schwarze Stoffstreifen quer über eine Ecke des Porträts gespannt.

Als Marija Ignatjewna nach Hause gekommen war, hatte Dobrynin, den Kopf auf den Schreibtisch gelegt, in seinem Arbeitszimmer geschlafen. Mit großer Mühe und der Hilfe seiner dienstlichen Ehefrau hatte er sich ins Schlafzimmer hinüber begeben, hatte sich ausgezogen und richtig in sein Bett gelegt.

Früh an diesem Morgen war er wach geworden – Marija Ignatjewna schlief noch –, und da hatte er lange in das schöne Gesicht seiner dienstlichen Ehefrau geblickt. Er hatte an den Flieger gedacht, der gewiss den Heldentod gestorben war. Marija Ignatjewna tat ihm leid. Sehr leid sogar. Und mit für sich selbst ganz ungewohnten Gesten, so sanft und vorsichtig er es nur vermochte, hatte Pawel Aleksandrowitsch die Hände nach ihr ausgestreckt, die warme glatte Haut ihrer Schultern mit den rauh gewordenen Fingern berührt und sie an sich gezogen, sie gedrückt, als wolle er die Wärme ihres Körpers unter der Steppdecke in sich aufsaugen. Sie war nicht aufgewacht, hatte nur etwas Zärtliches geflüstert und den Kopf an seine Brust geschmiegt.

„Pawluscha!", ertönte jetzt aufs Neue die Stimme seiner dienstlichen Ehefrau vor der Tür. „Es ist schon elf, du hast noch gar nicht gefrühstückt ... und willst keinen Tee! Bist du krank?"

„Nein", antwortete Dobrynin kurz.

„Kann ich zu dir reinkommen?", fragte Marija Ignatjewna.

Und ohne eine Antwort abzuwarten öffnete sie die Tür und kam herein. Sie trug ein langes graues Hauskleid.

„Was hast du, Pawluscha?" An ihrer Miene sah man, dass sie sich wirklich Sorgen machte.

„Ach, weißt du ... Sie rufen nicht an ...", murmelte Pawel Aleksandrowitsch. „Gestern haben sie Dmitrij irgendwohin mitgenommen, sie haben ihn nicht zu mir in den Wagen gelassen ..."

„Und warum bist du nicht angezogen, du erkältest dich doch, Pawluscha! Hast du sie denn angerufen?"

„Wen?", fragte Dobrynin verlegen. „Nein, ich habe nicht angerufen ... ich weiß nicht, wie ..."

„Komm, wir rufen gemeinsam an!" Marija Ignatjewna trat zu ihm, ging in die Hocke und umarmte den Volkskontrolleur, der da nur in seinen schwarzen kurzen Unterhosen saß. „Wir rufen gemeinsam an!“

Sie holte das Telefonbuch vom Regal und blätterte darin. Sie nahm den Hörer ab und wählte eine Nummer.

„Hallo, hallo!“, sagte sie. „Die Erste Fernmeldezentrale? Ja? Verbinden Sie mich mit dem Genossen Twerin ... der Volkskontrolleur Dobrynin, Pawel Aleksandrowitsch ... einen Moment ... Pawluscha, nimm den Hörer!“

Dobrynin presste den schwarzen, kühlen Hörer an sein Ohr.

Dort piepte etwas, dann knisterte es, und plötzlich ertönte in der unvermittelt eingetretenen Stille eine bekannte, vertraute Stimme.

„Dobrynin?“, fragte die Stimme.

„Ja!“, rief der Volkskontrolleur froh. „Ja, Genosse Twerin, ich bin’s!“

„Na, grüß dich, Pascha! Bist du in Moskau?“

„Ja, gestern eingetroffen!“

„Komisch, mir hat man das nicht gesagt ... Mach dich fertig, ich schicke dir einen Wagen und setze gleich Teewasser auf!“

„Ja, ich warte!“, flüsterte Dobrynin in den Hörer, berauscht von einem unerwarteten Glücksgefühl.

„Da siehst du!“ Marija Ignatjewna lächelte, das Glück ihres dienstlichen Ehemannes teilend. „Können wir nun frühstücken?“

Dobrynin nickte.

Seine dienstliche Ehefrau rief unten an und bestellte Frühstück.

„Wo ist denn Grigorij?“, fragte Pawel, während er sich die Hosen anzog.

„Bei der Kinderfrau, er wird abends gebracht“, antwortete Marija Ignatjewna. „Gedulde dich ein wenig, dann wirst du ihn sehen!“

Sie frühstückten in der Küche.

Vor dem Fenster rauschte Regen.

Die Uhr machte elfmal „kuckuck“.

Sie aßen etwas und tranken Tee.

Der Wagen kam immer noch nicht.

Dobrynin beschloss unterdessen, seinen Reisesack auszupacken, und legte alles auf dem Boden aus. Nachdenklich blickte er von dem Buch aus Fellen zu den Büchern über Lenin, zu dem beinah leeren Beutel mit den zwei angebissenen Zuckerstücken, die natürlich nicht mehr zum Essen, sondern zur Erinnerung da waren.

Die Zeit verstrich. Abermals machte die Küchenuhr „kuckuck".

Vor den Fenstern hatte der Regen zu rauschen aufgehört.

Da ertönte endlich das ersehnte Klingeln an der Tür.

Der Fahrersoldat salutierte, und Dobrynin verstand alles. Er zog sich Schuhe an, warf den Pelz über, vergaß in der Eile sich von Marija Ignatjewna zu verabschieden, und lief hinaus.

Da war auch schon der vertraute Kreml-Flur, der vertraute Pferdegeruch, und doch war alles sauber ringsum. Der Fahrer begleitete Dobrynin bis zu der hohen Tür, vor der ein Rotarmist mit einer Kalaschnikow Wache stand. Der Soldat wusste von Dobrynin bereits, und er führte ihn umgehend hinein, ging dann selbst wieder hinaus, schloss hinter sich die Tür.

Hier war alles wie zuvor.

Am Tisch saß in einem langen Militärmantel, über ein Blatt Papier gebeugt, der Herr des Arbeitszimmers, der Herr des Kremls und des ganzen Sowjetlandes.

Beim Knarren der Tür hob er den Kopf, und als er den eintretenden Volkskontrolleur erblickte, stand er auf.

‚Mein Gott! Wie alt und mager ist er geworden!', ging es Dobrynin durch den Kopf.

Der Mantel schlackerte am Genossen Twerin wie an einem Kleiderbügel. Die Wangen waren unrasiert, eingefallen, bleich. Das Kinnbärtchen, grau, oder angegraut, war zur linken Seite gedrückt.

„Na, grüß dich, Pascha!"

Die Stimme klang erkältet, ein wenig heiser, nur der Tonfall war derselbe wie früher.

Schnell ging Dobrynin zu ihm hin und drückte ihm die Hand.

„Es ist kalt hier bei mir", sagte Genosse Twerin. „Aber das macht nichts, Waffenschmiede aus Tula haben mir einen elektrischen Teekocher geschenkt, jetzt muss ich keinen mehr damit belästigen. Vor einer Stunde habe ich ihn angestellt, jetzt kocht er gleich. Na, also, dann erzähl mal!"

Ohne den Pelz abzulegen, begann der Volkskontrolleur seine Erzählung. Er begann ganz am Anfang, bei der „japanischen" Geschichte, bei den Fellen, bei Petrow.

Genosse Twerin hörte aufmerksam zu, ohne zu unterbrechen, bis der Teekocher sprudelte. Dann legten sie eine kurze Pause ein, der Herr des Zimmers holte Gläser, Glashalter von ungewöhnlichem Äußeren und eine blaue Dose mit Tee.

„Gefallen dir die Glashalter?", fragte Twerin, als er bemerkte, wie aufmerksam Dobrynin sie betrachtete. „Die haben Kämpfer von der Südfront geschickt. Sie sind aus den Hülsen von Panzergeschossen gemacht! Unser Volk ist begabt!"

Sie überbrühten den Tee und schenkten ihn in die Gläser. Genosse Twerin zog aus einer Schublade seines Tisches ein Tellerchen mit ein paar Trockenfrüchten.

„Nimm sie zum Tee, Pascha!", sagte er. „Das haben die Kasachen geschickt. Nimm und erzähl weiter!"

So, Tee trinkend und Trockenfrüchte kauend, setzte Dobrynin seine Erzählung fort. Er erzählte von dem Buch aus Fellen, von dem Panzer mit den erfrorenen Panzerfahrern, von dem Leben bei der geologischen Expedition.

Danach verstummte er. Seltsam kam es ihm vor, dass er da irgendwo im Norden so lange Zeit, vielleicht zwei Jahre, vielleicht mehr, verlebt hatte und alles, was mit ihm geschehen war, in vierzig Minuten erzählt hatte. Aber dann erinnerte der Volkskontrolleur sich plötzlich, ihm fiel ein, dass er noch kein Wort von dem Zug des Verschiedenäugigen gesagt hatte. Nur kurz davon, wie sie angekommen waren. Auf einmal fiel ihm sein Gehilfe ein. Das versetzte ihn in große Aufregung, und er erzählte Genosse Twerin von dem Urku-Jemzen.

Twerin schwieg lange und dachte nach.

„Das hast du dumm angestellt, Pascha!“, seufzte er schließlich. „Wir lassen auch zu Friedenszeiten keinen ohne besonderen Erlaubnisschein nach Moskau hinein, und da hast du sowas in Kriegszeiten gemacht ... Sieht man ihm denn gleich an, dass er kein Russe ist?“

„Nein, nicht gleich ...“, antwortete Dobrynin niedergeschlagen.

„Also, weißt du, ich kann da selbst nichts tun, aber wir wollen etwas anderes versuchen ...“

Dobrynin nickte bereitwillig.

Twerin erhob sich von seinem Tisch, sah aus dem Zimmer hinaus und sagte etwas zum Rotarmisten, der ihn bewachte. Dann kehrte er an den Tisch zurück.

„Gleich kommt ein Soldat ...“, sagte Genosse Twerin und mahlte dabei mit den bräunlichen Zähnen. „Vielleicht fällt ihm etwas ein ... Erzähl du ihm nur selber alles.“

Darauf hing eine Zeitlang Schweigen im Zimmer. Endlich trat ein Rotarmist, ohne anzuklopfen, ein. Sein Gesicht kam Dobrynin bekannt vor. Als hätte er ihn bereits gesehen und mit diesem Menschen sogar gesprochen.

Twerin forderte den Soldaten auf, sich an den kleinen Beistelltisch zu setzen, dem Volkskontrolleur genau gegenüber.

Da erzählte Dobrynin dem Rotarmisten, worum es ging. Der dachte nach. Er bat ihn, den Soldaten, der sie ihn Empfang genommen hatte, nochmals zu beschreiben. Danach sagte er:

„Ja, ich werd’s versuchen, aber Sie müssen dann mit Lebensmitteln zahlen ...“

Dobrynin nickte.

„Ich geh dann ...“, sagte der Rotarmist und verließ mit ungezwungenem Gang das Zimmer.

„Er wird es machen!", sagte Genosse Twerin und nickte dem hinausgegangenen Soldaten hinterher. „Er hat kürzlich meine Schwiegermutter gerettet ... nur meiner Frau konnte er nicht mehr helfen, aber sonst vermag er vieles ..."

„War er früher vielleicht einmal bei der Miliz?", erinnerte sich der Volkskontrolleur endlich.

„Ja, ja, er stand hier am Eingang ..."

Da erkannte Dobrynin, dass eben dieser Mann ihm damals seinen Reisesack mit der Axt und den Keksen abgenommen hatte, und eben der hatte gewiss auch damals versucht, die Kekse zu essen.

Es klopfte an der Tür.

Zwei weitere Rotarmisten traten ein: Einer hielt ein aufgeschlagenes Heft in den Händen, der andere eine Blechkanne an einem Henkel.

„Hier, Genosse Twerin, bestätigen Sie den Erhalt", äußerte höflich der Rotarmist mit dem Heft. „Das ist für August und September."

Twerin fand seine Brille, beugte sich über das vor ihn auf den Tisch gelegte Heft, las durch, was dort geschrieben stand, und bestätigte.

Die Rotarmisten verschwanden und ließen die Kanne, die einen Deckel trug, vor Dobrynins Nase auf dem Beistelltisch zurück.

„Also", erklärte Twerin lebhaft. „Trinken wir noch ein wenig Tee, und anschließend könnten wir dann ja auch Wein ...! Qualitäts-Portwein! Warte mal, ich sehe nach, ob auch alles stimmt."

Aus einem hohen Stapel mit Papieren zog er ein Deputierten-Notizbuch heraus und blätterte es nach dem durch, was er suchte. Dann beugte er sich, als er es gefunden hatte, noch einmal über seine eigene kleine Unterschrift.

Er nahm die Brille ab und klappte das Notizbuch zu.

„So ist es!", sagte er ein wenig betrübt. „Für Juni-Juli haben sie nichts gebracht!"

Das Telefon klingelte.

„Ja!“, sagte Genosse Twerin in den Hörer. „Eine Sitzung des Verteidigungssowjets? Gut, ich komme!“

Er legte den Hörer auf und blickte nach der Uhr.

„Na, ein Stündchen haben wir noch, Pascha!“

Nun tranken sie schon kein zweites Glas Tee mehr. Sondern sie gossen den roten Wein aus der Kanne in die Teegläser, die Glashalter räumte Twerin fort.

„Trinken wir auf den Sieg!“, schlug er vor.

Als er ausgetrunken hatte, hatte Dobrynin den Geschmack erkannt. Es war eben der Wein, den sie mit dem Verschiedenäugigen Kurilowez durchs Land gerollt hatten.

„Woraus machen sie ihn heutzutage nur?“, meinte Genosse Twerin befremdet, nachdem er kein halbes Glas geleert hatte.

Wieder schwieg er ein wenig.

„Ist denn Oberleutnant Woltschanow jetzt hier, im Kreml?“, brach der Volkskontrolleur das Schweigen.

„Hier, ja, ja.“ Genosse Twerin seufzte. „Nur ist er inzwischen Unterleutnant. Er wurde degradiert ... Ich habe es dir nicht erzählt“, fuhr der Herr des Zimmers nach einer Pause fort. „Dank meiner Krankheit bin ich überhaupt nur am Leben geblieben ...“

Voll Schreck und Unverständnis blickte Dobrynin auf Twerin.

„Es gab hier bei uns wieder eine Überprüfung der Treue. Wie üblich wurde ein Plan erstellt, jeder wusste, wer wann hingehen musste ... Gerade wäre ich dran gewesen, da hat es meine Leber erwischt, ich rief an und sagte, ich durchlaufe die ÜT ein paar Tage später; an meiner Stelle sind andere hingegangen ... Ja, und dann sind drei dort ums Leben gekommen ... durch Stromschlag. Ein Kurzschluss, hieß es ... Nur gut, dass ich es diesmal geschafft habe, die ÜT klammheimlich ganz auszulassen, jetzt kommt sie erst wieder in drei Monaten ... Tja, und wegen diesem Kurzschluss hat man Woltschanow degradiert ...“

Beim Erzählen war Genosse Twerin in Aufregung geraten. Er nahm sein Glas mit dem nicht ausgetrunkenen Wein zur Hand, und der Wein wäre fast über den Rand hinausgeschwappt. Er trank.

„Ich hab es satt ...“, drang sein kaum hörbarer, geflüsterter Seufzer an Dobrynins Ohr.

„Willst du ihn sehen?“, fragte Twerin nach ein paar Minuten, als er wieder zur Besinnung gekommen war.

„Ja.“

„Irgendwas wollte ich dir sagen ...“ Twerin blickte an die weiße Decke. „Jetzt haben sich hier im Zimmer auch noch Ameisen eingenistet. Ich muss den Zucker in zwei Dosen verpacken ... Ja! Hier sind zwei Briefe für dich von deiner Familie. Man hat erlaubt, sie dir zum Lesen auszuhändigen, damit du auf dem Laufenden bist ...“

Aus dem vorigen hohen Papierstapel zog Genosse Twerin eine dünne blaue Mappe heraus, löste die Bänder und reichte dem Volkskontrolleur die geglätteten Briefbögen. Er selbst ging im nächsten Augenblick hinaus.

In dem ersten Brief erzählte Manjascha von ihrem schweren, an Tränen und Kränkungen reichen Leben in der sibirischen Evakuierung. Sie lebte dort mit den Kindern im Haus eines verbannten ukrainischen Kulaken. Sie schrieb, dass die Kulakenfamilie jeden Tag Kartoffeln aß, für sie, Manjascha, aber nur Kartoffelschalen abfielen, von denen sie den Kindern Suppe kochte. Niemand in diesem Dorf mochte sie, die Evakuierten. Man nannte sie sogar eigens ‚die Ausgegrabenen‘, um sie noch mehr zu kränken. Als Dobrynin den ersten Brief gelesen hatte, krampfte sich ihm das Herz zusammen. Und beim näheren Hinsehen auf das mit Tinte vollgeschriebene Blatt, bemerkte der Volkskontrolleur auch noch, dass manche Tintenbuchstaben gleichsam verschwammen und an diesen Stellen etwas wie getrocknete Tropfen hervortrat.

‚Tränen!‘, erkannte Dobrynin und biss die Zähne zusammen, dass sie wehtaten.

Er machte sich an den zweiten Brief, und hier fiel ihm ein Stein vom Herzen. In ihrem zweiten Brief schrieb Manjascha, dass nach ihrer Beschwerde ein Kontrolloffizier ins Dorf angereist war, alles rasch durchschaut und befohlen hatte, die Kulakenfamilie, bei der Manjascha mit den Kindern lebte, weiter weg auf irgendwelche unbewohnten Flussinseln zu verbannen. Ihren ganzen Haushalt mitsamt dem Keller, der mit Kartoffeln und Eingemachtem gefüllt war, sowie die Ziege hatte er ihr, Manjascha, übergeben. Nun lebte sie mit den Kindern gut und satt, die Nachbarn hatten aufgehört, sie Ausgegrabene zu schimpfen. Nun kamen sie zu ihnen zum Tee und brachten den Kindern Süßigkeiten mit, sie hatten wohl einen schönen Schrecken bekommen!

Zufrieden las Dobrynin den zweiten Brief, er hatte sich gänzlich beruhigt und freute sich sogar. Trotz allem liebte und schätzte ihn die Heimat ja und kümmerte sich um seine Familie. Das hieß, er musste noch mehr für die Heimat tun und sie noch stärker lieben.

Genosse Twerin war noch nicht zurückgekehrt. Vor dem Fenster wurde es bereits dunkel.

Da beschloss der Volkskontrolleur, selbst zu versuchen, seinen Freund und Genossen Woltschanow ausfindig zu machen. Um sich zu ermutigen und um die aufgewühlten Gedanken zu beruhigen, goss er sich noch einmal Wein aus der Kanne ins Glas, trank es aus und ging zur Tür.

Draußen im Flur traf Dobrynin auf den Genossen Twerin, der gerade wiedergekommen war.

„Gehst du?", fragte Twerin.

„Ja ... ich wollte Woltschanow sehen ..."

„Genosse Soldat", wandte Twerin sich da an den Rotarmisten mit der Kalaschnikow, der sein Büro bewachte. „Begleiten Sie Genosse Dobrynin zum Genossen Woltschanow, damit er sich nicht verläuft!"

„Zu Befehl!", brüllte der Soldat, und ein dumpfes Echo im Flur zerriss das herausgeschossene Wort in viele kleine Klangfetzen.

„Ja, Pascha!" Genosse Twerins Stimme hielt Dobrynin auf. „Bald ist der Krieg zu Ende! Es wurde gerade beschlossen, im April oder Mai nächsten Jahres zu siegen! Ruf mich morgen an!“

„Gut“, versprach der Volkskontrolleur.

Als Woltschanow Dobrynin in der Tür seines Büros erblickte, strahlte er, sprang hinter seinem Tisch auf und lief ihm entgegen.

Sie umarmten sich wie Freunde, die einander lange Jahre nicht gesehen hatten.

„Hast du mein Paket bekommen?“, fragte der Unterleutnant sofort.

„Ja, das Paket und auch den Brief ... Genosse Woltschanow ...“

„Aber was sagst du denn da.“ Der Unterleutnant war einen Schritt zurückgetreten. „Was für ein Genosse bin ich denn für dich, ich bin doch dein Freund! Oder hast du vergessen, was wir damals vereinbart haben? Ich bin Timocha! Und du bist Pascha! Weißt du es jetzt wieder?“

Und dann lachte Timofej Woltschanow los, als er merkte, dass Dobrynin seine gespielte Strenge ganz ernst genommen hatte.

„Hast du Hunger?“, fragte der Unterleutnant.

„Also ... Tee habe ich schon mit Genosse Twerin getrunken.“

Timofej nickte. „Das heißt, du hast nichts gegessen! Der Alte gibt nie jemandem was zu essen! Na, warte!“

Woltschanow lief hinaus in den Flur, sagte etwas zu irgendwem und kam wieder zurück.

„Sie machen sofort was! Und du setz dich schon, erzähl, was du gemacht hast, wen du gesehen hast!“

Kaum begann er zu erzählen, da begriff der Volkskontrolleur, dass ihm die Zunge auf den Wein hin schwer geworden war. Er hatte Mühe, die Wörter auszusprechen, vor allem die langen. Aber zu seiner Freude entdeckte er, dass Timofej, selbst wenn Dobrynin nur halbe Worte aussprach, dennoch nickte, als habe er verstanden. Bei der Erzählung über die Japaner unterbrach Woltschanow Pawel.

„Das hat leider nicht geklappt …“, sagte er traurig. „Das hat, Teufel nochmal, ganz und gar nicht geklappt … Sie hatten es zu eilig, da hat man sie alle verhaftet und bestraft …“

„Wie bestraft?“, wunderte sich der Volkskontrolleur.

„Man hat allen die Köpfe abgeschlagen …“

„Auch der Frau, dieser Japanerin?“, fragte Pawel bestürzt.

„Auch ihr …“, bestätigte Timofej.

„Wie denn, was für Schufte sind das nur … einer Frau … den Kopf abschlagen …“ Dobrynin flüsterte nur noch. „Konnten sie es nicht auf menschliche Weise tun? Wenn man sie erschossen oder erhängt hätte … Aber wozu den Kopf …?“

„Ach, lass gut sein.“ Woltschanow winkte ab. „Was nutzt das Heulen? Als ich es erfuhr, habe ich, Tschekisten-Ehrenwort, selbst geheult. Ich hatte ja so einen Traum, es würde nebenan eine Japanische Sozialistische Sowjetrepublik geben … Aber jetzt … Der Krieg ist dazwischen gekommen … wenn nur …“

Ins Zimmer trat, ohne anzuklopfen, ein Soldat mit einem metallenen Tablett herein. Er stellte das Tablett auf den Tisch. Auf dem Tablett standen eine Teekanne, zwei Gläser in Glashaltern und ein Teller mit Wurst- und Käsebroten.

„Na, komm, beruhig dich!“, sagte Woltschanow. „Ihnen kannst du nicht mehr helfen, wir aber müssen noch leben und arbeiten! Wir verhelfen ihrem Andenken zu ewigem Ruhm! Straßen und Gassen und Schiffe wird es geben … Essen wir!“

Der Wein hatte Dobrynin wie von innen her aufgeweicht. Selbst das Kauen der Brote fiel ihm schwer, doch der gute, süße Tee half ihm, die Speisen zu schlucken, indem er alle Krümel, die noch in seinem Mund steckten, in einem einzigen Strom zum Magen spülte.

Dann und wann nahmen sie das Gespräch wieder auf, und in diesen Augenblicken versuchte Pawel, so kurz er konnte, die letzten Ereignisse aus seinem Leben und von seiner Arbeit zu erzählen.

„Gibst du mir dieses Fell-Buch mal zum Ansehen? Hm?“, bat Woltschanow an einer Stelle.

Das versprach Dobrynin.

Wieder kauten sie, tranken Tee hinterher und füllten die Pausen mit Worten.

„Hast du denn deinen Orden erhalten?", fragte plötzlich der Unterleutnant.

Pawel schüttelte den Kopf.

„Na, ich werde den Alten daran erinnern! Er hat es wohl vergessen. Kommst du morgen wieder her?"

„Ja."

„Hast du deinen Sohn schon gesehen?"

„Noch nicht", antwortete Pawel.

„Du bist ein glücklicher Mensch, Pawel!" Der Unterleutnant lächelte breit, dass man alle seine Zähne sah. „Beim ersten Mal gleich ein Sohn! Siehst du, ich habe Kinder so gern, aber es ist nichts draus geworden, es hat einfach nicht geklappt ..."

„Hast du denn keine Kinder?"

Woltschanow schüttelte traurig den Kopf.

„Zeigst du mir deinen Kleinen?", fragte er.

„Ja, wir können heute gleich ... Die Kinderfrau muss ihn am Abend bringen."

„Abend ist es schon!", sagte Woltschanow mit einem Blick auf seine Uhr. „Bald acht."

Dobrynin staunte, wie schnell die Zeit verstrichen war. „Dann könnten wir zu mir gehen und du siehst meinen kleinen Grigorij, den Grischutka."

„Das könnten wir." Timofej nickte. „Ich bin hier heute schon fertig, ich muss nichts mehr machen. Und für Notfälle gibt es ja den Diensthabenden."

„Bei mir ist auch Platz zum Übernachten", lud der Volkskontrolleur den Unterleutnant weiter ein, als dieser der Fahrt bereits zugestimmt hatte.

Sie verließen das Gebäude. Ein dunkler, niedriger Himmel hing schwer und sternenlos über dem Kreml und über der ganzen Hauptstadt. In dieser Dunkelheit war es ruhig und friedlich, nur irgendwo von links drangen zwei Männerstimmen und das Knistern eines Feuers zu ihnen herüber, man sah die funkensprühenden, roten Flammen.

Woltschanow wandte sich sogleich in Richtung der Stimmen und lauschte.

„Dieser Schuft!", sagte er leise. „Schon wieder!"

„Was gibt es da?", fragte der Volkskontrolleur, der leicht betrunken war, sich aber noch Mühe gab, munter zu bleiben.

„Komm, ich zeig es dir!"

Nach zweihundert Metern machten Woltschanow und Dobrynin hinter den Tannen Halt, die hier in großer Zahl wuchsen. Sie erstarrten, bis ihre Augen sich an das Bild gewöhnt hatten, das von den Funken der Flamme beleuchtet wurde.

Zwei Männer standen um ein Feuer, das aus einer großen Blechtonne herausschlug, etwa sieben Meter vom Unterleutnant und dem Volkskontrolleur entfernt

„Gib mir noch Diesel!", ertönte die grobe Stimme eines der beiden.

Man hörte, wie Flüssigkeit in einen Metalleimer lief. Dann hob einer den Eimer und goss Dieselöl in die Tonne. Im selben Augenblick schossen Funken und Flammen auf und verjagten die Dunkelheit für kurze Zeit. In diesem Aufflammen musterte Dobrynin einen der Männer ein wenig: Es war ein kräftiger, stämmiger, fast quadratischer Mann in einer Lederjacke, mit einem breiten, unrasierten Gesicht und einem Schnauzbart, der sich wie eine Bürste sträubte.

„Wer ist das?", fragte Dobrynin flüsternd.

„Ich hab dir gesagt, du sollst Flugbenzin abzweigen!", drang da von den Tannen her die grobe Stimme dazwischen. „Was jetzt, sollen wir bis morgen früh hier herumstehen?"

„Schufte!", antwortete Woltschanow, immer noch flüsternd. „Der Kremlpoet Bemjan und sein Spießgeselle, Kommandant Smalzew ..."

„Was machen sie denn da?", erkundigte sich Dobrynin. „Wärmen sie sich auf?"

„Ach“, seufzte der Unterleutnant laut. „Verurteilte Frauen verbrennen sie ... Vielleicht auch nicht Verurteilte, es kontrolliert sie doch keiner, die Hunde!“

„Wie das, Frauen?!“ Zum wiederholten Male an diesem Tag war Dobrynin vollkommen verwirrt.

„Einfach so ...“

„Lebend etwa?“

„Nein, zuerst werden sie erschossen ...“

„Was ist los?“, drang aufs Neue von den Tannen die grobe Männerstimme herüber.

„Wir müssen noch Diesel holen!“, antwortete die zweite, heisere und ältere Stimme.

„Na, dann geh!“, brummte die erste.

Dobrynin spürte, wie etwas in seinem Bauch ekelhaft zu brodeln begann und ihm eine widerliche Bitterkeit auf die Zunge lief. Er verschloss sich den Mund mit der flachen rechten Hand und trat einen Schritt zurück.

„Was hast du?“, fragte Woltschanow.

Dobrynin stöhnte etwas.

„Sollen wir gehen?“, fragte Woltschanow flüsternd.

Der Kontrolleur nickte.

Am Erlösertor stand ein Gasik-Jeep in der Ausfahrt. Mit dem Rücken an die verschlossene Tür gelehnt, stand der Fahrersoldat da und rauchte.

„Bist du im Dienst?“, fragte Woltschanow ihn streng.

„Jawohl!“, stieß der Soldat hervor und warf die Papirossa vor sich auf den Boden.

„Fahren wir!“, kommandierte der Unterleutnant. „Steig ein!“, sagte er, schon zu Dobrynin gewandt.

Sie nahmen Platz und fuhren los.

„Morgen kommst du um acht-null-null hier her! Verstanden?“, befahl Woltschanow dem Fahrer vor Dobrynins Haus.

Der salutierte und fuhr davon.

In Dobrynins Bauch herrschte wieder Frieden, und sogar der Wein war ein wenig aus seinem Kopf verflogen.

Sie stiegen in den zweiten Stock hinauf, Dobrynin klingelte.

Marija Ignatjewna öffnete ihnen.

Sie zogen die Mäntel aus und traten ein.

Dobrynin war ein wenig verstimmt, als er bemerkte, dass seine dienstliche Ehefrau Timofej wie einen alten Bekannten begrüßte.

„Er schläft schon!“, warnte sie vor der Tür zum Schlafzimmer. „Leise!“

Sie gingen hinein. Marija Ignatjewna knipste eine Stehlampe an, die ein sanftes Licht ausstrahlte. Und alle drei beugten sich über die hölzerne Wiege, in der friedlich das kleine, noch ganz und gar winzige Bürschchen schlief.

„Wie alt ist er?“, fragte Woltschanow flüsternd, und eine ungewöhnliche Güte leuchtete in seinen Augen.

„Fünfeinhalb Monate“, antwortete die Hausherrin.

„Schau, das Haar kringelt sich schon!“, flüsterte der Unterleutnant begeistert.

Dobrynin blickte, von Timofejs Begeisterung angeregt, gleichfalls auf die Härchen. Tatsächlich, wenn auch diese Härchen etwas dünn und spärlich waren, lockten sie sich schon und kringelten sich, als wäre es ein Mädchen, kein Junge.

„Was für eine Farbe haben denn die Augen?“, fragte Woltschanow.

„Grün“, flüsterte die glückliche Mutter.

„Ich beneide euch!“, flüsterte Timofej aufs Neue begeistert, wobei er zuerst Marija Ignatjewna und dann Dobrynin ansah. „Hauptsache, ihr lasst es nicht bei dem einen bewenden. Wer soll denn sonst in unserem dann erbauten Sozialismus leben?“

Marija Ignatjewna nickte verlegen. Pawel schwieg.

„Wollt ihr essen?“, fragte die Hausherrin die Männer.

„Nein, richtet mir lieber schon mein Bett“, bat Woltschanow. „Ich habe lange nicht mehr gemütlich in einer Familie übernachtet. Bei euch hier ist alles so häuslich.“

Sie richteten Timofej das Sofa im Wohnzimmer her. Er zog sich militärisch-schnell aus und legte sich umgehend hin.

Um sechs Uhr morgens weckte Dobrynin ein hartnäckiges Klingeln an der Tür.

In nichts als seinen schwarzen kurzen Unterhosen lief Pawel durch das Wohnzimmer, wobei er bemerkte, dass Woltschanow tief und fest schlief und sich mit der Decke bis über den Kopf zugedeckt hatte. Er öffnete.

Zwei Männer standen vor seiner Tür: der Rotarmist, der ehemals Milizionär gewesen war, und Waplachow, der gequält und verquollen aussah und dessen Haar gänzlich ergraut war.

„So", sagte der Rotarmist, ohne zu grüßen. „Es hat geklappt! Gib mir die Lebensmittel und dann nimm ihn! Gut, dass er noch lebt!"

Dobrynin, der nur mit Mühe begriff, ging langsam zur Küche und öffnete auf dem Weg dorthin die Tür zur Vorratskammer, in der alle möglichen Lebensmittelvorräte lagerten. Glücklicherweise standen Büchsen mit Schmorfleisch und ähnliche Konserven auf breiten Holzregalen in der Vorratskammer aufgereiht. Am selben Ort hingen auch Taschen und Beutel für den häuslichen Gebrauch. Pawel wählte eine etwas kleinere Tasche und begann Schmorfleisch, Kompott und Fettkonserven hinein zu legen. Als seine Hand das Gewicht spürte, entschied Dobrynin, dass es genug war, und er trug den Beutel zu dem Rotarmisten. Der schätzte gleichfalls das Gewicht der Lebensmittel ab. Für alle Fälle zog er eine Blechbüchse heraus, es war geschmortes Schweinefleisch, er leckte sich die Lippen, sagte: „Also dann, Wiedersehn" und polterte die Treppe hinunter.

„Komm herein!", sagte Dobrynin und blickte seinen Gehilfen an.

Sie gingen in die Küche.

„Ich bin sehr hungrig!", gestand Dmitrij erschöpft.

Dobrynin zündete das Gas an und setzte den Teekessel auf. Er öffnete eine Büchse mit Fleisch, holte einen Löffel, steckte ihn in das Fleisch und schob Waplachow die Büchse hin.

Gierig begann der Urku-Jemze zu essen und verschluckte sich sofort.

„Wo bist du gewesen?“, fragte Dobrynin.

Waplachow gab keine Antwort. Er wiegte nur vielsagend den Kopf.

Im Laufe von zehn Minuten aß er die Konserve leer. Das Teewasser kochte.

„Du musst mich verstecken ...“, sagte Dmitrij. „Wenn sie mich sehen, erschlagen sie mich.“

„Wer?“

Auch dieses Mal schwieg der Urku-Jemze vielsagend.

„Ich darf nicht reden“, versuchte er zu erklären, während er den zu heißen Tee hinunterschluckte. „Sie haben mir zuerst gesagt, dass ich schweigen muss, wenn ich am Leben bleibe. Und wenn ich bis achtzig lebe, dann erlauben sie mir, in Moskau zu wohnen. Eine Wohnung geben sie mir dann, und eine Rente ...“

Mit wild aufgerissenen Augen sah Dobrynin seinen Gehilfen an und wollte schon glauben, dass dieser einfach verrückt geworden sei.

„Kannst du mir das vernünftig erklären?!“, verlangte der Volkskontrolleur, und es war schon keine Frage mehr.

Unten hupte plötzlich ein Auto. Dobrynin schrak auf.

„Sie kommen, um Woltschanow zu holen!“, sagte er.

„Versteck mich!“, bat der verängstigte Urku-Jemze.

„Geh in die Vorratskammer!“, befahl Dobrynin. „Und sitz dort still, damit niemand dich hört!“, ergänzte er, während er bereits hinter dem Urku-Jemzen die Tür verriegelte.

Ein erstaunlich munterer Timofej kam in die Küche.

„Der Wagen ist ja früh dran“, bemerkte er, als er auf die Küchenuhr mit dem Kuckuck blickte. „Oh! Du hast den Tee schon fertig?“

Und Timofej setzte sich auf den Platz, an dem noch eben der Urku-Jemze gesessen hatte. Er schenkte sich Tee in Dmitrijs Tasse ein und nippte daran.

Dobrynin schenkte sich gleichfalls eine zweite Tasse ein.

„Weshalb stehst du so früh auf?“, fragte Timofej. „Magst du etwa den Morgen?“

„Ja, das tue ich“, stimmte Pawel zu.

„Und, wie weiter? Kommst du mit mir in den Kreml?“, schlug der Unterleutnant vor.

„Ich weiß noch nicht ...“

„Komm, fahren wir, dir schicken sie doch keinen Wagen, und heutzutage ist es auf den Straßen gefährlich!“

Dobrynin gab der Hartnäckigkeit seines Freundes nach.

Marija Ignatjewna schlief, doch Pawel beschloss, sie nicht zu wecken. Sie zogen sich schnell an und fuhren davon.

Im Kreml führte Woltschanow Dobrynin zu Twerins Arbeitszimmer.

„Ach, ach“, sagte er, als er sich schon ein paar Schritte entfernt hatte. „Ich habe vergessen, bei dir das Fell-Buch mitzunehmen! Wenn wir uns nicht sehen, bittest du deine Frau, es mir zu geben. Ja?“

Dobrynin nickte.

Diesmal stand kein Soldat mit Kalaschnikow an der Tür zu Twerins Büro.

Dobrynin klopfte und öffnete.

Am Tisch schrieb der Herr des Büros konzentriert etwas. Er lächelte, als er den Kontrolleur erblickte.

„Komm rein! Komm rein, Pascha!“

Dobrynin ging zu ihm und setzte sich.

„Na, wie sieht es aus bei dir, ist die Sache mit dem Gehilfen in Ordnung?“

„Ja.“

„Ein erstaunliches Volk haben wir in unserem Land!“, bemerkte Twerin. In welchem Zusammenhang er da sprach war nicht ganz klar. „Ja, ich habe doch tatsächlich vergessen, dir den Orden zu geben ...“

Der Herr des Büros griff in die obere Tischschublade und zog dort ein rotes Büchlein und eine Schachtel mit einem Orden hervor. Er stand auf, streckte die Hand aus und sagte:

„Ich gratuliere!"

Nach dem Händedruck setzten sie sich wieder hin.

„Deinem Gehilfen kann ich jetzt keinen Orden geben ...", sagte Twerin bedauernd und wiegte den Kopf. „Wir verleihen ihm den später, der geht nicht verloren! Ja, und da ist noch etwas von mir für dich, ich hab es extra aufgehoben!"

Hier reichte Twerin dem Volkskontrolleur das dritte Büchlein „Lenin für Kinder". Dieses Büchlein war um vieles dicker als die beiden vorigen, und das freute Dobrynin.

„Weißt du, ihr solltet langsam aus Moskau abreisen." Twerin sprach jetzt in ernsterem Ton. „Es gibt viel Arbeit für dich und für deinen Gehilfen im Land. Geheime Rüstungsbetriebe muss man streng durchkontrollieren. Was meinst du? Und nach dem Krieg kannst du dich ja dann ausruhen! Hm?"

„Was soll ich da sagen?", antwortete Dobrynin nicht sehr sicher. „Ich bin bereit."

„Na dann ist es gut." Twerin seufzte. „Übrigens hat Marija Ignatjewna angerufen und darum gebeten, dass wir dir helfen, Kleider zu kaufen. Es ist alles schon fertig."

Dobrynin wollte bereits aufspringen, als er dies hörte.

„Setz dich, setz dich!", winkte Twerin ab. „Es gibt keinen Grund, verlegen zu sein, der Volkskontrolleur eines solchen Landes darf nicht in Lumpen gehen! Hier, nimm diese Liste, und du wirst zur Kleiderkammer gebracht, wo du alles erhältst."

„Und danach?", fragte Dobrynin verwirrt.

„Danach wirst du nach Hause gebracht und heute Nacht fährst du los zum Flugplatz."

„Mit Waplachow?", unterbrach ihn der aufgeregte Kontrolleur.

„Ja, ja, mit deinem Gehilfen, nur sag ihm, dass er jetzt ein Russe ist, nicht irgend so ein ... Jemze oder Nemze. Alles

Übrige steht in deinem Brief, den bekommst du bei der Landung. Klar?“

„Ja“, antwortete Dobrynin knapp und ergeben.

„Na, Pascha, komm, lass dich küssen!“ Twerin war wieder aufgestanden. „Vielleicht sehen wir uns zum letzten Mal ... Ich bin ja doch sehr krank und alt.“

Sie umarmten sich fest und standen so fünf Minuten. Als erster lockerte Dobrynin erschöpft die Umarmung.

Dieses Mal stand ein Rotarmist im Flur. Er schien bereits zu wissen, wohin er den Genossen Dobrynin führen musste. Sie gingen durch den halben Kreml hindurch, bis sie sich in einem niedrigen Lagerraum wiederfanden, in dem ein Bürschchen von Soldat, einer Liste folgend, Dobrynin zwei Paar Uniformhosen und ein Paar schwarzer langer Hosen aushändigte, zwei Uniformhemden, ein weißes Hemd, eine grüne Krawatte, ein feines schwarzes Sakko mit fünf Knöpfen, neue, glänzende Schuhe aus Schweinsleder, hohe Fellstiefel mit zwei Garnituren schwarzer Schnürsenkel, einen schweren dunklen Mantel, einen bis zu den Füßen reichenden langen, unglaublich weiten Ledermantel, Schal, Fäustlinge und Fingerhandschuhe, eine braune Aktentasche mit Verschluss und Schlüsseln, drei Paar graue Fußlappen und zwei Paar dicke grüne Socken, zwei schwarze Fellmützen und einen dunkelblauen Hut. Das alles half der Soldat ihm in zwei große, aus festem Segeltuch gefertigte Militärsäcke zu packen. Daraufhin schafften der Rotarmist und Dobrynin diese Säcke zum Erlösertor des Kreml, wo bereits ein Militär-Dienstauto wartend bereit stand.

„Dort hilft Ihnen dann der Fahrer!“, sagte der Rotarmist im Weggehen.

Der Fahrer nickte dazu.

Er half auch wirklich, alles in den zweiten Stock hinauf zu schaffen, ließ die Säcke im Flur stehen und ging.

Es war noch früh. Marija Ignatjewna war irgendwohin fortgegangen, auch der kleine Grigorij war nicht zu Hause.

Dobrynin fühlte sich erschöpft, weil er nicht ausgeschlafen hatte, und beschloss, sich für ein oder zwei Stündchen hinzulegen.

Mühelos schlief er im Wohnzimmer auf dem Sofa ein, auf dem Woltschanow genächtigt hatte.

Die Laken waren bereits fortgeräumt worden, aber die warme wattierte Decke hatte noch zusammengefaltet auf dem Sofa gelegen.

Vor den Fenstern war es still.

Und in dieser Stille stahl sich ein Traum in den Schlaf des Volkskontrolleurs. In diesem Traum schlugen blutrünstige Japaner japanischen Mädchen die Köpfe ab, und sogleich trugen andere Japaner die abgeschlagenen Köpfe und enthaupteten Frauenkörper zu großen Metallfässern. Sie warfen sie in diese Fässer. Aus einigen Fässern schlugen bereits Flammen. Und von einem Fass zum anderen liefen mit Eimern voll Dieselöl der Kremldichter Bemjan und Kommandant Smalzew ...

Da wälzte sich Dobrynin im Schlaf hin und her. Die wattierte Decke flog zu Boden. Doch der Traum ging weiter, und nun erblickte er zwischen den Japanern schon seine Frau Manjascha, die den Sohn Petka fest an der Hand hielt, einen bald erwachsenen, dunklen, dicklippigen jungen Burschen, groß wie seine Mutter. Aber die Japaner blickten ehrerbietig auf die Mutter mit dem Sohn. Nun brachten sie viele Russen herbei, stellten sie in einer Reihe auf und erfragten bei Manjascha etwas durch einen Übersetzer. Manjascha schritt die Reihe ab und zeigte mit dem Finger auf mehrere Menschen, die sogleich davongeführt und enthauptet wurden. ‚Ah', begriff Dobrynin im Schlaf, ‚das sind die verbannten Kulaken, die Manjascha in der Evakuierung verhöhnt haben!' Danach schlugen die Japaner auch noch allen übrigen aus der Reihe die Köpfe ab. Der Henker war sehr erschöpft und fuhr lustlos mit den Fingern über die stumpf gewordene Schneide seines breiten Beils ...

Pawel Aleksandrowitsch erwachte, weil ihn der Kopf schmerzte. Vor dem Fenster war es bereits dunkel. Er stand auf und schaltete das Licht ein.

Aus der Küche klang der Kuckucksruf der Uhr herüber.

Er ging hinaus, um sich zu waschen.

Und hier fiel ihm Waplachow ein, und er öffnete schnell die Tür zur Vorratskammer.

„Dmitrij, bist du da?"

„Ja", antwortete der Urku-Jemze schwach.

„Na, komm raus!"

Sie setzten sich an den Tisch in der Küche. Dobrynin setzte Tee auf, öffnete eine weitere Konserve und teilte sie auf für zwei.

„Was ist dir denn nun passiert?", fragte er seinen Gehilfen.

Der schwieg weiterhin.

„Ich sage es doch niemandem!", versprach der Volkskontrolleur. „Hab keine Angst!"

„Haben Sie eine Porträtgalerie des ZK?", sagte Waplachow schließlich.

„Bestimmt ... Soll ich suchen?"

Dmitrij nickte.

Dobrynin ging in sein Arbeitszimmer, wanderte suchend mit dem Blick über die Regale, und da entdeckte er in einer Ecke des Arbeitszimmers ein halb zusammengerolltes Plakat. Er rollte es auf, und Dutzende kleiner Porträtfotos sahen ihn an, über denen in großen roten Buchstaben geschrieben stand „Zentralkomitee der Kommunistischen Partei der Sowjetunion (Bolschewiki)". Er rollte es wieder ein, trug das Plakat in die Küche und reichte es Dmitrij.

Waplachow breitete das Plakat mit zitternden Händen auf dem Tisch aus.

„Und?", fragte Dobrynin, schon ein wenig gereizt darüber, dass Dmitrij sich so störrisch zeigte. Außerdem wollte sein Kopfweh auch einfach nicht vergehen.

„Das ist mein Volk ...", sagte Waplachow fast flüsternd.

„Was meinst du?“, fragte der Volkskontrolleur verständnislos und sah seinem Gehilfen sehr scharf ins Gesicht.

„Das ist mein Volk ...“, wiederholte Waplachow noch einmal ebenso leise.

Eine Weile schwieg Dobrynin, während er zu begreifen versuchte, was Dmitrij gesagt hatte.

„Das sind Urku-Jemzen ...“, flüsterte Dmitrij, als er die reglose Bestürzung Dobrynins sah.

„Wie? Alle?“, entrang es sich Pawel.

Dmitrij nickte. Dann seufzte er: „Alle!“

Dobrynin erhob sich ein wenig, beugte sich näher über die Reihen der Fotos, vertiefte sich hinein und versuchte sie dann unbemerkt mit Waplachow zu vergleichen. Natürlich hatten sie alle irgendetwas Gemeinsames.

Dobrynin setzte sich wieder hin. Aus irgendeinem Grunde fürchtete er sich auf einmal.

Der Teekessel kochte, doch es schaltete ihn niemand aus.

„Du hast doch gesagt, sie seien fortgegangen, um das Glück zu suchen“, sagte der Volkskontrolleur schließlich.

„Ja“, antwortete Dmitrij. „Sie sagen, dass sie es schon gefunden haben.“

Abermals herrschte Schweigen in der Küche. Nur der Teekessel pfiff und zischte und stieß Dampf an die hohe Decke, der sich dort verlor, die Küchenluft aber mit warmer Feuchtigkeit erfüllte.

„Auch Twerin?“, fragte Dobrynin plötzlich.

„Nein, er ist kein Urku-Jemze“, sagte Dmitrij. „Aber er stört dort niemanden ...“

Wieder kam Schweigen auf. Endlich nahm Dobrynin den Teekessel vom Herd, brühte Tee auf, rollte das Plakat mit der Porträtgalerie des ZK zusammen und trug es in sein Arbeitszimmer zurück.

Die Uhr rief acht Mal „kuckuck“.

„Warum ist Marija Ignatjewna bloß nicht da“, bemerkte Pawel Aleksandrowitsch niedergeschlagen.

Dmitrij schwieg.

Zwei oder drei Stunden verstrichen so. Danach verging noch einmal etwas Zeit, bis schließlich ein Automobil auf der Straße vor dem Haus hielt.

Es klingelte an der Tür.

Der Fahrer war gekommen und erklärte, sie müssten nun zum Flugplatz fahren. Er nahm einen der Militärsäcke mit der Kleidung und schaffte ihn zu seinem Wagen hinunter.

Dobrynin ging noch einmal in sein Arbeitszimmer und holte seinen Schultersack. Er zog auch wirklich dort noch das Fell-Buch heraus, legte es auf den Tisch und malte mit Bleistift auf ein Blatt Papier: „Bitte an Woltschanow übergeben". Nachdem er die Notiz auf die Felle gelegt hatte, nahm er den Schultersack, schaltete das Licht aus und lief hinaus.

Wie sie durch das menschenleere Moskau fuhren, begann es zu tröpfeln. Zwei Scheibenwischer krochen über die Windschutzscheibe ihres Automobils und rieben die Wassertropfen fort.

Dobrynin saß neben dem Fahrer. Dmitrij hatte sich hinten hineingezwängt, nachdem er die Säcke mit der Kleidung, die den größten Teil der Sitzbank einnahmen, zur Seite geschoben hatte.

Es war ein langer Weg.

Als sie endlich eintrafen und vor der Dobrynin wohlbekannten gestreiften Holzbude stehen blieben, hatte sich das Wetter vollständig verschlechtert: der Wind heulte, irgendwo grollte Donner, wenn auch keine Blitze zu sehen waren, Wasser floss in einem ununterbrochenen Strom vom Himmel.

Sie ließen die Sachen im Auto zurück und eilten alle in die Bude. Dort wärmten sie sich ein wenig auf. Der Flieger und der Kommandant des Flugplatzes schenkten ihnen nicht nur Tee, sondern auch Trinkspiritus ein.

Ein Gespräch entspann sich nicht. Sie saßen schweigend und warteten auf etwas, vielleicht darauf, dass das Wetter sich besserte.

Dobrynin überlegte, ob Woltschanow, wie beim letzten Mal, wohl zu seinem Abschied kommen würde.

Der Wind legte sich gegen Morgen.

„So, los geht's!", verabschiedete sie der Kommandant des Flugplatzes. „Ihr könnt fliegen!"

Kapitel 20

Es regnete. Es war ein widerlicher und klebriger Nieselregen. Mark Iwanow sah ihn nicht – in einer Hand hielt er den Käfig im Futteral und mit der anderen klammerte er sich an Parlachow, und so bewegte er sich über das Gelände der unbekannten Fabrik vorwärts zu ihrem Auftrittsort.

Parlachow war schlechter Laune und warnte den Künstler diesmal nicht vor den Hindernissen, die die Augenbinde ihm verbarg, und so stolperte Mark hier und da und hing dann schwer am Arm seines Hüters. Der Hüter begriff allerdings schnell, dass er, wenn er den Künstler nicht vor Pfützen und Stufen warnte, sich das Leben selbst schwer machte. Danach überwand Mark den restlichen Teil des unsichtbaren Weges ohne weitere unerfreuliche Erfahrungen.

„Da sind wir!", teilte Parlachow leise mit.

Im Raum hörte man das Atmen der Anwesenden.

Papagei Kusma sprang mit Hilfe des Hüters aus dem Käfig auf Marks rechte Schulter hinüber.

„Los, fang an!", flüsterte ihm Parlachow ins Ohr.

„Trag vor, Kusma!", kommandierte Mark dem Vogel.

„Der Rest der Kerze brennt noch klein",

begann der Papagei.

„Schon tobt der nahe Kampf.
Mein Freund, komm, schenk ein Glas uns ein,
Von unsrer Frontration!
Nicht leer vergeht die Zeit uns hier,
Und unter Freunden reden wir
Von Herz zu Herz uns warm.
Wir waren lang nicht mehr Zuhaus ..."

Die Schichtpause war nach fünf Minuten zu Ende. Über den Holzboden trampelten einige Dutzend Paar Schuhe.

Jemand rief Parlachow für einen Augenblick fort. Mark stand da und wusste nicht, was er tun sollte. Sein Bauch tat weh, und gern hätte er sich hingesetzt. Die rechte Schulter schmerzte, ermüdet von Kusmas festem Krallengriff.

Mark beschloss, sich tastend auf die Suche nach einem Stuhl zu machen, und vorsichtig, mit ausgestreckten Armen, ging er los. Er versuchte die Stirn zu runzeln, damit die Binde ein wenig hochrutschte, doch das gelang nicht – Parlachow hatte sie zu gut fest gebunden.

Er tat noch einen Schritt – und da überschlug sich plötzlich die Welt und bunte Funken wirbelten um ihn herum.

Jemand sprang herbei, packte Mark am Ellenbogen, wollte ihm helfen, auf die Beine zu kommen. Und Mark versuchte es auch, doch der Schmerz im rechten Bein war so stark, dass er aufschrie und sich wieder hinsetzte.

Eine Stunde später lag er auf einer Liege im Häuschen des Wächters der Zuckerfabrik N., in dem man ihm und Parlachow zwei Tage zu bleiben erlaubte.

Der örtliche Hilfsarzt sagte, nachdem er sich das Bein angesehen hatte: „Zehn zu eins, dass es gebrochen ist! Sie müssen ins Lazarett."

„Unbedingt?", fragte Mark.

Der Hilfsarzt zuckte mit den Schultern.

„Kann ich denn Kusma mitnehmen?"

„Wohin mitnehmen?"

„Ins Lazarett."

„Nein", mischte sich da Parlachow ins Gespräch. „Was soll er denn dort?"

Nach der darauf folgenden Pause verkündete Mark entschieden, dass er nicht ins Lazarett wollte.

Der Hilfsarzt schwieg, kratzte sich die bläuliche Nase und ging hinaus, nachdem er noch ein letztes Mal mit den Schultern gezuckt hatte.

Mark fühlte sich schlecht. Sein Bein schmerzte.

„Ich gehe jetzt abendessen!“ Sein Hüter erhob sich von der Pritsche und warf dem Künstler einen unfreundlichen Blick zu.

„Und ich?“, fragte Mark.

Parlachow seufzte – auf einmal war in ihm die irgendwo tief in seinem Innern verborgene Gutherzigkeit erwacht.

„Na gut, ich bring dir was“, sagte er.

Die Tür schlug zu. Kusma, der im Käfig saß, drehte seinen Schnabel in Richtung des hinausgegangenen Hüters, dann sah er seinen Herrn an.

Mark begriff – der Vogel hatte Hunger. Es waren zwei Schritte bis zum Käfig, der auf dem Boden stand, bis zum Beutel mit den Körnern war es einer, vielleicht weniger. ‚Nur gut, dass noch Wasser in der Tränke ist‘, dachte der Künstler.

Kusma wandte indessen seine Knopfaugen nicht von seinem Herrn, als wartete er auf irgendetwas.

Mark bewegte sich ein wenig und stöhnte sofort unter dem Schmerz, der über ihn hereinbrach.

Kusma trat von einem Fuß auf den anderen und wandte sich ab.

Als der Schmerz etwas nachließ, sah Mark wieder auf den Vogel, den niemand gefüttert hatte.

‚Nein, ich bin kein Schmarotzer‘, dachte er. ‚Ich kümmere mich um Kusma, ich leide mit ihm ...‘

Und nachdem er noch ein Mal den Abstand zwischen sich und dem Körnerbeutel mit scharfem Blick abgeschätzt hatte, streckte er den Arm aus, biss die Zähne fest zusammen und glitt von der Liege. Als er auf den Boden fiel, war er schon ohne Bewusstsein – der Schmerz hatte ihn überwältigt.

Kapitel 21

Mit der Ankunft des Frühlings zogen abermals Dutzende von Flugzeugen über das Neue Gelobte Land hin, der Sonne entgegen.

Die Aussaat war in vollem Gang, und bis spät abends arbeiteten die Menschen auf den Feldern und achteten auf nichts. Nahezu jeden Tag kamen Traktoren aus der nahen Kolchose gefahren, um den Siedlern zu helfen. Nach der Arbeit stiegen alle auf den Hügel, wo unter dem sternenübersäten Himmel bereits die gedeckten Tische standen. Sie aßen, und danach lauschten sie dort den Volksliedern und allerlei fröhlichen Melodien, die Demid Polubotkin auf der Ziehharmonika spielte. Spät nachts erst kehrten die Traktorfahrer zu ihren Traktoren zurück, die sie unten am Hügel abgestellt hatten, sie starteten sie und fuhren in ihre heimatliche Kolchose zurück. Und die Siedler gingen schlafen, die Nächte waren kurz, und die müden Muskeln verlangten nach ernsthafter Ruhe.

Demid Polubotkin legte sich ein wenig später schlafen – er brauchte am Tag nicht ins Feld zu gehen. Gern saß er in der vollkommenen nächtlichen Einsamkeit da, dachte nach und entschied, was er morgen den Kindern erzählen würde. Denn jetzt arbeitete er als Lehrer für Musik und Singen, gemeinsam mit Katja zog er die künftige Generation von Siedlern heran.

Der Engel saß ebenfalls nachts gern in der Einsamkeit und dachte an Katja.

Manchmal saßen er und Demid beieinander. Dann redeten sie über allerlei. Irgendwann erzählte der Engel, weil er Zutrauen zu ihm fasste, Demid von seinen Gefühlen für die Lehrerin.

„Wieso behältst du alles für dich?“, wunderte sich Demid. „Verabrede ein Stelldichein und erklär dich ihr. Bist du ein Mann oder nicht?“

„Wie verabredet man das denn?“

„Na, du machst mit ihr aus, sagen wir, dass ihr euch nach dem Abendessen am Fluss trefft, wenn alle schlafen gehen ... Dort erklärst du dich und gestehst ihr deine Liebe!", sagte Polubotkin, wobei er herablassend lächelte.

Danach überdachte der Engel einige Tage lang Demids Worte. Jedes Mal regte sich ratlose Bestürzung in ihm, denn er liebte Katja ja nicht mit Menschenliebe, sondern mit Engelsliebe. Im selben Augenblick aber ertappte der Engel sich bei dem Gedanken, dass es in seiner Liebe auch viel Menschliches gab, offenbar machte sich hier sein Leben unter den Menschen bemerkbar. Er wollte Katja gern umarmen, sie küssen und ihr über ihr helles Haar streichen. Da entschied er sich endlich. Er passte einen Augenblick ab, als Katja allein bei der Winterküche stand, trat zu ihr und sagte:

„Vielleicht gehen wir heute Abend am Fluss spazieren?" Gleich darauf errötete der Engel, ganz von innen heraus vor Scham brennend, und wurde verlegen.

Katja bemerkte das und lächelte.

„Ja, gut", sagte sie kokett. „Wann, nach dem Abendessen?"

Der Engel nickte.

„In Ordnung", sagte Katja. „Nach dem Abendessen am Ufer, dort, wo die Räucherei ist."

Es war bereits dunkel und still, als der Engel den Hügel zum Fluss hinunterstieg.

Katja war noch nicht da, und er setzte sich ans Ufer und sah auf das ruhige Wasser, in dem die Sterne zitterten.

Die Welt ringsum war still wie ein schlafender Säugling.

Unhörbar hatte sich plötzlich Katja neben den Engel gesetzt, ein schelmisches Lächeln in ihrem schönen Gesicht.

„So", flüsterte sie. „Ich bin da ..."

Der Engel schwieg und sah sie an.

„Weißt du", flüsterte Katja, die seine Verlegenheit bemerkt hatte. „Der Brigadier hat gesagt, dass sie diesen Sommer hinter der Winterküche ein Schulhaus bauen werden. Zwei Klassenzimmer mit Fenstern ..."

„Gut ..." Der Engel nickte. „Es gibt schon so viele Kinder ..."

Hier ging ihm ein sündiger Gedanke durch seinen Kopf: ‚Kann ein Engel wohl Vater eines Kindes werden?' Und ohne diesem Gedanken zu antworten, verjagte der Engel ihn.

„Ein Zimmer wird für das allgemeine Lernen sein, das andere für Musik", fuhr Katja fort.

Plötzlich hörte der Engel, wie jemand in der Dunkelheit sang. Leise, aber sehr schön. Sanft berührte er Katjas Hand und unterbrach ihre Erzählung.

Die Lehrerin verstummte, weil sie dachte, der Engel wollte ihr etwas Wichtiges sagen, aber in der Stille hörte nun auch sie das zarte, schöne Stimmchen.

Jemand sang das Lied von der kleinen Trauerweide.

„Schön!", flüsterte der Engel.

„Das ist Wasja-Buckelchen, der Sohn vom Buchhalter." Katja hatte den Sänger erkannt. „Er ist doch Demids Lieblingsschüler."

Nach diesen Worten saßen Katja und der Engel schweigend da und lauschten dem in der Dunkelheit singenden Knaben. Und als er verstummt war, saßen sie noch eine Weile und warteten auf ein nächstes Lied.

„Er ist fortgegangen ...", bemerkte der Engel endlich.

Im Fluss platschte etwas, es war wohl ein Fisch aus dem Wasser gesprungen. Katja erschauerte und rückte näher an den Engel heran.

Wieder sahen sie einander an, und solch ein geringer Abstand zwischen ihnen berauschte sie beide.

„Willst du mich küssen?", fragte Katja flüsternd.

Der Engel spürte ein Zittern in den Händen. Ein seltsamer süßer Schrecken erfasste ihn.

„Ja ...", sagte er ganz leise.

Katja neigte sich noch näher zu ihm.

„Sag ‚Es gibt keinen Gott' – und dann küsst du mich ..."

Die Worte verbrannten den Engel wie Feuer. Erstarrt sah er Katja mit weit aufgerissenen Augen an, die sich mit dem ganzen Körper vorgebeugt hatte und die Augen geschlossen hielt. Ihm wurde unheimlich von dieser Nähe, und seinen

Wunsch überwindend auf der Stelle zu versteinern rückte er von der jungen Frau ab.

Sie öffnete die Augen und sah den Engel erstaunt und verständnislos an. Schnell stand sie auf und ging, ohne ein Wort zu sagen, mit zügigen Schritten davon, verschwand in der nächtlichen Dunkelheit.

Der Engel wollte weinen. Er blickte zum Himmel, und danach sah er sich um, weil er meinte, er hätte in der Nähe jemandes Schritte gehört.

In dieser Nacht gefiel ihm die Einsamkeit nicht. Er stand auf, sah sich noch einmal um und richtete den Blick auf das trübe Licht im Fenster der Räucherei.

‚Sie schlafen noch nicht?', wunderte sich der Engel.

Eine ungekannte Kraft zog ihn zu diesem Häuschen, das da einsam am Fluss stand. Ihm schien, dass er dort in dieser Stunde Wärme und Trost finden würde.

Er trat an das Fenster, doch unter dem kurzen Vorhang sah er nur einen Tisch und jemandes Hand, die eine Tasse hielt.

„Wieso verstehst du die Freude nicht?", drang aus dem Häuschen die Stimme des buckligen Buchhalters heraus. „Was gibt es da zu verstehen? Man muss sie in sich spüren, so, dass es im Bauch wie Krämpfe ist ..."

„Ich kann nicht", antwortete eine Stimme dem Buchhalter. „Mich macht alles im Leben traurig, ich hätte es ja auch gern anders ..."

„Du hast keine Träume in dir, Pjotr!", sagte eine dritte Stimme fest. „Du musst dich ändern, sonst stirbst du früh!"

Der Engel setzte sich unter das Fenster, das Gespräch, das er hörte, interessierte ihn.

„Wie denn ändern? Hier, ihr habt mir schon eine Hand geändert!", sagte Pjotr gekränkt.

„Wenn du nur nachts die Sterne anschauen würdest, das würde schon etwas nützen", erklang die Stimme des Buchhalters.

„Die Sterne?", fragte Pjotr nach.

„Ja, genau", sagte der Buchhalter.

Der Engel legte den Kopf in den Nacken und sah zum Himmel hinauf. Die Sterne flimmerten an ihm wie Mücken vor einer Kerze am Abend. Plötzlich stürzte einer der hellen Sterne herunter, beschrieb einen langen Bogen und erlosch.

‚Genauso wie ich', dachte der Engel. ‚Nur bin ich ja hier angekommen! Ich bin angekommen!' Ihm wurde ruhiger zumute, er tröstete sich an diesem Gedanken und streckte sich unter dem Fenster der Räucherei im Gras aus. Er lauschte dem sich fortsetzenden Gespräch wie einem süßen mütterlichen Wiegenlied.

Kapitel 22

Der Moskauer Winter verging im Flug und schmolz dahin. Er floss in Bächlein von den Leninbergen herab, versammelte sich zu Pfützen und versickerte in der Erde. Es begann der Frühling, erfüllt von frohen Kinderstimmen, knielangen kurzen Kleidchen und Röcken, und Frauenfrisuren nach der neuesten Mode.

Banow erwartete mit Ungeduld die Frühlingsferien, die auch ihm eine freie Woche versprachen. Sehr gern wollte er Klara irgendwohin bringen, ein Stück weit fort aus Moskau. Es schien Banow, dass Klara in dieser großen und schönen Stadt dahinwelkte. Nachdem sie als Sekretärin bei einem in Moskau lebenden tadschikischen Volksdichter gearbeitet hatte, hatte Klara einen anderen Arbeitsplatz im Archiv der Staatlichen Historischen Bibliothek gefunden. In den ersten Tagen war sie aus dem Archiv fröhlich und begeistert zurückgekommen, mit Augen, in denen Gedankenfunken leuchteten. Doch allmählich war ihr Blick erloschen, war ihr Gesicht blass geworden. Da begann Banow zu vermuten, dass diese Veränderung vom gefährlichen Bücherstaub herrührte, der in Wahrheit aus einem zerstäubten, in der Luft gelösten Bücherpilz, einer echten Bakterie also, bestand. Über diesen Pilz hatte er in einer wissenschaftlichen Zeitschrift gelesen und ihn seither nicht vergessen können. Als er bei Klara bereits eingezogen war und seine Bücher und Sachen mitgebracht hatte, ging er einmal in der Woche mit einem feuchten Lappen über die Umschläge und Rücken aller Bücher, die sich in seiner bescheidenen Bibliothek befanden. Und in Klara Rojds Gesicht sah er gleichsam den Beweis für die Richtigkeit jenes wissenschaftlichen Artikels.

Endlich war die Zeit der Ferien da. Banow versammelte alle Lehrer und versiegelte gemeinsam mit Vizedirektor Kuschnerenko alle Klassenräume und Büros, ganz am Ende versiegelten sie auch sein Direktorzimmer. Danach verabschiedeten sie sich und wünschten einander eine gute Erholung.

Noch am selben Abend kaufte Banow zwei Fahrkarten für den Zug „Moskau-Leningrad“.

Auf dem Heimweg ging er in einer Wodkastube vorbei. Obwohl er nicht die Gewohnheit hatte zu trinken, ging er aus irgendeinem Grund doch hinein. Er trat ein, bestellte ein kleines Glas Wodka, stellte sich in eine Ecke und dachte nach. Seine Gedanken waren nervös und zitterten von innerer Anspannung.

‚Wo bist du nur, Freund Karpowitsch?‘, dachte Banow. ‚Was ist los mit dir? Und was geschieht dort unten mit meiner Aktentasche? Haben sie sie gefunden? Vermutlich nicht, denn wenn sie sie gefunden hätten, dann hätten sie mich schon irgendwo einbestellt ...‘

„He, Genosse!“, flüsterte jemand neben ihm.

Banow löste den Blick von der Theke mit den leeren Gläsern und drehte sich um. Vor sich sah er einen kleingewachsenen, einfachen Mann mit wild wuchernden grauen Stoppeln im Gesicht.

„Genosse“, begann der Mann wieder, als er Banows Blick auffing. „Gib mir Geld für ein Gläschen, sonst kommt der Krieg hierher, und man schafft es nicht mehr auszutrinken!“

Banow grub in der Tasche seines weiten Mantels, zog blindlings eine Handvoll Münzen heraus und schüttete sie in die auf Bettlerart ausgestreckte Handfläche des Mannes.

Der grunzte etwas, wohl Worte der Dankbarkeit, und eilte zur Theke, an der sich tatenlos die stattliche rothaarige Wirtin langweilte.

‚Der Krieg?‘, dachte Banow, als er an die Worte des Mannes dachte. ‚Kann sein ... Kann sein ...‘, und er seufzte schwer.

Kapitel 23

Über dem stolzen Land stieg die Frühlingssonne empor, sie erfasste mit ihren starken Strahlen Städte und Dörfer, Felder und Wälder, erweckte das Arbeitsleben in allen seinen Formen. Die von der Sonne erwärmten Ströme der Menschen zogen in die Fabriken und auf die Baustellen, die Farmen und in die Versammlungen. Die Sonne indessen stieg aufwärts und rief gleichsam alle mit sich, sie wies den Weg, rief dazu auf, empor zu streben, zur besseren, lichtvollen Zukunft. Und die Menschen richteten ihre Blicke und Gedanken aufwärts. Sie blickten zur Sonne und dachten an das Licht. Sie sahen nicht, wie, ebenfalls zur Sonne strebend, sich über der Erde die von ihrem endlosen Flug ermüdete Kugel erhob, schon zum tausendsten oder zehntausendsten Mal, um zu fliegen und aus der Höhe den Helden ausfindig zu machen, den sie finden und erschlagen musste, um ihren ermüdenden und grausamen Flug zu beenden. Wie viele Male schon hatte sie sich geirrt, war hinunter zu einem Menschen gestrebt, der ihr als der Eine erschien, der mit seinem Tod die vielen anderen Tode abwenden konnte. Doch jedes Mal, wenn sie glatt hindurch gedrungen war und den nicht mehr atmenden Körper hinter sich auf der Erde zurückließ, erkannte die Kugel, dass sie sich aufs Neue geirrt hatte und der von ihr getötete Mensch weder ein Held, noch ein Gerechter gewesen war. Und wieder erstreckten sich die endlosen blauen Weiten des Himmels vor ihr, und unter ihr lagen die gleichen Weiten der Erde. Über dem stolzen Land stieg die Frühlingssonne empor, und die Kugel, die ihr aufwärts folgte, betrachtete die Erde, um jeden Augenblick herabzustürzen und mit einem Pfeifen dem nächsten Menschen entgegen zu jagen, der ihr des Todes, den sie mit sich trug, würdig erschien. Unten tauchten die hohen Masten der Stromleitungen auf. Und die Kugel erblickte den Montagearbeiter, der furchtlos am höchsten Punkt der gewaltigen Metallkonstruktion eines Mastes arbeitete. ‚Vielleicht ist er es!‘, dachte die Kugel, sammelte all ihre Energie und schoss hinunter, dem unbekannten Auserwählten entgegen.

Kapitel 24

Der Morgen war unfrühlingshaft düster. Schwere schwarze Wolken hingen tief über der Erde, und erstaunlich war nur, dass der Regen noch nicht zu fallen begonnen hatte.

Der Leiter der Arbeiterbaracke, Sanabajew, ein einbeiniger Invalide, der gern grundlos aus Leibeskräften fluchte, klopfte mit dem Holzbein an die Sperrholztür und rief: „Tee!“

Dobrynin stand von seinem Bett auf, streckte sich und trat an das kleine Fensterchen. Dann wandte er sich um. Waplachow lag noch immer da und blickte an die graue, von Wasserflecken gemusterte Decke.

„Was ist, willst du keinen Tee?“, fragte der Volkskontrolleur.

„Doch.“

Nachdem sie sich angekleidet hatten, gingen sie aus dem ersten Stock hinunter in die Arbeiterkantine, schenkten sich jeder eine Tasse ein und nahmen an dem langen verzogenen Holztisch Platz. An demselben Tisch saßen an der anderen Seite drei ältere Frauen und ein kleingewachsener alter Mann und bliesen auf ihren Tee – Arbeiter des Gasmaskenwerks der Fabrik N. Den alten Mann kannte Dobrynin. Er hieß Stepan Stepanytsch; jeden Morgen brachte er zehn Gasmasken in ihr Kontrollbüro, zwei aus jeder Partie.

„Stepanytsch“, rief Dobrynin dem Alten zu. „Es wäre gut, wenn du uns ein paar Burschen zu Hilfe schicken würdest, sonst schaffen wir die Kontrollnorm nicht!“

„Schick ich euch, Pawluscha, schick ich euch“, versprach der Alte. „Nur heute nicht. Ich schick sie euch morgen.“

Dobrynin seufzte und richtete seinen Blick in die Tasse. Der neue Tag versprach abermals lang und mühsam zu werden.

Eine halbe Stunde später schrieben sich Dobrynin und Waplachow in das Fabrikbuch ein, wo die Ein- und Ausgänge verzeichnet wurden. Sie betraten ihr Kontrollbüro und zogen schwarze Arbeitsanzüge an. Dobrynin öffnete ein Ventil, das

Gas in die Testkammer einließ. Dann setzte er sich an den Tisch.

Das Kontrollbüro zeichnete sich durch besondere Enge aus, denn es war nichts als ein kleiner Flur zwischen dem Eingang und einer schweren Eisentür mit Gummidichtungen um den Rahmen; hinter dieser zweiten Tür verbrachten der Volkskontrolleur und sein Gehilfe nun ihre Arbeitstage beim trüben Schein eines schwachen Lämpchens, dessen Licht das Senfgas kaum zerstreute. Vier Mal am Tag schlüpften sie nur für ein paar wenige Minuten dort heraus, um die geprüften Gasmasken abzusetzen, sich mit einem schmutzigen Küchentuch den Schweiß vom Gesicht zu wischen, ein wenig anständige Luft zu atmen und mit einer neuen Gasmaske wieder auf die Holzbank der Testkammer zurückzukehren.

Stepanytsch hatte Verspätung, und um keine Zeit zu verlieren, beschloss Dobrynin, den Bericht über die erfüllte Tagesnorm im Voraus auszufüllen. Er schlug das Register auf, in dem auf der nötigen Seite ein Bleistiftstummel steckte, notierte die Norm für sich und den Urku-Jemzen, schrieb die gewöhnliche Zeit ihres Arbeitsendes hin – zehn Uhr abends – und setzte seine Unterschrift darunter.

Hier brachte Stepanytsch gerade die Gasmasken. Ohne viele Worte zu verlieren, nahmen Dobrynin und Waplachow je eine, überprüften die Gumminähte, zogen die helmartigen Masken auf, nickten dem Alten zu und begaben sich in ihre Testkammer.

Stepanytsch blickte auf seine Taschenuhr, dann drückte er mit seinem schwachen Gewicht die Eisentür zu, bis sie ordentlich eingerastet war. Er überprüfte das Ventil und ging zu seiner Abteilung davon.

Im trüben Licht ihrer Testkammer hatten der Urku-Jemze und Dobrynin sich auf die Bank gesetzt.

Nun galt es sich von der erschwerten Atmung abzulenken, und jeder versank deshalb in seinen eigenen Gedanken.

Gegen drei Uhr, als Dobrynin und Waplachow gerade die Überprüfung des dritten Paars Gasmasken abschlossen, klopfte es an ihrer Eisentür.

Der Kontrolleur und sein Gehilfe liefen in den kleinen Flur hinaus, zogen sich die Masken ab, und nachdem sie ein wenig verschnauft und tief Luft in ihre Lungen gesogen hatten, erblickten sie Akimow vor sich, den Parteisekretär der Fabrik.

„Rauchpause!", verkündete er mit einem Lächeln im Gesicht. „Heute haben wir in der Schichtpause eine Veranstaltung ... Gehen wir!"

In dem Kulturraum der Fabrik saßen bereits fünfzehn bis zwanzig Frauen in Erwartung der Veranstaltung. Stepanytsch war dabei, ein schweres Rednerpult aus Eichenholz an den linken Rand der Bühne zu schieben, um Platz zu schaffen.

„Setzen Sie sich." Akimow wies mit dem Kinn auf die erste Reihe. „Gleich kommen auch noch die Mitarbeiter aus der Küche ..."

Als die Mitarbeiter aus der Küche eingetroffen waren und in der ersten Reihe neben den Kontrolleuren Platz genommen hatten, erklomm Akimow die Bühne.

„Liebe Genossen!", sagte er. „Heute ist der Moskauer Künstler Mark Iwanow mit seinem sprechenden Papagei bei uns zu Gast. Begrüßen wir unsere Gäste, bitte!"

Unter spärlichem Applaus betraten zwei einander irgendwie ähnelnde Männer den Kulturraum. Die Augen des einen waren mit einer schwarzen Binde verbunden, in der Hand trug er einen Käfig in einem Futteral. Er ging, indem er sich an seinem Kameraden festhielt, und dabei hinkte er stark. Der zweite Mann warnte den lahmen Blinden sorgsam vor Stufen und Abzweigungen. Endlich machten sie auf der Bühne Halt. Hier holte der Sehende einen großen Papagei aus dem Käfig, setzte ihn auf die Schulter seines Partners, flüsterte ihm etwas zu und entfernte sich.

„Ach Gott!", ächzte leise eine Frau in der zweiten Reihe. „Was macht der Krieg nur aus den Menschen!"

„So, trag vor!“, befahl der Mann mit der Augenbinde.

Der Papagei sah die Zuschauer an, die sich versammelt hatten, drehte den Schnabel von einer Seite zur anderen, hob dann den Schnabel zur Decke, als würde er sich etwas in Erinnerung rufen. Und so, mit Blick zur Decke, begann er zu deklamieren.

„... Rings beleuchtet mich der Krieg,
Und ich schreibe diesen Brief,
Schreibe ihn allein nur dir,
Nicht auf üblichem Papier ...“

Unvermittelt verstummte der Papagei, blickte herab auf die Zuschauer und fuhr nach einer Pause fort:

„... Oben auf dem Grabenrand
seh ich nun die Feuerwand.
Schreibend blicke ich hinaus,
Und der Brand löscht alles aus ...“

„Jaaa ...“, flüsterte Dobrynin bass erstaunt. „Siehst du das?“

Waplachow, der nicht weniger verblüfft als Dobrynin war, nickte.

„Sind sie schon vor Längerem aus Moskau hierher gekommen?“ Dobrynin neigte sich zu dem Parteisekretär, der auf seiner anderen Seite saß.

„Vermutlich nicht ...“

„Hör mal, Akimow, vielleicht laden wir ihn mit dem Papagei zu einem Fläschchen ein?“

Der Parteisekretär überlegte.

„Sie kommen doch dann zu zweit ...“, begann er.

„Natürlich.“ Dobrynin nickte. „Der Künstler und der Vogel.“

„Nein, nein, da ist noch ein Instrukteur des ZK bei ihnen. Der, der ihn auf die Bühne geführt hat.“

„Ja, und was macht das?“, fragte Dobrynin verständnislos.

„Vielleicht trinkt er nicht?“

„Dann laden wir sie zum Tee ein, und dort sehen wir weiter“, schlug der Volkskontrolleur vor.

„Gut, einverstanden“, stimmte der Parteisekretär zu. „Ich sage es ihm selbst.“

Der Vogel fuhr mit seinem gefühlvollen Vortrag fort, und viele Frauen schnieften bereits leise und wischten sich die Tränen weg.

„Hör mal, Akimow.“ Wieder neigte Dobrynin sich zu dem Parteisekretär. „Ist er blind?“

„Nein, er darf die Fabrik nicht sehen, verstehst du. Wir sind doch geheim ...“

„Aha ...“ Dobrynin nickte.

Am selben Abend versammelten sich in einer winzigen Kate, die von der Familie eines Deserteurs beschlagnahmt und an den Parteisekretär übergeben worden war, Dobrynin und Waplachow, Akimow und Parlachow und natürlich Mark Iwanow mit Kusma um einen Tisch. Iwanow waren wiederum die Augen verbunden worden. Er saß da gespannt und regungslos und lauschte auf jedes Rascheln, jedes von seinen unsichtbaren Gesprächspartnern ausgesprochene Wort.

Als Erstes machten sie sich miteinander bekannt.

Dann fragte Dobrynin flüsternd Akimow, ob man dem Künstler nicht wenigstens hier die Augen aufbinden könnte, denn hier sei man doch nicht mehr in der Fabrik? Akimow führte Parlachow auf eine Minute in den Flur hinaus, und als er zurückkehrte, flüsterte er dem Kontrolleur zu: „Es geht nicht, du und ich, wir sind ja ebenfalls geheim, und die Heimat traut den Künstlern nicht.“

„Ja, wenn die Vorschrift so ist!“ Dobrynin breitete verstehend die Arme aus.

Die Alte Piliptschuk, die dem Parteisekretär im Haushalt half, legte Brennholz im Ofen nach, rieb mit einem Lappen den großen ovalen Tisch ab und stellte ein Glas vor jeden hin.

„Wollen wir uns, solange es noch keinen Tee gibt, ein bisschen ... anwärmen?“, schlug Akimow vorsichtig vor.

„Natürlich“, freute sich Parlachow.

„Wir haben hier ganz reinen, medizinischen!“, rühmte der Parteisekretär, während er hinter einer altmodischen Truhe eine Dreiliterflasche mit Trinkspiritus hervorzog.

Sie tranken jeder ein halbes Glas, und sogleich wurde es wärmer in der Hütte.

Waplachow zerzauste sich das dicke graue Haar und blickte geradezu fröhlich in die Runde – er dachte an die Soldaten von Hauptmann Iwaschtschukin zurück, die ihn das Kartenspielen gelehrt hatten. Er erinnerte sich gern und mit Dankbarkeit an sie.

Dobrynin entspannte sich gleichfalls nach einem tiefen Schluck und dachte an seinen Freund Woltschanow.

„Ich habe ja vergessen, das Eingemachte auf den Tisch zu stellen, es gibt hier von der Deserteursfamilie noch den ganzen Keller voll ... Ich werde gleich ... Olja! Olja, wo bist du?“

Da eilte die Alte Piliptschuk herbei, hastig und erschrocken, sie begriff schnell, worum es ging, und eilte wieder davon.

Nach ein paar Minuten langten die Gäste bereits mit den Fingern nach milden Salzgurken, die zwischen den Zähnen krachten, und weichen eingemachten Äpfeln.

„Na, Genosse Iwanow, auf ein zweites!“, schlug Akimow vor, während er die Gläser füllte.

Mark nickte. Etwas hinderte ihn am Sprechen, wohl irgendeine Furcht.

„Wieso nehmen Sie denn keine Gürkchen?“, sagte der Parteisekretär irgendwo über dem Künstler. „Sonst ist bald alles weg!“

Da erkannte Akimow, dass der Künstler die Gürkchen und auch die Äpfel ja nicht sah. Und von Mitleid mit diesem kleinen, hinkenden Menschen ergriffen, nahm Akimow die Hand des Künstlers und legte sie mit der Handfläche auf den Teller mit dem Eingelegten. Mark ertastete eine recht große Gurke und hob sie zum Mund. In der zweiten Hand hielt er sein Glas mit dem Spiritus.

Sie tranken auf den Sieg.

Und hier erinnerten sie sich an den Papagei. Parlachow holte ihn aus dem Käfig und setzte ihn dem Künstler auf die Schulter.

„Soll er uns doch etwas vortragen!“, sagte Akimow, wobei er sich die Lippen leckte und den Vogel anstarrte, und er begann zu warten.

„Sprich, Kusma!“, sagte Mark, leicht nach rechts gewandt.

„Qualm und Panzer, Bombenflieger,
Explosion, entzwei geborstne Brücken,
Krieger, Bajonette, Pferderücken,
Feuergarben gehn hernieder.
Finstre Feinde rennen, toben,
Und ein Schütze zielt aus einem Schuppen,
Durcheinander in den fremden Truppen
Ruhig blickt die Sonne oben ...“

„Ein schönes russisches Gedicht!“, sagte der Urku-Jemze verzaubert. „Es ist sehr gut! So aufrichtig und rein ...“

„Bist du etwa kein Russe?“ Der Parteisekretär sah Waplachow misstrauisch an.

Augenblicklich war der Urku-Jemze nüchtern geworden, und er sah kläglich zu Dobrynin hinüber.

„Sein Vater ist kein Russe, aber seine Mutter ist Russin ...“, erklärte der Volkskontrolleur schnell.

„Und von welcher Nation ist denn der Vater?“ bohrte Akimow weiter.

Da verkrampfte sich der Urku-Jemze, denn er dachte an das Grauen, das er im Kreml erlebt hatte. Das sollte sich doch nicht etwa wiederholen?

„Der Vater kam aus dem Norden ... Ewenke, glaube ich ... Ich habe ihn ja auch nie gesehen ...“, stammelte Waplachow.

„Ich habe einmal einen Ewenken kennengelernt!“, sagte Mark Iwanow unerwartet laut. „Das war in Aserbaidschan. Der war lustig ... Klein und schlitzäugig. Er hat mir sein Lied vorgesungen ...“

Jetzt hörten alle aufmerksam dem Künstler zu, der gleichsam explodierte, man sah, er hatte genügend getrunken, um sich beherzt zu unterhalten, auch ohne seine Gesprächspartner zu sehen.

„Hat er das Lied denn in seiner Sprache gesungen?“, wollte Akimow wissen.

„Ja. Auf ewenkisch. Das war auch ein schönes Lied, ein beseeltes. Man verstand kein Wort, aber alles klang so menschlich. Ich habe sogar überlegt, Kusma dieses Lied beizubringen, aber das ist eine schwierige Sache ...“

„Und auch sinnlos“, mischte Parlachow sich ein. „Was soll der Vogel mit einem nichtrussischen Lied?! Wer versteht das denn? So aber hören die Leute die Gedichte und weinen und empfinden etwas. Was für einen Sinn hätte das gehabt, wenn der Papagei heute, sagen wir, irgendwelche ewenkischen Gedichte vorgetragen hätte ... oder so urku-jemzische? Na?“

Waplachow verkrampfte sich aufs Neue und blickte heimlich auf Parlachow. Furcht packte den Urku-Jemzen, und wieder musste er an Moskau denken. Er sah auch zu Dobrynin hin. Dieser russische Mensch stand ihm inzwischen näher als sein Vater.

„Hör zu, Dmitrij“, wandte der Parteisekretär sich an Waplachow. „Sing uns doch mal so ein ewenkisches Lied, wenn du dich an eins erinnerst. Hm?“ Dieses Mal war Akimows Stimme ganz freundschaftlich.

Da beschloss Dmitrij, sich etwas ins Gedächtnis zu rufen. Von den ewenkischen Liedern mochte er das Lied vom verwundeten Bären, dieses Lied war jedoch recht traurig.

„Na, los!“, trieb Akimow ihn an.

Waplachow begann zu singen. Leise und mit Gefühl.

Parlachow neigte den Kopf ein wenig und starrte den Urku-Jemzen an. Furcht war in seinen Augen aufgeblitzt, und der Urku-Jemze bemerkte das.

Die um den Tisch Versammelten regten sich nicht, während sie dem Lied lauschten. Mark nahm tastend den Papagei von seiner Schulter und setzte ihn auf dem Tisch vor sich ab.

Der Papagei sah gleichfalls den Urku-Jemzen an.

Als Waplachow zu Ende gesungen hatte, hing Stille über dem Tisch. Sie hielt einige Minuten an, bis irgendjemand tief aufseufzte.

„Wovon hast du denn da gesungen?", fragte Akimow.

„Es handelt von einem verwundeten Bären ...", erklärte der Urku-Jemze. „Einmal hat ein Jäger einen Bären verwundet und laufen lassen. Der verwundete Bär kehrte nach Hause in seine Höhle zurück, leckte seine Bärenjungen ab und starb. Sein Geist Osuj aber kam in derselben Nacht zum Haus des Jägers und öffnete Fenster und Türen weit. Am Morgen waren der Jäger, seine Frau und die beiden Kinder erfroren. Danach hatte sich der Geist Osuj beruhigt und verschwand in die Ebene Bajtyn ..."

„Ein schreckliches Lied ...", bemerkte Mark Iwanow. „Einfach schrecklich!" Und er schüttelte den Kopf, wie um ein Bild zu vertreiben.

„Die Gegend ist auch schrecklich", ergänzte Dobrynin. „Ich war dort ... Wie viele unserer Leute sind dort erfroren ... es schaudert einen, daran zu denken."

Wiederum hing düsteres Schweigen über dem Tisch, doch dieses Mal unterbrach die Alte Piliptschuk die Stille.

„So, soll ich den Tee bringen?", rief sie vom Ofen her.

„Ja, bring her!", befahl ihr der Parteisekretär.

„Jaa ...", seufzte Parlachow schwer. „Ja, wahrlich, wie viele Söhne hat unsere Heimat verloren! Die besten Menschen ... Ach ..."

Wieder löste die Alte Piliptschuk die Anspannung. Ohne darauf zu hören, was am Tisch gesprochen wurde, stellte sie vor jeden geschäftig eine Blechtasse hin und begann allen der Reihe nach aus einem glänzenden kupfernen Teekessel auszuschenken.

Als der Papagei den Dampf über der Tasse seines Herrn erblickte, trat er zur Tasse und schmiegte sich mit seiner Flanke daran. Anscheinend wollte er sich ein wenig wärmen.

Kapitel 25

Der Mairegen strömte am Fenster entlang, während Schuldirektor Banow in seinem Büro saß und Tee trank. Dabei sah er das außerschulische Programm für die Klassen durch, das ihm Vizedirektor Kuschnerenko zur Bestätigung vorgelegt hatte. Sein Blick überflog die trockenen, knappen Zeilen: „Besuch des Kinotheaters", „Besuch des Museums", „Begegnung mit dem ersten Kolchosbauern" und ähnliches. Plötzlich zog eine Zeile die Aufmerksamkeit des Direktors auf sich.

„Besuch des Mausoleums", las Banow und verzog den Mund.

Er legte das Programm fort und dachte nach. Er dachte an den Kremlträumer, dachte an seinen verschwundenen Freund Karpowitsch und auch an die Aktentasche, die er auf dem Hügel dort unten zurückgelassen hatte. Seine Finger trommelten nervös auf die Tischplatte.

Er blickte aus dem Fenster, dann auf den Kalender an der Wand.

Er trank einen Schluck von dem leicht erkalteten Tee.

Irgendeine Kraft drehte seine Gedanken um und um und brachte immer wieder denselben Gedanken dazu, an seinem Verstand zu zerren.

‚Du musst hinunter und nach der Aktentasche sehen!', wiederholte dieser Gedanke schwermütig. ‚Vielleicht findest du dort auch Karpowitsch! Vielleicht ist er dort geblieben ...'

Um seiner selbst und seiner Gedanken irgendwie Herr zu werden, schlug Banow mit der Faust auf den Tisch, blickte auf die Uhr und erhob sich entschlossen.

Er warf die dunkelblaue Pelerine über und verließ, ohne jemandem ein Wort zu sagen und ohne das außerschulische Programm zu unterzeichnen, sein Büro.

Der Regen fiel unaufhörlich, er trommelte geradezu auf einen ein.

In der Dajew-Gasse war es menschenleer, und nicht einmal Autos fuhren. Aber als Banow auf die Sretenka hinaus trat, tauchten bereits sowohl Menschen als auch Autos auf. Er musste sich im Gehen an die Hauswände drücken, damit die Spritzer und der Schmutz, die unter den Wagenrädern hochflogen, nicht auf seine Pelerine fielen.

Was für eine Kraft führte ihn? Und wohin? Er verstand es selbst nicht, während er über die nassen Gehwege lief, ohne zu Boden zu blicken und ohne auf den Regen zu achten, der noch stärker geworden war.

Er betrat den Roten Platz. Ja er betrat ihn nicht einmal, sondern ein unsichtbarer Strom trug ihn zu der Richtstätte, wo Banow kurz bei dem ihm bekannten Milizionärsposten Halt machte und mit einem Kopfnicken grüßte. Er sagte kein Wort und hörte auch die Frage, die der Milizionär sich schon zurechtgelegt hatte, nicht mehr, er eilte weiter zum Kremltor, begleitet von dem verwunderten und ein wenig gekränkten Blick des Milizionärs, der in diesem Augenblick echten Hunger nach einem einfachen menschlichen Gespräch litt.

Er fand das bekannte niedrige Gebäude, das sich hinter den blauen Kremltannen verbarg, ging durch die offene Tür und stieg, ohne unterwegs jemandem zu begegnen, die Stufen des engen unterirdischen Tunnels hinab, über die er bis dahin nur zweimal gegangen war.

Er blieb einen Moment lang beim Schacht des Postaufzugs stehen. Es war still. Offenbar arbeitete der Aufzug in diesem Augenblick nicht.

Da ging Banow weiter die Stufen hinunter.

Er ging eine halbe Stunde lang.

Schließlich öffnete er eine Tür und befand sich in dem bekannten geräumigen Zimmer ohne Möbel, nur ein Stuhl stand dort, und Plakate hingen an den Wänden.

Er öffnete noch eine weitere Tür und stand auf der Schwelle des niedrigen einstöckigen Gebäudes, das der Zwilling zu jenem war, das sich hinter den Tannen im Kreml verbarg.

Die Sonne schien. Vögel sangen. Fächerförmig liefen von der Schwelle aus gut ausgetretene Pfade über das Gras davon.

Vor ihm leuchtete grüner Wald, zu den Seiten ragten baumlose Hügel auf, und ein Hase oder anderes Tier lief in Sprüngen über das Gras.

Banow verschlug es den Atem. Reglos stand er auf der Schwelle, während er auf die Stille lauschte. Die unsichtbare und unbekannte Kraft, die ihn hergetrieben und den ganzen Weg über von hinten geschoben hatte, war plötzlich verschwunden, und er war wieder er selbst. Deshalb erfasste ihn auch ein kleiner Schrecken.

‚Was tun?', fragte ihn ein eigener hilfloser Gedanke.

„Was tun?", wiederholte er langsam flüsternd und sah sich um.

Irgendwo ertönte eine Stimme, und Banow eilte um die Hausecke und versteckte sich dort.

„Was tun?", wiederholte er aufs Neue.

Weshalb war er hier hergestürmt? Wegen der Aktentasche? Ja. Und außerdem wollte er Karpowitsch finden. Aber was sollte er jetzt tun?

Auf einem der Pfade schlenderten zwei Soldaten auf das Haus zu. Einer von ihnen hielt einen Korb in der Hand.

„Steinpilze, sagst du!", sagte der, der mit leeren Händen ging, lachend. „Wo sind dort Steinpilze? Milchpilze und Rotkappen!"

„Was ist schlecht an Milchpilzen und Rotkappen?", fragte der zweite. „Hast du schon mal marinierte Milchpilze gegessen?"

„Hab ich ..."

Sie gingen zum Eingang hinauf und traten ins Haus. Aufs Neue wurde es still und ruhig in der Natur. Nur in Banows Seele war kein Friede. Die Gedanken stachen wie Tannennadeln. Banow erschauerte.

‚In Ordnung', beschloss er endlich. ‚Ich gehe, suche die Aktentasche und versuche, wieder zurück hinauf zu kommen.'

Mit elastischen Schritten lief Banow jenen Pfad entlang, den er, wie ihm schien, gemeinsam mit Karpowitsch und Klara gegangen war, als sie den Kremlträumer besucht hatten. Irgendwo dort, nicht weit von dessen Laubhütte, hatte er wohl auf dem Nachbarhügel seine braune Aktentasche liegen gelassen.

Der schmale Pfad schlängelte sich weiter durch ein Dickicht aus Nusssträuchern, einen Hügel hinunter, an einer kleinen Schlucht vorbei, über eine kleine Brücke über den Fluss. Und weiter ging es, bis Banow fast stehen geblieben wäre, als er zwischen Tannenästen die Laubhütte und den Kremlträumer, in eben dem von Klara ausgewählten Anzug, erblickte. Er zündete gerade ein Feuer an.

Langsam näherte Banow sich der Laubhütte. Er blickte ständig zu Boden, um nicht zufällig auf einen Zweig zu treten – er wollte den Alten ja nicht erschrecken. Aber der Alte hörte gut, und als Banow hinter der Laubhütte stand und glaubte, es sei ihm gelungen, unbemerkt heranzukommen, rief der Kremlträumer fröhlich: „Na, was verstecken Sie sich da, mein Lieber? Denken Sie, Sie könnten einen alten Konspiranten überlisten? Daraus wird nichts! Kommen Sie hervor!"

Da fiel alle Anspannung unversehens von Banow ab, er kam hinter der Laubütte hervor und trat an das gerade entzündete Lagerfeuer.

Der Alte saß auf einem kleinen Holzklotz direkt am Feuer.

„Setzen Sie sich, mein Lieber, setzen Sie sich!", lud er ein.

Banow breitete seine Pelerine auf dem Gras aus und nahm Platz.

Der Kremlträumer musterte den Ankömmling aufmerksam dabei.

Darauf sagte er: „Kenne ich Sie vielleicht zufällig?"

„Ich war einmal mit Genossin Klara hier", gestand Banow.

„Ah! Aber natürlich erinnere ich mich!", freute sich der Alte noch mehr als zuvor. „Und wieso hat es Sie jetzt hierher verschlagen?"

Banow blickte in das Feuer, das nun hell loderte.

„Ich habe beim letzten Mal meine Aktentasche hier zurück gelassen ... es hat geregnet, wir mussten laufen ... Da habe ich sie vergessen. Außerdem ist noch mein Genosse verschwunden ... Der, der uns damals her gebracht hat ...“

Die Miene des Kremlträumers wurde nachdenklich.

Er erhob sich, verschwand in der Laubhütte und kehrte mit Banows brauner Aktentasche wieder.

„Die hier etwa?“, fragte er.

Banow sprang auf die Füße, so staunte er.

„Ja“, sagte er. „Die. Da gab es auch noch Papiere, den Schulunterricht betreffend ...“

„Die Papiere, mein Lieber, habe ich verbrannt“, gestand der Kremlträumer. „Und, entschuldigen Sie, aber die Aktentasche habe ich an mich genommen. Sie kam mir sehr gelegen, ich bewahre jetzt meine Korrespondenz in ihr auf ... Sie haben doch nichts dagegen?“

Banow zuckte die Schultern.

„Nein, bittesehr“, sagte er nach kurzem Zögern. „Ich bin eigentlich ja auch nicht wegen der Aktentasche gekommen. Lieber möchte ich erfahren, wohin mein Freund Karpowitsch verschwunden ist ...“

Irgendwo in der Nähe knackte ein Zweig, und Banow sah sich erschrocken um.

Der Alte zog eine Uhr an einer Kette aus der Westentasche und klappte den Deckel auf.

„Ein Soldat bringt gleich das Mittagessen“, erklärte er Banow. „Verstecken Sie sich solange in meiner Laubhütte!“

Banow eilte in die Laubhütte und verbarg sich dort, wobei er ein Auge an einen Spalt drückte, durch den sowohl der Alte, als auch das Feuer zu sehen waren.

Ein Soldat trat mit einem dreistöckigen Henkelmann auf die Lichtung heraus.

„Guten Tag!“, sagte der Soldat zu dem Alten. „Wie geht es Ihnen?“

„Danke, nicht schlecht“, antwortete der Kremlträumer, während er den Henkelmann von dem Soldaten entgegennahm. „Hast du zufällig etwas gehört, mein Lieber, es heißt, ein Mensch sei hier verloren gegangen ... mit Namen Karpowitsch ... Nein?“

Und der Alte sah den Soldaten mit zusammengekniffenen Augen scharf an.

Der Soldat überlegte und sah zum Himmel, als würde er sich an etwas erinnern.

„Vor fünf Monaten wurde hier jemand gesucht“, erzählte der Soldat mit einem Nicken. „Man hat ihn anscheinend nicht gefunden ... Es war ein aushilfsmäßiger Kurier ... Sonst ist anscheinend niemand verschwunden.“

„Hast du mir übrigens eine Zitrone mitgebracht?“, fragte der Kremlträumer.

„Oh, fast hätte ich es vergessen, natürlich habe ich das!“ Der Soldat zog eine große gelbe Zitrone aus der Tasche seiner Uniformhose und reichte sie dem Alten.

„Danke! Danke, mein Lieber!“ Der Alte freute sich.

Als der Soldat gegangen war, kehrte Banow aus der Laubhütte zurück ans Feuer.

Der Alte zog zwei Löffel aus der inneren Tasche seines Sakkos: einen Suppenlöffel und einen Teelöffel. Den Teelöffel gab er Banow.

„Kommen Sie, wir essen, mein Lieber. Sie haben bestimmt Hunger?“

Als Erstes gab es Borschtsch. Sie schlürften ihn gemeinsam aus einer Schüssel. Der Alte angelte mit seinem großen Löffel alle Gemüseeinlagen und Fleischstücke, und Banow blieb nur die Brühe, weil alles Übrige von seinem Teelöffel immer herunter fiel.

Sie aßen schweigend.

Als sie sich an den Hauptgang machten, usbekischen Plow, wurde der Alte munter. Man muss sagen, dass auch Banow munterer wurde, denn mit dem Teelöffel an den Plow heranzukommen war leichter: nun bekam er sowohl vom Reis als auch vom Fleisch etwas ab.

„Was werden Sie jetzt weiter machen?“, fragte der Kremlträumer, Plow kauend.

„Ich gehe wieder nach oben ...", sagte Banow unsicher, obwohl er sich noch nicht konkret vorstellte, wie er das alles bewerkstelligen könnte, denn es war ihm klar, dass er unterwegs zu den Wiesen unter dem Kreml nur durch ein Wunder nicht erwischt worden war. Ein zweites Mal rechnen aber nicht einmal Dummköpfe mit einem Wunder.

„Bleiben Sie hier", sagte plötzlich der Alte. „Was gibt es denn oben für Sie zu tun?"

Erstaunt blickte Banow den Alten an.

„Sonst erwischt man Sie noch ...", fuhr der Kremlträumer fort. „Wie heißen Sie eigentlich?"

„Wasil Wasiljewitsch Banow."

„Na, also, Wasilij Wasiljewitsch, was haben Sie dort oben zu tun? Bleiben Sie! Wir werden reden und träumen. Vielleicht schreiben wir ein paar Thesen zusammen auf?"

Banow zuckte die Schultern.

„Ich habe dort noch die Genossin Klara ...", sagte er.

„Ach wissen Sie, ich habe dort auch noch viele Genossen ... Aber das macht doch nichts ..."

Zum Nachtisch gab es für sie ein festes Gelee von Moosbeeren.

Sie stachen es mit den Löffeln ab, der Alte mit seinem Suppenlöffel und Banow mit seinem Teelöffel.

Über ihnen schien die Sonne. Am strahlend blauen Himmel flogen Vögel, und einer von ihnen, eine Lerche, flog weit hoch hinauf, höher als die anderen, und begann so wunderschön dort zu singen, dass der Alte und Banow ihr versunken lauschten.

„Siehst du, wie schön es hier ist", sagte der Kremlträumer danach. „Kein normales Leben, sondern schlichtweg das Paradies! Bleib hier!"

Banow, durch das Lied der Lerche weich geworden, nickte zustimmend.

Kapitel 26

Der Frühlingsatem begann mit trockenen Maiwinden. Zwei Gewitter donnerten über das Neue Gelobte Land, und dann wurde es wieder trocken. Das Grün der Felder aber verlor nicht seinen Glanz, und der kleine Fluss, der zwischen dem Hügel und dem Wald dahineilte, trocknete nicht aus; also regnete es an jenen Orten, von wo er kam, und mit der Natur war alles in Ordnung.

Die Siedler arbeiteten von Sonnenaufgang bis Sonnenuntergang. Sie tranken jetzt weniger, denn ihnen blieb keine Zeit. Nur der Brigadier der Bauarbeiter, der auch nach Winterende seine schmutzige Wattejacke noch nicht ausgezogen hatte, lief immer angetrunken, jedoch mit geschäftigem Schritt umher.

Der bucklige Buchhalter war gleichfalls sehr beschäftigt. Mit seinem dicken Heft unter dem Arm und einem Bleistiftstummel in der Hand, kam er einmal aufs Feld, dann wieder in den Stall zu den Kühen, dann auch zu den Bauarbeitern, die mit ihren Schaufeln hinter der Winterküche einen Platz für die künftige Schule ebneten. Er kam und trug in seinem Heft ein, wer wie mit Namen oder Spitznamen hieß. Auf die Fragen der Neugierigen erklärte er, dass er versuche, auf diese Weise den Schwund an Arbeitskräften zu verstehen, die noch im Jahr zuvor zahlreicher gewesen waren und seither abgenommen hatten, ungeachtet der Kinder, die zur Welt gekommen waren und täglich wuchsen.

Alle im Neuen Gelobten Land waren mit ihrem Tun beschäftigt, und nur der Engel allein mit seinen Gedanken. Er dachte über vieles nach, und wenn er es mit den Gedanken nicht mehr aushielt, ging er mal in den Kuhstall, um seine Hilfe anzubieten, dann wieder zu den Bauarbeitern. Im Stall gab man ihm gewöhnlich frische, kuhwarme Milch statt Arbeit, während die Bauarbeiter, im Unterschied zu den Melkerinnen, für den Engel eine Beschäftigung fanden – er sollte alle Arten Entfernungen auf der Hügelkuppe mit

Schritten abmessen. So schritt der Engel mit gemessenem Schritt einmal von dem einen in die Erde gesteckten Pfahl zu dem anderen, dann wieder umgekehrt. Und danach, wenn er drei Mal die Anzahl seiner Schritte überprüft hatte, ging er zu dem Brigadier oder, wenn dieser nicht da war, irgendeinem Bauarbeiter und sagte ihm, wie viele von diesen Schritten es geworden waren.

So verging die Lebenszeit im Neuen Gelobten Land. Die Tage verstrichen, ungeachtet ihrer Länge, schnell, und jedes Mal, wenn ein Tag verklungen war, zog ein tiefblauer Abend über den Hügel und seine Umgebung, entzündete Sterne und regte alle zum Schlafen oder zu ruhigen Gesprächen an.

Wieder hatte das Sonnenlicht einen Tag ausgeatmet, zur Erde gelegt und mit einer dunkelblauen Decke voll leuchtender Sterne zugedeckt.

Als der Engel sah, wie um ihn herum das Treiben erstarb, wollte auch er zu seiner Schlafbank gehen. Doch da kehrten die Gedanken wieder, und es waren die unruhigsten von allen – die über die Lehrerin Katja. Und der Engel verließ den von Menschen bewohnten Kuhstall, in dem er lebte. Er ging hinaus, wanderte über den Hügel und blieb an seinem Abhang stehen: er blickte hinunter, wo an dem geheimnisvoll schimmernden Flüsschen trüb das Fenster im Haus des Ofensetzers Sachar leuchtete.

Der Engel dachte an das Gespräch, das er dort, unter diesem Fenster mitangehört hatte. Er betrachtete die Sterne, freute sich an ihnen und stieg den Pfad hinab, der zu dem Haus des Räuchermeisters führte.

Er trat ans Fenster, blieb stehen und horchte. Und vernahm unterdrückte Stimmen. Es kümmerte den Engel nicht, worüber dort gesprochen wurde, er versuchte die Worte nicht zu verstehen, die die beiden Redenden wechselten. Er wollte einfach in das Haus gehen, sich an den Tisch setzen und warten, bis sie ihn nach seinen Gedanken fragten.

Er klopfte an die Tür.

Das Gespräch stockte und erstarb. Dafür ertönten schwere Schritte. Die eiserne Klinke knackte, und die Tür ging auf.

„Engel?“, sagte Sachar ein wenig erstaunt, während er den Besucher genau ansah. „Willst du etwas essen?“

„Nein. Ich komme nur so.“

„Na, dann komm rein.“

So erfüllte sich der Wunsch des Engels. Er saß an eben jenem Tisch, und bei ihm saßen der einhändige Pjotr und Sachar. Sie saßen da und schwiegen, während sie den Engel ansahen.

Endlich seufzte Sachar tief und bemerkte: „Gestern ist Demid Polubotkin gekommen. Sagt: Ich singe dir was, und du gibst mir eine Keule! Da sage ich ihm: Wie kann denn das angehen, ein Lied für eine Keule?“

„Ja, ja ...“, nickte Pjotr zustimmend.

Der Engel sah bestürzt den Räuchermeister an.

Als Sachar diesen Blick bemerkte, wandte er sich dem Engel zu und erklärte: „Verstehst du, der Bucklige hat ihm eine Norm festgelegt, damit er Nutzen bringt. So hat er es direkt in sein Heft eingetragen: Tagesnorm – den Kindern Musik beibringen und fünf Lieder singen. Da hat er sich nun irgendwie gedacht, wenn er mehr Lieder singt, dann bekommt er auch mehr als die anderen ...“

„Ist für dich auch eine Norm eingetragen?“, fragte Pjotr nachdenklich Sachar.

„Ja, ich habe es selbst gesehen. Da steht es so: Tagesnorm – Fleisch räuchern ...“

„Wie viel Fleisch du räuchern sollst ist nicht eingetragen?“, bohrte der einhändige Pjotr weiter.

„Nein, nein, wenn da steht Tagesnorm, dann heißt das, den ganzen Tag räuchern ...“

Den Engel interessierte dieses Gespräch nicht allzusehr, und er heftete seinen Blick auf die Öllampe, die an einem Haken von der Decke hing und trübe, aber beharrlich leuchtete.

Ein Falter flatterte um die Lampe herum.

„Siehst du“, sagte Sachar und blickte ebenfalls zu der Lampe. „Er will zum Licht!“

Der angenehme warme Duft von geräuchertem Fleisch wehte durch die Luft.

Pjotr rutschte auf seinem Hocker hin und her und wandte den Kopf.

„Ich glaube, es ist fertig!“, sagte er.

„Ja, ja, wird wohl fertig sein“, brummte Sachar, wobei er sich erhob.

Da erhob sich auch Pjotr, und eilig verließen sie den Tisch. Irgendwo ganz nah hinter der Wand klangen ihre Stimmen und ihr Stöhnen: Dann fiel etwas zu Boden, und Sachar fluchte. Zur Antwort ertönte beschwichtigend die Stimme von Pjotr.

Der Engel saß nun allein am Tisch. Die Gedanken waren fort. Sein Herz war leicht, aber nicht froh.

Nach fünf Minuten kamen Sachar und Pjotr zurück. Sachar stellte eine Schüssel mit einem Stück Räucherfleisch in die Mitte des Tisches und legte drei Messer mit hölzernen Griffen daneben.

„So lecker ist es bisher noch nie geworden!“, sagte er mit Stolz. „Das kommt natürlich alles vom Holz. Davon, was für Holz du auflegst: Wenn es Geruch hat, dann geht dieser Geruch beim Verbrennen ins Fleisch über und gibt Geschmack. Und diesmal habe ich noch Blätter von wilden Himbeeren drangetan ...“

Er nahm eines der Messer, stach zuerst in das Fleischstück hinein und schnitt dann so, dass eine Scheibe sich von ihm löste und aus der Schüssel auf den Tisch fiel. Mit kräftigen, dicken Fingern nahm Sachar es und begann konzentriert zu essen.

Kapitel 27

Der Frühling hinter dem Ural gewann zusehends an Kraft. Während Mark Iwanow von einem Städtchen des Hinterlandes ins andere reiste, genoss er den Anblick des Grüns, der Wald- und Wiesenblumen und freute sich, wenn er den Gesang der Lerchen und einfach die Rufe der wilden Vögel hörte. In den Nächten, wenn er oft vom Ächzen des Drahtgeflechts unter der Matratze aufwachte, lag er reglos da, hielt den Atem an und horchte auf die Stille, die manchmal von den Geräuschen der Natur durchbrochen wurde: vom Wind, vom Regen oder einem unsichtbaren Tier. In manchen Arbeiterwohnheimen oder in Bauernhäusern, in denen sie übernachteten, hausten Mäuse. Dort lauschte Mark in den Nächten ihrem hastigen Getrappel und ihrem Piepsen. Irgendwie hatte er sich mit seinem schweren Leben abgefunden und hatte sich sogar abgefunden mit der Augenbinde aus dunklem Stoff.

Der Krieg ging nun schon ins fünfte Jahr. Fünf Jahre lang waren er und Kusma über die Straßen des Krieges gezogen. Zwar führten ihre Straßen seit der Verwundung nicht mehr an der Front entlang, sondern durch das Hinterland, leichter wurde es jedoch dadurch nicht.

Auch in dieser Mainacht lag Mark in einer kleinen Kammer im zweiten Stock eines Arbeiterwohnheims irgendeiner Fabrik. Neben ihm schnarchte sein Hüter Parlachow, auf dem Tisch schlief der Papagei Kusma in seinem Käfig.

Mark lag hingegen da, mit angehaltenem Atem, und lauschte der Stille. Er lag unter dem Fenster, und schrecklich gern wäre er aufgestanden und hätte durch dieses kleine Fensterchen hinaus geschaut, doch Mark fürchtete das Quietschen des Drahtgeflechts unter der Matratze, fürchtete, den Papagei zu wecken, der Erholung ebenso nötig brauchte wie die Menschen. Er fürchtete auch, Parlachow zu wecken.

Die Stille war durchsichtig, wie aus Kristall. Außerdem war sie warm und, so schien es dem Künstler, geradezu zärtlich. Er lauschte auf sie und erinnerte sich an seine Kindheit und auch an die Jahre vor dem Krieg. Er erinnerte sich an alles Schöne und selbst das weniger Schöne. Er erinnerte sich, wie er einmal im Zug in einem Abteil gereist war, das von Erdöl durchtränkt gewesen war. Damals, und das war vor dem Krieg, war Mark über dieses verschüttete Erdöl ganz verzweifelt gewesen. Doch jetzt erinnerte er sich leichthin an alles und musste sogar wehmütig lächeln.

Parlachow regte sich und schnarchte lauter, nach fünf Minuten verstummte er wieder und schnaufte nur noch ein wenig.

Mark hatte den Augenblick genutzt und sich auf sein Bett gestellt, er beugte sich zum Fenster. Über sich sah er den tiefblauen Himmel mit goldenen Mustern aus Sternen. Mark versuchte einzelne Sterne zu erkennen, doch das gelang ihm nicht – die Augen fingen zu schmerzen an, und er schloss sie eine Zeitlang, während er sich mit den Händen am Fensterbrett festhielt. Dann schlug er sie wieder auf und sah zum Himmel hinauf. Wieder waren goldene Muster aus Sternenansammlungen zu sehen, die Sterne selbst konnte Mark jedoch nicht unterscheiden.

‚Etwas ist mit meinen Augen', dachte er. ‚Ich werde nach dem Krieg zum Arzt gehen müssen ...'

Er sank wieder auf sein Bett und versuchte einzuschlafen.

Zu dieser Zeit löste sich vor dem Fenster ein Stern vom Himmel, und er flog lange herunter zur Erde, bis er irgendwo weit entfernt von diesem Städtchen hinter dem Ural auf der Erde aufschlug. Er zersprang, wobei er den sich in der Nähe erstreckenden Wald wachrüttelte und das Dorf aufweckte, das hinter dem Wald seinen Platz gefunden hatte. Im Dorf bellten die Hunde los. Jemand trat mit einer brennenden Kerze in der Hand vor die Tür. Doch da war es schon wieder still geworden, und die Nacht setzte sich fort.

Am Morgen fiel ein Sonnenstrahl als leuchtend gelber Fleck auf den Holzboden ihres Zimmers. Ein neuer Tag begann.

Nach dem Frühstück in der Kantine des Wohnheims machten Mark, der Papagei und Parlachow sich auf zur Fabrik N, die außerhalb der Stadt lag.

Die Vögel sangen, und der Atem des Windes war warm.

Krähen und Tauben kreisten über den Dächern der grauen Häuser.

Kusma in seinem Käfig, der über der Erde baumelte, drehte froh den Kopf nach allen Seiten, als er rings um sich her nicht den Mantelstoff des Futterals, sondern wahres, lebendiges Leben sah.

Der Fabrikzaun kam in Sicht, und Mark zog fügsam die Augenbinde über und hakte sich bei Parlachow ein.

Ein Tor quietschte. Mark hörte, wie Parlachow bei einem Wächter erfragte, wie sie zum Kulturraum kämen.

Es folgten die üblichen blindlings genommenen Biegungen und Stufen. Und dann war da schon die unsichtbare Bühne. Kusmas Krallen gruben sich ihm in die rechte Schulter, während Parlachow flüsterte:

„Du musst noch einen Augenblick warten!"

Und Mark wartete.

„Los!", kommandierte abermals flüsternd sein Hüter.

„Trag vor, Kusma!", gab Mark, den Kopf nach rechts gewandt, das Kommando weiter.

„Auf frischgepflügtem Felde fiel –",

deklamierte Kusma,

„ein ernster Bursche aus der Hauptstadt.
Langsam glitt seine Mütze still
vom kugeldurchbohrten Kopf ab.
Kein Blick ging mehr zum leeren Himmel,
und als er sein nahes Ende spürt ..."

Plötzlich stürzte jemand in den für Mark unsichtbaren Kulturraum herein. Türenschlagen und ein durchdringender

Schrei erklang, unklar, ob von einem Mann oder einer Frau: „Genossen! Sieg! Sieg, Genossen!"

Das unsichtbare Publikum sprang auf, wobei es die Stühle umwarf. Ein Tumult entstand.

Wie betäubt hob Mark, ohne auf den weiter deklamierenden Papagei zu achten, die Arme und hielt sie sich vors Gesicht, weil er nicht wusste, was er mit ihnen tun sollte. In seinem Innern tobte ein wild gewordenes, glückliches Tier, und er wusste nicht, wie er es herauslassen sollte. Da rissen die Hände von selbst die Binde von den Augen, und er kniff die Augen zu, von den plötzlich auftauchenden roten Wänden des Kulturraums geblendet. Er schlug die Hände vor die Augen, dann nahm er sie ganz langsam fort. In dem Raum war es menschenleer. Nur Holzstühle und -hocker standen und lagen herum, die die Zuhörer zurückgelassen hatten. An den Wänden hingen Plakate voll weinender Mütter und streng dreinblickender Verteidiger der Heimat.

Mark stieg hinkend von der Bühne und las diese Plakat-Aufrufe, er las jedes Wort, das über und unter ihnen geschrieben stand. Wie lange hat er nichts mehr gelesen. Es wunderte ihn geradezu, dass er nach diesen Jahren des Krieges, der soeben für ihn zu Ende gegangen war, wieder normal leben würde, ohne Binde vor den Augen, ja dass er Bücher und Zeitungen lesen würde.

Hier, da war auch noch ein Aufruf an die Kämpfer des Hinterlandes ...

Plötzlich spürte Mark jemandes Blick in seinem Rücken und drehte sich um.

Parlachow sah ihn vom Türrahmen her vorwurfsvoll an.

Jemand huschte hinter dem Hüter vorbei, und allmählich verstummten die raschen Schritte eines Menschen, der durch den Korridor lief. Danach tutete die Fabriksirene.

„Sieg!", sagte Mark leise, dabei sah er Parlachow lächelnd an.

Parlachow schwieg.

Dann seufzte er tief und fragte:

„Wer hat Ihnen erlaubt die Binde abzunehmen?“

Mark sah sich um und versuchte diese Binde zu finden, doch sie war nirgends zu sehen.

„Sie verstehen doch, dass Sie in einem Verteidigungsbetrieb sind?“

„Aber jetzt ist doch der Sieg ...“, sagte Mark hilflos.

Langsam gingen sie zurück. Mark war sich seiner Schuld bewusst, und doch machte ihn das Wetter gleichzeitig unendlich froh; er blinzelte in die Sonne, während er im Gehen zu Parlachow hinüber sah. Parlachow dagegen schritt finster aus.

Als sie wieder in der Stadt waren, kehrten sie in ihr Zimmer zurück.

„Ich muss über den Vorfall berichten“, sagte sein Hüter abweisend, nachdem er sich in seinen Kleidern auf seinem Bett ausgestreckt hatte. „Verstehen Sie, was das bedeutet?“

„Vielleicht tun Sie es nicht? Heute ist doch der Tag des Sieges!“, meinte Mark.

Parlachow dachte in diesem Augenblick ebenfalls an den Sieg. Was würde er bringen? Das Glück eines gewöhnlichen Lebens? Dann konnte er nach Moskau zurückkehren, ins heimatliche ZK, wo ihn seine interessante Arbeit erwartete. Wenn es nur bald soweit wäre!

Danach sah er Mark an. Nun schon ohne Ärger, eher mit Mitgefühl.

‚Vielleicht muss ich es wirklich nicht berichten?‘, dachte Parlachow. ‚Vielleicht hat es ja niemand gesehen?‘

Kapitel 28

Vor dem Fenster tobte ein Maigewitter. Blitze verscheuchten die nächtliche Dunkelheit über dem kleinen Städtchen im Hinterland, das hellhörig und unruhig schlief.

Der einsame Gasik-Jeep einer Armeepatrouille ließ das Wasser der Pfützen auf den Pflasterstraßen aufspritzen.

Der Fahrersoldat gähnte, und gleich nach ihm gähnte jedes Mal auch der Unterleutnant, der neben ihm saß.

„Halt an!", befahl der Unterleutnant. „Lass uns ein wenig stehen bleiben ... Falls ich einschlafe, weckst du mich in einer halben Stunde."

Der Unterleutnant drehte sich von seinem Fahrer fort und versuchte einzuschlafen. Doch da krachte aufs Neue ein Donnerschlag und gleich darauf bohrte sich irgendwo nicht sehr weit entfernt grell aufleuchtend ein Blitz in die Erde.

Der Unterleutnant schlug die Augen auf und erblickte das Licht einer Kerze im Fenster des Hauses gegenüber.

„Wanja", sagte er, „nimm die Waffe, wir gehen hin und sehen nach. Hier kann jemand nicht schlafen."

Der Offizier spähte ins Fenster hinein, und der Eifer in seinen Augen erlosch sogleich: Nichts Verdächtiges war dort zu sehen. Es saß ein älterer Mann an einem Tisch im Schein der Kerze und kaute ein Stück Brot, das er vor jedem Biss in einen Salznapf stippte.

Wieder krachte ein Donnerschlag, und nachdem er einen vorsichtigen Blick zum Himmel geworfen hatte, klopfte der Unterleutnant an das kleine Fenster.

Der Mann hob den Kopf, er trug die Kerze dicht an die Scheibe heran, und dann nickte er.

Knarrend öffnete sich die Tür.

Im Zimmer bat der Mann die Soldaten, dass sie keinen Lärm machen sollten, wobei er mit der Hand auf einen Menschen wies, der auf einem Bett an der Wand lag und schlief.

Zu dritt setzten sie sich um den Tisch. Der Mann schnitt den beiden Soldaten ein Stück Brot ab, und nun kauten sie das Brot zu dritt und tunkten es abwechselnd in den Salznapf.

„Sie können wohl nicht schlafen?“, fragte schließlich der Unterleutnant leise.

„Der Schlaf will einfach nicht kommen“, nickte der Mann.

„Wie heißen Sie?“, fragte der Unterleutnant.

„Pawel Dobrynin.“

„Ich bin Fjodor Jegorow, und das“, der Offizier wies mit dem Kopf auf den einfachen Soldaten, „ist Schenja Soldatkin.“

Sie aßen jeder noch ein Stück Brot, schweigend, nur mit Blick auf die brennende Kerze.

„Halb fünf“, flüsterte der Offizier. „Wir müssen los.“

Sie standen auf, drückten Pawel die Hand und gingen.

Der Volkskontrolleur blies die Kerze aus, aber dann blieb er noch am Tisch sitzen.

Das Gewitter ließ nach, es war irgendwohin ins Umland weiter gezogen. Vor dem Fenster leuchteten ferne Blitze auf, und der Donner brachte die Scheiben nun schon nicht mehr zum Klirren.

Bald würde der Tag anbrechen, und er würde Dmitrij wecken müssen, damit sie rechtzeitig zur ersten Essensausgabe in die Arbeiterkantine der Mantelwerkstätten kämen.

Morgens schien am reinen, wolkenlosen Himmel die Sonne. Pawel und Dmitrij waren auf ihrem Weg zur Arbeiterkantine. Das Städtchen war bereits aufgewacht. Den Kontrolleuren kamen Frauen von der Nachtschicht entgegen, erschöpft, bereit, gleich auf der Straße umzufallen und einzuschlafen.

Dobrynin blickte ihnen mitfühlend hinterher.

„Weißt du“, sagte er zu seinem Gehilfen, „wäre da nicht diese Schlaflosigkeit, würde ich sagen, das ist hier Urlaub für uns, und keine Arbeit.“

Dmitrij zuckte die Schultern und spürte im selben Augenblick einen leichten Schmerz in den Muskeln.

„Ja“, sagte er. „Es ist natürlich etwas Anderes, als Gasmasken zu prüfen ...“

Pawel hörte aus Dmitrijs Ton deutlich heraus, dass der nicht einverstanden war, aber er sagte nichts.

In der Kantine stand vor dem Fenster der Essensausgabe bereits eine Schlange.

Als sie sich sattgegessen hatten, machten sich der Volkskontrolleur und Waplachow zu den Mantelwerkstätten auf, die im Schulgebäude untergebracht waren.

Die Sonne sengte mit aller Kraft. Das Gras, das das nächtliche Gewitter zur Erde gedrückt hatte, richtete sich wieder auf. Spatzen zwitscherten, und magere Tauben, die auf Hausdächern saßen, gurrten etwas vor sich hin.

In dem Raum, den man den Kontrolleuren zugewiesen hatte, war es feucht und kühl, daher öffnete Dobrynin als Erstes beide Fenster weit und ließ die Sonnenstrahlen herein. Waplachow ging unterdessen, um die fertige Produktion zu holen. Als er zurückkam, warf er zwei Bündel mit Uniformmänteln auf den Holzboden, die in der vergangenen Nacht genäht worden waren.

„Gibt es noch viele dort?“, fragte Dobrynin.

„Fünf von solchen.“

„Was hilft es“, seufzte Dobrynin. „Los, an die Arbeit.“

Dmitrij zog aus einem Schränkchen unter dem Fenster ein paar Scheren und Messer heraus, nahm einen Schleifstein vom Fensterbrett und schliff ihr Werkzeug nach.

Pawel band das erste Bündel auf. Er entrollte den obersten Mantel und untersuchte ihn aufmerksam, danach zog er ihn an und versuchte die Hände in die Taschen zu stecken. Da nahm sein Gesicht den gewöhnlichen Arbeitsausdruck an – einen Ausdruck der Unzufriedenheit. Die rechte Tasche war zugenäht. Dobrynin zog den Mantel aus, übergab ihn Dmitrij und äußerte knapp: „Rechts!“

Waplachow hielt bereits die Schere in der Hand. Er hatte sich auf einen Hocker gesetzt und begann die Naht aufzutrennen, während Pawel schon den zweiten Mantel untersuchte.

„Das ist keine Ausschussware“, sagte Dmitrij plötzlich. „Schau!“

Dobrynin hob den Kopf und erblickte ein Päckchen Papirossi-Zigaretten in den Händen seines Gehilfen.

„Hier ist auch noch ein kleiner Brief“, ergänzte Waplachow.

„Was steht da?“

„‚Dem unbekannten Helden von Tanja Seliwanowa‘“, las Waplachow vor.

„Leg das alles auf das Schränkchen, darum kümmern wir uns später“, verfügte der Volkskontrolleur und schob seine Hände in die Ärmel des zweiten Mantels.

Bis zum Mittagessen hatten sie drei Bündel Mäntel kontrolliert, zehn Stück pro Bündel. Vier Mäntel waren Ausschuss und lagen in der hinteren Ecke. Auf dem Schränkchen prangten ein paar Päckchen Papirossi, gleich daneben lagen die Begleitbriefchen.

Zum Mittagessen gab es dicke Kohlsuppe und Perlgraupenbrei.

Dobrynin hatte in kurzer Zeit alles aufgegessen und schlürfte nun ohne Hast ein wenig von der sehr flüssigen Roten Grütze, wobei er die Mittag essenden Arbeiterinnen der Mantelwerkstätten betrachtete.

Waplachow aß langsam und sah seinen Genossen und Chef aufmerksam an. Als er mit der Kohlsuppe fertig war, sagte er: „Ich glaube, dass sie nicht hier ist.“

„Warum?“, fragte Dobrynin verwundert.

„Wenn sie heute Nacht gearbeitet hat, dann schläft sie jetzt.“

„Ja.“ Dobrynin nickte. „Wahrhaftig. Wie hast du denn erraten, dass ich gerade an sie gedacht habe?“

Der Urku-Jemze lächelte.

„Wir sind ein kluges Volk“, sagte er, und ein eigensinniger Stolz leuchtete plötzlich in seinem Blick.

„Das mag schon so sein“, dämpfte ihn Dobrynin. „Aber wo wärst du denn jetzt, wenn ich dich nicht im Tausch für ein paar Lebensmittel gerettet hätte?“

Waplachow senkte den Kopf, jede Fröhlichkeit und jeder Stolz waren aus seinem Gesicht verschwunden.

„Schon gut", sagte Dobrynin und trank seine Rote Grütze auf einen Schluck aus. „Denn ich, weißt du, würde ja ohne dich auch längst nutzlos im nördlichen Eis stecken. Aber so sind wir beide am Leben ... und wir sind zusammen ..."

Der Urku-Jemze nickte, und ein verlegenes Lächeln kehrte auf sein Gesicht zurück.

„Was wirst du denn zu ihr sagen?", fragte er den Volkskontrolleur.

Dobrynin dachte nach.

„Schimpfen darf man nicht mit ihr", überlegte er laut. „Sie macht es doch für den Sieg ... Aber sie soll wenigstens die Taschen nicht zunähen ... Obwohl, wenn sie sie nicht zunäht, nehmen sich die Diebe in der Materialverwaltung die Zigaretten, und das bedeutet, sie gelangen nicht zu ihrer Bestimmung, dem unbekannten Helden ... Tja ..."

„Schwierig?", fragte Waplachow.

„Schwierig ..."

Nach dem Essen gingen sie aufs Neue ihrer Arbeit nach. Dobrynin untersuchte und bestimmte, und Waplachow trennte unnütze, überflüssige Nähte auf. Mehr als einmal waren die scharfen Messer und Scheren bereits abgerutscht und hatten ihre Spuren an den Fingern und Händen des Urku-Jemzen hinterlassen. Aber er schwieg geduldig. Er schwieg und tat seine Arbeit wie das ganze sowjetische Volk, während er nur an den Sieg und ein klein wenig an diese junge Frau dachte, Tanja Seliwanowa, die so selbstlos ihre Kopeken für Zigaretten für unbekannte Soldaten ausgab.

Sie beendeten die Arbeit gegen elf Uhr abends. Draußen war es schon dunkel, die Leute schlossen die Fenster.

Dobrynin taten die Handgelenke und Schultern weh, Waplachow schmerzten die Finger.

Schweigend gingen sie zu dem Häuschen, das man ihnen zugeteilt hatte, und das nur aus einem Zimmer mit einem Fenster und einem kurzen Flur bestand. Sie tranken Tee.

„Ich werde schlafen." Waplachow stand von dem Tisch auf und blickte Dobrynin fragend an. „Willst du wieder nicht?"

„Wenn der Krieg zu Ende ist", sagte Dobrynin träumerisch. „Dann komme ich nach Moskau, trinke Tee mit dem Genossen Twerin, und danach fahre ich nach Hause zum Schlafen. Und dann werde ich wohl ganze Tage lang schlafen ..."

„Na dann, gute Nacht." Das Bett knarzte unter Waplachow. „Du könntest dich aber doch wenigstens ein bisschen hinlegen ..."

Pawel antwortete nicht. Er zog den Salznapf zu sich heran und prüfte, ob es noch Salz darin gab. Dann holte er unter dem Tisch einen Leinensack hervor und zog ein verschimmeltes Stück Brot heraus. Er nahm ein Messer und schnitt den ganzen Schimmel ab, wonach er sich eine Scheibe herunterschnitt und das restliche Brot zurücklegte.

Stille hing in dem Zimmer. Waplachow war offenbar bereits eingeschlafen.

Dobrynin stand auf und trat auf Zehenspitzen an sein Bett, beugte sich darüber, zog aus dem dort liegenden Reisesack das Büchlein heraus, das Genosse Twerin ihm geschenkt hatte, und kehrte ebenso behutsam zum Tisch zurück. Er zog die brennende Kerze zu sich her.

Die Seiten des Buches raschelten, und auf einmal konzentrierte sich Dobrynin und hörte zu blättern auf. Er ging ein paar Seiten zurück, beugte sich vor und betrachtete aufmerksam eine Illustration zu einer der Geschichten.

Die Erzählung hieß „Lenin und Twerin", und über dem Titel befand sich das farbige Bild dieser beiden großartigen Menschen.

Dobrynin studierte zuerst das Porträt von Genosse Twerin. Er war auf dem Bild ein noch ganz junger Bursche, gänzlich bartlos, in kariertem Sakko und Bauernhemd. Neben ihm stand Genosse Lenin in seinem braunen Anzug mit Weste. Twerin war gelockt und Lenin war gänzlich kahl.

Pawel erinnerte sich an seine letzte Begegnung mit dem Genossen Twerin und daran, wie schlecht er ausgesehen hatte: bleich war er gewesen, mit eingefallenen Wangen und schiefem Spitzbart; und dieser riesige, lose an ihm schlackernde Uniformmantel ...

‚Er braucht den Mantel ein paar Nummern kleiner!', dachte Dobrynin unvermittelt.

Und während er an Twerin dachte, blickte er in die Flamme der Kerze, die er bereits doppelt sah. Er blickte in diese Flamme und biss in das Brot, das er ins Salz zu tunken vergaß.

Auf einmal war die Erstarrung vorbei. Er legte das Brot auf den Tisch neben den Salznapf und sah in das aufgeschlagene Buch. Er wollte lesen, und auch echte Neugier regte sich in dem Volkskontrolleur. Immerhin kannte er einen der Helden der Erzählung persönlich, war vielleicht sogar befreundet mit ihm. Und, o erstaunliches Leben!, sein Genosse war zu seiner Zeit mit dem Genossen Lenin befreundet gewesen. ‚Wenn Lenin noch lebte', überlegte Dobrynin, ‚dann wäre ich wohl auch mit ihm bekannt ...'

Bei diesem Gedanken überlief den Rücken des Volkskontrolleurs eine Gänsehaut.

Er vertrieb alle Gedanken und begann zu lesen. Dabei legte er sich die rechte Hand vor den Mund, damit sein eigener Atem die Kerze nicht daran hinderte, die Worte und Buchstaben dieser Erzählung zu beleuchten:

Es lebten einmal zwei Genossen. Einer hieß Lenin, der andere Twerin. Beide waren klug und schön und aus guten Familien. Eines Tages reisten sie in den Ferien nach Deutschland. Das war noch vor dem Ersten Weltkrieg. Dort fuhren sie umher und sahen sich alles an. Eben dort bemerkte Genosse Twerin eine Ungerechtigkeit, er sah sie und zeigte sie Lenin. Und schlug gleich vor, diese deutsche Ungerechtigkeit zu korrigieren. Lenin aber war besonnen. „Nein", sagte er. „Zuerst schafft man zu Hause Ordnung, und dann erst auf der Straße!" So beschlossen es die beiden Genossen dann auch. Vor der Zeit kehrten sie nach Russland zurück, um alles zu überdenken. Da verabrede-

ten sie dann miteinander, dass, wenn einer von ihnen starb oder im Kampfe fiel, der andere die Sache auf jeden Fall zu Ende führen sollte. Und so geschah es auch. Genosse Lenin starb an einer feindlichen Kugel, und Genosse Twerin vergaß sein Versprechen nicht und führt nun schon viele Jahre die Sache zu Ende.

Als er fertig gelesen hatte, verstand Dobrynin den zweifachen Sinn dieser Erzählung. Es bedeutete als Erstes, dass man jede Sache zu Ende führen musste, und zweitens ging es um die Ordnung zu Haus und auf der Straße. Dobrynin fiel ein, dass auch sein Vater immer gern gesagt hatte: „Das Ende ist der Sache Siegerkranz."

Da klappte Dobrynin das Buch zu, schob es an den Rand des Tisches, stippte die nicht aufgegessene Scheibe Brot nun in den Salznapf und begann versonnen zu kauen.

Die Nacht nahm ihren Fortgang. Sie war trocken und still.

Waplachow schnaufte kaum hörbar von Zeit zu Zeit.

‚Was für Gedanken wohl durch diesen grauen Kopf wandern?', dachte der Volkskontrolleur.

Danach blies er die Kerze aus und blieb in vollkommener Dunkelheit am Tisch sitzen, während er einer fernen, fremden Grille lauschte.

Am nächsten Tag, beim Mittagessen in der Kantine, sahen Dobrynin und Waplachow Tanja Seliwanowa. Sie tranken bereits ihr flüssiges Kompott, als ein ganz kleines Mädchen von etwa zehn Jahren in die Kantine hereinschaute und mit dünnem Stimmchen rief: „Tanja Seliwanowa zur Leitung!" Im nächsten Augenblick erhob sich hinter dem Tisch, der am nächsten zur Tür stand, eine hochgewachsene, füllige junge Frau mit kurzem rotem Haar. Der dunkelblaue Arbeitsanzug stand ihr sehr gut.

„Ich komme!", sagte sie zu dem kleinen Mädchen, das schon hinter der Tür verschwand.

Dobrynin und Waplachow sahen sich an.

An diesem Abend beendeten sie ihre Arbeit früher – zusammen mit der ersten Schicht. Nachdem sie alle Zigarettenpäckchen, die sie aus den Taschen herausgefischt hatten, in ein Papier gewickelt hatten, gingen sie hinaus und stellten sich an den Arbeiterinneneingang zu den Mantelwerkstätten. Lange mussten sie nicht warten. Tanja Seliwanowa kam als eine der ersten heraus. Anstelle des blauen Arbeitsanzugs trug sie einen sehr hübschen fliederfarbenen Kleiderrock.

„Genossin Seliwanowa!", rief Dobrynin sie an.

Die junge Frau blieb stehen und blickte fragend auf den unbekannten Mann, der ihr in den Werkstätten bereits öfter einmal begegnet war.

„Ich bin Volkskontrolleur Dobrynin, und dies ist mein Gehilfe, Genosse Waplachow."

Die junge Frau wurde nervös.

„Machen Sie sich keine Sorgen, wir würden nur gern mit Ihnen sprechen", sagte Dobrynin schon weicher.

„Habe ich Ausschuss produziert?", fragte Tanja erschrocken.

„Nun ja, also nicht ganz." Dobrynin seufzte. „Aber ... kommen Sie mit zu uns, dann sprechen wir darüber!"

Während sie die Straße entlang liefen, ging Tanja alles Mögliche durch den Sinn. An einer Stelle hätte sie sich sogar am liebsten in einen Hofdurchgang gestürzt und wäre weggelaufen, so weit sie konnte. Aber alles kam anders, als sie es erwartet hatte.

Nachdem sie das kleine Häuschen betreten hatten, baten die beiden Männer sie als Erstes, sich an den Tisch zu setzen, dann begannen sie geschäftig Tassen herauszuholen, den Petroleumkocher anzuzünden und einen Teekessel aufzusetzen.

Und alle Ängste und Befürchtungen vergingen vollends, als Genosse Waplachow, ein, so schien es, noch junger, doch schon vollkommen ergrauter, angenehmer Mann, ihr plötzlich zuzwinkerte, während Dobrynin, vor seinem Bett kauernd, in einem Reisesack wühlte.

Endlich saßen alle drei um den Tisch. Das Wasser kochte, und sie überbrühten den Tee direkt in den Tassen. Dobrynin streckte den Arm aus und stellte eine Blechdose mit raffiniertem Zucker vom Fensterbrett auf den Tisch. Darauf erhob er sich, nahm von einem Schränkchen ein Päckchen und hielt es der jungen Frau hin.

Sie wickelte das Päckchen aus, und verlegene Röte schoss ihr in die Wangen.

„Es ist ja nicht schlimm", sagte Dobrynin, wobei er Tanja ansah. „Wir verstehen ja, dass das alles für den Sieg ist ..."

Die junge Frau schwieg mit gesenktem Blick.

„Aber die Sache ist die, dass wir keine Mäntel mit zugenähten Taschen an die Front schicken können ...", sagte Dobrynin, sich gleichsam rechtfertigend. „Wir haben niemandem etwas gesagt, wir wollten nur mit dir sprechen, Tanja ..."

„Sie haben wirklich nichts gesagt?" Tanja hob den Blick zu Dobrynin. „Auch die Sasonowa weiß nichts?"

„Niemand weiß etwas", fügte Waplachow ein.

„Und vielleicht wird niemand je etwas erfahren", ergänzte Dobrynin. „Aber dafür musst du aufhören, Taschen zuzunähen."

Die junge Frau wurde traurig.

„Tanja", sprach Dobrynin sanft. „Wir schicken die Papirossi mit der Post, und die Briefchen kannst du einfach in die Taschen legen, die nimmt niemand heraus ..."

„Wirklich?", fragte Tanja und blickte Waplachow an.

Waplachow nickte.

„Aber an wen soll ich die Zigaretten schicken, man muss doch eine Adresse schreiben ...", bemerkte sie nachdenklich.

„Oh, das ist nicht schwierig", entgegnete Dobrynin lächelnd. „Man packt ein Paket und schreibt darauf: ‚Feldpost, Front, für den besten Soldaten', und dort wissen sie schon, wer bei ihnen der beste Soldat ist."

„Ja, aber dann bekommt einer allein alle Zigaretten?", bemerkte Tanja.

„Ja, aber wenn jede junge Frau es so macht wie du", sagte da Waplachow, „dann haben alle Helden an der Front etwas zu rauchen!"

„Du könntest auch auf das Paket deinen Absender schreiben, vielleicht schreibt dieser Soldat dir dann von der Front ...", ergänzte Dobrynin.

Niemals zuvor hatte Tanja Seliwanowa sich so wohl gefühlt wie an diesem Abend, als sie am Tisch mit zwei beinahe unbekannten Genossen saß, die sie mit Tee und Zucker bewirteten. Niemals zuvor war sie so froh im Herzen gewesen, weil sie die eigene Bedeutung im Leben ihres Landes erkannte! Sie trank Tee, sie lächelte und lachte, als ihr der sympathische grauhaarige Mann von einem eigenartigen barfüßigen Volk des Nordens erzählte, denn sie dachte, dass er sie nur zum Lachen bringen wollte. Tatsächlich aber sah und wusste sie bereits, was sie morgen tun musste. Sie sah vor sich, wie sie sich alle in der Mittagspause versammelten, ihre ganze Brigade, und dann würde sie ihre Initiative bekanntgeben: dass jede junge sowjetische Frau, die im Hinterland arbeitete, wenigstens einmal in der Woche Zigaretten für den besten Soldaten an die Front schicken sollte. Wenn alle jungen Frauen des Sowjetlandes das täten, dann würden die sowjetischen Soldaten, die solche Zuwendung und weibliche Zärtlichkeit spürten, den Feind auf einen Schlag besiegen.

Es dunkelte schon, als Dobrynin, der Tanja zu ihrem Wohnheim begleitet hatte, sich wieder auf den Heimweg machte.

Auf der Straße war niemand, nur der Klang seiner Stiefel, die auf das Kopfsteinpflaster schlugen, rief ein unruhiges Echo hervor.

Plötzlich ertönte von irgendwo das Heulen eines Hundes, da blieb Dobrynin stehen und verlor für einen Augenblick den Faden seiner Gedanken, die sich nach der Begegnung mit dieser liebenswerten rothaarigen jungen Frau in ihm entsponnen hatten.

Das Geheul verstummte, danach verstummte auch das Echo, und aufs Neue trat eine unangenehme, unheimliche Stille ein. Dobrynin, der einen Augenblick lang in die Vergangenheit eingetaucht war, wollte seinen Weg schon fortsetzen, als das Geheul sich wiederholte und den Volkskontrolleur an Ort und Stelle erstarren ließ.

„Dmitrij, mein Hund ...“, flüsterte Dobrynin, sich hinkauernd.

Es war ihm so angenehm, das Geheul des unbekannten Hundes zu hören. Kein anderer Laut, keine anderen Worte konnten in ihm so viele Gefühle, so viele herzliche Erinnerungen hervorrufen, Erinnerungen an sein Haus im Dorf Kroschkino, an Manjascha, die Kinder ... Mein Gott, wie viele Jahre waren vergangen! Wo waren sie jetzt? In jenen beiden Briefen, die Twerin ihm in Moskau gezeigt hatte, hatte es kein Wort von Liebe gegeben, oder davon, dass er ihnen fehlte. Warum? Hatten sie sich etwa an seine Abwesenheit gewöhnt, daran, dass er für immer fortgegangen war, um seine Pflicht gegenüber der Heimat zu erfüllen? Lieber Gott, dachte Dobrynin, auch der Urku-Jemze ist inzwischen schon ergraut, und er ist doch jünger als ich!

Der Hund heulte immer weiter, und das Echo in den Straßen unterstützte ihn.

Dobrynin blickte nach oben, zum Himmel. Dort standen der Mond und die Sterne. Dieselben Sterne, wie sie nachts von dem Himmel strahlten, der sich über Kroschkino ausbreitete. Und am Himmel dort hing ganz genau derselbe Mond.

Kurz darauf ertönte ein Schuss, und das Geheul verstummte. Erschrocken stand Dobrynin auf und sah sich um. Irgendein anderer Laut drang aus den Tiefen des Städtchens. Dort fuhr ein Patrouillenwagen durch die dunklen, menschenleeren Straßen.

Am folgenden Tag ging Dobrynin und Waplachow die Arbeit leicht und angenehm von der Hand. Zwischendurch erinnerten sie sich einige Male an das liebenswerte Mädchen

Tanja, und dann weihte der Volkskontrolleur seinen Gehilfen in seine Pläne ein, einen Mantel an den Genossen Twerin zu schicken.

„Ja, in Moskau sind die Winter hart“, nickte Waplachow und erbleichte ein wenig in der Erinnerung an die Hauptstadt.

„In die eine Manteltasche legen wir Papirossi“, fuhr Dobrynin fort, „in die zweite eine Packung ‚Auf dem Posten‘. Er mag diese Kekse sehr.“

„Wo nehmen wir sie denn her?“

„Ha!“, lächelte Dobrynin. „Die habe ich noch in Solikamsk im Büfett gekauft.“

Beim Mittagessen sprach er mit der Genossin Sasonowa, einer bis zur Strenge akkuraten alten Frau, die früher als Direktorin der örtlichen Schule tätig gewesen war. Sie unterstützte die Idee, besonders, als sie erfuhr, dass im Kreml winters schlecht geheizt wurde und Genosse Twerin nur einen Mantel hatte, der ihm zu groß war.

„Aber schreiben Sie dort unbedingt als Absender unsere Werkstätten hin“, sagte sie.

Am Abend nähten Waplachow und Dobrynin, nachdem sie einen besonders gut gearbeiteten Uniformantel herausgesucht hatten, diesem Zigaretten und eine Packung Kekse in die Taschen ein, dann wickelten sie ihn fest zusammen, verpackten ihn in graues Packpapier und schrieben auf das Paket: „Moskau, Kreml, für den Genossen Twerin“. Unten, unterhalb der Anschrift, zogen sie einen Strich und setzten einen Stempel mit dem Absender der Mantelwerkstätten darauf.

Der alte Mann auf der Postannahmestelle rümpfte die Nase, bis sie ihm die Anschrift, die auf dem Paket vermerkt war, dicht vor seine dicke Brille hielten.

Als er sie gelesen hatte, fuhr er zusammen, begann sich zu entschuldigen und setzte sich sogleich ans Telefon, um zu klären, wie man dieses Paket auf dem schnellsten Wege nach Moskau senden konnte.

„Gehen Sie ruhig", bemerkte er an dem Hörer vorbei zu Dobrynin und Waplachow. „Sie müssen morgen zur Arbeit, ich mache schon alles ... Das verspreche ich!"

Glücklich kehrten der Urku-Jemze und Dobrynin in ihr Häuschen zurück.

Dobrynin, der neben dem Glücksgefühl plötzlich auch eine starke Müdigkeit verspürte, zog die Schuhe aus und legte sich auf sein Bett. Er legte sich auf den Rücken und schnarchte sogleich los.

Waplachow beobachtete das als wäre es ein Wunder. Er ging auf Zehenspitzen zu seinem eigenen Bett, entkleidete sich und legte sich gleichfalls hin, wobei er den Rand des Drahtgeflechts unter seiner Matratze mit den Händen festhielt, damit es nicht quietschte.

Hierbei wusste er noch nicht, dass er einige Minuten später einen wunderbaren Traum über den Genossen Twerin haben würde.

Nachts, als Dobrynin und Waplachow fest schliefen, ertönte ein leises, doch beharrliches Klopfen am Fenster.

Dobrynin stand auf, rieb sich die Augen, zündete eine Kerze an, trat in den Flur hinaus und öffnete die Tür zur Straße.

Vor ihm standen zwei Militärs: ein Soldat und ein Offizier. Ihre Gesichter waren dem Volkskontrolleur bekannt. Aber sein Kopf dröhnte, nachdem man ihn so unvermittelt geweckt hatte, und er hatte ein wenig Mühe, die Dinge zu begreifen.

Der Unterleutnant blickte den vom Schlaf verquollenen Dobrynin an und lächelte.

„Verzeihen Sie, dass wir Sie geweckt haben", sagte er. „Wir wollten einfach die Freude teilen ... Vor einer halben Stunde kam die Nachricht vom Sieg ..."

„Vom Sieg?", fragte Dobrynin erstaunt zurück. „Also haben wir gewonnen!"

Ein Lächeln erschien auf seinem verschlafenen Gesicht.

„Es wäre nicht schlecht, das zu feiern ...", begann wieder der Offizier.

Und er spielte mit einer grünen Feldflasche, die er in seiner rechten Hand hielt. In der Feldflasche schwappte eine Flüssigkeit glucksend hin und her.

Zehn Minuten später saßen sie bereits gemeinsam mit Waplachow, den sie geweckt hatten, um den Tisch. Außer der Flasche mit Trinkspiritus hatten die Militärs einen halben Laib Brot mitgebracht.

In der Tischmitte brannte die Kerze, und der Widerschein ihrer Flamme im Fensterglas ließ alles gleichsam noch heller werden.

Sie verteilten den Spiritus in Tassen und schnitten das Brot, Dobrynin füllte noch Salz in den Salznapf.

„Also, auf den Sieg!“, sagte der Unterleutnant.

Sie tranken und aßen Brot mit Salz danach.

„Jetzt fängt ein ganz anderes Leben an, stimmt's, Soldatkin?“ Der Unterleutnant blickte auf seinen Fahrersoldaten.

„Jawohl“, antwortete der Soldat.

„Du kehrst zurück nach Hause und heiratest, deine Frau wird dir einen Haufen Kinder gebären, und kein Krieg mehr, nichts als Aufbauarbeit, stimmt's?“, fragte der Offizier, der noch immer auf Soldatkin blickte.

„Jawohl“, antwortete der.

„Haben Sie Kinder?“ Der Offizier wandte seinen Blick zu Dobrynin.

„Das habe ich.“ Der Volkskontrolleur nickte. „Zwei ... nein, drei jetzt ... Darjuschka, Petka und Grigorij.“

„Auf ihre glückliche Zukunft!“, sagte der Offizier, der seine Tasse aufs Neue gehoben hatte.

Sie tranken.

„Haben Sie Kinder?“, wandte sich der Offizier, nachdem er ein wenig Brot gekaut hatte, an Waplachow.

„Nein.“

„Ich habe zwei“, teilte der Unterleutnant mit. „Sie sind jetzt in der Evakuierung, in Sibirien ... Aber bald werde ich sie sehen!“

Der Urku-Jemze sann nach, und er wurde traurig, denn er dachte daran, dass dieser junge Offizier zwei Kinder hatte, und er, schon ergraut, aber noch voller Kräfte – kein einziges.

Dobrynin war unterdessen endgültig wachgeworden und noch nicht ganz betrunken, daher waren, trotz der Stärke ihres Spiritus, seine Gedanken vernünftig.

„Haben Sie bei Ihrer Einheit eine Funkstation?“, fragte er den Offizier.

„Natürlich“, antwortete der.

„Und kann man Verbindung mit Moskau bekommen?“

„Das geht. Man braucht nur die Erlaubnis von Major Androssow.“

„Wenn der Krieg nun also vorbei ist, dann muss ich einen Funkspruch in den Kreml senden, damit man mich nach Moskau zurückruft ...“

„Das ist nicht weiter schwierig.“ Der Offizier winkte ab. „Bleiben wir hier noch ein wenig sitzen, dann fahren wir zusammen zu meiner Einheit, und dort wird alles erledigt.“

Sie tranken jeder eine dritte Tasse.

„Wenn ich nach Hause komme“, begann der Soldat, „nehme ich als Erstes eine Arbeit auf, in einem Wagenpark ...“

Waplachow betrachtete Soldatkin mit etwas Missbilligung.

„Als Erstes musst du heiraten“, sagte er, obgleich er nicht vorhatte, über dieser Frage einen hitzigen Streit zu beginnen.

„Nein“, widersprach der Soldat. „Als Erstes muss ich Arbeit in einem Wagenpark finden. Ich liebe den Geruch von Benzin und von Maschinenöl so sehr ...“

Der Soldat hob sich die Hand vor das Gesicht und roch an ihr. Auf seinem Gesicht lag ein Ausdruck echten Glücks.

Der Offizier betrachtete seinen Untergebenen herablassend.

„Mit dem Alter wird er schon noch klüger werden“, sagte er und verteilte den letzten Rest Spiritus in die Tassen. „So, aufgesessen, und los geht's!“

Bald schon fuhren sie im Gasik-Jeep durch die menschenleeren nächtlichen Straßen. Am Steuer saß der Unterleutnant. Neben ihm saß Dobrynin. Der Fahrersoldat schlief auf der Rückbank und murmelte etwas im Schlaf.

Waplachow war in ihrem Häuschen geblieben. Er mochte die Militärs, doch in dieser Nacht war ihm nach Alleinsein zumute, danach, am Tisch vor der brennenden Kerze zu sitzen, wie der Volkskontrolleur es immer machte, und nachzudenken.

Die Einheit befand sich fünf Kilometer vom Städtchen entfernt.

Major Androssow, stellte sich heraus, wusste von der Existenz Dobrynins, wie er von jedem männlichen Zivilisten wusste, der sich zur Kriegszeit auf dem Territorium des Hinterlandes befand, das unter seiner Kontrolle stand. Interessiert las er die Vollmacht des Volkskontrolleurs, und dann bat er darum, den Text aufzuschreiben, den man nach Moskau funken wollte. Als der Text fertig war, brachte ihn der Major höchstpersönlich dem Funker, und als er zurückkehrte, schlug er Dobrynin vor, sich auszuruhen, bis eine Antwort käme. Der Volkskontrolleur aber wollte nicht schlafen. Da schlug ihm der Major vor, eine Weile in ihrer Bibliothek zu sitzen und etwas zu lesen.

Dobrynin stimmte bereitwillig zu.

Auf den Regalen entdeckte er nur zweierlei Arten von Büchern: Politkriegsliteratur und Gedichte. Seine Stimmung war gehoben, da leicht betrunken, und die Hände streckten sich wie von selbst nach den Gedichtbänden aus. Während er diese dünnen, bis zur Löchrigkeit zerlesenen Büchlein durchsah, hielt Dobrynin hin und wieder inne und las laut ein oder zwei Gedichte. Dann stellte er den Band zurück an seinen Platz und nahm den nächsten. So geriet ein Büchlein in seine Hände, bei dem der Name des Autors in seinem Gedächtnis augenblicklich Misstrauen hervorrief: „Bemjan Debnyj. Wie die 14. Division ins Paradies marschierte."

Irgendwo hatte Dobrynin diesen Namen gehört, aber wo?

„Ein guter Kommunist, aber ein sehr schlechter Mensch ...", erklang in den Tiefen von Dobrynins Gedächtnis eine vertraute Stimme.

Unterdessen saß Dmitrij Waplachow vor der Kerze, die in ihrem gelben Wachs zerfloss, blickte in die Flamme und murmelte in seinem heimatlichen Urku-Jemzisch:

„Bar kann tar
Ujkymun jussut,
Sarbyn tag
Us impan atyn ..."

Plötzlich schlug etwas an das Fenster, und die Scheibe klirrte so laut, dass der erschrockene Waplachow die Kerze ausblies und sich mit angehaltenem Atem auf den Boden kauerte.

Kalter Schweiß trat ihm auf die Stirn. Er erinnerte sich daran, wie Dobrynin ihn, als sie aus Moskau abgeflogen waren, im Flugzeug gebeten hatte, nie mehr, nicht einmal mit sich selbst, in seiner Sprache zu sprechen, damit niemals mehr jemand daran zweifelte, dass er, Dmitrij, ein Russe sei. Wie hatte er diese Warnung nur vergessen können? Reichte es denn nicht, dass sein in einer einzigen Kremlnacht weiß gewordenes Haar ihn um dreißig Jahre hatte altern lassen?

Nein, dachte Waplachow, ich habe gar nichts vergessen ... Diese nächtliche Stille, der Sieg und die Gedanken an Tanja Seliwanowa, nur das hat mich zu dem furchtbaren Fehler verleitet.

Er lauschte wieder, aber es war still.

Nachdem er geduckt durch den Flur zur Tür geschlichen war, legte Dmitrij sein Ohr an das Holz, hörte aber nichts. Leise, ihn mit den Fingern festhaltend, nahm er den Türhaken ab und stieß die Tür leicht mit der rechten Schulter auf.

Die Tür öffnete sich einen Spalt breit.

Auf der Straße sah Waplachow mit den an die Dunkelheit schon gewöhnten Augen niemanden. Nur etwas Kleines lag unter dem Fenster. Offenbar ein Gegenstand, den jemand geworfen hatte. Aber weshalb? Um ihn zu erschrecken? Oder um an die Verdunkelung zu erinnern, die Dobrynin und er praktisch niemals einhielten.

Waplachow nahm den Gegenstand in die Hand. Es war ein toter Vogel.

Dmitrij seufzte erleichtert und stand auf, wobei er den Vogel noch immer in den Händen hielt. Er sah sich rings um, dann ging er fort vom Haus, zu einer Pappel, die einsam auf der anderen Seite der Straße wuchs. Er legte den kalten, weichen Klumpen auf die Erde.

Hier fiel ihm ein, dass man über jedem gestorbenen Wesen eine Julussa sprechen musste, zum Geleit auf den Weg, sonst gab die Seele des gestorbenen Vogels oder wilden Tieres seinen Körper der Natur nicht zurück, und der tote Körper verwandelte sich in einen Stein, der Gras oder Baum den Weg zur Sonne versperrte.

Und Dmitrij flüsterte die Julussa, wobei er sie aus dem Stegreif ins Russische übersetzte und deshalb hin und wieder steckenblieb – es gab nicht genug Worte in der russischen Sprache, damit die Julussa ebenso erhaben und erfüllt hätte klingen können, wie sie auf Urku-Jemzisch klang:

„Flieg hinaus, geh hinaus, werde ein kleiner Wind und lass die schon nicht mehr nötigen Flügel sinken. Nimm die Erinnerung an die Erde und den Himmel mit dir. Flieg auf, dorthin, wo Ekwa-Pyris die blauen Vögel mit Himmelsweizen füttert. Verbeuge dich vor ihm mit den obersten Wolken und sag, dass es unten schon Nacht ist und die Bärenkinder in der Höhle schlafen, dass Moos und Gras unter dem Schnee schlafen und nichts davon wissen, dass der Klang, der den Himmel erheiterte, keinen Körper mehr besitzt."

Als Dobrynin auch jetzt noch nicht zurückgekehrt war, legte Waplachow sich schlafen.

Dobrynin erschien erst gegen Morgen. Derselbe Gasik-Jeep brachte ihn, nur saß jetzt wieder der etwas ausgeschlafenere Schütze Soldatkin am Steuer.

Dobrynin war bleich und finster. Er legte das kleine Büchlein mit den Gedichten des Dichters Bemjan Debnyj, das ihm Major Androssow auf seine eigene Bitte hin geschenkt hatte, auf den Tisch; er zog ein zweifach gefaltetes Papier aus der Hosentasche, faltete es auf, glättete es mit dem Handrücken, und nachdem er es vor sich hingelegt hatte, vertiefte er sich in seine dürftigen, kalten Zeilen.

Waplachow, den diese laute Rückkehr geweckt hatte, trat zu ihm und blickte seinem Chef über die Schulter.

Ein Sonnenstrahl kroch in dieser Sekunde über das Papier.

Dmitrij las: „Funkmeldung. Stadt NX872, Dienststelle ASG 117/43 für Vo.kontr. P.A. Dobrynin. Keine Notwendigkeit nach Moskau zu kommen, befehle Dobrynin und Waplachow bis 13. Mai d.J. sich in die Stadt N UK4236 zum Objekt FNP-115 zu verlagern zur nachfolgenden Kontrolle der Produktion. Gratuliere zum Sieg. Kreml, Bevollmächtigter für Angelegenheiten der Vo.kontrolleure Swinjagin."

„Was ist das denn für eine Stadt?", fragte Waplachow.

„Sarsk", sagte Dobrynin und seufzte tief. „Fünfhundert Kilometer von hier."

Dem Volkskontrolleur wurde das Herz schwer. Nicht allein deshalb, weil er nun trotz des Sieges nicht nach Moskau fahren würde. Am meisten kränkte ihn der trockene, amtliche Stil der Funkmeldung – noch nie hatte er sich derart ohnmächtig und erniedrigt gefühlt. Wo kam nur dieser Swinjagin her? Warum war er es, der antwortete, während doch Dobrynin seine Funkmeldung an Twerin geschickt hatte?

Dobrynin saß an dem Tisch am Fenster, saß da und litt mit zusammengebissenen Zähnen, ohne auf das Lächeln der draußen vorbeilaufenden Mädchen zu achten. Sie eilten zur Morgenkundgebung, die dem Sieg gewidmet war.

Waplachow wandte sich von ihm ab und setzte sich auf sein Bett. Er fühlte natürlich mit Dobrynin, aber zugleich war er auch froh: nach Moskau wollte er nicht, und er durfte und konnte auch gar nicht hinfahren; nun hingegen würden sie wieder gemeinsam für das Wohl der Heimat arbeiten. Das Einzige, was ihn schmerzte, war die bevorstehende Abreise. Und gar nicht die Abreise selbst, sondern, dass Tanja Seliwanowa hier bleiben würde und er fortfuhr. Die Trennung schmerzte ihn; da beschloss Waplachow loszugehen und Tanja zu suchen. Und etwas zu ihr zu sagen. Er wusste nicht, was er ihr sagen musste. Er sprach niemals so mit Mädchen. Mit den alten Frauen im Norden sprach er und wusste auch wie, aber einfach so mit russischen Mädchen ...

Waplachow erhob sich, und das Drahtgeflecht seines Bettes quietschte. Dobrynin drehte sich um.

„Ich gehe zu der Kundgebung", sagte der Urku-Jemze.

„Geh nur", nickte Dobrynin. „Nimm Abschied von den Leuten ... Heute Abend fahren wir."

„Heute abend? Aber in der Funkmeldung heißt es: bis dreizehnten Mai."

„Es gibt keinen direkten Weg. Die Soldaten bringen uns bis Salzgrube. Von dort sind es noch drei Tage Weges."

Waplachow verzog das Gesicht. Jetzt wurde auch ihm traurig zumute. Er stürzte in den Flur und eilte hinaus.

Die Kundgebung hatte bereits begonnen, und irgendwo aus der Ferne klangen durch den Lautsprecher verzerrte Worte des Glückes und der Freude herüber.

Der ungewohnte, trockene Sommer ging weiter, doch die Felder um das Neue Gelobte Land wurden nicht gelb sondern blieben grün, was zu Anfang viele verwunderte. Denn selbst das Flüsschen war unter dieser Trockenheit zum Rinnsal geworden. Aber dann, als weder Archipka-Stepan, noch der bucklige Buchhalter den Siedlern den Grund dieser Erscheinung erklären konnten, da sprach Katja ihre Gedanken aus. Sie sagte einfach und verständlich, dass das ganze Wasser, das auf die Erde falle, in unterschiedliche Tiefen sickere und dass die Natur sich auf diese Weise einen Vorrat schaffe, natürlich ohne zu wissen, dass dieser Vorrat in Wahrheit dem Leben der Menschen diene. Und wenn nun die Trockenheit komme, dann stoße die Erde das angesammelte Wasser aus ihren Tiefen aus und hebe es an die Oberfläche, so ähnlich wie wenn ein Mensch, der einen Vogel auf der Erde findet, ihn aufhebe und auf der Handfläche zum Himmel erhebe. Dieses Wasser dringe zurück durch die Erde, nur nicht so, wie nach einem Regen, von oben nach unten, sondern umgekehrt – von unten nach oben, zu den Wurzeln. Und daher wachse und grüne ihre künftige Ernte ungeachtet der Trockenheit.

Der Engel hörte diese Erklärung ebenfalls und dachte später lange darüber nach. Den inneren Aufbau der Erde kannte er nicht, er hatte sich immer vorgestellt, dass der Grund einförmig war und ganz aus der lebenspendenden Erde bestand, die allem Kraft gab, was seine Wurzeln in sie senkte. Er merkte aber, dass es ihm sehr leicht fiel, Katjas Erklärungen zu glauben. Und er erschrak selbst über diese Leichtigkeit, denn am Ende kam heraus, dass die Natur selbst für alles sorgte, ganz so als gäbe es über der Natur, über dem ganzen Weltenreich keinen Gott, denn der war gar nicht nötig.

Nun saß der Engel am Abhang des Hügels und sah zu, wie der herab sinkende Sommerabend den Wald, das Haus des

Räuchermeisters und den Fluss in graues Licht tauchte und matt werden ließ. Er saß da und dachte an die Erde.

Plötzlich leuchtete in dem Häuschen am Fluss eine Kerze auf, und ihr Licht spiegelte sich im Fenster. Dem Engel war im selben Moment, als sei ihm kalt geworden, und er erschauerte. Vielleicht wehte nur eine Brise vom Fluss herüber, doch vielleicht kam es auch daher, dass es dort bei Sachar und Pjotr wegen des ständig brennenden Räucherofens warm war im Häuschen.

Da erhob sich der Engel und stieg den Pfad hinab.

Schon viele Male war er dorthin gegangen, und manchmal saßen sie die ganze Nacht am Tisch. Manchmal zündeten sie eine Kerze an, manchmal die Öllampe, die an einem Haken von der Decke hing. Und sie redeten und redeten. Hin und wieder schlief der Engel auch dort.

Nicht, weil es ihm unter den gewöhnlichen Siedlern langweilig gewesen wäre, die dichtgedrängt zusammen in ihren Kuhställen lebten, aber reden wollte er mit ihnen nicht, und sie redeten ja auch selbst nicht mit ihm, dem Engel. Sie organisierten ihr Leben, im Sommer bereiteten sie sich auf den Winter vor, und im Winter warteten sie auf den Sommer. Nur Katja und der bucklige Buchhalter kümmerten sich, jeder auf seine Weise, um die Zukunft und dachten über allerlei Verbesserungen nach.

„Oh“, sagte Ofensetzer Sachar, als er die Tür öffnete und auf der Schwelle des Hauses den Engel erblickte. „Gut, dass du gekommen bist, Pjotr und ich haben uns hier nämlich ein wenig gezankt ... Komm herein!“

Pjotr saß auf einem Hocker am Tisch, den Rücken gekrümmt, und schaute auf einen Riss in der breiten Tischplatte vor sich. Er schaute, als wollte er seinen Blick durch diesen Riss und weiter treiben.

Sie setzten sich.

Augenblicklich begann der Engel sich wohl zu fühlen. Die Wärme hüllte ihn ein, es atmete sich hier anders, ein süßlicher Geruch legte sich einem von selbst auf die Zunge, wodurch es zu einem seltsamen Betrug des Magens kam: Es war, als erinnere der Geruch an den Geschmack einer gegessenen Speise.

„Wir haben uns hier ... wir hätten uns fast noch angebrüllt", begann Sachar wieder, als er schon auf seinem Hocker Platz genommen hatte. „Gut, dass du gekommen bist, denn zu zweit lässt es sich gut träumen, aber ernsthaft reden geht nicht!"

„Worüber habt ihr euch denn gestritten?", fragte der Engel.

„Über die Liebe", sagte Sachar. „Siehst du, ich sage, die Liebe, das ist irgendwie alles, das Leben, das Glück, die Wärme. Aber er", und Sachar wies mit dem Kopf auf den Einhändigen, „redet nur von einem! Er sagt, dass die Liebe wegen den Frauen entsteht! Verstehst du?"

Der Engel nickte und dachte nach.

„Sagen wir mal, ich zum Beispiel", fügte Sachar hinzu. „Ich liebe das Ofenbauen, und was haben die Frauen damit zu tun? Weißt du, wenn du dir so einen Rauchabzug mit allen Windungen ausdenkst, ihn dann baust und auf einmal siehst, dass es etwas geworden ist, er zieht gut, er wärmt ... Also, mit was kann man so ein Gefühl vergleichen? Hm?"

Pjotr seufzte schwer, warf Sachar einen gekränkten Blick zu und seufzte abermals.

„Was hattest du in deinem Leben denn von den Frauen?", wandte Sachar sich an Pjotr. „Was ist denn das mit deiner Glaschka? Nach dir hatte sie schon drei Rotarmisten! Was für eine Liebe ist denn das! Das ist doch reiner Verrat. Etwas anderes ist es mit einem Ofen – ein guter Ofen steht fünfzig, vielleicht auch hundert Jahre, wenn man ihn menschlich, mit Liebe behandelt. Und wenn mal ein Stein rausfällt, gehst du hin und setzt ihn wieder rein, du reparierst ihn, und er heizt weiter ..."

Obwohl der Engel nicht wollte, dachte er doch an Katja. Auch wenn ihm klar war, dass es zwischen ihnen ja keinerlei Verrat gab, denn sie hatten ja nur ganz wenig Gemeinsames gehabt – eine unsichtbare innere Wärme, Blicke und Gespräche. Und noch diesen einen Abend am Fluss, der irgendwie einen Schlussstrich gezogen hatte. Das war etwas anderes als bei Glaschka und Pjotr, die hatten ja sogar ein Kind.

„Na, was schweigst du so!“, bemerkte Sachar ungeduldig. „Oder denkst du auch an die Frauen? Ist denn am Ende etwas draus geworden bei dir und der Lehrerin, hm? Aber sie singt doch jetzt abends mit dem Harmonikaspieler, hier, am Fluss ...“

Der Engel geriet in Verwirrung, als er das hörte. Es hatten, dachte er, doch nicht etwa alle seinen Zustand gesehen, es redete doch nicht etwa jemand über ihn und Katja?

„Ja, wenn alle Menschen wie die Sterne wären, so rein, dann bräuchte man nicht zu streiten“, sagte Sachar, als der Engel sich nicht am Gespräch beteiligte. „Wenn du in den Himmel schaust, da ist jeder an seinem Platz, da gibt es kein Hin und Her, dass der eine Stern zuerst zum einen, und dann plötzlich zum anderen ...! Herunter, das ja, er löst sich und padauz! Das ist vielleicht auch aus Kummer. Aber sonst – nein. Jeder ist an seinem Platz, und aus solcher Beständigkeit entsteht auch Liebe, aber wie sieht es denn bei uns hier aus?“

Streng blickte Sachar auf den einhändigen Pjotr.

Die Worte des Räuchermeisters über die Sterne lenkten die Gedanken des Engels sogleich ab. Er begann schon über etwas anderes nachzusinnen, über Beständigkeit und Treue, denen er in allen auf dieser Erde verbrachten Jahren nicht begegnet war. Obwohl hier und da ein Mal Treue, ein ander Mal Anhänglichkeit entstanden war, und vielleicht auch Liebe, aber das alles kam ihm irgendwie unbeständig vor.

‚Und der bucklige Buchhalter?‘, widersprach der Engel sich plötzlich selbst in Gedanken.

Aber darauf widersprach er sich auch gleich wieder selbst, denn er sah den Buchhalter fast immerzu mit seinem Sohn, dem Buckelchen Wasja, an das Gesicht seiner Frau aber konnte er sich nicht erinnern. Und er konnte sich gleichfalls nicht erinnern, wann er sie das letzte Mal alle zu dritt gesehen hatte.

Pjotr hob auf einmal den Kopf, reckte die Nase und schnupperte.

Auch Sachar wurde aufmerksam, löste sich von den Sternen, die sich in seinen Gedanken festgesetzt hatten, und stand auf.

„Es ist anscheinend fertig“, sagte er, schob seinen Hocker zurück und verließ den Tisch.

Pjotr stand gleichfalls auf und lief hinter Sachar hinaus.

Der Engel war allein an dem Tisch zurückgeblieben. Irgendwo in der Nähe, hinter der Wand, hörte man unterdrückte Laute von Arbeiten und Reden.

Auf dem Tisch brannte die Kerze. Ihr Wachs war schmutzig-gelb. Es schmolz nicht gut, deshalb war auch das Licht nur schwach.

Der Engel kratzte mit dem Finger ein wenig Wachs um den Docht herum fort, und die kleine Flamme leuchtete gleich heller und fröhlicher.

Kapitel 30

Der Zug näherte sich Moskau. Hinter ihm lagen Hunderte von Kilometern und zwei Dutzend Auftritte zu Ehren des Großen Sieges. Hinter ihm lag der Krieg.

Die Dampflok, die lediglich drei Waggons hinter sich herzog, schnaufte. Noch war die Einfahrt aus dem Hinterland nach Moskau ohne Sondergenehmigung verboten, und vielleicht befanden sich deshalb in einem der drei Waggons nur zwei Passagiere: Mark Iwanow und Parlachow. Es reiste in diesem Waggon, einem Anfang der dreißiger Jahre gebauten Abteilwagen, natürlich auch der Papagei. Alles war gut, nur gab es keinen Schaffner, und heißes Wasser mussten sie sich aus dem Nachbarwagen holen, in dem drei Soldaten einen Leichnam nach Moskau überführten.

Nachdem Mark ein weiteres Mal mit einem vollen Teekessel heißen Wassers aus dem Nachbarwagen zurückgekehrt war, setzte er sich auf seine Pritsche und seufzte versonnen.

„Ich war auch irgendwann einmal verliebt ...“, gestand er Parlachow und setzte damit ihr vor drei Tagen begonnenes Gespräch fort. „Vielleicht bin ich immer noch verliebt ... Sie ist so schön. Sie hat Essen ausgegeben, in der Kantine der Moskauer Wasserwerke. Ich muss dort hingehen, wenn wir da sind ...“

„Du bist ein glücklicher Mensch, Mark!“, sagte Parlachow. „Vielleicht heiratest du sie ja noch ... Ich hingegen werde wahrscheinlich nie heiraten ...“

„Warum?“

„Ich habe mich schriftlich verpflichtet, als ich die Arbeit im ZK begann. Natürlich kann ich eine Eingabe machen, damit man es mir erlaubt, aber irgendwie wäre das unpassend ... Es gibt jetzt bald so viel Arbeit im Land, und da stelle ich meine Privatangelegenheiten, werden sie sagen, über die staatlichen ... ich weiß nicht ...“

Auf dem Bahnhof überprüfte der Kommandant die Papiere der Eingetroffenen und entließ sie in die Stadt. Das hatten sie Instrukteur Urluchow aus dem ZK zu verdanken, er hatte alles rechtzeitig organisiert. Bevor sie sich voneinander verabschiedeten, tauschten Mark und Parlachow ihre Telefonnummern aus. Parlachow versprach, bald anzurufen und Mark und Kusma zu sich einzuladen, schließlich hatten sie doch den ganzen Krieg gemeinsam durchgestanden.

Vom Bahnhof aus ging Mark zu Fuß weiter. Er sah, wie ein Wagen Parlachow mitnahm, aber er war nicht gekränkt, er wohnte ja nicht weit. Ein halbes Stündchen zu Fuß, und er war zu Hause.

Auf den Straßen, die voller Fußgänger waren, hörte man Deutsch sprechen. Mark blickte, wenn er ein fremdes Wort hörte, jedes Mal erschrocken um sich. Er öffnete mit dem Schlüssel die Tür zu seiner Wohnung und freute sich außerordentlich, als er alles heil und ganz, nur unter einer recht dicken Schicht Staub vorfand. In der Wohnung war es wegen der einige Jahre lang nicht geputzten Fenster dämmrig. Nachdem er den Käfig mit Kusma auf den Küchentisch gestellt hatte, füllte Mark das Waschbecken mit Wasser – aus den Hähnen kam lediglich kaltes, aber es lief ja! –, nahm einen Lappen und ging als Erstes ins Zimmer, um die Fenster zu putzen.

Danach wischte er Staub und nahm in einem Sessel Platz. Die Fenster waren geöffnet, der stickige Geruch des geschlossenen Raumes entfernte sich durch das Lüften schnell.

Auf der Straße ertönten deutsche Rufe.

Dann hörte man von oben, vom Himmel, das Surren eines tief fliegenden Flugzeugs.

Etwas flüsterte Mark zu, dass das Leben nach dem Krieg anders werden würde als jenes vor dem Krieg.

Nach einer Weile wählte er Urluchows Nummer.

„Hallo? Urluchow am Apparat!“, ertönte die so vertraute Stimme am anderen Ende der Leitung. „Sprechen Sie!“

„Guten Tag ... Hier ist Mark Iwanow ...“

„Aha! Willkommen! Wie geht es Kusma?“

„Es geht ihm gut ... Wir sind heute erst eingetroffen ... Danke für Ihre Hilfe!“

„Wie geht es Kusma nach der Verwundung? Wie geht es dem Flügelchen?“

„Alles ist gut ... Ich kümmere mich um ihn ... Wissen Sie, Genosse Urluchow, ich bin gerade erst in die Wohung zurückgekommen, also, ich und Kusma ... Hier gibt es nichts zu essen, und jetzt weiß ich nicht, wie ...“

„Aha, das meinen Sie, Genosse Iwanow. Machen Sie sich keine Sorgen, ich schicke Ihnen etwas mit einem Fahrer, das heißt, ich schicke Ihnen, was wir finden, für den ersten Tag, ich schicke Ihnen auch Karten für Brot und Anderes ... für zwei, natürlich ...“

„Tausend Dank, Genosse Urluchow. Vielen Dank!“

„Ruhen Sie sich jetzt ein wenig aus, bald gibt es ein wichtiges Konzert, bei dem Sie auftreten sollen, aber das werde ich Ihnen noch mitteilen. Fürs Erste ruhen Sie sich aus, und rufen Sie an, wenn etwas ist!“

Mark wollte sich irgendwie möglichst höflich verabschieden, aber vom anderen Ende der Leitung tönte ihm bereits kurzes Tuten entgegen. Er legte den Hörer auf die Gabel des schwarzen, glänzenden Apparates und lächelte erschöpft.

Es tat gut, dass es Menschen um ihn gab, die bereit waren, zu helfen.

Mark erinnerte sich daran, wie unzufrieden er gewesen war, als er erfuhr, dass er einen Instrukteur haben würde. Einen Instrukteur aus dem ZK, der seine Auftritte mit Kusma im ganzen Sowjetland organisierte. Und wie zornig er gewesen war, als er das erste Mal gehört hatte, dass der Papagei anstelle von Humor und Satire ein ernstes Repertoire würde lernen müssen! Ja, und nun hatte das Leben endgültig gezeigt, dass er im Unrecht gewesen war. Was hätten er und Kusma in Kriegszeiten mit Verslein über Hochstapler und Defraudanten gemacht? Wer hätte schon diese Verslein an der Front oder in der Etappe gebraucht?

Unerwartet klingelte es an seiner Wohnungstür. Der Fahrer Urluchows war gekommen, brachte ein Einkaufsnetz mit Essen und bereits registrierte Brot- und andere Marken. Er händigte Mark alles an der Tür aus, nickte und eilte die Treppe hinunter.

In dem Einkaufsnetz fanden sich Graupen, Hirse, Reis, Tee, Zucker, Ersatzkaffee, Salz, Streichhölzer und eine Büchse Schmorfleisch mit ausländischem Etikett.

Noch einmal dankte Mark Genosse Urluchow in Gedanken, dann zündete er den Gasherd an und stellte den Teekessel auf.

Als er die Lebensmittel, die man ihm gebracht hatte, in das Küchenkästchen räumte, fiel ihm auf einmal die Aufschrift auf, die mit Bleistift auf dem Päckchen mit Hirse angebracht war. Er hob das Päckchen näher an die Augen, und sofort taten die Augen ihm weh. Er hielt sie eine Zeitlang geschlossen, dann las er, ans Fenster tretend, dennoch, was dort geschrieben stand: „Subrin tam kar man gum bastan syrvat“. Die Buchstaben waren vollkommen russisch, doch die Worte ergaben keinerlei Sinn, und es kam Mark der Gedanke, dass er eine Codierung vor sich hätte. Er strengte sein Gedächtnis an und erinnerte sich an alles, was er über Spione und den Kampf gegen sie wusste. Und er begriff, dass er zum NKWD gehen und dort davon erzählen musste. Aber er wollte nicht dorthin. Mark überlegte: Wie konnte er seine Staatsbürgerpflicht erfüllen und doch einem Besuch im NKWD entgehen? Vielleicht sollte er das Päckchen mit der Post schicken?

Der Teekessel kochte. Nachdem er sich eine Tasse überbrüht hatte, ging Mark in sein Zimmer und setzte sich wieder in den Sessel. Er überlegte, dass es nicht schlecht wäre, sich mit jemandem zu beraten. Der Tee war zu heiß, und Mark stellte die Tasse auf den Boden, trat an den Tisch und wählte am Telefon Parlachows Nummer. Zum Glück war Parlachow zu Hause.

„Genosse Parlachow!“, sagte Mark aufgeregt. „Könnten Sie vielleicht zu mir kommen … es ist sehr wichtig …“

„Ist etwas passiert?“, fragte Parlachow erschrocken.

„Also ... nun, beinahe ...“

Zwei Stunden später kam er, trat ein und sah sich um.

„Was ist los?“, fragte er sofort.

„Also, man hat mir Essen gebracht, und auf dem Paket ist eine Aufschrift ... in russischen Buchstaben, aber nicht Russisch.“ Mark hielt seinem ehemaligen Hüter das Paket hin.

Der überflog die Aufschrift aufmerksam, überlegte einen Augenblick und lächelte.

„Da hat wahrscheinlich ein Kind Unfug getrieben“, sagte Parlachow. „Kinder, weißt du, denken sich gern Wörter aus, besonders, wenn sie schreiben lernen. Siehst du, wie ungleichmäßig die Buchstaben sind, und auch noch mit Bleistift ...“

„Meinen Sie wirklich?“, fragte Mark mit einer gewissen Unsicherheit zurück.

„Na, wenn du willst, dann nehme ich es und zeige es den richtigen Leuten!“, schlug Parlachow vor.

„Ja, das ist besser ... für alle Fälle!“ Mark war über das Angebot froh. „Damit man es ganz sicher weiß ... sonst ...“

„Schon gut, ist ja gut“, beruhigte Parlachow den Künstler. „Füll die Hirse irgendwohin um.“

Als Parlachow gegangen war, seufzte Mark erleichtert und trat an das offene Fenster. Auf der Straße wurde es bereits Abend. Auf den Dächern krächzten Krähen.

Die Luft war frisch und angenehm feucht.

Mark fütterte den Papagei und sann über die Zukunft nach.

An den Abenden ließ die Hitze in Sarsk nach, und viele seiner Bewohner kamen heraus und gingen am Ufer der Oka spazieren. Die Kinder und die jungen Leute badeten, indem sie mit Anlauf in den Fluss hüpften. Die Menschen der älteren Generation spazierten ohne Hast dahin und erholten sich von der Hitze des Tages.

Dobrynin und Waplachow gingen gleichfalls abends gern am Ufer spazieren. Nachdem sie das Leben in der Stadt studiert hatten, hatten sie sich das Beste angeeignet und sich dem Rhythmus dieses Lebens angepasst. Wenn sie tagsüber auf die Straße hinaus mussten, zogen sie Papierschiffchen über den Kopf, die Schüler der Sarsker Mittelschule eigenhändig zusammengeklebt hatten. Diese Schiffchen hatte ihnen gemeinsam mit ihrer Spezialkleidung der Direktor der Fabrik für Aufblasgummi überreicht, in der sie nun in der Erfüllung ihres Auftrags für die Heimat und den Kreml tätig waren. Ihre Tätigkeit war nicht kompliziert, jedoch sehr verantwortungsvoll. Die Fabrik brachte außer Kinderspielzeug viele aufblasbare Erzeugnisse für den Bedarf der Propagandaabteilungen hervor. Besondere Bedeutung allerdings besaß die Produktion für die Paraden und Demonstrationen der Pioniere und Oktoberkinder, und eben gerade zur Qualitätskontrolle dieser Produkte hatte der Direktor der Fabrik, Genosse Fomitschew, den Volkskontrolleur Dobrynin und seinen Gehilfen Waplachow bestimmt. Am Tag, der auf ihre Ankunft folgte, hatte der Direktor persönlich ihnen die ganze Fabrik gezeigt und ihnen die Schlüssel zum Raum der Volkskontrolle überreicht, den man kürzlich an das Werk angebaut hatte. Er erklärte ihnen ihre neuen Pflichten und führte sie danach persönlich in die Kantine der Fabrik.

Sie wurden im Wohnheim einquartiert, in einem Zimmer im zweiten Stock mit Blick auf die Oka. Dort erhielten sie von der dicken Hausleiterin auch einen neuen metallenen Teekessel, zwei Tassen und einmal Essbesteck für zwei, falls sie sich in der Küche ihres Wohnheims ihr Essen selbständig zubereiten wollten.

Das Leben in Sarsk begann für Dobrynin und Waplachow geschäftig, und so ging es auch weiter. Aber dieses Leben war leichter und angenehmer als jenes im Krieg. Jeden Tag veränderte sich etwas zum Besseren. Der Sonntag wurde wieder zum freien Tag. In der Fabrik nahm das Gewerkschaftskomitee seine Arbeit wieder auf, und umgehend zeigten sich die Resultate seiner Tätigkeit: die Portionen in der Kantine wurden größer.

Langsam floss der Fluss Oka an dem Städtchen vorbei. Jeden Tag schien verlässlich die Sonne, und nachts wanderte, kokett seine Form ändernd, der Mond über den Himmel. Die Natur lebte ihr gewöhnliches Leben, nur die Menschen vereinten ihre Kräfte und ließen das vom Krieg zerstörte Land neuerstehen, ließen den Alltag und die Feiertage wieder aufleben, die Städte und Dörfer, die Fabriken und Weinberge.

Ende Juli betrat der Direktor der Fabrik, Genosse Fomitschew, den Raum der Volkskontrolle.

Dobrynin und Waplachow beendeten gerade die Überprüfung einer Partie aufblasbarer Rotarmisten. Um das Rechnen zu erleichtern, enthielt jede Partie hundert Einzelstücke, so ergab sich aus der Anzahl der wegen Mängeln ausgesonderten Stücke sogleich die Menge an Ausschuss in Prozent. Diese scheinbar einfache Sache hatte sich Waplachow ausgedacht, doch die Idee hatte dem Direktor so gut gefallen, dass er Waplachow zum Rationalisator ernannte, ihm eine Urkunde aushändigte und die Idee in der gesamten Fabrik einführte.

„Na, wie viel Prozent Ausschuss gibt es?“, fragte der Direktor, wobei er einen Blick auf einige aufgeblasene Rotarmisten warf, die schlaff auf dem Tisch lagen.

„Siebzehn“, antwortete Dobrynin.

„Ziemlich viel ...“ Der Direktor wiegte den Kopf. Dann blickte er Dmitrij nachdenklich an und sagte: „Genosse Waplachow, du könntest dir da vielleicht etwas ausdenken ...“

Als der Direktor gegangen war, schafften es die Kontrolleure noch, siebenundzwanzig Rotarmisten zu überprüfen. Zweiundzwanzig überstanden die Prüfung, fünf hingegen begannen Luft zu verlieren, und hier umrandeten Dobrynin und Waplachow, nachdem sie die Stellen, an denen Luft herauskam, festgestellt hatten, diese mit roter Wachskreide.

„Weißt du“, sagte der Urku-Jemze, während er seine gewöhnliche Kleidung wieder anzog. „Wir könnten den Ausschuss ja verringern.“

„Wie denn?“

„Wenn man uns Gummikleber gibt, kleben wir die Löcher, die wir finden, selber zu, dann gibt es überhaupt keinen Ausschuss.“

Dobrynin dachte nach.

„Komm, wir gehen gleich zu Fomitschew und erzählen ihm davon“, schlug er schließlich vor.

Der Direktor saß in seinem Arbeitszimmer und verglich die letzten Daten mit dem angestrebten Plan.

Als er von Waplachows neuem Vorschlag hörte, freute er sich und holte im nächsten Augenblick zu Dobrynins und Waplachows Verwunderung eine Karaffe und Gläser aus dem Safe.

„Natürlich“, sagte er, während er aus der Karaffe eine durchsichtige Flüssigkeit in die Gläser goss. „Ich werde befehlen, dass ihr jeden Tag frischen Gummikleber auf dem Tisch haben sollt. Wie man damit klebt, wisst ihr ja. Einfach auf die fehlerhafte Stelle auftragen, und er trocknet sofort ... Das ist ja so einfach! Warum bin ich bloß nicht selbst darauf gekommen?“

Dobrynin stellte sich selbst diese Frage ebenfalls. Er fand jedoch keine Antwort. Wenigstens keine, die ihm gefallen hätte. Es sah so aus, als sei der Urku-Jemze tatsächlich klüger. Aber im Grunde kränkte ihn das nicht sehr.

Dobrynin nahm ein Glas in die Hand und hob es zum Mund, Wodkaduft stieg ihm in die Nase.

„Warte noch!“, hielt der Fabrikdirektor ihn auf. „Der Anlass ist noch ein anderer.“

Dobrynin stellte das Glas auf den Tisch zurück und blickte ihn verwirrt an.

„Eigentlich war ich ja heute aus diesem Grunde bei euch, aber dann habe ich beschlossen, euch nicht von der Arbeit abzuhalten ... Doch wo ihr nun selbst zu mir gekommen seid ...“ Der Direktor zog einige Bögen Papier aus der Schreibtischschublade. „Es sind neue Instruktionen für die Volkskontrolleure gekommen. Hier, lest.“

Dobrynin nahm das Dokument aus Fomitschews Händen und begann zu lesen. Je weiter er las, desto bleicher wurde sein Gesicht.

In dem Dokument wurde festgestellt, dass alle Volkskontrolleure des Sowjetlandes jetzt nur noch dem dafür bevollmächtigten Genossen Swinjagin unterstellt seien, ihren Lohn allerdings am Arbeitsplatz erhielten; der Posten des Gehilfen des Volkskontrolleurs werde abgeschafft, und alle Gehilfen würden fortan vollwertige Volkskontrolleure. Verbindung mit dem Kreml aufnehmen könnten sie nur noch in Notfällen, in der übrigen Zeit sollten sie bis auf besondere Verfügung an dem Platz arbeiten, an den man sie abkommandiert hatte. Es folgte noch die Beschreibung weiterer Veränderungen im Leben der Volkskontrolleure, aber das ging bereits über Dobrynins Kräfte, und er reichte das Dokument weiter an Waplachow.

„Verdrießt dich das etwa?“, wunderte sich Fomitschew. „Es ist doch zum Besseren!“

„Wieso zum Besseren?“, fragte Dobryin.

„Alles, was geschieht, ist zum Besseren“, antwortete Fomitschew.

Auf einmal merkte Dobrynin, dass die Empörung, die beim Lesen des Dokumentes in ihm aufgestiegen war, soeben irgendwohin verschwand. Nicht, dass Fügsamkeit anstelle der Empörung eingetreten wäre, es war irgendein anderes, gesünderes Gefühl. Da breitete er die Arme aus, blickte

Fomitschew an und sagte: „Na, wenn so nun die Vorschrift ist …“

Fomitschew hob sein Glas: „Auf die Veränderungen zum Besseren!“

Sie tranken, und da sie nichts zum Kauen dazu hatten, schnupperten sie an ihren Händen. Die Hände rochen natürlich nach Talk und nach Gummi.

„Morgen geht ihr zur Kaderabteilung, ihr füllt Personalbögen aus, und ich setze euren Lohn fest“, sagte Fomitschew. „Es geht ja wirklich nicht, dass ihr nun weiter umsonst arbeitet!“

Waplachow nickte.

Dobrynin dachte an das Geld, und ihm wurde nicht recht froh zumute. Noch niemals hatte er Geld nötig gehabt. Es genügte, hier und da seine Vollmacht vorzuzeigen, dann erhielt er das Wenige, das er gerade benötigte. Und jetzt, nach so vielen Jahren, bot man ihm plötzlich Geld dafür an, dass er der Heimat treu diente. Am liebsten hätte der Volkskontrolleur etwas Scharfes und Lautes gesagt.

„Wie denn das – für Geld?“, fragte er.

„Dort steht es doch“, der Direktor wies mit dem Kinn auf das Dokument auf dem Tisch. „Dass die Verteilung von Lebensmitteln und Waren an Träger von Vollmachten mit dem 1. August dieses Jahres aufhört …“

Diese Neuigkeit war für Dobrynin ein wahrhafter Schlag. Er setzte sich auf seinen Besucherstuhl und seufzte schwer.

„Alles wird gut, ihr werdet schon sehen!“, versprach Fomitschew. „Bei mir war es ganz genauso, als ich den Befehl erhielt, von meinem Posten als Leiter eines Eisenbahndepots auf den Direktorsposten in dieser Fabrik zu wechseln. Ich hätte, ehrlich gesagt, beinahe geweint. Aber seht ihr, hier bin ich, und alles ist in Ordnung.“

Auf dem Rückweg von der Arbeit nahmen Dobrynin und Waplachow den langen Weg am Flussufer entlang. Der kleine Pfad verlief zehn Meter vom Wasser entfernt. Vor ihren

Augen färbte die untergehende Sonne sich rot, der leichte Wind, der vom Fluss her wehte, war wohltuend feucht.

„Jetzt bist du auch ein Volkskontrolleur, wie ich", sagte Dobrynin nachdenklich zu Waplachow. „Ich gratuliere ..."

Waplachow hatte das Dokument von Anfang an gefallen, und seine Stimmung war nicht dieselbe wie die seines alten Freundes und Genossen Dobrynin. Aber da er den Zustand seines Freundes verstand, wollte Dmitrij Pawel irgendwie aufmuntern, er wollte gern etwas Erfreuliches zu ihm sagen.

„Weißt du was", sagte der Urku-Jemze. „Komm, wir baden im Fluss."

Dobrynin blieb stehen und sah Waplachow aufmerksam an.

„Kannst du denn schwimmen?", fragte er.

„Nein. Aber du kannst doch?"

„Ich? Ich kann schon ... Na gut, also los", stimmte Dobrynin zu.

Die folgenden Tage unterschieden sich, was die Arbeit anging, nicht von den vorherigen, doch in das Leben des Volkskontrolleurs Dobrynin war etwas Neues hereingebrochen. Diese Neue begann mit den 450 Rubeln Lohn, die er von dem Kassenverwalter der Fabrik erhielt. Dobrynin legte das Geld in seinen Schultersack, ohne ihm große Bedeutung beizumessen und ohne einen Grund dafür zu sehen, es zu verwenden. Waplachow aber, im Gegenteil, ging noch am selben Tag in einen Laden und kaufte sich ein Sakko und eine Mütze. Nach ein paar Tagen betrat Direktor Fomitschew den Raum der Volkskontrolle mit einer großen Brünetten, die sich als Vorsitzende des Gewerkschaftskomitees erwies. Diese Brünette, sie hieß Serafima Iljinitschna, nahm die Volkskontrolleure in die Gewerkschaft auf und bat sie, auch umgehend die Mitgliedsbeiträge zu bezahlen. Dobrynin hatte kein Geld bei sich, und Waplachow bezahlte für ihn. Danach gratulierte der Direktor seinen Freunden zum Eintritt in den Sowjetischen Gewerkschaftsbund, wünschte ihnen Siege und ging hinter der Brünetten hinaus, ohne auch nur nach dem heutigen Ausschuss zu fragen.

Der Ausschuss hatte sich inzwischen fast auf Null verringert. Die kleineren und größeren Löchlein klebten die Kontrolleure selbst zu, und nun sortierten sie nur jene Erzeugnisse aus, die nicht zu retten waren. Am häufigsten waren das Rotarmisten und Arbeiter mit nicht verklebten Nähten.

An den Abenden aßen die Volkskontrolleure immer öfter im Wohnheim zu Hause, der Urku-Jemze kochte ihr Essen, und das schmeckte besser als das Kantinenessen. Bald hörte die Fabrikkantine auch überhaupt damit auf, Abendessen zuzubereiten, denn das Leben besserte sich und die Menschen wurden selbständiger.

Daran, dass das Leben sich besserte, zweifelte auch Dobrynin nicht mehr. Vor allem, nachdem Waplachow ihn dazu überredet hatte, das neue Feinkostgeschäft einmal zu besuchen. Der Überfluss, den er dort erblickte, bewegte Dobrynin tief. Und als der Volkskontrolleur inmitten dieser Unzahl von essbaren Waren eine Kekspackung „Auf dem Posten" erblickte, hatte er plötzlich einen Kloß im Hals. Erinnerungen an die, wie es ihm schien, gar nicht so ferne, doch so schwere und heroische Vergangenheit überschwemmten ihn. Sollten jetzt tatsächlich alle Schwierigkeiten und alle Mühsal vorbei sein?', dachte Dobrynin. ‚Wird es tatsächlich keine Entbehrungen mehr geben?' Das dachte er mit einem Gefühl der Wehmut, denn vor seinen Augen wurde das unerhörte Heldentum der vergangenen Jahre gerade Teil der Geschichte, und der Jugend, die nun heranwuchs, blieben nach dem Ende des Krieges praktisch keine Schwierigkeiten mehr, mit deren Überwindung sie die Natur besiegen und das Unmögliche erreichen konnten. Das Leben wurde zusehends ruhiger und gleichförmiger. Wieder wurde der Arbeitstag um eine Stunde verkürzt, und es entstanden neue Probleme: Was sollten sie mit den warmen Sommerabenden tun? Der Urku-Jemze fand schnell Antworten auf derlei Fragen, Dobrynin jedoch fiel es schwer, an Erholung auch nur zu denken, und nur die Erinnerungen an den Norden beruhigten ihn stets. Die Gedanken an die Vergangenheit wurden zu seinem Schlafmittel, und manchmal kehrte diese Vergangenheit in den Nächten in Form langer Träume voller Schwierigkeiten wieder. Nach derlei Träumen erwachte Dobrynin erstaunlich munter und lebensfroh, und an solchen Tagen arbeitete er, ohne sich und den Urku-Jemzen zu schonen. Anstelle der üblichen hundert bis hundertfünfzig Rotarmisten und anderen Figuren bliesen sie da manchmal bis zu dreihundert auf und schliefen, mit einem scharfen Gummigeschmack im Munde, früh ein.

Ende August wurde in der Fabrik eine Hochzeit gefeiert. Die Hochzeit war von interner Art – Braut und Bräutigam arbeiteten gemeinsam im Luftballonwerk.

Man hatte für dieses Ereignis die Fabrikskantine derart geschmückt, dass auswärtigen Gästen schlicht der Atem stockte. Von der Decke hingen Girlanden aus Luftballons, an den Wänden entlang reihten sich aufgeblasene und schön bunte Rotarmisten, Bauern, Traktoren und Kühe, Piloten und Panzerfahrer. Man hätte glauben können, dass hier keine Hochzeit, sondern irgendein bedeutendes Jubiläum der Fabrik gefeiert würde.

Als die Gäste alle auf ihren Plätzen saßen, ergriff Genosse Fomitschew das Wort. Er erzählte viel Gutes über die Brautleute und schenkte ihnen, im Namen der Fabrik, einen Schallplattenspieler. Das Gewerkschaftskomitee überreichte den jungen Leuten einen Kinderwagen, und sofort ertönte über den Tischen das traditionelle vielfache „Gorko!" als Aufforderung an das Brautpaar, sich zu küssen.

An dem Tag, der auf die Hochzeit folgte, ging Waplachow nicht zum Mittagessen, sondern in den nächsten Bürowarenladen und kaufte dort Tinte und Papier.

Dobrynin hatte bemerkt, dass der Urku-Jemze seit dem Morgen eigenartiger, gehobener Stimmung war, aber er stellte ihm keinerlei Fragen. Umsomehr, als der Mund unaufhörlich mit der Arbeit beschäftigt war und ihnen in den Verschnaufpausen mehr nach ein paar tiefen Atemzügen als nach einem Gespräch war.

Am Abend jedoch klärte sich alles.

Statt das Abendessen zu kochen, setzte Waplachow sich sogleich nach ihrer Rückkehr aus der Fabrik an den Tisch und begann etwas zu schreiben.

„Was schreibst du da?“, fragte Dobrynin.

„Einen Brief.“

„An wen denn?“

Hier blickte Waplachow seinen alten Gefährten aufmerksam an, und Dobrynin sah viel Wärme und Güte in seinem Blick.

„An Tanja Seliwanowa“, sagte der Urku-Jemze sanft.

Dobrynin wurde nachdenklich. Aus irgendeinem Grund hatte er vor sehr langer Zeit entschieden, dass Briefeschreiben eine Frauenbeschäftigung sei und Männer Funksprüche schicken sollten. Als er jetzt diesen Mann vor sich sah, der einen Brief schrieb, erkannte er, dass er in seinen Gedanken nicht recht gehabt hatte. Der Brief fiel ihm ein, den er zusammen mit dem Paket vom Genossen Woltschanow erhalten hatte. Er versuchte sich zu erinnern, ob Genosse Lenin Briefe geschrieben hatte. In den unlängst gelesenen Geschichten hatte nichts über Briefe gestanden.

„Worüber schreibst du denn?“, fragte Dobrynin, nachdem er sich aus seinen Gedanken losgerissen hatte.

Waplachow schrieb ein Wort zu Ende, steckte den Füllfederhalter in das Tintenfässchen und sagte: „Über unsere Arbeit schreibe ich, über die Fabrik ...“

„Auch über mich?“

„Ja, natürlich. Und über die gestrige Hochzeit möchte ich schreiben.“ Bei diesen Worten klang die Stimme des Urku-Jemzen ein wenig verträumt und hoffnungsvoll.

Dobrynin nickte.

„Sie gefällt dir?“, fragte er geradeheraus.

„Ja“, sagte Waplachow.

„Ein gutes Mädchen“, stimmte Dobrynin zu. „Eine Patriotin. Vielleicht heiratest du sie?“

Der Urku-Jemze war nun nicht verlegen, aber er schwieg. Er wusste nicht, wie er auf diese Worte antworten sollte. Natürlich hatte ihm die gestrige Hochzeit gefallen, und er beneidete den Bräutigam und hatte sich an seine Stelle versetzt. Aber an der Stelle der Braut hatte er nur die rothaarige Tanja Seliwanowa im fliederfarbenen Kleiderrock gesehen, der sich eng an ihre kräftige Figur schmiegte.

„Hast du noch einen Füllfederhalter?“, fragte Dobrynin plötzlich.

„Ja.“

„Auch Papier?“

„Auch Papier.“

„Gib mir welches“, bat Dobrynin knapp. „Ich werde wohl auch einen Brief schreiben.“

„An wen?“, fragte der Urku-Jemze, kaum merklich lächelnd.

„Ich ... möchte dem Genossen Twerin schreiben“, gestand Dobrynin.

An diesem Abend aßen sie schließlich überhaupt nicht. Bis es dunkel wurde, saßen sie einander am Tisch gegenüber und kratzten mit den Füllfedern, immer wieder innehaltend und jedes Wort, jeden Satz überdenkend.

Diese Beschäftigung fesselte Dobrynin derart, dass es ihm irgendwann so schien, als redete er mit dem Genossen Twerin, als hörte er eine Antwort auf jede hingeschriebene Frage, ausgesprochen mit der so lieben, vertrauten, leicht heiseren und erschöpften Stimme.

So viele Fragezeichen setzte Dobrynin in diesem Brief, dass sie für zwei Personalbögen in der Kaderabteilung ausgereicht hätten. Er fragte den Genossen Twerin nach seiner Gesundheit, nach seinem Leben im Kreml, nach dem Genossen Woltschanow. Aber das Kostbarste, das Wichtigste schrieb er ans Ende des Briefes, nach langem Schwanken und Zweifeln. Er bat den Genossen Twerin, falls das möglich wäre, ihn zur Arbeit in ein schwierigeres und verantwortungsvolleres Gebiet zu schicken. Und erst am alleräußersten Ende, vor dem schriftlichen Händedruck zum Abschied, erkundigte Dobrynin sich nach seiner Familie und seinen Kindern. Das tat er aber nur kurz, damit Genosse Twerin nicht denken sollte, das Private sei Dobrynin wichtiger als das Staatliche.

Während Dobrynin an seinem Brief schrieb, klebte der Urku-Jemze aus Papier zwei Kuverts. Eines von ihnen versah er mit einer Aufschrift, das zweite schob er Dobrynin hin.

In dieser Nacht schlief Dobrynin schlecht, denn er dachte fortwährend an seinen Brief und daran, was Twerin wohl denken mochte, wenn er ihn erhalten und gelesen hatte.

Am Morgen aber, auf dem Weg zur Fabrik, gingen Waplachow und Dobrynin zur Poststelle und gaben ihre Briefe in dem dafür zuständigen Fenster ab, nachdem sie für die Übersendung bezahlt hatten.

An diesem Tag arbeiteten sie nicht allzu angestrengt, und vielleicht wurde der Urku-Jemze deshalb auf ein verdächtiges Detail aufmerksam: bei vielen Rotarmisten begann beim Aufblasen die Luft aus zwei Löchlein zu entweichen, die sich direkt in der Mitte der blauen aufgemalten Augen befanden.

„Es scheint, dass jemand ihnen die Augen aussticht", sagte Waplachow.

Nachdem Dobrynin es sich angesehen hatte, schloss er sich Waplachows Verdacht an.

„Wir wollen den Anteil von derartigem Ausschuss überprüfen", schlug er vor. „Und nach dem Mittagessen erstatten wir Fomitschew Meldung. Es muss ja etwas getan werden."

Waplachow stimmte ihm zu. Wenn Löchlein sich in eindeutig zufälligen Körperteilen der Aufblasfiguren fanden, klebten die Kontrolleure sie zu. Wenn aber der Fehler in den Augen der Erzeugnisse auftrat, dann wurden diese Erzeugnisse beiseite gelegt.

Bis zum Mittagessen waren siebzehn Rotarmisten mit Löchlein in den Augen entdeckt.

„Sie wurden ausgestochen!“, schloss Dobrynin endgültig. „Hier betätigt sich ein Schädling.“

Erregt gingen die Kontrolleure mit ihrem Ausschuss als Erstes zu Fomitschew und erzählten ihm von ihren Schlussfolgerungen.

Auch der Direktor geriet ernstlich in Aufregung. Er bat sie darum, ihm bis zum Abend Zeit zum Nachdenken zu lassen, doch am Abend, sagte er, werde es unumgänglich sein, sich zusammenzusetzen und einen Beschluss zu fassen.

Am Ende des Arbeitstages war die Anzahl der Rotarmisten mit ausgestochenen Augen auf vierzig gestiegen. Und interessant war, dass der Schädling weder die aufblasbaren Arbeiter, noch die Bauern oder irgendwelche anderen Erzeugnisse anrührte. Nur Rotarmisten.

Dobrynin, der das Militär liebte und verehrte, war außer sich.

„Siehst du“, sagte er. „Jemand dort im Werk hasst die Sowjetische Armee! Aber wer? Dort sind doch nur Frauen!“

Waplachow seufzte tief. Das Geschehen schien wirklich ein Rätsel zu sein, denn Frauen konnten doch die Rote Armee nicht hassen, sie hatten eigentlich mit ihr gar nichts zu tun. Im Gegenteil sogar, im Wissen, dass in dieser Armee ihre Männer und Söhne dienten oder gedient hatten, mussten sie für sie die allerwärmsten Gefühle hegen. So jedoch konnte nur ein Mensch handeln, der nichts mit der Armee gemein hatte und nichts mit ihr gemein haben wollte. Oder schlicht ein erklärter Feind. Obwohl dieser Feind natürlich bislang noch nicht erklärt war, er musste erst noch herausgefunden und allen gezeigt werden.

Am Abend begaben die Kontrolleure sich nach der Arbeit in das Büro des Direktors. Fomitschew schloss die Tür von innen zu, und sie setzten sich an den Tisch.

„Ich habe die erste Abteilung angerufen, gleich kommt Major Sokolow von dort“, sagte der Direktor.

Ein paar Minuten später ging tatsächlich hinter einem Vorhang eine unsichtbare Tür auf, und aus dieser Geheimtür trat, den Vorhang beiseite schiebend, ein sympathischer junger, vielleicht fünfunddreißigjähriger, hellhaariger Mann in Zivil. Er grüßte, zog einen Stuhl an den Tisch und nahm neben Dobrynin Platz.

Der Direktor blickte ihn fragend an.

„Ich habe darüber nachgedacht, was Sie mir erzählt haben", sagte Major Sokolow. „Und bin der Ansicht, dass dies keine Sabotage und im Prinzip keine echte Schädlingstätigkeit ist."

„Was ist denn echte Schädlingstätigkeit?", fragte Fomitschew.

„Echte", antwortete der Major, „das ist, wenn ein Bergwerk in die Luft fliegt oder ein Zug entgleist."

Dobrynin betrachtete den jungen Major mit einem gewissen Misstrauen.

„Was ist dann das hier?", fragte er.

„Das weiß ich noch nicht." Der Major zuckte die Achseln. „Aber ich denke, hier gibt es etwas Persönliches. Vielleicht hat jemand an der Front einen Liebsten verloren und in der Folge einen psychischen Schaden erlitten, oder, einfacher gesagt, ein Mensch, ich meine, eine Frau, ist auf eine milde Art verrückt geworden ..."

„Was sollen wir denn dann machen?", fragte der Direktor der Fabrik.

Der Major schwieg nachdenklich. Darauf zog er ein Blatt Papier aus der Tasche, nahm aus einem Glas, das auf dem Tisch stand, einen Bleistift und begann etwas zu notieren.

Einige Minuten später reichte er das Blatt, das mit einer zierlichen Handschrift vollgeschrieben war, an Fomitschew.

„Hier ist der Aktionsplan, in seinem zeitlichen Ablauf", sagte er. „Ich nehme das unter meine Aufsicht, aber, ehrlich gesagt, ich habe Wichtigeres zu tun. Also wird vielleicht jemand von Ihnen", er sah die Kontrolleure an, „die auf dem Papier vorgesehenen Maßnahmen durchführen?"

Dobrynin spürte das Vertrauen der Heimat, und dieses fast vergessene Gefühl brachte ihn dazu, sich aufrecht hinzusetzen und die Schultern gerade zu halten.

„Ich mache das!“, sagte er entschieden, wobei er fürchtete, dass Waplachow ihm womöglich zuvorkam.

Aber Waplachow war vollkommen ruhig und, so schien es, sogar froh, dass Dobrynin diese Sache übernommen hatte.

Der Major ließ seine Telefonnummer zurück und ging.

Fomitschew reichte Dobrynin das Blatt mit den Maßnahmen, die der Major vorgesehen hatte. Er war gleichfalls froh über die Bereitschaft des Volkskontrolleurs, den Auftrag auszuführen.

„Wenn es Schwierigkeiten oder Probleme gibt, sag unbedingt Bescheid!“, bat er.

Dobrynin las auf dem Blatt:

„1. In der Kaderabteilung eine Liste der Arbeiterinnen des Werks für Aufblasfiguren in Empfang nehmen.
2. Vor Ort ihre Personalbögen und Beurteilungen überprüfen.
3. Ihre Adressen notieren, die Nachbarn befragen. Prüfen, ob jemand aus der Familie an der Front gefallen ist.
4. Die Freundinnen und Nachbarn über das Verhalten im Alltag befragen; auf Anzeichen von Geisteskrankheit oder psychischer Instabilität achten, besonders: Beteiligung an Skandalen, Streitereien, Racheakte im Alltag (Streuen von Salz ins Kompott u.ä.).“

Nachdem er alles gelesen hatte, schüttelte Dobrynin staunend den Kopf.

„Ja, das ist etwas!“, stieß er aus. „In zwei Minuten alles so strikt und klar! Der Major ist ein Prachtbursche.“

Fomitschew empfand gleichfalls Stolz auf den jungen Major und darauf, dass dieser Major in seiner Fabrik Dienst tat. Allerdings mischte sich in den Stolz noch ein weiteres, unbefriedigendes Gefühl – denn alle in der Fabrik waren unweigerlich ihm, Direktor Fomitschew, unterstellt, alle außer Major Sokolow.

„Na gut“, sagte der Direktor seufzend. „Also, morgen früh begibst du, Genosse Dobrynin, dich in die Kaderabteilung, und du, Genosse Waplachow, versuchst für zwei zu arbeiten, ja? Ich werde mich schon erkenntlich zeigen, du kennst mich ja."

Waplachow nickte.

Am Morgen fiel Nieselregen. Dobrynin arbeitete in der Kaderabteilung. Der Leiter der Abteilung, Sofrontow, ein Ehemaliger aus Budjonnyjs Reiterarmee, der im Kampf mit den Weißen die rechte Hand verloren hatte, half dem Volkskontrolleur bereitwillig. Als Erstes erstellten sie zu zweit eine Liste der Arbeiterinnen in dem Werk, es waren achtundzwanzig an der Zahl. Dann sammelten sie die Personalakten dieser Arbeiterinnen, teilten sie in zwei Gruppen ein und begannen mit der Überprüfung ihrer Beurteilungen und anderer Dokumente.

Vor dem Mittagessen rief Fomitschew an.

„Na, wie geht es?", fragte er Dobrynin, der den Hörer abgenommen hatte.

„Wir führen soeben Punkt zwei aus", berichtete Dobrynin. „Bei allen Arbeiterinnen, außer zweien, ist jemand an der Front gefallen. Jetzt lesen wir die Beurteilungen."

„Nur zu, nur zu!", sagte Fomitschew. „Ich habe dem Gewerkschaftskomitee befohlen, dass euch das Essen direkt in die Abteilung gebracht wird."

Eine Viertelstunde darauf brachte man tatsächlich zwei Henkelmänner in die Kaderabteilung.

Nachdem sie einen Teil des Tisches freigeräumt hatten, setzten Dobrynin und Sofrontow sich zum Essen. Zuerst gab es Borschtsch, als Hauptgang Buchweizengrütze.

Dobrynin beobachtete interessiert, wie geschickt der Personalleiter mit dem Essen zu Streiche kam, indem er nur die linke Hand einsetzte. Sofrontow aß schneller als der Volkskontrolleur und, wie es schien, mit größerem Appetit.

„Weißt du", sagte er, als er mit dem Borschtsch fertig war. „Ich bin solche Feinde nicht gewöhnt ... Ich liebe den offenen Kampf. Wenn du der Feind bist, dann kommst du raus und sagst: ‚Ich bin dein Feind.' So geht es ehrlich zu, genau wie im Kampf. Aber diese Schädlinge und Saboteure ... Ich weiß noch, wie viele man von ihnen in den Dreißigern gefangen hat! Und alle so feige ...“

„Major Sokolow ist der Ansicht, eine der Arbeiterinnen sei sozusagen einfach verrückt geworden und macht deshalb so etwas“, sagte Dobrynin.

„Major Sokolow, Major Sokolow ...“ Sofrontow seufzte und zog die Blechschale mit der Grütze zu sich her. „Wenn jemand verrückt wird, dann sticht er nicht Rotarmisten die Augen aus. Einen Verrückten erkennt man auch gleich, der zieht sich nicht an wie alle, und er redet anders. Hier gibt es einen Feind, das ist klar. Und erstaunlicherweise ist der Feind eine Frau. So eine kann auch ihrem Ehemann im Schlaf die Augen ausstechen ... Nun ja, hier in der Fabrik übt sie an aufblasbaren Rotarmisten, und danach, hast du nicht gesehen ...“

„Hör mal, Sofrontow“, unterbrach Dobrynin den Leiter. „Welche von diesen Arbeiterinnen hat einen Ehemann?“

Sofrontow hörte einen Augenblick lang zu kauen auf.

„Keine“, antwortete er, als er nachgedacht hatte. „Alperina, und dann die, na, Suslowa und Darja ... wie heißt sie gleich ... Zesarskaja, die sind Witwen, und die anderen sind noch nicht verheiratet ...“

„Also geschieht es nicht, um zu Hause dem Ehemann die Augen auszustechen ...“, schloss der Volkskontrolleur.

„Das habe ich doch als Beispiel gesagt, weil es dort, wo kein Mut ist, immer Hinterlist gibt. Vielleicht liegt auch hier eine Hinterlist vor, nur wissen wir noch nichts von ihr ...“

Dobrynin dachte nach.

„Aufgrund feindlicher Hinterlist bin ich jetzt auch ohne Hand. Im offenen Kampf hätte mir keiner was abgehackt!“, fuhr Sofrontow fort.

„Wie haben sie es denn gemacht?“, fragte der Kontrolleur interessiert.

„Also ich war ein bekannter Draufgänger. Da haben diese Weißen eine Art Belohnung auf meine rechte Hand ausgesetzt – ein Kilogramm in Gold und ein Pferd. Als wir nach einer wilden Attacke in einem eroberten Dorf getrunken und uns schlafen gelegt hatten, nahm einer von unseren Leuten, Kosjajew Wanja, mir, als ich schlief, den Säbel weg und hat mir mit meinem eigenen Säbel die Hand abgeschlagen! Der Schuft! Nimmt den Säbel und die Hand und rennt direkt zu den Weißen, um sein Gold und sein Pferd zu kriegen. Die haben ihm natürlich sonstwas gegeben, bloß kein Gold. Sie gaben ihm zu essen und zu trinken, gaben ihm ein Paket, sagten, es sei geheim, und schickten ihn los, er sollte nach Katerinowka zu ihrem Stab reiten, dort würden sie ihm für dieses Paket die versprochene Belohnung schon geben. Er ritt nach Katerinowka, dort jedoch waren unsere Leute. Sie haben ihn und sein Paket geschnappt, und in dem Paket stand etwas in der Art wie: der Überbringer dieses Pakets hat dem Hauptfeind der weißen Armee, Sofrontow, die rechte Hand abgeschlagen. Na, unsere haben ihn natürlich an die Wand gestellt und erschossen. Da siehst du, wie hinterlistig sie uns drangekriegt haben. Mich und auch diesen Kosjajew ... Aber jetzt gibt es keine solchen Feinde mehr, jetzt ist alles in jeder Hinsicht klein."

Nach dem Essen gingen sie die Personalakten zu Ende durch und beschlossen, vor Ort, im Werk, zu schauen, wer von den Arbeiterinnen sich als Schädling betätigen könnte.

Für alle Fälle verabredeten sie, das Ziel ihres Werkbesuchs geheim zu halten. Wenn jemand fragen sollte, dann wollten sie antworten, dass sie durch alle Abteilungen gingen, um die beste Abteilung für die Auszeichnung mit der Roten Wanderfahne auszuwählen. Das kündigten sie dem Direktor der Fabrik an.

Über der Abteilung hing leichter Nebel. Es roch nach Gummi und Talk. Große und kleine Maschinen summten, dröhnten und schlugen mit Eisen an Eisen. Es zitterte der Holzboden unter ihren Füßen.

Eine etwa vierzigjährige Frau in einem blauen Arbeitsanzug kam zu ihnen.

„Ich bin die Aufsichtführende der Abteilung Nummer acht“, sagte sie, nachdem sie eine Atemmaske vom Mund gezogen hatte.

„Zeigen Sie bitte dem Genossen Kontrolleur den Produktionsprozess“, bat Sofrontow sie höflich. „Es ist an der Zeit, dass er einmal sieht und erfährt, wie die Waren hergestellt werden, die er überprüft.“

„Bittesehr.“ Die Frau lud Dobrynin mit einer Geste ein, ihr zu folgen.

Die Atemmaske hatte sie am Hals herunter sinken lassen, sie hing dort an ihrem Gummiband wie ein Schmuck.

Während sie Dobrynin zu einer gewaltigen Maschine führte, begann sie zu erklären:

„Das hier ist die Abwickelmaschine. Wir erhalten zweilagiges Gummi auf Rollen, jede wiegt über eine Tonne. Wenn wir so eine Rolle erhalten haben, dann setzen wir sie auf die Stahlstange, heben sie auf diese Maschine und stecken die Stange in die Vertiefungen in den Zahnrädern ...“

„Wie heben Sie die hoch?“, unterbrach sie der erstaunte Dobrynin. „Machen Sie hier das etwa selbst?“

„Manchmal machen wir es selbst, manchmal bitten wir um Hilfe aus einer anderen Abteilung.“ Die Frau zuckte die Achseln. „Wir sind doch hier mehr als zwanzig ... Wenn also die Stange in den Vertiefungen sitzt, kann man den elektrischen Motor einschalten, und er rollt langsam das Gummi ab, hier, sehen Sie.“

Sie traten näher. Dobrynin beugte sich sogar nach vorn und sah erst dann die sich tatsächlich langsam drehende, gewaltige graue Rolle.

„Das Gummi wird beim Abwickeln hierher zu dem Schneidetisch gezogen. Das ist natürlich nicht der technische Ausdruck, das sagen wir so. Und wenn der Rand des Gummis am Tischrand angelangt ist – Dascha, Dascha, komm mal her! –, dann schneidet Dascha mit dem Schneidmesser ein Stück ab, und dann heißt dieses Stück Rohling.“

Wegen des Talknebels konnte Dobrynin Dascha nicht richtig sehen, umsomehr, als sie außer einer Atemmaske auch noch eine Brille trug.

Er wurde auf das mechanische Schneidmesser aufmerksam, dessen Klinge an einem Ende fest an der Ecke dieses Tisches befestigt war.

„So“, fuhr die Aufsichtführende der Abteilung fort. „Der Rohling kommt unter die Schneidpresse ... Ich will es Ihnen zeigen! Dascha, gib mir den Rohling!“

Dascha tauchte wie ein Geist aus dem Nebel auf und übergab der Aufsichtführenden ein recht großes rechteckiges Stück Gummi. Die Aufsichtführende legte das Gummi mit den Rändern an die Kanten auf eine Oberfläche von derselben Größe.

„Sehen Sie, wie fest es sich angelegt hat?“, fragte die Frau sehr stolz.

Dobrynin nickte.

„Und jetzt muss man auf diesen Knopf hier drücken.“ Ihre Hand verschwand in dem weißen Nebel, und Dobrynin konnte ihr nicht folgen und erst recht diesen Knopf nicht entdecken.

Es gab irgendein Getöse, und auf die Oberfläche fiel von oben etwas riesiges Schweres herunter. Dobrynin schrak zurück. Die Aufsichtführende kicherte.

„Das ist die Schneidpresse“, sagte sie mit einem Lächeln. „Gleich geht sie wieder hoch, und ich erzähle Ihnen weiter.“

Die Schneidpresse begann sich tatsächlich langsam zu erheben und verschwand irgendwo weiter oben.

„Jetzt haben wir anstatt eines Stücks Gummi acht doppelte Formen, und da gibt es dann schon mehr Arbeit. Mädchen, he, auf geht’s!“

Dobrynin sah, wie nun Unruhe entstand. Einige Frauen mit Atemmasken eilten zur Schneidpresse, jede nahm sich eine fertige Form, und sie verschwanden wieder außer Sicht in dem Talknebel, doch drangen aus diesem Nebel verschiedene Arbeitsgeräusche und Gesprächsfetzen herüber.

In Dobrynins Mund war der Gummigeschmack nun so scharf geworden, dass er nicht mehr an sich halten konnte und vor sich auf den Holzboden ausspuckte.

Die Frau sah ihn verständnisvoll an.

„Ich schalte jetzt für eine Minute den Ventilator ein“, sagte sie und ging davon.

In der Abteilung begann alles zu beben, zu dröhnen, und Dobrynin blickte sich erschrocken um und hoffte, Sofrontow zu sehen, doch der Personalleiter war nicht sichtbar, wie im übrigen die ganze Abteilung wegen dieses Nebels nicht sichtbar war. Da spürte der Volkskontrolleur eine starke Luftbewegung in seiner Nähe, als würde Wind in den Raum herein dringen. Der Nebel begann aufzureißen, zu zerbröckeln und verschwand schließlich.

Dobrynin sah, wie die Aufsichtführende von einem Hebelschalter fort trat, der an der Wand neben der Eingangstür hing. Jetzt gab es vollständig freie Sicht.

Der Kontrolleur sah sich nach der Aufwickelmaschine um, dann legte er den Kopf in den Nacken, musterte die Schneidpresse und begann die Arbeiterinnen zu betrachten.

Die Arbeiterinnen standen unterdessen wie in einer Warteschlange an, jede hielt eine doppelte Form in den Händen. Sie hatten sich vor einem kleinen Werktisch aufgestellt.

„Kommen Sie, Genosse Kontrolleur.“ Die Frau führte Dobrynin zu dieser Arbeitsschlange. „Das ist die Farbpresse. Hierher wird die ausgeschnittene Form gelegt. Glascha, du hast sie hingelegt, ja?“

„Ja“, antwortete Glascha mit dünnem Stimmchen, nachdem sie sich die Atemmaske ein wenig vom Mund fortgezogen hatte.

„Und jetzt drücken wir hier auf diesen roten Knopf.“ Sie tat, wie gesagt, und von oben sauste eine kleine Presse herunter und bewegte sich gleich darauf langsam wieder nach oben zurück.

Ganz sorgfältig, mit Stäbchen, nahm die Aufsichtführende die doppelte Form auf, und in diesem Augenblick sah Dobrynin, dass er nicht mehr einfach ein Stück Gummi von unverständlicher Form vor sich hatte. Er erblickte einen Rotarmisten in grünem Soldatenmantel und Budjonnyj-Mütze, mit rosigem Gesicht und blauen Augen, der ein braunes Gewehr in der Hand drückte.

„Und hier kommt nun die letzte Phase." Die Aufsichtführende begab sich mit dem flachen Gummirotarmisten in den Händen zu einem langen, schmalen Tisch am Ende des Raumes.

Dobrynin eilte ihr hinterher.

Auf diesem Tisch lagen mit Talk bestreute Sperrholzplatten. Neben jeder Platte lagen sorgfältig aufgereiht Birnspritzen, Scheren und Messer mit kurzen, scharfen Klingen und runden Holzgriffen.

Die Aufsichtführende legte den Gummi-Rotarmisten auf eine Platte, nahm eine Birnspritze zur Hand und ging zu einem Eimer, der auf einem Petroleumkocher stand.

„Hier haben wir Gummikleber", erklärte sie Dobrynin, während sie sich zu ihm umdrehte.

Sie kam an den Tisch zurück, wobei sie die Spritze fortwährend von einer Hand in die andere warf, anscheinend war die Spritze sehr heiß. Sie zog sich dicke Handschuhe an und begann, nachdem sie, nun schon ruhig, wieder zur Spritze gegriffen hatte, mit ihr eine Klebelinie an den Rändern der Figur entlang zu ziehen. Als sie damit fertig war, drehte sie sich zu Dobrynin um.

„So, jetzt trocknet der Kleber fünf Minuten an, und danach führen wir ein zusätzliches Einblasen von Talk durch."

Dobrynin schweifte ein wenig vom Produktionsprozess ab, obwohl alles, was er sah, ihn ungeheuer interessierte und ihm Stolz und ein gewaltiges Vertrauen in die Zukunft einflößte. Er dachte jetzt über die durchstochenen Augen nach und erkannte, dass das Durchstechen nur möglich war, nachdem die Figur aus der Stanzpresse kam, das hieß, nachdem auf dem Gummi die Augen erschienen waren. Und das hieß, dass man eben unter jenen Arbeiterinnen suchen musste, die an diesem Tisch arbeiteten oder die Figuren an dem langen Tisch zusammenklebten.

„Genosse Kontrolleur“, erklang neben ihm die angenehme Stimme der Aufsichtführenden der Abteilung. „Schauen Sie!“

Dobrynin wandte sich um.

Die Frau hielt einen bereits geklebten Rotarmisten in den Händen.

„Hier“, sie wies auf das Ende der Gewehrmündung, „bleibt eine Öffnung zum Aufblasen. Stöpsel werden in einer anderen Abteilung hergestellt, sie liegen hier in dem Korb. Und so, wenn der Kleber getrocknet ist, nehmen wir das fertige Stück, setzen es mit der Öffnung hier drauf ...“

Die Aufsichtführende zog die Figur auf einen dünnen Schlauch, der flach an dem Rand des Tisches befestigt war. Dann drückte sie mit dem Fuß auf ein Pedal unter dem Tisch, und der Rotarmist schwoll jäh an, als er sich mit Luft füllte.

Dobrynin trat vor Überraschung einen Schritt zurück.

„Dort, unter dem Tisch“, sprach die Frau, „befinden sich der Talk-Dosierer, ein Mischer und Kohlenstoff unter Druck. Und jetzt ist das Stück fertig.“

Schon im Hinausgehen, blieb Dobrynin noch kurz stehen, betrachtete scharf die mit ihrer Arbeit beschäftigten Frauen, nickte sich selbst zur Antwort auf irgendeinen Gedanken zu und verließ die Produktionshalle.

An diesem Abend, als die Arbeiter schon fort waren, beschlossen Dobrynin und Sofrontow, sich die Produktionshalle noch einmal genau anzusehen. Sie war ziemlich sauber und die Luft war nun klar, was Dobrynin erstaunte.

Trotzdem sie alle Ecken und Oberflächen sorgfältig überprüften, konnten Dobrynin und Sofrontow nichts Verdächtiges finden.

Sie kehrten in die Kaderabteilung zurück, kochten sich einen Tee und dachten nach.

„Auf jeden Fall hast du darin recht, dass die, die am Aufwickler und an der Schneidpresse arbeiten, die Löcher nicht stechen konnten“, sagte der Personalleiter. „Komm, wir streichen sie gleich aus der Liste.“

Und Sofrontow zog die Liste aus der Schublade, überflog mit dem Blick die Nachnamen, nahm einen Bleistift und begann durchzustreichen, wobei er die Namen laut nannte, von denen jeglicher Verdacht genommen war: „Solodowa ... Kormuchina ... Wolodina ... Koschkina ... Belopolskaja ... Schecherewa und Schtscherbak ... Lipkina auch ... Es bleiben zwanzig ... Wenn man ihre Beurteilungen und Personalakten betrachtet, dann denke ich, als Erstes müssen wir die Kusnezowa, die Matrossowa und die Morosowa überprüfen ... sie kommen aus religiösen Familien, weißt du, auch wenn sie Komsomolzinnen sind.“

Während sie Tee tranken, kam dem Volkskontrolleur ein Gedanke.

„Hör mal“, sagte er und stellte die Tasse, die er gerade hochgehoben hatte, auf den Tisch zurück. „Kommandieren wir doch von diesen Arbeiterinnen vier vormittags und vier nachmittags je in andere Abteilungen ab ...“

Sofrontow kniff die Augen zusammen und zuckte verständnislos die Achseln.

„Wozu?“, fragte er.

„Waplachow prüft die Qualität, und wenn vormittags oder nachmittags irgendwann alle Rotarmisten heile Augen haben, heißt das, die Täterin war unter den vier, die zu der Zeit in der anderen Abteilung waren.“

„Du bist ja ein schlauer Fuchs!“, sagte Sofrontow beifällig. „Und dabei siehst du ganz harmlos aus! Wir müssen es nur dem Direktor sagen.“

Sie riefen den Direktor an, der jedoch war nicht in seinem Zimmer.

„Hör mal, vielleicht rufen wir den Major an?“, schlug Dobrynin vor.

Major Sokolow war da. Der Plan gefiel ihm sehr gut, und er bat sie darum, dass sie ihm bis zum Morgen die Liste der Verdächtigen abschrieben.

Als er nach Hause ins Wohnheim zurückgekehrt war, unterrichtete Dobrynin den verschlafenen Urku-Jemzen über den Ablauf der folgenden Tage.

In dieser Nacht schlief er tief und fest, ganz im Gegensatz zu Waplachow, der eine Schicht für zwei abgeleistet hatte und sich noch im Schlaf den Gummigeschmack aus dem Mund räusperte. Das half jedoch nicht einmal, und so wälzte er sich von einer Seite auf die andere, wachte auf, um wieder in einen leichten Dämmer zu fallen, der jedes Mal mit einem Anfall von Übelkeit endete.

Am Morgen wurden auf Befehl des Fabrikdirektors die ersten vier Frauen der Liste in die Luftballon-Abteilung abkommandiert.

Ein ermüdendes Warten ergriff Besitz von Dobrynin, und obwohl er erkannte, dass er nun auch in den Kontrollraum gehen und, während er so wartete, Waplachow helfen konnte, hielt etwas ihn davon ab und entließ ihn nicht aus der Kaderabteilung, die für einige Tage zum Untersuchungs-Hauptquartier geworden war.

Kurz vor dem Essen schaute er dennoch in den Kontrollraum hinein.

„Wie sieht es aus?“, fragte er.

„Es gibt Durchstiche“, antwortete der Urku-Jemze, während er sich den Schweiß von der Stirn wischte.

Dobrynin nickte und kehrte in die Kaderabteilung zurück.

Dort aßen sie, dank der Aufmerksamkeit des Direktors, auch zu Mittag.

Nach dem Essen strich Sofrontow die Namen der ersten vier aus der Liste der Verdächtigen.

Am Abend hatte sich die Liste der Verdächtigen um vier weitere Namen verkürzt.

Es blieb nur noch das Warten, und die beiden älteren Männer, die die verantwortungsvolle Aufgabe auf sich genommen hatten, warteten geduldig, weil sie wussten, dass der Sieg am Ende ihrer sein würde.

Am Abend des nächsten Arbeitstages lächelte der Urku-Jemze, trotz seiner gewaltigen Erschöpfung, dem hereinkommenden Dobrynin glücklich entgegen.

„Nach dem Mittagessen gab es keine Löcher mehr", sagte er.

Dobrynin war selig. Er umarmte Waplachow und eilte in die Kaderabteilung. Umgehend berichteten er und Sofrontow Fomitschew und Major Sokolow davon, dass nur noch vier Verdächtige übrig waren.

„Na gut", sagte Sokolow zufrieden. „Das heißt, weiter geht es so: Zwei der vier Arbeiterinnen werden morgens abkommandiert, die anderen beiden nachmittags. Abends berichten Sie."

Die Sache ging ihrem Ende entgegen. Der Kreis schloss sich um die Frau, und als Dobrynin erkannte, dass nach dem Abschluss dieser Sache das Leben wieder monoton und traurig sein würde, verlor er seinen Eifer. Noch ein, zwei Tage, dachte er, und wieder würden er und Waplachow acht Stunden am Tag Rotarmisten, Arbeiter und Bauern aufblasen, und wenn das so weiterging, dann würde ihm der Geschmack von Gummi und Talk bis an das Ende seines Lebens im Mund zurückbleiben.

Einen Tag später gab es von den Verdächtigen nur noch zwei: Matrossowa und Sabolozkaja. Spät am Abend, als er in der Kaderabteilung saß, sah Dobrynin sich noch einmal ihre Personalakten an, las ihre Beurteilungen, überprüfte die Listen der bezahlten Gewerkschaftsbeiträge und auch die Beiträge zu anderen gesellschaftlichen Organisationen. Nein, dachte Dobrynin, die Sabolozkaja ist es nicht. Die Sabolozkaja ist eine anständige und gewissenhafte Arbeiterin. Fünf Ehrenurkunden, zwei Abbildungen in der „Sarsker Prawda", die Stoßarbeiter-Anstecknadel. Übrig blieb die Matrossowa, eine zwanzigjährige Komsomolzin, aufgewachsen in einer Familie von Baptisten, wenig umgänglich, gelegentlich hochmütig, hatte zweimal die Generalversammlung der Fabrik vorzeitig verlassen, war ohne Auszeichnungen und wurde von den Genossinnen nicht besonders hoch geachtet. Je mehr Dobrynin über sie nachdachte, desto stärker war seine Überzeugung, dass gerade sie der ideale Schädling war. Und für Dobrynin wurde klar, dass Major Sokolow nicht Recht hatte, wenn er annahm, dass nur Verrückte die Augen von Gummirotarmisten ausstechen konnten. Nein, dachte der Volkskontrolleur, wenn die Matrossowa nun in einer Panzerfabrik arbeiten würde, dann wäre der von ihr angerichtete Schaden ja noch um vieles schlimmer; und was, wenn sie gar Krankenschwester in einem Feldlazarett wäre? Auf die letzte Frage wagte Dobrynin sich nicht einmal in Gedanken zu antworten. Wenn er allerdings an Menschen wie Sofrontow dachte, erkannte der Volkskontrolleur, dass ein Mensch mit einer Beurteilung wie die Matrossowa weder bei einer Panzerfabrik noch in dem Feldlazarett angenommen worden wäre.

Am Freitag schloss sich endgültig der Kreis um die Matrossowa. Dobrynins Verdacht wurde noch einmal bestätigt, als eine der Arbeiterinnen, die nichts von dem Vorgefallenen wusste, erzählte, dass die Matrossowa immer eine Ahle mit zur Arbeit brachte. Natürlich dachte diese wachsame Arbeiterin an etwas Schlimmeres, obwohl ein Mord kaum schlimmer sein konnte als Hass auf die Rote Armee.

Spät am Freitagabend leuchtete in dem Gebäude der Fabrik einsam ein einziges Fenster – im Arbeitszimmer von Direktor Fomitschew.

In der Mitte des Zimmers stand, noch immer im blauen Arbeitsanzug, rot und verweint, Soja Matrossowa, ein eigentlich sehr hübsches Mädchen, schlank, mit kastanienbraunem Haar, das ihr auf die Schultern fiel.

Fomitschew saß hinter seinem Schreibtisch. Daneben saßen Major Sokolow, Dobrynin und der Leiter der Kaderabteilung, Sofrontow. Sofrontows leerer rechter Sakkoärmel lag formlos auf seinem Knie, und der Personalleiter bat Dobrynin, ihm seinen Ärmel in die Außentasche des Sakkos zu stecken.

„So, dann fangen wir an, Genossen!“, sagte Major Sokolow. „Erzählen Sie mal, Soja, wie Sie den Weg eingeschlagen haben, der Sie zum Schädling machte.“

Die Matrossowa wollte etwas sagen, brach aber aufs Neue in Schluchzen aus, erbebte und schlug die Hände vors Gesicht.

„Sie sind doch ein erwachsener Mensch, nehmen Sie sich zusammen“, sagte der Major und verzog den Mund.

Die junge Frau beruhigte sich ein wenig und hob den furchtsamen Blick zu den Männern, die sie ansahen.

„Machen Sie das schon lange?“, fragte Major Sokolow.

Sie schüttelte den Kopf.

„Warum lieben Sie die Rote Armee nicht?“

„Ich liebe die Rote Armee ...“, flüsterte Soja kaum hörbar.

Dobrynin sah sie an und verspürte keinerlei Feindseligkeit ihr gegenüber, so zart und harmlos erschien sie.

„Aber wenn Sie die Rote Armee lieben, warum haben Sie dann Rotarmisten die Augen ausgestochen?“, ließ Major Sokolow nicht locker.

„Er hat mich verlassen ...“, brachte Soja mühsam heraus, und in ihren Augen glitzerten wieder Tränen.

„Wer? Wann?“, fragte Sokolow ruhig weiter.

Dobrynin lauschte seiner Stimme und bewunderte neidvoll die Ruhe und Kaltblütigkeit des Majors.

„Mein Senja ... Also Semjon ...“

„Wie ist der Nachname?“

„Garkawyj ...“, sagte Soja, und die Tränen liefen ihr nun schon über die Wangen.

Der Major füllte ein Glas mit Wodka aus der Karaffe, brachte es ihr, wartete, bis sie einen kleinen Schluck genommen hatte, dann kehrte er an seinen Platz zurück.

„Erzählen Sie weiter!“

Sofrontow rutschte lebhaft auf seinem Stuhl hin und her, während er ebenfalls interessiert sowohl die Matrossowa, als auch den Major beobachtete. Von diesem Hin- und Herrutschen glitt der rechte leere Ärmel wieder aus der Sakkotasche.

„Hör mal, Dobrynin ...“, flüsterte er.

Der Volkskontrolleur wandte sich um, erkannte sofort, worum es ging, und steckte den Ärmel wieder zurück.

„Er hat gesagt, am zehnten heiraten wir, aber er hat nicht gesagt, dass sein Urlaub nur bis zum sechsten geht … und ist weg …“

Wieder rollten Tränen über das hübsche Gesicht der jungen Frau.

„Also“, versuchte ihr der Major zu helfen, „Semjon Garkawyj ist auf Urlaub gekommen … ein kurzer Urlaub?“

„Ja.“

„Von der Armee?“, präzisierte der Major.

„Ja.“

„Er ist auf kurzen Urlaub von der Armee gekommen, hat versprochen, Sie zu heiraten, Sie aber betrogen und ist wieder zurückgefahren. Richtig?“

Soja nickte.

„Und deshalb, weil ein Rotarmist Sie betrogen hat, haben sie begonnen, die ganze Armee zu verabscheuen, ja?“

Soja schüttelte den Kopf.

„Nein“, flüsterte sie. „Ich weiß nicht, was mit mir war …“

„Haben Sie ihn geliebt?“, fragte der Major.

Soja nickte.

„Und jetzt, lieben Sie ihn jetzt auch?“

Soja nickte wieder, aber mit einer kleinen Verzögerung.

„Nun, im Großen und Ganzen ist die Sache klar.“ Major Sokolow blickte die Übrigen an. „Wie ich schon gesagt habe – persönliche Gründe.“

„Was machen wir jetzt?“, fragte Fomitschew ein wenig nervös.

Der Major überlegte.

„Ich bekomme ein Kind von ihm!“, sagte plötzlich Soja und schluchzte wieder los.

„Hm, so, ja“, bemerkte der Major.

Dobrynin tat das Mädchen nun leid. Er erkannte, dass sie, wenn auch ein Schädling, so doch kein richtiger Feind war. Da stieg Zorn in ihm auf, Zorn auf diesen Rotarmisten, der so ein hübsches, zartes Mädchen verführt und verlassen hatte. Und Dobrynin wollte über seine Gefühle etwas sagen.

„Ich denke“, sprach der Volkskontrolleur, „schuld ist hier dieser Semjon ... er hat der Roten Armee Schande gemacht ...“

„Gleich, gleich“, hielt der Major ihn auf. „Genosse Dobrynin, ich bin im Prinzip mit Ihnen einer Meinung, aber wir müssen beschließen, was zu tun ist. Gut, Soja“, wandte sich der Major an die junge Frau. „Gehen Sie ins Wohnheim und bleiben Sie in Ihrem Zimmer. Vielleicht brauchen wir Sie noch.“

Die junge Frau ging.

Der Major ließ den Blick über die im Zimmer verliebenen Männer wandern. „So, wir wollen nun zu einer Entscheidung kommen. Ich sage als Erstes, was ich meine. Soja Matrossowa ist keine geborene Verbrecherin. Schaden hat sie natürlich angerichtet, und dafür muss sie sich verantworten. Aber als Vertreter des NKWD muss ich die größtmögliche Gerechtigkeit erreichen. Deshalb schlage ich vor, dass wir folgenden Beschluss fassen: durch das Militärkommissariat wird der Bürger Garkawyj auf eine kurze Dienstreise herbestellt und dazu genötigt, das von ihm betrogene Mädchen zu heiraten. Erst anschließend werden Schuld und Bestrafung der Bürgerin Matrossowa bestimmt.“

Dobrynin lächelte.

„Das habe ich auch gedacht“, sagte er.

„Einverstanden“, sagte Sofrontow.

„Nun denn.“ Fomitschew kratzte sich am Hinterkopf. „Und bis dahin? Sie wieder ins Werk aufnehmen oder entlassen?“

„Soll sie arbeiten“, sagte der Major. „Sie wird es nicht mehr tun, davon bin ich überzeugt.“

Zwei Tage später reiste der Schütze Garkawyj in Begleitung eines Fähnrichs nach Sarsk an.

Soja, die von dem Beschluss Major Sokolows nichts wusste, wurde von der Arbeit geholt und zum städtischen Standesamt geschickt. Dorthin wurde im Wagen auch Semjon Garkawyj gebracht. Als der Soldat das Zimmer für Eheschließungen betrat und dort Soja erblickte, erstarrte er und sah die junge Frau lange ohne zu blinzeln an.

„Was hast du?", sagte Dobrynin, der von hinten zu ihm trat und ihn an der Schulter berührte. „Hab keine Angst."

Im Zimmer waren nur Eingeweihte: der Fabrikdirektor, Sofrontow, Major Sokolow und Dobrynin. Dobrynin und Sokolow unterschrieben im Standesamtregister als Trauzeugen.

Danach kehrten sie gemeinsam mit dem Soldaten Garkawyj und seinem Fähnrich zurück in die Fabrik, wo sie sich in Fomitschews Arbeitszimmer für eine Weile zusammensetzten.

Erst jetzt erfuhr der Schütze Garkawyj, wozu sein Verrat an dem geliebten Mädchen geführt hatte. Er errötete mehrere Male, während er Major Sokolow zuhörte. Soja war da ruhiger. Die schlimmsten Minuten lagen hinter ihr, und jetzt dachte sie – schon eine verheiratete Frau, die nun den Namen ihres Mannes trug – nur an die Zukunft und an die nicht wenigen Prüfungen, die sie auf ihrem Weg zu einem normalen Familienglück noch hinter sich bringen müsste.

„Morgen tagt das Gericht", sagte Major Sokolow am Ende. „Zum Glück ist es ein Zivilgericht, kein Kriegsgericht. Wie auch immer die Strafe ausfallen mag, ich bitte Sie, Bürgerin und Bürger Garkawyj, reagieren Sie ruhig und vernünftig darauf. Sie beide haben noch ein langes Leben vor sich."

Die Verhandlung war kurz, aber gerecht. Der Schütze Garkawyj erkannte seine Schuld an und bat darum, dass man ihn an Sojas Stelle bestrafen möge. Das Gericht traf allerdings eine andere Entscheidung: als es erfuhr, dass der einfache Schütze in Grundausbildung noch vier Jahre Dienst tun musste und erst dann seine Haft hätte antreten können, verurteilte das Gericht Soja Garkawaja zu vier Jahren Haft, damit die beiden nicht noch länger aufeinander warten mussten, als es unbedingt sein musste. Viele der Anwesenden bei Gericht weinten, und besonders weinten die Frauen, als nach dem Urteilsspruch den Jungverheirateten gestattet wurde, sich zu verabschieden.

Soja und Semjon umarmten sich lange. Und sie weinten ebenfalls. Niemand drängte sie zur Eile oder trennte sie gewaltsam voneinander, auch wenn in zwei Schritten Entfernung der Fähnrich stand, der den Schützen Garkawyj zurück zur Einheit bringen sollte, und auf der anderen Seite geduldig zwei Soldaten des NKWD und ein Fahrer auf Soja warteten.

Nach dem Gericht, als fast alle auseinander gegangen waren, Dobrynin und Waplachow jedoch, aufgewühlt und versonnen, immer noch im Saal saßen, trat Major Sokolow zu ihnen.

„Wissen Sie", sagte er, „ich glaube an sie. Ich denke, in den nächsten vier Jahren werden sie vieles verstehen, und dann werden sie ein glückliches Leben haben."

Dobrynin schluckte den Kloß in seinem Hals hinunter und nickte.

Waplachow war tief in sich selbst versunken, er dachte an ihr Gericht damals über den falschen Kommunisten Kriwizkij und daran, dass das Leben wahrhaftig besser und schöner wurde.

Kapitel 32

In den ersten Tagen fiel es Banow schwer, sich an sein neues Leben unter dem Kreml zu gewöhnen. Eigentlich war ja alles gut. Auch das Essen reichte für zwei, für ihn und für den Kremlträumer. Er schlief mit dem Alten in der Laubhütte, doch der Alte schnarchte kräftig, und dieses Schnarchen weckte Banow jede Nacht. Dann trat Banow aus der Laubhütte, blickte zu den Sternen und dachte an Moskau. Er dachte an seine Schule, an Klara. Ihm wurde schrecklich zumute, als er erkannte, dass er auf gewisse Weise seine Schule samt den Schülern und auch die geliebte Frau verraten hatte; sie, die für ihn nicht nur eine Frau war, sondern auch, weltanschaulich gesehen, die ihm am nächsten stehende Gefährtin. Darunter litt er sehr, ja es tauchten sogar kleinmütige, feige Gedanken in ihm auf, die ihm rieten, hinzugehen und sich zu stellen, alles zu erzählen und die gerechte Entscheidung über sein Schicksal zu erwarten. Aber da er kein dummer Mensch war, verstand Banow, dass eine gerechte Entscheidung über sein Schicksal auch zu zwanzig Jahren Gefängnis oder zur Erschießung führen konnte. Daher lauschte er diesen Gedanken geduldig, folgte ihrem Rat aber nicht.

So begann er bereits zu überlegen, wie er seinen Alltag unter dem Kreml verbessern könnte. Als Erstes ging er daran, sich eine eigene Laubhütte unweit von der Laubhütte des Kremlträumers aufzubauen. Den Platz hatte er schon ausgewählt, zwischen drei Tannen, für Außenstehende kaum bemerkbar und durchaus sicher. Auch hatte er schon Äste dorthin geschafft, nur bis zum Aufbau der Hütte selbst war die Sache noch nicht gediehen. Denn Banow hatte nun viel Arbeit, der Alte hatte ihn umgehend zu seinem Sekretär ernannt, und Banow war sogar glücklich über dieses Vertrauen.

Genau wie zuvor brachte ein Bote jeden Tag zwei Säcke: einen mit Briefen, einen zweiten mit Päckchen und Paketen. Der Alte öffnete jetzt nur noch die Päckchen und Pakete, die

Briefe überließ er Banow. Er bat Banow, die interessantesten zur Seite zu legen und die gewöhnlichen und uninteressanten zurück in den Sack zu stecken, um sie am nächsten Tag dem Boten zu geben – für die nächste Lieferung ans Institut des Marxismus-Leninismus.

So saß nun Banow vom Frühstück bis zum Mittagessen und vom Mittagessen bis zum Abendessen über einer endlosen Zahl von Briefen. Interessante Briefe gab es wenige, aber es gab sie immerhin. Jemand aus der fernen sibirischen Einöde war nicht einverstanden mit den „Aprilthesen", die der Kremlträumer viele Jahre zuvor verfasst hatte, und schrieb ihm seine Argumente. Jemand schlug seine eigenen Überlegungen für künftige Schriften des Kremlträumers vor. Viele Briefe begannen mit den Worten „Lieber Ekwa-Pyris!". Nachdem er den ersten solchen Brief durchgelesen hatte, in dem der Schreiber „Ekwa-Pyris" darum bat, ihm „eine erfolgreiche Jagd zu schicken", fiel Banow ein, dass der Kremlträumer ihn irgendwann einmal wegen dieses eigenartigen Namens gefragt hatte. Banow fiel auch ein, dass sie damals zu dem Schluss gekommen waren, der Name des Kremlträumers übersetze sich auf diese Weise in irgendeine Fremdsprache. So war es wohl auch.

An den Abenden tranken sie Tee mit Zitrone und träumten zusammen. Es träumte natürlich der Kremlträumer, Banow hörte ihm nur zu, wobei er von Zeit zu Zeit wegdöste, und wieder aufgewacht nickte er und stimmte allen Plänen und Träumen des Alten zu.

Nach einer Weile beauftragte der Alte Banow damit, gleich selbst auf die interessanten Briefe zu antworten und ihm dann die Antworten zu zeigen und zur Unterschrift vorzulegen.

Hier bemerkte Banow dann auch, dass der Alte die Briefe mit „Ekwa-Pyris" unterschrieb. Anscheinend gefiel ihm diese Übersetzung seines Namens.

So verging die Zeit. Der Sommer neigte sich seinem Ende zu. Doch die Vögel sangen wie zuvor und machten sich nicht daran, nach Süden zu fliegen. Vielleicht, weil es auf den Wiesen unter dem Kreml weder Süden, noch Norden gab. Alle Himmelsrichtungen waren hier gleich, wie es sich für sie in der Welt der allgemeinen Gleichheit auch gehörte. Nur aus den Stempeln auf den Päckchen und Briefen erfuhr Banow, was sie oben wohl für einen Monat hatten. Und er erkannte aus den Stempeln, dass der Sommer bald vorbei war und es auf den Herbst zuging.

Alles war gut, nur eines mochte der ehemalige Schuldirektor nicht: Er mochte sich nicht jedes Mal verstecken, wenn der Soldat dem Alten Essen brachte.

Da versprach der Kremlträumer ihm, mit dem Soldaten zu reden und dem Burschen von Banow zu erzählen. Der Alte war überzeugt davon, dass der Soldat Banow nicht verraten würde.

„Er ist ein guter Bursche", sagte der Alte. „Er hat mich oft zum Thema Konspiration ausgefragt, und er bringt mir Tee und Zitronen mit. Bald werde ich ihn bitten, Zeitungen mitzubringen ..."

Doch die Zeit verging, der Alte hatte es dem Soldaten immer noch nicht gesagt, und Banow musste sich weiter verstecken und, irgendwo unter einer Tanne liegend, warten, bis der Soldat wieder fortgegangen war.

Unter der hellen Sommersonne wuchs, blühte und grünte alles. Die Vögel sangen, das Flusswasser wärmte sich auf, und die Fische, die Kühle liebten, legten sich auf den schlammigen Grund.

Als es wahrhaft heiß wurde, erstarb das Leben bis zum Abend, bis zur kühlenden Dämmerung. Und da endlich setzte Frische ein. Selbst der Kugel fiel es leichter, ihren endlosen Flug fortzusetzen, obgleich nun in der Dunkelheit die Aussichten, einen Helden zu finden, auf Null sanken. Dennoch flog die Kugel, tief und ohne Hast, in jedes erleuchtete Fenster der Dörfer und Städtchen spähend, über die ihr Flug sie führte. Doch nichts gab es hinter diesen Fenstern, was die Aufmerksamkeit der Kugel hätte erregen können, und sie flog weiter, wobei sie sich zusehends der Erde näherte. Die Jahre hatten ihre Seiten grün verfärbt, oxydiert durch ständigen Regen und Luftfeuchtigkeit, und wie froh wäre die Kugel gewesen, hätte sie anhalten und sich für immer in die weiche, nachgiebige Erde eingraben können. Doch dazu musste sie zuerst einen Helden finden und in ihm stecken bleiben. So flog sie immerzu auf der Suche nach einem Helden, den es auf dieser Erde vielleicht nicht einmal gab, denn ihr Flug dauerte schon dreißig Jahre, vielleicht auch mehr; hinter ihr lagen Millionen von Kilometern und Tausende irrtümlich getöteter Nicht-Helden, die die Kugel entweder mit Orden und Medaillen auf der Brust oder mit ihrem ungewöhnlichen Verhalten getäuscht hatten. Und ihr Flug, der ebenso zielstrebig wie freudlos war, führte sie immer weiter und weiter.

Kapitel 34

Es schien, als wäre der Krieg erst gestern zu Ende gegangen, doch das normale Leben nahm täglich mehr Fahrt auf, und Mark Iwanow reiste aufs Neue durch das aus der Asche wiedererstandene Land, trat mit Kusma in Fabriken und auf Baustellen auf, in Schweinefarmen und auf Dreschtennen. Wenn er dann und wann für ein, zwei Tage nach Moskau kam, hörte er immer noch Deutsch auf den Straßen sprechen, aber er staunte nicht mehr darüber. Genosse Urluchow hatte dem Künstler längst erklärt, dass die einstigen Okkupanten jetzt das, was sie zerstört hatten, wieder aufbauten, und tatsächlich erhoben sich die Städte direkt vor seinen Augen aus den Ruinen.

Marks Augen waren allerdings während der Kriegszeit schwach geworden, und er trug nun eine Brille mit sehr dicken Gläsern. Doch er zog sie nur auf, wenn er etwas lesen musste, in der übrigen Zeit versuchte er mit seiner verbliebenen Sehkraft auszukommen, die etwa für die Umrisse der vorübergehenden Menschen ausreichte.

Tage, Wochen, Monate zogen auf dem Weg in die Vergangenheit vorüber. Manchmal, wenn feuchtes Wetter herrschte, machte sich seine im Krieg verwundete Lunge bemerkbar. Im schwarzen, fettig-gelockten Haar waren graue Strähnen aufgetaucht. Doch Mark verlor nicht den Mut, er verstand, dass es keinen Weg zurück in die Kindheit gab, und freute sich daran, dass es bis zum Alter noch etwa fünfzehn Jahre hin waren.

Ein langsamer Vorortzug brachte Mark und Kusma in das fernere Moskauer Umland, nach Perwyje Kaganowitschi. Dort fand in diesen Tagen im Haus der Kultur der Allunionskongress der Kaninchenzüchter statt, und für heute war ein großer Abend der Meister der Künste angesetzt, unter denen auch Mark mit Kusma auftreten sollte. Urluchow hatte ihm angekündigt, das angesetzte Konzert sei sehr ernst zu nehmen, und ihm geraten, etwas mit dem Papagei aus der klassischen Lenin-Dichtung zu repetieren.

Mark warf einen Blick auf Kusma, der in seinem Käfig saß. Dann sah er zu dem etwas trüben Fenster hinaus. Draußen ging ein Nieselregen nieder.

In Perwye Kaganowitschi fand Mark das Haus der Kultur schnell, das richtiger ‚Kulturpalast' geheißen hätte, denn der Bau war der größte und modernste in dem ganzen grauen und unansehnlichen Städtchen. Der Bursche, der am Eingang Dienst tat, führte Mark in die Künstlergarderobe, in der er sich kämmen, in Ordnung bringen und ein wenig ausruhen konnte, während er wartete, bis die Reihe an ihm war.

Außer Mark befand sich eine vollbusige, etwa vierzigjährige Sängerin in dem Raum, eine bekannte Interpretin russischer Volkslieder. Weiter war bisher noch niemand da.

Mark stellte den Käfig mit Kusma auf einen Schminktisch, und setzte sich selbst in einen bequemen tiefen Sessel.

Kusma betrachtete interessiert sein Abbild im Spiegel, wobei er sich so zur Seite drehte, dass mal sein linkes und dann wieder sein rechtes Auge im Spiegel zu sehen war.

Die Tür flog auf, und ein Strom von Kindern ergoss sich in das Zimmer, angeführt von einer kleinen, knabenhaften Frau.

„Die Mäntel legt ihr in die Ecke!", kommandierte sie ihre Schützlinge.

Mark beobachtete die Kinder gleichgültig.

Plötzlich blieb die kleine Frau vor ihm stehen und streckte die Hand aus.

„Künstlerische Leiterin des Kinderchores ‚Rotes Sternchen', Tatjana Iwanowa."

„Mark Iwanow, Künstler", stellte Mark sich seinerseits vor, wobei er die Hand der Frau sanft drückte.

„Namensvettern!", lächelte sie und ging, um sich mit der Sängerin bekannt zu machen, die jetzt am Fenster stand und in den Nieselregen hinaussah.

‚Morgen ist frei', dachte Mark. ‚Dann kann ich ins Kino gehen ... und ich muss endlich bei der Kantine der Wasserleitungsarbeiter vorbeischauen – und vielleicht jenes Mädchen irgendwohin einladen?‘

Plötzlich lenkte ein Krachen Mark von seinen Gedanken ab, er drehte sich um und erblickte zu seinem Entsetzen den zu Boden gefallenen Käfig und darin Kusma, der die blaugrünen Flügel spreizte.

Mark sprang auf, hob den von dem Schlag zerbeulten Käfig auf und holte den Papagei heraus.

„Man muss schon überlegen, wo man seine Sachen hinstellt“, erklang belehrend die dünne Stimme der Chorleiterin. „Der Schminktisch ist dazu nicht da!“

„Sie ... Sie ...“, begann Mark aufgeregt und drückte Mark an seine Brust. „Sie sind ein herzloser Mensch!“

Die kleine Frau löste sich von dem Spiegel und warf ihrem Namensvetter einen verachtungsvollen Blick zu.

Die Tür öffnete sich und jemand rief: „Der Chor bitte auf die Bühne!“

Die Frau stand ohne Hast auf und ging hinaus, und hinter ihr her strömte die Bubenschar in einheitlichen blauen Anzügen mit Pionierhalstüchern und die Mädchen in Kleidchen von derselben Farbe.

Mark saß auf einem Stuhl und zitterte.

„Es ist doch alles in Ordnung mit ihm, schauen Sie, wie er den Kopf dreht!“, versuchte die Sängerin den Künstler zu beruhigen.

Mark betrachtete den Papagei genau: Der Vogel sah ein wenig aufgeregt, aber sonst tatsächlich normal aus. Nur der Käfig hatte unter dem Sturz gelitten, doch was kostete es Mark, das Drahtgestell geradezubiegen? Das war eine Kleinigkeit, ähnliche Unfälle hatte Mark mehr als einmal erlebt.

Schon etwas ruhiger setzte Mark sich selbst an den Schminktisch, sah sich im Spiegel an und sann nach.

„Sie sollten sich die roten Flecken im Gesicht überpudern!“, riet ihm die Volkssängerin.

Mark befolgte den Rat, umso mehr, da eine geöffnete Puderdose und ein mit Watte gefülltes blaues, glasiertes

Schälchen direkt vor ihm standen. Er rupfte ein wenig Watte ab, stippte sie in den Puder und fuhr sich damit über die roten Flecke.

„Aber so doch nicht ...", sagte die Sängerin weich. „Kommen Sie, ich mache das für Sie."

Sie trat zu ihm, nahm ihm die Watte mit dem Puder aus der Hand und puderte Mark mit zärtlichen Bewegungen.

Da ging die Tür auf, und sie wurde auf die Bühne gerufen.

Mark wollte ein wenig allein sein, doch das gelang ihm nicht. Aus dem Flur drang schon das Trappeln der Kinderfüße herein. Um sich die Stimmung nicht endgültig zu verderben, nahm Mark den Papagei und machte sich auf den Weg zur Bühne.

Schließlich war er mit seinem Auftritt an der Reihe.

Als er aus den Kulissen getreten war und vor dem Mikrofon stand, warf Mark einen Blick in den Saal und spürte die freudige Erregung: Hunderte von Menschen saßen vor ihm, viele von ihnen waren Ordensträger. Und in der ersten Reihe, genau in der Mitte, saß ein Mensch, dessen Gesicht Mark nur auf Bildern und in Zeitungen gesehen hatte. Es war Genosse Twerin, der Führer ihres Landes, das den Faschismus besiegt hatte.

„Also, trag vor!", flüsterte Mark Kusma zu.

Kusma zögerte ein paar Sekunden und erschreckte damit den Künstler. Dann begann er zu sprechen, zu deklamieren.

Hunderte Augenpaare sahen auf ihn.

„Genosse Lenin,
        nicht dienstlich mehr,
herzlich
        sei Ihnen berichtet.
Genosse Lenin,
        das Werk, höllisch schwer
wird
    glücken,
        es wird schon vernichtet."

Etwas in Mark war zusammengezuckt. Während er spürte, wie ihm Arme und Schultern taub wurden, versuchte er fieberhaft zu begreifen, was passiert war. Und da, als er es endlich begriff, wurde ihm übel. Ja, der Papagei hatte ein Wort in dem Gedicht verwechselt, ein Wort nur, aber was für eines! Was hatte er gesagt: Er hatte gesagt: „das Werk ... es wird schon vernichtet". ‚Mein Gott', dachte Mark. ‚Ist nun wirklich alles aus?'

Aber mit einem Seitenblick sah Mark, dass alle Zuschauer ruhig waren und interessiert weiter zuhörten. Sie hatten offenbar den Fehler nicht bemerkt.

„Sie hörten das Gedicht ‚Gespräch mit dem Genossen Lenin' von Wladimir Majakowski", verkündete Mark mit zitternder Stimme und hinkte, ohne auf den Applaus zu achten, ohne sich vor den Zuschauern zu verbeugen, hinter die Kulissen. In der Künstlergarderobe war bereits niemand mehr. Mark zog den Mantel an und dachte voll Entsetzen an diesen dummen Fehler.

Das kam wahrscheinlich von dem Sturz auf den Boden, entschied er.

Mark setzte Kusma in den verbeulten Käfig und verließ die Garderobe.

Man verhaftete ihn und Kusma auf dem Bahnsteig von Perwyje Kaganowitschi, als bis zur Ankunft des Vorortzuges nur noch drei Minuten blieben.

Kapitel 35

Der Herbst überfiel Sarsk unvermittelt, wie auf Befehl. Es war, als wären die Blätter der Bäume an einem einzigen Tag gelb geworden, dicke Wolken senkten sich tiefer herab und begannen die Stadt mit einem unangenehmen kalten Regen zu übergießen.

Dobrynin und Waplachow eilten im Laufschritt, unter einem gemeinsamen Regenschirm, zur Fabrik. Im Raum der Kontrolle zogen sie ihre blauen Arbeitsanzüge an und machten sich an ihre monotone, gewohnte Arbeit. Der Plan für die Rotarmisten war Ende September übererfüllt gewesen, doch dann war die unerwartete Anordnung eingetroffen, für die Aufmärsche der Pioniere und Oktoberkinder dreitausend aufblasbare Matrosen herauszubringen. Um das rechtzeitig zu schaffen, arbeitete das Werk Nummer Acht in anderthalbfachen Schichten, und die Kontrolleure kamen mit Mühe dazu, die Produktion zu überprüfen.

Beim Mittagessen in der Fabrikskantine setzte sich der Leiter der Kaderabteilung Sofrontow zu ihnen.

„Das Gefängnis von Krasnojarsk hat sich bei unserem Direktor für Soja Matrossowa bedankt", sagte er. „Sie arbeitet dort in der Sockenfabrik und übererfüllt den Plan."

Dobrynin freute sich, als er diese Nachricht hörte.

„Ja", sagte er. „Wer von uns hat in der Jugend keine Fehler gemacht?" Und nachdem er kurz überlegt hatte, fügte er gleich noch hinzu: „Ich habe allerdings, glaube ich, keine Fehler gemacht." Aber da fielen ihm die japanischen Revolutionäre und die ganze Geschichte mit dem Kommunisten Kriwizkij ein, den sie auf dem Feuer verbrannt hatten. „Vielleicht habe ich doch Fehler gemacht ... aber das war schon nicht mehr in der Jugend ..."

„Auch ich habe Fehler gemacht", winkte Sofrontow mit seiner einzigen Hand ab. „Hast du denn keine Fehler gemacht, Dmitrij?"

Waplachow hielt mit dem Löffel Kohlsuppe vor dem Mund inne.

„Sicher nicht, na, ich weiß nicht mehr", sagte er. „Nein, wahrscheinlich nicht."

Spät und auch wieder im Regen kehrten die Kontrolleure in ihr Wohnheim zurück.

„Gibt es hier dann Schnee?", fragte der Urku-Jemze unterwegs.

„Gibt es, gibt es", seufzte Dobrynin müde. „Fehlt er dir etwa?"

„Ja", gestand Waplachow. „Er fehlt mir sehr. Weißt du noch, wie er unter den Füßen knirscht: krts-krts, krts-krts ... Ich bin so einen langen Sommer nicht gewöhnt ..."

Im Wohnheim empfing sie die Hausleiterin.

„Ich warte hier schon seit einer Stunde auf Sie", erklärte sie. „Sehr wichtige Post ist gekommen ... aus Moskau. Ich habe den Empfang schriftlich bestätigt, und dann waren Sie die ganze Zeit nicht da ... ich hab mich gefürchtet, die Sendung liegt bei mir im Safe mit den Schlüsseln, gleich hol ich sie ..."

Und sie eilte den Flur entlang zu ihrem Zimmer.

Im zweiten Stock holte sie sie wieder ein, Dobrynin öffnete gerade die Tür.

„Hier, Genosse Dobrynin!", sagte sie außer Atem, wobei sie dem Kontrolleur ein großes, in Papier eingeschlagenes Päckchen aushändigte.

In ihrem Zimmer sah Dobrynin im Licht des von der Decke hängenden schwachen Lämpchens müde auf das Päckchen, und da knickten ihm geradezu die Beine ein. Er sah sich um – bis zum Stuhl am Tisch war es näher, als bis zu seinem Bett, und er setzte sich an den Tisch und ließ das Päckchen vor sich sinken.

„Was ist das?", fragte ihn der Urku-Jemze, der sich die Schuhe ausgezogen hatte und auf seinem Bett saß.

„Vom Genossen Twerin ...", sagte leise Dobrynin, der seinen Augen noch immer nicht traute.

Das harte Packpapier raschelte. Dobrynin wickelte das Päckchen sorgsam aus, als beabsichtigte er, die Verpackung noch einmal zu gebrauchen.

Endlich gelangte er zu seinem Inhalt: im Innern lagen ein Buch und ein Brief. Dobrynins Hände griffen wie von selbst nach dem Brief.

Lieber Pascha!
Es ist sehr gut, dass du mir geschrieben hast! Ich habe immer versucht zu erfahren, wo du jetzt bist, aber hier wusste das niemand. Tausend Dank für den Mantel und die Kekse. Der Mantel hat mir genau gepasst, und ich habe darum gebeten, dass man meinen alten, der mir zu groß war, einem Kinderheim schenkt. Neuigkeiten habe ich viele, deshalb tut mir jeden Tag der Kopf weh, und wegen meines schlechten Gedächtnisses vergesse ich vieles. In Moskau gibt es jetzt sehr viele Deutsche, und wenn ich manchmal den Kreml verlasse, sehe ich sie. Ein sehr schwaches und entkräftetes Volk, beinahe Skelette. Einfach erstaunlich, dass wir so lange mit ihnen gekämpft haben, daran waren wohl militärische Fehler schuld. Im Kreml ist das Leben stiller und ruhiger geworden, unser Dichter Bemjan Debnyj ist endlich gestorben. In den letzten Jahren hat er allerdings, scheint es, nichts mehr geschrieben, ich weiß nicht, was er in den letzten Jahren überhaupt gemacht hat. Gestern habe ich einen Erlass über die Ausweitung des Baus einer Autofabrik in Moskau unterzeichnet. Überhaupt gibt es im Land jetzt viele Baustellen. Es gibt im Land auch viel Banditentum, auch in Moskau. Das sind geradewegs Greueltaten, man findet fast vollständig abgenagte menschliche Skelette, nur Männer und sehr oft Kriegsoffiziere. Ich schicke dir ein „Buch über Lenin“, das ist der dritte Band, er sollte noch vor dem Krieg herauskommen, aber das wurde nicht mehr geschafft. Ich habe mich nach den Deinen erkundigt. Marija Ignatjewna lebt und ist gesund, Grigorij, dein Ältester, geht schon in die Schule, und die Kleine, deine Mascha, ist bei uns hier in der Kremlkrippe. Eines Tages habe ich sie einmal gesehen und ihr ein Bonbon gegeben ...

„Was für eine Kleine?“, entfuhr es Dobrynin. „Was für eine Mascha?“

Betreten blickte er wieder in den Brief, suchte den letzten Satz, den er gelesen hatte, heraus und fuhr fort:

... Dein Freund Woltschanow ist schon Oberst, aber mich grüßt er nicht. Ich weiß nicht, womit ich ihn beleidigt habe. Deine Bitte um die Versetzung an eine andere Stelle habe ich an den Genossen Swinjagin weitergegeben – er ist jetzt für die Volkskontrolleure verantwortlich. Ich habe ihn sehr gebeten, dir zu helfen. Viele Grüße an Waplachow. Wenn du im Kreml bist, komm auf jeden Fall vorbei. Ich drücke dir die Hand. Dein Twerin.

Als er den Brief durchgelesen hatte, versank Dobrynin in tiefem Nachdenken. Es verwunderte ihn, dass in dem Brief keine Zeile über Manjascha, Petja und Darjuschka stand. Aber Twerin hatte ja selbst schriftlich bekannt, dass es schlecht um sein Gedächtnis stand, das hieß, er hatte Dobrynins erste Familie vergessen.

„Was schreibt er?“, fragte Waplachow, während er sich zu ihm an den Tisch setzte.

„Er schickt dir viele Grüße.“

„Zeig!“ Waplachow glaubte ihm nicht.

Dobrynin zeigte ihm den Teil des Briefes mit den Grüßen an Waplachow.

Der Urku-Jemze war glücklich.

„Er schreibt, dass es in Moskau viele Deutsche gibt, ein Dichter gestorben ist, man begonnen hat, eine Autofabrik zu bauen, der Mantel ihm gepasst hat ... allerdings hat er nur die Kekse mit ihm erhalten. Von den Zigaretten hat er nicht geschrieben, wahrscheinlich hat man sie gestohlen. Was war da noch? Es gibt schreckliche Morde in Moskau ...“ Da fiel Dobrynin ein, wie der Komsomolze Zybulnik umgekommen war, und auch an sein abgenagtes Pferd Grigorij dachte er.

Es gab viel Gemeinsames zwischen den im Brief geschilderten Morden und dem Tod von Zybulnik.

„Mitja.“ Dobrynin sah Waplachow nachdenklich an. „Weißt du noch, irgendein böser Geist hat den Komsomolzen Zybulnik erschlagen und abgenagt ... und nur dieses ... Teil übrig gelassen ...“

Waplachow nickte.

„Was war das noch?“

„Der böse Geist Ojasi“, antwortete der Urku-Jemze.

„Und wie ist der?“

„Klein, glaube ich, und grün“, erinnerte sich Waplachow. „Der Kopf oben platt mit einer Vertiefung, und in ihr Wasser ... Es ist doch ein Sumpfgeist ...“

„Gib mir Papier und Stift“, bat Dobrynin.

Rasch schrieb er einen kurzen Brief, in dem er das Aussehen des Geistes Ojasi schilderte und den Tod des Pferdes Grigorij und des Komsomolzen Zybulnik erwähnte. Er steckte den Brief in ein Kuvert und klebte es zu.

„Vielleicht wird ihnen das helfen?“, sagte er.

„Und das Buch?“, fragte Waplachow.

„Über Lenin, der dritte Band.“ Achtsam und liebevoll nahm Dobrynin das Buch zur Hand.

Er schlug den Anfang auf. Dann hob er den Blick zu Waplachow.

„Soll ich dir vorlesen?“, fragte er.

„Machen wir Tee, und dann liest du vor!“, schlug der Urku-Jemze vor.

Dobrynin war einverstanden. Sie setzten den Teekessel auf den Primuskocher.

Vor dem Fenster rauschte der Regen.

„Eine lustige Begebenheit in Rasliw“, verlas Dobrynin den Titel der Erzählung und sah Dmitrij an.

Dmitrij hörte aufmerksam zu, und da machte Dobrynin sich daran und las die ganze Geschichte:

Es war einmal im Herbst. Treue Freunde trugen Lenin zu, dass Agenten der geheimen Staatspolizei um das Haus schlichen, in dem er ein Zimmer gemietet hatte. Die Zeit der Verhaftungen rückte näher, und Lenin verstand, dass er Petrograd verlassen musste. Er verkleidete sich als kluger Bauer, zog die Perücke auf, die Klara Zetkin ihm geschenkt hatte, legte eine schöne Lampe, eine Flasche Petroleum, eine Waffe für den Fall der Jagd und revolutionäre Broschüren in den Koffer. Dann nahm er den Koffer und trat hinaus auf die Straße. Die Agenten der geheimen Staatspolizei die um das Haus schlichen, nahmen überhaupt keine Notiz von dem Bauern mit dem Koffer. Als Lenin einen halben Häuserblock weit fort gegangen war, mietete er einen Kutscher, und der Kutscher brachte ihn hinaus hinters Wyborger Stadttor. Von dort an ging Lenin zu Fuß und mied Dörfer und Gehöfte. Er ging einige Tage über Felder, durch Wälder und auf Pfaden und kam endlich nach Rasliw. Dort baute er sich selbst eine Laubhütte aus Tannenzweigen und begann dort zu wohnen, vor der geheimen Staatspolizei verborgen. Am Tag versteckte er sich in der Laubhütte, und an den Abenden zündete er seine Petroleumlampe an, trat mit ihr auf die Lichtung hinaus und las dort revolutionäre Broschüren.

Eines Tages, als er Kautski las, hörte er ein Rascheln im Gebüsch. Schnell eilte er in die Laubhütte, um seine Waffe zu holen, dann rief er in Richtung des Raschelns: „Komm heraus, wer da ist, sonst schieße ich!" Er dachte erst, es sei ein Fuchs oder Hase, doch aus dem Gebüsch kamen dunkle Waldleute heraus auf die Lichtung. Sie waren zu dritt: zwei ältere und ein ganz junger und bartloser. Gehorsam traten sie zur Lampe. „Bloß nicht schießen!", bat einer der älteren.

„Gut", sagte Lenin. „Ich schieße nicht. Aber sagt, weshalb ihr gekommen seid?" „Wir waren ja schon drei Mal da", sagte der andere Ältere. „Wir sehen: da brennt nachts Licht im Wald und irgendein Mensch liest was. Na, denken wir, wenn er nachts liest, und nicht am Tag im Sonnenlicht, heißt das, es gibt etwas Verbotenes in seinem Buch ... Also wollten wir fragen, was dort, in dem Buch, geschrieben steht. Irgendeine Wahrheit vielleicht?" Da lächelte Lenin und dachte bei sich: „Sind diese Männer echt oder verkleidete Agenten?" Zu der Zeit gab es in Russland viele Agenten, und sie kleideten sich, wie sie wollten: als Arbeiter, als

Bauern, als Eisenbahner. „Na“, dachte Lenin, „ich prüfe sie!“ „In diesen Büchern steht, wie man Wasser anzündet“, sagte Lenin den Männern. „Wozu will man das anzünden?“, fragte der junge bartlose Mann und erhielt sofort von dem älteren, der links stand, einen Schlag an den Hinterkopf. Der Mann, der rechts stand, fragte hingegen: „Und wie zündet man es an?“ Wieder lächelte Lenin. Gerade diese Frage hatte er hören wollen. Er ging in seine Laubhütte und holte die Flasche Petroleum. „Hier“, sagte er. „Man nimmt eine Flasche Wasser, gießt etwas auf die Erde, nimmt Streichhölzer ...“ Hier zog Lenin Streichhölzer aus der Hosentasche und zündete das verschüttete Petroleum an. Das Petroleum schoss mit blauer Flamme hoch. „So“, sagte Lenin. „Wenn ihr wollt, kann ich den See anzünden!“

Als die Männer die Flamme sahen, hatten sie sich zu Tode erschreckt. Sie bekreuzigten sich, machten auf dem Absatz kehrt und flüsterten: „Das ist der Teufel, der Teufel!“ Und so rannten sie in den Wald davon, nur die Fersen blitzten auf.

„Echte Bauern“, erkannte Lenin und begann zu lachen. Und lange lachte er noch über die Männer und über sein Misstrauen. Er lachte und konnte sich gar nicht vorstellen, dass nur noch ein paar Jahre vergehen würden, und zwei dieser Bauern würden Volkskommissare sein und der jüngere würde zum jüngsten Armeekommandeur der Roten Armee ernannt werden.

Über dem Zuhören hatte Waplachow ganz den Tee vergessen.

„Interessant“, sagte er danach. „Lenin, das ist doch Ekwa-Pyris? Richtig?“

Dobrynin nickte. „Bei euch Ekwa-Pyris, bei uns Lenin. Und den Sinn hast du verstanden?“

Der Urku-Jemze dachte nach.

„Ich glaube, ja“, sagte er. „Der Sinn ist, dass man nicht misstrauisch sein soll?“

Dobrynin lächelte.

Er wollte Waplachow gerade etwas sagen, als es unerwartet an der Tür klopfte.

Es war Major Sokolow.

„Entschuldigt, dass ich so spät komme“, sagte er, während er ins Zimmer trat. „Da ist eine Funkmeldung aus dem Kreml eingetroffen ...“

In Dobrynins Brust krampfte etwas sich froh zusammen, er hielt sogar den Atem an, um besser zu hören, was der Major weiter sagen würde.

„Also, es gibt den Befehl, euch nach Krasnoretschensk abzukommandieren. Morgen früh schickt man einen Wagen, daher bin ich auch gekommen, um es euch zu sagen; damit ihr Zeit habt, eure Sachen zu packen“, sagte der Major. Nachdem er einen Schritt auf die Tür zu gemacht hatte, drehte er sich noch einmal um und fügte hinzu: „Aber wir sehen uns ja morgen noch, um uns zu verabschieden. Bis morgen dann!“

Major Sokolow verschwand, die Kontrolleure aber wahrten die Stille, als würde darin die erfreuliche Botschaft noch nachklingen.

Schließlich unterbrach der Urku-Jemze diese Stille.

„Was ist denn nun der Sinn in der Erzählung?“, fragte er.

„Der Sinn?“, wiederholte Dobrynin und kehrte zu ihren vorigen Gedanken zurück. „Der Sinn besteht darin, dass jeder ungebildete Bauer sich unerwartet in der Regierung, na fast jedenfalls, wiederfinden kann ... oder bei der Armee. Verstanden?“

„Verstanden“, sagte Waplachow.

Ein leichter, flockiger Schnee hatte die Wiesen unter dem Kreml überzogen, doch kalt war es nicht. Die Sonne schien, und rotbrüstige Gimpel flatterten von Tanne zu Tanne.

Exakt um halb neun stand, mit blankgeputzten Stiefeln im Schnee knirschend, der Soldat mit dem dreistöckigen Henkelmann neben dem Feuer. Er begrüßte den Alten und Banow, setzte sich ein wenig ans Feuer und erzählte, während Banow und der Kremlträumer frühstückten, allerhand Neuigkeiten und stellte dem Alten verschiedene Fragen.

Der Soldat hieß Wanja, hatte sich demnach als Banows Namensvetter erwiesen und sich sehr darüber gefreut. Und als er erfuhr, dass Banow während des Bürgerkriegs Maschinengewehrschütze gewesen war, begann er ihn nicht weniger hoch zu achten als den Alten.

So verstrich die Zeit ohne Eile, gemächlich, mit Essen, dem Lesen und Schreiben von Briefen, Gesprächen.

Doch seine Klara vergaß Banow nicht. Die Schule hatte er bereits vergessen, aber Klara konnte und wollte er auch gar nicht vergessen. Jeden Abend dachte er an sie, wenn er sich in seiner Laubhütte auf seine Streu aus Heu legte und mit dem heimlich herbeigeschafften Soldatenmantel zudeckte, einem Geschenk des Soldaten Wanja.

Und da kam Banow eines Tages beim Lesen der Briefe ein interessanter Gedanke.

‚Was, wenn ich Klara im Namen des Kremlträumers schreiben und in dem Brief andeuten würde, dass ich, Banow, mich hier, auf den Wiesen unter dem Kreml befinde?', überlegte er.

Dieser Gedanke gefiel ihm so, dass er es sich nach dem Mittagessen in seiner Laubhütte bequem machte, das Brett nahm, das er anstelle eines Tisches benutzte, zu Papier und Bleistift griff und einen Brief schrieb:

Verehrte Genossin Rojd,
danke für die interessanten Gedanken. Ich habe selbst auch kürzlich an die Schulen gedacht, an die Suworow- und Kulibinski-Lehranstalten. Ich denke, das ist eine interessante und nützliche Sache. Sie haben geschrieben, dass Sie kürzlich mit Ihrem Genossen mit dem Fallschirm aus einem Flugzeug abgesprungen sind. Grüßen Sie ihn!
Mit freundlichem Gruß ...

Nachdem Banow dem Kremlträumer einen Platz für die Unterschrift frei gelassen hatte, las er den Brief noch einmal durch. Die Anspielung mit ihrem gemeinsamen Fallschirmsprung schien ihm deutlich genug zu sein. Die Hauptsache war natürlich, dass sie erriet, dass er, Banow, ihr den Brief geschrieben hatte, und nicht Ekwa-Pyris. Banow bereitete auch das Kuvert vor. Er schrieb ihre Adresse darauf, und auf die Rückseite setzte er: „Moskau. Kreml. Ekwa-Pyris."

Nach dem Abendessen und vor dem Teetrinken am Feuer unterschrieb der Alte alle Briefe. Banow steckte die Briefe in Kuverts, klebte sie zu, legte sie in einen leinenen Postsack und stellte diesen an den Eingang zur Laubhütte des Kremlträumers.

Darauf setzten sie sich ans Feuer und wärmten sich.

Banow aber dachte immerzu an Klara und hörte nicht auf sich zu fragen, ob sie aus dem Brief wohl alles erraten würde oder nicht.

Kapitel 37

Im Neuen Gelobten Land begann der Herbst mit Regen und einer vollkommenen Ratlosigkeit der Siedler: In einer Nacht waren, ohne jemandem ein Wort zu sagen, alle Bauarbeiter fortgegangen und hatten ihnen die nicht zu Ende gebaute Schule auf dem Hügel hinterlassen. Sie hatten ihre Werkzeuge mitgenommen und hatten sogar die für die Schule vorbereiteten Bretter und Balken davongeschleppt. Für den nächsten Morgen war eine Versammlung vorgesehen gewesen, vorbereitet vom buckligen Buchhalter, mit einer Rede über Zukunftspläne. Natürlich fand die Versammlung nicht statt, und gekränkt schob der Buchhalter seine sorgsam aufgeschriebene Rede unter die grasgefüllte Matratze seiner Schlafbank. Von Plänen für die Zukunft zu sprechen, wenn alle Bauarbeiter sich aus dem Staube gemacht hatten, wäre einfach dumm gewesen, denn immer wieder einmal tauchte „erbauen“, „aufbauen“, „ausbauen“ in den Plänen auf.

So begann der Herbst. Es regnete viel. Die Lehrerin Katja zog mit ihren Schülern wieder in den von Menschen bewohnten Kuhstall um. Das Leben ging weiter.

Die Bauern suchten mehrere Male die nahe Kolchose auf und verabredeten mit den Kolchosbauern motorisierte Hilfe. Die Weizenernte war gut, auch die Kartoffeln, die sie hinter dem Fluss gesetzt hatten, waren schön groß und mit vielen kleinen Knollen gewachsen. Sie mussten nur noch den Weizen einbringen, ihn in der nahen Kolchose mahlen, und fertig war der Vorrat an Mehl bis zur nächsten Ernte.

Sie heizten bereits die Öfen in den von Menschen bewohnten Kuhställen ein, immerhin war es schon Herbst, und nach ihm würde sich der Winter dem Neuen Gelobten Land nähern, der den Volksweisheiten nach streng und kalt zu werden versprach.

Wenn nicht das Verschwinden der Bauarbeiter mit ihrem Brigadier in der ewig schmutzigen Wattejacke gewesen wäre, hätte man das Leben auf dem Hügel ganz gewöhnlich und alltäglich nennen können.

Der Engel quälte sich noch immer, denn man behandelte ihn mit einer unangenehmen Sanftheit, ganz so als wäre er ein Kind oder von Geburt an krank. So streifte er an den Tagen umher, half mal den Melkerinnen, die Milch aus dem Kuhstall zu tragen, mal stieg er vom Hügel zum Wald hinunter, um Reisig für die Küche zu suchen. An den Abenden aber, wenn die Dämmerung die Umgebung des Neuen Gelobten Landes einhüllte, stieg der Engel aufs Neue zum Fluss hinunter und ging zum Haus von Sachar dem Ofensetzer. Er schritt leicht und froh dahin und blickte dabei auf den vagen Schein der Kerze in Sachars Fenster. Er wusste, dass dort Sachar und sein Helfer, der einhändige Pjotr, am Tisch saßen. Sie saßen da und unterhielten sich über vieles, sie stritten, schimpften, träumten. Und sie warteten, dachte der Engel, auf ihn, damit er zwischen ihnen richtete, wenn sie sich wieder einmal uneins waren. Der Vorgeschmack auf das lange Sitzen an diesem Tisch, die ebenso langen Gespräche beim Duft des geräucherten Fleischs machte den Engel froh, und nie konnte er entscheiden, was ihn stärker dorthin zog: die Achtung, die er von Seiten der beiden Hausbewohner spürte, oder die Gespräche selbst, die so anders waren als alle anderen Gespräche im Neuen Gelobten Land, oder das köstliche geräucherte Fleisch, das zart und würzig war und sich im Mund fast von selbst auflöste. Er wusste es einfach nicht.

So klopfte er auch dieses Mal, ohne genau zu wissen, was ihn zu dieser kleinen Flamme hinter dem Fenster zog, an die Tür.

„Ah!“, freute sich Sachar, als er den Engel sah. „Komm schnell herein, wir warten schon auf dich!“

„Ich habe Wasser getragen“, erklärte der Engel seine späte Ankunft, während er ins Haus trat. „Sonst hätte es für die Grütze zum Frühstück nicht gereicht.“

Der Engel setzte sich an seinen Platz am Tisch, und da beruhigte sich seine Seele, als wäre er nach dem geschäftigen Treiben des Tages nach Hause gekommen. Er begegnete Pjotrs freundlichem Blick.

„Willst du vielleicht etwas essen?", fragte der Einhändige.

„Was fragst du da überhaupt?", warf Sachar ein. „Natürlich will er! Er arbeitet doch anders als wir. Sieh mal, selbst im Regen holt er Wasser und Brennholz! Wir hier sitzen ja im Warmen, bei aller Art von Essen und beim Fleisch ..."

Während er das sagte, brachte er Schüsseln, Messer und drei Scheiben Brot auf den Tisch. Dann holte er geräuchertes Fleisch, und hier wurde dem Engel geradezu schwindlig von dem süßlichen rauchigen Duft – und ihm fiel ein, dass er seit dem Morgen nichts mehr gegessen hatte.

„Hast du die Neuigkeit schon gehört?", fragte Sachar kauend. „Unsre Bauarbeiter sind aufgetaucht. In Katerinowka, das ist drei Stunden von hier. Man hat sie uns abgeworben. Jetzt bauen sie dort den Dorfsowjet."

„Sollen sie doch bauen!", knurrte Pjotr. „Was sind das denn für Bauarbeiter, die man so leicht abwerben kann! Unzuverlässige ..."

„Das stimmt ...", seufzte Sachar.

„Ist denn dort in Katerinowka das Leben besser?", fragte der Engel, während er sich das nächste Stück Fleisch abschnitt.

„Besser vielleicht nicht, aber einfacher", antwortete Sachar. „Man hat ihnen da für ihre ganze Brigade ein Haus gegeben und sonst noch alles Mögliche versprochen ..."

„Demid Polubotkin war heute bei uns", teilte Pjotr mit.

„Wollte er wieder Fleisch im Austausch für Lieder?", fragte der Engel.

„Nein, er wollte reden."

„Ja, er ist irgendwie seltsam", sagte Sachar. „Er sagt, er hat das Singen satt. Er will etwas Richtiges machen, aber, sagt er, bis jetzt kann er noch nichts anderes."

„Ich habe seine Lieder schon lange nicht mehr gehört", gestand der Engel.

„Niemand hat sie seit dem Sommer mehr gehört“, sage Sachar. „Vielleicht hat er Liebeskummer? Die Lehrerin hat ihn doch, na, wie sagt man, fallengelassen. Vielleicht ist es für ihn ja auch mit ihr überhaupt nie etwas geworden?!“

Hier dachte der Engel an Katja, und ihm wurde traurig zumute. Anscheinend bemerkte Sachar das, hatte seinen Fehler erkannt und beschloss, ihn wiedergutzumachen.

„Na, wie ist das Fleisch heute?“, fragte er und sah dem Engel in die Augen.

„Es ist gut“, sagte der Engel.

„Warte nur mal kurz, ich bringe gleich noch anderes!“ Sachar verließ den Tisch und kehrte mit einem anderen Stück zurück, schnitt selbst davon Scheiben ab und verteilte sie an Pjotr und den Engel. Der Engel nahm das Stück, roch daran und steckte es in den Mund.

„Ja, für das Gute gibt es keine Grenzen!“, stellte der Einhändige fest, während er das Räucherfleisch kaute.

„Ja“, sagte Sachar. „Das ist Truthahn. Die Kolchosbauern haben es gestern für unsere Arbeit gebracht. Schau nur, wie geradezu süß es geworden ist!“

Der Engel nickte. ‚Ja‘, dachte er traurig. ‚Für das Gute gibt es keine Grenzen.‘ Nur dachte er nicht an das Fleisch, sondern an das Leben und alle seine Seiten, die alltäglichen und die festlichen.

Vor dem dicht vergitterten Fenster schien die Sonne und sangen die Vögel. Doch im Innern, in der sauberen, aber feuchten Zelle, war es kühl und still.

Mark Iwanow lag auf seiner Pritsche, sah an die Decke und erinnerte sich an die kurze Gerichtsverhandlung, nach der er und Kusma sich hier wiedergefunden hatten, in der großen Gefängnisstadt hinter dem Ural, in dieser Zelle mit den krankenhausweiß verputzten Wänden und Decke.

Er war schon nicht mehr traurig. In den ersten Monaten war er über alles aufgeregt, beunruhigt und nervös gewesen. Dann hatte er das Gefängnisleben begriffen, und es jagte ihm keine solche Furcht mehr ein. Mit der Zeit gab es sogar Bekannte unter den nebenan einsitzenden Verbrechern, und einer unter ihnen, ein junger, geschickter Bursche, den alle Jurez nannten, war sein Freund geworden. Ja, ein echter Freund. Eben Jurez auch hatte Marks und Kusmas Leben zum Besseren gewendet, er hatte Mark erklärt, was man wie tun musste, um zu überleben. Der Künstler hatte es versucht, und es war tatsächlich gelungen. Für den Anfang hatte Kusma ein paar Sträflingsballaden auswendig lernen müssen. Kusma lernte sie schnell und gern – es war Mark, dem sie überhaupt nicht gefielen, um nicht Schlimmeres zu sagen. Danach begann Jurez seine Verbrecherfreunde zu Mark in die Zelle zu führen, die Kusma mit Freude lauschten, klatschten, fluchten und Tee, Seife, Brot und alles, was sie auf irgendeine Weise organisierten, in der Zelle zurückließen. Sodass es sich davon nicht nur für Mark leichter lebte, sondern auch für Kusma das ein oder andere abfiel. So vergingen die Tage, so zog sich die sagenhafte Haftzeit hin – fünfundzwanzig Jahre! Um den Vogel machte Mark sich weniger Sorgen als um sich selbst: Die Papageien lebten ja bis zu 300 Jahre, allein die Menschen starben so schnell ...

Vor dem vergitterten Fenster erklang Musik – offenbar hatte der Leiter des Gefängnisses befohlen, seine Lieblingsschallplatte mit der Aufnahme irgendeines Chores aufzulegen.

„Wofür haben sie dich eingebuchtet?", hatte Jurez eines Tages gefragt.

„Für ein Wort ...", hatte Mark gestanden.

„Für was für eines?"

„Kusma hat in der Vorstellung gepatzt, statt ‚das Werk wird verrichtet', hat er gesagt ‚das Werk wird vernichtet'."

„Ach ja, die Politik ...", seufzte Jurez da nur allzu ernst.

Die Gerichtsverhandlung, in der sie verurteilt wurden, war sehr kurz gewesen. Der Anwalt, schien es, hatte mehr den Papagei zu verteidigen versucht, als Mark, obwohl doch gerade der Papagei sie beide in diese Notlage gebracht hatte. Der Ankläger hatte allerdings dem Anwalt sowieso nicht zugehört. Er hatte gesagt, ein Subjekt habe das Verbrechen begangen, und wer dieses Subjekt sei, ein Mensch, ein Vogel oder ein Ziegenbock, sei unwichtig. Wichtig sei allein das Vorliegen dieses Verbrechens.

Kusma in seinem alten, viel Male geflickten Käfig hustete.

Mark erhob sich von seiner Pritsche, schob den Käfig mit Kusma so hin, dass er in dem einzigen Sonnenstrahl stand, der in die Zelle fiel, und kehrte auf seine Pritsche zurück.

Das Schloss an der Zellentür knackte, quietschend ging der unsichtbare äußere Riegel auf, und in der Öffnung erschien Jurez. Er war mager und spitznasig, und wenn auf seinem Gesicht ein schmallippiges Lächeln erschien, sah er vollends wie ein Halbwüchsiger aus.

„Grüß dich!", sagte er und kam in die Zelle. „Da hat einer ein neues Gedicht geschrieben, der Papagei soll es lernen!"

„Hier sitzen also auch Dichter?", staunte Mark, als er in Jurez' Händen ein dünnes, zusammengerolltes Schulheft erblickte.

„Hier sind alle Dichter."

Als er das Heft geöffnet hatte und einen ersten Blick hineinwarf, überflog Mark den ersten Vers und verstand rein gar nichts: Die Buchstaben schienen Russisch zu sein, doch sie ergaben keinen Sinn. Mark dachte daran, wie nach dem Krieg Urluchow ihm Essen geschickt hatte und irgendein Kind auf einer Packung mit Hirse auch einen ähnlichen Unsinn geschrieben hatte.

„Was ist das denn?“, fragte Mark.

„Ein Gedicht. Sieht man das etwa nicht?“

Mark las das Geschriebene noch mal und zuckte die Achseln.

„Na du bist ja eine Pfeife!“, sagte Jurez kopfschüttelnd. „Schnallst du etwa nicht, wie wir reden?“

„Nein“, gestand Mark. „Das schnalle ich nicht ...“

„Gut, ich erklär’s dir“, sagte Jurez. „Kimarka ist die Pritsche, Taratschki sind Zigaretten, fratzen ist essen ... Klar?“

Mark verzog das Gesicht, las das Geschriebene noch einmal und nahm die schwere Brille von der Nase. Er seufzte schwer.

„Gefällt dir das Gedicht etwa nicht?“ In Jurez’ dünner Stimme schwang ein drohender Unterton mit.

Mark seufzte schwer.

„Ich glaube, das wird ein bisschen schwierig für den Papagei ... er hat so etwas noch nie gelernt.“

„Na, er war ja auch noch nie im Knast, aber wo er nun drin ist, soll er es lernen, sonst kriegt er nämlich Ärger mit mir!“

„Ist schon gut ...“, stimmte Mark zu.

Jurez ging hinaus und schloss die Eisentür hinter sich ab.

Mark betrachtete das Gedichtheft, und sein Blick hinter den dicken Brillengläsern wurde trüb.

„Verscharmiert sich Wanja in die Musche ...“, las Mark laut den Anfang eines Verses.

Er klappte das Heft zu und nahm die Brille ab.

Der Sonnenstrahl war unterdessen von dem Käfig auf dem Steinboden fortgeglitten und begann mit seinem frühlingshaften Gelb ein wenig die glatten Bretter der Pritsche zu erklimmen. Kusma hustete wieder. Mark löste sich von den Gaunerversen, hob den Käfig hoch und stellte ihn aufs Neue in den Sonnenstrahl.

„So, Kusma“, sagte er traurig. „Siehst du, was du lernen musst? Fratzen, das heißt fressen, essen ... Ja, essen, das würde ich jetzt auch gern ... Hm, Kusma, möchtest du ein bisschen Hirse fratzen? Ach, ach ...!“ Mark seufzte. „ Na, komm, wir lernen, hör zu: ‚Verscharmiert sich Wanja in die Musche, genft ein Rippart, kauft ein Klafott... Oh! Schau, Kusma, hier ist ein russisches Wort – kauft! Sie werden doch wohl nichts kaufen? Also, komm, von vorne: ‚Verscharmiert sich Wanja in die Musche, genft ein Rippart ...‘

Nach einer Weile, als die Sonne schon die weiße verputzte Wand hoch kroch, ging die Futterklappe in der Eisentür auf, und das lächelnde, hässliche Gesicht des zahnlosen Chropun erschien darin, des Gefangenen, dem man anvertraut hatte, den Behälter mit dem Essen durch die Gefängnisflure zu schieben.

„Na, Künstler, gib mal die Schüssel her!“, sagte er.

Mark griff nach seiner Blechschüssel und eilte zur Tür.

Chropun nahm sie und gab sie mit einer rötlichen Masse gefüllt zurück.

„Für beide!“, nuschelte er. „Jetzt die Tasse!“

Dann schlug er die Futterklappe wieder zu.

Mark trank einen Schluck Karottensud aus der Tasse, sofort war sein Mund voll angenehmer Wärme. Dann, nachdem er ein paar Löffel der breiigen Masse direkt in den Trog des Käfigs gefüllt hatte, machte er sich ans Abendessen.

Der Brei erschien Mark zu heiß, und er beschloss ein wenig zu warten. Aus dem Käfig klang heftiges Rascheln herüber – Mark blickte hin und sah, wie Kusma sich gierig auf das Essen stürzte.

„Guten Appetit!“, sagte Mark und lächelte bitter.

Der Vogel antwortete nicht.

Kapitel 39

Krasnoretschensk war die Stadt um eine einzige Fabrik. Die Fabrik unterlag der Geheimhaltung, und deshalb fehlte auch die Stadt auf den Landkarten. Aber in den Postverzeichnissen war sie vorhanden, allerdings nicht unter ihrem echten Namen. Sie hieß dort Balabinsk-18. Briefe und Päckchen reisten in die Stadt Balabinsk-18, die dann in Krasnoretschensk ankamen, aber das hatte durchaus alles seine Richtigkeit.

Als Dobrynin und Waplachow im vorigen Herbst in der Stadt eingetroffen waren, hatte man sie gastfreundlich empfangen. Man hatte sie in einer eigenen Wohnung mit einer eigenen Toilette, einem Waschbecken und einer abgetrennten Küche einquartiert. Gleich am ersten Tag waren sie durch Krasnoretschensk spaziert, sie hatten sich umgesehen und beide bemerkt, dass es in der Stadt eine besondere Luft gab. Die Luft war süßlich und ein wenig berauschend, aber das klärte sich bereits am nächsten Tag, als der Mitarbeiter der Fabrik, den man ihnen zur Seite gestellt hatte, eine Einführungsexkursion abhielt. Hier erst erfuhren sie den vollständigen Namen der Fabrik: Krasnoretschensker Trägerin des Ordens der Roten Fahne und des Sieges, Kirow-Spiritusfabrik. Mit großem Interesse schritten sie durch die geräumigen dreistöckigen Werkshallen und studierten, so gut sie es vermochten, den mühevollen Weg vom Weizenkorn bis zu dem durchsichtigen edlen Nass. Danach hielten sie sich im Museum der Spiritusfabrik auf, in dem eine junge Frau, die Museumswächterin, sie durch Räume führte, die mit Ausstellungsstücken, Fotografien und Dokumenten angefüllt waren. Das Museum war wirklich interessant, und die Frau behandelte sie auch mit äußerster Aufmerksamkeit. Sehr einfach und leicht verständlich erzählte sie von der Bedeutung des Spiritus vor der Revolution und heutzutage, von der Geschichte der Entwicklung der Spiritusindustrie, von den vielfältigen Möglichkeiten der Verwendung von Spiritus. Am meisten staunte Dobrynin, als er erfuhr, dass mehr als die Hälfte des im Lande erzeugten Spiritus für technische Zwecke verwendet wurde, und keineswegs für die Herstellung von Wodka. Ein einzelner Raum des Museums war dem Beitrag der Fabrik zum Sieg des sowjetischen Volkes über die faschistischen deutschen Eindringlinge gewidmet. Unter Glas standen hier selbstgefertigte Trinkgefäße von der Front, aus Geschosshülsen und Holz, ja sogar aus Lehm und teergetränkter Baumwolle. An die Wand waren mit roten Buchstaben Zeilen aus einem Dobrynin unbekannten Gedicht gemalt: „IHR HUNDERT GRAMM FRONTWODKA, OHNE EUCH KEIN EINZIGER ANGRIFF!"

Alles in allem gefiel die Stadt den Volkskontrolleuren sogleich.

„Was werden wir hier wohl kontrollieren?", fragte Dobrynin lächelnd Waplachow, als sie am Abend desselben Tages in ihrer Wohnung saßen und sich nach der Exkursion durch die Fabrik und das Fabrikmuseum ausruhten.

„Wodka?", vermutete der Urku-Jemze. „Oder Spiritus?"

Beide lächelten stumm.

Ihre neuen Pflichten erwiesen sich jedoch als viel ernsthafter, als sie erwartet hatten.

Der Direktor der Spiritusfabrik, Limonow, ein ehemaliger Flieger und Polarforscher, rief die Volkskontrolleure am nächsten Tag zu sich und sagte: „In unserer Fabrik ist die Disziplin das Wichtigste. Und damit sollen Sie sich bitte befassen. Nach Kriegsende haben die Angestellten in ihren Anstrengungen nachgelassen, mit allen daraus entstehenden Folgen, und das müssen wir unverzüglich bekämpfen."

Direktor Limonow erinnerte in seiner Größe und seinen langsamen Bewegungen an einen Bären. Gekleidet war er stets gleich: in dunkelgrüne Hosen und eine braune Lederjacke. Wenn er in seinem Büro saß, dann trug er die Jacke aufgeknöpft, und wenn er hinausging, knöpfte er sie zu.

Am Ende ihres kurzen Gespräches händigte er den Kontrolleuren je eine Kopie der Anweisungen zur Arbeitssicherheit in den Spirituswerken der UdSSR aus.

„Lesen Sie sie durch und behalten Sie sie im Kopf, besser noch, schreiben Sie sie ab!“, sagte er. „Und bei jedem Verstoß – hart dran nehmen! Absolut egal, wer den Verstoß begeht, ob Putzfrau oder Werksleiter. Verstanden?“

Die abendliche Stadt leuchtete in den blauen Himmel hinein, und man glaubte gar nicht, dass es bereits tiefer Herbst war.

So hatte für sie das Leben und die Arbeit in Krasnoretschensk begonnen.

Darauf kam der Winter, und Dobrynin kaufte sich von dem ersten Lohn einen Mantel mit Persianerkragen. Vielleicht hätte er sich selbst diesen Mantel auch gar nicht gekauft, wäre nicht zufällig der Tag ihres Lohnempfangs mit dem Eintreffen des Warenzuges der Arbeiterversorgung zusammengefallen. Und Waplachow, der es mochte, sich gut und warm zu kleiden, hatte Pawel Dobrynin schon lange damit in den Ohren gelegen, dass der Mensch umso mehr geachtet werde je besser er sich kleide. Und Dobrynin liebte ja die Anerkennung und wusste, dass er sie verdiente.

Tatsächlich achteten die Angestellten der Spiritusfabrik die Volkskontrolleure bereits, so schien es, und manche hatte sogar ein wenig Angst vor ihnen. Denn Dobrynin und Waplachow ließen keinem, der Disziplin und Vorschrift verletzte, etwas durchgehen. Und erwischten sie gar einmal einen mit einer Papirossa im Mund auf dem Fabriksgelände, dann ging das für denjenigen schlecht aus. Wohl fünf Mann waren bereits entlassen worden, und wie viele um ihre Prämien und Urkunden kamen, war schwer nachzurechnen.

An Sonntagen gingen die Volkskontrolleure ins Kino oder in den Klub. Einmal begaben sie sich sogar zum Tanzen, doch da sie nicht tanzen konnten, schauten sie natürlich diesem Fest einfach zu und verspürten gutmütigen Neid auf die neue sowjetische Jugend.

Der Frühling kam näher. Der Plan wurde ständig übererfüllt. Die Disziplin wurde zuverlässig aufrechterhalten, und deshalb herrschte Ordnung in der Fabrik.

Auch in der Wohnung der Volkskontrolleure herrschte Ordnung. Außer der häuslichen Ordnung, für die Waplachow verantwortlich war, gab es dort auch eine politische. Als Dobrynin mit einem Mal spürte, wie stabil ihr Leben geworden war, bestellte er beim Tischler der Fabrik Bücherregale, und als die Regale fertig waren, begann er Bücher zu kaufen. Samstags führte Dobrynin für seinen alten Freund Waplachow nach der Arbeit Politunterricht duch, der jedes Mal mit dem Vorlesen einer neuen Erzählung aus dem dritten Buch über Lenin endete.

Ein paar Mal schaute auch der Direktor der Spiritusfabrik, Limonow, bei ihnen herein. Gern erzählte er ihnen von seinen Lebenserfahrungen in der Polarregion, und danach lauschte er Dobrynins Erzählungen von den Schwierigkeiten, die sie selbst durchgemacht hatten. Waplachow schwieg für gewöhnlich und fügte nur hier und da Einzelheiten zu Dobrynins Erzählungen hinzu, die der wohl vergessen hatte.

Ein gewöhnliches, ruhiges Arbeitsleben nahm seinen Lauf. Nachdem sie sich vollauf an die neuen Bedingungen angepasst hatten, übernahmen Dobrynin und Waplachow nicht nur die Kontrolle der Disziplin, sondern auch die einiger besonders wichtiger Produktionsabläufe, namentlich des wöchentlichen Umfüllens von Spiritus aus gewaltigen, fünf Meter tiefen Stahlbottichen in Zisternenwagen, die auf Gleisen direkt auf das Gelände der Fabrik rollten. Vor der Ankunft der Kontrolleure in der Fabrik gingen bei diesem Umfüllen im Allgemeinen bis zu zweihundert Liter Spiritus verloren und wurden über Erde und Asphalt verschüttet, doch kaum waren Dobrynin und Waplachow erschienen, trat auch hier vollständige Ordnung ein, und den jetzt noch verschütteten Spiritus konnte man tropfenweise zählen.

Es kam die Zeit, als die Kontrolleure sich für die Tafel der Ehre fotografieren lassen mussten. Der Fotograf kam direkt in die Spiritusfabrik. Gemeinsam mit ihm traf ein Korrespondent der örtlichen Zeitung ein. Den Korrespondenten kannten Dobrynin und Waplachow bereits, er hatte mehrmals kleine Artikel über ihre Arbeit geschrieben. Nach einem kurzen Gespräch im Arbeitsraum der Volkskontrolle rieb der Fotograf sich die Hände und machte sich an seine Arbeit. Als Erstes setzte er Dobrynin an den Tisch und plagte ihn zehn Minuten lang mit Bitten, den Kopf ein wenig zu neigen, ein wenig zu lächeln, ein wenig das Kinn und die Brauen anzuheben. Endlich, nachdem er ein paar Aufnahmen für das künftige Porträt geschossen hatte, nahm er sich Waplachow vor.

„Sie haben ein sehr interessantes Gesicht!", sagte der Fotograf, während er ihn professionell musterte. „Wirklich, sehr interessant."

Waplachow spürte, wie ihm beklommen zumute wurde.

Gut, dass Dobrynin, der die Beklemmung seines Freundes erkannte, unerwartet einwarf: „Ein schönes russisches Gesicht, und was für herrliche graue Haare!"

Da wandte auch der Fotograf seine Aufmerksamkeit Waplachows üppigem grauem Schopf zu.

„Ja", sagte er. „Sehr markant! Das gibt direkt das Porträt eines Generals!"

Am Ende freundeten die Kontrolleure sich sogar ein wenig mit dem Fotografen an und baten ihn, noch von jedem von ihnen ein paar kleine Fotos nur für sie selbst zu schießen.

Am nächsten Tag brachte der Fotograf den Kontrolleuren fünf postkartengroße Fotos für jeden.

Am Abend kehrten Dobrynin und Waplachow aus der Fabrik zurück, aßen etwas und beschlossen, jemandem ihre Fotos zu schicken. Waplachow schrieb einen von Herzen kommenden Brief an Tanja Seliwanowa. Auf seinen ersten Brief hatte er keine Antwort erhalten, aber er war davon überzeugt, dass Tanja ihm geschrieben hatte. Dieser Brief hatte Waplachow, der seit den Mantelwerkstätten schon zwei Mal die Adresse gewechselt hatte, einfach nicht gefunden. Nun legte er in den Umschlag sein Foto, auf dessen Rückseite er sorgfältig geschrieben hatte „Der herzensguten Tanja, in Liebe". Beim vorigen Mal hätte er sich geniert, so offen von seinen Gefühlen zu schreiben. Aber die Entfernung, besser gesagt, die geografische Weite, die nun zwischen ihnen lag, hatte ihn gleichsam mutiger und entschlossener gemacht.

Dobrynin schrieb zwei Briefe. Einen langen und auch von Herzen kommenden Brief schrieb er an den Genossen Twerin und legte ein Foto mit einer entsprechenden freundschaftlichen Widmung dazu. Über dem zweiten Brief saß Pawel Dobrynin jedoch noch bis Mitternacht. Als Erstes schrieb er die Adresse auf den bei der Post gekauften Umschlag: „Dorf Kroschkino, für Manjascha Dobrynina". Dann schrieb er: „Liebe Manjascha." Und hier gingen Dobrynin die Worte aus, wie dann und wann im Milchkiosk neben der Fabrik die Milch ausging – eben war noch welche da, und plötzlich – schwupps! – gab es keine mehr! Von hier an saß er mit der Füllfeder in den Händen, blickte auf das weiße Blatt Papier und verspürte nur Taubheit und Leere in sich. Schließlich rang er sich mit der Feder auf dem Papier noch ein paar Worte ab: „Ich schicke dir ein Foto. Zeig es den Kindern. Ich grüße dich, in Liebe, Pascha."

Es blieben Dobrynin noch drei Fotografien übrig, aber er wusste schon im Voraus, dass er eine davon an seinen alten Freund Woltschanow und eine weitere durch Major Sokolow an das brave Mädchen Soja Matrossowa schicken würde, in das Gefängnis, in dem sie sich jetzt besserte. Auf der Rückseite des Fotos würde er ihr vielmals Glück wünschen, und eine lichte Zukunft, die ganz gewiss auf sie wartete.

Waplachow blieben noch vier Fotografien übrig, doch er wusste, dass sie ihm eines Tages einmal nützlich wären; aber eine von ihnen, die schönste, würde er seinem Freund Dobrynin schenken.

Zwei Wochen später saß Banow am Feuer und las die Briefe, die sie gerade erhalten hatten.

Auf der anderen Seite des Feuers öffnete der Alte Päckchen und Pakete und stieß von Zeit zu Zeit freudige oder bedauernde Laute aus. Er war ausgezeichneter Laune und lenkte Banow deshalb alle zwei, drei Minuten von seinen Briefen ab, indem er ihn auf ein weiteres Geschenk hinwies, das man ihm geschickt hatte.

Als Banow zum fünften oder sechsten Mal hinüber schaute, um zu sehen, was man dem Kremlträumer geschickt hatte, erblickte er in den Händen des Alten ein großes Stück Rauchfleisch.

„Das ist für heute abend, zum Tee!", sagte der Kremlträumer strahlend. „Von den Wolgatataren! Was sind das für brave Tataren! Hm?"

Banow nickte und machte sich an seinen nächsten Brief.

Geehrter Genosse Ekwa-Pyris, las er, *Danke für Ihren Brief. Der Fallschirmsprung war schon vor längerer Zeit, aber mein Genosse, mit dem ich gesprungen bin, ist verschollen, und daher kann ich ihm Ihren Gruß nicht ausrichten. Ich war lange krank und erinnere mich daher nicht mehr, worüber ich Ihnen in meinem vorigen Brief geschrieben habe. Bitte entschuldigen Sie.*

Mit freundlichen Grüßen, Klara Rojd

„Die dumme Gans!", flüsterte Banow niedergeschlagen und seufzte schwer. „Sie hat nichts verstanden!"

Er ließ die Hände auf die Knie sinken und blickte schwermütig ins Feuer, das an den Tannenästen mit den schon abgebrannten Nadeln leckte.

„Genosse Banow, schauen Sie mal!", erklang wieder die Stimme des Kremlträumers. „Schauen Sie mal hier!"

Banow hob langsam den Blick.

Diesmal lag ein dickes Buch in den Händen des Alten.

Banow las: Lew Schejnin, „Aufzeichnungen eines Untersuchungsrichters“.

„War schon mal ein Untersuchungsrichter bei Ihnen?“, fragte der Alte.

„Nein.“

„Bei mir aber, und mehr als einer, muss ich sagen! Ein wunderbares Volk, diese Untersuchungsrichter. Gebildet, intelligent ... Aber wir haben sie im Siebzehner Jahr trotzdem drangekriegt ...“

Banow hörte der Erzählung des Kremlträumers nicht zu. Er verfasste im Geist den nächsten Brief an Klara, klarer und verständlicher, so, dass sie von den ersten Zeilen an begreifen würde, dass er, Banow, es war, der ihr den Brief geschrieben hatte, und nicht dieser unermüdliche Optimist und Träumer.

Allmählich verfertigte sich in Banows Vorstellung dieser Brief Wort für Wort. Er musste ihn nur noch zu Papier bringen.

„Sehen Sie, Wasilij Wasiljewitsch“, rief ihn der Kremlträumer abermals. „Das Buch ist mit einem Autogramm versehen, ein Geschenk vom Autor! Von diesem Schejnin. Ich werde es lesen müssen und ihm einen Brief schreiben ... Hören Sie mal, Genosse Banow – lesen Sie doch das Buch? Ja?“

„Gut“, sagte der ehemalige Schuldirektor. „Ich lese es.“

„Und hinterher schreiben Sie ihm einen Brief, aber die Wahrheit. Wenn Ihnen das Büchlein gefällt, dann schreiben Sie ihm das in meinem Namen, und wenn es Ihnen nicht gefällt, dann schreiben Sie das auch. Man muss der Wahrheit in die Augen sehen können! Ich mag sie nicht sonderlich, diese Schriftsteller, diese schlaffen Intelligenzler!“

Banow nickte und dachte wieder an seinen Brief.

Bald verstummte der Kremlträumer und machte sich an sein nächstes Paket.

Es wurde still am Feuer, und Banow legte den Packen der heute erhaltenen Briefe beiseite, richtete sich das Brett auf dem Knie ein, nahm Papier und Stift und begann einen Brief an Klara zu schreiben. Einen einfachen, verständlichen Brief, aus dem sie sofort alles erraten würde!

Kapitel 41

Nach dem morgendlichen Ersatzkaffee wurde Mark Iwanow unerwartet zum Gefängnisleiter geholt, dem der Künstler bis dahin noch nicht begegnet war.

Während er vor dem Aufseher herging, war Mark ein wenig nervös, denn er wusste von den Häftlingen, dass der Gefängnisleiter von eher wüstem Charakter war und mehr mit den Händen, als mit der Zunge redete. Als aber die zahllosen Flure und Abzweigungen hinter ihm lagen und sich endlich vor ihm eine hohe Eichentür öffnete, empfing Mark dahinter der Mensch, vor dem sich hier alle zu fürchten schienen, mit einem freundlichen Lächeln.

„Du wartest dort!“, brummte er dem Aufseher zu und schloss persönlich hinter Mark die Tür.

Als Mark auf dem Hocker saß, der am Boden festgeschraubt war, und wartete, bis der Leiter seinen Platz hinter dem breiten Schreibtisch eingenommen hatte, sah er sich um und begegnete zu seinem Erstaunen dem Blick eines sieben- oder achtjährigen Buben. Er saß in einer Ecke des Büros in einer von woher auch immer hier her gelangten Schulbank.

„Das ist mein Sohn, Wolodja!“, sagte der Leiter des Gefängnisses, der das Erstaunen des Arrestanten bemerkt hatte. „Übrigens, wenn Sie es noch nicht wissen, mein Name ist Krutschonyj.“

Mark lächelte kaum merklich – als wüsste er seinen Namen nicht, wo doch jeder Häftling ihn in jedem passenden und unpassenden Moment erwähnte.

„Irgendwelche Klagen?“, fragte Krutschonyj. „Ist vielleicht das Essen schlecht, oder ist es feucht dort in der Zelle?“

„Nein“, sagte Mark. „Alles ist gut. Nur für den Papagei ist es ein wenig kalt ...“

„Nun, wissen Sie, Genosse Iwanow, unser Gefängnis wurde für Menschen gebaut, nicht für Papageien. Vielleicht kann man ihm irgendein Stück Tuch geben ... ihrem Zellengenossen ... bloß, was nützt ihm das ...“

„Nein, das wäre gut!“, erkühnte sich Mark da. „Ich könnte ihm etwas nähen ...“

„In Ordnung“, nickte der Leiter. „Ich veranlasse, dass man es ihm gibt ... Und jetzt lassen Sie uns zur Sache kommen, wir planen, hier ein Amateur-Konzert unter Einsatz unserer Gefangenen auf die Beine zu stellen. Es werden Gäste kommen, na was halten Sie von einem Auftritt?“

Als Mark den Vorschlag hörte, durchzuckte ihn Freude und Schrecken gleichermaßen. Er erschrak, weil Kusma bereits gute zwei Dutzend Diebesgedichte gelernt hatte, die man auf keinen Fall von einer Bühne herab vortragen durfte.

„Wenn wir uns ein neues Repertoire aneignen könnten ...“, sagte Mark langsam und sah Krutschonyj bittend in die Augen. „Wenn ich ein bisschen in der Bibliothek sitzen könnte ...“

„In der Bibliothek sitzen geht, es ist ja hier kein Steh-Karzer!“, scherzte der Leiter und lachte selbst laut über seinen Witz. „Gut, du wirst heute Nachmittag in die Bibliothek gebracht, aber sieh zu, dass du uns nicht hängen lässt! Auch Wolodja wird kommen und zuhören, hm, Wolodja?“

Der Bub nickte gehorsam.

Wieder blieb Marks Blick an dem Kind hängen, weil er nicht verstand, was der Sohn des Gefängnisleiters in diesem Gefängnis tat.

Als hätte er die Gedanken des Arrestanten erraten, seufzte Krutschonyj unerwartet schwer und sagte: „Ja, es gibt niemanden, bei dem ich den Buben zu Hause lassen könnte ... nur gut, dass meine Frau die Tochter mit zum Dienst nimmt, denn müssten wir auch noch die Tochter hier ...“ Der Leiter des Gefängnisses schüttelte den Kopf.

Mark nickte mitfühlend.

Aus irgendeinem Grund stellte er sich vor, dass Krutschonyjs Frau Lehrerin wäre, und um zu sehen, ob er recht damit hatte, und weil er spürte, dass der Leiter in guter Stimmung war, fragte der Künstler ihn danach.

„Nein“, antwortete Krutschonyj ruhig. „Meine Frau arbeitet im Gefängnis, nur nicht in diesem hier, sondern in einem für Frauen. Eine Straße weiter. Und eigentlich war sie früher Erzieherin in einer Kinderkrippe."

„Ein Erzieher ist ja ebenfalls ein Lehrer", erklärte der Arrestant, für sich selbst ganz unerwartet kühn.

In derselben Sekunde begegnete er Krutschonyjs etwas angespanntem Blick. Eine Gänsehaut lief ihm über den Rücken, und Mark erkannte, dass es Zeit für den Rückweg in seine Zelle war.

Wieder „zu Hause", saß der Künstler auf seiner Pritsche, dachte über das Repertoire für ihr künftiges Konzert nach und wartete auf den Nachmittag, an dem man ihn in die Gefängnisbibliothek bringen würde.

Die Bibliothek war in einer Zehnerzelle untergebracht, aber dank der aus dem Zivilleben angestellten Bibliothekarin sah die Zelle gemütlich und friedlich aus. Die verputzten Wände waren mit sowjetischen Landkarten und mit Plakaten, die zur Arbeit und zum Frieden in der ganzen Welt aufriefen, bedeckt. Die Regale mit den Büchern standen in einigem Abstand voneinander im rechten Winkel zu den Wänden. Und in der Mitte der Bibliothek lagen auf einem schönen Lattentisch zusammengeheftete Zeitungen und Zeitschriften. Der kleine Tisch der Bibliothekarin befand sich neben dem Eingang links in der Ecke.

Als der Aufseher Mark in diesen Raum führte, erhob sich die Bibliothekarin hinter ihrem Tisch. Mark grüßte sie.

„Guten Tag", antwortete sie.

Der Aufseher blieb noch einen Augenblick – er hatte, wie sich herausstellte, ein Buch des amerikanischen Schriftstellers Fenimore Cooper bestellt und holte seine Bestellung ab –, er unterschrieb auf dem Ausleihkärtchen und nickte Mark zu.

„Ich lese ein wenig draußen vor der Tür!", sagte er und ging hinaus.

Mark blieb allein mit der Frau zurück, und davon erstarrte alles in ihm.

Die Frau hieß Valentina Jefremowa. Sie war vor kurzem fünfunddreißig Jahre alt geworden. Gekleidet war sie in ein strenges graues Kostüm: ein schmaler langer Rock und ein Jäckchen.

„Genosse Krutschonyj hat mir von Ihnen erzählt“, sagte sie freundlich. „Schauen Sie sich dort um, in den Regalen, und ich mache in der Zwischenzeit einen Tee. Man hat mir gerade bevor Sie gekommen sind einen Kessel heißes Wasser gebracht.“

Mark bewegte sich wie verzaubert zu den Regalen und begann mit den Augen über die Buchrücken zu wandern. Dabei horchte er aufmerksam auf jedes Rascheln, das hinter seinem Rücken zu ihm her drang, von dort, wo diese nette kleine Frau sich befand.

Nebenbei zog er einen Band Asejew heraus, blätterte darin und stieß auf Verse, die er und Kusma beide kannten.

„So, der Tee ist fertig, kommen Sie!“, ertönte Valentina Jefremowas zarte Stimme.

Zum Tee zog die Bibliothekarin eine Packung Kekse aus der Schublade ihres Schreibtischs heraus.

Es war echter Tee. Mark schlürfte gierig aus der Blechtasse, wobei er sich verbrannte und sich aus irgendeinem Grund beeilte.

„Genosse Krutschonyj ist ein guter Mensch“, sagte die Frau. „Er ist doch Verdienter Glasbläser der UdSSR. Hier mögen ihn viele nicht, aber zu Unrecht. Und bei ihm zu Hause ist auch nicht alles in Ordnung, sein Töchterchen, es heißt Olja, ist ständig krank. Ich habe ihm schon gesagt, dass sie sie in irgendein Internat in den Süden schicken sollen, das wäre doch besser ...“

Mark hörte nicht sehr aufmerksam zu. Die an dem Tee verbrannte Zunge kribbelte. Doch sein Bauch fühlte sich warm und angenehm an, nur die Augen ermüdeten schon langsam davon, sich an dieser sympathischen, häuslichen Frau zu erfreuen. Und da nahm Mark die schwere Brille ab, legte sie auf den Tisch und zwinkerte ein paar Mal, um die Lider zu entspannen.

„Sie sehen aber schlecht!“, sagte Valentina Jefremowa mitfühlend.

„Ja, seit dem Krieg …“ Mark seufzte tief.

Valentina Jefremowa nickte verständnisvoll.

Mit zwei Stapeln Bücher kehrte Mark in seine Zelle zurück. Einen Stapel trug er selbst, den zweiten der Aufseher. Unter den Büchern gab es nicht nur Dichtung. Mark hatte den Umstand genutzt und aus der Bibliothek auch ein paar Abenteuerromane über Spione und Grenzschützer mitgenommen, sowie auch noch ausgewählte Reden des Genossen Twerin.

Als er, schon in seiner Zelle, von dem Aufseher den zweiten Stapel entgegennahm, konnte Mark sich nicht zurückhalten und lächelte froh. Durch dieses glückliche Lächeln entspannte sich sogar der Aufseher und sagte beim Abschied vertrauensvoll zu seinem Schützling: „Weißt du, Fenimore Cooper, das ist mal ein Schriftsteller! Das ist wie Gorki, nur über Amerika!“ Und er ging.

Nachdem er Kusma von seinem Teetrinken in der Bibliothek erzählt hatte, legte Mark sich hin um auszuruhen, aber zum Ausruhen kam er nicht. Jurez traf mit einem langarmigen alten Mann ein. Der Alte brachte ein Bündel mit, und Mark erkannte, dass sie jetzt auftreten mussten. Er holte den Papagei aus dem Käfig und setzte ihn sich auf die Schulter.

Als er hörte, wie Kusma Häftlingsballaden vortrug, sperrte der Alte den Mund auf, und Mark, der ihm gegenüber saß, roch etwas Unangenehmes in der Luft.

Für die Vorstellung bezahlte der Alte mit einem schönen Stück Speck, aber eine Viertelstunde später kehrte Jurez zurück und schnitt sich von diesem Stück die Hälfte ab.

Die Sonne kroch schon über die Pritsche. Mark, der den Käfig mit Kusma in den Sonnenstrahl geschoben hatte, machte es sich ebenfalls bequem und schlug das Buch mit den Reden Genosse Twerins auf.

Kapitel 42

Den Roten Ersten Mai beging Krasnoretschensk mit neuen Siegen der Arbeit. Der Bau eines zweiten Werkes zur Herstellung von Trinkspiritus war fertiggestellt worden. Dobrynin und Waplachow erhielten jeder eine Prämie und eine Medaille „Für heldenmütige Arbeit“. Dobrynin kaufte Bücher für seine gesamte Prämie, Waplachow kaufte Staatsanleihen.

Am Morgen des Ersten Mai gingen sie zur Fabrik, um sich in die Kolonne der Demonstranten einzureihen, doch unerwartet rief Direktor Limonow sie zu sich. Er teilte den Volkskontrolleuren mit, dass fortan ihr Platz während aller staatlicher Feiertage auf der Festtribüne sei. Dorthin begaben sie sich nun also.

Auf der Festtribüne zu stehen, in der Erwartung, dass die Demonstration begann, war ehrenvoll und angenehm. Neben ihnen standen, von einem Bein auf das andere tretend, die leitenden Funktionäre des Krasnoretschensker Stadtkomitees und des städtischen Exekutivkomitees, es standen dort in Paradeuniform Oberste, Oberstleutnante und zwei Generäle.

Die Militärblaskapelle begann zu spielen.

Dobrynin und Waplachow wandten, wie auch die übrigen, die auf der Tribüne standen, ihre Köpfe in die Richtung, aus der die Kolonnen der Erster-Mai-Demonstranten eintreffen sollten.

Die breite Hauptstraße, die den Namen der Gewerkschaften trug, war bislang noch leer, doch die Klänge der Blaskapelle, die über der Straße und dem Platz, in den diese Straße mündete, hin und her wogten, belebten alles. So schien es, als marschierten unsichtbare Kolonnen von Arbeitern und Arbeiterinnen der ruhmreichen Stadt Krasnoretschensk mit zackigem Schritt auf das Kopfsteinpflaster knallend vorbei.

Dobrynin schloss die Augen und spürte sogleich auf den Wangen die Wärme der morgendlichen Frühlingssonne.

Waplachow kniff ebenfalls die Augen zusammen. Ein leichter Wind zerzauste sein graues Haar. Seine Seele war ruhig und froh. In seinem Herzen war Feiertag, und Waplachow dachte daran, dass ganz genau derselbe Feiertag jetzt wohl auch in Tanja Seliwanowas Herzen war. Es war nicht schlimm, dass sie ihm noch nicht geschrieben hatte. Die Hauptsache war, dass er ihr geschrieben hatte und sie seine Gedanken und Gefühle nun kannte. Und Tanja Seliwanowa hatte sein Foto. Vielleicht stand dieses Foto nun in einem schlichten Rahmen auf dem Nachttischchen am Kopfende ihres Bettes, vielleicht aber bewahrte sie sein Foto auch an ihrem Arbeitsplatz in den Mantelwerkstätten auf.

Über dem Horizont der Straße der Gewerkschaften erschienen als Erstes Fahnen und Transparente, dann tauchten auch die Menschen auf, festlich gekleidet, mit breitem Lächeln, „Hurra!" rufend.

Dobrynin, Waplachow und die anderen, die auf der Tribüne standen, winkten den vorüber gehenden Demonstranten froh zu und lächelten ebenso breit und fröhlich, während sie den Blicken bekannter und unbekannter Krasnoretschensker begegneten.

Anschließend marschierte eine Kolonne Pioniere vorbei. Die Kapelle verstummte eine Zeitlang, und Hunderte von Kinderstimmen sangen: „Werft, Pioniere, Brand in die Nächte! Wir sind die Erben der Arbeiterrechte." Dobrynin sah auf diese kleinen Buben und Mädchen und beneidete sie von ganzem Herzen.

Er hatte so eine glückliche Kindheit nicht gehabt. Als Bub hatte er für den örtlichen Gutsbesitzer die Kühe gehütet. Er hatte sie von Sonnenaufgang bis zum späten Abend gehütet, und wäre nicht die Revolution gekommen, dann würde er das wohl noch immer tun.

Auf die Kolonne der Pioniere folgte die Kolonne der Oktoberkinder. Die jungen Trommler schritten voraus und ließen klingende Wirbel ertönen. Über der Kolonne schwebten sanft sich wiegende Luftballons, Rotarmisten, Arbeiter und Matrosen.

Beim Anblick der aufgeblasenen Gummifiguren drehte Dobrynin sich zu Dmitrij Waplachow um. Ein Lächeln erhellte sein Gesicht. Er dachte an Sarsk, daran, wie viele ihrer Kräfte der Urku-Jemze und er der Fabrik für Aufblasgummi gegeben hatten! Und hier sahen sie jetzt den offensichtlichen Nutzen ihrer noch nicht lang zurückliegenden Tätigkeit.

Auch Waplachow wandte sich Dobrynin zu. Ihre Blicke und ihr Lächeln trafen sich. Und so vieles schwang jetzt in dieser von der Sonne erwärmten Mailuft, so vieles kam zwischen den beiden alten Freunden auf, dass beide tief Atem holten und keiner etwas sagen konnte – denn in einem Atemzug sprach man nicht all die Gefühle aus, die sich in langen Jahren im Herzen angesammelt hatten, angefangen von ihrer Bekanntschaft im fernen, gefahrenvollen Hohen Norden! Und hätte es diese Bekanntschaft nicht gegeben, dann hätte Dobrynin diesen Ersten Mai wohl gar nicht erblickt.

Da umarmten sich Dobrynin und Waplachow unter den verwunderten Blicken der leitenden Angestellten und Armeekommandeure der Stadt Krassnoretschensk, die nichts von alldem wussten.

Die Oktoberkinder blieben vor der Ehrentribüne stehen und drehten die Gesichter zur roten Stoffbahn mit dem Leninporträt, die hinter der Ehrentribüne flatterte.

Auf dem Platz erklang der Sprechchor der Oktoberkinder, und gleichzeitig, als hätten sie sich plötzlich losgerissen, flogen über der Tribüne alle Luftballons auf, und mit ihnen auch die aufgeblasenen Rotarmisten, Arbeiter und Matrosen. Sie flogen hoch hinauf, über die Dächer der dreistöckigen Häuser hinaus. Immer höher stiegen sie am Firmament, bis sie ein Wind erfasste, der sie durcheinander wirbelte und am Himmel über der Stadt auseinander trieb.

Dutzende Erwachsenenaugen und Hunderte von Kinderaugen blickten nach oben, ihnen hinterher. Auch die beiden Generäle legten schützend die Hand über die Augen und blickten hinauf, ebenso einer der Regimentskommandeure, der ein Fernglas hielt, und auch die beiden Volkskontrolleure, für die diese in den Himmel aufgestiegenen aufgeblasenen Figuren viel mehr bedeuteten als für alle übrigen.

***

Wenige Tage später fing durch einen Blitzschlag der Kindergarten der Fabrik Feuer und verbrannte zu Asche. Es war in der Nacht geschehen, und früh morgens bereits, gegen fünf Uhr, wurden Dobrynin und Waplachow ins Stadtkomitee bestellt.

Alle, die vor Kurzem noch lächelnd und winkend auf der Ehrentribüne gestanden hatten, saßen jetzt an einem langen, polierten Tisch, gähnten und streckten sich. Die Frage war ernst und musste schnell entschieden werden, noch bevor der Arbeitstag begann. Die Versammelten hatten Mühe, schon klar zu denken.

„Bitte nehmen Sie zur Kenntnis“, sagte der Leiter des Stadtkomitees, „wir werden diesen Raum nicht eher verlassen, als bis wir entschieden haben, wohin mit den Kindern, bis ein neuer Kindergarten gebaut ist!“

Gegen sieben war die Sitzung beendet. Man hatte beschlossen, den Arbeiterinnen zu gestatten, ihre Kinder zur Arbeit mitzubringen. In der Spiritusfabrik, so war es entschieden, würde dafür eine Ecke im Leninzimmer reserviert und eine der jungen Arbeiterinnen des Werks würde als Kindergärtnerin dorthin abgestellt werden. Mit den Kindern der Militärs gab es keine Probleme – bereits in der Nacht hatten Soldaten begonnen, auf dem Gelände ihrer Einheit Zelte aufzustellen, und ein Sergeant hatte sich erboten, zeitweilig auf die Kinder der Offiziere und Fähnriche aufzupassen. Übrig blieben die nicht untergebrachten Kinder der Angestellten aus Handel und Dienstleistungen, aber die hielten sich ohnehin öfter am Arbeitsort ihrer Eltern auf, als im Kindergarten.

Unausgeschlafen trafen Dobrynin und Waplachow in der Fabrik ein und erkannten sehr bald, dass sie in den nächsten Stunden mit doppelter Hingabe würden arbeiten müssen.

Vom frühen Morgen an, kaum dass man alle Kinder im direkt an die Haupthalle grenzenden Leninzimmer versammelt hatte, verfiel die Disziplin im Werk schlagartig, ja sie brach vollkommen ein. Die Arbeiterinnen versuchten jede halbe Stunde für fünf Minuten ihre Arbeitsplätze zu verlassen, um zur Haupthalle zu eilen, einen Blick ins Leninzimmer zu werfen und nachzusehen, wie es dort ihrem Söhnchen oder Töchterchen ging.

Vor dem Mittagessen ließ Direktor Limonow die Volkskontrolleure zu sich kommen und befahl ihnen, jegliche Bewegung in den Abteilungen zu verbieten und alle Störer der Disziplin für eine nachfolgende Bestrafung vorzumerken.

Dobrynin stellte sich am einen Eingang der Haupthalle auf, Waplachow an der anderen. Die Frauen weinten und flehten darum, sie hineinzulassen, damit sie nach ihrem Kind sehen konnten. Und obgleich es die Kontrolleure hart ankam, die Tränen der Frauen zu ertragen, hielten sie dennoch eisern stand und ließen niemanden durch.

Die Haupthalle war von gewaltigen Ausmaßen. Bis zu fünf Meter hohe stählerne Tanks erhoben sich in ihr, randvoll mit dem noch nicht in Zisternen umgefüllten Spiritus. Dutzende Stege, Treppen und frei hängende Übergänge verflochten sich unter der Decke zu einem schwarzen metallenen Spinnennetz, über das gelegentlich Menschen in schwarzen Arbeitsanzügen hin und her flitzten, um an den Ventilen und Druckanzeigern der parallel zu den Stegen verlaufenden langen Röhren Halt zu machen.

Langsam rückte der Abend näher, und als um punkt fünf Uhr Dobrynin und Waplachow die Türen freigaben, ergoss sich in die Haupthalle ein Strom von Müttern, die sich alle beeilten, als erste das Leninzimmer zu erreichen, um ihre Kinder an sich zu nehmen und sich auf den Heimweg zu machen.

An diesem Abend kochten die Kontrolleure sich Nudeln und redeten über das Leben. Beide waren erschöpft, doch war diese Erschöpfung nicht körperlich. Sie war eher nervlicher Art.

„Hast du dein Foto an deine dienstliche Ehefrau geschickt?“, fragte Waplachow.

„Nein“, antwortete Dobrynin.

„Warum nicht?“

Auf diese Frage vermochte Pawel Dobrynin nicht zu antworten. Er wusste nicht, warum er sein Foto nicht an Marija Ignatjewna geschickt hatte. In seiner Beziehung zu Marija Ignatjewna war etwas allzu Seltsames, etwas, das seine dienstliche Ehefrau gleichsam wichtiger und bedeutender machte als ihn. Darüber hinaus aber regten sich verworrene Gedanken über seinen dienstlichen Sohn Grigorij im Kopf des Volkskontrolleurs, genau wie über die im Brief von Genosse Twerin erwähnte „kleine Mascha“. ‚Wie kann denn das sein‘, dachte Dobrynin. ‚Dass meine Kinder ohne mein Zutun geboren wurden?‘ Nach diesen Zweifeln jedoch dachte er an die Ordnung, nicht die Ordnung, die man im Zimmer oder in der Küche halten konnte, sondern die vorgegebene, staatliche. Und Dobrynin fiel ein, dass er von der Geburt Grigorijs durch einen Funkspruch aus dem Kreml erfahren hatte – das aber hieß, man wusste mit Sicherheit, dass es sein Sohn war. Von der „kleinen Mascha“ hatte dann Twerin selbst geschrieben, und das hieß, er, Dobrynin, durfte überhaupt nicht daran zweifeln, dass es seine Tochter war. Denn zweifeln hieß, dem Genossen Twerin nicht glauben, und das war dasselbe wie Verrat an der Heimat. So dachte Dobrynin.

Dmitrij Waplachow, der sah, dass sein Gefährte in tiefgehende Überlegungen verstrickt war, stellte ihm keine Fragen mehr.

Bald waren die Nudeln gar, und die Volkskontrolleure setzten sich zum Abendessen.

Der nächste Arbeitstag begann ebenso wie der vorangegangene. Wieder eilten die Arbeiterinnen herbei, wieder bedrängten sie die Kontrolleure tränenreich, sie doch für einen Augenblick hineinzulassen: die eine wollte ihrem kleinen Sohn unbedingt etwas Süsses bringen, eine andere machte sich Sorgen um ihr ja noch so kleines Töchterchen.

Dobrynin stand im Türrahmen und wankte nicht. Er stand da und dachte darüber nach, dass die Väter dieser Kinder um vieles standhafter und disziplinierter waren, denn von ihnen versuchte kein einziger ins Leninzimmer vorzudringen.

Waplachow stand an der zweiten Tür und dachte an Tanja Seliwanowa. Plötzlich hörte er von irgendwo oben Kinderlachen. Er verdrehte den Kopf, blickte zu den sich unter der Decke ausbreitenden Hängestegen und sah auf einmal, wie dort oben eine Kindergestalt vorbeihuschte.

„He, hallo, he!“, schrie Wapalachow, um die Aufmerksamkeit irgendeines der Arbeiter zu wecken, die sich dort oben befanden. Aber sein Ruf flog bis zur hohen Decke, wurde dort zu einem dröhnenden Echo und verhallte. Und niemand schaute herunter, niemand eilte die Treppen herab.

‚Ist dort etwa gar keiner?‘, dachte der Urku-Jemze.

Waplachow verstand, dass er seinen Posten nicht einfach verlassen durfte, aber gleichzeitig packte ihn eine immer größere Unruhe, wenn er an dieses Kind dachte, das dort herumlief, wohin er selbst sich aus Höhenangst nie hinaufgewagt hatte.

Da erscholl in der Stille der Haupthalle ein schriller Kinderschrei wie zerspringendes Glas.

Waplachow schrak auf, schob an der Tür, die er bewachen sollte, den Riegel vor und eilte zur nächsten Treppe.

Die metallenen Stufen ächzten unter seinen Füßen.

Der Schrei wiederholte sich, und so viel Angst und Verzweiflung lagen darin, dass der Urku-Jemze, ohne an seine eigene Sicherheit zu denken, über schwankende Hängestege rannte, genau dorthin, wo das Kind schrie.

Das Dröhnen des metallenen Netzes aus Stegen und Treppen, das unter Waplachows Füßen wackelte, erfüllte die ganze Halle. Sein schneller Lauf machte ihm selbst schon Angst, aber immer noch ertönte das in all diesem Dröhnen kaum noch vernehmbare Schreien des Kindes, und Waplachow rannte, er rannte zu Hilfe.

Irgendwann hörte er plötzlich ein Platschen, ganz in seiner Nähe. Er blieb einen Augenblick stehen und sah sich um. Dann eilte er zu dem in der Ecke stehenden offenen Tank und sah dort, in dem bis an die stählernen Ränder schwappenden Spiritus, einen kleinen Jungen im Matrosenanzug, der mit den Ärmchen schlug und aus Leibeskräften schrie. Er strampelte in der Mitte des gewaltigen Tanks und es war klar, dass er auch den ihm am nächsten liegenden Rand nicht erreichen könnte.

Voll Entsetzen stellte Waplachow sich vor, wie das Kind auf den klaren Grund dieses tiefen Behälters sank, stellte sich die bleiche, zu Tode erschrockene Mutter vor. Und er dachte: Was, wenn das mein Kind wäre?

Und schon brachte irgendeine Kraft Waplachow dazu, Anlauf zu nehmen und über das niedrige Geländer in diesen mit Spiritus gefüllten Bottich zu springen. Sein Schwung trug ihn direkt zu dem Jungen hin, Waplachow nahm all seine Kraft zusammen, packte das Kind und schob es vorwärts, zum nächsten stählernen Rand. Die Welle, die mit Waplachows Sprung in den Spiritus entstanden war, half dem Jungen, mit seinen kleinen Händchen den Rand zu erreichen.

Waplachow ruderte ungeschickt mit den Armen, während er versuchte, dem Kind nach zu schwimmen. Der Spiritusdampf zwickte ihn in der Nase. Die Augen brannten. Wild in der Flüssigkeit strampelnd, erreichte der Urku-Jemze den Jungen und packte ihn an der kleinen Ferse, die in einer Sandale steckte. Darauf stieß er mit letzter Kraft seinen Arm hoch und sah, wie das Kind halb aus dem Spiritus heraus flog und über den niedrigen stählernen Rand des Bottichs glitt, unter dem Geländer hindurch flutschte und auf dem metallenen Steg landete.

‚Es ist geschafft', dachte Waplachow erleichtert und völlig entkräftet. Da zog ihn eine ungeahnte Kraft nach unten.

Erschrocken sah er sich um, versuchte den nahen Rand mit der Hand zu erreichen und schaffte es nicht. Da schrie er, schrie aus Leibeskräften. Sein Schrei, von einem dröhnenden metallenen Echo aufgenommen, scholl durch die ganze Halle.

Jetzt hallten Hängestege und Treppen unter den Füßen der eilig Herbeilaufenden. Auf den Schrei hin rannten Arbeiter in schwarzen Arbeitsanzügen hinzu. Ihnen hinterher rannte Pawel Dobrynin, der seinen Posten verlassen hatte. Er ahnte nichts von dem gerade Geschehenen, glaubte einem Unbekannten zu Hilfe zu eilen.

Die Arbeiter, die bei dem Tank ankamen, erblickten auf dem Steg den bewusstlos liegenden kleinen Jungen im Matrosenanzug. Einer der Arbeiter warf einen Blick in den Tank und schrak zurück. Er versuchte seinen Genossen etwas zu sagen, aber die Worte blieben ihm im Hals stecken, und nur abgerissenes Gestammel entrang sich ihm.

Dort unten in fünf Metern Tiefe schwebte Dmitrij Waplachow mit ausgebreiteten Armen. Seine offenen Augen sahen still zur metallenen Decke der Halle herauf.

Atemlos traf Dobrynin ein. Als erstes erblickte er den Jungen, kauerte einen Augenblick neben ihm, legte ihm die Hand an die Brust und fühlte seinen Herzschlag.

Darauf blickte er den Arbeitern über die Schulter in den Tank, und da ergriff ihn ein Schauer am ganzen Körper.

„Was macht ihr denn!", schrie er die reglos herumstehenden Arbeiter an. „Was macht ihr denn?!"

Dann stieß er sie beiseite und sprang in den Tank. Er tauchte hinab auf den Grund, hob seinen ertrunkenen Gefährten hoch und schwamm an die Oberfläche. Er erreichte den Rand und spürte, wie die Kräfte ihn verließen, wie der

Spiritus in den Augen brannte. Doch da packten ihn und Waplachow starke Arbeiterhände und zogen sie auf den Steg.

Dobrynin kam in einem Zimmer des Werkskrankenhauses zu sich. Neben ihm machte sich eine Krankenschwester zu schaffen und bereitete eine Injektion für ihn vor.

Noch immer taten ihm die Augen weh, und in seinen Ohren hing ein Rauschen.

„Wie geht es Dmitrij?“, fragte er die Krankenschwester.

Sie sah ihn an und biss sich auf die Unterlippe. Stumm schüttelte sie kaum merklich den Kopf.

Dobrynin begriff alles. Er wandte sich ab und blickte an die weiße Decke. Schwere senkte sich auf seine Brust, langsam, aber stetig, und Dobrynin versuchte sie aufzuhalten, hob beide Arme, um sich zu wehren. Doch die Schwere war stärker, und seine Hände konnten sie einfach nicht aufhalten. Immer tiefer sanken seine Arme, bis sie kraftlos aufs Bett zurückfielen. Sein Atem stockte, die weiße Decke senkte sich auf seine geöffneten Augen, und ein furchtbarer Schmerz, der gleichsam direkt in den Augäpfeln entstand, durchlief in Wellen seinen ganzen Körper. Der Körper zuckte, der linke Arm hob sich ein wenig, um gleich darauf hilflos herab zu sinken.

Die Krankenschwester ergriff diesen reglosen Arm, rieb die Armbeuge rasch mit Spiritus ab und bohrte die Nadel ihrer Spritze in die blaue, geschwollene Vene. Die Hände der Schwester zitterten.

Langsam hob sich die Decke wieder über Dobrynin. Er regte sich, sah die über ihn gebeugte Krankenschwester an, sah ihre Lippen, die sich bewegten, aber er hörte nichts – etwas drückte auf seine Ohren.

Die Schwester, ein junges Mädchen im weißen Kittel, trat ans Fenster und blickte hinaus. Draußen ging ein feiner Nieselregen nieder.

Als sie an das Bett des Patienten zurückkehrte, schlief der bereits, auf dem Rücken liegend, das Kinn hochgereckt.

Die Schwester zog die Decke noch etwas höher, steckte sie fest und setzte sich neben das Bett auf einen Hocker. Auch sie hätte am liebsten geschlafen, doch ihr Dienst hatte gerade erst angefangen.

Draußen auf der Straße ging Fabrikdirektor Limonow im Nieselregen Richtung Krankenhaus. In seiner ausgebeulten braunen Aktentasche brachte er Äpfel für den Volkskontrolleur.

Deutsche Gedicht- und Liedzitate:

S. 232: „Herrlicher Baikal, du heiliges Meer", deutsch von Ernst Busch
S. 252f.: „Du schreibst mir", Jossif Utkin, deutsch von Heinz Kahlau (Militärverlag der DDR, 1987: Er war mein Freund, mein Kampfgefährte. Lyrik aus dem Großen Vaterländischen Krieg)
S. 388: „Gespräch mit dem Genossen Lenin", deutsch von Franz Leschnitzer (Verlag Philipp Reclam junior, Leipzig, 1985: Wladimir Majakowski, Gedichte Russisch-Deutsch)
S. 422: „Marsch der Jungpioniere", deutsch von Helmut Schinkel

Andrej Kurkow
Der wahrhaftige Volkskontrolleur
Roman
Aus dem Russischen von Kerstin Monschein
432 Seiten, fest gebunden mit Schutzumschlag
und Lesebändchen
€ 22.90
ISBN 978-3-85218-679-5

Es ist unglaublich, was Pawel Dobrynin erlebt, nachdem er unerwartet zum „Volkskontrolleur auf Lebenszeit für die ganze Sowjetunion" gewählt wird. Auf seiner Reise durch die Sowjetunion begleitet ihn eine Vielzahl von schillernden Figuren: darunter der geheimnisvolle Kremlträumer, der Gedichte vortragende Papagei Kusma und ein Engel, der aus dem Paradies desertiert ist. Der Engel ist auf der Suche nach einem Gerechten, um mit ihm gemeinsam ins Paradies zurückzukehren, denn bislang ist noch kein einziger Sowjetbürger dort eingegangen ...

Andrej Kurkow, Autor der Bestseller *Picknick auf dem Eis* und *Der Milchmann in der Nacht,* erzählt eine unterhaltsame und fesselnde Geschichte zwischen Fantasie und Wirklichkeit in der Sowjetunion. Dazu gibt es charmante Helden, eine abenteuerliche Geschichte und viel schwarzen Humor – ein echter Kurkow eben.

„... Der Roman erschließt solch eine Weite, dass sich das Lesen anfühlt, als fände man im Briefkasten eine Panorama-Postkarte aus der Fremde."
KulturSPIEGEL, Maren Keller

„Pointiert, mit viel Witz und Ironie und in zahllosen skurrilen Szenen bildet Andrej Kurkow das sowjetische Leben ab."
ORF, Kristina Pfoser

„so leicht, elegant und heiter"
DIE ZEIT, Tobias Gohlis